U0750482

·说春秋道战国系列历史小说·

远水孤云·

说客苏秦

复旦大学 吴礼权 著

暨南大学出版社
JINAN UNIVERSITY PRESS

中国·广州

图书在版编目（CIP）数据

远水孤云：说客苏秦／吴礼权著. —广州：暨南大学出版社，2014.4
（说春秋道战国系列历史小说）
ISBN 978－7－5668－0603－1

Ⅰ.①远…　Ⅱ.①吴…　Ⅲ.①长篇历史小说—中国—当代
Ⅳ.①I247.5

中国版本图书馆 CIP 数据核字（2013）第 117992 号

出版发行：暨南大学出版社

地　　址：中国广州暨南大学
电　　话：总编室（8620）85221601
　　　　　营销部（8620）85225284　85228291　85228292（邮购）
传　　真：（8620）85221583（办公室）　85223774（营销部）
邮　　编：510630
网　　址：http：//www.jnupress.com　http：//press.jnu.edu.cn

排　　版：弓设计
印　　刷：佛山市浩文彩色印刷有限公司

开　　本：787mm×960mm　1/16
印　　张：26.125
字　　数：422 千
版　　次：2014 年 4 月第 1 版
印　　次：2014 年 4 月第 1 次

定　　价：52.00 元

（暨大版图书如有印装质量问题，请与出版社总编室联系调换）

名家推介

　　《远水孤云：说客苏秦》，是吴礼权教授以历史记载为依据而创作的一部长篇历史小说。作者用他修辞学家的生花妙笔写两千多年前说客苏秦妙语生花的游说故事。流畅的文笔，栩栩如生的人物对话，让人犹如重回历史的现场，看到诸侯各国驰骋于沙场的金戈铁马，窥见说客谋士策划于密室的阴谋阳谋。

　　　　　　　　　　——日本京都立命馆大学教授　中文楚雄

　　写小说，就是讲故事。讲故事，就是叙事。但是，故事如何讲，叙事采何种方式，则自有优劣高下之别。吴礼权教授是修辞学家，也是中国古典小说研究家，对于如何切事近人进行叙事，自然有自己独到的心得。他的这部历史小说《远水孤云：说客苏秦》，叙事采用"对话叙事"与"心理叙事"有机结合的方式，在波澜壮阔的历史背景下展开其故事。其舒缓自然的叙事风格，恰似清泉出山，汨汨而流，读之让人在山穷水尽处看到花明柳暗，在刀光剑影中时见优雅闲适，在血雨腥风里邂逅男欢女爱。小说情节安排张弛有度，篇章结构明针暗线，叙事语言朗畅而清丽，人物对话清壮而古雅。

　——北京师范大学文学院教授，中国东方文学研究会会长　王向远

　　吴礼权笔下的苏秦既是历史的苏秦，也是小说的苏秦。苏秦既是历史人物，也是小说主角，因此《苏秦》兼具学术性，以及小说的趣味；吴礼权以他的文史学术背景，诠释同时亦创造了多情而有智慧的苏秦形象。《苏秦》逾越了历史和小说的界线，跨过古典和现代，文言和白话，给读者全新的阅读视角。

　　　　　——台湾元智大学教授、马来西亚著名华裔作家　钟怡雯

　　吴礼权教授本是修辞学家，他的这部"试水之作"《远水孤云：说客苏秦》是一部历史小说，在历史记载的基础上进行文学再创

1

造，踵事增华，再现了战国时代兼相六国的说客苏秦的生动形象。小说的语言，特别是人物对话的语言，常折衷于文言与白话之间，既有简洁古朴之雅韵，又明白晓畅，犹如行云流水；作者对苏秦作为"说客"的语言的叙述，多浓墨重彩，情、景、理交融，让人真切感受到纵横家的纵横捭阖、雄辩滔滔。

——北京大学中文系教授　孙玉文

卷首语

战国时代，是列国纷争、天下大乱、生灵涂炭的时代，也是一个英雄辈出的时代。雄才大略、目光如炬的秦孝公，锐意改革、手腕铁血的公孙鞅，胡服骑射、开疆拓土的赵武灵王，足智多谋、百战不殆的孙膑，为国理财、革新内政、富国强兵的魏相李悝、韩相申不害等杰出的政治家、军事家，都是在这一特定历史时期崛起的"人杰"。

战国时代，是政治家、军事家驰骋纵横的时代，也是中国思想史上"百家争鸣"的黄金时代，墨家的墨翟、道家的庄周、儒家的孟轲、法家的韩非、名家的惠施等诸子百家的代表人物，就是在这段风云激荡的岁月中涌现的"人瑞"。

战国时代，是政治家任情挥洒、军事家运筹帷幄的时代，更是中国历史上"书生意气，挥斥方遒"的时代，是无数读书人"朝为田舍郎，暮登天子堂"的时代。挂六国相印、爵封武安君的苏秦，兼相秦魏、操控天下的张仪，爵封秦国大良造、历任魏将韩相的公孙衍，左右秦楚二国、八面玲珑游走的陈轸等无数游士，则更可谓是这一时代的"人精"。

在这个充满无限魅力的时代，有一个充满无限魅力的人物，千古以降褒贬不一，却又让人回味无穷。

这个人是谁？相信稍有一点中国历史常识的人，都会不假思索地脱口而出："苏秦。"

没错！正是苏秦。

苏秦，何许人也？

其实，他并不是什么了不起的人物。论身世，他原本只是洛阳"穷巷窟门，桑户卷枢"之中一个衣食无着的书生而已。早年师事鬼谷子，习学"阴阳"、"纵横"之术，学成后往秦都游说秦惠王。结果，"书十上而说不行，黑貂之裘弊，黄金百斤尽，资用乏绝"，"羸縢履蹻，负书担橐，形容枯槁，面目黧黑"，大困而归。"归至家，妻不下纴，嫂不为炊，父母不与言。"遂困而发愤，折节读书，终至上通天文，下知地理，娴于"纵横"，精于"阴阳"。然后，再度出山，历经无数艰难，百折不挠，终于凭三寸不烂之舌，说服山东六国之王，遂成"合纵"大计，官拜六国之相，爵封武安君。又自任"纵约长"，折冲樽俎，穿梭斡旋于山东六国之间，终使本来尔虞我诈、战伐不断的山东六国诸侯和睦相处，阻止了强力崛起的强秦东扩的步伐，使其不敢窥函谷关十五年。由此，天下太平，寰宇澄清。

为此，《战国策·秦策一》评说道："苏秦相于赵而关不通。当此之时，天下之大，万民之众，王侯之威，谋臣之权，皆欲决苏秦之策。不费斗粮，未烦一兵，未战一士，未绝一弦，未折一矢，诸侯相亲贤于兄弟。夫贤人任而天下服；一人用而天下从。"

那么，苏秦何以能崛起于陋巷，成长于磨难，干青云而直上，终至以区区一书生，玩转一个时代，叱咤而风云变色，鼓舌而城池易主呢？

读了这部历史小说《远水孤云：说客苏秦》，相信读者诸君一定会有启发。

人说：历史是现实的镜子。

今日的世界，何尝不似当日中国的战国时代？2005年，日本、德国、印度、巴西四国集团在联合国"争常"的外交动作，何尝不似当年中国战国时代"合纵"、"连横"的谋略？美国、英国在伊拉克的武力征服，何尝不似中国战国时代强秦之所为？折冲樽俎、穿梭于世界的"基辛格们"，何尝不似中国战国时代的苏秦、张仪？

读了这部历史小说《远水孤云：说客苏秦》，相信读者诸君一定会浮想联翩，夜不能寐，思虑深深。

清人黄景仁有句名曰："百无一用是书生。"

读了这部历史小说《远水孤云：说客苏秦》，相信读者诸君从此一定信心百倍："谁说书生百无一用？世界就在俺们手中！"

吴礼权

2006年3月初稿于日本京都

2009年6月五稿于台湾台北

目　录

主要人物表

苏　秦　周都洛阳人，曾师事鬼谷子，习学"阴阳"、"纵横"之术，力主"合纵"。后游说六国之王成功，为"纵约长"，挂六国相印，爵封武安君，独力维持天下安宁多年。后"纵约"被破，乃至燕国为相。因与燕太后私通，怕事发祸至，乃自请至齐国为燕王行"用间"之计。至齐，深得齐闵王信任，权倾朝野，终为齐人嫉妒而被刺杀。临死前，遗一计，让齐王为他擒得真凶而杀之。

张　仪　魏国张城人，与苏秦同师鬼谷子习学"阴阳"、"纵横"之术，力主"连横"。后游说秦惠王成功，先为秦国之相，为秦国的崛起立下不世之功。后又兼相魏国，再为楚国之相。晚年遭秦国权臣排挤，用计脱身，到魏国为相，死于魏相任上。

犀　首　即公孙衍，魏国阴晋人，早年为魏王之将，官至犀首，故世人以此名之。后离魏至秦，游说秦惠王而得宠。曾率秦师屡伐魏国，打得魏国丧师失地，一蹶不振。因功官拜秦国大良造，爵位与当年为秦国变法的商鞅相侔。后与入秦为相的张仪夺宠，转而至魏，为魏王之将。先用计联合齐国名将田盼伐破赵国，破了苏秦的六国"合纵"之盟，接着策划了"五国相王"，后来又策动山东"五国伐秦"的战争，一直打进函谷关，让秦惠王胆战心寒。后来，又任韩国之相，与张仪等斗智斗勇，为战国时代叱咤风云的一代枭雄。

陈　轸　秦国人，原为秦惠王之臣。张仪入秦为相后，遭排挤而出走至楚，为楚怀王之臣，穿梭秦、楚之间，既为秦，又为楚，是战国时代有名的"双面人"。他足智多谋，善于游说，与苏秦、张仪、公孙衍相侔，是战国时代纵横一时的著名策士与说客。

商　鞅　　姓公孙，名鞅。其祖本姓姬。卫国诸庶孽公子。少年时代好"刑名"之学，早年投奔魏国之相公叔痤门下，为中庶子。公叔痤死前举荐他为魏国之相，魏惠王不听。后闻秦孝公所颁求贤令，往秦游说，得秦孝公信任，为秦国变法革新。为秦相十余年，爵封大良造。后又因伐魏有奇功，秦孝公裂土封之于於、商之地，号为"商君"。后秦孝公卒，秦惠王继位，鞅被秦惠王记恨变法时罪及于他与其师父的旧事，遂潜逃至魏。但不为魏王所纳，反被遣返至秦。万般无奈之下，铤而走险，举於、商之徒众反于秦。最后，兵败被擒，终为秦惠王施以五马分尸的极刑。

惠　施　　宋国人，战国时代名家的代表人物，曾为魏惠王之相。

申不害　　郑国人，战国时代法家的代表人物之一，曾任韩昭侯之相十五年，终使韩国国治兵强。

张　丑　　齐宣王之臣，亦为靖郭君田婴谋士，有名的说客。

靖郭君　　即齐威王之少子田婴，齐宣王之弟。

孟尝君　　即田文，靖郭君田婴之子，为战国时代有名的"四公子"之一。

魏　处　　靖郭君田婴的谋士，有名的游士。

淳于髡　　齐国名士，战国时代有名的说客，曾一日向齐威王荐举七士。

张　登　　中山国谋士，屡挫齐闵王君臣。

子　华　　名章，楚威王之臣，官居莫敖，位列三公。

景　监　　秦孝公宠臣，商鞅入秦游说秦孝公得宠，走的就是景监的门路。

周显王　　即姬扁，周天子，战国时代周王朝名义上的"天下共王"，公元前368年至公元前321年时在位。

魏惠王　　周显王时期魏国之君，在位时凭借李悝变法后魏国异常强大的国力，不断兴兵攻打诸侯各国，意欲灭韩并赵，再谋一统天下的大计。还曾举行"逢泽之会"，以朝周天子为名，号令诸侯。后因好战而不知进止，两败于齐国后，又被强力崛起的秦国乘虚而入，屡战屡败，国力从此一蹶不振。最后迫于强秦不断攻伐的压力，东迁魏都于大梁，遂为世人称之为梁惠王。

魏襄王　魏惠王之子。

秦孝公　周显王时期秦国之君，曾下求贤令，任卫人公孙鞅变法改革，遂使秦国由弱变强，由此逐渐奠定了秦国在战国诸侯中的霸主地位。

秦惠王　秦孝公之子，曾先后任用公孙衍、张仪等客卿，使秦国国力益强，遂称霸天下。

楚威王　周显王时期楚国之君，曾率师攻伐齐国徐州，大败齐师。

楚怀王　楚威王之子，曾为张仪所骗，与秦、齐交战，致使楚师大挫，且痛失汉中之地。后又不听忠臣之言，入秦而被扣留，客死于秦。

齐威王　周显王时期齐国之君。

齐宣王　齐威王之子。

齐闵王　齐宣王之子。

赵肃侯　周显王时期赵国之君，苏秦"合纵"之策的主要支持者，也是"合纵"轴心国的中坚力量。即位初期，为其弟赵国之相奉阳君架空。亲政后，支持苏秦"合纵"大计，终使赵国在诸侯国中地位大大提升。

赵武灵王　赵肃侯之子，执政十九年时曾颁布"胡服骑射"令，实行军事改革，终使赵国军事实力大幅提升，赵国也由此开疆拓土，蔚然而成天下强国。

韩昭侯　周显王时期韩国之君，曾任申不害为相，使韩国国力渐盛。

韩宣惠王　韩昭侯之子。

燕文公　周显王时期燕国之君，首起支持苏秦"合纵"之策，是苏秦游说成功的第一个诸侯王。

燕易王　燕文公之子。

燕王哙　燕易王之子。

鲁景公　周显王时期鲁国之君。

田　需　魏襄王之相，曾与魏将公孙衍争权。

申　缚　齐宣王大将。

昭　阳　楚怀王大将，官至上柱国，爵拜上执珪。

蓝诸君　即司马憙，中山国之相。

昭　鱼　　楚怀王令尹（即楚国之相）。

庞　涓　　魏惠王时魏国大将，与孙膑同师鬼谷子习学兵法。后两
　　　　　败于孙膑、田忌，战败自杀。

孙　膑　　齐国人，孙武后裔。曾与庞涓同学兵法，才能为庞涓所
　　　　　忌。庞涓为魏将后，将之骗至魏国处以膑刑（即削去膝
　　　　　盖骨）。后潜归齐国，为齐将田忌赏识，视为座上宾。
　　　　　齐、魏交战时，两次为齐国军师，配合主将田忌，分别
　　　　　以"围魏救赵"与"减灶诱敌"之计，大败庞涓率领的
　　　　　魏国之师于桂陵、马陵，迫使庞涓战败自杀。著有《孙
　　　　　膑兵法》传世。

田　忌　　齐国名将，曾在"桂陵之战"、"马陵之战"中两败魏
　　　　　师。后因功高而为齐相邹忌所忌，遭排挤而出走于楚，
　　　　　被楚王封于江南。

燕太后　　燕文公之后，燕易王之母，私慕苏秦之才而与之私通。

燕　后　　燕易王之后，秦惠王之女。

郑　袖　　楚怀王美人。

秦　三　　苏秦仆从，随苏秦周游列国，颇为忠心，史上未及名
　　　　　姓，小说中的名字是临时所起。

游　滑　　苏秦仆从，随苏秦游说六国时，曾于苦寒之时要离苏秦
　　　　　于易水之上，于苏秦成功后羞愧而去。史上未有名姓，
　　　　　小说中的名字为临时所起。

青　青　　韩国之都歌妓，为小说中虚构人物之一。

楚　楚　　楚国之都歌妓，为小说中虚构人物之一。

香　香　　苏秦之妻，名字为临时所起。

赵德官　　赵国仪仗官，为小说虚构人物之一。

魏　孟　　苏秦谋士，为小说虚构人物之一。

田　楚　　齐国之臣，指使刺杀苏秦的主谋，名字为临时所起。

赵　铗　　刺杀苏秦的刺客，为小说虚构人物之一。

第一章　大困而归

1．马陵道上

西风瑟瑟，一阵紧似一阵。黄叶飘飘，一片，一片，又一片，落地无声。

周显王二十八年（前341），九月十五。太阳刚刚懒洋洋地爬出地平线，疲软的朝晖下，一望无垠的原野上，一高一矮两个人影远远出现在地平线的尽头。

"嘎，嘎，嘎。"

突然，空旷的原野上空传来几声大雁凄厉的叫声。

"少爷，您看！大雁，三只！"跟在高个子身后的矮个子突然兴奋起来，一手扶着肩上的扁担，一手指着掠过头顶的大雁说道。

"是失群的雁儿。"高个子抬头望了一眼，不假思索地答道。

"大雁是往南飞，少爷，那俺们顺着雁飞的方向朝左一直走，也就到洛阳了，是吧？"

"是。昨天我们问的那个老丈不是说过了吗？往西过了一个山口，就进韩国境内了。到了韩国，自然也就到家了。快点吧，不然，俺们连回家过年也赶不上了。"

说着，高个子情不自禁地加快了脚步。矮个子只好挑着担子，一路小跑。

"少爷，山！"走了约一个时辰，矮个子又突然兴奋地叫起来。

"望见山，跑死马。早着呢！"

"噢！"矮个子又低头加快了脚步。

日当中天之时，二人终于真切地看到了那座山。

"少爷，这下真到了！"

少爷"嗯"了一声，继续往前紧赶。

赶了一阵，终于接近山口了。突然，高个子停住了脚步，矮个子也惊呆了。

距离山口约有三百步之处，看上去原本应该是一片开阔的平畴沃野，竟然全是新起的累累新坟，远远望去，宛如一个个馒头似的，无边无际。

"少爷，您看，那边，是狼，还是狗？"

高个子还未从惊骇中清醒过来，顺着矮个子手指的方向，已然望见了百步之外几十条似狼又像狗的动物，或拼命地刨着新坟，或三三两两地争抢着什么，狂吠之声响彻空旷的原野，回荡在深秋的山谷之间。

"少爷，是不是野狗在刨新坟，啃新尸啊？"

"别说了，快过山口。"高个子说着，自己先小跑着奔向了山口。

矮个子一见，一边挑着担子紧跑慢赶地追着高个子，一边喊着："少爷，等等俺，俺怕！"

高个子闻声，虽然慢下了脚步，但还是低着头往前赶。

走着，走着，二人早已进入了山口。随着入山越来越深，山道也变得越来越狭窄。两边悬崖壁立，草木遮天蔽日。此时虽是日中时分，人行山道之中，却如黄昏时刻。更兼秋风瑟瑟，无数的枯木老枝，耸立在狭道之旁，活似一具具死而不倒的干尸，看了不禁令人毛骨悚然。

"少爷，您看，两边咋都是死人、死马，还有车辆呢？是不是这里打过仗了？"矮个子虽一边喊着"怕"，却又一边忍不住地看着山道两旁不尽的残尸、死马、断枪、破车，追问高个子缘由。

"快走，什么也别看，什么也别问！"高个子一边说着，一边又小步跑了起来。

矮个子挑着担子，又累又怕，但此时也没有办法，只得一边挥袖拭去额头不断冒出的冷汗，一边加快了脚步，低头紧紧咬住高个子的脚步往前赶。

走了约半个时辰，原来一直是陡峭往上的山道突然变得平缓起来。接着，又是一段地势往下延伸的缓坡。

走过了缓坡，山道突然变得宽阔起来，地势也显得较为平坦。顿时，二人都觉得脚步轻松了不少。

轻松之余，矮个子的眼睛又不听话地左顾右盼起来。看着，看着，他突然大叫起来：

"少爷，您看那里有一棵大树，怎么通体雪白呢？"

原本一直低头紧走的高个子，听矮个子这样喊了一声，立即应声抬起头来，顺着矮个子手指的方向，看到了前方约百步之遥的道旁，确有一棵参天大树高高耸立着，而且通体雪白。

高个子似乎一时忘了刚才的恐惧，不觉好奇起来，忙抢步向前，直奔那棵大树。到了树下，他这才看清了一切：这是一棵千年古松，胸径足够二人合抱，枝干虬曲苍劲，冠盖如云。

由上而下打量了一番这棵古松后，高个子渐渐看出了它通体雪白的原因，原来它是被人剥了皮。不过，并非全剥，而是只剥了朝向路道一面的树皮，朝向山坡一面的树皮还是完好如初。

高个子不禁纳闷起来，情不自禁间，便由下而上，一遍又一遍地察看起这古松被剥得光光而白净的半面。

看着，看着，他终于看出来了，原来在这白净的半面树干上，在大约高过人头的部位，隐隐约约现出六个大字的墨迹。眯着眼，揣摩了一会儿，他终于还是认出了这七个字。于是，不禁倒吸了口凉气道：

"原来如此！"

"少爷，怎么回事？这树为什么通体雪白呀？"这时已经挑着担子赶上来的矮个子，听到高个子的自言自语，遂又忍不住问了起来。

"没什么，快走，我们就要出山口了。"

矮个子不知就里，但一听说就要出山口了，不觉精神抖擞起来，连忙追着高个子又往前赶去。

上坡，下坡，又走了约一个半时辰，二人终于走出了山口。

出了山口，二人不禁大大地松了一口气。可是，当他们举目一望山口这边的一片荒野时，不禁再次惊呆了：又是一片一望无际的累累如馒头似的新坟，又是无数野狗刨坟掘尸、争咬厮打、狂吠不止的景象。

高个子不忍地闭上眼睛，然后摇了摇头，自言自语地感叹道：

"真是一人功成，十万白骨呀！"

"少爷，这到底是怎么回事？这里是不是刚刚打过仗的战场呀？"矮个子见此，再次问起了上午的话题。

"没错，这就是前两个月刚刚结束的齐、魏马陵之战的战场，俺们今天过的这个山口，就是马陵隘道。"

"少爷既然知道这是个刚刚打过仗的战场，为什么还要从这里经过呢？俺仨魂都吓掉了两魂半了。"矮个子这时再也忍不住地埋怨起来。

"俺也不知道，是刚才在那棵剥皮的古松下才看出了头绪。"

"昨天您问道的那个老丈，难道没有告诉您？"

"他要是跟俺明说了，俺还有胆子从这死人堆里过吗？"高个子好像也很委屈地反驳道。

"噢，是这样。"

"好了，怕也怕了，死人堆里过也过了，俺们还是快点赶路吧，再过一两个时辰，太阳就要落山了。再不抓紧，前不着村，后不着店，今晚俺们在这荒山野外，还不得被这些野狗当活尸吃了？"

矮个子一听，连忙说道：

"少爷说的是，那就快走吧。"

2. 惊魂甫定

"少爷，您看，前面好像就是一个村庄了。"

走了约一个时辰，终于望见了不远处的一个村庄，矮个子不觉兴奋起来，高兴地报告着。

"唉，俺们终于走出了死人寨，又进了人间。"高个子如释重负地答道。

高个子话音未落，矮个子突然一屁股坐在近前的一条小溪边，道：

"少爷，俺腿都快累断了，天黑还早，就坐下歇歇吧。"

高个子一听，顿然也感到腿酸痛得不行，遂一边就地坐下，一边答道："那就歇会儿吧。"

"少爷，吃口吧。"矮个子见此，顺手从怀中掏出一个大饼，递给了高个子，道："都快一天了，俺们水米还没进一口呢，都是被吓的，不饿，也不累，这会儿才想起来。"

"你也吃半个吧。"高个子接过矮个子的大饼，掰了半个回递给矮个子。

二人吃了饼，又在近前的小溪中捧了几口水喝，顿时便精神抖擞起来。

"少爷，您刚才在山道不肯跟俺说，现在总可以说了吧。"

"说什么?"高个子装着不解地反问道。

"就是马陵之战啊。刚才出山口时,您不是说过,那个死人谷就是马陵隘道战场吗?"

"你都看见了,俺还说什么? 难道你还没怕够啊?"

"好在现在过来了,俺也不怕了。少爷,您说,那一山道的死人死马,还有两个山口外的新坟,这一仗究竟死了多少人啊?"

"十万。"高个子不假思索地回答道。

"少爷,您刚才过山道时,难道还有心去数过?"

"齐、魏马陵之战,魏国十万大军全军覆灭在马陵隘道,天下谁人不知?"

"少爷,我跟您一路不离,怎么我没听人说起过呢?"矮个子困惑了。

"那天,齐国大将田忌、军师孙膑得胜回到齐都,临淄万人空巷,全城男女老少都涌到街上看热闹,唯独你那天闹肚子,躺在旅店里哼哼。"

"噢,怪不得了。"矮个子终于恍然大悟,顺手在近前捡起一个薄石片,往面前的小溪里打了一个漂亮的水漂。

高个子仰头望天,眉头深锁,若有所思。

"那么,齐、魏两国怎么会打起来的呢?"沉静了片刻,矮个子又问了起来。

"魏国想吞了韩国,韩国弱小,不能抵敌,于是派人往齐国求救。"

"齐国出于正义,主持公道,就出兵帮助韩国打魏国了,是吧?"矮个子得意地推测道。

高个子不屑地一笑,道:

"哪像你想得那么简单。齐国出兵帮助韩国,那也是有自己的小九九的。"

"什么小九九?"矮个子追根究底起来了。

"你看噢",高个子说着,顺手在近前捡起一块薄石片,又用脚扫了一下眼前的地面,在地上边画边解释道:"这是大魏,它西边与大秦毗邻,北面与林胡、楼烦接壤,东北则与赵国交界,往东,就是大齐了,南面是韩国与楚国。你看,这韩国虽然是在大魏的南面,却一整个地被包在魏国的中间,就像俺们周都洛阳包在韩国中间一样。"

矮个子看了高个子在地上画的地形图，终于明白了各国的地理位置。但是，他不明白，这个地理位置与魏国要吞并韩国有什么关系。于是，他又问道：

"您刚才也说了，俺们周都洛阳也被包在韩国国中，怎么韩国不把周王杀了，把洛阳给吞了呢？"

"那情况不同，周王是天子，虽然现在事实上管不了天下诸侯，但名义还是天下共主。韩国如果要灭周，杀周王，那会激起天下共愤，是自取灭亡。再说了，韩国是个小国、弱国，也没那个野心。相反，留着周都在自己国中，还可以挟借周天子之威，自重于天下各个诸侯国呢。而魏国情况就不一样了。魏国在李悝变法成功后，早已经是天下强国，其实力可谓天下独步。就是现在的大秦，早些年也被大魏打得招架不住。魏国的河西之地，就是魏国凭借其天下独霸的气势从秦国手里硬夺得来的。"

矮个子听得目瞪口呆，以前从未听人说起过这些，看来自己的主人确是个上知天文、下知地理的人才，不然，他怎么敢到处游说各国之王呢？

"少爷，您还没说魏国为什么要吞并韩国呢？"

"魏国这些年迫于秦国的崛起，自己势力又有所衰退，所以对秦国越来越有危机感。正因为如此，魏王也就越来越想吞了韩国，让魏国东西之地连成一片，那样，跟秦国较量起来也就可以东西互动、进退有余了。现在韩国夹在中间，等于将魏国拦腰切断。一旦魏、秦交战，魏国要想调动东部本土兵力援助它西部的河东、河西之地，只有借道韩国一途。韩国即使肯借，等到借道外交办完，魏国将东部兵力调动到西部，秦国大军早就打完跑了。"

"是这个理。少爷真是看得透！"矮个子情不自禁地赞叹道。"那么，这次齐国出兵帮助韩国，究竟有什么小九九呢？"

"齐王明白，如果魏国吞并韩国成功，那么实力一定倍增，向西既可以威胁秦国，向东进兵，同样也可以威胁齐国。因此，为了自己的利益，齐王当然要出兵助韩。如此一来，既可以厚结韩国之心，削弱魏国的实力，又在天下各国面前树立了主持公道、正义的良好形象，齐王何乐而不为呢？"

"是这个理，少爷说的是。结果，齐国大兵一出，魏国军队就全军覆灭了。那么，魏国军队怎么就这样不行呢？"

"不能这样说，魏兵向来是剽悍善战的，只是因为魏王用将不当，才有此结局。"

"魏王用的是什么人？"矮个子更来劲了。

"就是那个死于马陵隘道古松之下的庞涓。"

"庞涓？庞涓是什么人？俺咋没听人说过呢？"

高个子不禁摇头一笑，然后淡淡地说道："他是俺大师兄。"

"少爷跟他同过学？"

"那倒没有，俺到鬼谷先生门下求学时，他早就与孙膑学成下山了。再说，他们学的都是兵法，俺学的是'纵横术'。也就是说，他们是尚武的，俺是崇文的。他们重武略，俺重文韬。"

"噢，明白了，走的不是一个道儿。"

"庞涓是魏国人，下山后，回到魏国做了大将军。而孙膑是齐国人，回到齐国后却未得齐王重任，只是一介平民。庞涓虽然高官得做，骏马任骑，权倾朝野，显赫一时，但他心里总是不安。"

"做人都做到这个地步了，还有什么不安的呢？"矮个子不解地问。

"因为庞涓觉得孙膑虽跟自己师出同门，但才智远在他之上。据说，孙膑的祖上就是世人皆知的大兵法家孙武。"

"庞涓是认为龙生龙，凤生凤，老鼠的孩子只会打洞，是吧？"矮个子自作聪明地说。

高个子不禁哑然失笑，继续说道：

"为了消除日后的心腹之患，庞涓就设计把孙膑骗到魏国，然后瞒着魏王，暗中用私刑，削掉了孙膑的两个膝盖骨。这样，还怕不保险，又在孙膑的脸上刺字，也就是墨刑，让他不能见人。"

"这也太残忍了吧！不要说还是同门师兄弟，就是一般关系，也不能这样做啊！"矮个子终于愤怒了。

"可是，人算不如天算。万万没想到，有一次齐王派使臣到魏国，孙膑不知用了什么办法，求见到齐王使臣，将自己的情况说了。齐王使臣既同情孙膑的悲惨遭遇，同时也觉得他的确是个人才，遂暗中用车将孙膑载回齐国。"

"结果，齐王就重任他了，是吧？"矮个子又迫不及待地问了起来。

"那倒没有。据齐国人说，孙膑回到齐国后，齐国大将田忌发现他是奇才，于是就把他养在自己府上，并视为座上宾，尊重有加。当时，齐国王室时兴赛马赌博，田忌也参加，但总是输多赢少。一次，齐王也参加了进来。孙膑见此，就给田忌出了个主意，让他尽管下大赌注，并保证让他三局两胜。"

"结果，怎么样？"矮个子又耐不住了。

"赛马开始后，田忌就依孙膑之计，先让自己的下等马跟齐王及诸公子的上等马比赛。结果，一输。第二回合，孙膑让田忌放出自己的上等马与齐王及诸公子的中等马比赛，结果，赢了。第三回合，再让田忌放出中等马与齐王及诸公子的下等马比试，结果自然也是赢了。最终，田忌赢得了齐王所下的赌注千金。事后，齐王纳闷，就找田忌问原因。田忌于是将孙膑教计之事和盘托出，齐王大惊。立即召孙膑来问兵法，推崇备至，立即封之为军师。"

矮个子听呆了，张着嘴巴直喘气。

高个子续又说道：

"后来，也就是距今十四年，魏王派庞涓为将，起大兵围攻赵国之都邯郸。赵国虽也算强国，但时间一长，终究敌不过大魏，邯郸危在旦夕。赵王没办法，只得往东求救于近邻大国齐国。齐王权衡了利弊之后，最终力排众议，决定出兵帮助赵国。调兵遣将时，齐王首先想到的就是孙膑。但孙膑坚决辞谢，认为自己是个刑余之人，也就是说是个身体有残障的人，不适合临阵为将。其实，他是想把主将让给田忌，以报田忌知遇之恩。于是，齐王改任田忌为将，以孙膑为军师，居于辎车之中，为田忌谋划用兵之计。"

"噢，这孙膑人品不错，能知恩图报！"

"做人本来就应该这样啊！"

"结果，怎么样？"矮个子又急了。

"齐兵出发后，田忌准备兵临邯郸城下，与赵国之师内外配合，击退魏国围城之师，以解邯郸之难。孙膑认为不妥，主张引兵直奔魏国之都大梁。田忌从谏如流，欣然从之。于是，就改弦易辙，引兵直奔大梁。结果，庞涓闻之大惊，急解邯郸之围，引魏国之兵回救大梁。孙膑算好庞涓回师的路线，事先在桂陵隘道埋伏了重兵。待到庞涓兵至，齐国十万大军一齐出击，一举将庞涓所率八万魏师覆灭于桂陵，并活捉了主将庞涓。这就是孙膑创造的天下人皆知的'围魏救赵'之计。"

"后来呢？"

"桂陵之战后，魏国虽然硬撑死拼，倾全国之力，最终攻破了赵都邯郸，但从此国力大衰，一蹶不振，只得与齐国修好。齐王考虑到齐、魏的近邻关系，将庞涓也放回了魏国。可是，庞涓一直心有不服。休养生息了十四年后，今年六月他又怂恿魏王对韩国用兵，企图一鼓灭韩，然后再图齐国。没想到，齐王又派田忌为将，孙膑为师，再次出兵十万。俺在临淄听齐国人说，这次孙膑出兵后，又是直奔魏都大梁，而不是前往救韩。庞涓闻之，立即弃韩而回救大梁，并率军死死咬住齐国之师，穷追不舍。孙膑见此，遂用'减灶诱敌'之计，引诱庞涓上钩。"

"什么是'减灶诱敌'之计？"矮个子又不明白了。

"孙膑见庞涓穷追不舍，于是就将计就计，假装怯懦，第一天让齐兵设十万灶，第二天减为五万灶，第三天再减为三万灶。齐兵行军打仗是一人一灶的。庞涓追了三天，不禁心中大喜，认为齐师胆怯，三天工夫十万之师就逃了七万。于是，放松了警惕，更加肆无忌惮地长驱直追齐兵了。结果，又中了孙膑的圈套。孙膑料定庞涓报仇心切，不会善罢甘休。于是，事先就在魏、韩交界之处的战略要塞马陵隘道布置了重兵。孙膑算定，庞涓的追兵肯定会在天黑之前进入马陵隘道的。为了激怒庞涓，他特意命人在马陵隘道的低谷之处，将一株千年古松的树皮剥光，用墨在白净的树皮上写了'庞涓死于此树下'七个大字。"

"噢，就是我们今天在谷底看到的那株剥了皮的古松吧。少爷，您今天看过，上面有字吗？"

"当然有，俺一看，这才明白俺们今天走的确是马陵隘道，也由此相信了齐国人所说的一切。所以俺叫你快走，并骗你说马上就要出谷口了。"

"结果，庞涓死了吗？"矮个子直捣中心地问道。

"庞涓进了谷口，黑暗中望见那株古松的白皮，觉得奇怪，立即令人钻火来照。结果，还未等他念完上面的七个字，埋伏在山道两旁的齐师万箭齐发，十万魏师拥挤在狭窄的山道上，顿时乱作一团，人马自相踩踏，死伤无数。这时，又听山道入口与出口远远传来齐军喊杀之声。庞涓估计齐国军队已经封锁了两端的谷口了，自己插翅也飞不了。想想十四年前被俘受辱的往事，说了一句：'遂成竖子之名！'拔剑自刎于树下，真的应了孙膑树上写的那句话。"

"孙膑真的神机妙算，果然才智超过庞涓啊！"矮个子情不自禁地赞叹起来。

"庞涓死了，剩下的魏国士兵更是群龙无首，就像是无头的苍蝇，在狭窄的山道里来往乱窜。而埋伏两旁的齐师又乘机放火，山口两端的齐师又由两头往里冲杀。最后，魏国的十万之师都葬送在了这马陵隘道上，连魏太子申也被齐师掳走了。"

"唉，可怜了这十万魏国士兵，他们的尸首现在有的还在山道上，有的虽已入土，却被野狗刨出来撕吃。他们也是人生父母养的，怎么就这么悲惨呢？"矮个子这时已不再好奇地问东问西了，而是大为感伤地低下了头。

高个子讲完，似乎心情很沉重。很久，很久，他望着近前奔流不息的溪水，呆呆地，默然无语。

"少爷上知天文，下知地理，足智多谋，见多识广，天下大势，了如指掌，又是鬼谷先生的弟子，怎么那些狗王们都没长眼睛，不识货，不重用少爷呢？如果他们重用少爷，或许少爷看透这一切，也能阻止啊！"沉默良久，矮个子突然又为自己的主人鸣起不平来。

高个子一听矮个子这话，原本毫无表情的脸上瞬间现出无限的沮丧，捡起近前的一块石头，狠劲地投入近前的溪水里。然后慢慢地从地上爬起，拍拍屁股上的灰，指指快要西沉的太阳，对矮个子说道：

"都是你，喊着要休息，只顾说话，这一坐，把早功坐成了晚功，太阳都快下山了。再不快起来过溪借宿去，今晚俺们真的要喂狼了。"

3. 近乡情更怯

"少爷，望见洛阳城了，俺们今天晚上就要到家了！"

残阳如血，寒风凛冽。周显王二十八年（前341）腊月二十二，在太阳快要落山之时，矮个子指着前方隐约出现的城郭，欣喜地对高个子报告着。

"噢，快走吧。"高个子淡淡地说。

行行重行行，从春走到秋，从秋走到冬，从齐都临淄到魏国马陵隘道，从马陵隘道再到周都洛阳城下，历时一年，行程数千里。此时，高个子望着近在眼前的故乡洛阳，反倒眉头深锁，丝毫不见有什么"千里归故乡"的欣喜之情。

紧赶慢赶，走了约半个时辰，几乎是在太阳冉冉西沉的同时，高个子与矮个子二人抢步趋前，终于到达城门口。但是，就差了三步，洛阳城门已重重地关上了。

"唉，真是背运！今天还得在野外过一夜。"矮个子几乎是绝望了。

高个子倒是平静，沉默片刻，慢慢地吐出两个字："也好。"

"也好？为什么？少爷不想回家？"矮个子感到奇怪。

高个子无语。

"那今天晚上怎么办？就在城门前站一夜？"矮个子又问道。

"还有什么办法？就近借宿去啊！"

"噢。"矮个子一边无奈地答应一声，一边挑起担子走在了前头。

走了一顿饭的工夫，二人踏着石头，一蹦二跳地过了一条小溪后，就到了距离城门最近的一个村庄。

暮色之中，二人打量了一下，但见村庄不大，也就是五六户人家的模样，几座东倒西歪的茅屋，破笠遮窗，草席为门。

"少爷，这么破败贫寒的人家，肯不肯借宿给俺们呢？"矮个子犯难地问道。

"也是。但天都黑了，还有什么办法呢？"高个子一脸无奈。

"少爷，俺们不妨向村里人家问一声，看附近还有没有高门大户的人家？眼前这样的人家，就是肯借宿，也没处留呀。"

"也是。"

"少爷，那您看着担子，别动地方，俺就向跟前这一户人家问一声吧。"说着，矮个子就放下担子，向十步之遥的一户茅屋走去。

掀起门上的草席，矮个子探身向屋里问了一声：

"请问家中有人吗？"

"什么人呀？"一个头发花白、衣不蔽体的老人应声而出。

"老丈，俺们主仆二人今天差一步没进得了城，天黑了，想借宿一夜，不知庄上哪一家宽敞点，能行个方便？"

"哦，听口音，客人好像就是这洛阳人吧。俺们这庄上啊，只五户人家，都是穷人。客人不妨多走几步，从这往右拐过一个小土包，也就几百步，就有一个大户人家。"

"谢谢老伯指点。"矮个子一边说着，一边向老伯作了一揖。

谢过老伯，矮个子又重挑起担子，领着高个子，向右拐过小土包，果然看见了一个古木环抱的大户人家。

借着暮色，主仆二人略略打量了这户人家，果然如刚才的那个老伯所说，房子虽然有些破旧，但高大的围墙尚在，当年的豪门气度依稀可以追忆。

"当，当，当。"矮个子抓起围墙大门上的一只铜门环，重重地连叩了三下。

可是，没人应声。

"请问府上有人吗？"矮个子急了，一边再次重重地叩打铜门环，一边高声向墙里喊道。

过了好一会儿，随着"吱呀"一声，大门终于开了一条缝。只见一个发白如雪的老丈探出头来，惊讶地看着门外两位衣裳褴褛的陌生人，不解地问道：

"天都这么晚了，请问二位是……"

未及老人问出后半句，高个子早已趋前打躬作揖道：

"在下是洛阳之士，今天差一步没进得了城去，天晚无处投宿，今冒昧来到府前，还望老丈行个方便，容留我们主仆一夜，明天早早告辞进城。"

"噢，客人是洛阳之士？"老丈似乎不敢相信眼前这个外表如同叫花子的陌生人竟然是个读书人。

矮个子见老人似乎不相信自己主人是读书人的身份，怕他不肯借宿，于是连忙插话道：

"俺家少爷确是洛阳之士，还是鬼谷先生的弟子呢。"

"提这干吗？"高个子连忙岔断矮个子的话。

"既是洛阳之士，老夫或许也会有所耳闻。请问客人尊姓大名？"老人闻听矮个子说到眼前的这个叫花子还是鬼谷先生的弟子，大概是来了兴趣。

"在下是无名小辈，就是报上贱名，想必老丈也一定不会知道的。"高个子推托道。

老丈一听这话，也就不好再追问了。于是重又眯起眼睛，借着昏黄的光线，再次打量一下眼前这一高一矮的两个陌生之人。

看了片刻，也许是因为那仆人说到"鬼谷先生"，也许是见高个子言动举止文质彬彬、谦恭有礼，确有些读书人的本色，遂默默地点了点头。

高个子一见，连忙拉过身后的矮个子，说道：

"一点礼节也不懂，还不快过来给老丈见礼。"

矮个子连忙放下肩上的担子，上前施礼。

老人没在意他的施礼，倒是先偷眼看到了他担子里挑的书简了。于是，他终于确信了眼前这个自称"洛阳之士"的客人所言不虚，遂爽快地说道：

"既是读书之人，不嫌寒舍简陋，不妨请进，权且将就一宿吧。"

"谢老丈留宿大恩！"主仆二人一听，不禁喜出望外，忙不迭地异口同声道谢着。

于是，老人打开大门，让进二人，然后关门，落闩。

一夜无话。

第二天，也就是周显王二十八年（前341）的腊月二十三，洛阳人过小年的这一天，高个子与矮个子早早起来，千恩万谢别过老丈，便直奔洛阳城下，今天他们要早早地进城了。

不一会儿，主仆二人就到了城门之下。

此时，洛阳城那两扇漆黑的大门还乌洞洞地闭着。城门下，悄无一人。天是寒的，地是冻的，北风呼呼，吹耳而过，令人眼酸、耳胀、脸刺痛。

"少爷，俺们找个避风的地方躲一躲吧？"矮个子缩头缩脑，两手笼在袖子里，双脚跺地，浑身发抖，牙齿打战地说道。

"噢。"高个子从沉思中清醒过来，边说边随矮个子曲身蹲到了城门洞下。

等了约半个时辰，天还是雾蒙蒙的，太阳始终不肯从地平线后露出它温暖的脸儿。远处的山峦，近处的村庄，在霭霭的晨雾中只现出朦胧的轮廓。而近前的洛阳城，也仿佛海市蜃楼一般虚幻缥缈，不像在现实里，而在梦境中。

"腿好麻，还冷，不如站起来活动一下吧。"蹲了一会儿，矮个子一边说一边自己先站了起来。

接着，高个子也站了起来。

"嗳，少爷，您看，那里好像有很多人来了，也是进城的吧。"矮个子兴奋起来。

果然，那些人越来越近，走到跟前，发现约有几十人，而且后面还连续不断。不大一会儿，城门口已经聚集了数百人。

"唉，怎么现在还不开门，今天是过年，不是平时，这班老爷不知俺们小民的苦，俺们还指望早点卖了东西，买点年货，回去好张罗年夜饭呢。"人群中终于有人耐不住了，开始抱怨起来。

"你急，他们不急啊，这寒冬腊月，那些老爷们还在暖被窝里做着美梦呢。"有人回应道。

等啊等，又等了好大一会儿工夫，大家都眼巴巴地盯着那两扇高大的黑色城门，可城门就是不肯打开。于是，大家只好唉声叹气。许多人冷得不行了，就开始放下担子，或揉手跺脚，或击石取火，捡来旁边的枯叶点燃取暖，希望驱赶点寒气。

渐渐地，跺脚声由小到大，汇成了一片，仿佛是千军万马奔腾之声，回响在空旷的城外郊野；而一小撮一小撮的篝火，随风闪耀跳动，在晨曦冬雾中，远远望去，则像是荒墓野坟间的点点鬼火。

"少爷，您看这一点一点的火，远远看去像不像鬼火啊？'

矮个子冷不丁的一句话，让正在低头若有所思的高个子情不自禁地抬起头来，似看非看地望了一眼那一小撮一小撮的火星子，突然喃喃自语道：

"是啊，现在应该是千军万马化成点点鬼火，正在中原大地到处游荡的时候，鬼也要回家啊！"

虽然声音很小，但矮个子还是听到了，觉得莫名其妙，不知所云，遂接口问道：

"少爷说什么啊？"

"没说什么。"高个子继续低着头，跺着脚。

沉默了一会儿，矮个子又开口了：

"今天回去，俺们可以看见小少爷了。少爷在外三年，算来现在小少爷应该是四岁了吧，一定会说会笑，会叫爹了。"

"他哪里会叫俺爹？认得出认不出俺还是回事呢。俺离家时，他一岁还不到，他能记得什么呀？"高个子没精打采地说道。

"少奶奶今天见了少爷，一定高兴坏了。"矮个子又换了个话题。

高个子没吱声。半晌，却另起话头道：

"俺娘身体一直不好，又喜欢瞎操心，俺三年在外，杳无音信，她不知要急白多少头发。"

"儿是娘的心头肉，天下哪个做娘的不是这样呢？老话说，儿行千里娘牵挂，少爷长年在外，老太太怎能不时时惦记着呢？"

高个子听了矮个子的这番话，没有吱声，但好像抬袖在脸上轻拭了一下。大概是矮个子的话触动了他的心思。

又是一番沉默之后，矮个子突然又说道：

"不过，老爷身体倒是一直健朗，性格也开朗。再说，家里还有能干的大少奶奶，老太太身体一定没问题的。"

"唉，我那嫂子呀……"高个子说了半句，突然收住了。

正在此时，突然听到"吱呀"一声，人群立即涌动起来，原来是城门终于开了。

"少爷，城门开了，快进城吧。"矮个子催促道。

可是，直到城门口所有的人都进去了，高个子还是没动地方，呆呆地立在那里。

矮个子催了几次，也就不催了，默默地陪着他，一言不发。此时此刻，他完全理解主人的心情：三年来，主人异国他乡的漂泊求售而不遇，无数个失意后不眠夜晚的长吁短叹，这次囊空如洗地从齐国走到洛阳，一路上三餐不济，行同乞丐的经历，这一切自己都清清楚楚。而今，就要进城了，就要踏进家门了，这怎能不让潦倒落魄的主人百感交集、近乡情怯呢？

第二章 折节读书

1. 人情冷暖

沉默，犹豫，徘徊。

不知过了多久，太阳终于露出了地平线，晨曦初照，雾霭散尽。最终，主仆二人还是迟疑地迈开了步子，进了洛阳城。

"瞅，来了两个要饭的，过年了还要饭？"

正当主仆二人，一前一后，目不斜视，低头紧走之时，突然一群孩子大喊大叫起来。

高个子情不自禁地抬起头来，下意识地瞪了那群孩子一眼。

孩子们一窝蜂地跑开了，但叫喊得更欢、更响了：

"瞅，两个要饭的，过年了还进城，还凶巴巴的。"

听到娃儿们大喊大叫，苏二娘没听清叫什么，以为发生了什么大事，便连忙探头出来张望。开始没看清，待走近了，她看着看着，觉着奇怪了，这两人的样子怎么好眼熟呢？

好奇心驱使她主动迎了上去，一步，两步，三步，越来越近了，她终于看得真切了。可是，她仍然不敢相信。揉了揉眼睛，她想再走几步细瞧瞧。

没想到，她刚立定脚步准备细瞧时，突然那个背着行囊，走在前边的高高大大的叫花子先开了口：

"二娘。"

这一叫不打紧，可把苏二娘吓了一大跳，一下子就醒悟过来了：

"这不是大娘家的苏秦吗？秦儿，你出门三年，怎么连一点消息也没有呀？咋变成这样了呢？"

是啊，咋变成这样了呢？苏秦被二娘一问，一时语塞，真的不知如何回答。想当初，自己从师父鬼谷先生那里学成，由齐国回周都洛阳，是何等的风华？三年前，在亲朋好友的资助下，自己裘马

16

扬扬，衣着光鲜，挟百金，携书童，风流倜傥，意气风发，在爹娘、哥嫂、妻儿、兄弟和二娘、三娘等苏氏家族期许的目光下扬鞭出发，东游六国，志得意满地预期着三年说得六国诸侯，"合纵"成功，高官得做，骏马任骑，衣锦还乡，那时的豪情又何止万丈？唉，当初想得太简单了……

苏二娘见苏秦沉默不语，马上醒悟自己问得唐突了。于是，马上情急转舵，转向苏秦身后的矮个子道：

"秦三，老爷让你跟着少爷，就是让你多照顾少爷，怎么把少爷弄成这样了呢？"

秦三一听这话，张嘴想说什么，却什么也说不出来。

苏二娘突然一跺脚，如梦初醒似的对围拢在身边的几个孩子说：

"快！快！快！快去告诉苏大爹，就说苏秦叔叔回来了。"

孩子们一听，立即散开，连蹦带跳地往苏家奔去。一路跑，一路高声喊道：

"苏秦叔叔回来喽！苏秦叔叔回来喽！"

左邻右舍一听说苏秦回来了，连忙都跑出屋外，或探出头来张望。不大一会儿，苏家门前早已聚起了上百号乡邻，大家都是来瞧风光的。三年前，苏秦裘马扬扬，衣着光鲜，风流倜傥，意气风发，志在必得的豪情，还有那挟百金，携书童，在众人期许的目光下驱马扬鞭，呼啸而去的冲天意气，大家至今都还记忆犹新。现在三年了，该是大成功了，该是衣锦还乡了吧。

带着迎接周王那样的敬畏之情，带着争睹成功者伟仪风采的急切之心，众乡邻屏息等待了约一顿饭的功夫，终于看到远远走来了一高一矮的两个人。

近了，近了，一百步，五十步，二十步，十步。终于，大家看着苏家二少爷和他的仆从走近了苏家的大门。

大家不看则已，一看顿时傻了眼。眼前的苏家公子，哪有他们想象的裘马扬扬、前呼后拥的排场，就是跟三年前年少意气风发的模样相比，也是不可同日而语的。只见他满脸尘垢，头发蓬松，就像个乱鸡窝似的。面容憔悴，脸蜡黄蜡黄的。上身虽然还是穿着早先那件裘皮大袍，却破敝不堪。原来雪白的裘皮袍，现在却成了黄一块，黑一块，这里掉了一块毛，那里裂了一个缝，上面还沾满了尘土与草屑，活像一个在泥泞草地打过滚的癞皮狗。再看下身，也早已不是当初举步优雅的官人裙袍，而是贩夫走卒长途跋涉所穿的那种裙裳。足下所穿，则是草鞋，已非当年出门时所穿的那种士之木屐。苏秦自己背着行囊，秦三跟在后面担着书简。二人拖着疲惫的步履，一步三摇，有气无力，大有奄奄一息的样子。如果不是还背着的行囊和后面挑着的书简，这二人的模样与乞丐叫花子没什么两样。

乡邻们明显是失望了，有的人忍不住地摇头，有的人则长吁短叹，更有不少人已经忍不住低声议论开了。

"唉，苏大爹真是糊涂，他当初让儿子学什么不好，非要不远千里，让儿子大老远地跑到齐国，拜什么叫'鬼谷子'的怪人为师，学什么'纵横术'。现在好了，舍了那么多钱粮，儿子就这下场，不文不武，倒是成了一个不折不扣的叫花子了，唉！"一个头发花白的老汉一边叹息，一边低头往家去了。

"苏大爹这也是在做买卖，如果儿子真的成功了，封侯拜相了，那他倾家荡产，也能给苏家翻个本，使苏家重续当年世代为官的荣光，也值呀！"一个中年汉子不同意老者的话。

"想凭耍嘴皮子，上嘴皮和下嘴皮一搭，就说得天子王侯高兴，立马封侯拜相？嗨，世上哪有那么好的事？"一个中年汉子不屑地说，神情中颇有幸灾乐祸的味道。

……

正在大家这样热烈地低声议论之时，苏氏一家老小也都闻声跑了出来。

苏大爹、苏大娘步出大门，看见门前黑压压的众乡邻，手搭凉棚，四处张望，却没发现儿子苏秦的影子。

"哥哥呢？在哪儿？"苏秦的几个弟弟们踮起脚尖也没看见哥哥苏秦，不免急切地问道。

"叔叔回来了，人在哪儿啊？"苏秦兄弟的儿子们也出来找苏秦了。

苏秦的妻子香香站在公婆背后，虽不声不响，却是眼睛一刻也不停地在人群中搜寻着丈夫的身影。

"苏家大官人回来了啦，人在哪儿呢？可让嫂子日夜巴望了三年啊！"苏秦嫂子一个脚在门里，一个脚在门外，声音就传出来了，那夸张的声音好像要让整个洛阳城里的人都听见。

苏秦大哥与几个弟弟，则分开拥挤而喧嚣的人群，正在寻找着苏秦。

众乡邻见苏家人那副急切的样子，连忙退到一旁。好大一会儿工夫，他们终于找到了缩在人群一角的苏秦。

苏秦看到兄弟们，就像受了惊似的，立即低下了头。兄弟们突然发现苏秦变成这副模样，几乎都不敢相信自己的眼睛，一时张口结舌，愣在了那里，半天回不过神来。

随着众乡邻慢慢散开，苏秦主仆便清楚而突兀地显现在苏氏全家人眼前。全家老少本是带着欢天喜地的心情迎出来，急切地想一睹他衣锦还乡的风采，分享他成功的喜悦，没想到他回来却是这副模样。这如何不让全家上下顿时像寒冬腊月喝下了一碗冰水，心里凉透了，寒透了。再看围观的众乡邻那神色各异的眼光，那交头接耳，窃窃私语的情形，苏秦更觉颜面丢尽，恨不得寻个地缝钻进去才好。

沉默了一会儿，苏秦的嫂子最先回过神来，竟然当着众乡邻的面，情不可遏地对着公爹、婆婆埋怨道：

"家里日子本来就过得紧巴巴，还要东借西贷，花了那么多金子，让他去东齐求学，还要周游列国。好了，现在大官人回家了，苏家好有面子了吧！"

说着，一扭屁股，气哼哼地踢门而进。

苏大爹、苏大娘一时语塞，愣在了门槛之外。

苏秦妻子香香听着嫂子的话，看着丈夫落魄的样子，哭着转身而去，重回机房，一边哭泣，一边噼噼啪啪地织布。泪水湿了衣襟，也湿了织机上的根根纱线。

而此时的门外，围观的乡邻散去了一拨，又来了一拨，人数越来越多。

"哟，什么事这么热闹呀？"正在苏家人无比尴尬之时，苏家隔邻的卫老婆子出来了。她耳朵背，大家也没回她的话，因为说了，她也听不见。

大家都知道，苏家与卫家关系不好。苏家是世代书香门第，祖上几代都做着周王的大官，只是现在家道中落了。卫家则世代就是市井市侩人家，杀猪、打铁、剃头、种地，样样都来，虽然家中个个目不识丁，日子过得却好过苏家，三天两头，都能闻到狗肉飘香，馋得邻居们的娃儿直喊爹叫娘："我要吃肉，我要吃肉！"由此引得多少苦寒人家夫妻争吵，娃儿挨打。如今，卫老婆子出来看见苏家公子这副模样，那还不幸灾乐祸，说些冷嘲热讽的难听话？于是，卫老婆子一出来，大家不自觉地就给她让开了一条道。

卫老婆子耳朵不好使，但眼睛好使。她挤过人群，走近苏秦身边，瞅了一眼，就认出了他。于是，立即拉长声调说道：

"哟，这不是苏家二少爷吗？封侯拜相了吧，也不让俺们乡里乡亲的沾沾光？"

苏秦一听，头低得更低了，那尴尬之情，大有想寻个地缝钻进去，或是找面墙一头撞死之心。

秦三一听，则怒不可遏，情不自禁地握紧了拳头。可是，举起后，又无奈地缩了回去。

卫老婆子见此，扫了一眼围观的众邻，又不自觉地高声说道：

"念书有什么用？还不如我们老老实实地耕地耙田，贩货叫卖，出力出汗，还能混个肚子不饿，身子不寒。不念书，也不用花费那么多冤枉钱粮，供那些个摇头晃脑的先生，多冤！"

苏大爹再也听不下去了，黑着脸，咬了咬嘴唇，转身也回去了。

可能是因为卫老婆子话说得太过刻薄，也可能是大家都看不惯卫家那种有钱傲人的市侩嘴脸，最后终于有人出于义愤，站出来说话了：

"怎么这样说话呢？念书做不了官，也能识文断字，多懂些'天地君亲'的道理，好歹也比我们睁眼瞎要强多了。"

说话人大概知道，说出这话，卫老婆子虽然听不见，但可以打打圆场，为苏家开脱开脱尴尬。

"说的是，说的是！"众乡邻一听，连连附和道。

苏大娘见此，顿时抓住了机会，连忙走到苏秦身边，拍拍儿子衣上的尘土，眯着老眼，无限深情地拉着儿子的手，左看右看，然后好像是对着儿子，更好像是对着众乡邻，大声地说道：

"从小念书，没有吃过苦，受过寒。吃点苦，受点寒，不是坏事。老话说：'好铁要锻打。'人不摔不打，也不成人。吃得苦中苦，方为人上人。儿哇，别灰心！衣裳破了，可以再补；金钱没了，可以再聚。男子汉，大丈夫，可不能没了志气！儿哇，走，跟娘回家过年。回头娘给你好好拾掇拾掇，可不又是一个仪表堂堂的美男儿！"

一番话，说得苏秦泪如雨下。

众乡邻一见，顿时一哄而散。

2. 月上古槐

"三子，怎么还杵在那里不动呢？进屋这么久了，咋还不侍候少爷洗澡更衣？"苏大娘在前院后屋张罗了好一会儿，回到堂屋，发现秦三与苏秦还蓬头垢面地站在那里发呆，不免有些生气了。

秦三正想分辩，这时赵妈走过来了。苏大娘一见，又没好气地对赵妈说道：

"赵妈，你也这么大岁数了，怎么也不懂事？少爷进屋这么久了，你咋不招呼他洗澡更衣呢？"

"太太，刚才俺在后院收拾柴火……"赵妈觉得委屈，她是苏家的老佣人，已经五十三岁了。

苏大娘一听，觉得不好意思，连忙语气缓和地说：

"赵妈，你去灶房看看，大少奶奶的热水烧好了没有？俺去二少奶奶房里给少爷拿件换洗的衣裳。"

苏大娘推开二儿媳的房门，没人。听到机房有织布声，又到机房。结果，门关着，久敲不应。苏大娘只好又转身回到堂屋，这时赵妈也回来了，禀报说：

"太太，大少奶奶不在灶房，锅里也没有热水。"

苏大娘一听，心里明白了是怎么回事，但当着苏秦的面，强忍着没有发作，只是平静地说：

"赵妈，那你去烧水，俺到大少爷房里给二少爷找几件换洗的衣裳吧。"

"是，太太。"

赵妈答应着刚要离去，苏大娘又叫住了她：

"赵妈，顺便再给二少爷弄碗面吃，他肯定也饿了。"

"噢。"赵妈答应一声，低头去了。

"三子，你陪少爷到西屋歇会儿吧，准备一下澡盆，待会儿赵妈热水烧好了，你侍候少爷洗个澡，自己也洗一下，换身衣裳。俺现在就给你们找衣裳去。"交代了秦三几句后，苏大娘就往东屋去了。

找好了儿子和秦三的衣裳，苏大娘又去了灶间，看赵妈烧水烧得怎么样了。

"太太，时间不早了，今晚的年夜饭也要准备了。大少奶奶不知哪儿去了，怎么办？"赵妈一边往灶膛里添柴火，一边问道。

苏大娘一听，这才想起今天是小年夜，还有年夜饭的事。按照常规，平时的饭食，自己都是不插手的，至于像准备年夜饭这样的大事，更是从不过问的了。因为有她那个能干的大儿媳，一切都妥了。可是，今天则不然，大儿媳见苏秦落魂而归，早就嫌弃地躲开了，连年夜饭的事也撒手不管了。

想到大儿媳的势利，想到儿子苏秦的尴尬，苏大娘只好忍气吞声，决定今日就不去叫大儿媳了，免得自讨没趣。于是，便装着漫不经心的样子，顺口说道：

"赵妈，今天的年夜饭，你给俺做帮手，俺想自己准备，好多年没下厨了，也想再试试。"

"那好哇，今天大家可有口福了，老奴也多少年没跟太太学手艺了。"赵妈装着欣喜雀跃的样子。

于是，苏大娘和赵妈一边烧水让苏秦与秦三沐浴更衣，一边手忙脚乱地准备着年夜饭。

苏秦沐浴更衣已毕，先走到东房，想去看看爹，跟他说点什么。但是站在门口，见爹正坐在席上，倚着小几独自闷闷地喝着浑黄的烧刀子烈酒，他终于放弃了最后一点勇气。看着爹的样子，他如何能不理解爹此时的心情呢？爹此时心里有多么失望，也是可以想见的。想当初，爹也有不让自己与几个兄弟再读书的想法，不想儿子们也像他一样一事无成。甚至曾经想过，是否跟紧邻的卫家一样，让他们兄弟几个学做一个地道的庄稼汉，或做做小生意。可是，爹思想上似乎有些矛盾，对苏家一蹶不振地继续衰落下去似乎心有不甘。所以，尽管他嘴上反对他们兄弟几个读书为士，但是，八年前，当自己提出要远赴齐国，跟鬼谷先生学习"干谒王侯"的"纵横术"时，爹还是答应了。为此，让本不宽裕的一个大家庭，日子愈益过得紧巴巴的。家里一向由嫂嫂当家，她本来就是个嘴巴不饶人的角色，爹让自己远赴齐国求学，她自然心有不平，经常说些难听的话，让爹尴尬，也是不用猜测就可以知道的。人家都说"知子莫若父"，其实做父亲的苦心，为子的何尝不能更深切地了解呢？爹此时不理自己，自己怎么可能不理解呢？爹这是恨自己不能成大器，也为苏家至今不能中兴而感到沮丧啊！

深情地望了一眼独自闷闷不乐的爹，苏秦悄悄地离开了。当他不知不觉间走到自己的房前时，竟然发现房门洞开，妻子香香却不见人影。转到后院时，却听见机房内有噼噼啪啪的织布声。听着这杂乱而不同于往常的织布声，他知道妻子香香是在怨恨自己，躲着自己。

想到此，苏秦不禁心里凉了半截。今日自己铩羽而归，哥哥、弟弟唯恐避之不及，他可以理解；嫂嫂躲得不见踪影不做饭，他也可以坦然，因为嫂嫂是个妇人，自古有几个妇人不是势利的？更有几个嫂嫂跟小叔子的关系能够融洽？因此，对嫂嫂这种势利小人的态度，他现在完全能够理解。这三年在外，他已经饱尝了人世间的诸多世态炎凉，这已经不算什么了。但是，自己与香香毕竟是夫妻啊！今日自己落魄而归，她不仅没有对自己说一句安慰或鼓励的话，反而躲进了织布房，根本不理自己。这，就不能不让他万念俱灰了。虽然俗话说"夫妻本是同林鸟，大难临头各自飞"，但现在还没有遭遇大难，只是"干谒王侯"的仕途不顺而已。天下哪有样样顺利的？再说，做官是那么容易的事吗？如果做官做大事都那么容易，可以一蹴而就，那么大家就不会那么羡慕做官的人了，不会见了大官人自觉矮三分，心里又羡又怕，骨头都先软了三分了。

伤感郁闷中，不知不觉间，苏秦信步走到了后院。绕着院子低头走了一会儿，突然发现了有什么异样，抬头一看，原来一轮明月已然爬上了院子东边墙角的那棵古槐梢头，清冷的月辉正静静地洒在苏家这破败的院落中。

"吃年夜饭喽！"

时至戌时，随着赵妈的一声喊叫，在如水泻地的月光下，在摇摇欲灭的灯影里，伴着前街大户人家举杯邀盏的喧哗声，和着后巷贫寒人家孩童的嬉闹声，苏家的小年夜饭也宣告开始了。

三个食案并置而成的年夜饭桌上，摆了十几样菜蔬，有荤有素，不算丰盛，但也不算简单了。

苏大爹、苏大娘东向坐，苏秦兄弟四人南向坐，妯娌四人及孩子们西向坐，赵妈与秦三是仆人，敬陪末席，北向坐。

"今年的小年夜，俺们苏家人总算聚齐，能够吃个团圆饭了。"坐定后，苏大娘装着欣喜的样子首先开场道。

按常规，这年夜饭桌上，一向都是由苏大爹首先举杯说话的，因为他是一家之主。可是，今年情况不同，看着老头子黑着脸，看着全家人抑郁、尴尬的神情，苏大娘想挑个头，好营造个欢乐喜庆的气氛。没想到，话出口半天，没人接岔。赵妈几次张嘴，想借着夸苏大娘的手艺的机会，打个圆场，但抬眼望望苏大爹，看看苏家老小，又几次把话咽了回去。因为她知道她只是个仆人，苏家人让她上桌吃饭，已是莫大的抬举了，这年夜饭的席上，岂有她说话的份儿？

又沉默了片刻，苏大爹突然拿起面前的酒盏，大家都顿时一起抬眼看他，以为他要举盏说话了。没想到，他只自顾自地喝了一口。然后，拿起筷子，夹起面前碟子里的几根蕨菜，闷闷地嚼着。

全家老小一看，连忙低下头，也照着样子，闷声不响地喝起自己盏中的酒。一时间，饭桌上，除了碗筷相击与嚼啜之声，再无其他任何声响，更无谈笑喧哗之声。就连虎儿和苏秦哥嫂兄弟的几个孩子们，今天也一反常态，不言不语，不叫不闹。

沉闷，沉闷，沉闷得让人要发疯了。

"这是咋弄的？怎么都不说话呢？"苏大娘这时实在沉不住气了。

可是，仍然没有人说话。

"来，虎儿，你给大家敬杯酒吧。"

苏大娘见还是调动不起大家情绪，于是就想到叫孙子虎儿来逗弄大家，希望以孩子的天真可爱打动大家，从而营造出一点过年的气氛。

虎儿于是遵从奶奶之命，抬起小手，拿起了酒盏，先抬头看了看奶奶，然后又看了看爷爷、爹娘以及叔伯、婶娘们，一双乌黑的大眼睛滴溜溜地转动了一番后，见大人们都不言不语，仍在低头吃饭，遂又失望地放下了酒盏，重新低下头来，吃起了自己碗里的饭。

"今天都吃哑巴药了？这叫什么过年啊？"这下，苏大娘再也沉不住气了，把碗一搁，声音略有哽咽地说道。

"咳咳"，苏大爹一看形势不对，于是先干咳一声，然后抬眼扫视了一下儿子与儿媳们，最后，把目光盯在了苏秦身上，说道：

"我们周人的习俗，自古以来都是重视治产业、力工商，逐其蝇头小利，以此为谋生持家之务。而今你们兄弟倒好，都不屑于此，专擅口舌之长，而今困窘至此，岂非咎由自取？"

苏大爹的这句话，虽然表面看起来显得没头没脑，但此时此刻，饭桌上的任何人都是心知肚明其用意所在的。当然，苏秦更是心如明镜，知道爹说的不是真心话。如果他自己果真这样想，那么当初他就不可能让自己去师事鬼谷先生了。爹今日之所以这样说，其实，是想以此堵住大家的嘴。他作为一家之主，批评了自己，其他人特别是自己那个闲话很多的嫂嫂，也就不便再说什么了。这样，可以平息一下大家的怨怨之气，缓和一下过年的气氛。

想到此，苏秦连忙接住爹的话，道：

"爹教训的是！儿今知错了。"

苏秦父子这默契的一训一悔之后，苏大娘立即乘机打圆场道：

"不是有人说过，什么往者，什么来者的。"

苏秦的大哥连忙接口道：

"是'往者不可谏，来者犹可追'。"

"是，是，是，就是这句话。过去的事就过去了，别说它了。今天是小年夜，革故鼎新，新年新气象。"

苏秦一听，心想，娘可真会说话，一语双关，此情此景，真是找不出比娘这话更能打破今日尴尬的话了。

"革故鼎新，新年新气象，娘说的是！"

苏秦的几个兄弟一听，立即连忙附和。苏秦的嫂嫂与妻子、弟媳们，还有秦三、赵妈，也都连忙以苏大娘所说的"革故鼎新，新年新气象"九个字，作为年夜饭上的吉利话儿说了起来。

于是，饭桌上的沉闷终于被打破了。

大人们开始说话了，孩子们也就开始喧闹起来了，过年的气息渐渐又找回来了。毕竟孩子们的天真可爱，是能让人忘记一切烦恼的。不然，人们怎么会说孩子是维系家庭稳定的压舱之石呢？

3. 青灯苦读

月上中天，朔风呼啸，寒枝瑟瑟，洛阳城万籁俱寂，唯余金柝报更之声。

此时，苏家大院中，东房、西房、南房，早已鼾声四起。唯有北房，还有一盏奄奄一息的松明之光摇摇晃晃。

若明若暗的灯影下，苏秦木然地坐着。旁边的席上，则睡着他的妻子香香。虽然连日来长途跋涉，困顿不堪，但今天回家的一幕幕情景，却使他困意顿消，一点睡意也没有。

看着背对着自己侧身而卧的香香，苏秦不禁且愧且怜。晚饭前，香香不理自己，对自己一句安慰之言也没有，他感到不理解，甚至有恨怨之意。可是，等到吃完年夜饭，完全冷静下来后，这才觉得自己对香香的愧疚太多了。是啊，毕竟是自己无用，对不起香香，不仅使她空自相思、悬望、期待、苦等了三年，而且如今自己的失败，还会增加她在这个大家庭中的压力。嫂嫂那张嘴，今后不知还会说出些什么，香香不知还要遭遇多少的难堪。设身处地想想，香香没有心情来理解自己，那也是人之常情。

这样一想，苏秦觉得真的是对不起香香，遂情不自禁地抬起手来，在香香后背轻轻抚摸了一下。但香香没有反应，苏秦轻轻地叹了一口气。

呆呆地坐了约一顿饭工夫，苏秦终于起身离席，端起旁边灯架上奄奄一息的松明，悄悄地带上房门，出去了。

手捂着松明，他转到了卧房隔壁的一间小屋，那是他以前读书的书房。

书房还是老样子，周遭四壁都堆得满满当当。看着架上那一排排密密麻麻的书简，他越发感到无限地感伤。想想自己多少年来，青灯孤影，苦心攻读圣贤之作，可谓是上知天文，下知地理；识天机，断阴阳。自以为读破万卷书，能参透人世间的一切奇谋玄机，所以三年前才信心满满地拜别爹娘，忍抛妻儿，出发游说山东六国之王。没想到，三年中，不仅没说得齐、楚、魏、韩、赵、燕六个大国之王，就连中山、鲁、宋之类的小小诸侯也没有人赏识于他。唉，可惜了自己的满腹才华！可怜了天下苍生！今后不知还有多少个"桂陵之战"、"马陵之战"，不知还有多少刚刚由爹娘、爷爷、奶奶拉扯大的儿郎，又要无辜地把刚长成的年轻生命葬身在战场。养大一个男儿要花二十年，要毁灭他，只需战场上的一瞬间。如果山东六国之王听从自己"合纵"之策，那么魏、韩二国就不会自相残杀，齐国也不会出兵干预。如此，哪会有马陵道上自己亲眼目睹到的残骸枯骨，以及山口两端那一望无际的累累新坟呢？

唉，现在都这样了，还想这些干什么？身无分文，心忧天下，真是可笑！可笑！还是从此放下书简，打掉幻想，拿起锄耙，务本业商，也好挣些钱粮，上养爹娘，下抚妻儿吧。

想着想着，他恨不得把架上的书简都推倒，统统烧光，都是这些书简误了自己。可是，还没等他伸手去推书架，却已情不自禁地把手伸到了架上。无意间，翻检到了师父鬼谷先生所著的《鬼谷子》。开箧而视，得《揣》、《摩》二篇。于是，伏而读之。

古之善用天下者，必量天下之权，而揣诸侯之情。量权不审，不知强弱轻重之称；揣情不审，不知隐匿变化之动静。

何谓量权？曰：度于大小，谋于众寡；称货财之有无，料人民多少、饶乏，有余不足几何？辨地形之险易，孰利孰害？谋虑孰长孰短？揆君臣之亲疏，孰贤孰不肖？与宾客之智睿，孰多孰少？观天时之祸福，孰吉孰凶？诸侯之交，孰用孰不用？百姓之心，去就变化，孰安孰危？孰好孰憎？反侧孰辨孰知？能知此者，是谓量权。

揣情者，必以其甚喜之时，往而极其欲也；其有欲也，不能隐其情。必以其甚惧之时，往而极其恶也；其有恶者，不能隐其情。情欲必出其变。感动而不知其变者，乃且错其人勿与语，而更问其所亲，知其所安。夫情变于内者，形见于外，故常必以其见者而知其隐者，此所以谓测深探情。

故计国事者，则当审权量；说人主，则当审揣情；谋虑情欲，必出于此。乃可贵，乃可贱；乃可重，乃可轻；乃可利，乃可害；乃可成，乃可败；其数一也。

故虽有先王之道，圣智之谋，非揣情隐匿，无可索之。此谋之大本也，而说之法也。

读《揣篇第七》未完，苏秦挥手在额头上猛击了一掌，喟然长叹道：

"先生说得多么明白啊：'虽有先王之道，圣智之谋，非揣情隐匿，无可索之。此谋之大本也，而说之法也。'我以前怎么就没明白过来呢？至于如何揣摩人主之情，从而说之，先生也说得明明白白：'揣情者，必以其甚喜之时，往而极其欲也；其有欲也，不能隐其情。必以其甚惧之时，往而极其恶也；其有恶者，不能隐其情。情欲必出其变。感动而不知其变者，乃且错其人勿与语，而更问其所亲，知其所安。夫情变于内者，形见于外，故常必以其见者而知其隐者，此所以谓测深探情。'我以前怎么就熟视而无睹呢？"

对照师父书中所说，想想自己此前游说诸侯时，只知侃侃而谈，而不知先揣人主之情，再察其颜色变化，从而有的放矢进行游说，苏秦愈益痛悔自己以前读书不求甚解。

痛悔之后，再急展《摩篇第八》而读之：

摩者，揣之术也。内符者，揣之主也。用之有道，其道必隐。微摩之以其所欲，测而探之，内符必应；其索应也，必有为之。故微而去之，是谓塞窌匿端，隐貌逃情，而人不知，故能成其事而无患。

摩之在此，符之在彼，从而应之，事无不可。古之善摩者，如操钩而临深渊，饵而投之，必得鱼焉。故曰：主事日成，而人不知；主兵日胜，而人不畏也。圣人谋之于阴，故曰神；成之于阳，故曰明，所谓主事日成者，积德也，而民安之，不知其所以利。积善也，而民道之，不知其所以然；而天下比之神明也。主兵日胜者，常战于不争不费，而民不知所以服，不知所以畏，而天下比之神明。

其摩者，有以平，有以正；有以喜，有以怒；有以名，有以行；有以廉，有以信；有以利，有以卑。平者，静也。正者，宜也。喜者，悦也。怒者，动也。名者，发也。行者，成也。廉者，洁也。信者，期也。利者，求也。卑者，谄也。故圣人所以独用者，众人皆有之；然无成功者，其用之非也。故谋莫难于周密，说莫难于悉听，事莫难于必成；此三者唯圣人然后能任之。故谋必欲周密；必择其所与通者说也，故曰：或结而无隙也。夫事成必合于数，故曰：道、数与时相偶者也。说者听，必合于情；故曰：情合者听。故物归类；抱薪趋火，燥者先燃；平地注水，湿者先濡；此物类相应，于势譬犹是也。此言内符之应外摩也如是，故曰：摩之以其类，焉有不相应者；乃摩之以其欲，焉有不听者。故曰：独行之道。夫几者不晚，成而不抱，久而化成。

读着读着，他突然眼睛为之一亮，好像茅塞顿开，心胸豁然开朗起来，不禁喟然而叹：

"先生之道，何其宏大！先生之说，何其深刻！'摩之在此，符之在彼，从而应之，事无不可'、'故谋莫难于周密，说莫难于悉听，事莫难于必成'、'摩之以其欲，焉有不听者'，摩之精蕴，不尽在此吗？揣意，摩情；摩情，揣意，这不正是游说人主的关键所在吗？不'揣意'，何以说人主？不'摩情'，何以动君王之心？为士既已屈首受书，而不能以此取尊荣，虽多何益？今有先生《揣》、《摩》二篇，说诸侯，取尊荣，当游刃有余矣！"

感叹一番，寻思一番之后，苏秦又突然想到，说人主而取尊荣，有师父鬼谷先生的《揣》、《摩》二篇够了，那么若为卿相，何以治国平天下呢？

于是，又夜检书简，陈箧数十，翻出太公《阴符》之经，连夜伏读，读至第七篇：

柔能制刚，弱能制强。柔者，德也；刚者，贼也；弱者，人之助也；强者，怨之归也。故曰：有德之君，以所乐乐人；无德之君，以所乐乐身。乐人者，其乐长；乐身者，不久而亡。舍近谋远者，劳而无功；舍远谋近者，逸而有终。逸政多忠臣，劳政多乱人。故曰：务广地者荒，务广得者强。有其有者安，贪人有者残。残灭之政，虽成必败。当断不断，反受其乱。

苏秦越读越兴奋，越读越觉奥妙无穷，直读到疲惫已极，天快大亮时，才伏案沉沉睡去。等到醒来，早已日至中天，午饭时间都过了。

就这样，日复一日，月复一月，寒暑不易，夜以继日，连续六个月，一直读到《揣》、《摩》、《阴符》三经的简册韦编三绝。

可是，六个月之后，苏秦觉得有些读不下去了，懈怠情绪不时有之。特别是晚上，常常不自觉地就睡过去了。等到醒来，早已日上三竿，时光的步伐又迈了一步。

七月十五，天气酷热难耐，一丝风也没有。狭小的书房内因为都是书简，北窗开得又高，屋内就如蒸笼一般。苏秦虽然汗流浃背，心烦气躁，有些坚持不住了，但是，一想到香香每天郁郁寡欢的样子，一想到嫂嫂每天的闲言碎语与白眼，一想到每天要吃上一口嗟来之食时的痛苦心情，一想到爹为了再次支持自己苦读所承受的心理压力，他不得不强打精神，一遍又一遍地研读。可是，晚饭过后不久，当他刚读了两遍《阴符》经后，睡意在习习凉风的诱惑之下，再也无法克制了。于是，不知不觉中，一觉就睡到了日上三竿。之后的几天，他虽然多次在内心责备自己不争气，但这种情况还是时有发生。

八月初一，晚饭后苏秦回到卧房换一件衣裳，突然在小条几上看见了妻子香香纳鞋底用的锥子，于是灵机一动，就顺手携了出去，带到了书房。

这天晚上，夜半天凉之时，睡意又袭来了。苏秦拿起锥子在大腿上轻刺了一下，立即又振作了起来。如此反复几次，最后一次竟完全不管用了。一咬牙，一狠心，他用锥子狠狠地刺了一下大腿根。结果，血流如注，湿了衣裤，流及脚跟。不久，他就什么也不知道了。

直到第二天早上，他才知道，幸亏昨晚秦三半夜起来小解，顺便到书房看他时及时发现，并帮他止了血，不然他早就没命了。

光阴似箭，日月如梭。

周显王二十九年（前340）腊月二十三，又是一个新年到了。

"少爷，该出来吃年夜饭了。"又是一个月上古槐的时刻，秦三来到苏秦的书房，催他出去吃饭。

"噢，又过年了？"苏秦似乎有点不相信自己的耳朵。

"是，快去吃饭吧。读书读得连日子也记不得了。看少爷这次读得这样痴迷，再出山……"

未及秦三说完，苏秦已轻轻地推开摊在书案上的简册，"霍"的一声从席上跃起，一边伸展开四肢，抖动了几下，一边望着窗外，像是对着秦三，又像是对着刚刚升上古槐的一弯新月，自言自语地说道：

"想俺苏秦，寒窗苦读，十载有余，上知天文，下知地理，通兵法，知阴阳，岂有久说人主，而不能得其金玉锦绣，取其卿相高爵之理？而今，俺以太公《阴符》，兼以师父《揣》、《摩》二章，说当世诸侯，足矣！"

第三章 行行重行行

1. 榜样的力量

邙山苍苍，洛水泱泱。

周显王三十年（前339），正月初五。风是寒的，呼呼地吹着；地是冻的，坚硬如铁。冰凌犹如珠帘，挂在家家户户的屋檐之下。洛阳城内，悄无声息；洛阳城外，少见人迹。

时近正午，风住了，太阳也出来了，虽然显得懒洋洋，没有多少暖气，可给人的感觉好多了。

与往常一样，到吃午饭的时间，秦三又推开了苏秦的书房门。苏秦头都没抬，就知道一定又是秦三，是来叫他出去吃饭的。

"我知道了。"苏秦一边顺口说着，一边仍眼盯在书简之上。

可是，秦三并没有像往常那样立即退出书房，而是原地不动。

苏秦觉得奇怪，遂抬起头来，问道：

"还有什么别的事吗？"

"少爷，小人刚刚听到一个消息，不知少爷有没有兴趣？"

"什么消息？不妨说来一听。"专心苦读一年，从未耳闻过窗外之事的苏秦，一听秦三说到有消息，立即来了精神。

"小人今天上街，看见茶肆里聚了很多人，就去凑热闹。"

"茶肆里的热闹有什么好凑的？"苏秦不屑地说。

"小人看见人多，出于好奇，才会凑上去的。"

"那是什么热闹呢？"苏秦舒展了一下酸麻的四肢，漫不经心地随口说道。

"有一个从秦国来的人，书生模样，正跟大家讲着一个非常了不起的人的故事。"

"什么了不起的人？"

"也是一个游士出身。"

"哦？也是一个游士？怎么样？"苏秦一听秦三说的这个了不起的人也是游士，情不自禁地坐正了身姿，兴趣盎然地追问起来。

"他原本是卫国的一位公子。"

"叫什么名字？"苏秦觉得自己周游列国，眼界不算狭小，如果那游士真是个人物，自己肯定有所耳闻。

"叫公孙鞅。听说他当初在卫国混不下去，就跑到了魏国，投奔了当时的魏相公叔痤。"

苏秦一听魏国之相公叔痤的名字，立即默默地点点头，因为他知道公叔痤是位贤相。

秦三见苏秦点头，立即来了精神，于是接着道：

"公孙鞅到魏国不久，公叔痤就发现他是个奇才。于是，就想找个机会向魏王举荐他。可是，偏偏不巧，总是一直没找到机会。后来，公叔痤病重，魏王探病时问他身后什么人可以继任魏国之相。公叔痤就顺势举荐了公孙鞅，并要魏王举国听计于公孙鞅。"

"结果怎么样？"

"结果，魏王没有听从。就在公叔痤病故后不久，公孙鞅听说秦孝公张榜求贤，就偷偷跑到了秦国。"

"跑到秦国，又怎么样？"苏秦更加心急了。

"听说游说了几次秦王，就被秦孝公信任，做了客卿，在秦国推行新法。后来，改革获得大成功，秦孝公不仅任命他为秦国之相，在秦国做了十年一人之下万人之上的高官，而且去年又被秦孝公封了个大良造，据说是十六级爵位，从来没人得到过。"

"哦？"

苏秦听到此，不禁又惊叹又慨叹。惊叹的是，公孙鞅竟有如此的能耐，真是天外有天，人外有人啊！慨叹的是，自己周游列国，虽然早先也曾耳闻过公孙鞅在秦国变法的事，但对其详情却不甚了了，更没想到他变法如此成功，而今还被封了爵。看来，自己还是孤陋寡闻，视野不够开阔。游说诸侯，自己怎么就从来没想到西边的大秦之王呢？

秦三看看主人的神色，已然知道他此时的心理了。于是，说得更有劲了：

"公孙鞅爵封大良造后，亲任秦将，率军伐魏。结果，计赚魏公子卬，大破魏军，迫使魏国向秦国献出河西之地，魏国从此衰落。魏惠王无奈，只得舍弃西都安邑，东迁到了东部的大梁。公孙鞅也因此盖世之功，又被秦孝公封之于於、商十五邑，号为商君。"

苏秦不听则已，一听立即眼睛放光，久久地盯着秦三，好半天，连嘴巴都合不上。没想到自己闭门苦读一年，这世上就发生了如此翻天覆地的变化。

沉思，感叹。

良久，苏秦突然幡然醒悟，自言自语道：

"'良禽择木而栖，贤臣择主而事'，前贤言之是也！山东六国之主，实乃燕雀之辈，不足恃也。西秦之王，才是高飞的鸿鹄，是我苏秦真正可以托身之主！去年大困而归，妻不以我为夫，嫂不以我为叔，父母不以我为子，这不都是山东六国诸侯不用我之罪吗？"

苏秦一边嘴里喃喃有词，一边拉起秦三就往外跑。

秦三不解，问道：

"少爷，您要干吗？"

"找俺爹去啊。"

"找老爷干吗？"秦三更不解了。

"让俺爹给筹钱，俺要到秦国去游说秦王。"

"少爷，您看家里都这样了，老爷能筹得出钱吗？"

秦三的这句话，犹如严冬里一盆兜头泼下的冰水，一下子让苏秦寒彻骨髓，顿时消除了先前的兴奋劲儿，清醒地回到了现实中。

但是，经过几天的苦思冥想与感情的深刻矛盾之后，苏秦最终还是打定了主意，为了自己的前程，为了苏家的荣光，为了要在乡邻面前找回丢掉的自尊，自己还得作最后的一搏。不过，这一次他决定放弃以前捏合山东六国而西抗强秦的"合纵"之策，而转为推行扶强秦、弱六国的"连横"之计。

实现了人生理念的重大转变后，正月初九，苏秦硬着头皮，一步三停地进了爹的东屋。

此时，苏大爹正坐在席上，倚着小几案在翻看一册书简。

"爹。"苏秦犹豫了好半天，才轻轻叫了一声。

"嗯？不读书，跑这来干吗？"苏大爹正在凝神读简，猛听苏秦叫了一声，立即惊讶地抬起头来。

"爹，俺想……"

苏大爹见儿子吞吞吐吐，半天也说不出个下文，不由得火上心头：

"你想什么？说啊！你这个样子，还像个男人吗？如何做得了一番大事业？"

苏秦见爹这样说，立即壮起了胆子道：

"爹，儿是怕说出来让您为难？"

"什么事？你不跟爹说，还能跟谁说？"

"爹说的是。俺想，这么多年了，爹一直让儿读书，目的也是想让儿有朝一日能够出人头地，得个一官半职，也好复兴俺苏氏家族，也好让爹娘脸上有光。都怪儿以前读书不求甚解，结果在外多年，一事无成，不仅花光了家里的钱，让全家人为俺过苦日子，还让爹娘在乡邻面前脸上无光。"

"你知道这些就好。"

"儿今又苦读了一年，觉得比以前明白了很多。既然已经是文不文武不武了，不如爹您让儿再试一次吧。"

"你是说还要出去游说诸侯？"

"是。"

"爹让你再读一年书，心里也有这个意思。只是……"

未等苏大爹说完，苏秦已经知道他爹的意思了，连忙道：

"儿知道，家里现在困难，哥嫂都对爹有意见。"

"是啊。"苏大爹说着，就低下了头，显得非常无奈。

好半天，父子相对无语，房里静得连二人鼻息之声都可听见。

"爹，还是算了吧。"又过了好一会儿，苏秦轻轻地说道。然后，躬了一下身子，转身准备迈步出门。

"慢！"

虽然只有一个字，声音很轻，仿佛是从牙缝中迸出，但苏秦听得出来，这一个字说得果决。顿时，苏秦感到神情为之一振，那只刚刚举起还未迈过门坎的左脚顿时悬在了半空，来不及落地，就旋了一个轻快的弧线，一个急转身，惊讶地望着他爹道：

"爹，您……"

未及苏秦问出口，苏大爹已经说道：

"俗话说：'舍不得孩子套不着狼。'这样吧，爹再给你一次机会。过两天，爹就把祖传的几件老东西变卖了，再给你凑上一年的费用。这一次，你可要好自为之了！爹在人面前已经没脸好丢了。"

苏秦一听，眼睛一酸，眼泪顿时夺眶而出，腿一软，"扑通"一声跪在了席上。

2. 肠断洛阳

周显王三十年（前339）正月十五，风和日丽，正是一连多天凄风苦雨、大雪霏霏后难得的一个好天气。

这天一大早，苏秦就在亲友的资助下，在爹娘的支持下，在乡邻们怀疑的目光下，在妻儿难舍的情怀中，毅然决然地踏上了西行大秦的路途。

"秦儿，停一下。"苏秦出门没走几步，苏大娘就叫住了他。

"娘，您还有什么话要交代吗？"昨天晚上她已经跟他说到了半夜。

苏大娘张了张嘴巴，半天也没说出什么。仰头望了望高大的儿子，然后转到他背后，轻轻地替他扯了几扯衣裳。在外人看来，她似乎是要为儿子扯平衣裳，其实衣裳一点没皱。

"娘，您身体不好，儿走后，您别为儿多操心！俺都这么大了，出门在外也不是头一次了。"

苏大娘默默地点点头。

深情地凝视着满头白发的老娘良久，苏秦又抬眼望了望远远立于门阶之上的老父亲，瞥了一眼躲在门槛之内的哥嫂及弟弟、弟媳们，还有倚门而立的妻子香香和偎在香香怀里的儿子虎儿，扫了一眼夹道相送的众乡邻们，然后突然放开娘的手，掉头低首往前紧走了几步。

"秦儿，停一下，袖子。"

苏秦走了没几步，苏大娘又小跑着追了上来，扯了扯他的袖子。

苏秦看看袖子，没发现有什么不妥。看看娘，他知道娘此时的心情。

"秦三，游滑，快点走吧。"

强忍着眼泪，苏秦再次别过脸去，一边快步紧走，一边招呼随行的秦三、游滑快点跟上。

秦三就是上次伴同苏秦出行、东游山东六国三年的书童。而游滑则是苏大爹刚给找来的新仆从，是个流落洛阳市井的孤儿。大概是因为穷人的孩子早当家，加之从小在市井混迹，为人非常精明。帮佣打杂，走南闯北，引车卖浆，无所不干。样子虽然不起眼，猴瘦干瘪，可为人却非常练达世故，善于随机应变，见风转舵，称得上是个"见人说人话，见鬼说鬼话"的角色。所以，大家都叫他"油滑"。苏秦这次出行，苏大爹之所以要找游滑作随从，一来是想壮壮儿子的行色，二来是想借助游滑老江湖的处世经验，帮助儿子处理远出在外可能遭遇到的困难。虽然游滑为人油滑些，但毕竟是乡里乡邻，大家都是看着他长大的，为人本质上不坏，所以还是可以托付的。

低头往前紧走了约略五百步，苏秦又情不自禁地回头张望了一眼，只见围观的乡邻早已散得差不多了。但是，影影绰绰中，似乎还能看见娘在寒风中飘动的满头白发，看见爹倚门而望的佝偻着的身躯，脑海中不时掠过娘痴痴远眺的神情，掠过爹那期待、期许的目光。

此时此刻，他真想狂奔过去，再回头看一眼慈祥的娘，望一眼无言默默却在心底对他寄予无限希望的爹，想对他老人家说一句"爹，儿不会让您失望"之类的安慰话。他更想再回过身来，抱抱他那已经五岁的儿子，亲亲他的小脸蛋。还有，就是对香香说句体贴的话，感谢她对自己无限的柔情与托付终身的信赖……

可是，他不能这样，因为他是男儿汉！是男儿汉，就应该要有一副铁石心肠，要有一副义无反顾的男儿汉气度。即使没有，也要装出来，那样才能让他的爹娘与妻儿相信他是一个能做成大事的男儿汉！

"这一次，无论多苦多难，也不能空手而归了，一定要博得个衣锦还乡，也不辜负了爹娘的养育之恩和香香的殷切期望，也不要让嫂嫂再把我苏秦看成是个窝囊汉，更不要让卫老婆子那等市侩小人再对我苏家说三道四。"

一边低头走，一边在心里这样想。不一会儿，主仆三人就到了洛阳城门口，要出城了。

"少爷，出城后怎么走？"秦三突然问道。

"啊？这么快？"被秦三问了一句，苏秦这才惊讶地抬起头来。一看，果然洛阳城门近在咫尺了。

"少爷，您知道往秦国怎么走吗？"游滑也问了一句。

"秦国怎么走，俺也没去过，只知道是往西。"说着，苏秦茫然地看了看洛阳城门，不知不觉间停下了匆匆的脚步。

站在城门口，三人不知是要进还是要退。良久，游滑开口道：

"俺们还是先出城，再一路走一路问人吧。俗话说'路在嘴边'，俺们还怕到不了大秦?"

"也是。"秦三附和道。

可是，望着洛阳城门，苏秦既没有回应二仆的话，也没挪动一步。

于是，三人一时都僵在了城门口，相对无语。

约略沉思了一盅酒的工夫，苏秦突然对秦三和游滑说道:

"回去!"

"回去?"秦三和游滑不约而同地睁大了眼睛，都不敢相信自己的耳朵。

苏秦见他们一脸惊愕，忙说:

"不是回家，不妨先在洛阳城里，就近游说游说俺们的周王。"

秦三一听，连忙一跺脚，一拍大腿，欣喜若狂地高声说道:

"有理，俺们咋就没想到呢? 何必舍近求远，墙里开花墙外香呢? 要是俺周王信任俺少爷，在俺这洛阳城里保保俺周王，不也一样吗? 在家门口做官也风光啦，跑到几千里几万里，就是做了王侯将相，又怎么样呢? 俺家老爷、太太们也看不见啊!"

苏秦一听，不禁在心里笑翻，秦三这是楚人"沐猴而冠"的想法。算啦，不跟他讲，说了他也不明白。

其实，苏秦突然想到就近先游说周显王，一来是希望能够得些资助，周王现在地盘虽然仅局限于这洛阳城内，但毕竟他是天下共主，瘦死的骆驼比马大啊;二来是想能够借助游说周王成功而捞些政治资本，自己从来没有游说成功的经历，也未曾得到任何诸侯王的赏识，如何能够向秦王证明自己的价值呢? 如果说得周王信任，借着为周王游说天下诸侯作招幌，以天下共主的周王特使的名头出游诸侯各国，那情形就完全不同了。这世道，你没有名分，谁把你当回事啊?

洛阳城并不大，这样想着，走着，不一会儿也就到了周王的王宫前。

"游滑，俺爹说你会办事，你上去跟门禁官交涉一下，求他们通报一下周王，就说有洛阳之士苏秦，是齐人鬼谷先生的弟子，想求见周王。"

游滑没有文化，不懂什么"鬼谷先生"，但知道苏秦说的意思就是求周王看门的官爷给通报一声。于是，立即应声答道:

"好！少爷这么看得起小人，小人就去试试看。不过，少爷，求人得有点意思啊！"

苏秦一听，先是一愣，继而想到：爹说过，游滑懂世故，会办事，大概知道找人办事"有点意思"就是世故吧。于是，苏秦就从袍袖中掏出一点碎金给了游滑。

游滑接金在手，立即趋步升阶，一步三级地走到了周王的宫门前。先是笑容可掬地跟那看门的官爷寒暄了两句，然后袍袖一摆，麻利而不露痕迹地递上了"意思"。宫禁官立即喜笑颜开，道：

"这位爷，有什么事要小人效劳吗？"

"也没什么大事，就是麻烦大人给周王通报一声，求周王见俺家少爷一面。"

"敢问你家少爷尊姓大名，什么身份？"

"俺家少爷姓苏名秦，就是这洛阳之士，可是个出过远门，见过大世面的。"

"噢？那你等着，俺这就进去找管事的通报周王。"

苏秦一看，心想：哎，游滑还真行！以前游说山东六国之王，秦三就不会这一套，怪不得连许多诸侯王的面都见不上，怎么游说他啊？果然，这世道，有钱能使鬼推磨！自己以前压根儿就不懂这些世故，怪不得三年要大困而归。是啊，不能怨天尤人啦，自己不懂世故也是原因。

不大一会儿，正当苏秦这样自我反省，觉得游滑通关有功时，从宫中施施然走出了两个峨冠博带的人，一胖一瘦。

苏秦一看就知道，这二人是有些官身的。于是，情不自禁地挺了挺胸脯，正了正衣冠，又摆出满脸的笑容，等着这二位官爷来做前导，带他进宫去谒见周王。

没想到的是，二位官爷见了苏秦，却并未笑脸相迎，而是摆足了得意傲人、不可一世的官爷架势。

苏秦一见，虽然心凉了半截，但为了能够求见周王，只得强装笑脸，作出一副毕恭毕敬的样子，垂手低头而立。

"你就是洛阳之士苏秦？"胖官爷劈头这一句，那种居高临下的口气差点让苏秦以为他就是周王了。

"鄙人正是洛阳乘轩里人苏秦。"尽管心里非常受不了，但苏秦还是忍耐着，并陪着一脸灿烂的笑容。

"先生大名，周王早有耳闻。"瘦官爷似乎比较客气。

苏秦一听，不禁大喜，心想：这么说来，见周王，得到赏识的概率就很大了。早知如此，俺何必三年东游六国，结果搞得大困而归呢？想到这，心中更是后悔不迭，当初怎么不从家门口的周王开始说起呢？如果三年前是从周王说起，说不定早就高官得做，裘马扬扬，现在正以周天子的特使身份巡游天下，发号施令，万众折腰了呢！

正当苏秦如此做着美梦之时，突然，胖官爷又开了口：

"先生宏论高策，天下皆知。然而，周王所处，仅成周弹丸之地。若以成周弹丸之地，践行先生之策，恐犹耄耋老人之攀邙山，怕是无以为望。望先生还是以高妙之策，去说有宏愿大望的诸侯吧。"

苏秦一听，脑袋立即"嗡"的一声，差点当场昏厥过去。这狗官不是在当面嘲笑自己吗？他这不是绕着弯子说自己的游说谋策大而无当吗？

当着秦三、游滑两个仆人的面，又是在家门口，就这样被人奚落、嘲笑，苏秦此时觉得这比前年游说山东六国大困而归时自尊心所受到的损伤还要大。

然而，就在他感到无地自容，为在家门口丢人现眼而羞愤难当之际，又听到那个刚才说话还算客气的瘦官爷在一转身的当儿，对胖官爷说道：

"俺早就听说他好发激切慷慨之论，以求耸动人君。他的所谓'高策'、'妙说'，从来都是些浮词虚说，不切当世之务。他游说山东六国诸侯三年，从没有一个人买过他的账。前年大困而归，全城人谁不笑掉大牙？而今想用浮词蒙俺周王，哼，连门儿也没得！"

这话虽说得声音很低，但秦三、游滑都听得非常真切。而在苏秦听来，则如同耳边滚过一阵炸雷，顿时气得浑身如同筛糠。

秦三偷眼看了苏秦一眼，见他脸色铁青，立即安慰道：

"少爷，您别跟这帮小人一般见识。"

"秦三说的是。老话说得好：'阴沟里行不了大船。'少爷好比是一条大船，这周王早就是个不济事的主了，他那小朝廷啊，撑死了说，也就是个小阴沟而已，哪里跑得了少爷这条大船呢？"游滑不失时机地帮衬着打圆场道。

秦三见游滑这样说，遂又补上一句道：

"这种王八蛋，在这样鸟大个城中，做个傀儡王的小官，也这等趾高气扬，呸！"

听着二仆的一唱一和，苏秦虽然心存感激，却又感到无比的尴尬。好半天，他站在原地一动也没动，也没有一句话。

秦三、游滑看着脸色铁青、沉默不语的主人，一时没了主意，只得面面相觑。

过了好久，苏秦终于平静了下来，果决地催促秦三和游滑道：

"快走快走，出城，西去！俺们还是走得远远的吧。"

"少爷说的是，人家都说'远香近臭'。"秦三不假思索地接口道。

"什么哪？叫'墙里开花墙外香'。"游滑嫌秦三说得难听，立即打断他的话，纠正道。

"秦三说的也没错，确实是'远香近臭'。看来，这话还真的一点不假！在家门口，人家都知道你底细，即使你有再大的本事，可是人家都是看着你光屁股长大的，怎么能把你当回事呢？"

听着苏秦这番好像是通达，但更像是愤激的话，游滑立即接口道：

"都怪小人没见识，当初要是劝少爷一句，也不会带少爷受气了，还白费了少爷有限的盘缠。"

"不怪你！不说了，俺们还是快点赶路吧。"苏秦宽厚地说道。

于是，三人加快了脚步，径直往城门而去。约一顿饭的时间，就出了洛阳城。

可是，迈出洛阳城门不到百步，苏秦却又突然停住了脚步。

"少爷，怎么又不走了？"秦三不解地问道。

游滑望了一眼苏秦，然后用肘碰了碰秦三。

苏秦好像没有听见，也没有看见。呆了约半顿饭的时间，突然回过头去，望了一眼周王城那两扇高大的城门，又环视了一眼周边起伏的山峦。然后，慢慢地背转身去，抬起手臂，好像是用袍袖拭了一下眼睛。

3．夜宿姜家庄

正月十五过后的中原大地，仍是天寒地冻，霜浓路滑。

苏秦主仆三人，挑行囊，担书简，昼行夜宿，起早摸黑，希望赶在开春之后，在春暖花开之日，到达秦国都城咸阳。

行行重行行，非止一日。二月中旬，主仆三人终于到达韩国与魏国边境的渑池。

在渑池，主仆三人找了家旅店安顿下来。稍作休息了一下，游滑和秦三就出去向人打听西行的路线了。

"打听得怎么样？"二仆一回到旅店，苏秦就迫不及待地问道。

"少爷，大致路线和方向知道了，不过……"

"不过什么，快说啊！"见游滑吞吐其词，苏秦连忙催促道。

"不过这西行的路途，恐怕并非俺们想象的那么简单。"

"怎么说？"苏秦又急切地催促道。

"俺们向很多人打听了，路线说的都不一样，但都说路途非常遥远，少爷计划在开春之后赶到咸阳，恐怕很难。如果能在初夏到达，也就非常不错了。"

"是啊，少爷，这往大秦去的行程俺们还是头一遭，路上少不了要走一些冤枉路的。"秦三也从旁提醒道。

沉吟片刻，苏秦默默地点点头。

见此，游滑又说道：

"少爷，既然行程并不像俺们想象的那么乐观，是否要检点一下盘缠，好好合计合计，安排一下路上的开销呢？"

苏秦一听，觉得游滑这话非常在理。于是，就开始清点盘缠。

看苏秦清点完，停了片刻，游滑怯生生地问道：

"少爷，俺们这一路到底已经花了多少钱？"

"将近全部盘缠的十分之一吧。"

游滑一听，差不多要跳起来了，瞪大眼睛望了苏秦半天，然后他平静下来，幽幽地说道：

"少爷，从洛阳到渑池，也只是五六百里的地啊！"

"是啊，真是不算不知道，一算吓一跳。"苏秦知道游滑话中的意思，他是抱怨自己不会算账，乱花钱。于是，不好意思地说道。

苏秦这样一说，游滑倒觉得不好意思了。停了片刻，又忍不住地说道：

"少爷，小人还有一句话，不知当讲不当讲？"

"但说无妨。"

见苏秦口气诚恳，游滑遂鼓起勇气，率直地说道：

"少爷，小人虽走南闯北地跟人做过点小生意，但只在韩、魏二国之间跑过几趟。至于秦都咸阳，小人以前甚至都没听说过，这路到底该怎么走，小人心里实在没有底。如果只在韩、魏二国之间穿梭，小人可以说是轻车熟路，基本上不会走弯路。既然不会走冤枉路，也就不会多花一个半个冤枉钱。但这往大秦的路途，小人就不敢夸口了。虽说'路在嘴边'，但有时也会免不了要走些冤枉路，当然也就免不了要花冤枉钱的。再说，少爷这干谒秦王的事是件大生意，如果有什么需要，总还得用点钱打点吧。所以，小人觉得，少爷这点钱如果不精打细算，恐怕到秦国之都咸阳是有困难的。"

苏秦一听，觉得游滑说得非常在理。于是，就诚恳地问道：

"你跑过生意，走南闯北，也算是个老江湖了。依你看，有何节俭之道，量入为出，以达咸阳？"

游滑见问，忙说：

"节俭之道有是有，只是恐怕少爷……"

苏秦见游滑欲言又止，知道他有顾忌，遂鼓励道：

"你我主仆之间，这千万里之途，本就是要患难与共、同舟共济的，自当知无不言，言无不尽才是，不必那么多的顾忌，有话直说吧！"

游滑一听苏秦这般坦诚，且平易近人，遂放开胆子道：

"俺们此次西行，虽有千万里之遥，若逢城不入，夜不宿店，则所费必少。有这些盘缠，要到咸阳，也是绰绰有余的！"

苏秦与秦三一听，都觉得奇怪。

未及苏秦开口，秦三已经迫不及待地问道：

"逢城不入，可以。夜不宿店，莫非……"

游滑明白秦三的意思，也明白苏秦心里想问而没问出的意思，遂连忙解释道：

"俺所说的'逢城不入'，不是说什么城都不进，而是尽量少进城，只在要办事，或是要补充干粮，或是要打听路线时，才进城。少进城，就少花钱，也省时间啊。"

苏秦与秦三一听，都点点头。

游滑又接着说：

"俺说的'夜不宿店'，不是说要少爷露宿街头，或露栖野外，而是说俺们以后不要在城里住店了，晚上到城郊向老乡说些好话，在老乡家借住一晚，第二天就走路，不就省了住店的钱吗？要是遇上好些的人家，说不定还能赏口饭吃，不更好？俺以前跟人跑过生意，常常这样。只是……"

游滑说到此，又吞吐起来。

苏秦忙问：

"只是什么？你说！这一路都要靠你，你走南闯北，见多识广，经验也多。"

游滑见苏秦这样说，似乎很是尊重自己。于是，就直言道：

"只是怕少爷低不下头，磨不开面子，说不了下气的话，受不了俺们下人们的苦。"

苏秦一听，心想，自己早就经过这些了，前年游说六国大困而归时，路上分文皆无，和叫花子有什么两样？但这事只有秦三和自己知道，当时回来后，在爹娘和妻子面前，自己也是绝口不提的，说出来好丢人！今天对游滑，当然更不便说了。

想到此，苏秦便装着若无其事的样子，笼统模糊地回答道：

"以前也遇到过一些困难，也熬过来了。还是根据你的经验，怎么安排，你决定吧。反正，我们也只有这点钱，当然是尽量省着点花。"

主仆商议已定，从此路上的一切，包括衣、食、住、行以及路线的选择，都由游滑安排了。

根据游滑的安排，主仆三人在渑池越过韩国边境进入魏国后，继续沿河（古代黄河称"河"）之南岸一直往西直行。日出而行，日落而息。晓行夜宿，非止一日。三月初九，主仆三人终于到达魏国临河要津陕。

在这近一个月的行程中，由于游滑善于打听，路线安排合理，所以路走得相当顺当，没多费时间，也没费多余的脚力。行程中，每到日暮黄昏之时，都赖游滑出面交涉，借住老乡之家。尽管有时也不顺利，但好歹最终都没花钱，也没露宿旷野街头，总能凑合着熬过一晚。有时，时候晚了，老乡们都睡了，不便夜敲月下门，只好就着老乡的门廊或是檐下，找把麦秸干草一垫，裹紧外面的大氅，盖件随带的棉袍，主仆三人靠在一起，也就对付着熬过了一晚。虽然艰苦点，但这样日复一日，除了三人每天简单的三餐费用外，节省的开支数目却是相当可观。这样，苏秦的心也定了不少，心中着实感激游滑。

陕是个战略要津，也是个繁华的大都会。按照游滑的安排，至陕后，苏秦主仆照例还是进了城，找了家小饭铺，简简单单地吃了顿饱饭，以作生活改善。接下来，就由游滑在城里找一些走南闯北的生意人，打探向秦国去的路线方向。

由打听得知往秦都咸阳有两条道可以选择。一是北线方案，在陕北上，渡河，然后向西直行，到魏，然后由魏向西南走，再渡河而西，至魏、秦对抗的战略要津阴晋。再由阴晋往西走，在魏国河西长城的南端，过武成，绕道华山北麓，就进入秦国境内了。而且往西直行，要不了多少天，就能到达秦都咸阳的。二是南线方案，不过河，由陕继续往西再向南，到达魏国河南的另一战略要津曲沃，再往西南行至秦国所据之雄关——函谷关。过关后，再绕道楚所据有的汉中，经过於商，往西北行，到蓝田，就可以到咸阳了。

游滑没文化，根本听不懂这些路线方案及地名。苏秦与秦三虽听得懂，但也记不住，于是就边问边记，把两条路线方案及地名刻在了一个小木简上，以备沿路行进之用。

有了路线图，主仆三人又为到底选择哪个方案犯愁了。苏秦倾向于走南线，因为他心中早就有个念头，想从函谷关走一遭。自己要游说秦王，其中必然要说到函谷关。自己如果亲自过了函谷关，对于函谷关之险要，有个切身的感受，届时说起来就能言之凿凿，让秦王觉得自己确是读过万卷书，行过万里路的，不是那种只在书简中过活的书呆子。但是，秦三和游滑都觉得走南线不如走北线。走北线，往西直行，虽要穿越不少关隘和华山等山区，路途有些艰难，但路线直，不绕弯，可以节省时间，实际上也就是节省了开支，可以早些到咸阳，见到大买主秦王。南线不仅要过秦国所据的关隘函谷关，还要通过楚国地界，再绕往西北方向的蓝田，才能望到咸阳。虽然路途平坦些，但路绕了很多。走的时间越长，每天三顿饭的开支也就越大了。苏秦觉得他们的建议很实际，最后还是决定走北线。因为他知道，快快到咸阳，见了秦王，那才是一切的一切，关键的关键。

选定入秦路线后，主仆三人再在城里补充了些干粮，就出城找老乡借宿去了。

走出城门，秦三回头望了一眼高大的城门，情不自禁地感慨道：

"唉，真是一文钱难倒英雄汉啊！要是有钱，何必进了城还要出城住到乡下呢？还得让少爷委曲求全，求告他人，才能寄住他人檐下。"

"不能这样说！"游滑立即反驳道："英雄也有落难的时候。不是有句俗话，怎么说来着？"

"是'吃得苦中苦，方为人上人'吧。"秦三不无得意地补充道。

"是，是，是这句话。少爷今天吃苦遭罪，日后肯定能出人头地，做大官，骑高马，前呼后拥，光宗耀祖。"

听着二仆这番话，苏秦没说什么，但在心底更加坚定了一种信念，那就是无论多么艰难，此次都一定要游说成功，这种屈辱的日子再也不能过下去了。

出了城，走了好一阵子，在红日西沉的薄暮时分，主仆三人才好不容易望见了一座村落。

走近村落，他们发现，这个村落并不大，看看房舍，数了数，也才七八户人家。村落周边是一片大树林。此时虽是初春时节，但却仍是一片枯藤老树的冬日景象，看不出一丝春的气息。一棵棵枯树枯枝上，成群的老鸦"呱，呱"地叫着，盘旋着飞过他们的头顶，然后又箭一般地飞栖上另一棵高大的枯树之枝。

看着这情景，苏秦心中觉得好不凄凉！

主仆三人进村后，先绕着村子转了一遭，最后决定去敲一个房舍较为宽大的人家之门。

来到门前，苏秦仔细打量了一下这户人家，虽然由房舍表面上看去，已经明显现出了门庭败落的迹象；但从规模上看，知道这户人家原来应该是一个家况较好的大户人家。

于是，苏秦就让游滑上前去敲门。

敲了好一会儿，门才"吱呀"一声开了。

门开处，眼前出现的是一位白发苍苍的老汉。

苏秦连忙躬身施礼，然后再抬起头来，仔细端详眼前的这位老者。只见他白发银须，虽然佝偻着腰，脸上布满皱纹，显得非常憔悴苍老，但是，从模样看，他不像是一个地道的犁田打耙的庄稼汉，似乎是个通文墨的老人。

苏秦打量着老者的同时，老者也以惊奇的眼光，打量着眼前这三位日暮临门的不速之客。

苏秦一边打量老人，一边寻思着如何开口借宿。正在犹豫不决之时，老者倒是先开了口：

"三位何以日暮而至寒门？"

苏秦正欲开口回答，游滑早已接口道：

"老伯，我们主仆三人，因连日旅途劳顿，走得疲乏，今天走得慢了些，没赶上闭城之前进城。没有办法，可能也是机缘凑巧，正好来到老伯门下，还望老伯能够行个方便，明天我们早早就会出发。"

苏秦不禁在心里感佩游滑，真会说话，又求了人，还保留了我们的面子。现在在人屋檐下，还说是机缘凑巧。唉，他确实比我还会说话，如果他有文化，识文断字，他游说君王肯定比我成功。

正在苏秦心中如此想着，老伯说话了：

"既然如此，三位客人就进来吧。谁会背着房子出门行路呢？出门人谁不会遇到些难处？"

苏秦一听，忙向老伯打躬作揖，谢个不停。秦三和游滑一听，则连忙将行囊和书简担子搬了进去。

进门后，老伯带着苏秦主仆三人径直走到院中的一个小屋。只见里面有一个土炕，被褥简简单单。

苏秦一看，心想，这就够了，对付一晚不成问题，能够碰到今天这样的条件，已经是很久都没有了。

老伯指了指炕，对苏秦说：

"今晚就委屈三位将就一夜吧。"

说着，老伯就走开了。

过了一会儿，老伯又转过身来，回到了小屋。此时，苏秦主仆正在展褥扫炕。老伯见此，连忙退身而出。但前脚刚抬起，就听三个客人在说话。

"少爷，肚子饿了吧？要不要去问老伯讨点热水，泡点干粮吃一口啊？"

"这么晚了，打搅老伯多不好意思，看老伯的样子，恐怕年纪不小了。"

"我们又不是没饿过肚子，今天能有这样好的住宿条件已经非常难得了，别再打搅老伯了。少爷，您看咱们还是就此歇下吧，睡着了也就不觉饿了。明天咱们早点起来，问老伯讨口水，就着水吃几口干粮，也就对付了。现在，如果去讨水什么的，会让人觉得是不是还想求饭？"

"说的是。"是少爷的声音。

老伯听到此，不禁心里一酸。立即转过身来，探头向小屋里说道：

"三位客人可能还没吃饭吧，既然没进城，自然也就无处吃饭了。"

老伯冷不丁的一句话，把苏秦主仆吓了一跳。但回过神来，又让他们惊喜万分。

愣了一下，还是游滑反应快，立即接上老伯的话，顺水推舟地说道：

"老伯猜得对，如果老伯肯赏口热水，那我们就感激不尽了。只是这样，太让我们过意不去了。"

"老话说：'在家千日好，出门一时难。'谁都会有出门为难之时。"老伯宽厚而平淡地说。

"谢谢老伯体贴之恩！"苏秦主仆三人几乎是异口同声地说道。

"三位请跟我来。"

说着，老伯在前，领着苏秦主仆三人走过破败的小院，踏着满地的腐叶与浮尘，来到了另一间小屋。

"灶里还有几个馍馍，还有余温，三位凑合吃一口吧。"老伯一边说，一边揭开了锅盖。

没等苏秦开口言谢，秦三、游滑已经异口同声地连声答道：

"那太谢谢老伯了！太谢谢了！"

说着，没等老伯动手，游滑已经从锅里拿出了那几只余温尚存的馍馍。主仆三人也顾不得笑话，也没有多余的客气谦让，就着灶台，站着就把几个馍馍吃了。

老伯看着三人狼吞虎咽的样子，情不自禁地点了点头。大概他觉得他猜对了，这三位是饿了。

看他们吃完，老伯又指着灶台上的一个破瓦罐说：

"灶上瓦罐里有水，要渴，就随便喝几口冷水吧，家里现在没人给你们烧热水，他们都早早睡下了。这天好像比往年冷得多，有点奇怪，不知今年又要出什么事啊！"

听了老伯这没头没脑的后一句，又见他满脸忧虑的样子，苏秦猜想老人肯定有什么心思，家里肯定有什么事情。想到老伯允诺留宿，又赏水赏饭，自己连老伯姓甚名谁都不知道，苏秦不禁又感激又惭愧。于是，情不自禁地脱口而出道：

"相扰真是太多了！还未请教老人家高姓大名？"

老伯见苏秦见问，也就接口打开了话匣子：

"老身敝姓姜，从齐移魏，已是第三代了。"

苏秦忙接口道：

"如此说来，那老人家可是太公的嫡传后裔啊，失敬！失敬！"

老伯听到苏秦夸他是姜太公姜子牙的后裔，并没像苏秦预期的那样来了精神，也没有因此而跟他一起追忆太公姜子牙辅周灭商，建立周朝王业的往事，更没有跟他讨论太公《阴符》兵法之类的兴趣。恰恰相反，听到苏秦提到他的祖上，老伯反而喟然长叹道：

"那个话不必说了。现在我们姜家想过个儿孙绕膝、平平安安的太平日子也难了！"

苏秦见他这样说，肯定他有家族的苦难。于是，情不自禁地又问了一句：

"老人家怎么说这个话？"

"唉，后生啊，你不知道老夫的苦啊！"

苏秦一听，立即后悔起来，刚才不该追根究底地问他原因。正自我反省时，老伯又说话了：

"十四年前，齐　魏桂陵之战，魏国大败，齐国杀了我们魏国八万儿郎，那其中就有我的第二个儿子啊！他刚刚二十岁，成亲不久，还没见到他的儿子，我的次孙，就被征发上了战场，结果死在了桂陵啊。"

苏秦一听，心情一下沉重起来。于是，更后悔刚才不该跟老伯攀谈，更不该追问老伯家族的情况。

"唉，活蹦乱跳的一个儿子就这样死在了战场！老伴差点哭瞎了眼。未曾料到的是，失去儿子之后，十四年间，我们又好不容易地拉扯大了长孙，也才刚刚二十岁，前年又被征发上了战场，又是跟齐国打仗，还是那个庞涓与孙膑斗兵法，结果我的长孙和十万魏国儿郎都被孙膑活活烧死在马陵隘道，连尸首也辨不出啊。"

说着，老伯不禁老泪纵横。

苏秦一见，顿然慌了手脚，心里更加不安。如果今晚不到老伯家借宿，如果刚才不与老伯攀谈，老伯也不会勾起这么多悲伤的回忆。唉，该死！

不过，就在后悔自责的同时，苏秦也彻底明白了老伯刚才不愿谈姜家的光荣和太公兵法的原因。都是因为太公兵法，才有庞涓与孙膑的斗法，才屈死了魏国几十万无辜的儿郎。当年与秦三一同过马陵隘道所见的情景，此时此刻仿佛还在眼前一般。

就在老伯神伤、苏秦后悔的当口，善于察言观色的游滑知趣地岔开话题道：

"少爷，今晚真是太打搅老伯了，不仅留了宿，还扰了老伯的一顿茶饭，真是非常感谢！天色也不早了，老伯年纪大，也要早点休息了，千万别再伤心！如果伤了身体，我们心里就更是不安了！少爷，我们就让老伯早点安歇吧。"

老伯见游滑如此说，也感觉到了自己的失态，不该让陌生的过客也跟着自己伤心。于是，强打精神，说道：

"三位明天一早还要赶路，快快休息吧。老夫失陪了。"

说着，老伯手擎摇摇欲熄的松明子，就独自进院里的左厢房去了。

目送着老伯颤巍巍的身影进了左厢房后，苏秦主仆重又回到他们今晚借宿的那间小屋，迅速脱衣解裳上炕，希望早早入睡，明天还得抓紧时间往西赶。

可是，上了炕，苏秦却怎么也睡不着，老伯的话仿佛还在耳旁。于是，一会儿想着天下百姓的苦难，一会儿又想到远在洛阳的爹娘，还有苏家的荣光、自己的前程，心里是无限的矛盾。就这样，经过一夜辗转反侧，到了鸡叫三遍，天快亮时，他才迷迷糊糊地睡着了。

"少爷，天亮了，快起来赶路吧。"秦三不知道主人才刚刚合上眼不久，一见天亮，就赶紧跳了起来，一边推，一边喊。

迷迷糊糊中，苏秦只好起来，穿衣着裳。然后，再三再四地谢过姜老伯，又与二仆一起继续上路了。今天他们将由陕渡河而北，晚上要到河北借宿了。

4. 秦川风，游子泪

周显王三十年（前339）三月十二，天上飘着些微云，太阳暖暖地照着；地上冻土化解殆尽，和风习习，吹面不寒，春天的脚步已然近了。

这天，苏秦主仆三人正急急行进在魏国河北地界。因为天气好，主仆的心情也好，三人一路走，一路说着些闲话，脚步轻盈，走到日中时分，也还不怎么觉着累。

说着，走着，游滑偶然抬头往前看了看，好像远远有很多人朝这边涌过来。游滑以为是军队，吓得大叫道：

"少爷，您看，前方是些什么人，怎么成群结队，那么多，是不是……"

苏秦连忙抬起头，手搭凉棚，极目远眺。望了一会儿，也不知所以。

正在三人迟疑犹豫之际，那群人已经快到眼前了。

约略两百步远，苏秦终于看清楚了，原来是一群肩挑背扛的乡人。

那么，他们为什么这样成群结队呢？苏秦不禁疑窦丛生，遂对游滑道：

"游滑，你上前问问看，他们这些人是干什么去的？为什么这样急急惶惶，成群结队？"

游滑遵命，急忙迎上前去，向最先走近身旁的一位年长的老人躬身施了一礼，问道：

"老伯，你们这是往哪儿啊？为什么这样急急忙忙？是不是出了什么事？"

老人见问，又看到苏秦三人是外乡人的样子，于是喟然长叹道："又要打仗啦！"

"跟谁打仗？"苏秦这时也凑了上来，一听说要打仗，立即插上嘴来，急切地问道。

"还有谁？还不是秦国？"

"秦国？"

见苏秦不解的样子，老人遂又一边摇头叹气，一边悲愤地说道："去年，秦国伐魏，大败俺大魏军队，割了俺大魏的河西之地。现在秦国又得寸进尺，又以河西为跳板，倾发大兵向魏国打来了。"

"已经打到哪儿啦？"游滑急切地插断老人的话，问道。

"听说现在正在攻打俺大魏的岸门呢。"

"岸门在哪儿啊？"游滑又问道。

"岸门可是俺大魏的要塞啊，就在俺大魏西北与秦接壤的边境之上。"

"哦。"游滑明白了。

"想当初，俺大魏在李悝为相时，那是什么景象？那时，李相为俺大魏进行变法，国富民强，俺大魏可是天下第一霸啊。"

苏秦知道这些，点点头，表示赞同。

　　老人见苏秦对他的话产生了共鸣，遂更加感慨地说道：

　　"没想到，李相过后，魏王错任了庞涓为将，四面出击，与天下诸侯为敌，结果一败于桂陵，二败于马陵，三败于公孙鞅，而且丢失了俺大魏苦心经营多年的河西之地。如果不是丢了河西之地，俺大魏有河西之地为屏障，而今秦国也不可能以此地作为跳板，更不敢直接渡河而东，攻伐俺大魏的西北要塞岸门。唉，这些年来，俺大魏接二连三落败，人亡城陷，已是江河日下了。现如今，俺大魏的老百姓实在对俺魏王没有了信心。现在秦国军队打来，俺们这些百姓除了逃，还能怎么样呢？眼下河北的魏国百姓，是人人不宁，家家不安，真是惶惶不可终日，不知道明天自己还能不能见到太阳呢？"

　　说到这里，老人差不多要热泪盈眶了。但是，看看都已经走远了的逃难的人群，老人只得匆匆挥别苏秦主仆，往前追赶他的家人同族去了。

　　望着老人远去的背影，苏秦不禁黯然神伤。秦、魏开战，虽然他不会像魏国百姓那样关心战争的结果，但两国开战，这往西的行动就要受阻，行程就要迟延。也不知这仗要打到何时？如果打个没完没了，战个难分高下，拖个三年五载，这西进入秦游说秦王的计划，岂不是又要泡汤？想到此，苏秦真是急火攻心，惶惶不安，因为自己的盘缠消耗不了这么长时间。

　　还好，魏国实在已经不是以前的魏国，早已没有苏秦想象的那么坚强与强大。秦国很快就夺得了魏国河东的第一个战略要地岸门，接着班师回还了。秦孝公对于魏国的策略是蚕食，不是虎吞，因为秦国目前还没有那么强大。

　　秦、魏战事结束，魏国河北之地的百姓生活又恢复了平静，苏秦主仆三人也可以重新登途出发了。因为在魏国河北之地耽误了近三个月，急赶慢赶，他们到达魏国西部大城魏时，已是八月初一，正是初秋时分。

　　这一年是周显王三十年（前339），气候有些反常，虽然已是初秋，却酷热难当。苏秦主仆三人实在没法，只得起早摸黑赶路，中午时分或下午实在太热，也就只好找个地方歇凉。

　　八月初三，苏秦主仆抵魏后，照例是先进城休整一下。在城里，他们先备了些后面旅程要吃的干粮，然后找了家小饭馆，主仆三人稍稍吃了一顿好点的饭菜，算是犒劳自己一下。因为天气太热，吃得主仆三人大汗淋漓。游滑与秦三索性脱掉单衫，光着膀子。苏秦毕竟是读书人，不好意思像他们一样。店主人见苏秦如此斯文样子，就忙递过一把蒲扇。

于是，苏秦一边摇扇，一边吃面，一边看着秦三、游滑二人呼啦呼啦地扒拉着面条，显得特别带劲、畅快，心里是既高兴，又觉得不是滋味。他们跟自己一路，不但苦吃了不少，就是饭也不是每顿都能保证的，常常是饥一顿饱一顿，很少能吃到什么像样的饭菜。如果日后自己真的成功，应该好好报答秦三和游滑二人，起码让他们吃饱穿暖，过上像样的日子，也不枉他们跟随自己这一场。

吃好饭，付了账。主仆三人又去找老江湖的生意人打探，进一步了解继续西行入秦的详细线路。不一会儿，就打听得确切，下一大站的目标是河套南下东折之处的要津——封陵。

据知情者说，封陵曾是魏国进据秦国河西的战略要塞，魏国以前之所以能据有河西之地，就是以封陵为跳板，逐渐向西扩张的。因为魏国在李悝变法后，一度曾是天下第一强国，所以恃强逞勇，魏国才强占了本属秦国的河西之地，并在河西修筑了长城以作为与秦长期相持的屏障。只是后来与齐国交了两次手，大败而伤了元气。去年，被秦相公孙鞅用计赚了公子卬，魏国再次惨败。加之，齐、赵此时又趁火打劫，从东北方向进攻魏国，甚至要威胁到魏国东部最重要的城池，诸如大梁、济阳、濮阳等。魏王没办法，只得割河西之地与秦，与秦和好，由此吓阻了齐、赵，并由西部都城安邑迁都东部重镇大梁，实现了国家战略重心的转移。

了解了详细情况，也知道河西之地如今已易主，苏秦心里明白，如今从封陵向西渡河，进入河西，也就算进入秦国了。

打探好路线，主仆三人依然出城借宿乡民之家，明天开始又要出发，目标是封陵。

冒着初秋残暑，苏秦主仆走走歇歇，到了九月中旬，三人终于到达封陵，向西渡河而进入了河西的秦国地界。

渡河进入河西之地后，主仆三人遇到了新的困难，这就是语言问题，河西与河东语言几乎不通。尽管河西之地曾一度为魏国地盘，但河西之民并不会因为河西之地的归属而改变他们世世代代所说的语言。

除了语言上出现了困难，进入河西地界后的苏秦主仆，接下来又遇到了地理上的难题。在他们西进咸阳的途中，首先出现的就是横亘于他们面前的华山。因为游滑也没有到过河西，对于河西的山川形势与风土人情并不了解，加上语言上几乎不通，所以他们只知一直往西就到咸阳。但一直往西，并不是让他们直行向西，眼下他们必须绕过华山才能往西到达咸阳。那么，怎么个绕法呢？是往北绕，还是往南绕？上次在魏国陕城向人打听入秦路线时，曾有人说过，在封陵渡河后，往北绕过华山，再往西。但过河到河西地区后，游滑问了几个当地乡民，或者说不知道，或者说往南绕，有的人根本听不懂他们的洛阳话，他也听不懂他们的河西话。这可难坏了游滑，附近又没有大城镇，找不到走南闯北熟悉路线的生意人可以详细打探。

于是，他们就凭感觉，先从南面绕着华山往西。结果走了几天，路上遇到一个行路人，一打听，说应该往北绕，从原来魏国与秦交界的长城南端绕过去，那里有官道，秦国出兵向东，常从此道过。谢过行路人，游滑心想，应该还是在魏国陕城问过的生意人说得对，要是自己相信了他的话，也就不会跑了这么多天的冤枉路了。九月中旬的天气，除了早晚还比较凉外，中午、下午有时还是相当热。既带累大家，又多费了时间和开支，因为多走一天，就要多吃一天的饭。

苏秦与秦三并没有埋怨游滑，如果没有游滑，他们更不知要多走多少冤枉路，多花多少冤枉钱呢！

听从过路人的话，三人坚定了信心，确定往北绕不会错后，就向北围着华山绕啊绕，行啊行，终于绕过华山，到达原来是魏国河西与秦接邻的城池武成。

到达武成时，已经是十一月中旬了，天气也已经冷起来了，时令已届初冬。虽然从魏国河东的封陵到秦国的武成直线距离不长，但由于语言不通，又有华山阻挡，要绕道，真如老话所说："望见山，跑死马。"马尚且要跑死，何况他们是人，而且是在外行走了近一年的人了。

由武成再往西，下一个目标是郑县。从武成到郑县距离不远，也只有几百里地，但是由于路线不熟悉，语言不通，三人又走了不少弯路。到郑县时，已经是十二月底了。

"少爷，今天是腊月二十八了，咱们怎么打算？"站在郑县城门口，游滑提醒苏秦道。

"是啊，少爷，要过年了，还往秦都咸阳赶吗？"

苏秦听二仆这样一问，一时没了主意。是啊，今天都腊月二十八了，如果不在郑县城内过年而继续赶路，那也不现实。不说咸阳还遥遥不知在何方，就是近在咫尺，可以立马赶到了，此时过年时光，要去游说秦王，似乎也不可能，秦王也要过年啊。

想到此，再看看二仆期待的目光，苏秦终于下定了决心，道："咱们不走了，先在这住几天再说吧。"

秦三马上接口问道："那么，是进城住店，还是出城借宿呢？"

"这还用说，当然只好进城住店了。你想想，大过年的，谁家愿意陌生人在他家过年？"

"游滑说得对，这次住店的钱就不能省了，也省不了，就进城找家合适的旅店吧。"

"少爷说的是。"秦三一边随声附和着，一边挑起了担子准备进城。

"不过，少爷，住店咱们还得合计一下，尽量找一家最便宜的，能省就省啊，不就是睡个觉嘛。"

"说的对。"苏秦点点头，立即应和着游滑的建议。

打定了主意，主仆三人就在郑县城内一家一家客栈挨个问过去，不断地讨价还价，最后好歹找到了一家报价最低的。虽然条件相当差，但主仆三人觉得，能有个避雨挡风的地方安歇，已经是非常好了。

安顿妥当，主仆三人在城里随意走走，一来放松放松，二来了解一下秦国的民俗民情。

转眼就到了腊月三十。这天一大早，苏秦刚睁开眼睛，游滑就趋前问道：

"少爷，今天是年三十了，今晚就是大年夜，您看咱们……"

苏秦一听，马上明白他的意思，但没有直接回答，而是沉默了一会儿，以问代答道：

"你看，这年怎么过？"

游滑看着主人信任的目光，又看看秦三期待的表情，挠了挠头皮，吞吞吐吐，却又像是定见在胸地说道：

"可不可以找店家借个灶间，咱们买点菜，自己拾掇一下，也就有了一顿年夜饭了啊！"

"这也是个办法。"苏秦赞赏地点点头。

见此，游滑连忙说：

"少爷，那小人这就去找店家了。"

说着，拉着秦三一溜烟去了。

不一会儿，二仆回来了。秦三一进屋就兴高采烈地报告道：

"少爷，店家答应了，都是游滑能说会道。"

苏秦满意地点点头，不禁多看了游滑几眼，眼有赞许之意。

秦三见此，又接口说道：

"少爷，灶间借好了，时间也不早了，那么小人们就要上街……"

苏秦一听，立即明白过来，这是提醒他给钱买菜呢。于是，连忙从棉袍袋里掏钱，摸索了半天，摸出一把秦国圆形方孔钱，这是前些时候兑换的，就剩这些了，今天一起从衣袋里搜索出来。

从苏秦手上接过钱，二仆又一溜烟出去了。

大约烙二十张大饼的工夫，秦三与游滑拿着买好的年货欢天喜地地回来了。说年货，其实也太夸张了，只不过是一点羊肉，一把蕨菜，几个白萝卜，外加一小瓦罐酒。

当一轮残阳慢慢隐落在西山之坳，呼啸的寒风在暮色的掩护下显得越发的肆无忌惮。不久，便见一弯冷月疲乏无力地爬过东面的一座小山。苍白清冷的月光下，旅店房后的一棵脱尽枝叶的杨树，仿佛一具干尸突兀于窗前。

就在苏秦站在窗前触景生情，无限感伤之时，由游滑主理、秦三打下手的年夜饭，已在店家的灶间准备妥当了。

"少爷，吃年夜饭喽！"

秦三与游滑一边喊着，一边麻利地摆放好炕桌，端上刚刚做好的三个菜：一碗烧羊肉，一碗蕨菜，一碗烧萝卜。

正席坐定后，游滑首先恭恭敬敬地跪直了身子，对着苏秦举起了酒盏，道：

"能与少爷同席过年，这是小人以前做梦都不敢想的事。今天有此机会，实在是小人修来的福分！少爷，小人先敬您一盏，祝少爷新年过后顺利到达秦都咸阳，说得秦王，封侯拜相。"

"嘿嘿，到那时，俺们过年也就不止是这三个菜喽。"秦三得意地说道，仿佛主人已经封了侯，拜了相。

苏秦端起酒盏，望着游滑、秦三，张嘴嗫嚅了半天，想说点什么，却又没说出只字半句。最后，"嘿嘿"苦笑了两声，一仰脖子，将一盏酒先喝了下去。

秦三、游滑见此，便就不再说话了，只是随着主人一盏又一盏地闷头喝着那罐浑黄的高粱酿烧刀子。

没到一顿饭的时辰，主仆三人都趴下了，伏在小炕桌上呼呼大睡起来。而桌上的那三碗菜，才吃了一半，羊肉汤早就结成了肉冻。

也不知过了多久，突然一阵刺骨的寒风带着呼啸之声从破败的窗户中吹进，吹得炕桌上那支本就摇摇欲灭的松明儿近熄灭，吹得睡梦中的苏秦浑身一激灵。

惊醒过来的苏秦，揉揉惺忪的睡眼，扫了一眼因月上中天而愈益黯淡下来的客房，借着炕桌上那支奄奄一息的松明微光，看到了二仆正伏在炕桌边呼呼大睡，又看到炕桌上的三盏残酒与三盘剩菜。当又一阵寒风破窗而入时，他下意识地紧了紧身上的棉袍。与此同时，他也马上意识到，秦三、游滑再这样睡下去，肯定是要生病的。如果二仆都病倒，那么自己就更是上天无路入地无门了。

想到此，他立即借着松明黯淡的光线，迅速将炕桌与炕桌上的酒菜移开，展开被褥，将秦三与游滑和衣安顿到被窝里。然后，自己也脱了外面的棉袍，睡了下去。

秦三与游滑移睡到被窝中，舒服多了，睡得也更香了。

听着二仆此起彼伏的鼾声，苏秦顿然睡意全无。躺在炕上，仰望着黑乎乎的屋顶，他先是想到了秦三与游滑的身世，后又想到了自己。思来想去，他突然觉得自己比秦三、游滑还要可怜。他们虽是仆人，还是孤儿，可眼下他们吃得下，睡得着，漂泊在外过年，也并没看出他们有什么感伤。大概因为他们本就是无家可归的人，在秦国过年，或是在洛阳过年，事实上没有什么两样，反正都是没有家。从来就没有享受过家的温暖与天伦之乐，也就没有失去的惆怅。此时此刻，即便他们是没有喝醉，相信也能睡得鼾声如雷的。而自己呢，情况就完全不一样了。自己不仅有室有家，而且上有爹娘，下有妻儿，还有三个哥嫂兄弟。本来，自己也可以与大家一样，在洛阳与妻儿厮守，在家侍候爹娘，做个人人夸奖的孝子贤孙，妻子爱敬的丈夫，儿子亲昵的爹爹。可是，他不能！为了士之尊严，为了中兴衰落的苏氏家族，更为了实现自己大丈夫"取卿相尊荣"的个人理想，他不得不长年累月在外求学、游说、漂泊、流浪。即便是过年，也不得不像孤魂野鬼一般在外游荡，唉！

望着窗外秦国淡淡而冷冷的月，听着秦川呼啸的狂风吹得旅店破败见光的屋瓦"哗哗"作响，想着在洛阳的爹娘、香香、虎儿，还有哥嫂兄弟们，苏秦不禁潜然泪下。

第四章 "连横"说秦王

1. 咸阳惊变

冬去了，春走了，夏来了。

八百里秦川一望无垠，到处草长莺飞，郁郁葱葱，一派欣欣向荣的景象。

周显王三十一年（前338）的六月初一，天蓝地碧，和风拂面。一大早，苏秦主仆就到达了渭水南岸的渡口。今天，他们要北渡渭水，直抵此行的终点——秦都咸阳。

"少爷，今天渡过这渭水，俺们就到咸阳了吧。"站在渡口，望着河心处若隐若现的小船，秦三难掩欣喜之情，情不自禁地脱口问道。

苏秦点点头，但仍目不转睛地望着河心那条似叶如萍的小舟。

"这船怎么这么慢？要什么时候才能划过来啊？"游滑有些沉不住气了，恨不得插翅立马飞过渭水去，一步就跨到咸阳。

大约烙十二张大饼的工夫，那只小船终于近岸了，并在渡口靠住。

主仆三人上了船，船家拿起长长的竹篙往岸边的一块大石上一顶，小船就迅速离岸，摇摇晃晃地向北岸驶去了。

船行约半个时辰，靠在了渭水北岸的渡口。

"好了，这下总算到咸阳了！"秦三一边跳下船来，一边欢快地感叹道。

"是啊，这一路，俺们千山万水的，不知费了多少周折，现在总算要进咸阳了。"游滑则不胜感慨。

时近中午，主仆三人已然望见了咸阳城高大的城门了。不一会儿，就到了城门口，三人高高兴兴地进了城。

"这城好大！比俺周王的洛阳城气派多了！"

看着咸阳城中高大的屋宇和严整宽广的街道，游滑不禁脱口而出。

"那当然，不然，俺家少爷何以要舍近求远，跑得这么远呢？"秦三不无得意地说。

听着二仆喜悦的对话，苏秦也心有欣欣然，情不自禁地长长舒了一口气。但轻松感一闪而过后，他又陷入了忧思之中。因为他知道，现在还不是高兴的时候，而今的当务之急是先晋见秦孝公。只有见到了秦孝公这个大主顾，并游说得他高兴了，自己才能改变命运，并实现自己的理想。

想到此，他立即叫住二仆道：

"秦三、游滑！"

二人一边走，一边指指画画，正看得高兴，谈得起劲呢，猛然听到主人的叫声，立马停住，同声回答道：

"少爷，啥事？"

"今天咱们不忙看咸阳，以后有的是时间。现在还是抓紧时间，早早赶到秦王宫晋见秦王才是。"

"少爷说的是。"秦三连声附和道。

"可是，秦王宫在哪儿啊？"游滑提出了问题。

突然被游滑这样一问，苏秦不禁愣了一下。

沉默片刻，秦三看看苏秦，怯生生地说道：

"少爷，现在俺们刚到咸阳，连秦王宫在哪儿都不知道，如何就去见秦王呢？况且，今天天色已经不早了，即使能够找到秦王宫，恐怕早过了秦王在朝理政的时间了吧。"

秦三以前陪苏秦求见过六国诸侯王，有些经验，所以他敢这样说。

苏秦一听，默默地点了一下头。

游滑见主人点头认可秦三的话，遂又补充道：

"再说了，俺们初来乍到，秦国的情况也不熟悉，如果就这样贸贸然去见秦王，恐怕效果也不是太好吧。俗话说'磨刀不耽误砍柴功'，少爷，您看俺们是不是还是慢着点，暂且找个旅店住下，先了解一下秦国的风俗人情，打探一下秦王的消息，作好充分准备，再择良辰吉日去朝见秦王，一举说得秦王，岂不更好？"

苏秦觉得游滑这番话倒是说得入情入理，遂重重地点点头，终于改口道：

"那俺们今天就不忙去见秦王，先找个旅店住下吧。"

游滑一听，遂又连忙问了一个问题：

"这一回，要找什么样的店家？"

苏秦听游滑语调中特意强调"这一回"，知道他的意思是，既已到达咸阳，是否可以住得像样点。可是，几乎不加思量，苏秦便脱口而出道：

"还是老规矩，要最便宜的。"

因为他心中没底，这秦王到底说得了说不了？说得了，一切好办。万一说不了，还得另找主顾，起码还得回家，这盘缠还得算着花。

游滑一听，心想，嗨，这一路，他倒跟我学得很好，也知道算账了。于是，连声说：

"是，是，是，少爷说的是。多省些钱，心里不慌。"

于是，主仆三人专门在咸阳城内最小的巷子里找一些最不起眼的小旅店，最后总算找到一家认为是最便宜的旅店，是个夫妻店，只有三间客房，其实就是将自己住的房子让出一间而已。

苏秦暗自盘算了一下，怀里的盘缠节余，按照这个房价，吃住个一年，也足够了。于是，心里更是感激游滑。如果不是游滑的主意，一路上逢城必出，借住乡家，哪有今天这么多的盘缠节余？

算完了账，苏秦心里不慌了。

第二天一大早，苏秦就叫来游滑，给了他一些秦币，吩咐他上街买一张山羊皮，要除毛，剪切得方方正正。游滑不明白主人为什么要买山羊皮，还要除毛，剪切方正。正欲要问，苏秦道：

"你去买来，俺自有用处。"

然后，又叫来了秦三，吩咐道：

"你去打探一下秦王宫殿在城里什么地方。"

"是，少爷。"说着，秦三便一溜烟出去了。因为这个他在行，以前陪苏秦游说山东六国诸侯时，常常跑王宫，知道王宫是什么样。

二仆走后，苏秦开始思考，明天该如何游说秦王。虽然游说是自己的特长，自己也从不怯场，即使是毫无准备，也能临时发挥，滔滔不绝，说得头头是道。但是，游说山东六国之王惨败的教训，让他对这次游说秦王产生了信心危机。矛盾痛苦中，他重又翻检出师父《揣》、《摩》二篇细读。读着读着，他开始理出了头绪，并结合这一路所闻所见、所思所想，形成了几种说辞方案。只等明天晋见秦王时，再临场发挥，见机说话了。

日中时分，二仆相继回来。秦三向苏秦详细报告了秦王宫的方位与基本情况，游滑则交给了苏秦一张光洁的羊皮，除毛，剪切方正。

苏秦接皮在手，左瞧瞧，右看看，仿佛是在欣赏一件宝贝似的。

游滑看着苏秦那专注的神情，不明白主人要这张羊皮到底有什么用？

正当游滑感到不解，想要开口问个究竟时，苏秦突然吩咐道："游滑，你去向老板讨点松油墨，再借个衣刷。"

"要油墨和衣刷干啥？"游滑更加不解了。

"你去借来就是了。"

"是，少爷！"说着，游滑一溜烟去了。

不一会儿，两样都借来了。

苏秦又对二人吩咐道：

"明天我们要晋见秦王，你们去准备一下，把我的衣服刷刷平整，收拾干净。今晚早点安歇，明日早起梳洗。你们也一样，都要干净整齐一些。"

游滑一听，这才明白主人要借衣刷的原因。

而秦三呢？听了这话，则有另外一番想法。主人这是要摆派、摆谱吧。是啊，这个世道，不都是狗眼看人低，狗咬穿破衣吗？要是衣裳不光鲜点，连走在路上，都没人正眼看你。更不要说是去见大王，恐怕连王宫的门口也不让你站一站的。想当年，自己陪主人游说六国诸侯不成，裘敝金尽。后来，退而求其次，转说鲁、卫、宋、中山等小国之君，却因为衣裳破旧，结果还没等开口请求门禁官通报，就被人硬叉出来。

就在二仆为明日衣装作准备的当儿，苏秦则在那张山羊皮上，用树枝蘸着松油之墨画成了一幅图。

游滑一见，顿时又明白了主人借油墨的缘故。遂好奇地问道：

"少爷，您这是画的什么啊？"

"秦国山川形势图。"苏秦得意地说。

"少爷真是博学啊！"秦三情不自禁地赞扬道。

"好啦，不说这些了，今天俺们早点吃晚饭，早点上炕安歇吧，明早要早起呢。"

"是，少爷。"

二仆答应一声，各自准备去了。

一夜无话。第二天一大早，苏秦主仆就起床了。老板娘端来九只馍馍，主仆三人各吃了三只，又就着瓦罐里的凉水，喝了几口。

整衣正冠已毕，主仆三人就出发了。秦三走在头里带路，游滑殿后。苏秦居中，挺直了腰板，昂首阔步。苏秦本来就长得英俊，身高八尺，天庭饱满，眉毛上扬，鼻梁高挺，眼眸明亮灵动，嘴阔面方，天生就是一副大官贵人相，今日稍稍这样一拾掇，显得比平日不知要精神潇洒多少倍。

秦三和游滑看了主人这样，不知不觉间也受了感染，顿然精神起来，心情也显得开朗许多。想想一路行来，都是装孙子，对人低眉顺眼，求爷爷告奶奶，目的就是为了省几个钱。而今，少爷就要说秦王了，说得好，立马就封侯授相，我们不也就跟着阔起来了吗？哼！到时俺也当一回爷，也要阔一把！

主仆三人一路走，一路想着各自的心思，不知不觉间就到了秦王宫殿旁。

苏秦想，这次入秦游说秦王，自己要先摆出应有的身架，请托门禁官通报突破常规，不送礼，要摆谱，要让门禁官知道站在眼前的不是凡夫俗子，而是"天下第一士"——洛阳苏秦苏季子。

想到这，他忙叫过秦三，耳语吩咐了一番。然后，让秦三上去跟门禁官交涉。

之所以不让游滑前去交涉，是因为游滑没文化，与市井小民打交道，可以玩得转，但与官府人士打交道，恐怕就不适应了。而秦三则不同，他从小在自己家长大，长期跟随自己，也识些文，也断得字，多少能够说些咬文嚼字的官话。

于是，秦三就遵嘱登阶拾级而上，前去王宫正门前与门禁官交涉：

"官爷，小人主人苏秦，是成周洛阳之士，齐人鬼谷先生弟子，久闻秦王高义，今想求见秦王，还望劳官爷大驾，向秦王禀报一声。"

说完向门禁官深深一揖。

没想到，门禁官毫不犹豫地回答道：

"大王今日不见客，请转告你家主人苏先生，假以时日吧。"

秦三一听，顿然傻了眼。因为前次他随苏秦游说山东六国之王，遇到门禁官不肯通报，那就一点办法也没了。呆立了好一会儿，秦三还是硬着头皮下了台阶，向苏秦如实禀报了情况。

苏秦一听，心里顿然凉了半截。心想，是不是今天自己又判断决策失误了？是不是因为今天没有向门禁官送礼？是不是因为今天要摆谱，没有自己亲自出马请求门禁官通报秦王，有失礼节？想想自己向亲友告贷那么多钱，一路吃尽千辛万苦，冒寒风，冲酷暑，越千山，涉万水，好不容易来到咸阳，第一次求见秦王就吃了闭门羹，这如何是好？自己的理想，苏家的希望，都在此一举啊，怎么可以就此作罢？

想到此，他横下心来，提起长袍，"蹬，蹬，蹬"拾阶而上，再也顾不得摆谱了，快步走向门禁官，未曾开言，就向他深揖一礼，道：

"官爷，在下乃成周洛阳人氏，齐人鬼谷先生弟子苏秦，习学'纵横'术多年，今闻得秦王高义满天下，故不辞千山万水，不避寒风苦雨，历二载方才到达大国之都，欲以平生所学报效秦王，祈望官爷不辞辛劳，为在下禀报一声大王！"

一边这样说着，一边将一锭小碎金从袍袖中不露痕迹地送上。这一动作非常的漂亮，连他自己都吃惊今天怎么这么麻利，没有士之清高，简直做得比游滑还要从容自然。但他心里明白，这大概是情急之下，才有如此精彩的临场发挥吧，因为这次求见秦王对自己来说干系实在太大，可以说，这一辈子的荣辱成败都系于此次游说秦王了。

不知是因为苏秦的态度诚恳感动了那个门禁官，还是应了那句"有钱能使鬼推磨"的老话，门禁官顿然对苏秦客气有加，忙凑近苏秦耳旁说了一句话：

"先生，实不相瞒，大王今天真的不能见您。因为大王已经病了很久，这消息先生千万不要再传，那样就为难了小人，还要连累小人老少全家。"

苏秦再次向门禁官深深一揖：

"官爷之恩，真是感激不尽！官爷之言，小人谨记在心！下回还要有求官爷相帮呢！"

门禁官会意地点点头。

苏秦于是转身就准备离开，但刚走了几步，忽然又转回身去，向门禁官又是一揖，道：

"官爷，不知秦王何时病愈，小人再来求见为好？"

"这……这可不好说。这样吧，先生不妨每月月底派随从来此探询一趟。如果有消息，卑职自然奉告。"

苏秦默默地点点头，转身拾级而下，一句话也没说，就带着秦三和游滑回到旅店下处。

秦三以为自己说话不妥当坏了主人的事，心里直打冷战。游滑不知底细，但见主人一言不发，知道事情不妙，也就不敢多话。

为了等待秦孝公病愈可以求见，苏秦按照门禁官的叮嘱，每月月底亲自到秦王宫探询一趟。可是，连续三个月去探询的结果，得到的都是同样的回答：

"大王不能见客。"

到了这个时候，苏秦心里开始打鼓了：这孝公的病恐怕有些不妙，万一孝公没了，俺这一趟可苦也！

"少爷，何时才能见到秦王啊？"

在咸阳等了三个月，秦王的影子还没见着。游滑、秦三不知就里，苏秦又不跟他们说明，他们终于沉不住气了。于是，他们时不时地就要向苏秦问起这句话。

苏秦虽然心里比他们更着急，但是，他知道，国君的生死病恙，乃是一国的最高机密。自己得知秦孝公病重的消息，是因为那锭金子的贿赂。秦三、游滑虽是自己的仆从，但也难保他们能够守口如瓶。万一他们不小心，露出了半字口风，那后果就不堪设想了。自己与那位门禁官的约定，不光事涉士之诚信问题，还有政治干系与生命之忧，不是闹着玩的事情。

对于二仆的问题，苏秦虽然可以缄默不答，表面上也还沉得住气，但是他的内心里却是比谁都要着急。这孝公的病何时好，固然是个问题；能不能好，则更是一个大大的疑问。如果有个意外，那怎么办呢？每当想到这一点，他就不免心慌意乱，坐立不安。然而，着急，不安，又有何用呢？无奈中，他也只能常常在心里劝解自己："既来之，则安之。再等下月月底去探消息吧。"

可是，没等到下月月底到来，突然有一个惊人的消息从天而降：秦孝公殡天了。

苏秦一听这消息，顿然心凉了半截。因为他明白，孝公这样的君王，是不会轻易遇上的。君臣遇合是一种机缘，但更重要的在于君王。如果卫人公孙鞅不遇上秦孝公，他想推行新法，实行新政，也是无由致之，更不要说他有相秦十年，并被封为商君这样的无上荣光。这次自己之所以决定改变以前既定的"合纵"主张，转而入秦说秦王，也就是看重了秦孝公任用人才的雅量与眼光。而今，孝公没了，谁知道新秦王是个什么样？再说孝公一死，这国君的丧事办起来，也不是一天两天的事，新王真正临朝视事，恐怕也不是立时三刻的事。还有一层，新秦王对于游士是不是那么重视，在临朝视事之初就予以安排接见？想到这些，苏秦更是心神不定，忧虑深深。

果然不出所料，秦孝公的丧事办起来真是烦琐冗长。

"少爷，怎么新秦王现在还不见客呢？"离秦孝公过世已经一月有余了，游滑有些耐不住了。

"是啊，少爷，这老秦王的丧事现在也该办好了吧。"秦三也附和着问道。

沉默了一会儿，苏秦装着若无其事的样子，说道：

"再等等，这国王的丧事不同于俺们百姓。再说，俺们不远千里万里，来都来了，路都走了近两年时间，到咸阳也已经等了近四个月，难道还不能再等它个十天半月？老话说得好：'头都磕了，还在乎再作一个揖？'"

"少爷这话也说得在理。"秦三立即应和道。

游滑只得附和着点点头。

安静地等了三天后，突然又传来了一个惊人的消息：

"商君反了！"

苏秦初一听，怎么也不敢相信。这怎么可能呢？秦孝公待公孙鞅不薄啊！他以一个区区卫国的诸庶孽公子，在魏国混迹，如果不是跑得快，不仅官没得做，差点小命也要搭上。可是，一入秦，他就凭三寸不烂之舌，游说了秦孝公三次，就得到了重任，而且还位极人臣，做了十年秦国之相。他虽然为秦国主持变法有功，但要不是秦孝公每到关键时刻都予以坚决支持，恐怕他也成就不了变法大功，推行不了他的所谓新政。秦国虽因他变法而强大，但秦孝公对他也算是酬报甚厚了。不仅爵封他为大良造，后来还封了他於、商之地，号为商君，这等于是与他裂土而治了。这样雅量与贤明的君王，天下哪里可以找到？而今，孝公刚死，尸骨未寒，他公孙鞅怎么就反了呢？

虽然在心里嘀咕了半天，但苏秦又不能完全否认这消息的可靠性。于是，只得吩咐秦三、游滑道：

"你们上街去打听打听，商君是不是真的反了？如果真的反了，那又是为什么而起？不过，你们二人记住，上街时只许听，不许乱说话，秦国刑律苛严，不比他国。"

"是，少爷。"

秦三、游滑答应了一声，就一溜烟似的出门了。

不到一个时辰，二人就兴冲冲地回来了。

苏秦一见他们回来得这样快，立即问道：

"你们到底有没有打听到什么消息？"

"少爷，打听到了。"游滑兴奋地回答道。

"各种消息都有，而且各人有各人的说法。"秦三也急忙插了进来。

"商君真的反了？"苏秦又急切地问道。

"真的。"秦三、游滑几乎异口同声地回答道。

"那么，又是为的什么呢？"其实，苏秦最关心的就是这个问题。

"商君的消息虽多，说法虽然不同，但商君谋反的原因，好像大家的说法都是一致的。"秦三肯定地说。

"那么，到底是什么原因呢？"

"就是因为商君以前得罪过现在的秦王。"游滑回答道。

"商君怎么会得罪现在的秦王呢？"

游滑一撇嘴道："唉，还不是因为商君变法惹的祸。"

"据说，商君开始推行新法时，新秦王做太子，首先犯法，商君秉公执法，追究了太子的责任。虽然对太子网开了一面，没有直接治罪于他，但是却治了他的师傅。"秦三补充道。

未及秦三说完，游滑又插了进来道：

"这不，昔日的太子如今做了秦王，他能不算商君的旧账？"

苏秦立即反问道：

"商君不是对他网开了一面吗？又没有直接治罪于他，他为什么还要如此绝情呢？为什么还要翻陈年老账呢？"

"据说是因为新秦王的师傅公子虔之徒记恨商君，在新秦王面前诬陷商君谋反。于是，新秦王找到了借口，公报私仇，立即发吏逮捕商君。"

"结果怎么样？"游滑话音未落，苏秦就急切地问道。

游滑马上回答道：

"嗨，商君做了十年一人之下、万人之上的相爷，又封了个什么商君的爵位，威风惯了，你想想看，他肯让秦吏逮捕，老老实实地做阶下囚？所以，他就三十六计，走为上策了。"

"结果呢？"苏秦穷追不舍道。

秦三接上来道：

"结果，商君就逃到了函谷关下。"

"出关了没有？"苏秦不禁为商君捏了一把汗。

"商君逃到函谷关时，已经天黑。于是，就想在关前的客店住宿一夜。没想到，店主不让商君住宿。"

"为什么？难道店主已经认出了商君，或是已经接到了新秦王的通缉令了？"

"那倒不是。"游滑答道。

"那么，又是为什么呢？"

"因为店主不知道眼前的客人就是秦国一人之下、万人之上的商君，所以他一定要商君根据商君之法的规定，亮出身份证明。商君当然亮不出，也不能亮。"

苏秦点点头，顿了顿，又问道：

"商君之法是怎么说的？"

游滑说不出，秦三倒能说得上：

"据说商君之法中有这样一个条文：'客宿之人，非验明其身者，则连坐之。'商君一听，这才想起自己立法的弊病，竟然害了自己。于是，只得长叹一声，出门去了。"

"后来呢？"苏秦很为商君担忧。

"后来，好不容易逃到了魏国。本想可以得到魏国的庇护，没想到，魏王正记着他大前年欺骗公子卬，大破魏师的老账，记着他迫使魏国割让了多少年苦心经营的河西之地的深仇大恨。"

"那么魏王有没有杀商君？"苏秦更替商君着急了。

游滑抢着答道：

"杀倒是没杀，就是不肯给商君庇护，而且还将他强行送回秦国。"

"送回秦国，与亲自杀了，不是一样吗？魏王看来是要借刀杀人，不愿亲自动手，以免背上一个杀士的恶名吧。"

苏秦话音刚落，秦三又接上道：

"少爷说得是，好多人也是这样分析的。"

"商君遣返回秦后，现在怎么样了？"苏秦又急切地问道。

"商君被遣返回秦，徘徊不敢进。他知道，如果入咸阳，性命必不保。想来想去，最后决定还是逃回自己的封邑於、商。可是，新秦王并不就此作罢，仍然要逮捕他。无计可施，最后商君只得铤而走险，举商邑徒众，反了。"

秦三说到此，苏秦立即插话道：

"如此说来，商君真的是反了。"

"不过，那是被逼无奈，是被逼上了谋反之路。"

苏秦点点头，道：

"这倒是。那后来又怎么样了？"

"商君起兵后，采取先发制人的策略，举兵攻打秦国渭水之南的重镇郑。但是，这一下，却给了新秦王更大的把柄。于是，新秦王倾大兵，将商邑徒众团团围定。商邑之众本就不是什么正规军队，哪里是秦王大军的敌手，结果全被杀于郑之渑池。"

"那么，商君本人呢？"

游滑立即插上来道：

"商君被活捉了，被押回了咸阳。"

苏秦听到这里，终于明白了，不禁在心里感叹起来：

"看来并不是商君寡情薄义，而是新秦王心胸狭窄，商君是被逼而反。唉，这样的秦王，肯定不是个贤明之君，远非秦孝公之属。"

感叹了一番后，苏秦不得不在内心深处考虑起这样的一个问题：

"既然新秦王是这样的一个主子，那么自己还要不要游说他呢？还要不要辅佐他，实现'连横'之策，帮秦国一统天下呢？"

正在心问口，口问心，犹豫不定之时，秦三又报告说：

"听说，腊月二十八秦王要车裂商君。"

苏秦不听也罢，一听浑身就像筛糠。车裂？那就是极刑五马分尸啊！太惨，太惨！

想着，想着，他不禁闭上了眼睛，摇摇头，不敢再往下想。

2. 兔死狐悲

周显王三十一年（前338）腊月二十八，天阴沉着，风尖啸着，霜凝大地，滴水成冰。

辰时刚到，咸阳城西的一片旷野之地，早已聚起了数万之众。

就在这片旷野之地的中心，有一个新垒起的土台。其上，一个衣冠古怪的中年男子居中端坐，面无表情，好像是个木头人。但是，近看细看，从他那副盛气凌人、不可一世的架势，大家都能猜出他是谁。因为在他端坐的台下，左右两边整齐地分列着一班峨冠博带的官员。而在土台的前后左右，围绕那个台上之人与百官周围的，则是大批盔甲鲜明的秦国武士。

"少爷，您看，那台上之人！"

秦三与游滑左右夹护着苏秦，从人群后面艰难地挤到了人群的前面，看到那个土台上高高在上的人，不禁好奇，低声提醒着主人注意。

"别说话，这是刑场，那台上的人就是新秦王。"苏秦虽压低了声音，口气却很严厉。

秦三、游滑一听，吓得伸了伸舌头，再也不敢吱声了。

过了好一会儿，从旁边挤过一个老汉，举首望了望那土台上的新秦王，又看了看他周围环列的文武百官，然后放眼朝更远些的地方望了望，突然指着土台正前方约三百步的地方，低低地对旁边的人说道：

"你们看，那里是不是有五匹马？"

"好像是。"周围的人都睁大了眼睛，有的还用衣袖拭了拭眼角，极目远眺后，异口同声地答道。

"你们再看，那五匹马中间，好像悬着一个人。"一个年轻人说道。

于是，人们再次睁大了眼睛，极目远望起来。不觉间，许多人都一边观望，一边向前挪动着脚步。渐渐地，被前拥后推的人们裹挟着，苏秦主仆也身不由己地向那五匹马的地方靠近了许多。

这边的人向前涌，那边的人见了，也大着胆子向前涌。不一会儿，围观的人群就将那五匹马围在了半径为百步的一个圆周之中。

"少爷，您看，那五匹马中间真的是悬着一个人呢！"游滑轻声地对苏秦说道。

苏秦被游滑这样一提醒，果然看得真真切切了。是的，是有一个人，这个人肯定不是别人，就是自己心目中的榜样商君。本来，他是不忍心来看自己的楷模商君有这等凄惨的结局的。只是因为自己仰慕他已久，早就想一睹其风采，所以，这才决定今天要赴刑场。不过，他今天不是来看热闹的，而是要亲自为商君送行，因为他从心底敬佩商君是一条好汉！

为了更清楚地看到那五匹马中间悬着的商君，许多人又大着胆子往前涌。大约离那五匹马只有五十步远了，无数的武士执剑操戈，前来阻挡。于是，和大家一样，苏秦主仆只得就此停住了脚步。

不过，在这个距离上，苏秦已经看到了他想看，却又不忍心看到的一切：商君的两手、两脚和头颈分别被套上了绳索，五根绳索分别系到分列五个方向的五辆马车之上，商君整个人体就被五根绳索拉抬悬起在半空之中。可以想象，只要新秦王一声令下，五辆马车上的驭手一扬鞭，五辆马车向五个方向一起跑开，一瞬间，商君的身体就会被撕成碎片的。

商君被五条绳索拉悬于半空似乎已经有好一会儿了，可是新秦王还端坐在那土台之上，没言语，也没下达行刑之令，五辆马车也始终在原地一动不动，五辆马车上的驭手似乎显得异常紧张。

刑场上虽是人山人海，却像死一般地寂静。不仅没人言语，就连鼻息之声也似乎难以闻见。寂静，寂静，寂静得让人快要发疯了。

苏秦此时心里像被打翻了五味瓶，翻江倒海般难受，他不得不紧紧闭上眼睛，他怕看见五马一动的瞬间惨相。

而此时被拉悬于半空的商君，并没有像一般犯人临刑时那样的大喊大叫"冤枉"。只见他素面朝天，头发散乱，被静静地悬在半空中，眼睛紧闭，似乎在想着什么，也许他是在回忆自己入秦前后的往事今生吧。

是啊，在这个时刻，有如此下场，如何能叫他不在心底生发出无限的感叹？

苏秦如此想着，先前所闻有关商君半生事迹的断片，至此也连成了一体，仿佛出现于眼前一般。

商君，姓公孙，其祖本姓姬，名鞅，是卫国诸庶孽公子。少年时代，好刑名之学。后来，见在卫国没有发展前途，就跑到了魏国，师事魏相公叔痤，为中庶子。没过多久，公叔痤就发现他是天下奇才，而非庸庸之辈。于是，就想着找个机会向魏惠王进荐。可是不巧，正当公叔痤有了一个进荐的机会时，却突然病重起来。

魏惠王非常倚重公叔痤，一听公孙痤病重，立即亲往公孙痤府中间病探视。言谈中，魏惠王不无忧虑地对公孙痤道：

"贤相病重如此，如有不可讳，寡人为之奈何？魏国社稷为之奈何？"

公孙痤见魏惠王如此说，立即抓住机会，马上接口道：

"大王，不必忧虑！臣舍下有一人，乃卫公子公孙鞅。虽然年少，却是天下奇才，希望大王亲之任之，举国而听之。"

没想到，魏惠王听了，却半天默然不语。

见此，公孙痤心里已然明白，大概魏惠王以为自己是病糊涂了，将国家大事视同儿戏，这才叫他举国而听从一个年少无名之辈。

君臣又叙了一会儿，魏惠王要告辞回宫。公孙痤道：

"大王，且慢！"

于是，屏退左右人等，密对魏惠王道：

"大王若不能听臣之言，举国而听之于公孙鞅，那么，就请大王立杀公孙鞅，切不可令其出境！"

魏惠王一听，立即非常爽快地答道：

"谨遵贤相之命。"

魏惠王刚刚离去，公叔痤又急召公孙鞅至病榻之前，诚恳地说道：

"今日魏王问老夫身后，何人可为魏国之相。老夫就郑重其事地向魏王推荐了先生，希望他对先生亲之任之，举国而听之。不曾想，魏王默然不语，似有不许之意。老夫以为，魏王为君，你我为臣，遂先君后臣，进言于魏王：'大王必不用公孙鞅，必当杀之，不可使其出境。'没想到，魏王却慨然应允。现在，魏王刚刚离去，先生可速速离开魏国，迟则必为之所擒，而有杀身之祸。"

公孙鞅一听，不仅一点不紧张，反而轻松地一笑，道：

"魏王不能用您之计，而任臣为魏国之相；您何以如此确信，他一定会听您之言而杀臣呢？"

结果，公孙鞅执意留下，等待时机。

却说魏惠王回到宫中，对左右亲近人等道：

"公叔痤已经病入膏肓，甚是可哀！"

过了一会儿，又道：

"今日公叔痤向寡人推荐卫人公孙鞅，希望寡人任他为魏相，并要寡人亲之任之，举国而听之，岂不荒谬？唉，看来公叔痤是病糊涂了，也许将不久于世了。"

果然如魏惠王所言，三天后，公叔痤就离开了人世。

公叔痤死后，魏惠王当然没有听从公叔痤病榻前的建言，而任公孙鞅为魏国之相；但也没听从公叔痤的另一个建言，就是将公孙鞅捕杀。

却说周显王八年（前361），秦献公病卒，秦孝公即位。公孙鞅听说孝公即位伊始，即布恩惠，振孤寡，招战士，明功赏，并且颁布招贤纳士之令，意欲振兴秦国。其求贤令曰：

> 昔我缪公，自歧雍之间，修德行武，东平晋乱，以河为界；西霸戎狄，广地千里，天子致伯，诸侯毕贺，为后世开业，光美于吾祖。不幸中遭厉、躁、简公、出子之不宁，国家内忧，无暇东顾。魏乃攻夺我先君河西之地，诸侯卑秦，丑莫大焉！献公即位，发奋有为，镇抚边境，徙治栎阳，且欲东伐于魏，以复我河西之故地，修缪公之政令。寡人思念先君之心意，常痛心疾首，忧患不已。今颁令以昭告于天下：宾客、群臣，有能出奇计强秦者，寡人必高其爵，尊其官，裂土与之共治。

公孙鞅得知秦孝公求贤令的内容，立即动身西行，昼夜兼程，三月而至秦都咸阳。

到咸阳后，为了得到秦孝公的信任，能够迅速说得秦孝公，公孙鞅千方百计打听各种消息，得知孝公之臣中，以景监最为得宠。于是，倾其囊橐之所有，厚赂景监，以求见于孝公。

孝公因景监之荐，立即召见了公孙鞅。然而，公孙鞅说得慷慨激昂，陈策甚多，孝公却昏昏欲睡。

召见一结束，孝公立即召来景监，大加训斥道：

"卿所荐之客是何等妄人？何以能担我振兴之大任？"

景监被骂得一肚子气，回来立即叫过公孙鞅，也大大痛斥了他一番。

公孙鞅被骂得莫名其妙，一脸茫然。

临了，景监突然问道：

"先生今日何以说大王？"

公孙鞅连忙回答道：

"在下以古帝王之道说大王。察大王之意，好像其志不在此，所以没开悟。"

景监一听，觉得这也没有什么不对啊。为此，他也颇感困惑，也就不再斥责公孙鞅了。

过了五天，正当公孙鞅与景监都很失望，以为孝公从此再也不会召见他们了，却突然接到孝公传令，要景监领公孙鞅再来觐见。

公孙鞅意外地又得了一个机会，自然非常珍惜，于是更加卖力地向孝公推销自己的主张。可是，说了半天，孝公还是一点感觉也没有，整个觐见过程中，既没有一句话，也没有什么表情。

公孙鞅离去，孝公再次召来景监大加训斥。

景监好不委曲，回来后也如法炮制，召来公孙鞅大加斥责了一番。

为此，公孙鞅既感到非常无奈，又觉得实在是愧对景监。但左思右想，最终他还是硬着头皮，再次求告景监道：

"今日小人以'王道'说大王，又不中其意。望大人勉为其难，再禀大王。若能再给小人一次机会，小人定能说服大王。"

景监见公孙鞅央求得诚恳，甚至在自己面前称起了"小人"，心也软了。心想，事不过三，也许公孙鞅第三次真能说得孝公，那也不好说。

鼓足了勇气，景监再次硬着头皮去求告孝公，请求孝公再给公孙鞅一次机会。

孝公虽然对公孙鞅的两次游说都不满意，但他觉得公孙鞅确实是个人才，所以在第一次不满之后，仍然主动要公孙鞅二次来觐见。现在，景监又来求情，他也就顺水推舟，决定再给公孙鞅一次机会，也算是给景监一个面子。

经过两次失败的教训，公孙鞅这次依稀已经揣测到秦孝公喜欢什么了。于是，按照事先想好的方案巧为游说。虽然这次秦孝公仍然没有表示赞赏之意，却与第一次昏昏欲睡、第二次不耐烦的情形大不相同。至少从表情上看，这次他是听得相当入神的。

公孙鞅刚刚离去，孝公立召景监进见。一见面，孝公就欣喜地说：

"卿所荐之客，其志颇与寡人相合。"

景监大为高兴，回去又召公孙鞅，问道：

"今日先生何以说大王？察大王之色，颇有赞赏之情。"

公孙鞅一听，不禁大喜，心里也就有数了。遂回答景监道：

"小人今日以'霸道'说大王。察大王之色，似有欲用之意。

若赖大人之力而再谒大王，小人必能说大王而从之。"

景监见公孙鞅如此有信心，过了几天，再次为之通禀孝公。孝公允请，再召公孙鞅而见之。

已经完全摸清了孝公的底细与爱好，这次公孙鞅就专以战伐"霸道"而说之，结果大合孝公胃口。孝公不仅听得入迷，而且还几次不自觉地移席向前，几乎是促膝而谈了。

如此一连五日，乐此不疲。景监大为惊奇，于是对公孙鞅更是刮目相看了。

一天，公孙鞅又到宫中与孝公倾谈了一日，傍晚才回。这时，景监实在憋不住了，就好奇地问公孙鞅道：

"先生何以令大王着迷如此，结其欢心如此？"

公孙鞅见问，遂神秘地一笑道：

"开始，小人以帝王之道说大王，而且将其比之于五帝、三王。大王意有不耐，说五帝三王之事遥不可及，急不能待。况且贤君明主，皆各及其身而名显于天下，岂能默默无闻数十载，乃至百年才成帝王之业？由此，小人真正明白了大王的心愿。于是，改以强国之术而说之，大王欣欣然而有喜色。可是……"

景监见公孙鞅突然来个语意转折，不知何故，遂急忙催促道：

"可是什么？但说无妨。"

"可是这样一来，大王就无法德比殷、周之王，青史留名了。"

景监一听，大笑道：

"德比殷、周之王何益？青史留名又能如何？现如今，对大秦而言，强国才是根本。"

公孙鞅一听，终于明白了，原来秦国君臣都是以强国为急务，并不在乎行王道仁德而求流芳百世。

跟景监长谈后，公孙鞅从侧面印证了自己对秦孝公之意的推测。于是，打定主意，决定先顺应秦孝公之意，以实施强国之术为先。

为此，三天后，公孙鞅再次求见孝公。

"先生今日来见，何以教寡人？"公孙鞅一进殿，行礼未毕，秦孝公就开门见山地问道。

公孙鞅见孝公如此直截了当，遂也省了一大堆客套，接口就道：

"臣知大王夙有宏愿。"

"先生何以知之？"

"大王乃当世明君，天下雄主，何人不知？"

这两句在公孙鞅来说是脱口而出，而在孝公听来，则认为有阿谀之嫌。

"先生言过其实了！"顿了顿，孝公又说道："先生既然说寡人夙有宏愿，不妨说来听听。"

公孙鞅不假思索，接口就道：

"振兴大秦，席卷天下，包举宇内，建万世之功，此大王之宏愿也！"

秦孝公莞尔一笑，没作回应。

公孙鞅见此，知道这话已经说到了孝公的心坎里，遂继续说道："大王欲建万世之功，何以致之？"

"先生以为……"因为公孙鞅话说到了要害上，孝公遂不再矜持，情不自禁间真情流露，遂急切地问道。

"欲建万世之功，必先富国强兵。"公孙鞅望了望孝公，语气坚定地说。

"何以富国强兵？"公孙鞅话音未落，孝公已急切地接口问道。

"革新国政，变法图强。"公孙鞅不假思索，却语气坚定地回答道。

"革新国政，变法图强。"孝公在心里反复念叨着这八个字，一时陷入了沉思。良久，他默默地点了点头，然后语气坚定地说道：

"先生之言是也！寡人任先生为客卿，变法革新之事悉委之于先生，如何？"

公孙鞅一听，怎么也不敢相信，秦孝公竟如此信任自己，不仅当场任自己为客卿，还全权让自己着手秦国的变法革新之事，这样的国君，自古以来何曾有过？

激动，感动，感恩，被信任的温暖顿时传遍了公孙鞅全身。良久，公孙鞅举袖拭了拭眼角的泪水，再次倒身拜谢：

"谢大王！臣肝脑涂地，也无以报大王之恩于万一！"

第二天，秦孝公召集群臣，宣布变法革新的决定。

话音刚落，朝堂之上就已是嗡嗡声一片，不少人正在交头接耳。

公孙鞅见此，知道一场新旧观念之争即将拉开序幕。略一沉吟，他决定先发制人，借孝公的王牌先压一压将要抬头的反对派势力。

"蒙大王信任，委臣以大任。然而，变易先王之法，兹事体大，臣恐为天下人所非议，为权臣所……"

孝公一听，立即明白公孙鞅的弦外之音，未等他将"不容"二字说出，就语气坚定地说：

"有寡人在，先生何惧之有？"

公孙鞅见孝公话说到了这个份上，心里这才有了底。但是，疑虑仍存。顿了顿，他仰头望了望孝公，鼓足了勇气，敞开心扉，坦然陈情道：

"疑行无名，疑事无功。有高人之行者，必不见容于众；有独知卓见者，必见斥于人。愚昧无知者，事毁功败，尚不明其故；圣智过人者，祸患未至，则洞悉先机。成大事，立大业，不可谋之于民，此所谓'民不可与虑始'也；建大功，富国家，民可坐享其成，此所谓'民可与乐成'也。古往今来，有至德者，则不和同于俗；成大功者，则不谋之于众。故圣人救时弊、治国家，其所为，若可以强国，则必不效法先朝旧事；其所为，若可以利民，则必不因循古时之礼。"

公孙鞅言犹未了，秦孝公便拍案叫好道：

"善哉！贤卿之言诚为不刊之论。"

不料，孝公的话音未落，却有秦国大臣甘龙提出异议，反驳公孙鞅之论道：

"臣以为不然！圣人治国，不易民而教；智者为政，不变法而治。因民而教，不劳而功成；循法而治，吏习而民安。"

公孙鞅见有孝公支持，遂也不甘示弱，立即予以驳斥道：

"甘龙之言，实为世俗之论！常人安于现状，学者拘泥成规。若以此等之人居官守法，未尝不可。若论立法治国，则不足论也。三代不同礼而王，五伯不同法而霸。智者立法，愚者守之；贤者制礼，不肖者拘之。"

公孙鞅这番激烈之论，立即遭到秦国另一个大臣杜挚的反对。杜挚是秦国重臣，他当然不会把公孙鞅这个客卿放在眼里，言辞激烈且霸道地说：

"利不过百，不宜变法；功不过十，不宜易器。先王之法，守之何罪？前代旧礼，遵之何过？"

公孙鞅因为秦孝公已经表过态，因此也并不畏惧杜挚那种气势汹汹的样子，遂立即针锋相对地反驳道：

"治天下，并非只有一种模式；理国政，不一定非要效法古代不可。商汤、周武没有因循古法，不也称王于天下？夏桀、殷纣没有改革旧礼，不也照样亡国殒身？由此可见，主张变法改革的，并非一定就错，理应受到诽谤；因循旧礼古法的，也并非都对，就应该值得称赞。"

秦孝公又赞赏道：

"善哉！"

后来，虽然仍然有不少争议，但是由于秦孝公铁定了心，最终还是力排众议，坚持由公孙鞅主持变法，并且任之为左庶长。

公孙鞅得到秦孝公的有力支持，又有了左庶长的官爵，遂定出了变法的律令：

凡秦国之民，五家为保，十保相连。一家有罪，则九家纠举；若匿而不举，则十家连坐。知奸而不告者，则腰斩；告奸一人，晋爵一级，其功同于斩敌首；匿奸者，诛杀其身，抄没其家，与降敌之罪同论。民有二男以上，不分门别户者，则一人出两课之赋税。杀敌有军功者，则各授其上爵；私相斗殴者，各以其轻重而受刑罚。勉力农耕，致粟帛多者，则复其身为平民；务工商之末业及怠于事而贫者，则收录其妻、子于官，为奴为婢。宗室无军功者，则除其籍，不得其爵秩。明定尊卑、爵秩之等级，各以其等次而定田宅、妻妾衣服之等级，不得僭越、侈逾。有功者显荣，无功者虽富亦无所显贵。

律令既定，但公孙鞅却迟迟未予颁布，他怕不能取信于民，不能达到令行禁止的效果。如果这样，变法必然不能成功。

寻思良久，公孙鞅终于想到了一条妙计。第二天，他令人在咸阳城的南门，竖起一根三丈高的大木，并出令昭告秦民道：

"凡秦民有勇力者，移此木至北门，赏十金。"

然而，告示贴出后，一天下来，竟然无人问津。

公孙鞅寻思，大概秦国之民都觉得奇怪，认为天下不可能有这样的好事吧。

于是，第二天他再出令：

"凡移此木至北门者，赏五十金。"

时至正午，终于有一个身材高大的秦民过来，看了看告示，徘徊许久后，将信将疑地将那根大木扛起，搬移到了北门。

公孙鞅当即对众践行诺言，予以五十金。以此谕示秦国之民：令出无欺，令出必行。

很快，移木得金之事就在秦国之民中传开了，民众皆以为公孙鞅言而有信。公孙鞅见此，遂适时颁布了变法新令。

然而，就在新法刚刚推行满一年的时候，麻烦来了。先是有数千咸阳民众群聚街头，议论新法的诸多不便，而且群情汹汹，一时闹得秦都人心浮动。接着，又是太子触犯新法。公孙鞅这时开始犯难了，如果要惩罚那数千议论新法的秦民，一时还比较难，因为古人云："法不责众。"如果不予以惩罚，新法必然推行不下去。至于太子犯法，那就更加令他挠头难办了。因为太子是秦国储君，不可施刑。但是，转而一想，自古以来，法之不行，皆因自上而犯之。如果太子犯法而不予以追究，上行下效，那么这新法就无法再推行下去了。

想了很久，矛盾了很久。最后，公孙鞅还是觉得，太子触犯新法之事不能饶过，不仅要追究，而且还要将此事放大，做个杀一儆百的例子。这样，才可能遏制住这股知法犯法的逆流，将新法推行下去。也只有将新法推行下去，秦国才能够实现富国强兵的目标，自己才能由此在秦国朝廷立定脚跟，取得成功，立下不世之勋业。

下定了决心，公孙鞅遂将太子的两个师傅都予以重惩，课太子之傅公子虔以重刑，加太子之师公孙贾以黥刑。

果然，这一举动一下子就迅速震慑了秦国上下。第二天，秦都咸阳就太平了，而且从此再也没有人胆敢触犯新法了。

新法推行了一年后，取得了明显的效果。这时，又有一些当初群聚街头议论新法不便的秦民，跑到了公孙鞅官署，向公孙鞅陈情，说当初他们不明白新法的好处，开始时觉得有很多不便。但现在他们知道了新法的好处，表示衷心拥护。

看到这些秦国之民对新法态度的转变，公孙鞅虽然由衷地感到高兴，但是，觉得这些"乱化之民"议论新法的行为不可纵容，必须严惩不贷。于是，立即虎起脸来，厉声喝道：

"新法便与不便，岂容尔等之人议论？"

于是，当场颁令，将当初所有群聚街头，议论新法的秦都之民一网打尽，统统将其远迁于荒远的边城。

这之后，不仅没有人敢于触犯新法，就是议论，也是不敢的了。

新法在秦国顺利推行了十年之后，秦国境内出现了路不拾遗、山无盗贼、家给人足的局面，民心大悦。同时，新法的实行也改变了秦国积久难除的不良民风，原来尚武好斗的秦民，在新法的威慑下，变得怯于私斗而勇于杀敌了，乡邑治安大为改观。由此，秦国呈现出一派民富国强的繁荣局面。

周显王十七年（前352），秦孝公执政已满十年。

秦孝公觉得，经过十年的变法图强，秦国已经足够强大了。于是，先封公孙鞅为大良造，是秦国的十六级爵位。接着，再任他为主将，命其率师东伐强魏，以收复秦国河西之地。结果，公孙鞅不负秦孝公厚望，打得魏国丧师失地，打得魏惠王顿足长叹，深悔当初没有听从公叔痤之言，或留下他为魏国之相，或是杀了他。

周显王二十九年（前340），秦国在公孙鞅的主政下，又经过了十二年的进一步变法，实力更强。这时，秦孝公信心更足了。于是，再令公孙鞅出马，率兵伐魏。魏惠王不敢大意，乃命公子卬率魏师迎战。结果，公孙鞅用计，以会盟为名，暗伏甲士，赚得公子卬到场后擒拿了他。然后乘机进军，大败魏师。魏惠王无奈，只得将河西之地割让给秦国，并将魏都从西部的安邑远迁到东部的大梁。

公孙鞅因为出奇兵而为秦国夺回了河西之地，实现了秦献公与秦孝公两代秦国之君几十年来为之不懈奋斗的目标，遂被秦孝公封之於、商十五邑，号为商君。

然而公孙鞅为秦变法十八年，为秦相十年，也多有得罪于秦国宗室贵戚之处，结下了不少的梁子。而今，秦孝公刚刚病故，尸骨未寒，昔日的太子、今日的秦惠王，王位尚未坐暖，就对公孙鞅下手了。

"少爷，行刑好像要开始了。"

突然被秦三推了一把，正沉浸于对公孙鞅往事回忆之中的苏秦，突然惊醒。放眼一望，原来悄无声息的人群开始骚动起来。

正当苏秦引颈而望之时，只见从新秦王端坐的土台前跑出了一匹马。紧接着，五辆马车上的驭手一齐举起鞭子。

苏秦和大家一样，赶紧捂住了眼睛，但耳边只听一声鞭儿响，瞬间就是"吱"一声，一切结束了。

等到苏秦和大家一起睁开眼睛，刑场一片狼藉，商君已成五个碎块被抛在了刑场。苏秦不忍，再一次捂住了自己的眼睛。

就在这时，也就在苏秦的近旁，有一位老汉一边躲在人群中饮泣，一边低低地说道：

"商君死得冤啊！商君怎么会谋反？都是逼得没辙啊！"

"商君行新法，也都是为了俺大秦的国富兵强啊！如果没有商君变法，哪来俺大秦今日的气象？哪来俺们百姓今日的丰衣足食啊？"另一位老汉立即附和道。

正当许多人都这样交头接耳地低声议论之时，突见一位武士快步从那土台下跑到刑场中间，声色俱厉地高声喊道：

"大王有令：若有如公孙鞅之辈，企图谋反者，同此，车裂，灭门！"

那声音响若洪钟，更像寒冬里的闷雷，吓得围观的秦民个个噤若寒蝉。是不是议论秦王暴政也是谋反？于是，大家再也不敢吱声，默默地散开，慢慢地离开了刑场。

苏秦再一次不忍地回看了一眼商君被撕成碎块的尸首，不禁泪流满面。回到旅店下处，一连几天，他都呆呆地躺在炕上，不声不响。

秦三和游滑以为主人是受了惊吓，都在后悔当初不该告诉主人商君车裂的消息，不该陪他到刑场看商君被五马分尸的惨相。他们都明白，商君原来也是一个游说之士，跟自己的主人是一样的。而今，商君被秦王五马分尸，肯定吓着了主人，使他产生了联想。

3．功名梦断说秦王

恐惧，伤感，矛盾，感叹。

百感交集中，苏秦主仆糊里糊涂地度过了周显王三十一年（前338）的新年。

咸阳的新正之月，正是飞雪凝霜、凄风苦雨之时。龟缩于透风见光的小旅店中，苏秦主仆常常犹如身在冰窖，到了晚上更是手足冻僵，整夜整夜不能成眠。不过，寒冷也使苏秦渐渐从极度的思想矛盾和感情挣扎中冷静下来。左思右想，他最终打定了主意，不管新秦王如何残忍，也不管自己今后是什么下场，这次既已来到了咸阳，无论如何都要前去游说新秦王。现如今，除此，也别无他途了。不游说秦王，自己的前途何在？自己的理想何以实现？就算是最坏的结局，落得个商君的下场，也算是轰轰烈烈地干了一番大事业，不失为一个顶天立地的大丈夫。而且，从此青史可以留名，苏家可以荣光。

横下了一条心，也就没有什么顾忌了。正月十五过后，苏秦跑了秦王宫五次，最终从当初那个受过他金锭的门禁官嘴里探得了消息，新秦王已经正式改元。二月初，楚、韩、赵、蜀四国都要派使节来贺。这之后，新秦王估计便可见客了。

得到了确切消息，苏秦回客栈后又着手开始准备了，游说新秦王的说辞在心里不知演练了多少遍。

功夫不负苦心人，来咸阳半年多，前后跑了不知多少趟秦王宫，二月初七，苏秦终于得到答复，二月初八可以觐见新秦王。

二月初八，当一轮红日刚刚露出地平线之时，苏秦主仆已经漱洗完毕，并修饰拾掇干净。辰时刚到，主仆三人就精神抖擞地向秦王宫进发了。

约略一个时辰，就到了秦王宫。因为有那个门禁官帮忙，很快就顺利通报进去。不一会儿，宫里传出话来：

"传洛阳之士苏秦进宫觐见！"

苏秦一听，按捺不住激动之情，提起长袍，"噔、噔、噔"，一步三阶，迅速跃上了秦王宫之前那个陡直的九十九级台阶。然后，随着宫人的引导，进入了日思夜想的秦王大殿，见到了他要游说的秦惠王。

虽然先前在刑场上他已经远远看见过这个新秦王，但由于距离遥远，根本无法看得真切。这一次，新秦王就在数尺之遥，他终于清楚地一睹了他的威仪。

宾主彼此礼节性的寒暄过后，便各就各位。

略略安顿了情绪，苏秦再拜表敬之后，便开口上题了：

"臣乃洛阳之士，姓苏名秦，曾师事齐人鬼谷先生，习学'纵横'之术。闻得秦王高义满天下，求贤若渴，故不揣固陋，不远千里相投。"

秦惠王略略朝下看了看，没有言语。

苏秦见此，遂又接口道：

"不曾想，臣至咸阳之时，恰逢先王染恙，不能见客。臣为先王之恙而忧，寝食俱废，日夜不安。未久，又闻先王溘然长逝噩耗，更是痛彻肝肠！"

说着，便挥袖以作拭泪之状，意欲以情动人，感动秦惠王。

没想到，秦惠王仍是默然无语。

沉思片刻，苏秦突然意识到，此话似乎不妥，可能会引起新秦王的误解，以为自己不是真心投奔他，而是冲着先王秦孝公而来。遂立即作欣欣然之状，话锋一转道：

"而今大王荣登大位，大秦又有了一代英主，臣与秦国万民一样，不胜欣慰之至！"

苏秦自以为这几句话说得媚而不谄、不卑不亢，新秦王听了一定高兴。于是，抬眼偷窥了一下近在咫尺，却又高高在上的秦惠王。没想到，秦惠王的脸上全然不见有半点欣然之色。

这一下，苏秦开始感到有些紧张了，他没想到这个新秦王是这样城府莫测。

沉静了一会儿，稳了稳神，苏秦突然抬眼望了一下一本正经、故作深沉的秦惠王，脸上掠过一丝不被察觉的笑意，然后从容不迫地伸手从怀中掏出一个卷状物，慢慢地展开后，再高高地举过头顶。

再看秦惠王，原本毫无表情的脸上，顿然生动起来——嘴角略略抽动了一下，两眼放出好奇的光芒，突然开口说话了：

"先生所持何物？"

"一张山羊皮。"苏秦明知秦惠王感兴趣的不是山羊皮，而是羊皮上所绘的图，故意答非所问。

"寡人是问羊皮上所绘何物？"

苏秦一听这话，不禁心中窃喜。果然，研究了一年的"揣摩术"没有白费心思，这次看来是要发挥一些效果了。想想前次游说山东六国，之所以三年未有一点收获，都是因为不懂游说对象——山东六国君王的心理。而今经过失败的教训，痛定思痛，终于悟出了游说的根本原则，那就是首先要揣摩透君王的心理，然后有的放矢，把话说到要游说的君王的心坎上，让他高兴地接受，这样才能成功。师父鬼谷先生的《揣》、《摩》二篇，真是博大精深，精辟无比啊！恨只恨，自己以前却没有好好领会，以此三年游说，劳而无功。而今，自己已经掌握了游说的原则，这不，自己的这张秦国山川形势图一亮出，秦王就被吸引了，看来今天的游说，有戏！

想到此，苏秦脸上再次掠过一丝不被觉察的微笑。然后，恰到好处地接住秦惠王的提问，答道：

"此乃秦国山川形势图。"

"哦，秦国山川形势图？"秦惠王眼都直了。

苏秦知道秦惠王想看他手中的图，可是他并不想将图递上去，他还要拿这图说事呢。

故意停顿了片刻，苏秦又高高举起了那张图，一边手指上面的方位，一边从容不迫地讲开了：

"大王之国，西有巴、蜀、汉中，北有胡、貉、代、马，南有巫山、黔中，东有崤山、函谷关。如此天然形胜，天下诸侯何能及之？"

"此话怎讲？"秦惠王一听苏秦这几句概括的话，觉得颇具战略眼光，遂情不自禁地脱口而出。

一见秦惠王提问，苏秦心定了。他知道，这个开场白对头了。秦惠王既然有了兴趣，那就好办！遂立即接口分析道：

"巴、蜀、汉中，山林广茂，沃野千里，资源物产取之不尽，用之不竭，秦国可以就便取之；胡、貉、代、马，乃戎狄之地，有广袤的土地，有剽悍的战马，秦国可以伐而得之。"

秦惠王点点头。

"巫山、黔中，乃天下之险，于秦而言，尤为关键。"

"何以见得？"秦惠王又急切地问道。

"巫山，乃秦国君临巴、蜀之要塞；黔中，是秦国扼守楚国之咽喉。君临巴、蜀要塞，则巴、蜀尽在秦国掌握之中；扼住楚国咽喉，秦国东进扩张，则无后顾之忧。"

秦惠王听了这几句，虽然不动声色，但从表情上可以看出，甚有赞赏之意。

苏秦见此，遂又继续说了下去：

"据崤山之险，扼函谷之塞，天下地利，尽在秦矣。"

秦惠王听了这两句，心中不禁为之一动，遂又脱口而出道：

"请道其详。"

"崤山之高，可谓峻极霄汉；函谷之险，可谓举世无双。"

说着，苏秦又特别将手指到图中崤山以西、潼关以东的函谷关，道：

"函谷关，扼居崤山、潼关诸山之间，绝壁千仞，有路如槽，深险如函，故有函谷之称。大王之国有函谷雄关，胜似天赐雄兵百万。"

说到此，苏秦故意停顿了一下，看了看秦惠王。见他又故作深沉，不肯接话，于是只好自问自答道：

"何以言之？大王英明神武，想必一定清楚，函谷关之险，堪称天下独步，只要一人守住隘口，纵有千军万马，也休想逾越半步，可谓攻之不可得，守之不可破。若说它是秦国的铁壁雄关，那绝对不是虚言。"

这一下，秦惠王终于情不自禁地点了点头。

苏秦见此，遂再接再厉，继续发挥道：

"大王之国，田肥美，民殷富，战车万乘，雄兵百万，沃野千里，国库积蓄丰厚，地形又有战略上的优势，此所谓'天府之国'也！"

秦惠王没吱声，只是朝下多看了苏秦几眼，神情中颇有不以为然的意思。

苏秦一见，顿时愣了一下。心想，秦惠王会不会认为自己这是在有意吹拍，心里产生了反感？

略略犹豫了一下，苏秦再次抬头望了一眼秦惠王。然后，以不容置疑的口吻说道：

"臣以为，以大王之贤，军民之众，车骑之善，兵法之用，并吞诸侯，一统天下，为天下之帝，易如反掌！"

"噢，先生何以如此厚望于寡人？"未及苏秦说完，秦惠王突然怀疑地反问了一句。

"因为臣对大王有信心，对秦国有信心！今臣有一二陋策，希望上达大王，愿大王垂听。"

"先生莫非要献'连横'之策，要寡人发动战争？"

苏秦见秦惠王这样一语破的，直捣中心，遂顺水推舟地承认道：

"大王果然天纵聪明，所见极是！臣以为……"

苏秦正要顺势展开自己的观点时，秦惠王却突然打断了他的话，说道：

"先生既是鬼谷先生弟子，自当博古通今。前贤有言：'毛羽不丰满者，不可以高飞；文章不成者，不可以诛罚；道德不厚者，不可以使民；政教不顺者，不可以烦大臣。'"

这个古训苏秦当然听说过，此时此刻被秦惠王称引，其中的弦外之音，他更是心知肚明。秦惠王这是在借引古训诉说自己的难处，他不是不想发动战争，并吞天下，做天下之王，只是现在秦国的国力还不及此。还有一层，他新即王位，在国内立足未稳。如果刚刚临朝视政就大规模发动对外战争，将士不肯效命，战争失败，他的王位也许就要不保，秦国的根本也会动摇。

苏秦理解到这一层，觉得秦惠王说得也在理。于是，一时语塞，愣在了那里，不知所措。

就在此时，突然又听秦惠王说道：

"先生自周至秦，不避千万里路途之遥，不辞风霜雨雪之苦，不嫌秦国偏僻闭塞，不嫌寡人资质愚钝，苦口婆心，谆谆教诲于寡人。对此，寡人铭心刻骨，感动莫名。只是先生所教导的，还要给寡人一些时间，今后若有机会，一定遵命践行。"

这话虽然说得非常客气，也非常动听，但推托、婉拒之意非常明显。苏秦一听，便知其意。心想，如果自己游说到此打住，不再进行下去，那么这趟千万里之行，岂不就是白费劲了？自己的理想与目标，岂不就成了水中之月、镜中之花？

想到此，他觉得不行，不能就此罢休。停顿片刻，眉头一皱，计上心来。于是，改用激将法，说道：

"大王不能察纳雅言，听臣之策，这早在臣的意料之中。"

秦惠王一听，先是一愣，然后立即反问道：

"先生此言何意？"

苏秦一听，知道已经扳回了继续游说的机会。于是，立即抓住机会，重抖精神，更加慷慨激昂地陈言道：

"恕小臣斗胆，莫非大王欲以仁义而收天下之心，不战而屈人之兵？"

"若能及此，岂不更好？"秦惠王反问道。

"当然，这是上上之策。不过，大王不妨回顾一下历史，自古及今，有不战而征服天下的前例否？"

秦惠王没有回答，他当然知道自古及今就没有这等好事。但是，在他的心里，似乎主意早就打定，不听游士说客之言。因为公孙鞅的缘故，他从心里讨厌游说之士专擅口舌之利而取尊荣之想。这次虽然接见了苏秦，那是因为自己刚刚即位，不想给天下人留下秦王不重视人才，秦国拒绝客卿的话柄。任用客卿，外材秦用，这是秦国长久以来的传统，也是秦国的既定国策，往后还是要广泛吸纳天下各国英才为秦所用。只是现在还不是时候，所以这次对不起，不用你。

当然，苏秦也是知道秦惠王此时的心理的，他对师父《揣》、《摩》二篇揣摩了一年，能猜不透秦惠王的心理？只是大家心照不宣。所以，不容秦惠王装傻，他又继续说了下去：

"想当初，神农伐补遂，黄帝伐蚩尤，尧伐驩兜，舜伐三苗，禹伐共工，汤伐有夏，文王伐崇，武王伐纣，哪一个不是以武临之，最终而成就了大业？"

"那都是远古的事了。"秦惠王见苏秦不肯罢休，不耐烦了。

苏秦知道他的意思，但是，既然说开了，不如索性说下去，说不定还有转机。于是，又顺着秦惠王的话，继续说道：

"这些事情虽然久远了点，但历史就是历史，这一点，想必大王也是知道的。如果大王觉得远古之事不值为凭，那么我们不妨再看看近世之事。齐桓公九合诸侯，一匡天下，这是当今天下人人皆知的往事，也是诸侯各国君王至今还津津乐道的盖世功业。不知大王想过没有，齐桓公能够建立这等霸业，靠的又是什么呢？还不是武力征伐？由此可见，自古及今，从来就没有过不战而为天下之霸的事情。"

秦惠王无语以对。

苏秦心想，看来事实还是有说服力的，只要自己说得有道理，不信你秦惠王听不进。于是，在略略停顿了一下之后，便以不容置疑的坚定口吻，进一步申述发挥前言道：

"大王一定知道，往古之时，天下诸侯之使，也是整日车马穿梭，往来不息的。结果，又怎么样呢？不都是些樽前发尽千般愿，背后霍霍磨刀枪的骗人把戏吗？那时的各国之君，也是时常会盟，并约誓'天下为一'的。结果，又怎么样呢？最终不还是盟约在简，誓犹在耳，便在背后下手了？"

秦惠王没有吱声。

苏秦抬眼看了他一眼，继续道：

"而就在诸侯各国各怀其志，你'约纵'，我'连横'，刀枪不入库，战马不卸鞍，时时刻刻都想着攻城略地，并吞他国，要做天下之霸的时候，天下游士又乘势而出。他们或高马轩车，或峨冠博带，长年周游于列国之间，摇唇鼓舌，挑拨人主，唯恐天下不乱；而各国的那些尚武好斗之徒呢，则又立功求战心切，从中推波助澜。由此，诸侯迷惑，天下越发纷乱不止。"

听到这里，秦惠王突然撇了撇嘴。

苏秦见此，心想，秦惠王肯定是把自己与古代的游说之士视为同类，心里不屑。其实错了，自己提到古代的游说之士，是别有目的的。于是，不管秦惠王的态度，继续申述道：

"而当时的各国内政呢，则是弊端丛生。法律虽然严密完备，但是社会秩序依然混乱。人心不古，民多伪态；政令繁杂，百姓无所适从；为官者上下相怨，为民者百无聊赖。国内民不聊生，人民怨声载道，而诸侯各国之君不但不体恤民众疾苦，反而轻启战端，穷兵黩武。由此，天下不断陷入战乱之中。当此之时，虽有使臣穿梭斡旋，但战攻并不因此而停息；虽有游士折冲樽俎，巧舌如簧，妙语生花，但说得舌弊耳聋，天下并不因此而太平大治；诸侯各国，虽然不断地屠马结盟，行义约信，可是天下并不相亲。由此，天下重又陷入恶性循环之中，各国之君重又废文任武，厚养死士，缀甲厉兵，准备再于战场之上决一雌雄。"

说到此，苏秦故意停顿了一下，看了看秦惠王是何表情。虽见他仍然不言不语，但从神态可知，他还是在专注地听着。于是，便又一鼓作气道：

"那么，诸侯各国为什么要改弦更张，废文任武呢？原因很简单，因为安坐就能获利，不战就能广地，纵使是古代的五帝、三王、五伯等最贤明的君王，也是常怀此想，而终究不能成功的。于是，别无他法，只得以战续之，以武临之。若遇敌于平原旷野，则摆开阵势，兵来将挡；若狭路相逢于山道关隘，则短兵相接，拼个你死我活，然后可建大功。因此，臣以为，只有兵胜于外，才能义强于内；只有君威立于上，才能民众服于下。当今之世，要想一统天下，臣服万邦，舍武力，别无他途！可是，当今的一些后继君主，忽视战伐王霸之道，抱守仁义旧教，惑于腐儒之词。由此看来，大王不能听臣之策，理之必然。"

苏秦最后一句话尚未落音，一直默然无语的秦惠王突然怫然作色，道：

"先生可以休矣！"

说着，一拂袖，走了。

第五章　衡阳雁去无留意

1. 含恨离咸阳

"少爷，别走得太快，小心脚下！"

周显王三十二年（前 337）二月初九，北风凛冽，滴水成冰。一大早，苏秦主仆就辞别店家，匆匆出城。

苏秦走在前面，低头紧走。游滑与秦三担着行囊与书简，一路小跑地跟在后面。走了一段，秦三跟不上了，又看见地上都是冰霜，便高声提醒了主人一句。

一路上，除了寒风掠过枯木寒枝不时发出的凄厉之声，以及地上冰霜被踩出的嘎吱作响之声，没有见到任何行人。

日中时分，主仆三人终于赶到了渭水渡口。今天他们要南渡渭水，快快离开咸阳，离开这秦国地界，远离这使他们曾经有过无数憧憬与幻想的伤心之地。

渡渭水时，等了很久才有船来。渡口因船来船往，船夫撑篙溅起的水花在渡口结成了薄冰。上船时，苏秦因心不在焉，脚下打滑，摔了个仰八叉。幸亏秦三、游滑搀扶得快，不然就要滑到渭水中，冻成冰人。

过了渭水，也就离了咸阳。上岸时，秦三、游滑情不自禁地回头望了望咸阳，似乎要说什么。但是，见到苏秦决绝的面容，只好把话咽下，他们理解主人此时此刻的心情。

也许是因为原路返回而路况熟悉，也许是因为苏秦想早点离开秦国这伤心地的心情在起作用，反正回程的路走得异常的快速。

二月底，到达秦国渭水南岸的大城杜县。

四月初，到达杜县东北的秦国另一重镇——戏。

五月初，到达戏城东边的重镇——郑县。

五月十八，主仆三人便逶迤着进入了秦国东部重镇武成。

"少爷，到了武成，往东就是河西地界了。"游滑这样提醒着。

"少爷，往东，俺们怎么走？是回洛阳，还是……"秦三问到一半，又打住了。

这个问题，从离开咸阳的那一刻，就一直是苏秦在苦苦思索的问题。现在被秦三提出来，苏秦虽然是有思想准备的，但却不知如何回答，因为他还没主意。

"俺们今天先在城里住一夜，明天再说吧。"沉默良久，苏秦这才模糊其词地回答道。

辗转反侧了一夜，经过痛苦的思考，第二天早上起来，苏秦最终拿定了主意：

"秦三，游滑，今天俺们就出城，往东北，去燕国。"

"啊，到燕国？"秦三曾经随苏秦去过燕国，知道路途有多遥远。

"是，往燕国。"苏秦语气坚定地说。

"少爷，那燕国怎么走啊？小人从未去过，连在什么方位也没听人说过。"游滑问道。

"方位就在东北方，俺只知道渡河往东，穿过魏国、韩国，再往北，穿过赵国，再往东北，就到燕国了。"

游滑完全没有地理概念，苏秦这样一说，他更糊涂了。于是，又问道：

"那具体怎么走呢？"

"噢，这倒是。这样吧，你跟秦三上街去向熟悉情况的人打听打听看。"

游滑应答了一声，就与秦三一起出了客栈，到街上问人去了。

约有一个时辰，二仆回来了。

"少爷，打听了好多人，都说不上来。不过，大家都说，从武成往北，到临晋，然后往东北渡河，进入魏国河东地界，再问问人，就行了。"秦三很有把握地报告着。

"那好，俺们这就出发吧。"苏秦道。

于是，主仆三人又逶迤着从武成出发了。

经过一个多月的艰难行程，六月底，三人终于到了临晋。

到了临晋，一问人，这才知道，这临晋曾是魏国河西重镇，大前年才因为商君大败魏师，魏国被迫献给了强秦，现在已经是秦国的地盘了。

在临晋略作停留，向人打听了渡河进入魏国的路线，主仆继续赶路。七月底，越过秦国所据河西之地，向东北渡河，进入了魏国境内的蒲阪。

在蒲阪，主仆三人找了家小食店吃饭。其间，苏秦不经意地与店主交谈了几句，感叹说：

"看这蒲阪，好像规模还是挺大的，怎么市面这样萧条啊？"

店主一听这话，先是好一阵唉声叹气，然后则唏嘘感叹地打开了话匣子：

"客人有所不知，这蒲阪啊，早先可是魏国的一个大城，繁华得很哪！那时，魏国都城还在安邑，这蒲阪就是魏都安邑城的第三重屏障。它西面是临河天险，既是魏国河东的第一战略要塞，也是魏国支撑河西的战略要津与大后方。"

"噢，原来如此。"苏秦一听，觉得非常惭愧。心想，这些都不知道，怎么游说各国诸侯王。看来，这一路要好好长些见识，多问多了解各国的情况。

就在苏秦低头沉思之际，店主又继续说道：

"蒲阪在河东，隔河便是河西的重镇临晋。临晋之西，还有一条魏国军队修筑的长城，它紧邻秦国，是专门防御秦国军队，保护魏国河西之地的。而今，魏国河西之地被秦强占，蒲阪早已成为魏、秦之争的最前线了。"

"噢，怪不得蒲阪市面这么萧条。"苏秦仿佛如梦初醒。

"河西之地献出之后，魏王觉得安邑不安全，随时都会遭到渡河而东的秦国军队偷袭，于是就将魏都迁到了东部的大梁。魏王这一走，安邑就没落了。客官，你想，安邑都没落了，蒲阪能不跟着凋敝吗？"

"蒲阪离安邑还有多远？"

苏秦上次到过魏都安邑，游说过魏惠王。但他不知道这蒲阪离安邑还有多远，这次他还想去看看安邑，看它凋敝萧条到了什么程度。届时游说魏惠王，也好拿安邑的今昔对比说事。于是，他便急切地岔断店主的话问道。

"不远，魏王之所以将魏都东迁，原因就在这里。河西之地丢失后，安邑之西，第一道屏障是蒲阪，第二道屏障只有令孤了。而且令孤离安邑太近，蒲阪若失，秦国军队到了令孤，魏都安邑就要不保。所以，魏王献出河西之地后，主动将魏都东迁至大梁，免得秦国军队打进来，他天天提心吊胆地过日子。"

苏秦接口道：

"大梁是魏国的重镇，也是魏国的战略大后方，中间还隔了一个韩国，从地理上看，确实比较安全。"

店主凄然一笑道：

"他安全是安全了，俺老百姓就没人管了。而今世人都不叫他魏惠王，而叫他为梁惠王了。"

"魏王本来也是一个有大志的人，并不是一个软弱无能的君王，只是因为错任了庞涓为将，一败于桂陵，再败于马陵，彻底伤了魏国的元气。到了三败于公孙鞅之后，魏国真正是江河日下，颓势已经不可逆转了。唉，此一时，彼一时，他也是没有办法啊！"

店主听了苏秦这番议论，一时无语。没想到眼前的这位客人这样了解魏国的情况，还能这样的理解魏惠王。

吃完饭，告别了店主，主仆三人就急急出了城。

站在蒲阪城外，西望原为魏国的河西之地，苏秦不禁为魏帝国的迅速衰退而无限感叹。

由蒲阪往东北，昼行夜宿，起早摸黑，八月底，主仆三人到达了令孤。然后继续往东北方前行，九月底抵达魏国旧都安邑。

一入安邑，望着早先繁华的街市如今凋敝冷落的景象，苏秦不禁无限感伤。想当初，他来此游说魏惠王，魏国是多么强大，魏惠王见到自己是多么的趾高气扬。而今，他丢了河西之地，又迁都大梁，躲到韩国背后去偏安了。原来锦绣一般的魏都安邑，才过了几年，就王走城敝，再也没了昔日的热闹繁华。抚今追昔，不能不让他为之感伤。如果魏国没有败得如此一塌糊涂，魏国国力不是衰退得太快，那么魏国今天应该是强于秦国的大国，最起码也与秦国旗鼓相当。他今天入秦失意之后，再入安邑，就可以考虑再游说游说魏惠王，如果能够说得下，辅佐魏惠王，不仅能实现自己的人生理想，还能借魏之力以报秦都受辱之仇。

突然一阵秋风吹过，微微的寒意让一时陷入沉思的苏秦清醒过来，心有所悟：既然魏惠王已经成了一个不济事的梁惠王，那么何必还要寄望于他？不如再去游说赵王。赵国虽然不算很强大的国家，但这些年国力没有受到什么损伤，还算较有实力。

想到此，苏秦终于打定了主意。于是，回头果断地对二仆道：

"秦三，游滑，出城！俺们继续北上，先往赵国之都邯郸。"

"少爷，真的要往赵都邯郸?"秦三不解地问，因为三年前他陪主人到邯郸游说过赵王，结果却一无所获。

"是。"苏秦肯定地说。

秦三望了望主人，不好说什么，遂与游滑一起，挑起担子随苏秦出了安邑城。

起早贪黑，历时一个月，十月底，主仆三人到达安邑东北的魏国重镇曲沃。继续前行，十一月中旬，北越泽水和浍水，十二月初到达韩国的大城皮牢。

皮牢是韩国西部重镇，加之离魏、秦之境都不远，南来北往的商贾都汇聚于此。因此入城后便觉熙熙攘攘，热闹非凡。苏秦主仆入城稍作休整后，就开始向南来北往的商贾打听到去赵国都城邯郸的最近路线。虽然上次也游说过赵王，但上次不是从韩国直接往赵。

还是大都市好，打探消息特别容易。在皮牢，苏秦主仆不仅打听到去往赵都邯郸的详细路线，而且还在此听到了从远在韩国东部的韩都郑传来的最新消息：韩国名相申不害去世了。

苏秦一听，不禁一番感叹。上次自己到韩国游说韩王，还是申不害为相。也可能是因为申不害太能干，韩王觉得有他为相，也就不必再听苏秦多话强聒。当时自己心里确有些迁怒于他，但如今申不害死了，韩国人民还如此怀念他，说明他确是一位难得的贤相。刚才所听到的许多有关申不害为相执政的故事，此刻又回荡在耳畔。是啊，毕竟是申不害为相执政期间才使韩国由弱变强，韩国的民众怀念他也是自然、应当!

正当苏秦沉浸于对申不害往昔之事的回忆中而不能自拔时，秦三突然说道：

"申不害过世了，少爷是否可以去说说韩王?"

苏秦一听，马上明白他的意思：现在申不害没了，正是一个好机会。因为三年前秦三陪自己游说过韩王，知道当时游说韩王不成，事实上是与申不害为相有关的。

低头沉默了一会儿，苏秦觉得秦三这想法倒也有些道理。既然申不害不在了，自己与他相比，当时即使算是猴子，现在也应该算是山中之虎了。于是，默默地点了点头。

见此，秦三立即催促道：

"少爷，那么俺们快点动身往韩国吧，晚了也许会被别人抢了先。"

可是，点过头后，苏秦却好久没有挪步。秦三不解，只好呆呆地看着他。

过了约烙一张饼的工夫，苏秦突然说道：

"还是继续北进，按既定路线，去赵国之都邯郸。"

二仆虽然不解，但苏秦自己清楚，他这样决定也是为着长远之计。因为现今想要"合纵"成功，实现自己的理想，就得在山东六国之中找到一个可以堪为"合纵"之盟的轴心国。现在往说韩国之主，虽然一时可能成功，却不能保证长久的富贵荣华。相比之下，还是从长计议，先物色一个既有足够国力，又有明主的诸侯国，说服了其君王，自己的"合纵"之策才有赖以实施的基础。然后，再以此为辐辏的支点，最终实现"合纵"以抗秦的局面，在两强均势相持中实现天下的安宁。这样，一来可保自己长久的富贵荣华，二来也能客观上为天下百姓争取多一点安定的日子。现而今，想来想去，权衡再三，也只有赵国还算符合条件。

正是基于这种考虑，所以苏秦才最终放弃了往韩都的打算，决定继续去赵都邯郸。不过，这样决定的理由他没有向秦三和游滑说明。当然，他也不必向他们说明，毕竟他们只是他的仆人，不是他的幕僚。

主意已定，主仆三人遂又继续按既定的路线往赵国邯郸进发了。十二月中旬，向东北越过少水。然后，再往北。到达韩、魏东部边境之城长子时，已经是周显王三十三年（前336）的正月初一了。

"少爷，接下来，俺们该怎么办？"站在长子城门口，欲进未进之时，游滑话外有话地问道。

苏秦一听，立即明白其意。沉吟了一会儿，说道：

"你们都随我在外颠沛流离了一年多，平日辛苦不说，就是连过年过节也没吃过一顿像样的饭菜，真是对不住你们！本来，这大过年的，俺们理应进城住几天，好好吃顿饭，休整一下。可是，眼下……"

看着主人说不下去的尴尬，秦三知趣地接口说道：

"少爷，俺们知道，现在身上的盘缠越来越少了，不得不省着点用。"

"少爷，那就赶快进城补充点干粮，然后马上出城，继续赶路吧。到了赵都邯郸，不就好办了？"游滑见此，也凑趣地说道。

沉默了一会儿，苏秦感激地看了看二仆，不无感慨而又无奈地说道：

"要是有钱，俺们就可以在这城里住下来，哪里需要像现在这样，大过年的还在外颠沛流离呢？眼下，俺们也只好勒紧裤腰带，抓紧时间赶路了。"

秦三、游滑立即说道："少爷说的是。"

行行重行行，又走了半个月。正月十五，日落时分，主仆三人才到达韩、魏东北边境的屯留。

"少爷，天快黑了，城门也快关了，俺们还要进城吗？"站在城门口，游滑提醒道。

看着疲惫不堪的二仆，苏秦心里实在有些不忍了。犹豫了一会儿，说道：

"今晚俺们就在城里住一夜吧，好好吃顿饭，权当休整放松，古人还说，'文武之道，一张一弛'呢。"

秦三、游滑一听，顿时欣欣然而有喜色。

2．浊酒一杯家万里

离开屯留城，主仆三人又继续日夜兼程。

路途中，偶然听到一个消息：邹人孟轲刚刚到大梁游说过梁惠王，结果扫兴而归。

"唉，看来这个魏惠王真的不可指望了！还好当初打消了去大梁的念头，否则，结果肯定如孟轲一样。"

苏秦一边在心里这样庆幸着，一边催动二仆加快了步伐。

二月初，三人向东北越过了潞水、漳水。接着，再往东北方向，绕道赵国防御魏国的南部长城的西北端，于四月底进入了赵国的武安。

由武安折向西南，又走了近半个月，主仆三人这才到达了赵国都城邯郸。

入城的这一天，是周显王三十三年（前336）五月十三的傍晚。其时，一轮红日正慢慢沉入牛首山背后，晚风习习吹起，挟带着一股初夏温润的气息。

邯郸，对于苏秦来说，已经不是陌生之地了。上次游说山东六国，他就曾来此游说过赵王。那次游说的是赵肃侯，虽然没有说动他，但邯郸和赵王的情况已经基本了解。因此，此次东征邯郸，他似乎信心要比前一次大。

在邯郸盘桓了数日，并作了充分准备，苏秦择定五月十八去游说赵王。因为他曾听人说过，很多地方都有一种习俗，喜欢择双日特别是每月的十八办理婚嫁喜事。民间甚至还有这样一句顺口溜："十八日子好，多少大姑变大嫂。"想必邯郸城里的风俗也不会例外吧。既然十八是婚嫁的好日子，那么自己求售赵王，不也形同自嫁吗？这个日子应该也是游说赵王的好日子吧。

打定主意后，十八日一大早，苏秦就与二仆早早起来。漱洗收拾一番后，三人便离开了客栈，急急往赵王宫而去，他希望早点赶到赵王宫，求见赵肃侯。

可是，到了赵王宫，请托门禁官通报赵肃侯予以接见时，门禁官眼都没眨一下，就径直回答道：

"赵王不见远客。"

这一下，苏秦急了，立即追问道：

"何故不见远客？"

"这是三个月前赵相传下的旨意。"门禁官答得毫不含糊。

"赵相的旨意？那么，赵王呢？"苏秦更感到不解了。

"相爷说的，也就是赵王说的。"门禁官有些不耐烦了。

苏秦一听，心中好生纳闷：难道赵肃侯病了，还是没了？或是赵国现在是由赵相摄政？

"那么，赵王呢？"苏秦又硬着头皮问道。

"不必再问了！"门禁官明摆着是在下逐客令了。

苏秦虽然心有不甘，但也无可奈何，只得带着二仆很不情愿地离开了赵王宫，沮丧地回到客栈。

店家见三人都闷闷不乐的样子，不知发生了什么事，遂关切地对苏秦问道：

"客官，碰到什么为难事吗？"

苏秦听店家关切的口吻，又见他诚恳忠厚的样子，遂将求见赵王而未遂的经过说了一遍，并将心中的困惑也一并倾吐出来：

"恕在下冒昧，不知这赵相到底是……"

未等苏秦说完，店家就接口打开了话匣子：

"唉，客官，你是有所不知啊。这赵相不是别人，他是赵王的亲弟弟，赵王封他为奉阳君，并任他为赵相。"

"噢！"苏秦这下明白了，怪不得这赵相这么牛气十足。

"没想到，奉阳君做了赵相后，独揽朝政，专横霸道，欺压百姓，无所不为。赵王不仅拿他没办法，而且还早已经被他架空了。而今的赵王啊，说得难听点，就是一个会说话的木头人罢了！"

店家说完，不禁长叹一声。

苏秦一听，也在心底长叹一声。有这样的赵相，他哪里还能容得下别人，他连哥哥赵肃侯都要架空，还能让远客游士染指赵国朝政？

想想自己这一趟，从洛阳到咸阳，不远万里，历经无数苦难，怀着无限希望，想游说秦王"连横"，结果却以受辱收场；从咸阳到邯郸，想游说赵王"合纵"，又不得其门而入。难道这一趟又是白跑了？难道自己就这样回家去见爹娘，去见妻儿？

苏秦越想越烦，越想越感到万念俱灰，精神差不多到了崩溃的边缘。

"少爷，开开门，您没事吧。"

傍晚时分，看着主人闭门一日不出，秦三有些不放心了。于是，一边敲门，一边关切地问道。

听到敲门声，苏秦这才从发愣、消沉中惊醒过来。抬头朝外一看，天都黑了。遂一骨碌从席上爬起来，走过去顺手打开了房门。

"有什么事吗？"看着秦三、游滑二仆齐刷刷地立在房门外，苏秦虽心知其意，却故作镇定地问道。

"少爷一天不吃不喝，也不开门，小人们不放心。"秦三道。

"有什么不放心？"苏秦装着若无其事的样子，反问道。

"少爷……"游滑望望苏秦，刚要开口却又把话咽了回去。

苏秦见他欲言又止的样子，遂催促道：

"有话但说无妨。"

"少爷，俺们的盘缠也所剩不多了吧。如果不想办法，不但这店没法再住下去，今后就是一日三餐的粗茶淡饭也要成问题了。"

苏秦一听这话，心情更加沮丧。但想一想，游滑所说的都是即将摆在面前的现实，不得不面对。如果这个问题都没法解决，那么自己这个自信满满、自许自负的"天下第一士"，恐怕就要成为露宿街头的流浪汉，饿死道路的异乡鬼了。

想到此，再看看站在面前正为生计发愁的二仆，苏秦一时不知说什么好。

主仆相互对视了很久，一时都呆在了那里。

"驾，驾！"

正在此时，一辆华丽的马车如同一阵疾风似的从客栈门前飘然而过。

望着薄暮中渐渐远去的马车，想着坐在马车上的那位主人春风得意的样子，想着那驾车的车夫扬鞭催马、不可一世的傲人之态，看着邯郸城繁华的街市，想着自己眼下上天无路、入地无门的艰难处境，苏秦不禁悲从中来，一屁股就坐在了客栈门口的地上。

"少爷，别坐这里，您是有身份的人。"秦三提醒道。

"是啊，少爷，还是回房里坐吧。"

可是，回到房里，苏秦更是悲不自胜。情不自禁间，随手抓起了座前炕桌上的一个瓦罐，一仰脖子，就"咕咚"、"咕咚"喝下了两大口，那是昨天刚买的廉价的烧刀子。

"少爷，别喝那么多，这酒不好，容易醉人。"秦三一边劝着，一边上前去夺苏秦手中的那个瓦罐。

"是啊，酒会伤人，别喝那么多。俺们今后还指望着少爷呢。"

苏秦一听游滑说要指望着自己，眼泪"哗"地一下就出来了。

"你们先出去，让俺静一静。"苏秦觉得在仆人面前流泪有失身份，便连忙对秦三、游滑挥了挥手。

二仆出去后，苏秦又捧起那只瓦罐，一口接一口地喝了起来。可是，喝着，喝着，眼泪就像断了线的珠子，湿了袍袖，也湿了座前的席子。

本来是想借酒浇愁的，想着喝醉了就不会那么忧愁了。没想到，一罐烧刀子快喝尽了，头脑却越发的清醒，对严峻的现实认识得也越发深刻。想着即将到来的衣食无着的生存危机，想着可能客死他乡的结局，想着远在千万里之遥的故乡洛阳，想着爹临行前那殷切期许的目光，想着娘那满头的白发，想着妻子香香那忧郁而深情的眼神……

想着，想着，他益发地悲伤起来，手中捧着的那个空空如也的瓦罐突然掉到了炕桌上，发出"砰"的一声，摔得个粉碎。

"少爷，怎么了？"听到响声，一直守候在门口的秦三连忙推门而入。

看到秦三突然闯进来，苏秦顿然清醒了几分。看看秦三，又望了望门外，用袖子拭了几拭泪水，问道：

"游滑呢？"

"出去了。"

"到哪儿去了？天都快黑了。"

"恐怕就在附近吧，不会走太远。"

"噢，好！"

秦三一听，立即明白，少爷这样说，大概是庆幸游滑没看见他现在的失态吧。

"少爷，何必作践自己的身体呢？实在没办法，俺们就回洛阳吧，还能饿死不成？"秦三一边捡拾着那摔碎的瓦罐碎片，一边这样宽慰着主人。

"洛阳千里迢迢，而今，俺们还拿什么回洛阳呢？"

"现在不是夏天吗？俺们把冬衣给卖了，还不能凑些盘资回洛阳？"

"卖冬衣？"苏秦一听，先是一愣，后则一拍大腿道："有了，秦三，你去把俺的棉袍拿来。"

"少爷，现在就去卖棉袍啊？"

"不卖，不卖，怎么能卖掉俺的棉袍呢？俺们今后的生计都还要指靠着它呢。"

秦三一听，顿然如坠五里雾中，半天也摸不着头脑了。心想，你这件棉袍能这么值钱？不至于吧。

就在秦三还在发愣之时，苏秦又开口道：

"你快去拿啊，再去问店家借把剪刀来。"

秦三一听，更不明白了，难道要把棉袍拆了卖棉絮不成？于是，就问道：

"少爷，要剪刀干什么？"

"你别问，借来就是了。"

秦三只好遵命先找来了苏秦的棉袍，后又借来了剪刀。

苏秦接刀在手，又对秦三道：

"把门关了。"

秦三不解地关上了客房的门。

就着窗前最后的一点光线，苏秦麻利地拆开了棉袍的腋下。接着，就从里面拿出了一支金簪。

秦三一看，这才一切都明白过来了。

"明天一早，你就跟游滑把它拿到街上卖了吧。"苏秦拿着金簪在手，一边深情地端详着，一边这样跟秦三交代着。

"这……好吧，少爷。"秦三迟疑而感伤地答道。

一夜无话。

第二天一早，苏秦就将秦三与游滑叫到跟前，郑重地说道：

"你我主仆一场，自洛阳出发，漂泊在外已一年有余，吃尽了辛苦，受尽了风霜。也多亏了游滑精打细算，我们的这点盘缠才能勉强支撑了一年有余。而今，不瞒你们说，俺们快要身无分文了。不要说继续前行的盘缠没有着落，恐怕连一日三餐也要不济了。"

"那怎么办？"游滑未及苏秦说完，就急切而惊慌地问道。

"真是应了那句老话：'天无绝人之路'。今天就在俺一筹莫展之时，秦三提醒俺把棉袍冬衣卖了，换些盘缠回洛阳，我这才突然想到了俺娘藏在俺棉袍中的一点首饰。"

说着，苏秦就举起了手中的金簪。

游滑一见，不禁眼睛一亮，兴奋地追问道：

"少爷，怎么从来没听您说过啊？"

"这只金簪，是俺娘的陪嫁之物，也是俺娘母家的传家之宝。俺娘本来是想在她百年之后，把它传给苏家的儿媳妇。但左想右想，就这么一只金簪，不知到底该传给哪位儿媳才好。她怕处理不好，还会闹出儿媳之间不和，全家不宁。所以，俺娘考虑再三，就在俺临行前的晚上偷偷把这只金簪缝入了俺的棉袍中。不过，俺娘再三交代过，不到万不得已，不能将它拿出来变卖。所以，俺一路上从来就没想过要将它拿出来变卖。如果不是秦三说到变卖棉袍，俺差点就忘了这金簪的事。"

"噢，原来如此。"游滑这才恍然大悟。

"现在，俺们已到了山穷水尽的地步，不得不出此下策，将它变卖应急了。"

苏秦一边这样说着，一边眼睛紧盯着手上的金簪，好像是跟那金簪在说话。

秦三看着主人那种不舍的神情，不禁黯然神伤。而游滑呢，则一直盯着苏秦手中的那只金簪，目不转睛。

"游滑，你是做过生意的人，会做买卖。现在你就带秦三一起到街上把这只金簪给卖了吧。"

游滑立即答道：

"少爷，您放心！俺一定会卖个好价钱的。"

说完，游滑就上前去拿金簪，可是苏秦却握着金簪迟迟不交给他。

"少爷，时间不早了。"沉默良久，秦三提醒道。

"噢。"苏秦这才醒悟过来，连忙将金簪递给游滑。

游滑接簪在手，刚要与秦三转身准备离去时，又听苏秦叮咛道：

"千万小心，放好，别弄丢了，它可是俺娘的传家之宝啊！务必要卖个好价钱，往后俺们主仆就靠这点东西过活了。"

"知道了，少爷。"

游滑与秦三一边齐声应诺，一边小心翼翼地捧着金簪出门了。

日中时分，二人终于回来了。可是，金簪没卖出。一连三天，结果都一样。

第四天，苏秦有点急了，就问游滑道：

"你们是不是要价太高了？"

"少爷，小人认为这个金簪不是寻常之物，不能贱卖，要兑换得价值相当。做生意要有耐心，多花点时间无妨。"

苏秦觉得有道理，点点头，以后也就不再催促了。

到了第七天，金簪终于卖掉了。除了换回一大堆赵国钱帛，还有三块天下通用的小碎金。

"少爷，有了这些钱，俺们回洛阳就绰绰有余了。"游滑一边整理着钱帛，一边说道。

"回洛阳？"苏秦一愣。

"不回洛阳，那么还往哪儿呢？要是这些钱再花光，少爷还有金簪变卖吗？"

被游滑这么一反问，苏秦竟无言以对，只是呆呆地看着他。

过了好一会儿，秦三理解到了主人的心思，便试探着对苏秦说道：

"少爷，您想想看，还有什么诸侯王可以游说？如果现在就这样回洛阳，恐怕……"

秦三没说完，苏秦已经默默地点了点头。

至此，游滑已然了解了主人的心思。但仍忍不住地追问道：

"那么，现在该往哪儿走呢？"

"让俺想想，明天再作决定吧。"苏秦平静地说道。

又是一个不眠之夜。

第二天，苏秦终于拿定了主意，还是按照离开秦国时所定的计划，往燕国，去游说燕文侯。上次虽没有游说成功燕文侯，但当时他对自己的态度还是比较客气的。也许是当时自己游说的方法不对头，如果能够说得巧妙些，说不定那时就成功了。若此，今天也不至于还是如此落魄，整天急急如漏网之鱼，惶惶如丧家之犬，贫困潦倒，一事无成，还带累爹娘操心、妻儿受累，惹得嫂嫂白眼、邻居嘲笑。

3. 风萧萧兮易水寒

周显王三十三年（前336）五月二十二，一大早，苏秦主仆就急急出了邯郸城。

昼行夜宿，非止一日。

六月中旬，到达巨鹿。六月底，向西绕过巨鹿泽，到达赵国与中山国南部接邻的最北部大城镇柏人。

七月初，主仆越过赵国与中山国的边境；中旬，向北进入中山国的南部重镇鄗。

八月初，三人终于渡河而东。

送走了炎夏，又迎来了凉秋。九月中旬，主仆到达中山国东南重镇扶柳。然后，出中山国，再入赵国境内，向东北行进。

十月初，北国的天气开始由凉转冷了。但是，为了赶路，苏秦主仆还是起早贪黑。到达赵国东北与齐国接邻的重镇观津之后，三人继续北行。于十月中旬，渡河而北，到达赵国最北部的重镇武遂。十月底，终于越过赵、燕边境，进入了燕国。

到燕国南部大城武垣后，主仆三人进城，略略作了休整，并补充了一些路上要吃的干粮，又向江湖中人打听了去燕都蓟的最便捷路线。然后，继续北进。

十一月底，到达燕国中部重镇高阳。然后，又向西北而行，渡河北上，沿燕长城往西北，绕过燕长城的西北端，准备北渡易水。

可是，当主仆三人逶迤着到达易水南岸渡口最近的一个小镇时，时令已是周显王三十四年（前335）的正月十五，正是北国最为酷寒的时节。

正月十六一大早，当苏秦还在梦乡时，就听早起的游滑叫了一声：

"啊呀，下大雪了！"

秦三一听，一骨碌从炕上坐起，揉了揉惺忪的双眼，对着已被游滑推开的窗户，往外瞥了一下，没来得及穿衣着裳，就奔到苏秦炕边，推了推主人道：

"少爷，下大雪了。"

苏秦从睡梦中惊醒过来，不知所以，连忙问道：

"怎么啦？"

"少爷，下大雪了。"秦三又重复了一遍。

"啊？下大雪了？"

说着，苏秦连忙睁眼看向窗外，果然，天空中正飘起鹅毛般的大雪。

望着窗外的漫天大雪，苏秦不禁在心中连连叫苦，这下，该怎么办呢？今天是继续渡易水北上，还是留宿于此，以等雪霁天晴再走？如果不走，滞留于此，虽然可以暂避风雪严寒，但是一来要耽误往北游说燕王的时间，二来要多费开支，路上多一天，就要多一天的食宿之费。

想到囊橐又将倾尽，食宿的生存危机就要来临，苏秦不禁一时呆坐在了炕上。

过了好一会儿，还是秦三提醒道：

"少爷，赶紧穿衣起来吧，这样会受凉的。"

游滑一听，连忙奔到炕尾，将苏秦的衣裳拿了过来。

起炕后，主仆三人仍旧如往常一样，向店主讨了一些热水，吃了点干粮，就算打发了一顿早餐。

吃完后，游滑问道：

"少爷，雪这么大，俺们今天还走不走？"

苏秦没有立即回应游滑的问题，而是慢慢踱到了店门口。

望着越下越紧的漫天大雪，听着这北国寒风的阵阵呼啸凄厉之声，呆了一会儿，苏秦突然回转身来，对着有畏难之情的二仆，决然毅然地说道：

"走！"

说着，便带头出了门，一头扎进了风雪之中。秦三、游滑一见，心中虽有畏难之意，但也只得担行李，负书简，随后跟上。

走着走着，风越刮越紧了，雪也越下越大了，狂风舞着雪花，直搅得天地一片白茫茫。还没走到一个时辰，远处的山峦，近处的城郭与村舍人家，早已淹没在无边无际的飞雪之中。甚至百步之内，已是不辨牛马。

此时此刻，白茫茫一片的天地中，什么也见不到。通往易水渡口唯一的一条道上，只有苏秦主仆三人像三个小黑点一样在风雪中慢慢地移动着。

又过了约一个时辰，凭借着通往渡口道上的三三两两的枯木寒枝作路标，三人终于艰难地跋涉前行到了易水渡口。

可是，到了渡口一看，不仅不见渡船，而且连一个人影也没有。渡口边，只有一棵高大的榆树，枯干秃枝，独立于风雪交加的易水之滨。瑟瑟颤抖的枯干秃枝之上，蹲踞着三只一声不响、正缩着脖子发呆的乌鸦，大概它们是冷得连跳跃与啼叫的力气也没有了。

站在易水渡口，主仆三人一会儿望望冰冻不流的易水，看看易水北岸有没有渡船过来；一会儿极目远眺莽莽雪原，看看南岸有没有人向渡口走来。

可是，等了约一个时辰，就是什么也不见。此时此刻，空旷的雪原，荒古的渡口，只有寒风一阵紧一阵地刮来，吹得渡口的那棵大榆树的枯枝秃干哗哗作响；只有纷飞的大雪越下越欢，直下得白芒涨宇，八表同昏。

伴随着呼啸的寒风，时大时小的雪花早已塞满了主仆三人的脖领里、鼻孔里、牙缝里。而凄厉的寒风，则更是无孔不入，不仅钻进三人的脖项，也钻进他们的袖口，冷得三人浑身直颤。

苏秦大概因为穿的是皮袍，感觉还好。秦三和游滑，特别是游滑，衣裳比较单薄。他只是穿了件在洛阳时冬天穿的老棉袄，哪里抵挡得了极北之国刺骨的寒风。一股股寒风吹来，不仅脸上感觉像被刀子割了一般，而且身上也冻得冰凉冰凉的。

看看早过了日中时分，还没见有来渡河的人影，身上寒，腹中空，游滑实在忍受不了，嗫嚅着跟苏秦开口道：

"少爷，俺实在受不了这北边的风，您还是匀些盘缠给俺，让俺自个儿回洛阳吧。俺不想沾少爷的光，将来享福发达，吃香喝辣了。"

苏秦一听，既伤感，又无奈，只得好言慰藉道：

"眼下俺们确实困难，但咬咬牙，总能渡过的。老话说：'天无绝人之路。'相信俺们总有办法。咸鱼还有翻身的一天，俺们难道就没有出人头地的一天？"

秦三也趁机劝说道：

"游哥，你冷，俺把身上的衣裳脱下一件给你吧。俺常听少爷说：'吃得苦中苦，方为人上人。'少爷从小娇生惯养，照理说，他比俺们更受不了出外的辛苦。可是，少爷为了自己的理想，为了苏家的荣光，他能吃的苦，俺们穷人家的娃儿还吃不了？"

游滑见秦三这么说，还要脱下单薄的衣裳给自己，早已经不好意思了，哪里好意思再接受秦三那点可怜的薄衣单裳呢？

苏秦看看情势不对，这样等下去，也不是事儿，不能燕王没说得，自己主仆三人都冻死在易水河边了。

想到此，苏秦对游滑、秦三招招手，说道：

"俺们走吧。先沿河找一户农家，暂时避避严寒，顺便打听一下如何过河。"

游滑一听，顿然脸有欣然之色。

雪地里找啊找，主仆三人沿易水南岸走了近一个时辰，才找到了离易水最近的一户农家。

敲开门后，老乡望着三位陌生的客人，还操着异国口音，好生不解，大过年的，这么冷的天，还在外赶路？

苏秦见老人惊异的眼光，心知其意，遂连忙解释道：

"老伯，我们是从成周洛阳来的，今天想北渡易水，要到燕都蓟。可是，我们刚才在易水渡口等了一个时辰，既不见一个来往的人影，也不见一条渡船。这北国实在是太冷，冻得不行了，所以我们就找到老伯家，想避避寒。"

"哦，还是周王王城根儿下的客人呢。"

"是。"主仆三人连连点头道。

"洛阳离这儿远哪！客人恐怕还不知道吧，如今这易水之上早就没有渡船了。"

游滑一听，连忙插嘴问道：

"没有渡船，怎么过河呢？"

"客人有所不知，这易水一到腊月就会结上厚厚的一层冰。而一结冰，渡船就无法通航了。"

"那么，一到腊月，易水两岸的人就不过河了？"秦三此时也连忙插上来问道。

老伯呵呵一笑，道：

"过河是要过河的，只是不必借助渡船，而是直接从冰面上趟过去就行了。"

"哦？原来如此！"苏秦主仆不禁异口同声道。

至此，他们终于恍然大悟了。

老伯点点头，续又说道：

"不过，从冰面上趟过去，也不是那么简单。因为冰面有厚薄，从冰面上渡河要选择河段。背阳的河段往往风大水寒，河面冰层结得厚，从这样的河段涉河，比较安全。而向阳地段的河面，水温较高，河面冰层较浅。如果不了解情况，贪图河面狭窄，心急早点渡过河去，结果可能就会走到河中心而掉入冰窟之中，那结果就不堪设想了。"

老人一边这样说着，一边伸手示意苏秦主仆进了屋。

进了屋，苏秦主仆感觉屋里真是暖和啊，尤其是游滑，感受最深。

坐定后，苏秦除了向老伯道谢不已，又问老伯道：

"既然能从冰面直接过河，那么今天我们怎么不见一个人来渡河呢？"

老伯一听，又是呵呵一笑。接着，从容地对苏秦解释道：

"客人有所不知，我们这北国冬天苦寒，加上没有什么农活要干，大家没事，都在家里猫冬呢。再说，现在还是正月里，大过年的，不是万不得已，谁没事要渡易水啊？"

听到这里，苏秦终于一切都明白了。于是，连忙说道：

"谢谢老伯指教！只是我们还不知道到底从哪个河段过易水比较安全，不知老伯能不能……"

未及苏秦把话说完，老伯连忙接口道：

"今天时候不早了，不妨暂在寒舍将就一夜，明天一早，河水经一夜北风吹，河面冰层更坚固，老夫带三位远客过河吧。"

苏秦主仆一听，满心欢喜。今晚有得住，明天还有老伯带路过河，那就放心了。

第六章 "合纵"说燕赵

1. 春去春又来

渡过了易水，苏秦主仆又经过近四个月的艰难跋涉，绕过燕长城西北端的重镇武阳，再过涿城，终于在周显王三十四年（前335）四月十二到达了燕国之都蓟。

四月的燕都，已是初春气息，治水河旁垂柳依依，新芽初发，嫩绿中带点浅黄，恰如刚破壳而出的小鸭的毛羽。远郊近野，芳草萋萋，无名小花铺满燕蓟平原。

北国初春的阳光暖暖地照着，吹面不寒的风儿有一阵没一阵地迎面拂来，不时撩起苏秦额前那绺长发，让他脸痒痒，心也痒痒。春天到了，燕都也到了。万物复苏，春回大地，自己这次也该破茧而出了吧。

脱下笨重的棉袄冬装，秦三、游滑也一身轻松，边走边新奇地张望，北国的燕都别有一番景象。此时，他们都在心中想着，主人这次应该春风得意，说得燕王了吧。届时，自己也好跟着享富贵，吃香喝辣，不枉白白跟他一场，枉自这么多年在外东游西荡，吃尽了人世间的辛苦，看尽了人世间的世态炎凉！

踏着春的步伐，带着满怀的期望，苏秦主仆进了燕都，并在蓟城找店住下。

第二天，苏秦就携秦三、游滑到燕王宫，求见燕文公。

可是，门禁官告诉他：

"燕王已经很久不见客了，先生还是请回吧。"

苏秦曾经见过燕文公，他还是蛮温和友善的一个诸侯王。可能是现在垂垂老矣，老了就生病了吧。是啊，他已经在位二十七年了，是老了啊！

苏秦猜到燕王可能是老而有病才拒见客人，那么就不必再问门禁官究竟了。于是，他示意游滑。游滑明白，马上不露痕迹地给门禁官送了点"意思"。

门禁官露出了一丝笑意，苏秦见机，忙问了一句：

"官爷，燕王何时才能见客？"

"小人也不清楚，先生有空的话，常来打听打听吧。"

苏秦明白，这就套上关系了，下次来打听消息就有办法了。

既如此，那也急不得，还是既来之，则安之吧。现在已经无处可去了，不等燕王接见游说，还有什么办法呢？

于是，苏秦与二仆只得耐心在蓟住下。幸亏有娘的首饰变卖的钱，算算账，简单的主仆生活也能维持个一年有余吧。

等啊等，从四月等到十月，从春等到夏，从夏等到冬，花儿开了又谢，谢了又开，燕王他老人家怎么还不快快好起来呢？苏秦此时心里有些急了，心想：万一燕文公也像秦孝公一样一病不起，那么再等新燕王即位，办好丧事，然后再得以求见游说，那要等到什么时候？再说，如果时间拖得太长，俺的这点盘缠也顶不住这日复一日的干耗啊！

为此，苏秦越想越烦躁，越想越心焦。

一天，他在烦闷中走出客栈，信步来到一家酒肆。只见酒肆的一角聚了好多人，情不自禁间他也凑了过去。只见一帮酒客正围着一个书生模样的人在问东问西，那书生则有问必答。

听了一会儿，苏秦一头雾水，不明就里。于是，就挤到前面向那书生问了一声：

"这位先生，您刚才说秦国跟韩国怎么啦？可否详细说说？"

那书生打量了一下苏秦，见也是书生模样，同类相惜，遂客气地重复说了一遍：

"秦国已经攻拔了韩国要塞宜阳，梁惠王二度入齐，紧急与齐宣王相会。"

"那么秦国为什么要突然攻打韩国呢？"苏秦不解，遂追问道。因为他前年游说秦惠王时，秦惠王曾明确跟他说"毛羽未成，不可以高飞；文理未明，不可以并兼"。难道秦国现在"羽翼丰满"，内政也"文理分明"了？

那书生见苏秦如此追根究底，倒也兴趣盎然，说道：

"那还不是因为见韩国有机可趁？"

"是不是因为韩相申不害死去的缘故？"苏秦这次没到韩国，不清楚韩国的内政情况，只在路途中听说过韩国名相申不害前年过世了。于是，就再次追问道。

"先生真是敏锐，正是这个原因。申不害为相多年，韩国政通人和，秦国从来没有打过它的主意。但是，前年申不害去世后，韩国的政局就开始混乱，内耗也日益增多。秦王正是瞅准了这个时机，精心策划了一年后，终于在今年九月倾起大军，出函谷关，越商、於之地，东击韩国之宜阳。"

"那么，秦国出兵为什么目标是宜阳呢？"苏秦虽然也略知宜阳的战略地位，但他想听听这位书生的见解，也好开阔一下视野。

那书生见问，更是说得来劲了：

"这宜阳哪，可是韩国西南战略重镇！它不仅是韩国西南防御强秦的咽喉，也是西周小朝廷河南、东周小朝廷巩的门户和屏障。"

苏秦不禁暗自点头，不得不承认这书生的眼界。

正在此时，突然有一人插话道：

"那秦国无故攻打韩国，就没有别国出来主持正义？"

那书生一听，不禁哈哈一笑，道：

"这个世道，还不都是弱肉强食，谁会主持公道？周天子虽是天下共主，却也没有主持天下公义啊！秦军攻打宜阳时，东周与西周小朝廷虽出于唇亡齿寒的利益考量而出兵助韩，但毕竟兵微将寡，结果不出一月，宜阳就被秦军攻拔。就在韩国上下慌作一团，东周与西周之君吓得如同筛糠之时，洛阳城里的周天子，不仅不敢为韩国主持正义，谴责强秦的不义，反而在秦军攻占宜阳后，向强秦讨好，派特使者向秦惠王致送王号。由此，秦惠王便名正言顺地当起了大王。"

听到这里，大家都不禁深深地叹了一口气："这是什么世道！"

沉静了一会儿，苏秦又向书生问道：

"先生，您刚才说梁惠王二度入齐，紧急与齐宣王相会，这又是怎么回事？"

"哦，是这样。秦国大军急攻韩国宜阳，按理说，魏、韩山水相邻，韩国遇到危难，魏国应该出手相助。可是，由于韩、魏的历史宿怨，魏国不可能出兵相助。再者，魏国早已没落，不是以前的天下第一霸了。见到秦国大军出关，梁惠王首先想到的是魏国即将面临的危险。所以，当秦、韩二军还在宜阳苦战时，梁惠王就秘密前往齐国甄地，紧急拜会齐宣王。其意是向秦国宣示，魏、齐联盟成形，秦国别想再打魏国主意了。其实，梁惠王人齐，这已不是第一次了，去年他就到齐国平阿会过齐宣王，这次只是新形势下巩固魏、齐邦交的一个姿态，形式大于实质。"

听到这里，苏秦不得不在心里佩服眼前的这位书生，他对天下大势的把握，对诸侯各国情况的了解，都不在自己之下。

顿了顿，苏秦又问道：

"魏、齐不是冤家吗？再说，以梁惠王的自负，他怎么会拉得下面子到齐国去拜见齐宣王呢？"

"呵呵，这位先生有所不知，现在的魏国已经不是以前的魏国了，梁惠王也已经不是当初的那个魏惠王了。想当初，魏惠王年轻气盛，凭恃天下第一强国的霸气，出兵围困赵国之都邯郸，企图一举灭赵，再谋天下。结果，如意算盘打错。齐国应赵国之请，出兵相助。齐威王派田忌为主将，孙膑为军师，以'围魏救赵'之计，在桂陵大败魏师八万，活捉魏将庞涓。"

听到这里，大家都点点头，因为这段历史大家都清楚。

见大家似乎都有兴趣，那书生便接着说了下去：

"要说这个魏惠王，也真是个有性格的人，要强，不服输。桂陵之役大败后，第二年他又倾举国之力攻打邯郸。虽然最终攻克了邯郸，但魏国也从此大伤了元气。第三年，齐、宋、卫众诸侯国又联合起来攻打魏国，围住魏国的襄陵死死不放，使魏终感力不从心。后来幸得调动了韩国军队，总算打败了齐、宋、卫三国联军，并迫使齐国向魏求和。第四年，又迫使赵国在漳水之上与之结盟，然后才归还了赵国之都邯郸。表面上看，魏国接二连三地取得了胜利，但经过这些年的长期征战，已经深深地伤及了国力的根本。"

说到此，那书生顿了顿，呷了一口茶，然后又慢条斯理地说了开去：

"就在魏国四处树敌、南征北战，国力不断损伤、颓势逐渐显现的同时，它的西邻秦国已经悄然崛起。秦孝公任用公孙鞅所进行的政治革新与变法非常成功，秦国逐渐国富民殷，兵强马壮。等到魏惠王醒悟过来，强大的秦国已经成了魏国的心腹大患。为此，他只得从长计议，在齐、宋、卫三国联军攻打襄陵战事十分吃紧的关头，抽调大将魏错在河西之地紧邻秦国边境修建长城，筑塞于固阳。因为早在魏国开始攻打赵国之都邯郸之时，秦孝公就曾派大军乘机偷袭过魏国河西要塞元里，斩魏师之首七千，再取魏国河西另一要塞少梁。不过，魏惠王在加强对西邻秦国的着意防范之外，仍然没有忘记要征服山东各国诸侯的想法。就在桂陵之役十二年之后，魏惠王认为魏国已然缓过气来，企图一举灭韩，使魏国东西之地连成一片。大家都知道，魏国西部之地与东部本土之间夹隔着一个韩国，东西连动确实不便。所以，魏惠王有灭韩的想法，从国家战略的角度看，那也是可以理解的。"

"结果怎么样？"突然有人迫不及待地问道。

"为了一举灭韩，魏惠王倾起大兵，从东北、西南与北面三个方向同时进攻。韩国自知不敌魏国，只得再次求救于东方大国齐国。刚刚即位不久的齐宣王听从田忌之谏，先答应了韩国的要求，以坚其抗战之心，但并没有马上出兵。等到韩、魏双方打得精疲力竭时，第二年才派田忌、田盼为将，以孙膑为师，出兵援韩。魏惠王见齐国此次又是派田忌为主将，孙膑为军师，自然不敢马虎。于是，特遣太子申和庞涓为将，率十万大军前来迎战。结果，这次又中了孙膑的'减灶诱敌'之策，将魏国十万大军引至马陵隘道，并一举歼灭之。并擒得太子申，迫使魏将庞涓自杀。马陵之战之后，魏国又受到秦、齐、赵三国从西、北、东三面的夹攻，魏惠王虽倾其全境之兵拼死抵抗，还曾一度向西反攻强秦，结果还是力不从心，又失败了。正在魏国大伤元气之时，第二年秦孝公见有机可乘，起任公孙鞅为大良造，率兵攻打魏国河西之地，结果魏公子卬受骗，魏师大败。魏惠王迫于无奈，乃割河西之地献秦，弃西部旧都安邑而迁都至东部大后方大梁。魏惠王现在被人称为梁惠王，就是跟这迁都大梁有关。"

那书生说的这些，苏秦基本都了解。于是，趁他喝酒停顿之际，苏秦连忙把话题扳到了自己所关心的问题上：

"先生，那梁惠王入齐与齐宣王相会的结果又如何呢？"

"梁惠王入齐与齐宣王相会，那也是形势所迫。因为接二连三地遭到强秦的偷袭，魏国河西乃至河东的大片领土都被秦国不断蚕食。面对咄咄逼人的西邻，梁惠王无计可施。思前想后，一向性格倔强的他，最终不得不为了魏国的生存大局，主动捐弃前嫌，与东方大国齐国修好，并忍辱负重，于去年十月主动入齐，会齐宣王于齐国的平阿之南。而秦国呢？因见魏、齐两大国修好结盟，遂不敢再与魏轻启战端。今年梁惠王第二次入齐，那也是形势使然。秦国无故攻打韩国的要塞宜阳，不能不让梁惠王心忧甚深，大有兔死狐悲、惶惶不可终日之感。这才有了梁惠王的第二次入齐，其意是巩固联盟，制约强秦。"

听到此，苏秦不禁从心底深深感叹，真是天外有天，人外有人。眼前这位书生，其识见，其口才，都不在自己之下。如果他来燕国也是游说燕王的，说不定自己并不是他的竞争对手。

想到此，苏秦对于游说燕文公的事更有了一种紧迫感。回到客栈后，他不再消沉，不再感到烦闷。结合自己这么长时间来的所思所想，以及今天那位书生所讲的时事变化，特别是从梁惠王去年、今年两度入齐与齐宣王相会结盟、固盟的最新动向加以分析，他隐约看到了这样一个天下新格局：这就是山东六国以齐国为轴心的"合纵"形势，在魏国国力衰退、秦国强力崛起的过程中自然形成了。如果自己充分利用这一趋势，有效予以推动，那么自己多少年梦寐以求、想实现的"合纵"局面就能最终成功，自己的富贵荣华也就在其中了。如果最终能形成以山东六国集团为一方，以关西强秦结合山东一些小国为另一方的两大军事集团的格局，那么就能形成天下势均力敌的平衡局面。两强对峙，互相制约，不仅能够实现天下冷战局面下的社会安宁，也能保证自己的富贵与地位永固。

为了能早日见到燕文公，也为了此次游说能够成功，苏秦除了三天两头地跑到燕王宫打探消息外，每天还抽空跑去一些比较热闹的饭铺酒馆，以及南来北往商旅麇集的客栈，以此了解天下大势，及时掌握诸侯各国的情况与动态。几个月下来，他在这些地方确实获得了许多有价值的消息。经过分析，他对天下局势也有了一个比先前更为清晰的认识。

可是，令人心焦的是，一切都准备好了，却总等不到燕文公病愈接见的消息。

就这样，等啊等，等啊等，从春等到夏，从夏等到秋，从秋等到冬，再送冬迎来春。到周显王三十五年（前334）四月十二，苏秦已经在燕都蓟整整等了一年。

2. 娓娓说燕王

看着治水河畔的柳叶，由鹅黄变为浓绿；看着燕蓟平原草长莺飞，花开花谢；感受着北国由春到夏气温的明显变化，苏秦不免开始焦躁起来：

"这燕侯到底什么时候能够病愈相见啊？"

情急之下，他开始一日两次带着秦三、游滑往燕王宫跑，并不厌其烦地求托门禁官，门禁官也为之感动。

一连跑了十多天，到第十三天的时候，终于皇天不负苦心人，终于时来运转，久病初愈的燕文公终于从宫中传出话来：

"传洛阳之士苏秦进宫来见。"

当门禁官高声传出燕文公的这句话时，苏秦不禁激动得热泪盈眶。他永远都不会忘记这一天。

这一天，是周显王三十五年（前334）五月十八。

拭干激动的泪水，稳了稳神，又整了整衣冠，苏秦便快步随门禁官入殿拜见燕文公去了。

人得宫来，遥见高高在上的燕文公，苏秦远远就倒身下拜。

燕文公见此，连忙客气地说道：

"先生近前说话吧。"

"谢大王！"

说着，苏秦就小步急趋至燕文公座前。情不自禁间，他举头望了一眼近前的燕文公，发现他比前几年见面时要老了很多，但从气色上看，还算好，精神上也没有萎靡不振的样子。

"听说先生在燕都等候一年有余，寡人久病不愈，不能及时召见，真是失礼之至！"

苏秦见燕文公态度如此谦和，说话如此温文有礼，对比此前求见秦王时的遭遇，不禁大为感动。于是，连忙起身再拜，激动地说道：

"臣不过一介游士，多等几日何足挂齿。所幸大王康复健朗，臣为燕国万民喜，为天下苍生喜。"

燕文公听了苏秦这番话，虽心知是客套话，但还是很高兴。顿了顿，说道：

"寡人久病，对天下形势知之甚少。先生千里迢迢而来，又遍历诸侯各国，可否为寡人讲讲天下大势，以教寡人？"

苏秦一听，不禁大喜过望。没想到，今日燕文公不仅对自己如此礼遇，而且还主动要自己为他讲讲天下大势，这可是千载难逢的游说机会啊，看来今天的游说是有希望的了。

想到此，苏秦不禁精神为之一振，原先紧张的情绪也缓和了不少，说起话来舌头也显得利索多了。

洋洋洒洒讲了一通近年来的所见所闻与天下大势后，苏秦见燕文公兴致还是蛮高，于是就想将话题适时转入自己要游说的正题上。

正这么想着，燕文公突然问道：

"今天下群雄并起，诸侯纷争不已，燕是小国，先生以为寡人当何以自处？"

苏秦一听，不禁喜出望外，立即接住燕文公的话头，单刀直入地说道：

"大王不必妄自菲薄，自灭燕国志气。臣以为，作为一个诸侯国，燕国自有独到的优势，别国不可比。"

燕文公一听这话，不禁精神一振，连忙接口道：

"噢？有何优势？先生不妨说说看。"

"燕之东，有朝鲜、辽东；燕之北，有林胡、楼烦；燕之西，有云中、九原；燕之南，有呼沱、易水。此乃燕国地利之便，想必大王了然于胸。"

燕文公点点头，表示赞同。

苏秦偷眼一看，心中窃喜，遂提高声调道：

"若论国力，燕国之地，广不及齐、楚；燕国之兵，强不及秦、魏；燕国之富，不敌楚、越。但是，燕国之地，接长续短，方圆亦有二千余里，此不为小国；燕国之兵，带甲数十万，战车七百乘，骏骑六千匹，此不为弱师。燕国之粟，据臣所闻，国库所积，足可支度十年。敢问大王，仓廪之实有如此者，天下诸侯能有几？"

燕文公一听，面有喜色，微微点点头。

苏秦见此，突然话锋一转，提了一个问题：

"燕为小国，何以积富如此，粟支十年？"

"寡人未曾想过，先生以为……"燕文公接口问道。

苏秦见问，精神备受鼓舞，立即接了下去：

"燕之南，有碣石、雁门之饶；燕之北，有枣、粟之利。燕国之民纵使不事田作，仰天吃饭，有枣、粟之食，也不至有冻馁之患，此所谓'天府'也！"

"哦！"经苏秦这么一分析，燕文公恍然大悟。顿时，便眉开眼笑起来。

见此，苏秦知道，刚才的一番恭维话已经说到了燕文公的心坎里。毕竟他是位国君，又是个老人，怎么可能不喜欢听顺耳的好话呢？

见时机差不多了，苏秦突然话锋一转，道：

"安乐无事，不见覆军杀将之忧，天下诸侯皆无，唯燕有之，不知大王了解其中的原因否？"

燕文公愣了一下，然后望着苏秦，道：

"寡人未曾思考过，先生以为原因何在？"

苏秦见燕文公相问，知道他有兴趣了。于是，继续动情地说：

"燕国之所以安全无虞，不犯寇遭兵，臣以为，主要是因为南面有赵国作屏障。"

燕文公立即反问道：

"何以言之？"

"大王可曾记得，历史上，秦、赵二国共发生过五次战争，结果是秦二胜而赵三胜。秦、赵相攻，两败俱伤；而大王之国远在东北边陲，既有赵为屏障，又有山水之隔，所以大王能以全燕制其后，这就是燕国之所以屡不犯难的原因。"

燕文公点点头，表示认同。

"秦是天下强国，伐魏，伐赵，而唯独不敢伐燕，何故？"

"先生以为呢？"燕文公不答而问道。

"别无他因，燕国不与秦国为邻。秦若攻燕，须逾云中、九原，过代、上谷。秦师远地行道数千里，纵使伐得燕国城池，也会得而不能守。所以，秦不能为害于燕，其理已明。"苏秦语气肯定地说。

燕文公一听，连连点头。

"然而，"苏秦突然话锋一转道："赵若攻燕，则情况完全不同。赵王发号施令，不至十日，数十万之众，就可兵临燕之东垣。渡呼沱，涉易水，不要四五日，赵师就可抵达燕国之都。因此，可以这样说：'秦之攻燕，战于千里之外；赵之攻燕，战于百里之内。'今大王不忧百里之患，而患千里之外，臣以为这是谋虑不周。为燕国计，为大王计，臣以为，大王不如与赵'合纵'为亲，天下为一。如此，则燕必能长治久安，而无纤毫之患。"

听到此，燕文公终于听出了苏秦话中的弦外之音，遂一语道破其机关道：

"先生的意思是说，寡人前些年让燕太子与秦惠王之女联姻，跟秦国结好的政策失当？"

"臣不是这个意思，也不敢对大王的决策说三道四。不过，臣认为，无论如何，燕国都没有必要与秦进行'连横'。燕国远离秦国，秦国武力再强，也威胁不到燕国。即使秦国真的攻打燕国，攻城略地，中间隔着赵、魏、中山和楼烦、林胡诸国，秦国也无法实施对燕地的有效占领和防守。因此，燕国不必惧怕秦国而得罪于近在咫尺的邻居大国赵。燕国应该考虑现实的生存之道，与赵'合纵'为亲，而不与秦'连横'。"

燕文公顿了顿，然后点点头，道：

"先生言之在理！不过，先生也知道，寡人国小，西迫于秦、魏，南近于齐、赵。因此，寡人常怀左顾有虎、右顾有狼之虑，至今未有至当之策。今蒙主君不弃，不远万里而至燕，耳提面命，教诲于寡人，这实在是寡人之幸，燕国万民之福！主君若决心'合纵'以安天下，寡人敬以敝国以相从。"

听燕文公说出这番话，苏秦知道此次游说成功了，燕文公已经同意了与赵国实行"合纵"。至于燕文公先称自己"先生"，后又改称"主君"，这说明自己在燕文公心中的地位已经确立了。

成功了，终于成功了！这么多年的辛苦奔波，总算没有白费，苍天不负苦心人啊！

正当苏秦在心里这样为自己庆幸着的时候，又听燕文公说道：

"若蒙不弃，寡人今授主君燕相名分，委为燕国特使，往邯郸以说赵王，'合纵'以安天下苍生，不知意下如何？"

苏秦一听，简直不敢相信自己的耳朵，甚至怀疑这是不是在做梦。但仔细端详燕文公那和蔼诚恳的样子，再使劲地用左手拍了一下右手，这才相信是事实。遂连忙倒身伏地，叩首致谢道：

"谢大王深恩！臣定当肝脑涂地，以死效于大王！"

3. 华屋下，抵掌侃侃说赵王

周显王三十五年（前334）五月十九日，苏秦奉燕文公之命，起程前往赵国之都邯郸。

车出燕都蓟城，坐在高马轩车之上的苏秦，望着由十余驾马车组成的车队，以及鞍前马后的几十名燕国卫士，抚今追昔，不禁在心底生发出无限的感叹：

从赵都到燕都，从燕蓟往邯郸，只是行进方向有逆反之别，但其境遇之异，则又何止在天壤之间？

上一次，从赵都邯郸往燕都蓟，他还是一介游士，不名一文，偕二仆，背行囊，担书简，破衣烂裳，跌跌撞撞。冒酷暑，冲严寒，逢山过山，遇水涉水。严冬的易水之上，还差点冻馁而亡。多少次，为了节省囊中不多的盘缠，进城不敢住店，却要出城借宿乡郊民家。每天日出而行，日落而息，但也只能走上几十里。行行重行行，一日复一日，从夏走到秋，从秋走到冬，从冬又走到春，从春又走到夏，从周显王三十三年五月，一直走到周显王三十四年四月，将近一年，才从赵都邯郸辗转到了燕都蓟。

而这一次，走出燕都蓟，他已不再是四处游说求售、生计无着的落魄游士了，而是堂堂燕国之相、赫赫燕王特使。打的是燕王的旗号，行的是燕国官方的仪仗，随从不再是秦三、游滑两个私仆，而是燕国的一批官役。前有骑士开道，后有甲士护卫，真可谓是车辚辚，马萧萧，前呼后拥，威仪堂堂的侯王排场。

"吁！"

周显王三十五年（前334）七月十三，日中时分，随着车夫的一声吆喝，一辆豪华的马车在一座巍峨的宫殿之前戛然停下。

"怎么啦？"一直坐在车中闭目养神的主人突然被惊醒。

"苏相，赵王宫到了。"车下的侍卫答道。

"哦？已经到邯郸了？这么快？"

"苏相，不算快，我们已经走了近两个月。如果不是人多车多，排场大，应酬多，从燕都到赵都是要不了这么长时间的。"看着苏秦将信将疑的神情，侍卫连忙解释道。

"现在是什么时辰了？"

侍卫抬头看了看头顶上的一轮骄阳，回答道：

"现在日正中天，大约是午时。"

"那好，去通报赵王，就说燕国之相、燕王特使苏秦奉命觐见。"

毕竟是身份不同了，不大一会儿工夫，赵王宫的门禁官就已经跑里跑外地通报完毕，并传出了赵肃侯的旨意：

"恭迎燕王特使苏秦觐见！"

在赵王宫使的引导下，苏秦登阶升堂，穿廊入室，很快就被请到了赵王的华屋大殿之前。

举步迈过大殿门槛时，苏秦已远远望见赵肃侯正盛装相待，正襟危坐于王位之上。苏秦见此，连忙小步疾趋，以示尊礼。赵肃侯一见，也连忙从王位上缓缓站起，垂手而立，以礼答礼。

"臣苏秦奉燕王之命，特来上国拜见大王。"在离赵肃侯还有十步之距时，苏秦就一边躬身施礼，一边彬彬有礼地寒暄道。

"先生不远千里辱临寡人小国，寡人不胜荣幸之至！"赵肃侯听苏秦说得客气，也客气地答礼如仪。

行礼、答礼已毕，二人分庭抗礼坐定后，苏秦情不自禁地抬眼看了赵肃侯一眼。只见他鼻直口方，双目炯炯，发黑如漆。头上戴着束发金簪，身上穿着夏布长衫。看年龄在三十左右，眉宇间透着一股逼人的英气。看样子，颇有一代豪主明君的气象，完全不像是以前传说中那个被赵相奉阳君所挟持、所架空的傀儡。也许是因为而今奉阳君已经归天，他已经亲政的缘故吧。看他今天这个样子，大有"畴昔之羊子为政，今日之事我为政"的真正君王气象。

苏秦看在眼里，喜在心上。不管是什么原因，反正赵肃侯现在能够真正自己当家了，这就好。只要能说服他，这"合纵"的事就有希望了。

想到此，苏秦连忙接住赵肃侯的客套语，顺势而下，投桃报李地恭维道：

"赵是天下大国、强国，大王是当今的明主、贤君。天下卿相人臣，乃至布衣之士，哪一个不仰慕大王的高义？哪一个不想尽忠效力于大王之前？只是以前因为奉阳君嫉贤妒能，大王又不得亲任政事，以致内外宾客见疏，游谈之士无亲，天下贤士虽有万全之计，百妙之策，也不能尽忠于大王之前。而今，奉阳君遁归道山，大王亲任政事，又与士民相亲，由此臣才得以有了一睹大王尊颜的机会，才敢不远千里而至邯郸，献其愚诚，效其愚忠。"

赵肃侯一听，知道苏秦这是在恭维自己，贬斥奉阳君。虽然心知这是苏秦的外交语言，但仍然心甚悦之。因为这些年他实在被奉阳君完全架空，心甚气闷。如今，听了苏秦的一番话，他感到这些年的气闷都一扫而光，心里轻松了不少。于是，情不自禁地点点头，说道：

"先生有此一番真情，实在让寡人感动莫名。只是寡人生性愚钝，年少资浅，治国缺乏经验，还望先生明以教我。"

苏秦见赵肃侯如此坦率真诚，主动问计，不禁心中窃喜，遂立即单刀直入地上了题：

"臣以为，当今之世，为赵国计，大王不如安民无事，清静无为。"

"先生莫非是要寡人践行楚国先贤老聃李耳的主张，实行'无为而治'？"

苏秦见赵肃侯反应如此灵敏，不禁喜动于衷，遂立即答道：

"正是此意！臣以为，老聃'无为而治'的主张，其高妙之处与精髓所在，就是不多事扰民，让人民安适自谋。大王想想看，这些年来，赵国与魏国等诸侯国多次交战，奉阳君又专权好事，赵国黎庶不安，百业凋敝，国力式微，这是不是扰民多事的结果？"

赵肃侯无言。沉默了一会儿，点点头。

"大王不愧为明主！"苏秦见赵肃侯点头，便不失时机地赞扬了一句。

赵肃侯心知苏秦这样说，是在恭维自己，但仍然比较舒心。遂又问道：

"依先生看，寡人应该如何'无为而治'，才能振兴赵国呢？"

苏秦见赵肃侯问到根本上，不禁深受鼓舞，遂趁机进一步申述其意道：

"臣以为，赵国如今的当务之急是'安民'。而安民之本，则在于择交。择交而善，则民安；择交不善，则民终身不得安。"

"何以言之？"苏秦突然由"安民"又转到"择交"，赵肃侯有些不解，于是立即接口问道。

苏秦淡然一笑，从容解释道：

"大王，而今天下风起云涌，群雄并起，闭国自求其安，可能吗？"

赵肃侯摇摇头。

"既然不可能，那么作为一国之君，要想安民安国，是不是必须讲究外交策略？"

赵肃侯点点头。

"正因如此，所以臣才说'安民之本，在于择交'。"

"'安民之本，在于择交'，唔，有道理！"赵肃侯一边低头思考，一边自言自语似的低声念叨着。

苏秦一见，心中又是一喜，知道赵肃侯已经动心了。于是，索性停下不说了，等着赵肃侯来提问。

沉默了一会儿，果然赵肃侯真的提问了：

"以先生之见，如何择交，民方得终身而安呢?"

赵肃侯的提问，极大地鼓舞了苏秦游说的信心。因为他知道，游说君王，最怕的是冷场，他给你一个一言不发，任你说得天花乱坠，也是白搭。游说君王，是要阐明自己的主张，需要在辩论中层层深入，把道理说清说透，才能使君王真正明白自己主张的精髓与深义所在。俗话说："理不辩不明。"再说，被游说的君王一言不发，游说的人在心理上就已经泄气了一半，积极性受到了损伤。你不开口，你不表态，我怎么知道你是什么态度，这游说如何还能继续下去。

想到此，苏秦立即接住赵肃侯的提问，予以阐发道：

"大王之国，位处天下中枢。既有地利之便，又有物产之饶。赵国作为一个诸侯大国，不患民不富，不患国不强；所患者，唯择交不慎、不善。请恕外臣冒昧斗胆，先言外患。"

"先生请明言。"赵肃侯目光炯炯，但不失真挚、温情地予以鼓励道。

"赵之北，有燕、中山；赵之西，有魏、楼烦；赵之东，有大齐；赵之南，有魏、韩。燕、中山，都是小国，不足为虑；至于魏国，那是昔日的天下之霸。在魏最强盛的时候，曾西攻秦国，而取河西；北伐赵国，而围邯郸；南举大兵，而欲吞韩。然而，东向而与齐国争战，则一败于桂陵，再败于马陵。由此，民大困，国大乏，威霸不再。之后，齐、宋、卫三国伐魏于东，秦起大兵于河西，战元里，取少梁。等到秦王以公孙鞅为将，欺魏太子卬而败魏师时，魏之为国，已是师弱民贫，岌岌可危了。魏王无奈，乃献河西之地于秦王，挥泪别安邑，东迁魏都于大梁。今之魏，非昔之魏，从今而后，大王不必再顾虑魏师攻伐邯郸。楼烦，乃属戎、狄胡邦；韩国，则被包纳于魏国之中，不与赵毗邻接壤。此二国皆不能成为赵国之患，其势已明。"

赵肃侯听了苏秦这番分析，不禁肃然起敬，遂将身子坐得端端正正。

苏秦见此，遂继续分析道：

"今之天下，有二霸，有五强：五强，楚、赵、魏、燕、韩；二霸，西有秦，东有齐。"

"那么，依先生之见，赵国何以自处，方能安然无恙?"赵肃侯急切地问道。

苏秦见赵肃侯问到了关键处，这也正是他要游说的重点所在。于是，顺势阐发道：

"以今日天下情势论之，赵若以齐、秦为敌，以一国而敌二强，那么民必不得安；联秦而攻齐，无异于为虎作伥，民亦不得安；倚齐而攻秦，犹挟狼威而攻虎，民亦不得安。臣以为，谋人之主，伐人之国，口出恶言，绝人之交，望大王慎之，不可率性而为！"

"先生的意思，莫非是教寡人在秦、齐二虎之间巧妙周旋？"

"大王说得对，臣的意思正在此。其实，大王不仅要与秦、齐二霸周旋，还得审时度势，争取楚、魏、韩、燕四强的力量，以谋取赵国的最大利益。"

赵肃侯听到此，不禁在心内感叹道：他可真够圆滑的！但转而一想，又觉得苏秦是对的。是啊，在当今这个群雄并起的时代，如果不圆滑，赵如何自处于二霸多强之中而求生存呢？毕竟治国安邦是要以国家利益为一考量的，至于天下公义、人间公理，那也只能置之一旁了。

想到此，赵肃侯重重地点了点头。顿了顿，说道：

"先生之言，实乃金玉之论，寡人明白了！"

苏秦抬眼望了望赵肃侯，见他正专注地看着自己，知道他已经被自己的游说折服了。于是，不失时机地接着说道：

"臣还有一些心里话，不知大王愿意垂听否？"

"先生高论，寡人当然要洗耳恭听！"

看着赵肃侯急切的神情，苏秦故意停下不说，只是用眼睛向赵肃侯左右的人瞅来瞅去。

赵肃侯一见，立即明白，遂连忙对左右人等挥了挥手。

"先生现在不必再有顾忌了，有话但说无妨。"屏退了左右，赵肃侯又催促道。

苏秦点点头，然后不疾不徐地说道：

"臣以为，大王若想振兴赵国，实现富国强兵的目标，并保证赵国的长治久安，当以魏惠王为鉴，切不可四处树敌，特别是不要与山东诸侯为敌。魏惠王当初若不攻打赵国，不多次发动吞并韩国的战争，何来一败于桂陵，二败于马陵之事？当初他若是实行与山东诸侯'合纵'为亲的策略，秦国何以能够迅速崛起？魏国何至于被秦国蚕食其河西之地？"

赵肃侯点点头。

苏秦继续道：

"俗话说：'覆水难收。'如今魏惠王后悔莫及，但亦于事无补了。魏国要想恢复当初的天下强国地位，恐怕亦非易事。前些年，魏国受秦国的一再攻击，丧师失地。魏惠王迫于形势，只得降尊纡贵，连续两次主动入齐，与齐王相会，其意是要与齐'合纵'，以遏制秦国的东侵。齐王虽然也有心要做山东诸侯'合纵'的盟主，但齐国的地理位置不在天下的中枢，再加齐国历来与南方大国楚矛盾重重，跟魏国则有生死仇恨。因此，齐国想要统领山东诸侯各国，做'合纵'联盟的轴心，承担起联合抗秦的重任，恐怕不易。"

"那么，依先生看，山东诸侯何国堪当'合纵'盟主？"赵肃侯突然岔断苏秦的话，急切地问道。

苏秦抬眼望了望赵肃侯，然后以不容置疑的口吻说道：

"唯有赵国可担此大任，唯有大王可以主持山东'合纵'大计！"

"赵国？寡人？"赵肃侯不禁吃惊地睁大了眼睛。

"是赵国！是大王！"苏秦再次肯定地说。

"先生莫非在说笑？"

"大王是何人，臣苏秦是何人？岂敢在大王面前说笑？"

赵肃侯见苏秦说得认真，遂接口说道：

"先生既然不是说笑，那么请道其详。"

"大王，您想想看，赵国与齐国没有仇恨，而且因为魏国围攻邯郸，齐国还出兵帮助过赵国。因此，赵国与齐国的关系比较好处。再说楚国和韩国，因为都与赵国不交邻接壤，从未有过利害冲突，关系自然容易处好。魏国呢，虽然以前围攻过邯郸，但那是它的不对，赵国没有对不起魏国的地方。现在魏国已经衰落，赵国不计前嫌，跟魏国的关系自然容易修复。至于燕国，本是个小国，从未与赵国有过太大的矛盾。况且，燕王赞成山东诸侯各国'合纵'为亲，并且派臣出使赵国，目的就是希望以赵国为'合纵'轴心，要大王为'合纵'大计的主持人，以保山东诸侯各国长治久安。"

赵肃侯听到这里，这才点点头，相信苏秦说的都是认真的。

苏秦见此，知道火候到了，遂立即接着说道：

"若大王有为天下行义之愿，有保山东各国长治久安之心，允燕王之请，听微臣之计，出为'合纵'盟主，则燕必致旃裘狗马之地，齐必致鱼盐之海，楚必致橘柚之园，韩、魏、中山皆可使致汤沐之奉。届时，大王贵戚父兄，皆可受地封侯。"

赵肃侯一听，竟有这等好事！立即笑逐颜开。

苏秦一见，心中窃喜，赵肃侯这条大鱼终于上钩了。于是，一鼓作气，更加煽情地说道：

"割地纳土，这是五伯之所以刀兵相见，覆军擒将，不惜涂炭生灵而孜孜以求的；封侯贵戚，这是商汤、周武之所以干戈迭起、放杀并用，不顾声名得失而一心相争的。"

赵肃侯心想，这两句说的是事实。想当初，齐桓公、晋文公、秦穆公、宋襄公、楚庄王这五霸（伯），之所以合诸侯，行攻伐，覆人军，擒人将，不都是为了割得他国之地，得其效纳之实吗？商汤、周武以臣伐君，大动干戈，不就是为了夺得天下，分封贵戚吗？

想到此，赵肃侯点了点头。

苏秦又继续说了下去：

"今大王垂衣拱手之间，而名利兼而有之，何乐而不为？反之，大王若眼光向西，与秦国结盟，那么强秦必起并吞韩、魏之意；大王若注目于东，与齐国交好，那么齐必有谋弱楚、魏之心。魏国弱，迫于秦威，则必割河外之地；韩国弱，慑于秦势，则必献宜阳等关塞。宜阳等关塞不保，则魏国上郡之地亦不保；魏国河外之地被割，天下有变，则山东诸侯西向伐秦之道不通。楚国弱，天下有难，则山东诸侯无援。此等情势，大王不可不深察之！"

赵肃侯一听，不禁默然。是啊，苏秦确实说得深刻，一针见血，而且是虑之极深，才有此论。

"秦国兵下轵道，那么魏国南阳就要为之震动；秦师劫韩包周，那么赵国就会不战而自萎弱；秦师东进，据卫取淇，那么齐国社稷就会危在旦夕。齐国社稷不保，齐王必入函谷关而向秦称臣。齐国若臣服于秦，那么山东必为秦国所霸。秦国霸有山东，那么必然会兵锋直指赵国。秦师涉河逾漳，据番吾，则兵必战于邯郸之下。此等情势，正是臣为大王所日夜深忧者！"

赵肃侯一听，不禁大汗淋漓。苏秦说得是，确实不是吓唬自己，魏国的衰弱不正是因为强秦割其河西之地后的结果吗？

苏秦见赵肃侯正在拭汗，知道一半是因为七月酷暑，一半则是因为自己刚才所分析的赵之大患。于是，故意顿了顿，等赵肃侯镇静了，又接着说道：

"当今之世，山东诸侯各国，无论地利之便，抑或国力之盛，皆无过于赵国。"

赵肃侯一听这话，立即问道：

"此话怎讲？"

苏秦见问，立即接口道：

"大王之国，方圆两千里，带甲雄兵数十万，战车千乘，骠骑万匹，粟支十年；西有恒山，南有河、漳，东有清河，北有燕国。燕本弱国，不仅不足为患，而且可为赵国的北部屏障。今天下之大，诸侯之强，秦国所真正视为心腹之患者，也只有赵国。"

赵肃侯一听苏秦说到赵有如此优势，顿时信心百倍，情不自禁间频频颔首。

苏秦见此，突然话锋一转道：

"大王亦知，秦乃天下强国，亦是虎狼之邦。以秦之强，何以独畏于赵国，而不敢举兵兴师，东向而伐？"

"先生以为何故？"赵肃侯迫不及待地问道。

"原因很简单，秦国军队如果东进伐赵，其结果可能是，前锋刚与赵师相接，后方就被韩、魏偷袭了。这就是俗话所说的'螳臂捕蝉，黄雀在后'。"

赵肃侯点点头，认同苏秦的说法。因为事实亦然，赵国的地理位置摆在那里。秦、赵之间，远隔千里，中间隔着魏、韩二国。如果秦国越魏、韩而伐赵，必有被魏、韩袭之于后的忧虑。赵国之所以不必惧于强秦，实因赵之南有魏、韩二国为屏障。

苏秦见赵肃侯点头，遂又说道：

"而秦攻韩、魏，则情况完全不同。韩、魏二国，由于地理上没有高山大川作屏障，秦国可以不时地出奇兵，用奇谋，偷袭韩、魏城池，速战速决。如此，秦国便可积年累月地蚕食二国之地，迫之国都而后止。韩、魏二国力不能支，必入函谷关而称臣。一旦韩、魏臣服于秦，秦、赵之间无韩、魏之隔，则秦祸必延及于赵。这就是臣之所以忧心如焚，日夜为大王之国的危机忧虑不已的原因所在！"

赵肃侯一听，又急了，不禁伸长了脖子，急忙问道：

"如此，寡人该怎么办？"

苏秦见赵肃侯真的紧张了，向自己问策，便又不慌不忙地说了下去：

"臣听说，尧帝最初的地盘不过三百亩，而舜帝则是一个无咫尺之地的穷汉。禹的情况也一样，据说开始也就是百人之聚而已。可是，最终尧、舜、禹都贵为天子，称帝天下。商汤伐夏桀、周武灭纣王，起初也是兵少将寡，卒不过三千人，车不过三百乘，最后却都成就大业，称帝称王。"

赵肃侯知道这些典故，也知道苏秦说这些的用意是在鼓励他，让他不要自卑。于是，便坚定地点点头。

苏秦见此，又提一问道：

"不知大王想过没有，尧、舜、禹为什么能够由小而大？商汤、周武为什么能够由弱而强？"

"寡人未曾想过这个问题，请先生明教！"

苏秦见赵肃侯这样说，遂顺势道：

"臣以为，别无他因，只不过是'得其道'而已。"

赵肃侯点点头，苏秦续又说了下去：

"自古以来，明主之所以为明主，贤君之所以为贤君，就在于他能外料敌国之强弱，内度兵卒之众寡，以及士之贤与不肖，不待两军相敌，而胜败存亡之机，早已了然于胸。哪里还用得着众人、庸人对军国大事多嘴多舌，而糊里糊涂决断呢？"

赵肃侯听懂了，苏秦这是在说：作为一国之主，应该要有主见、预见，决不可惑于庸人之言，而糊里糊涂地乱作决策。自己以前宠信奉阳君，以致内政不修，朝纲混乱，自己也被奉阳君架空，犯的不正是这种错误吗？

想到此，赵肃侯不禁惭愧地低下了头。

苏秦并没有想那么多，因为他说上述这番话，并没有要影射赵肃侯惑于奉阳君的意思，他只是想阐明要做一个贤君明主的条件而已。因此，他没有觉察到赵肃侯心理上的细微变化。

就在赵肃侯一低头的当口，苏秦已经不慌不忙地从怀里拿出了一幅画于一张山羊皮上的天下山川形势图，并高高举过头顶，道：

"大王，请看这幅天下诸侯争霸图。"

赵肃侯见苏秦拿出一幅图，眼睛不禁为之一亮。

其实，这幅天下诸侯争霸图并不是什么新鲜玩意，也就是苏秦上次游说秦惠王时准备的那幅，只是这次临行前把它加以重绘而已，这就变成了这幅展示在赵肃侯眼前的天下诸侯争霸图。

苏秦见赵肃侯那放光的眼神，不禁心中窃喜。心想，看来这幅地图真是效果奇妙，任你是哪国之王，都要为之弹眼落睛。于是，他便一边指图，一边洋洋洒洒，继续说了一大番宏论与主张：

"臣认真考察了一下天下地图，发现山东六国诸侯之地，在面积上要超过秦国五倍。至于国力与军力，臣料想山东六国的力量总和，应该是十倍于秦。因此，臣以为，若六国同心合力，相亲相助，西面而攻秦，那么秦国必然为六国所破；反之，六国离心离德，各自为政，最终必为强秦各个击破。一旦为强秦所破，六国之主也就只能系颈缚身，西入函谷关，向秦王叩头称臣了。大王应当知道，'破敌之国'与'国被敌破'，'以人为臣'与'为人之臣'，那情形是不可同日而语的。"

赵肃侯无语，但苏秦相信他能知道这两者的区别。所以，不等赵肃侯表态，他又说了下去：

"今山东六国之臣，力主与强秦'连横'者大有人在。为什么？无非是想割山东诸侯之地，以与强秦媾和罢了。那么，与强秦媾和，又有什么好处呢？"

说到此，苏秦停了下来，抬眼望了望赵肃侯，见其眼露急切之情，遂又接着说道：

"好处是有的，不过那只是'横人'的好处，并不是国家、人民的好处。'横人'如果怂恿君王与强秦媾和成功，那么他们就可贪得一时之苟安，大可高台榭，美宫室，听竽瑟之音，察五味之和，过着前有轩辕、后有长庭、美人巧笑、君臣交欢、其乐融融的太平日子了。可是，在这太平日子背后所蕴含的危机，又有几人想过呢？一旦强秦缀甲砺兵已定，百万雄师压境，那么山东各国之王还能寄希望于'横人'分诸侯之患，担诸侯之忧吗？不可能！臣以为，凡主张与秦媾和的'横人'，他们日夜所务求的，其实只是以强秦之威恐吓山东诸侯，以求割地而换苟安罢了。这一点，希望大王深察之，熟虑之！"

苏秦明白，赵国位处山东六国诸侯之核心，战略地位非常重要，无论主张东西"连横"者，还是主张南北"合纵"者，都必须拉拢赵国。秦若连赵、燕，则东西"连横"成；赵、魏、韩、楚合，则南北"合纵"成。苏秦自己曾以"连横"之策入秦游说过秦惠王，自然心中有数。虽然秦惠王当时没有采纳他的建议，但事实上秦国早在秦孝公时就已经在实行"连横"了，它在攻伐魏国时，就曾多次联合赵、燕等国。苏秦更明白，秦国的"连横"之策，要害就是"远交近攻"，今天联合张三打李四，明天又联合李四打张三，后天则联合王五打赵六，如此利用山东六国之间的矛盾，便可实施其"各个击破"的策略，从而最终实现席卷天下、包举宇内、并吞八荒之野心。苏秦是跟鬼谷先生专习"纵横术"的，自己虽力主"合纵"之计，但也深知"连横"之策的厉害。所以，他特别怕"横人"破了他正在努力组织的"合纵"之局，于是这里就特别向赵肃侯指明了"连横"之弊，以坚赵肃侯"合纵"之心。

赵肃侯当然不会明白苏秦的用意，更不会洞悉苏秦心里的小九九。他只是觉得苏秦说得特别在理，所以听得非常专注。

望了望赵肃侯，苏秦又继续说道：

"臣听说有这样一句古训：'明主用人不疑，谗言不入于耳，流言之迹为之绝，朋党之门为之塞。'古往今来的历史证明，也只有那些有'用人不疑'、'疑人不用'雅量的明主，才能不为谗言所惑，不为结党营私的小人所蔽。也只有这样，他才能真正听到臣下们'尊其主、广其地、强其兵'的卓见，才能真正吸引一批能效其诚、献其忠的有识之士相佐，他才可能成为一个真正的明主贤君。"

赵肃侯一听这话，觉得非常在理，于是连连点头。

苏秦一见，深受鼓舞，遂又续加发挥道：

"臣还听说有这样一句古训：'知无不言，言无不尽，乃为臣尽忠之道也。'今臣奉燕王之命，有幸亲见大王，自当尽为臣之本分，知无不言，言无不尽。今为大王计，为赵国计，臣以为大王不如合韩、魏、齐、楚、燕五国为'纵'亲，以抗强秦。令天下之将相，相会于洹水之上，交互质子于诸侯，屠白马，起盟誓，共结盟约：'秦攻楚，齐、魏各出锐师以助之，韩绝粮道，赵涉河、漳，燕守恒山以北。秦攻韩、魏，则楚绝其后，齐出锐师以佐之，赵涉河、漳，燕守云中。秦攻齐，则楚袭其后，韩守成皋，魏塞午道，赵涉河、漳、博关，燕出锐师以佐之。秦攻燕，则赵守恒山，楚兵屯于武关，齐师涉于渤海，韩、魏出锐师以佐之。秦攻赵，则韩驻军于宜阳，楚扎营于武关，魏师出于河外，齐师涉于渤海，燕出锐师以佐之。诸侯有先背约者，五国共伐之。'如果六国果能'合纵'相亲，坚守盟约，那么强秦之师必不敢出函谷关以害山东诸国。如此，则赵国的王霸之业就成了！"

至此，赵肃侯算是彻底听懂了苏秦的意思，同时也打心眼里认为苏秦的"合纵"之策确实已经筹划得非常周密了，算得上是深谋远虑，就现今的天下情势而论，确实是非常可行的。

　　想到此，赵肃侯终于毫不犹豫，且明确无误地答复道：

　　"寡人生性愚鲁，加之莅国亲政时日不多，因此至今未曾闻得社稷之长计。今上客有意存天下，安诸侯，寡人敬以敝国以相从。"

第七章 "合纵"说韩魏

1. 风波乍起

周显王三十五年（前334）七月二十一，当盛夏的骄阳还隐伏于地平线以下，北国的早晨还吹着习习凉风，成天无休无止鸣叫的蝉儿还在树间歇嗓之时，刚刚官拜赵相、爵封武安君的苏秦，便告别赵肃侯，以赵王特使之名，挟黄金千镒、白璧百双、锦绣千纯，驱高马轩车百乘，前往魏、韩、齐、楚游说四国之王，开始了组建以赵国为轴心国的山东六国"合纵"之盟的艰巨使命。

卯时刚过，辰时刚至，苏秦一行就已出了邯郸城。

此时，一轮骄阳已经高高升起，凉爽的晨风也已停息了。行不多久，随行车队的卫士及侍从都走得有些出汗了。但是，坐在高马轩车之中的苏秦还感受不到。

望着浩浩荡荡的车队，看着鞍前马后随行的大批卫士及侍从，苏秦不禁再一次抚今追昔，在心中生发出无限的感叹：

苏秦还是他这个苏秦，当初携僮带仆，冲酷暑，冒严寒，不避风霜，不避雨雪，长年东西颠簸，南北流离，行羊肠小道，趟泥泞之路，越山野之径，逢城不住，遇村借宿，惶惶如丧家之犬，急急如漏网之鱼，受尽了诸侯王贵的冷淡，看尽了人世间的世态炎凉。如今他头顶君侯之冠，身着宽袍大衫，威仪万方，稳稳当当地坐在轩昂高车之上。他真的不敢想象，以前到底是什么力量，支撑着他渡过了那么多年艰辛的人生难关。

听着车队人欢马嘶之声，看着沿途围观民众的指指点点，苏秦又禁不住想起今年五月间，他初次说得燕文公，作为燕侯特使前往赵都邯郸游说赵王的情景：

那时，他第一次有了身份，作为燕王特使，拥有了自己的车仗，是十余辆车，几十匹马，既有官方的随从前导于前，又有私仆秦三、游滑驱使于后。第一次，他感受到作为一个士的尊严；第一次，他体会到一个官身的尊荣之感。

那时那刻，他感觉是那样的美妙，心里是那样的满足！他不断在心里为自己庆幸：俺苏秦也有这样的一天，也不枉为士一场，也不负了爹娘，从此可以向妻儿作个明白的交代，可以在嫂嫂面前挺起腰梁，更可以给卫老婆子之类的市侩一个响亮的耳光：俺苏秦的书没有白念，你们是黎民，俺是官！

想着过去，看着眼前，苏秦不禁再次感慨万千：

从燕都蓟到赵都邯郸，不到三个月，就因为说得了大国之君赵肃侯，自己的人生命运又有了新的一番景象。如今，自己不仅是堂堂大国赵国之相，还爵封了武安君，真正是位极人臣，处一人之下、千万人之上。今天出行的身份，虽然还是一国之君的特使，但今日不是作为小国、弱国燕侯的特使，而是大国、强国赵王的特使。正因为如此，今日的出使仪仗规格也与前次大不一样了。前次，从燕都到赵都，是十几辆马车，几十镒黄金，十几匹丝帛，还有几十个官差。现在，从赵都往魏、韩二国，则是轩车百辆，高马数百，黄金千镒，白璧百双，锦绣千纯。前有带甲之兵开道，后有戴胄之卒护卫。真正是前呼后拥，浩浩荡荡，是君王的排场！

"唉，看来，大国与小国，就是不一样。"想到此，苏秦不禁从心底发出由衷的感叹。

昼行夜宿，非止一日。

八月十一，打着赵国仪仗的苏秦一行，浩浩荡荡地抵达了魏国境内的朝歌。

"武安君，前面就是朝歌，是稍作休息，还是继续往前进发？"仪卫长赵德官上前请示道。

"离魏都大梁还有多远？"苏秦不答反问了一句。

"大约还有三天的路程吧。"

"那么，今天就不要急着赶了。天气太热，就让大家先进城休息一日吧。"

"武安君真是体恤俺们下人！"仪卫长得体地答道。

可是，进了朝歌城，未等苏秦宽衣安歇片刻，仪卫长赵德官就急急从外面进来，报告道：

"武安君，小人刚刚听人说到一个重要消息。"

"什么重要消息？"

"梁惠王驾崩了。"

"什么时候?"

"就是八月初。"

"我们从邯郸出发时怎么一点也不知道呢?"苏秦觉得奇怪。

"这也没几天的事啊,当然不可能传得那么快的。"

苏秦点点头。

"听说现在执事的是梁惠王的儿子,称为魏襄王。"

"噢,新君都即位了?"苏秦又感到意外了。

"听说魏襄王刚刚即位,父王的丧期还没结束,就到齐国去了。"

"到齐国干什么?"苏秦更是不解了。

"听说是与韩昭侯一道,到齐国徐州朝见齐宣王去的。"

苏秦一听,脸色陡变。潜意识中,他感到山东六国的情势又要变化了。

"武安君,魏襄王刚刚即位,为什么就急着入齐朝见齐宣王呢?"赵德官见苏秦陷入深思,遂轻声问了一句。

苏秦看了看赵德官,沉默了一会儿,然后悠悠地说道:

"这大概是为了向齐王表达一种姿态吧。"

"什么姿态?"

"就是告诉齐王,魏国国君虽然更迭交替了,但魏、齐友好关系不会因此而改变,此前既定的外交路线仍将延续下去。说到底,就是为了巩固其父梁惠王两次入齐朝见齐王建立起来的齐、魏联盟关系。"

"噢,原来如此!"

"还有另一层意思。"

"还有另一层意思?这政治可真是复杂啊!"赵德官不禁惊奇地看着苏秦。

"是。这另一层意思呢,就是借此向国内外宣示:他新魏王的政权是得到了天下强国齐国支持的。这样一来,不仅魏国国内的政局可以就此得到稳定,而且西边的强秦也不敢趁梁惠王离世之机东窥魏国了。他这一步棋下得好啊,大有敲山震虎之效!"

"武安君真是高瞻远瞩,洞察秋毫!"

苏秦没理会赵德官的恭维,又自顾自地沉思起来。

过了好久,赵德官又问道:

"武安君，新魏王去了齐国，那俺们现在去魏都，要等他到何时？"

苏秦点点头，没吱声。不过，在沉默中，他实际上已经作出了决定：改变计划，先说韩王，等到说得韩王，自己手里就又多了新筹码。届时，再回过头来游说魏襄王，即使他真是一个厉害的主儿，一看赵、燕、韩都同意了"合纵"的计划，那时他也就自然会顺应时代潮流，加入自己所组织的"合纵"联盟了。

想到此，苏秦看了一眼站在那里发呆的赵德官，说道：

"明天我们就离开朝歌。"

"这么急着赶往大梁吗？"

"不去大梁。"

"不去大梁？那往哪儿？"赵德官不解地问道。

"先往韩国之都郑。"

"怎么往韩国之都了呢？"

"你去准备吧。"苏秦说着，挥了挥手。

"噢。"赵德官虽然还想问，但又不敢，只得胡乱地答应了一声，告辞而去。

第二天，浩荡的车队突然改变了行进方向，由朝歌向西南而去。先经过魏国境内的汲、卷二城，接着绕道魏国与韩国接壤的南部长城西北端，进入韩国恒雍。然后再直下衍、管、华阳，最后再折向西南。

周显王三十五年（前334）九月初五，天高云淡，金风送爽，丹桂飘香。日中时分，赵王特使苏秦的车队浩浩荡荡地进了韩国之都郑城。

"武安君，韩都到了。是先下榻驿馆，还是……"赵德官怯怯地请示道。

"直接去韩王宫吧。"

"不知韩昭侯从齐国回来没有？"

"噢，也是。那就先下榻驿馆，再派人往韩王宫走一趟吧。"

入住驿馆停当，赵德官亲自带着三名赵国的仪卫，轻车快马，不到一顿饭的时辰，就赶到了韩昭侯的宫门之前。

"在下是赵王特使的仪卫长赵德官，现赵国之相、武安君苏秦已奉赵王之命到达贵国之都，敢问官爷，不知韩王从齐国回来没有？如果回来了，烦请官爷通报一声，就说赵王特使武安君要来觐见。"

"既是赵王的官差，在下不妨实话相告。大王虽然回来了，现在却不能见客。"

"为什么？"赵德官立即追问道，他以为是韩昭侯故意摆架子。

"官爷有所不知，这次'徐州相王'，虽然是大喜事，却也让俺韩王劳顿过度。一回来，大王就感到身体不适，现正卧床休养呢。"

"噢，原来如此！那么，什么叫'徐州相王'呢？"

"噢，这个啊，就是魏、韩二国之君到齐国徐州朝见齐宣王，并尊他为王。齐宣王也承认魏、韩二国之君的王号，这就叫'徐州相王'。也就是以相互承认各自王号为前提，组成齐、魏、韩三国联盟。"

"噢，是这样。那么，韩王什么时候能见我们赵王特使武安君呢？"赵德官又回到主题上。

"这个，在下也很难说得定。"

"为什么？劳累了，休息几天不就恢复了吗？"赵德官仍然不放松。

"官爷有所不知，自从我们相爷申不害大人过世之后，韩国的政局变得越来越混乱。而秦国呢，又趁火打劫，去年还攻拔了我们的宜阳。今年夏天，韩国又出现了前所未有的大旱灾，很多地方颗粒无收。但因去年跟秦国打了一仗，国库早已空虚，大王无力开仓放粮，赈济灾民。结果，韩国出现了历史上少有的饿莩遍地的惨象。官爷，您想想看，这些事搁谁头上，谁能受得了？精神上能不受打击吗？再加上我们大王又是个年老体衰的老人，这一病哪，恐怕就不会像年轻人那样恢复得快了。"

赵德官一听，不禁默默地点点头，知道再坚持也没用了。于是，只得回到驿馆，将情况一五一十地向苏秦说了一遍。

苏秦听完，没有作声，只是无奈地摇头，叹气。

2. 小巷一夜杏花开

俗话说：有事时光易逝，无事时光难挨。

在韩都郑城等待了三天，苏秦就觉得好像是过了三年。闲着无事，不仅感到无聊，有时还莫名其妙地心里发慌。

九月初九，艳阳高照，不冷不热，天气出奇的好。可是，闷在驿馆里的苏秦却心情郁闷，不停地在房内转圈，就像是一只被堵在屋内想飞而又飞不出去的苍蝇。

正在此时，游滑突然推门进来。苏秦一惊，立即停住了脚步，有口无心地问道：

"有什么事吗？"

"少爷，俺闲着发慌，想跟秦三出去走走。"

"出去走走？"苏秦瞪大眼睛看着游滑。

"是啊，天气这么好，所以小人就想……"

游滑话还没说完，苏秦就情不自禁地朝窗外望了一眼，然后默默地点了点头。

"谢谢少爷！"游滑以为苏秦同意了，遂一溜烟似的转身出门了。

看着游滑远去的背影，苏秦望了一眼窗外，又在房内转起圈来了。

转了几圈，突然秦三又来了。

"你回来干什么？游滑不是说你们要一道出去走走吗？"

"小人是有些不放心少爷。"

"有什么不放心的？"苏秦问道。

"小人看少爷这几天老是食不甘味，坐不安席，大概是因为韩王病重，少爷不能觐见而着急吧。俗话说：'病来如山倒，病去如抽丝。'少爷，依小人看，您要等韩王病愈觐见，得有耐心，可千万别急坏了身子！"

苏秦一听秦三这番话，不禁感激地看了他一眼。然后，深深地点了一下头。

秦三见此，遂又说道：

"少爷，您老闷坐在房内也不是个事，万一憋出病来，那可怎么办？天气这么好，少爷不如跟俺们一道出去走走，散散心也好的。"

沉默了片刻，苏秦终于开口道：

"也好。"

脱掉峨冠博带的官服，换上一套便服之后，苏秦便在秦三、游滑两个私仆的陪同下，沐浴着秋日和煦的阳光，走到了韩都郑城的街市之上。

可是，没走一会儿，苏秦就觉得索然无味。因为他游说过天下各国，也走过天下各国所有的都城，什么样的巍峨宫殿也见过，什么样繁华的市街也逛过，郑城虽然是天下有名的欢娱之都，也有自己的风格，但也不过尔尔。

"少爷，您看，那些小巷倒是与俺们洛阳不同。"正当苏秦提不起精神之时，突然游滑指着一条小巷说道。

苏秦顺着游滑手指的方向一看，果然有一条别致的小巷，恰与郑城东西走向的正街成垂直方向。于是，主仆三人就漫步走了过去。

待到走近，这才发现，这条小巷最宽的地方也仅容一驾马车而过，特别狭窄的地段，则只能二三人并行而过而已。在小巷的两旁，都是些相依相傍的人家，家家都敞着门，小孩子三三两两游嬉于小巷之中，一派静谧、悠闲的市井景象。

又往前走了一段，突然发现街道变得越来越宽了，人也突然越来越多了。苏秦想，大概这是个比较繁华的小巷吧。

正这样想着，渐渐就进入了小巷的中心地带。果然不出苏秦所料，这确是一条繁华的街巷。向路人一打听，才知这是郑城最繁华的欢娱之区，名叫杏花巷。此时正是高秋之时，当然没有杏花了，不过，两旁人家的门前确实都是种有杏花树的。可以想象得出，如果是春天，满巷杏花，那又是一种什么样的美景啊！如果是一夜春风春雨，满巷杏花飘落，那又是一种什么样的景象呢？

想着想着，苏秦不禁都要陶醉了，心里不禁一喜：原来还有这样的地方，自己虽然以前来过郑城，但却一点也不知道。不过，仔细一想，也不怪，上次来游说韩王碰了一鼻子灰，哪有心思逛郑城。但这次不同了，得好好逛逛，反正现在有的是时间，也有金钱。

于是，苏秦来了兴致，开始仔细观察这个名叫杏花巷的小街。只见两旁的屋宇与刚才所走过的那段小巷有所不同，明显要严整得多，屋舍也显得优雅漂亮，家家门前都悬着一个招幌，或是"酒"，或是"面"之类。有的门前还挂着造型非常小巧、精致的风灯，苏秦看了更觉赏心悦目。

再往前，苏秦又发现有一家，它的屋宇比左邻右舍更显严整，整个屋舍向街道后面缩进二十余步，房前还有一个小小门楼与隔墙。从街道到进门的二十余步距离，形成了一个小小的甬道，甬道两旁有对称排列的两排石灯。门前虽没有"酒"、"面"之类的招幌，但却有一排红色的风灯，迎着秋风悠悠地晃荡。门两旁又各有一把张开的巨大的红色油布伞。一看，就知道这是一家非常高级的欢娱之所。果然，当苏秦驻足观看之时，就听里面传出阵阵琴瑟之声。

苏秦顿时心中大喜，心想，有此好去处，何愁多少时间不能打发。情不自禁间，他就迈开步伐要往里去。但是，才走三步，他突然停下来，觉得不妥。因为今天带了秦三、游滑，带他们进去不好，不带也不好。这样的去处，如果自己要进去，最好还是一个人悄悄地来去，比较方便，也比较稳妥，因为自己现在不是一般人，而是身兼燕、赵二国之相，又爵封赵国武安君，目前正在奉命组织山东六国的"合纵"大计，自己的身份是千万不能暴露的。再说，这种事，秦三、游滑这些仆人知道也多有不便。

想到此，他立即带着秦三、游滑快速地离开了这一家店。但是，他心里已经牢牢记下了这一家的方位与门前标志，打算明天悄悄地一人来探察一番，看有什么消遣。

又游逛了一番，苏秦带着秦三、游滑在小巷中找了一家门面较大的酒店，进去坐下，点了几个韩国的风味小菜，要了一壶酒，又各来了一碗韩国面。大概是今天心情好，同时又悬想着刚才所见的那个欢娱之家的种种景象，想象着明天的欢乐时光，这一顿饭，苏秦觉得吃得非常有味，感觉上这十几年来在外东闯西荡，所吃过的所有各地饭菜都比不上今天的可口有味。至于秦三、游滑，今天出来逛了这么幽静的小巷，还吃了这么有风味的韩国饭菜，自然觉得非常的满意。加上还有一点酒下肚，早就眉飞色舞，手舞足蹈了。

九月初十，一大早，苏秦就急急起床漱洗，还是青衣小帽的便装打扮，但是收拾得比较干净、讲究。在驿馆用过早餐后，苏秦吩咐秦三、游滑道：

"今日你们可以自己出去逛逛街市，但不可惹是生非，早早回还。"

说着又给了他们一些零钱，由他们自由支配。秦三比较忠厚，心里还不放心主人，总是心心念念在主人身上。而游滑呢，因为早就被拘禁得慌，加上他是从小在市井中混迹的人，一向喜欢在市井热闹的地方游荡。所以，一听苏秦今天放自己与秦三自己去玩，乐得一蹦三跳，二话不说，接了钱，拉着秦三就往外跑。秦三还恋恋不舍地回头看看苏秦，想说什么。苏秦见此，忙对秦三挥挥手，秦三也就释然地去了。至于从邯郸随来的一大帮赵王所派的仪卫，则自有仪卫长赵德官管束，不必管他们。

估摸着秦三、游滑二仆已经走远，苏秦也就自己出门了。他怕秦三、游滑撞见，于是绕小道，左拐右拐，只一顿饭的工夫，就找到了昨天来过的杏花巷。

由于今天来得比较早，当他到达这条小巷时，人还不是太多。他也无心多看小巷中的其他人家，直奔昨天看到的那家门前张着两把红色油布伞，甬道上有两排石灯的店家。昨天因为隔得远，看得不够真切，今天走近一看，原来这个院落叫做"醉春院"，招牌并不显眼，是写在一块不大的白木板上，就挂于门额之上。

苏秦见到这个名字，心中便明白了七分，这名字确切啊，不知今天自己能不能醉一回。

进了正门，再走过一段不长的园中青石板小道，大约也就有二十步吧，就到正厅的玄关。此时早有一个年约四十开外的妇人，打扮得妖妖娆娆的，正跪立于玄关的地板之上，大概是专门迎候客人的吧。

苏秦从来都没有来过这种地方，觉得非常新鲜。站在玄关口，看着那妖妖娆娆、花枝招展的中年妇人，倒是显得手足无措了，一时愣在了那里。

那妇人一见苏秦这身打扮，以为是一般的客人，大概是头回到这种地方，所以才不知所措。于是，她指了指苏秦的脚下，道："客官请脱了布履，换上木屐。"

苏秦这才清醒过来，忙脱下布履，着袜走上木地板，然后换上木屐，进了前堂。

接着，在那妇人的引导下，苏秦来到了后面的一间小室。

刚坐定，就有一个婷婷袅袅的年轻女子前来斟酒。苏秦定眼打量，只见这女子约略十八九岁光景，长了一个鹅蛋脸，皮肤皙白，粉嫩异常，好像一戳就能出水似的。再看她的两弯眉毛，也与众不同，不是那种浓密乌黑的样子，而是非常淡而细，就像一根细细的线一样，所以看上去就显得异常的清秀。明眸皓齿，樱桃小嘴。个头高挑，走路的样子也好看。着木屐，微举细步，在合体的衣裙映衬下，出胯扭腰之时别显婀娜之态。

苏秦从来就没见过这么明艳动人的女子，他心中一直视为美人标准的条件，好像在眼前这位女子身上都体现了。因此，当那女子跪于席前，出素手斟酒劝酒之际，他近距离接近，更是不禁怦然心动，情不自禁间便有些失态，直勾勾地看着她转不动眼珠。而那女子似乎先天就生就一副低眉顺眼的羞涩模样，这时又发觉苏秦似乎不同寻常的眼光，于是，把头低得更深了，白皙的脸上顿然泛起羞切的桃红之色。苏秦一见，更是情不可遏。

正在此时，进来一个中年妇人，虽然年近半百的样子，但风韵之好，也让苏秦为之吃惊。只见她进来之后，未言先笑，接着敛衽一拜，跪下为苏秦再斟上一盏酒，动作非常优雅。

苏秦毕竟是见过世面的人，虽然这种场所是第一次来，但看人的眼光还是非常准确的，他知道这大概就是老板娘了。于是，就非常自然地在老板娘斟酒的当儿，从袍袖中摸出一锭金子，并有一纯白帛，及时地斟上。

这一下，老板娘对苏秦的态度更加殷勤了。她大概已然知道，眼前这位穿戴平常的客人其实并不平常。而苏秦也正是要达到这个预期的效果，因为他不便表明身份，也不便穿峨冠博带的官人袍服到这种地方来。但是，世上的人都是以貌取人，以衣取人的，因此他不得不以出手的大方来暗示这个老板娘，不要拿低档的姑娘来敷衍自己。

收过苏秦的金、帛，老板娘不仅笑得更灿烂了，而且话也多了。她指着站在旁边，就是刚才给苏秦斟酒的姑娘说道：

"她叫青青，是俺小店的头牌姑娘，茶艺好，琴艺更好，要不，等会儿让青青给客官献上一曲？"

苏秦终于知道，眼前这位自己看不够的姑娘叫青青，是此店的头牌美女，不禁心里痒痒。情不自禁间，他又偷眼看了一下青青。

老板娘是风月场中人，阅人无数，那是何等的精明。刚才进门时，她由苏秦的眼神就窥破了这一切，所以刚才她才特意那么大夸青青。看着青青低头不好意思的样子，又看着苏秦那种欲看又止的不自然神情，老板娘又说道：

"青青，还不快快带客官看看后园景致，老身这就给客官去温酒。"

说完，老板娘又向苏秦深深一揖，慢慢地立身倒退而出，到了门口，又是一揖到底。

青青看老板娘走了，更加局促。愣了一会儿，大概想起老板娘的话，遂连忙起身道：

"客官，随妾至后园一观吧。"

苏秦遂离席起身，随青青出室，向后园而去。一路走去，随眼一瞥，苏秦发现后堂有不少客室，皆各不相属，就像自己刚才所处之室一般，大约也都是六张席子的大小。只是此时其他室内都还无人，偌大的一个醉春院，此时恐怕只有自己一个客人。

曲曲弯弯，走不多久，青青就引着苏秦到了后院。苏秦不看则已，一看大为吃惊，没想到这个醉春院外面不起眼，里面却是别有洞天啊！怪不得老板娘主动提出要青青领自己观赏后园。

进了园，苏秦放眼一望，真是好大的一座园林，一眼都望不到边。虽然现在是秋天，不少名花异卉早就凋零，但满园葱绿之色却也不失生机勃勃的情趣。蓊蓊郁郁的林木之间，还有一二小桥横于潺潺而流的小渠之上，颇是玲珑可爱，也别有一番情趣。林间小径幽幽，时有一二小鸟啾啾鸣于树梢之上，更衬得园中清雅之极。秋日的阳光不紧不慢地照着，暖洋洋的，更让人有一种神仙的感觉。

苏秦随青青曲曲弯弯，走过了一段竹林，突然看到前面似乎火红一片。走近一看，原来是一大片枫树林，此时正是枫叶透红之时，高出于林的枫叶差不多是全红了，杂于其间的，则半黄半红，低藏于下的矮小些的，则还是青枝绿叶。红、黄、青三色相映，更有一种五彩缤纷之感。

苏秦徜徉于其中，不禁深深地陶醉了。加之，又有美人青青相伴，他早已忘记了时光，大有流连忘返之感。最后，还是在青青的多次提醒下，这才结束了后园之游。

回到刚才的那间雅室时，老板娘早已经将各色小菜摆放停当，酒也温好了。除此，室内现又摆放了一张琴。原来全开的窗户，现在竹帘半掩，半明半暗，别有一种温柔的情调。

苏秦刚刚坐定，老板娘就亲自动手，轻捋香袖，素手执壶，先为苏秦斟上了一盏酒，然后跪举过头顶，请苏秦就饮。苏秦接盏在手，未饮已是心醉了。

接着，老板娘再对苏秦深深一揖，然后对青青，也是对苏秦说：

"客官，今日小园一游，感觉如何？"

"美极了！"

老板娘嫣然一笑，道：

"是小园之景美，还是青青美？"

苏秦偷眼看了一下青青，毫不犹豫地说道：

"人景俱美。"

老板娘咯咯一笑，又道：

"如此，那就请客官好好享用吧。"

她指着几案上的酒菜，却眼看着青青。

苏秦会意地一笑，青青则羞涩地低下了头。

接着，老板娘又对苏秦深深一揖，起身倒退而出。

老板娘走后，就是青青侍候苏秦了。她先给苏秦满斟一盏酒，也是举素手，高擎过头顶，请苏秦满饮。接着，她便裣衽坐到琴前，轻舒香袖，十指轻拂琴弦，慢启朱唇，低吟浅唱了一曲：

爱采唐矣？沫之乡矣。云谁之思？美孟姜矣。期我乎桑中，要我乎上宫，送我乎淇之上矣。

爱采麦矣？沫之北矣。云谁之思？美孟弋矣。期我乎桑中，要我乎上宫，送我乎淇之上矣。

爱采葑矣？沫之东矣。云谁之思？美孟庸矣。期我乎桑中，要我乎上宫，送我乎淇之上矣。

一曲未了，苏秦早已陶醉，不住声地赞道：

"妙！妙！妙！"

青青被赞得不好意思，遂含羞近前，又给苏秦跪斟了满满一盏。苏秦接盏在手，一饮而尽，并顺势在青青素手上抚了一把。青青如被热汤烫了一下，立即缩回纤纤玉手，再次回到琴边，再抚琴弦，又唱了一曲：

彼泽之陂，有蒲与荷。有美一人，伤如之何？寤寐无为，涕泗滂沱。

彼泽之陂，有蒲与蕳。有美一人，硕大且卷。寤寐无为，中心悁悁。

彼泽之陂，有蒲菡萏。有美一人，硕大且俨。寤寐无为，辗转伏枕。

这一曲，青青唱得非常低回缠绵，苏秦不禁深受感染。这一次，他没有赞妙称好，只是深情地看着青青，久久无言。

青青照例一曲终了，又上来为苏秦斟酒。

苏秦接盏在手，又是一饮而尽。青青正欲再斟，苏秦一摆手，把青青手上的壶拿过来，满斟一杯，跪直了身子，双手举起，请青青满饮。青青大感吃惊，连忙推盏不敢应接。

苏秦见此，遂起身坐至琴前，亦为青青抚上一曲：

北风其凉，雨雪其雱。惠而好我，携手同行。其虚其邪？既亟只且！

北风其喈，雨雪其霏。惠而好我，携手同归。其虚其邪？既亟只且！

莫赤匪狐，莫黑匪乌。惠而好我，携手同车。其虚其邪？既亟只且！

苏秦虽然没有青青的歌喉那么婉转清扬，但也唱得深情深沉，青青不禁感动得泣涕涟涟。因为从来没有一个客人如此尊重她这个艺伎身份的女人，从来都是她为客人抚琴缦唱，以博客人欢心，哪有客人深情抚琴而博自己欢心的事？

感于苏秦的诚意，青青将刚才苏秦亲手满斟的一盏酒一饮而尽。

一盏酒下肚，青青态度自然多了，不再那么老是顺着眼，低着头了，偶尔也会抬起头看上苏秦一眼。

苏秦见此，遂又给她斟上一盏，自己也斟满一盏。不自觉间，二人竟然忘情对饮了起来。

喝着喝着，二人话都多了起来。情不自禁间，苏秦竟酒后吐真言，道出了自己的身份。这让青青更是大吃一惊，忙不迭地向苏秦磕头拜揖，连说，"失敬""冒犯"。苏秦则对青青抚慰有加，大有怜香惜玉之意。于是，青青也将自己的身世向苏秦说出：

"妾本洛阳人士，五岁随爹娘流落至韩都郑城，爹娘没有生计，也养不活俺，遂将俺卖在了此院，从小做牛做马，帮忙打杂，至今已经一十四载。自十二岁上，老板娘又调教俺抚琴弄弦，低歌浅唱，日逐陪客人玩耍作乐。"

苏秦见青青原来还是自己的同乡，于是更是爱怜有加，心中早已深深地爱上了眼前的这个小同乡，大有他乡遇故知的感觉。

越谈越投机，青青也渐渐心情放松，情绪也不那么紧张了，对苏秦则是又敬佩，又爱慕。慢慢地，二人四目相对，早已有情了。

又饮了一会儿，苏秦故意装着醉倒的模样，假意伏在几案之上。青青心里也明白，只当真情，连忙去叫"妈妈"。

老板娘"妈妈"跑来一看，连忙叫青青道：

"快快扶到楼上安歇。"

说着，她自己已先将苏秦架起。青青见此，忙过来相搀。于是，母女二人架起苏秦就往楼上之室而去。此时，还没有其他的什么客人，因为现在还不是吃花酒的常规时间。

苏秦本就没醉，他这是装醉装糊涂。快到楼上小室时，他从袖口掏出一个金锭，捏了一下老板娘的手，就塞在了她的手心里。老板娘此时心里方才明白一切，遂也装疯卖傻，接下金子，把苏秦往楼上小室里一放，对着青青道：

"你就一直侍候在此，其他事不要管。"

说着，就从外面把房门反锁上了。

苏秦一听老板娘对青青说的那句话，又见她把青青与自己都反锁在一起，心里不禁大喜。心想，还是俗话说得好："有钱能使鬼推磨"。青青反正不是她的亲生女儿，她只认金子不认人，管你什么人，管你青青愿意不愿意。

不过，她今天倒是失算了。今天是青青与苏秦二人合谋算计她了，她被蒙在鼓里了。她哪里知道，青青与苏秦今天倒是一对两厢情愿的鸳鸯，谋计的就是要双栖双宿。

门既锁上，现在这个小室就是青青与苏秦二人的天地了。这时，苏秦与青青都恢复了常态。苏秦深情地看着青青，越看越觉得相见恨晚。青青虽不像苏秦那样直勾勾地直视苏秦，却也不时于低首顺眼间脉脉含情偷偷地看几眼。

至此，苏秦心里终于明白了青青的心理，遂假借酒兴，一把将青青揽入怀中。青青故作娇羞之状，急忙躲避。苏秦见此，越发情不可遏，乃假借酒力替青青除衫解裙尽净。青青此时虽仍装出推脱羞涩的样子，但也半推半就，成其了好事。

3. 痛切说韩王

世上最长又最短的，是时间；最重要而又最不为人留意的，是时间；最让人难挨、难以打发的，是时间；最易稍纵即逝、让人珍惜的，也是时间。

就在苏秦在醉春院里与青青日日缠绵，快乐无限地欢度良辰乐宵之时，时光早已飞逝如电，转眼间就是两个月时间被打发了。

十一月初九，天阴沉沉的，时至辰时，太阳还没见踪影。料峭的寒风，呼啸着吹过驿馆的屋顶，也吹遍了韩都郑城的大街小巷；逼人的寒气，袭上人们的脸庞，也袭入人们的衣袖脖项之中，让人真真切切地知道：严冬来了。

因为惦记着青青，苏秦还是不顾寒风，一大早就起来了，漱洗一毕，就准备出门。

正在此时，突见仪卫长赵德官匆匆而来。

"有什么事吗？"苏秦不禁吃惊地问道，因为这些日子赵德官一直无事不来打扰。

"武安君，韩王昨天晚上驾崩了。"

"啊？真的？"

"真的，一大早宫中就传出了消息。"赵德官肯定地说道。

苏秦愣了一下，然后吩咐道：

"快备车驾，往韩王宫。"

"武安君现在要进宫？"赵德官不解地问。

"当然，韩王驾崩，我是赵王特使，岂能不前往吊唁？这是基本的礼仪。"

"武安君说的是。"

赵德官答应一声，便去准备车驾了。

日当中天之时，苏秦从韩王宫吊唁出来。在回驿馆的途中，突然远远看到有一座类似于门楼的建筑物，高高耸立于前方东西走向的大街之上。苏秦觉得奇怪，遂手指那个建筑物，回头问随行的赵德官道：

"你看，那是什么？好像是门楼，但怎么会造在城中主街道上呢？"

"噢，武安君，您没听说啊？那就是韩王去年下令建造的高门，而今还没落成呢。"

苏秦一听，心中顿感惭愧，这两个多月来，自己沉溺于与青青的情爱中，连韩国这样重要的事也没耳闻。

正在苏秦低头惭愧之际，赵德官又接着说道：

"去年韩王下令起造这个高门时，楚国大夫屈宜臼正出使到魏国，听到这个消息，他就对梁惠王说了一句话。"

"什么话？"

"屈宜臼说：'昭侯不得过此门。'"

"噢？"苏秦不禁为自己的孤陋寡闻而红了脸。

赵德官没有发觉苏秦的这种心理变化，继续说道：

"梁惠王问其缘由，据说，屈宜臼回答说：'昭侯修此门，不得其时。我所谓的时，不是时日的时，而是说一个人有利与不利的时。当初韩国有利强盛的时候，昭侯不筑造高门。去年秦师攻拔韩国宜阳，今年韩国又全国大旱，昭侯不在此时抚恤人民，急人民之所急，反而穷奢浪费，这就是古人所说的"时绌举赢"。'他的意思是说，昭侯不该在非常不利的时机做了一个非常不当的举措。"

苏秦见赵德官知道得这么多，说得如此言之凿凿，更是惭愧得无地自容了。

回到驿馆后，苏秦决定从此不再去醉春院了，应该好好搜集一下诸侯各国的消息，了解天下舆情，以便为即将对韩国新君的游说作准备。

周显王三十五年（前334）十二月初九，也就是昭侯殡天后的一个月，韩国太子办完了韩昭侯的丧事，正式宣布继承韩国王位，号称韩宣惠王。

苏秦听到消息，顿然感到欢欣鼓舞起来。既然韩国新君即位执政了，那么自己也就可以觐见并游说他了。

正当苏秦这样想着的时候，日中时分，仪卫长赵德官突然推门而入，道：

"武安君，快快准备。新韩王已派使节来接您进宫觐见了，车驾已等在了门前。"

"啊？这么快？新韩王不是今天刚刚宣布即位的吗？"

苏秦尽管有点不相信赵德官的话，但是，探头对驿馆门口看了一眼，见到两驾豪华的官家马车确实停在了那里后，他也就不得不信了。于是，立即在赵德官的帮助下，束发正冠，换衣整装。

收拾妥当，峨冠博带、气宇轩昂的赵国之相、武安君苏秦，便在韩王使节与赵国仪卫的簇拥下，驱使着浩浩荡荡的车队，往韩王宫进发了。

不到半个时辰，车队便到了韩王宫。在韩国宫使的引导下，很快苏秦就到了韩王的大殿，见到了刚刚即位执政的韩国新君韩宣惠王。

"武安君，得罪，得罪！让您在郑城等了两个多月。"

当苏秦小步疾趋，距离韩宣惠王还有二十余步之遥时，韩宣惠王早已从王位上起立，并谦恭有礼地先开口了。

"大王，言重了！苏秦只是一个外臣，多等几日，何足道哉？"苏秦一边继续加快了脚步迎了上去，一边连忙回应道。

鞠躬拜揖，嘘寒问暖地相互问候一番之后，宾主刚刚坐定，韩宣惠王就先开口道：

"寡人之国，地僻人稀，近年来又屡遭不利之事。先是贤相申不害过世，后是强秦趁火打劫，攻拔我宜阳要塞。接着又遭百年不遇的旱季，民生凋敝，国力大衰。先王忧患成疾，一病不起两月有余。上月初八夜里，溘然长逝。"

苏秦见韩宣惠王说到这里，一脸的忧伤。遂连忙安慰道：

"国家亦如人，总会有顺利与不利之时。好在这些都过去了，而今大王担起韩国大任，相信韩国定有一番新气象，韩国的振兴也是指日可待的。"

"不过，韩国毕竟是个小国，寡人又是刚刚即位执政，没有治国经验，如何振兴韩国，寡人计不知何出？"

苏秦见韩宣惠王这样说，立即捕捉到了游说上题的时机。遂立即接口道：

"大王不必妄自菲薄，韩国虽小，其实在天下诸侯国中实力并不算弱。"

韩宣惠王听了，立即诚恳地说道：

"武安君是人中之杰，士中之龙，周游列国，见多识广，对天下情势洞若观火，对各诸侯国的强弱与内政利弊了如指掌。今日武安君既然不远千里，奉赵王之命，辱临寡人之国，何不当面指教寡人一二？"

"大王抬举了！其实，臣也只是个孤陋寡闻的人。若说对天下情势洞若观火，那是万万不敢当的。不过，对韩国的情况，臣自信还是知道一二的。"

"武安君不必谦逊，敬请明言。"

苏秦见韩宣惠王这样说，遂就直接上题了：

"请让臣先说韩国地利。韩之北，有巩、成皋之固；韩之西，有宜阳、商阪之塞；韩之东，有宛、穰、洧水；韩之南，有陉山。以此观之：韩之山川，不可谓不险；韩之城池，不可谓不固。"

韩宣惠王点点头，瘦削发黄的脸上开始充血红润起来。

苏秦继续道：

"韩国之地，接长续短，方圆也有九百余里。就国土面积而言，不能说大，也不能说小。至于军事实力方面，韩国在天下诸侯之中，尤其不可小觑。"

韩宣惠王一听这话，立时坐直了身子，精神振作，容光焕发，接口问道：

"此话怎讲？"

"大王不会不知道，韩国有带甲持戟之士数十万，天下强弓劲弩亦尽产之于韩。比方说，谿子、少府、时力、距黍，都是天下闻名的劲弩，其射程都在六百步之外。韩国有此利器，已是先声夺人了。再加上韩国士卒向来勇武，平日操练又异常努力，举足踏弩，弯弓而射，日操夜练，从不中止。远矢之的，可括蔽洞胸；近矢之的，则镝贯其心。韩国的弓弩天下闻名，韩国的剑戟则更是举世无双。比方说，产于冥山的棠谿、墨阳、合赙、邓师、宛冯、龙渊、太阿，都是海内名剑，陆上可断牛马，水上可截鹄雁；临阵当敌，挥而斩之，则若削泥断樵。还有韩国士卒所穿戴的甲胄，如鞮鍪、铁臂、革抉、瞂芮，不仅一应俱全，而且件件精良。因此，以韩国士卒之勇，披坚甲，蹑劲弩，带利剑，以一当百，自然是不在话下的。"

韩宣惠王一听，不禁拈须而笑。心想，说得对啊，先贤早就说过："工欲善其事，必先利其器。"虽说战争中武器不是决定一切的唯一因素，但刀利戈锐，甲坚胄固，则无疑是非常重要的。看来，寡人不必为国小兵寡而自卑。

苏秦见说得韩宣惠王拈须而笑，知道说动了他的心。于是，突然话锋一转道：

"不过，臣最近听到有一种说法。"

"什么说法？"韩宣惠追问道。

"说韩国因为被秦国攻拔了宜阳，准备屈从秦国的淫威，要与秦国'连横'。"

韩宣惠王一听，立即红了脸，道：

"武安君的消息，是从何而来？"

"也许都是诸侯国间的谣传，臣也并不相信。臣以为，以韩国士卒之勇，以大王之贤，韩国是不会真与强秦'连横'的。"

"为什么不会呢？难道这于韩国的国家利益有什么不利吗？"韩

宣惠王反问道。

"当然不利。大王，您想想看，如果要与强秦'连横'，以秦国与韩国的实力对比，折节低眉，称东藩，筑帝宫，受冠带，春秋纳贡，交臂而服，俯首称臣的，恐怕不是秦国，而是韩国吧。"

韩宣惠王默然了。

苏秦见此，遂接着说道：

"以堂堂一个韩国，以大王的天纵英明与贤能，臣相信，大王断不会作出这种使社稷蒙羞、使韩国列祖列宗蒙羞、让天下人耻笑的决策的！"

韩宣惠王一听，有些坐不住了，脸红一阵白一阵。

苏秦知道这番话的后果，他这些年潜心研习师父的《揣》、《摩》二篇，可以说对君王之心理早已经摸透了。他相信，韩宣惠王虽然年少软弱，但他毕竟是人，而且好歹还是个一国之君，自尊心总是有的。只要让韩宣惠王觉得与秦国"连横"有辱韩国与他自己的尊严，那么势必就会激起他的愤怒。而只要他一愤怒，这"合纵"的事就有谱了。

想到此，苏秦也不管韩宣惠王有什么表情，继续说道：

"再说了，大王即使能够放得下自尊，摧眉折腰，屈尊事秦，也未必就能保证韩国的长治久安。相反，情况可能会更糟。"

"为什么？"韩宣惠王终于沉不住气了。

"大王，您也知道，秦国是个什么样的国家，那是虎狼之邦啊！秦王的贪得无厌，天下谁人不知。韩国如果答应与秦'连横'，那么韩国必然受制于秦，秦王必然要起觊觎韩国宜阳、成皋之心。如果这样，今年大王向秦王献效了宜阳、成皋，明年他若又要大王割让其他之地，怎么办？就算大王真的心甘情愿，长此以往，韩国又有多少地可以割让？秦王的贪欲何时才能得到满足呢？"

韩宣惠王看看苏秦，默然无语。

苏秦继续道：

"如果大王不继续割让效献，那么最终必然是前功尽弃，韩国的灭顶之祸旋踵即至。臣以为，韩国之地是有限的，而强秦之欲是无底的。以有限之地而应无限之求，这岂不是求怨结祸之源吗？如果这样，韩国即使不与强秦有一兵一卒之战，实际上已经是地削国敝了。"

韩宣惠王一听，觉得苏秦的话虽说得尖锐而不中听，自己的面子上有些下不来，但确实是一针见血，说得中其肯綮，深刻警策啊！于是，情不自禁地点了点头。

苏秦见此，心想，有效果，继续，不要半途而废了！于是，又续而说之道：

"臣听说有这样一句俗谚：'宁为鸡口，不为牛后。'这话虽然粗糙了点，但话糙理不糙。如果大王与强秦'连横'，那韩国也就无异于不战而交臂臣服于秦，这与甘于'牛后'何异？以大王之贤，挟强韩之兵，而有'牛后'之名，臣深为大王羞之。"

毕竟韩宣惠王年轻气盛，血气方刚，好冲动。苏秦知道这个，所以他才引粗鄙之谚激怒他，唤起他作为一国之王的强烈自尊，从而决然毅然地听从他"合纵"的计谋。

果然一切都在苏秦的掌握之中，不出所料，韩宣惠王终于上了苏秦的套。只见他勃然作色，攘臂瞋目，按剑仰天叹息道：

"寡人虽不肖，必不能臣服于秦。"

苏秦见火候到了，遂直奔主题道：

"臣以为，为了韩国的长治久安，为了韩国数百万黎民百姓的安危，大王不如允赵王之请，合山东六国而为'纵'亲，天下一家，共拒强秦。如此，韩国安，天下安，百姓安，天下诸侯皆得安。今臣奉赵王之命，效愚计、奉明约于大王之前，希望大王深思之，熟虑之。"

听到此，韩宣惠王终于明白了，遂爽快地答道：

"今赵王不弃寡人之国，武安君不辞遥遥千里路途之苦，以赵王之教，庭诏于寡人，韩国何其幸哉！寡人何其幸哉！寡人意已决，敬奉社稷以相从！"

4. 深情说魏王

说服韩宣惠王加入了"合纵"联盟，苏秦紧接着的一个计划便是游说魏王。但是，自梁惠王过世后，魏国的时局至今仍不明朗。为了等待合适的时机，苏秦只得在韩都郑城又盘桓了一段时间。

周显王三十六年（前333）的二月十五，卯时已过，辰时未到，一轮红日已从远处的地平线喷薄而出。霎时，绚丽的朝霞布满天空，发出耀眼的光芒，韩都郑城也顿时沐浴在一片灿烂的浅红之中。

就在此时，苏秦带着对韩都的依依不舍之情，带着"合纵"之盟又成功推进一步的喜悦，在浩浩荡荡的车仗仪卫的护卫下，缓缓驰出了郑城。

坐在高马轩车之上，不时拂拭着额前被微微春风吹乱的一绺头发，望着洧水两岸柳枝上吐出的点点嫩绿的新芽，苏秦敏感地意识到，春天的步履近了，又是一元复始，春回大地的时候了。

感受着勃发的春天气息，想着即将开始的魏国之行，苏秦心中充满了希望，心里好像有一只小兔在跃动、冲撞。

行行重行行，四月底，苏秦浩浩荡荡的车队抵达了魏国境内的焦城。

入城安顿未稳，仪卫长又来报告消息了：

"武安君，小人刚刚获得一个重要消息。"

"什么消息？快说！"苏秦现在一听有消息，就非常敏感。

"刚才驿馆里有人说，就在上个月，秦惠王起用魏国阴晋人公孙衍为大良造，率大军渡河而东，攻拔了魏国要塞雕阴，并重挫了魏国之师。"

"噢？真有这事？"

"驿馆里的人说的，应该不会假。"

苏秦沉吟不语。过了一会儿，他突然面露欣然之色，自言自语道：

"真是天助我也！"

这话虽然说得极轻极微，可是赵德官还是听见了。于是，连忙问道：

"武安君为什么这样说？让魏国人听了，肯定不高兴。"

苏秦淡然一笑，顺手关了房门，轻声说道：

"亏你还是个仪卫长，这点道理也不明白！现在赵王要我组织以赵国为轴心的'合纵'之盟，要魏国加入进来。魏国是个什么国家，当初还围攻过我们的国都邯郸，攻下邯郸后，虽然最终归还了，却迫使我们赵王盟于漳水之上。如今，你要魏王尊赵王为盟主，他能放下身段吗？"

"这倒是。"赵德官恍然大悟道。

"而今，梁惠王尸骨未寒，魏襄王初立，秦国就趁火打劫，对魏国如此重击，你想这魏襄王是什么感受？赵王要组织'合纵'之盟，其意就在联合包括魏国在内的山东六国共同抗秦。但这个意图，放在平时，恐怕魏襄王不易理解，要说服他加入以赵国为轴心的'合纵'之盟，恐怕更非易事。现在情况不同了，魏国新败于秦国，在这个时候我们以'合纵'的意图去游说魏襄王，相信他不仅能够听得进去，而且会加深对魏国入盟'合纵'阵营意义的认识，了解魏国国家安全与'合纵'之计的关系。"

听到这里，赵德官不禁叹服道：

"武安君看问题就是与众不同，高屋建瓴！"

在焦城住了一宿，苏秦就命车队急急出发了。他要抓住最好的机会，去游说魏襄王。

五月十五，日中时分，苏秦的车队在绕过魏国的逢泽之后，终于抵达了魏都大梁。

"武安君，您看！那是什么人的车队，那么招摇？"刚刚进入大梁城，就见数十辆马车迎面而来。赵德官连忙顺手一指，向苏秦报告道。

苏秦抬头看了一眼，漫不经心地答道：

"肯定是魏王使节的车队，大概是要出使哪个诸侯国的。"

就在二人一问一答之间，那个车队已经到了眼前，并且前面的一驾马车就停在了苏秦的车旁。苏秦觉得奇怪，心想，难道这车队是冲着自己来的？

正在这样想着的时候，那驾马车上早已跳下了一个官差模样的人，走到近前，鞠躬行礼后，开口说道：

"小人奉魏王之命，前来迎候武安君，本想出城二十里郊迎，没想到武安君这么快就进了城，真是失礼之至！"

赵德官一听，不禁大吃一惊，道：

"魏王怎么连武安君的行程都知道得如此清楚？"

苏秦看着赵德官那副吃惊的样子，淡淡一笑。因为看到魏王的车队来迎，他心里早就明白了，肯定自己游说韩宣惠王的事已有耳目报到了魏襄王的耳中。不过，这也没什么奇怪的，自己作为燕、赵之相，又是赵国的武安君和赵王的特使，在韩国之都待了那么长时间，岂能不透一点风声？

想到此，苏秦客气有加地对魏王来使道：

"感谢魏王深情厚谊！既然如此，那就烦请尊使前面引路吧。"

于是，两个车队汇为一队，几十驾马车，上百匹高马，几百名仪卫，前呼后拥着苏秦，浩浩荡荡地向魏王宫而去。

不到半个时辰，就到了魏王宫。魏王的宫使早已迎候在宫门之外，等着引导赵王特使去觐见魏襄王。

下车，升阶，登堂，入室，大约花了一顿饭的时间，苏秦便与魏襄王见面了。

行礼如仪，寒暄如仪。然后，宾主坐定。

苏秦抬头望了一眼魏襄王，见他年纪在四十上下，虽然头发有些花白了，但精神还比较好，没有未老先衰的迹象。

就在苏秦打量魏襄王之际，魏襄王也已经将苏秦打量了一番。见苏秦举止文雅，仪表不俗，气宇轩昂，遂先在心里有了好印象。

略略沉吟了一下，魏襄王便以主人身份先开了口：

"武安君不辞千万里路途艰辛，辱临寡人偏僻小国，魏国何等之幸！寡人何等之幸！"

"大王过谦了！魏国自来就是天下大国、强国，何来偏僻小国之说？"苏秦立即客气地答道。

魏襄王一听这话，先叹了一口气，然后缓缓地说道：

"此一时，彼一时！如今强秦崛起于魏国之西，先是夺了我河西之地，迫我父王东迁魏都于大梁。之后，又不断倾起大兵，越河而东，蚕食我河东本土。上个月，强秦还派兵攻占了我战略要塞雕阴，杀死我将士无数。"

苏秦见魏襄王说得悲观，遂连忙接口道：

"大王何必介怀于区区雕阴一役！常言道：'胜败乃兵家常事。'魏国的实力，天下人皆知；大王的贤能，天下人也皆知。只要大王内政、外交决策得当，凭魏国得天独厚的优势，何愁魏国不能振兴？"

"武安君真的以为今天的魏国，还有什么得天独厚的优势吗？"

"当然有！先从地理上看，大王之国，南有鸿沟、陈、汝南，更兼许、郾、昆阳、召陵、舞阳、新都、新郪，东有淮、颍、沂、黄、煮枣、海盐、无胥，西有长城之界，北有河外、卷、衍、酸枣，地之南北东西，接长续短，方圆亦有千里。"

魏襄王一听，心想，对啊，虽然这些年来不断遭秦、齐之败，河西之地也被秦国强割，然而正如俗话所说，"瘦死的骆驼比马大"，现在魏国国力虽衰，但地盘并不小，仍是一个疆域广袤的大国啊！

苏秦如此一数他的家底，他不禁欣慰地点点头，似乎有了信心。

苏秦见此，续又说道：

"魏国之地虽广，但是没有什么不毛之地，也没有什么荒野无人之所。即使是一些名字偏僻、不为人知的地方，也是田舍庐庑相望，鸡犬之声相闻。到处是田肥地熟，想找一片刈草放牧的荒芜之地也不容易。至于魏国人丁兴旺，人民之众，那是天下有名的；还有一点，也是天下诸侯没有不知道的，这就是魏国战车之多，骏马之众，日夜行而不绝，辚辚殷殷，若有惊天动地之势。"

魏襄王觉得，苏秦这话也不假，魏国地虽大，但人亦众，没有蛮荒与未曾开发的废弃不熟之地。人多丁旺，则兵足；地广田熟，则粮足。不同于北方胡、夷、戎、狄之国，地广人稀，地虽大，国不强。

于是，魏襄王又赞同地点点头。

苏秦继续道：

"再从国力与军力来看，臣以为，大王之国都不在楚国之下。只是有一点，希望大王吸取以往的教训。"

"哪一点？"魏襄王急切地问道。

"魏处山东，与燕、赵、齐、楚、韩五国本为一体，合则同兴，分则同亡。若是同室操戈，只会自求衰弱。"

魏襄王一听，就知道苏秦所指的是其父梁惠王当初在山东诸侯国间到处树敌的事。于是，望了一眼苏秦，没有言语。

苏秦心知其意，接着说道：

"而今强秦崛起，已是不争的事实。魏国的国势今非昔比，也是不争的事实。至于秦对魏的觊觎之心，更是天下人人皆知。因此，要复兴魏国往日的辉煌，或说维持魏国的国运，大王除了要处理好内政，更要在外交上决策得当。"

魏襄王觉得苏秦的这一分析非常在理，遂立即诚恳地问道：

"寡人执事未久，又不曾听闻过什么治国安邦的长策，不知武安君有何高明之策，以教于寡人？"

苏秦一听这话，觉得上题的好机会到了，遂接口就道：

"高明之策不敢说，但臣有一句忠言，倒是想开诚布公地上达大王。"

"武安君请直言。"

"臣听说，最近不断有一些别有用心之徒，操'连横'之说，日夜强聒于大王耳畔，怂恿大王与虎狼之秦为盟，助纣为虐，以侵天下。臣以为，这无异于玩火。有句老话，叫做：'玩火者必自焚。'希望大王深思之，熟虑之！"

魏襄王一听，默然无语，既不承认，也不否认。

苏秦见此，遂接着道：

"如果大王果真听从'横人'之谋，与强秦'连横'结盟，以侵天下，那么结果怎么样，不知大王想过没有？"

魏襄王见苏秦话问得生硬，遂反问道：

"武安君以为呢？"

"臣不敢想象！大王，您想想看，一旦魏国助强秦侵害天下诸侯到了一定程度，强秦的势力势必更加强大。到那时，如果强秦背弃前盟，再掉过头来对付魏国，那么，结果会怎么样呢？"

魏襄王默然无语。

苏秦继续道：

"臣以为，真的到了那一天，山东诸侯见到助纣为虐的魏国也有自食苦果的一天，他们只会坐观强秦吞并魏国，而决不会援手相救的。而现在劝说大王与秦国结盟的'横人'呢，相信他们也是绝不会顾恤魏国的祸福灾殃的。因此，臣一直认为，挟强秦之势，以内劫其主，求一己之利，其罪之大，无过于此。魏，乃天下之强国；王，乃天下之贤主。若是与强秦'连横'，则势必要对强秦摧眉折腰，屈节称臣，称东藩，筑帝宫，受冠带，春秋纳贡于秦王。如此，大王不以之为耻吗？"

魏襄王觉得苏秦这番话虽是力斥主张"连横"之人，但其分析，并非门户之见，亦无政见相异之偏私。从长远战略上看，魏国与秦国"连横"结盟，无异于是饮鸩止渴，确实是非常不明智的决策。然而，魏国不像其他诸侯国，远离强秦，而是就在秦之毗邻。而今魏国河西之地又失，秦师朝夕之间便可渡河而东，攻城略地。如果完全不考虑"横人"的"连横"之计，那么魏国就有近忧啊！

想到此，他便反问了苏秦一句：

"可是，武安君也知道，今日之魏，已非昔日之魏。秦据河西，魏居河东。秦师朝发河西，则夕至河东，寡人如果拒绝与秦'连横'，那么强秦之师打过河东，寡人又该如何呢？"

苏秦一听，这下终于明白了。原来，魏襄王不是不知道听计于"连横"者之弊，而是实出于惧秦之心，认为今天的魏国已经不是强国了，根本就不是秦国的对手。看来，需要鼓励一下魏襄王，让他对魏国有信心。

于是，苏秦就对症下药地申述道：

"臣听说：当初的越王勾践，兵败国亡，屈身而事吴王，卧薪尝胆，十年生息，十年备战，最终以战敝散卒三千，而擒吴王夫差于干遂；武王伐纣王时，开始也是势单力薄，兵少将寡，仅驱赢卒三千，革车三百，以与暴纣相抗。结果，不还是得道多助，终斩暴纣于牧野吗？以此观之，胜负之数，岂可仅以士卒众寡而论？纵观古今，明主贤君若能怒其心，奋其威，则天下何敌不克？"

魏襄王一听，心想，有理！曾记得鲁国先贤曹刿说过一句名言："战者，勇气也。"跟刚才苏秦所说"若能怒其心，奋其威，则天下何敌不克"意思一样。曹刿当初不正是凭其惊人的勇气，以弱小之鲁战胜强齐大国于长勺吗？

想到此，魏襄王信心上来了。于是，急切地说：

"先生请道其详，以教寡人！"

苏秦见此，知道火候差不多了，于是又加了一把火，道：

"臣听说，大王有披坚执锐之士二十万，苍头勇士二十万，奋击死士二十万，另外还有厮徒杂役十万；战车超过六百乘，骠骑多于五千匹。以此观之，大王若与勾践、武王相比，不知要胜过多少倍了！"

魏襄王听到这，信心陡起，遂连连点头。

苏秦见此，遂继续发挥道：

"魏国既然有如此的优势，那么，大王为什么要视而不见，却要妄自菲薄呢？臣以为，大王若要振兴魏国，就一定不能听从'横人'之计，更不可胁劫于群臣之说，为求一日之苟安，而去折节屈尊，臣事于秦王。如果大王不能明白这个道理，那么魏国想要振兴，甚至是维持今日的现状，也是不可企求的！"

魏襄王看了看慷慨激昂的苏秦，没有说话。

苏秦说到关键处，也就不再看魏襄王的表情了，遂自顾自地又说了下去：

"为什么这么说呢？其实，道理非常简单。如果大王答应与秦'连横'，那么就得折节事秦，就得向强秦割地献效。这样一来，岂不是兵未用而国已亏吗？"

魏襄王觉得这话没错，遂点点头。

苏秦见此，遂更有信心地说道：

"臣以为，山东各国之臣，凡建言国主与秦'连横'者，皆为奸人，不是忠臣！作为人臣，不想着为其主开疆拓土，却整天想着割其主之地，以求结欢于强秦；作为人臣，不想着为其主治国平天下分忧担责，却挖空心思要偷取一时苟安，而不顾其后果；作为人臣，不想着助其主开源节流，理财富民，却脑筋歪用，一心想着要破公家之财而中饱私囊；作为人臣，不想着怎么向其主进献强兵保国之策，而是吃里爬外，外挟强秦之势，割其主之地，以资强敌。大王，您想想看，这种人臣，到底是何居心？"

这一番话一出，魏襄王殿上之臣，个个噤若寒蝉，连大气也不敢出一声。

其实，这是苏秦的一个策略，是一种心理战，因为任何人都怕被戴上奸臣与卖国贼的大帽子。此时，即使魏襄王之臣中真有主张与秦"连横"者，被苏秦先戴上这样一顶大帽子，即使他真有什么不同意见，也不敢开口了。

苏秦看看魏襄王，再扫视一眼殿上的魏国其他大臣，然后，引经据典，得出了下面的结论：

"臣记得《周书》有言：'绵绵不绝，蔓蔓奈何？豪氂不伐，将用斧柯。'青青小草，本是微不足道，可是如果不早日剪除，等它变得蔓蔓其盛、绵绵不绝的时候，就是动用斧子，也是难以根除了。治国为政，道理也是一样。如果前虑不定，那么其后就必有大患，届时要想挽回，恐怕也就无能为力了。大王若真能听臣之策，允赵王之请，合山东诸侯而为'纵'亲，同心合力，六国一意，则必无强秦之患，并可永保山东诸侯各国长治久安、魏国江山社稷无纤毫之患。今臣奉赵王之命，不远千里而来，效愚计，奉明约，目的就是要听大王之命！"

这番话给足了魏襄王面子，也更加坚定了他"合纵"入盟的决心。

果然，魏襄王被说服了。苏秦话音刚落，他便语气坚定地当庭宣示道：

"寡人不肖，从未对江山社稷之事想得那么久远。今日有幸聆听武安君如此一番教诲，真是醍醐灌顶，茅塞顿开。又蒙武安君以赵王之命教之，更是感激不尽。若武安君真有'合纵'而安天下之志，则寡人敬以敝国以相从。"

5. 故国青山明月中

成功地说服了魏襄王，让苏秦终于松了一口气。

周显王三十六年（前333）五月十五的夜晚，魏都大梁的天空月明星稀，清风习习。

徜徉在驿馆的花园中，望着一轮银盘般皎洁的明月，沐着初夏凉爽的晚风，苏秦的心情有着说不出的舒畅。因为他比谁都清楚，说服魏襄王远比说服燕文公、韩宣惠王要重要得多。至于说服的难度，不仅不是说服燕文公、韩宣惠王的难度可比，甚至比说服赵肃侯的难度都要大。其中的原因非常简单：魏国紧邻强秦而居，入盟了"合纵"阵营，就等于公开与秦国撕破了脸皮，向秦国提出了挑战。这对魏襄王和魏国来说，自然都是非常大的压力。因此，在此之前，他对说服魏襄王是信心不足的。而今，魏襄王终于被说服了，这也就意味着"合纵"大计即将全面成功，至少可以说他的计划已经到了一个重要的转折点，意义自然非同寻常。

边走边想，不知不觉间，苏秦已经在园中绕行了几十圈，戌时已过。

"少爷，时辰不早了，该回去休息了。"一直跟在身后的秦三提醒道。

"噢！"苏秦一边有口无心地答应着，一边继续绕园走着。突然间，他抬头凝神望了一眼天空，发现今夜的月亮又圆又大。

"秦三，今天是什么日子？"

"少爷，你不记得啊，今天是五月十五啊！"

"噢，十五。"苏秦默默地点点头，然后痴痴地仰望着那轮又圆又大的月亮。

好久好久，秦三见苏秦一直望着月亮而默然无语，心知主人大概是见月而起思乡之情了，遂轻声问道：

"少爷是不是想家了？"

苏秦没有吱声，继续望着月亮。

秦三理解此时主人的心，也就不再说话，默默地站在一旁陪着。

大约有一顿饭的工夫，苏秦终于低下头来，旋即又绕园走了起来。

又走了好一会儿，秦三终于忍不住了，小心翼翼地提醒道：

"少爷，时辰真的不早了……"

"噢。"苏秦终于停下了脚步，抬头又望了一眼那轮又大又圆的月亮，这才慢慢地踱回了驿馆。

可是，上床了很久，却怎么也睡不着。辗转反侧之中，不仅睡意全无，而且意识越发的活跃，一会儿想到十年前三山之上，随师父鬼谷先生苦读三年的岁月；一会儿又忆起东游六国，失意而归的途中，与秦三一同过马陵隘道所见的断尸残骸与累累新坟；一会儿又浮现出当年蓬头垢面回到洛阳时，乡邻们的议论与眼光，还有嫂子的白眼、妻子的冷淡、爹的沉默、娘的尴尬；一会儿又想起三年前折节读书，青灯孤影的景象，以及铁锥刺股而险些丢了小命的惊险一幕；一会儿商君被五马分尸，自己咸阳献策却遭遇秦惠王冷淡的往事又浮上脑海；一会儿易水渡口冰封河面，漫天飞雪，主仆三人险些冻馁而死的情景又历历在目……

无数的往事联翩而至，让苏秦越想心里越感慨，越想时间越难挨。

翻来覆去，三个时辰过去了，还是睡意全无。实在难挨极了，苏秦终于下定了决心，如其这样难受地躺在床上，不如索性起来。于是，便在黑暗中披衣而起，摸索着走到靠西的那扇窗前，一伸手推开了那扇小小的木窗。霎那间，月光如流水般地泻了房内一地。

仰望窗外，月亮已经渐渐西沉，在淡淡的晨曦中越发显得又圆又大。凝神观照中，苏秦的思绪飞回到了十年前洛阳的那个不眠之夜。

"香香，怎么还没睡着？"

新婚三个月，这样折腾大半夜还不能入眠的事，夫妻俩还都是第一次。

"你说俺，你自己不也是一样？咋一夜翻来覆去呢？"

"明天就要离开你，俺心里有些舍不下。"

"舍不下，那为啥还要走呢？"

"俺这不都是为了出人头地，为了俺苏家荣光吗？"

"你就知道自己出人头地，知道你们苏家光宗耀祖，那你想过俺吗？"说着，香香一扭身，把面背了过去。

他知道妻子大概是生气了，遂连忙从身后抱住她，温存地说道：

"俺怎么没想到你呢？俺出人头地了，如果侥幸封侯拜相，那你不就是贵夫人了？你说，俺这不是为了你吗？"

香香没有吱声，翻了几个身，却和衣爬了起来，并顺手推开了西窗。顿时，房内一片明亮，原来是外面的月光像水银泻地一样洒满了一室。

见妻子从睡席上起身，他也跟着起来，并从身后温柔地抱住她的细腰，一同倚窗望月。

二人温存了一会儿，突然香香说话了：

"你看，今晚的月亮多圆多亮！"

"因为今天是十五。"

"月圆了，人却……"

见妻子语带感伤而哽咽着说不下去，他连忙安慰道：

"俺会快去快回，如果顺利，俺把你接出去，也让你看看外面的世界，让你享受一下做贵夫人的荣耀。"

"不知俺有没有那个福分。"

"别说傻话了，怎么没有？俗话说'夫贵妻荣'嘛！"

香香默然。良久，突然指着渐渐西沉的月亮说道：

"以后你在外头，晚上看到月圆，会不会想到俺？"

"你是俺的心头肉，无论走到天涯海角，你都永远在俺心中。"

香香听了这句话，好像有点感动，转过身来紧紧地抱住了他。

他也有些激动，突然一下将香香抱起……

伫立西窗，苏秦一边望着月亮慢慢西沉，一边想着十年前与妻子香香月夜倚窗的往事，不禁感慨万千，心里默默念叨着：

现在，邙山之巅的月儿也该西沉了吧。香香，今夜你是否也和你夫君一样，望着窗外的明月，遥想着夫君于万水千山之间呢？香香，是否每到月圆之夜，你都是这样久久地凝望远山之上的明月，把自己的夫君深深地念想呢？被外人嘲笑，被嫂嫂闲话后，香香，你是否萌发过错嫁了郎君的悔意？夜深人静后，香香，你是否曾经有过悔教夫君说诸侯的念头？如果有，那么，香香，夫君我今天可以问心无愧地告诉你：你没有看错郎君，你没有白白思念与期待，你的夫君现在终于成功了，他已经是一个堂堂正正的士，威仪万方的赵国武安君，是一个威风不减君王的官身了！

念叨完妻子香香，情不自禁间，苏秦又想到了爹娘。也许爹娘现在还在梦乡，他们并不知道他们的儿子此时正在异国他乡倚窗西望，思念着他们，而且很想亲口自豪地告诉他们："爹、娘，你们的儿子没有让你们失望，你们的儿子今天又成功地说服了魏王，儿的人生志望与理想——'合纵'安天下的目标就要实现了。儿不是一个不切实际的空想家，而是一个躬行实践的实干家。从今而后，苏家人再也不会被别人嘲笑了，因为你们的儿子再也不是以前那个到处受人白眼、遭人嘲笑的游士了，而是大国、强国的赵国武安君，是一人之下，万人之上的官身。爹，您老现在大可以告慰俺苏家的列祖列宗：苏家振兴了！"

除了思念妻子，想念爹娘，苏秦也深深地念着他的独子虎儿。儿子都十岁了，但父子之间因聚少离多，很少有交流的机会，以致彼此之间印象都很模糊。此时此刻，他觉得亏欠儿子太多，他很想亲口问问儿子："虎儿，当你看到别人父子相亲时，你是否在心里恨过爹？会不会认为爹是个无情的人，只知为了自己的理想，整年整月在外奔波，甚至几年不回家，丝毫没有一点舐犊之情？如果你这样想，那就错了。其实，爹也是个有血有肉、有情有感的人，爹实际上是深爱着你的，很想天天与你厮守在一起，享受天伦之乐。每当爹看到别人的孩子，爹就会想到你，想听听你的哭，听听你的笑，看看你拖着鼻涕，撒泼打滚的胡闹。爹还想跟你玩骑马，让你骑在爹的脖子上……"

好久，好久，突然一阵凉风袭来，让倚窗西望的苏秦不禁打了个冷战，这才幡然醒悟，月儿已经不见了，天快亮了，新的一天又开始了。

第八章　折冲樽俎，六国博弈

1. 运筹帷幄里

周显王三十六年（前333）五月十六，一夜无眠的苏秦一大早就起来了。因为昨夜他已经作出了决定，今天要起程向东，迅速赶往齐国都城临淄游说齐王，趁热打铁，最终将"合纵"联盟组织起来。

然而，就在苏秦正要驱车出发之时，赵国使臣突然急急来到，说有重要情况向武安君通报。

原来，就在苏秦从韩国都城郑赶往魏国都城大梁的路上，山东强国齐举兵北攻燕国的权。燕文公知道国小，终究是敌不过齐国大兵的。于是，连忙派出两路人马，快马加鞭，一路向西求救于秦，因为秦惠王刚刚把女儿嫁给了自己的儿子，不至于见亲家之国燕有难而不救的。另一路，是往南求救于赵肃侯。虽然燕、赵现在还没有订立盟约，但苏秦说赵后，赵王已经允诺"合纵"，这个情况苏秦早就派人回去向燕文公作了禀报。因此，燕文公判断，现在燕国向赵求救，从道义上来说，赵王大概不会袖手旁观的吧。

却说秦惠王接到燕文公使臣急如星火的求救消息，马上派魏冉为使臣，披星戴月，飞马到赵都邯郸，请求赵王能够出兵相助自己的亲家燕文公。秦惠王之所以作出这一决策，是基于两个考虑，一是秦国距离燕国太远，中间隔着魏、韩、赵以及北边的林胡、楼烦和中山等国，秦国即使得到魏、韩等国的借道许可而出兵援燕，恐怕也是远水救不了近火，等到秦兵真的赶到，战争可能早已结束，自己的女儿恐怕也早被齐王掳去享受了。第二个考虑是，秦国曾多次与赵国"连横"攻打过当初的天下第一霸魏国，两国还多少延续了一些"连横"关系。

可是，秦惠王没有想到的是，曾经被自己冷淡的苏秦，已在去年八月说服了赵肃侯，答应与燕国"合纵"。因此，秦使魏冉到赵求见，游说赵肃侯相助燕国反击齐国时，赵肃侯就感到左右为难。左难是，秦国是强国，得罪不得，燕国又是秦的亲家，再说赵、燕已成了苏秦"合纵"的成员国，燕有难，赵不相助，既得罪了强秦，又对燕失了道义。右难是，齐国是山东大国、强国，又在自己近旁。助燕击齐，无疑是惹火上身。作为一国之王，他必须把自己国家的利益放在第一。所以，赵肃侯想来想去，好多天都没有明确回复秦使魏冉。

恰在赵肃侯犹豫之际，齐国的探子早已获悉秦使至赵、怂恿赵王出兵助燕的情报。齐宣王一听，觉得情况不妙，如果秦国与赵国掺和进来，那么齐国是吃不消的。左思右想，齐宣王无奈，只得请田婴处理这一紧急情况。

田婴和齐宣王同是齐威王之子，宣王是长子，田婴是幼子。齐威王在世时，田婴最得威王之宠，而且威王也予其很大的权力，加上他又有自己的一帮人马，文武能人如云，全都聚于他的门下，真可谓是权倾朝野。齐威王过世，齐宣王即位执政后，田婴还摆当年的威风，不怎么买齐宣王这个哥哥的帐，因此宣王心里就非常忌恨田婴。可是，现在国家处于危急关头，齐宣王不得不求助于他这个能干的弟弟田婴。

田婴果然了得，他接到宣王的任务，立即召来他的谋士魏处，让他迅速赶往赵国之都邯郸，与秦使魏冉展开一场外交博弈。

魏处受命，到达赵都邯郸后，不是先去求见赵王，而是找到赵王的大臣李兑，游说道：

"如今齐、燕交兵，鏖战正酣。赵国如果发兵助燕，那么齐国必急。齐国急，必然割地与燕国媾和。而一旦齐、燕和合，则必然合兵一处，并力而与赵国相战。如此一来，赵国助燕，最终又有何利可图呢？"

李兑一听，觉得也有道理，但没有表态。

魏处见李兑不为所动，遂说之以利道：

"在下听说过这样一句古训：'智者千虑，必有一失；愚者千虑，必有一得。'在下虽然愚鲁，不过，在下思虑再三，觉得有句忠言，不妨进献给大人，以为参考。"

"什么忠言？"李兑至此终于脱口而问道。

"在下以为，齐、燕交战，为赵国计，大人不如谏说赵王，不妨应燕国之求，应秦王之求，发兵驰援燕国。不过，赵国可以兵出而不战。如此，则于赵利莫大焉。"

"兵出而不战？"李兑不禁又脱口而问道。

魏处见李兑明显是心有所动，遂趁热打铁地申述其说道：

"赵国援兵既出，那么秦王必欢，燕王亦喜。然而，赵国兵出而不战，齐师不知究竟，必然疑而不进。齐师不进，则燕师战备必然松弛。而燕师战备一松弛，那么齐国之师就会觉得有机可乘，必然再与燕国之师交战。如此一来，齐、燕之战，便会难舍难分，旷日持久了。"

"难舍难分，旷日持久，那又怎么样？"李兑突然插了一句道。

魏处一听，呵呵一笑道：

"如果齐、燕之战旷日持久，那么，赵国就会有利可图了。"

"此话怎讲？"李兑急切地问道。

魏处一听，觉得这一下真的是到火候了，于是一鼓作气道：

"如果齐、燕二国打得旷日持久，必然两败俱伤。齐国虽然强大，但时间一长，即使最后能够战胜燕国，也要因此而弄得国敝兵疲。当此之时，如果赵国之师乘机而起，不费吹灰之力，便可轻取燕国的唐和曲逆。反之，如果齐国最终不能战胜燕国，那么齐国的命运就要悬之于赵了。因此，齐、燕相攻，而赵国按兵不动，坐而观之，必能一举而使齐、燕二国俱困。如此，燕、齐之胜负皆运之于赵国之股掌，赵王何乐而不为呢？"

李兑沉吟良久，觉得魏处之计，虽然对于燕国来说是有些不讲道义，但于赵国来说，却是最上算的策略。但他却不动声色，对魏处之见不置可否，没有明确表态。

可是，还没等魏处出门，李兑就立即向赵肃侯转达了魏处之策。赵肃侯一听，果然是好计，就采纳了。他也管不了那么多了，反正此计确实对赵国是最有利嘛！

却说苏秦获悉齐、燕正在交战的消息后，立即修书二封，一封给赵肃侯，陈述燕、赵"合纵"大义；一封给燕文公，让他不必惊慌，并设了一计，让他如何应对。

可是，由于赵国听从了魏处之计，采取了兵出而不战、坐山观虎斗的方针，结果，燕国的权之战再度失利。

这时，燕文公就真的急了，不知如何是好。就在他一筹莫展之际，苏秦从魏都大梁派使者送来的紧急书信到了。燕文公拆阅后方知，苏秦一边修书给自己，要自己扬言以燕地合于齐国相威胁，逼赵王出兵助燕；一边又同时修书给赵王，申述了赵、燕"合纵"的宗旨。燕文公看完书信，也就定心多了。

就在燕文公刚刚放下苏秦书信的同时，唅子突然来见。他是燕文公的长孙，太子的长子。

燕文公见唅子不宣而至，觉得奇怪，正想问他所来何为时，唅子却没有跟爷爷问候见礼，就贸贸然地开了口：

"爷爷，权之役，燕师再战而不胜，赵国兵出而不战，其意是在坐收燕、齐两疲之利。孙儿现在倒有一策，相信定能让赵国出兵救燕。"

"哦？什么妙策，不妨说来听听。"

"爷爷，赵国不是兵出而不战吗？我们何不扬言说要割地与齐国媾和呢？"

燕文公一听，不禁喜出望外。没想到，长孙唅子如此小小年纪，竟有如此的谋略，如苏秦刚才书信中所呈之策不谋而合。于是，便进一步考问他道：

"割地与齐国媾和，那么，对我们燕国又有什么好处呢？"

"割地求和，并不是我们的本意，只是为了恐吓赵王罢了。一旦我们放出与齐国媾和的风声，赵王一定会猜想，是不是我们要与齐国合兵一处来对付赵国。这样一来，为求自保，赵王还能不赶快出兵救燕吗？"

"何以见得？"燕文公又故意进一步考问道。

"爷爷，您想，如果燕国与齐国真的媾和结盟，燕国有齐国为倚靠，那么从实力对比来看，则是燕国为重，赵国为轻。而今赵国纵使不救我们，往后也会卑躬而臣服于我们燕国的。"

燕文公听完，不禁拈须而笑，心想，燕国有此年少有为的储君，自己还何忧之有呢？

于是，燕文公就依苏秦与长孙唅子之策而行，故意让人放出燕欲以地合于齐的风声。结果，赵王果然惧怕这一招，加上刚刚又接到苏秦申述"合纵"宗旨的书信，想想此时再不出兵助燕，就有点说不过去了。于是，赵肃侯就传令出兵救燕。

可是，没等赵兵与齐兵接战，齐师已经开始撤退了。

2. 张丑说鲁公

却说燕文公一听赵国出兵，齐师撤退的消息，以为齐国果真怕了赵国。由此，他更坚信苏秦要自己以赵国为轴心进行"合纵"抗秦的策略是正确的了，因为赵国果然厉害无比。

其实，燕文公想错了，事实根本不是这么回事，而是别有玄机。

原来，六月底，正当齐宣王大军再次攻打燕之权，大败燕师，并欲乘胜追击，进军燕都蓟时，楚威王六月中旬派出的大军，此时已悄悄地逼近了齐国的战略重镇徐州。这真应了一句老话："螳螂捕蝉，黄雀在后。"

齐宣王得到楚国大军向齐国徐州逼来的消息，遂立即下令从燕国抽回大军，并派大将申缚为将，回护徐州，迎击楚师。

楚威王此次出兵向齐，既非乘齐、燕二国交战而趁火打劫，亦非无缘无故，而是有着其深刻渊源的。

早在大前年，即周显王三十三年（前336），魏惠王因为在东西二霸齐、秦的夹击下不断惨败，在国力大衰的情况下，为了生存和保持实力，以图日后东山再起，采纳了魏相惠施的建议，"以魏合于齐、楚以按兵"。惠施认为，魏国之所以国力衰退到今天这个地步，都是因为齐、秦二国的缘故。齐一败魏于桂陵，二败魏于马陵。秦则以商鞅为将，败魏公子卬而割走了魏国的河西之地，从此魏国才兵败地削，一蹶不振。对于当时魏国朝野上下出现的两种意见，一是合秦、韩以攻齐、楚，二是合齐、楚以击秦、韩。惠施觉得，这两种意见都不可行。于是，建议魏惠王"不如变服折节而朝齐"。齐、楚都是大国，魏合齐，则齐更强，对楚形成了威胁。如此，则必然激怒楚王。楚王怒，则必起兵伐齐。这样，可以让齐、楚两个身边的强国互相消耗，也可以报齐国两败魏国之仇。

魏惠王觉得惠施之计有一箭双雕之妙，于是同意。接着，惠施就通过自己与齐国之相田婴的特殊关系，说服齐宣王采纳了魏、齐合盟的策略。这样，就有了魏惠王于大前年和前年（周显王三十三年、三十四年，即前336、335）两次偕同韩国及其他一些小国之君入齐朝见齐宣王，分别会于齐境之平阿、甄的事件。两次朝齐，魏、韩两国之君都是戴着布冠，折节变服而朝齐王的。去年（周显王三十五年，即前334）魏惠王卒，其子魏襄王即位执政。有鉴于前年秦拔韩国宜阳的教训，同时表明魏国新的政权仍将延续先王魏惠王"合于齐"的政策，魏襄王又带年老的韩昭侯入齐，与齐宣王会于徐州，再次表明魏、韩等国尊齐为王的外交政策。不过，这次齐宣王也给了魏襄王一个面子，承认魏襄王的王号仍然有效，这就是去年在诸侯国中闹得人人皆知的"徐州相王"事件。

本来，楚威王对魏惠王这几年来向齐宣王投怀送抱的行为就大为不满，对齐宣王以山东独霸之态出现的嘴脸更是看不惯，心想，你齐宣王在山东称老大，你把我楚威王放哪儿？这样，以"徐州相王"为导火索，齐、楚两王就铆上劲了，两只老虎互相防范并算计着对方。

正好今年（周显王三十六年，即前333）五月中旬，齐宣王派大兵攻打燕国的权，秦、赵、燕、齐还为此进行了一场激烈的外交博弈。楚威王见此，再也坐不住了，这下该对齐国动手了。于是，趁齐、燕交战正酣之时，就悄悄地进行了备战，同时还通过外交上的攻防战，拉拢了鲁国加入自己攻齐的阵营。

正如老话所说："世上没有不透风的墙。"更何况齐宣王要争霸，他早就把他的探子派到了秦、魏、韩、燕、赵、楚等六国，甚至在鲁、宋、越、中山等小国，也布置了他的谍报网。

齐宣王获知，楚威王正利用齐、燕在权之前线鏖战之机，要伴同鲁国一起对齐用兵，深以为忧，不知如何是好。因为他知道，仅一个楚国，在正常情况下就足以让齐国吃不消，更何况现在齐国的大军都在燕国境内的前线作战，齐国后院空虚。如果楚威王真的拉上鲁国，从齐国的南部边境全面发起进攻，那么齐国肯定要被打得落花流水的。

正在为难犯愁之际，大臣张丑向齐宣王请命道：

"大王不必忧患，臣请求出使鲁国，让鲁国保持中立就可以了。"

齐宣王一听，可高兴了！感到张丑真是一个"食君之禄，担君之忧"的好臣子。于是，就派出了张丑至鲁劝动鲁君，希望鲁国不要掺和到齐、楚之争中。

就在张丑披星戴月，急如星火地从齐都临淄飞马疾驶，赶往鲁国都城曲阜之时，楚威王和鲁景公的军队已经出发，正急急向北，往齐国重镇徐州推进。

好在从齐都临淄到鲁都曲阜的路程并不太远，张丑没有几日就到了鲁国，见到了鲁国之君景公。

鲁景公知张丑所来为何，于是劈头就问道：

"齐王怕鲁了吧？"

张丑一听，心想，这老家伙口气不小，俺堂堂大齐国，还怕你屁股大个的鲁国，真是自不量力，感觉太好了。

想到此，他就不卑不亢地回了一句：

"非臣所知。"

鲁景公一听，心里不禁好笑，既然不知道你的国君的心理，你来找寡人干什么？于是就没好气地问道：

"不知？先生所来何为？"

张丑见问，心想，我刚才只是吊吊他的胃口，没想到他没耐心，好，那就不玩了，上题吧。于是，接口道：

"臣来吊慰足下。"

鲁景公一听，更来气了。心想，寡人又没死，鲁国又没遭天灾人祸，你来吊慰什么？这人怎么这么说话？要不是看在你是大国齐的使臣份上，寡人早就喝令人把你这个老东西叉出去了。

强压住怒火，鲁景公质问道：

"你吊慰寡人什么？"

张丑见鲁景公动气了，立即调整策略，语调平缓、态度诚恳地说道：

"臣以为，作为鲁国之君，您的这次决策并不明智！齐、楚交战，您不助胜者，而助不胜者，这是为什么呢？"

鲁景公一听，不禁火冒三丈。心想，你张丑只是区区一个齐国使臣，竟敢直言不讳地批评我一国之君的决策错了，认为寡人应该与胜利者齐宣王联合，不应该与不能取胜的楚威王联合。这军队才刚刚开出去不久，还没打呢，你怎么就那么有把握地说齐国必胜，楚国必败，说寡人联合楚国的决策错误了？

想到此，鲁景公没好气地厉声反问道：

"齐、楚之战，你以为谁胜谁负？"

张丑一见鲁景公的态度与语气，知道他真的生气了。又听他拿齐、楚交战的最终结果来反问自己，知道麻烦了。这楚国是个大国、强国，并不在齐国之下，况且齐国军队现在还在燕国作战呢，齐国最终能不能战胜楚国，谁能说得准呢？

　　鲁景公见张丑愣在了那里，半天说不出话来，顿然得意地冷笑了一声。

　　张丑突然灵机一动，立即回了鲁景公一句道：

　　"鬼也不知。"

　　鲁景公一听，立即反唇相讥道：

　　"鬼也不知，先生何以吊慰寡人？"

　　说完，鲁景公看看张丑，又面露得意之色。

　　张丑看在眼里，急在心里。沉吟了一会儿，他突然微微一笑。

　　"你笑什么？"这回轮到鲁景公急了。

　　张丑先抬眼看了看鲁景公，然后从容不迫地说道：

　　"齐、楚二国，势均力敌，天下人人皆知，哪里用得着鲁国掺和其间呢？既然如此，足下何不作壁上观，静视齐、楚相争，然后见机而作，助其胜者、击其不胜者？如此，对鲁国来说，既无毫末之损，又有全众全胜之功。从国家利益考虑，足下何乐而不为呢？"

　　鲁景公一听，心想，这老东西不糊涂啊！他这一招虽然太损阴德，但从国家利益来考虑，不失为最佳方案。老话说："人不为己，天诛地灭。"难道楚国现在拉拢鲁国不是为自己吗？若自己助他灭亡了齐国，说不定，下一个目标就轮到寡人之国了。

　　鲁景公虽然这样想着，内心深处也非常赞许张丑的这个计谋，表面上却不动声色。

　　张丑抬眼看了看鲁景公那故作深沉的样子，心里不禁好笑。遂继续诱之以利道：

　　"齐、楚相攻，犹如二虎相斗，最终必然是两败俱伤。若楚国战而胜之，楚国良将悍卒也会折损大半。如此，则楚之残兵剩勇就不足以抵御其他诸侯之师了；若齐国战而胜之，情况亦然。这一层，以足下之贤明，不会看不到吧？"

　　鲁景公看了看张丑，没有回答。

　　张丑继续说道：

　　"如果足下已经看到了这一层，那么何不审时度势，按兵不动，以鲁国之众静待其变，暗伺其机呢？待到齐、楚之师俱疲，足下再倾起鲁国之众，联合胜者，攻于不胜者，那不是财不费、民不劳，而轻获大功吗？如此，不仅鲁国可以从中获利多多，而且齐、楚相争的胜者一方也会对鲁国、对足下感激不尽的。这种一石二鸟、一举两得的好事，足下难道不愿意为之吗？"

听到此，鲁景公心里已经拿定了主意。不过，为了挫挫张丑的锐气，他还是默然不语。

张丑见此，不禁有些急了。遂再缓和了一下语气，以一种语重心长的口气说道：

"足下是当今明君，虑事极周，这是天下人人皆知的。足下刚才不是问臣齐、楚之争谁胜谁负的问题吗？说老实话，臣心中没底，想必足下也没有把握吧。既然如此，足下何必急着投靠，替楚国当冤大头呢？齐、楚相争，齐胜、楚胜都有可能，齐败、楚败也都有可能。如果现在鲁国帮助楚国攻齐，万一楚国不胜，足下怎么办？足下就不怕齐国记恨，掉转头来把鲁国给灭了？就算鲁国联合楚国最终真的胜了齐国，难道楚国能把齐国灭了吗？不可能吧。既然不可能，那么鲁国还得与齐国为邻。难道楚国胜了以后，足下就把鲁国搬走不成？既然如此，足下何不与邻为善，而一定要与邻为壑呢？足下，您想想，是不是这个道理？臣以为，为鲁国长远国运计，为足下的声名计，足下现在最好还是保持中立，先看看形势再说。即使出现第三种情况，即齐、楚两国打了个平手，那足下也是两边不得罪，两边都能讨好，从而获取鲁国最大的国家利益。恕臣说句一针见血的话，国家之间，哪有什么永远的朋友，有的只是自己的最大利益。"

张丑说到这里，鲁景公终于憋不住了，遂脱口而出道：

"好，寡人敬受命。"

接着，他立即当着张丑之面，传令鲁国之师迅速撤回。

3. 公孙衍之谋

鲁景公听计于齐臣张丑的游说，撤回了鲁国军队，齐宣王获悉后大为高兴，而楚威王闻知则气得跳脚，大骂鲁景公混蛋。

然而，事情的发展却应了楚国先贤老聃的那句名言："祸兮，福之所倚；福兮，祸之所伏。"齐宣王因为张丑游说鲁景公成功而得意，他的大将申缚在徐州前线听到鲁国军队临阵撤退，更是欢欣鼓舞，以为这下楚国的士气肯定大受挫折了，于是便产生了麻痹轻敌思想。可是，万万想不到的是，楚威王竟然一怒之下，亲率大军上了前线，楚国将士为之士气倍增。结果，十万楚军一鼓作气，在齐国境内将齐将申缚所率的十万齐师打得落花流水，溃不成军。

周显王三十六年（前333）七月初，徐州之役大败的消息传到齐都临淄，齐宣王一听，当场气得昏厥过去。这也难怪，因为这些年来，齐国还从未被别的诸侯国打败过，倒是齐国经常打败别国，如魏国这个当初的天下第一霸，就是因为被齐国一败于桂陵，二败于马陵后才衰落的。如今，堂堂齐国反而被楚国打上门来，而且还在自己家里被楚师打得惨败，这如何能让齐宣王这个骄傲的人想得通呢？

"快，快，快，快把申缚那个混蛋给我找来，问问他是怎么带兵的？把齐国的家当都败尽了，把寡人的脸面也丢尽了。"齐宣王醒来后，眼睛睁开一半，就对左右传令道。

"胜败乃兵家常事，大王，可别气坏了贵体！那样，俺齐国复兴的希望就没了。"一个老宫使连忙安慰道。

"快召集文武大臣上殿，寡人要商讨对魏用兵之事。"

"啊？大王，怎么要对魏用兵啊？"左右宫使不禁异口同声地问道。

见到大家吃惊而质疑的口气，齐宣王更气了，厉声说道：

"怎么？不对吗？想当初，他魏国被秦国打得丧师失地，国家岌岌可危，他魏惠王无计可施，主动折节变服，入齐尊寡人为王。寡人看在他态度谦恭的份上，也就同意了齐、魏建立同盟关系。这样，他魏惠王因有了寡人和齐国这座靠山，这才有力地阻遏了秦国东侵的步伐。去年魏襄王即位伊始，也主动到徐州朝见寡人。寡人见他态度诚恳，样子可怜，也对他客气有加，还意外地承认了他的王号。而今盟约在册，誓言在耳，他却见楚国打到齐国境内而不出援兵参战，而是作壁上观，真是岂有此理！"

左右见齐宣王如此说，只得连忙分头传令。有的去找大将申缚，有的去召集文武大臣。

约有一个时辰之后，宫使们纷纷回来，齐国的文武大臣也都鱼贯而进，麇集于齐王大殿。但是，申缚却传不到了，因为他早在徐州之役失败后，就引剑自刎了。

齐宣王一听说申缚已经自杀，原先的怒气顿然消了一半。于是，对着召集来的文武群臣说道：

"这次齐、楚之战，人家是打到了我们徐州，我们也算是天时、地利、人和三者占全了。结果，却被人打得大败。这当然与申缚用兵不当有关。而今，申缚已畏罪自杀，寡人也就无法再追究他的责任了。不过，死人可以饶过，但活人不能姑息。"

群臣一听，不禁大惊，不知齐宣王到底要追究谁的责任。因为要说责任，那么大家都是有份的，古话说："食君之禄，担君之忧。"领兵之责虽在申缚一人，但决策、谋划之事，文武之臣应该都是人人有责的。

正在大家人人自危，心中不安之时，齐宣王又说道：

"这活人不是别人，就是魏襄王。"

群臣一听，心里悬着的一块石头落地了，但疑问也上来了。不过，大家都不敢问。

沉默了一会儿，齐相田婴说话了：

"大王，这齐、楚之战怎么责任追究到了魏国之君的头上了呢？"

"你还好意思说！这齐、魏结盟，当初不还是你牵的线吗？既然齐、魏结盟，那么楚与齐交战，魏国作为齐国盟友，自然应该主动出兵相助了。可是，齐、楚在徐州鏖战时，他魏襄王却作壁上观，按兵不动，完全置齐国的安危于不顾，置齐、魏盟友道义于不顾。你说说看，这齐、楚之战的失败，他魏襄王没有责任？"

一席话，把靖郭君田婴说得哑口无言。

其实，魏襄王到底有没有责任，不仅齐宣王不知内情，就是养士三千、神通广大的靖郭君田婴也是不甚了了的，甚至是被齐宣王认为是应该追究责任的魏襄王本人，也是身在局中，而不自知的。

事实的真相是这样的：

周显王三十六年（前333）五月底，就在楚军还未从楚境出发时，魏襄王就已经获知了齐、楚即将一战的情报。为此，魏襄王考虑目前还得借力于齐国以遏制强秦东进的现实，决定一旦齐、楚开战，魏国就派兵援齐。为了做得主动、漂亮，魏襄王还将重臣董庆送到齐国为人质，以表示魏、齐联盟坚决痛击楚国的决心和姿态。

可是，没想到，就在此时，秦国大良造公孙衍突然来到大梁。因为公孙衍不仅是秦国重臣，而且他也是魏国阴晋人，魏襄王当然要接见他，毕竟是魏国人，总有乡谊乡情的嘛。

见了魏襄王，在闲谈之中，公孙衍似乎是漫不经心地问了魏襄王一句道：

"齐、楚即将开战，大王打算怎么办？"

　　"寡人还能怎么办？如果真打起来，寡人也只能出兵助齐了。"魏襄王不假思索地说道。

　　公孙衍听了，故意装着吃惊地样子，问道：

　　"大王为什么要出兵助齐呢？难道大王忘了桂陵之役、马陵之役齐国对魏国的伤害？"

　　"当然没有忘记，只是魏、齐现在是联盟关系，从道义上有援齐的责任。"

　　公孙衍淡淡一笑，然后幽幽地说道：

　　"话是这么说，但事不必这么做。大王何不阳盟于齐，而阴结于楚呢？"

　　"这样做行吗？会有什么结果？"魏襄王急切地问道。

　　公孙衍见魏襄王上套了，遂连忙接口道：

　　"当然行！不但行，而且对魏国的国家利益来说，那是最大的。大王，您想想看，齐、楚相争，魏国明里说支持齐国，暗中又许诺楚国。这样一来，齐、楚二国都会产生一种错觉，以为魏国是站在自己一边，是自己的忠实盟友。这样，齐、楚二国一旦打起来，那就必然会无所顾忌，坚心而战。"

　　魏襄王垂首沉思了片刻，然后默默地点了点头。

　　公孙衍见此，继续说道：

　　"大王应当知道，这齐、楚二国都是大国、强国，就好比是两只老虎。而二虎相争，其结果必然是两败俱伤。如果相争的结局是齐国取胜，那么大王不妨出动魏师以支援齐军为名，趁楚师困敝之时，直取楚国方城之外；如果楚国取胜，那么大王就发魏兵以佐楚国之师为幌，大举击齐，以报昔日齐国虏杀魏太子申之仇，一雪魏国桂陵、马陵二役惨败之耻。"

　　魏襄王本来就对齐国两败魏国，并擒杀太子申的旧恨耿耿于怀，只是因为强秦压迫太甚，为了生存，魏国才不得已结盟于齐。而今强楚来与强齐较量，倒是一个可以乘机利用而复兴魏国的好机会。再说公孙衍是魏国人，乡里乡亲，谁不会对故国有感情呢？今天他在闲谈中向自己提出这个建议，倒是一个非常好的计谋，对魏国来说确可收一箭双雕之效。

　　故作沉吟之后，魏襄王也装着漫不经心地样子，说道：

　　"先生之谋甚妙，寡人知道了。"

　　公孙衍一听，知道魏襄王已经接受了自己的建议。于是，一丝不为人察觉的微笑迅速闪过他那阴鸷的眼角。因为他此次大梁之行的目的，就是要挑动齐、楚二强互相残杀，从而一举削弱齐、楚二国，为秦国日后对齐、楚二国用兵，从而各个击破奠定基础。

魏襄王哪里会想得到这些，他玩心眼儿哪里玩得过公孙衍？公孙衍是何许人也？他可是秦国的大良造，那可是个一人之下，千万人之上的位置啊！如果他不是个特别厉害的角色，秦惠王会起任他这个魏国人做大良造？

公孙衍告辞而去后，魏襄王就在大殿中走来走去，苦苦考虑着如何实施公孙衍提出的建议。但是，寻思了半日，还是拿不定主意。于是，他令人找来了魏相惠施。

惠施是世人公认的足智多谋之辈，也是在魏国深受欢迎的贤相。他听了魏襄王大致说了一下公孙衍之计的内容，也认为此计可行，从客观效果上来说，确实符合魏国的国家利益。

得到了惠施的认可后，魏襄王就心中有底了。三天后，他想出了一条自以为高明的妙计，并且把公孙衍与惠施同时叫来，当面吩咐他们二人道：

"公孙先生给寡人出了一个妙计，但是能否实施成功，寡人还心里没底。这些天，寡人想到了一个笨办法，决定让二位替寡人分别出使一趟齐、楚二国，在齐、楚还未开战之前先去探探虚实。"

"大王，怎么个探法？"公孙衍非常积极地问道。

"寡人想借公孙先生之力，替寡人出使一趟齐国。让惠相出使一趟楚国。"

"大王，臣出使齐国合适吗？"公孙衍立即问道。

"先生是魏国人，现在虽是秦王之臣，但受寡人之托，作为魏国之使出使一趟齐国，有何不可？"

"大王这样说，倒也是名正言顺。"公孙衍欣然道。

"这样吧，为了测试齐、楚对魏国的友好程度和倚重程度，寡人给二位相等数量、相等规格的车驾仪卫，看齐、楚二国哪一国对魏国使节更礼遇？"

"大王之计甚妙！"公孙衍连忙恭维道。

"那么，二位明日就出发吧。"魏襄王一锤定音道。

告别魏襄王，回到相府之后，惠施想到今日殿上公孙衍积极的态度与魏襄王对公孙衍器重有加的倾向，不免在心里犯起了嘀咕：看魏襄王如此重视公孙衍这个外臣，他会不会有用公孙衍取代自己的意思呢？如果这样，那么自己的魏相之位就危险了。

心里有了这个小九九，惠施就开始思考策略，看如何才能赢取这次出使楚国的外交使命。寻思了片刻，他突然灵机一动，有主意了。于是，连忙找来心腹仆从，交代道：

"明天我就要奉魏王之命出使楚国了，同时出使的还有秦王之臣公孙衍，他是代表魏王出使齐国的。魏王跟我们约定，说给我们二人相同数量的车驾、相同规格的仪仗，以测试齐、楚二国对魏国使臣的重视程度，了解二国对魏国友好的程度。我想，魏王可能还有别的目的。这样吧，今天时候还早，你先悄悄出城，轻车快马，先行一步。到了楚国之都，想办法故意放出风声，就说魏王派公孙衍出使齐国，派惠施出使楚国，给二人的出使规格一样，就看哪国更重视魏王之使，从而确定魏国究竟应该与哪国结盟。只要这个风声传到楚王耳中，你就是大功告成了。"

周显王三十六年（前333）六月初五，惠施的心腹到达了楚都，顺利地将消息传播了出去。六月初十，当惠施打着魏王特使的仪仗，离楚都还有三十里时，楚威王就亲自迎到了楚都鄢郢之郊。

惠施一见，心里的一块石头落地了。心想，这一下，自己在魏国的地位谁也撼不动了。因为楚威王郊迎他三十里，这在各国的外交史上是罕见的，这不仅是对魏王的尊重，也是对他惠施本人独特的礼遇。很明显，这对巩固自己在魏国的地位无疑是非常重要的。

想到此，惠施不禁暗自得意。

而楚威王呢，则更为自己能降尊纡贵，屈尊郊迎惠施三十里而打好了算盘。因此，他心里的那个得意，又比惠施高了一个层次。因为他知道，惠施是个有影响的魏之相，在魏国权倾朝野，有左右魏国朝政和魏襄王外交决策的能力。而今自己郊迎他三十里，给足了他面子，他岂能不受宠若惊，感激涕零？只要他有感激之心，那么还怕他没机会回报自己？别的不说，只要他在即将开始的楚、齐之争中，让魏襄王站在楚国一方，与楚国结盟，而不是与齐国结盟，那就是帮了楚国大忙了。

结果，楚威王的目的达到了。在六月下旬开始的齐、楚徐州之战中，由于齐将申缚的轻敌，更由于魏国按兵不动，没有在紧要关头支援齐军，这才使楚师在齐国之境打败了不可一世的齐军。

4. 董庆之危

齐宣王哪里知道这么多复杂的背景？因此，在骂完靖郭君田婴之后，他就决定开始备战，十月就要对魏国用兵。因为他始终认为，这次徐州之役的失利，都是因为魏襄王背叛了盟约所致。

却说靖郭君田婴被其兄齐宣王当庭臭骂了一顿后，回到府中，感到非常郁闷、气闷。想当初，在其父齐威王时代，他不仅是权倾朝野的实权人物，甚至其威望名声不在其父威王之下，满朝文武、齐国上下，谁不敬重他、畏惧他？而今，却被其兄宣王在朝廷之上当着那么多大臣臭骂，这叫他以后在齐国还有什么威望，他这个齐国之相还怎么做下去？

越想越气，越想心里越窝火。突然，他想到了魏国的人质董庆。于是，立即传令董庆来见。

"靖郭君找臣有何吩咐？"董庆来到相府，一见田婴就彬彬有礼地问道。

"你是魏王送来的人质，事到如今，我也只得宰了你，才能解我之恨。"田婴咬牙切齿地说道。

"靖郭君何出此言？"董庆不解地问。

"你是真不明白，还是假装糊涂？"田婴更是气愤了。

"臣真的不明白，请靖郭君明言。"

"我问你，齐、魏是不是结过盟约？齐、楚徐州之战之前，你被魏王送来临淄，是不是作为齐、魏合兵一处共击楚师的人质？"田婴看着董庆故作无辜的样子，开始怒不可遏了。

"是。"董庆看到田婴生气了，也就不再装糊涂了，他怕真的激怒了田婴。

"我再问你，齐国之师与楚师在徐州鏖战时，魏国之师在哪里？这不是背弃盟约，置信义、道义于不顾，见死不救吗？"

董庆一听，自知理亏，只得低头默然。

正在此时，有仆从报告说：

"靖郭君，有要客来访。"

田婴恨恨地看了一眼董庆，说道：

"先让你多活几天，过几天我再跟你算账。"

董庆一听，如释重负，连忙躬身而退。

回到客舍后，董庆一面密遣心腹仆从星夜驰奔大梁，报告魏襄王有关齐宣王震怒要发兵击魏以及靖郭君要杀自己的消息；一面夜访齐国大臣盱夷，请求他出面斡旋，不然自己的这条老命就要不保了。

董庆想起要找盱夷，并不是因为他与自己有什么特别的交情，而是因为他是齐国有识见的老臣。除此，更有一层重要的缘由是，盱夷向来为靖郭君所敬重。

盱夷听了董庆的说明与请托后，他觉得这事无论于公于私，自己都应该过问。否则，既对不起董庆的赤诚信任，更对不起齐国，对不起齐宣王，对不起靖郭君。因为这事直接关系到齐国的国家形象，也攸关齐国的国家利益。

打定主意后，盱夷第二天就专门至靖郭君府上造访。见到田婴后，因为关系非比寻常，盱夷也就没有太多的客套，立即平心静气、开门见山地对田婴说道：

"听说靖郭君要杀魏国人质董庆，老臣私下认为，这似乎有些不妥。自古以来，就有'两国交战，不斩来使'的规矩。而今，齐、魏还是盟国关系，要是真的杀了盟国的人质，那么，作为一个大国，齐国今后何以取信于天下诸侯呢？"

田婴听了盱夷这番语气平缓得如同拉家常的话，看了看盱夷，没有说话。沉默了一会儿，才略略地点了点头。

盱夷见此，续又说道：

"楚国攻齐，大败我师，而终不敢深入我境，为什么呢？不正是因为齐国有魏国这个盟邦之故吗？臣以为，楚王不敢挥师深入我境，实际上怕的不是齐国，而是惧怕齐国的盟国魏偷袭截击于其后。靖郭君，是不是这个理？"

田婴没回答，但是轻轻地点了点头。

盱夷又继续说道：

"齐、楚交战，魏国作为齐国的盟国，坐视不援，确是不义之举。但是，今日靖郭君若是以怨报怨，杀了董庆以泄愤，那么魏王必然震怒。魏王震怒，要是失去理智，断绝与齐国的同盟关系，改投楚王的怀抱，结成魏、楚联盟对付齐国，那结果怎么样？"

田婴虽然心里认可盱夷的说法，但却恨意难平地反问盱夷道：

"对魏王的背信弃义，难道我们就这样姑息忍让了不成？"

　　旴夷平静地回答道：

　　"古人有句话，叫'小不忍，则乱大谋'。魏国虽然对我不义，但眼下齐国新败于楚，还得从大局出发，维持齐、魏联盟关系。这样，起码给天下诸侯这样一个印象：齐国还有魏国这个盟友。那么，其他诸侯也不敢趁齐国新败之机对齐国有所图谋。"

　　"这话倒也不是没有道理。"至此，田婴终于明确地肯定了旴夷的说法。

　　旴夷遂又接着说道：

　　"因此，臣以为，既然事已至此，我们索性对魏国宽大为怀，厚遇魏王人质董庆，以结魏王之心，从而让楚王生疑，以为齐、魏之盟牢不可破。这样，岂不是对楚国有一种强大的震慑作用吗？"

　　"有理！"田婴终于明确了态度。

　　田婴被旴夷说服了，思想也通了。可是，齐宣王却没有人能够做通他的思想工作。他这些天一边在生闷气，一边不断地催促着齐国军队缮甲兵、备粮草，准备十月底就对魏国用兵，要好好教训一下魏襄王这个不守诚信的家伙。

　　却说魏襄王听了董庆从临淄派出的心腹送回的消息，急得如热锅上的蚂蚁。后来，还是魏相惠施给出了个主意，让他厚赂齐国之相、靖郭君田婴以出面斡旋。因为当初魏国在最困难的时候，能与齐国结成联盟关系，就是自己通过田婴的关系。

　　周显王三十六年（前333）七月中旬，魏襄王派出的密使带着魏襄王的玉璧、宝马，悄然来到了齐都临淄。

　　找到董庆后，魏襄王密使就将魏襄王的意思作了传达，并将带来的宝璧二双、文饰装扮过的骏马八匹交给了董庆，要他转交靖郭君田婴，请他从中斡旋，务必阻止齐王对魏用兵。

　　董庆一听，立即摇头道：

　　"这个主意不行！"

　　魏王密使道：

　　"惠相说，也只有靖郭君能办成此事。当初的齐、魏结盟，就是他与靖郭君促成的。"

　　"此一时也，彼一时也。而今，齐王正责怪靖郭君呢。靖郭君要杀我，也是因为齐王追究他当初牵线与魏结盟的事。"

　　"那么，怎么办？"魏王密使急切地问道。

　　"找人是要找人斡旋的，不过不能找靖郭君。现在能找的人，也是最有可能愿意受魏王厚礼，并能办成此事的人，就是淳于髡了。"

"淳于髡？他能比靖郭君的能耐还大吗？"

"这个，你就有所不知了。淳于髡可是齐国的名士，也是天下数一数二的名嘴，齐国两代君王都对他尊重有加。"

"哦？"魏王密使不禁瞪大了眼。

"听齐国人说，早年在齐威王执政时代，他曾经一天向齐威王引见、推荐了七个士人。"

"那也太多了吧，齐威王能接纳吗？"

董庆淡淡一笑道：

"你觉得多，当时的许多齐国大臣更觉得多。为此，他们还跟淳于髡争风吃醋，甚至在齐威王面前诽谤他。"

"那么齐威王呢？"魏王密使兴味盎然起来。

"齐威王当然不听那些中伤诽谤之言，不过他也觉得淳于髡一日荐七士有些过分。于是，就专门找他谈了一次话。"

"怎么说？"

"齐威王碍于淳于髡的面子，话说得比较婉转。他先引了一句古语：'千里而一士，是比肩而立；百世而一圣，若接踵而至。'然后反问道：'先生一日向寡人荐七士，这士是不是太多了一点呢？'"

"齐威王这话确实有道理。那淳于髡没话说了吧？"魏王特使又问道。

"嗨！他要是没话说，还叫淳于髡吗？齐威王也以为问住了他，可是他张嘴就来，回答道：'臣以为不然！鸟同翼者而聚飞，兽同足者而俱行，这是自然之理。如果我们想搜求桔梗于沮泽之畔，恐怕一辈子也找不到一根的；相反，如果我们求桔梗于睪黍、梁父之阴，则车载不尽。'"

"这个比喻倒是蛮有道理。"魏王密使不禁非常赞赏地插话道。

"还有更妙的呢！接下来，他又说了一句更有说服力，也更为自负的话，让齐威王顿时哑口无言。"

"什么话？"魏王密使更有兴趣了。

"他也学齐威王，先引了一句'物以类聚，人以群分'的古语，然后就题发挥道：'河中聚鱼，林中栖鸟，什么样的人就有什么样的朋友。大王如果不嫌臣过于自负，臣可以这样说：淳于髡，就是今日集聚天下贤士的渊薮。大王若不想求贤则已，若有此心，只要找到我淳于髡，那就像是挹水于河，拾薪于山。想要网罗什么样的贤士，都是易如反掌。今后若有机会，臣还会不断向大王荐举天下贤士，岂止是七士而已？'"

"噢？看来这淳于髡确实不是等闲之辈！既然如此，那先生就去找淳于髡帮我们游说齐宣王吧。"

董庆连忙推托道：

"这不行，我不能出面。我是魏王放在齐国的人质，行动不自由。如果让人看见我找淳于髡，那淳于髡肯定游说不了齐宣王。"

"那么，怎么办？"魏王密使着急地问道。

"我可以指点你怎么找到淳于髡，怎样送礼给他，怎么拜托他，但我不能出面。一切都由你悄悄地进行，行事越隐秘，淳于髡越便于帮我们说话。"

5. 利益与道义：淳于髡谏齐王

周显王三十六年（前333）七月十六，一个阴雨绵绵的日子。在董庆的指教下，魏襄王密使悄悄地找到了淳于髡的府上。

献上魏襄王所送的白璧二双、金鞍宝饰骏马八匹后，密使便直截了当地请托道：

"听说齐王因徐州之战失利，而归咎于我们魏王。如今还准备兴师伐魏，魏王惴惴不安，日夜为魏国黎民百姓的安危而忧心。魏王苦思冥想，实在无计可施，遂想到了先生。事实上，放眼今日之天下，能解魏国眼前之患的贤士，恐怕也只有先生一人了。今敝邑小国有宝璧二双，文马二驷，魏王特让臣奉献于先生，还望先生不嫌礼轻情薄，允请笑纳。"

说完这番话，魏王密使甚至不敢抬眼看淳于髡一眼，唯恐他严词拒绝。因为这礼实在是太重了，要承担的干系也太大了。

没想到的是，沉吟片刻后，淳于髡竟然爽朗地开口道：

"这事我知道了，魏王的心意我也领了。先生可以速速离去，回报魏王去吧。"

魏王密使一听，不禁大喜过望，足足有烙一张饼的工夫，他抬头看着淳于髡都说不出合适的话。

正如老话所说，"收人之礼，消人之灾"。

果然，淳于髡是个讲信义、重然诺的天下闻人。魏王密使走后，他就冒雨备车，进宫找齐宣王游说去了。

午后的小雨仍是淅淅沥沥地下个没完没了，此时，齐宣王正在大殿上百无聊赖地绕着圈子。

突然，有宫使报告说：

"淳于髡先生觐见。"

"哦？"齐宣王精神一振，道："快请他上殿。"

淳于髡上殿后，疾步小跑了几步，然后在距齐宣王约有十步之处立住，庄重严肃地行起觐见大礼。

"天雨路滑，先生还来看望寡人，真让寡人感动莫名。"齐宣王笑吟吟地说道。

淳于髡马上接口道：

"这七月里下这种绵绵细雨，不多见啊！想必大王正为这绵绵细雨着急吧。如果它下个没完没了，恐怕大王的大事就要被耽搁了。"

"什么大事？"齐宣王明知故问道。

"大王不是在备粮草、缮甲兵，要在十月底对魏国用兵吗？"

"这事先生也知道了，真是'闭门家中坐，能知天下事'啊！"

淳于髡淡淡一笑，道：

"这么大的事，临淄谁人不知，恐怕连天下人都知道了。"

"那么，先生以为这次对魏国用兵怎么样？"

淳于髡一听，不禁心中大喜。没想到，齐宣王这么快就把话题主动切换到了自己想要游说的主题。于是，立即抓住机会，回答道：

"大王如果要问老臣这个问题，老臣倒是有一句坦率的忠言想上达尊听。"

"先生有什么高论，就请直说吧。"

"老臣以为，此时对魏用兵万万不可！"

"为何不可？"齐宣王反问道。

"大王不会不知道，楚国是齐国的仇敌，魏国则是齐国的盟邦。齐伐魏，盟邦相残，岂不是仇者快，亲者痛吗？因此，老臣以为，大王若兴师伐魏，那绝非明智之举。"

齐宣王一听，没有说话，却冷笑了一声。

淳于髡继续说道：

"除此之外，还有一层，大王也是应该想到的。如果齐国兴兵大举伐魏，那么楚国必然会趁火打劫，承我之敝而偷袭于后。如果这样，那么齐国既要担杀伐盟友的丑名，又要担齐国江山社稷倾危的风险。因此，从大局着眼，老臣以为大王伐魏之策不可取！"

淳于髡原以为这个道理已经讲得非常清楚了，没想到齐宣王却反问道：

"先生的道理讲得虽然没错，但是，魏国叛盟爽约，寡人就可以这样听之任之，姑息而养之？"

淳于髡一听，心想，是啊，这话也对。是魏襄王不对，不是齐宣王有错。但是，他心里有数，今天来见齐宣王，不是来附和他的意见的，而是要替魏襄王劝阻齐宣王伐魏。

沉吟了一会儿，淳于髡突然微微一笑。

"你笑什么？"齐宣王立即问道。

"大王，我是突然想起儿时听老人说到的一个故事。"淳于髡从容地回答道。

"什么故事那么有趣？说来让寡人也听听。"

"从前，有一种犬，叫韩子卢，是天下闻名的疾犬，跑得飞快无比。又有一种狡兔，叫东郭逡，其狡诈多变与奔跑之快，也是世上罕有的。有一日，韩子卢偶然遭遇东郭逡，于是犬性大发，立即死死咬住东郭逡穷追不舍。最后，在环山三匝、腾山五遭之后，犬、兔都精疲力竭。一个倦极于前，一个疲废于后，不久都因力竭而各死其处。正在这时，来了一个田父，看到死于眼前的一犬一兔，不禁大喜过望，遂捡拾而归，一家老小大快朵颐了一餐。"

淳于髡说到此，停下来看了看齐宣王，见他没有反应过来。于是，只得接下去，继续说道：

"今大王要兴师伐魏，想必魏王也不会坐而待毙的，必然会倾全国之力拼死抵拒。这样一来，齐、魏二国的一伐一拒，就不会在短期内结束。而两国之战相持时间一久，势必都会劳顿其兵、困弊其国的。届时，如果强秦、大楚趁火打劫，承齐、魏二国之敝，那么结果齐、魏二国就会像韩子卢和东郭逡这对犬兔一样，力竭而亡，而秦、楚二国就会像那个田父一样，无劳倦之苦，而能独擅其功。"

听到这里，齐宣王终于茅塞顿开，豁然开朗起来。原来，淳于髡讲故事可不是跟自己扯淡闲话，他是打比方给自己听啊！确实，他的比方打得好啊！

于是，他口服心服了，爽快地说道：

"寡人不敏，幸得先生耳提面命，不然定会铸成大错的。"

说完，齐宣王又传令宫使道：

"传寡人之命，不要再忙着备战了，先让将士们休养生息一段时间吧。"

淳于髡一听，这下算是彻底放下了心。既然齐宣王决定不再讨伐魏国了，那么齐国百姓也就免了战争之累，齐国将士也就没了生死之忧。至于对魏王，对魏国百姓，在心里也都是可以有个交代的。自己这次之所以爽快地答应魏王密使的请求，帮助游说齐宣王，其实并不是贪魏襄王的厚礼，而是基于齐国的国家利益。息事宁人，止戈讲和，从客观上来说，于齐、于魏都是双赢的结局。

这样想着，淳于髡觉得心里非常坦荡。

可是，淳于髡心里坦荡没有用，齐国的其他大臣可不是都这样看。

就在淳于髡游说齐宣王后的三天，就有人探得了他收受魏襄王玉璧、宝马的消息，并迅速报告了齐宣王。

齐宣王一听，顿时气得拍桌子打案，吹胡子瞪眼，吼叫着说：

"寡人多少年来如此重任于他，对他言听计从，尊重有加。没想到，他却做着寡人的高官，食着寡人的厚禄，不为寡人分忧，不思报效国家，却贪图魏王的宝璧骏马，干着吃里爬外的卑鄙勾当，太过分了！真是该死！"

越想越气，在大殿上转了几个圈后，齐宣王终于狠下一条心，传令道：

"拘传淳于髡。"

大约半个时辰，淳于髡就被拘押着来到了齐王大殿。

"你知罪吗？"一见淳于髡，齐宣王劈头问道。

"老臣不知何罪之有？"淳于髡从容不迫，神色坦然地答道。

齐宣王一见他那副没事人的样子，心里就怪了，怎么他不知道事情的严重性？或者说他压根儿就没收受过魏王的璧马？难道是别人有意诽谤他、陷害他？如果是这样，那就冤枉了这个有识见的老臣了。

想到此，齐宣王努力地控制着自己的情绪，尽量使态度平和下来。然后，以一种非常客气的口气问道：

"有人说，先生前些天来此谏说寡人之前，收受过魏王的玉璧、宝马，真有这事吗？"

淳于髡一听，终于明白了一切。不过，他早就料到会有这一天。自己收受魏王璧、马之礼那么重，要想瞒住世上所有人，那是不可能的。俗话说："世上没有不透风的墙。"任何事，只要做了，迟早都是要透风见光的。只是收受魏王璧、马之事，他倒是不怕透风见光的。因为他心里无私，不存在贪图财物而出卖国家利益的问题。

想到此，淳于髡非常坦然，毫不犹豫地爽声回答道：

"确有其事。"

这个回答实在是让齐宣王大出意外，心理上毫无准备。一时间，他都反应不过来了。

过了一会儿，齐宣王终于从震惊中清醒过来，声色俱厉地质问道：

"既然如此，那你前些天向寡人所献之策，又作何解释？"

淳于髡一听，就知道齐宣王愤怒了。而且从齐宣王的话中，他也听出了齐宣王的话中之话，这就是怀疑他当初劝谏伐魏的动机不是基于齐国的利益，而是为了魏国。看来，误会大了，得跟齐宣王解释清楚了。

想到此，淳于髡稳了稳神，然后平静如水地说道：

"大王，对魏用兵之事，老臣确实认为是于齐不利，所以当初才劝止，这与老臣收受魏王璧、马之事毫无关系。"

齐宣王一听，立即驳斥道：

"怎么没有关系？"

"大王，您想想看，如果当初您不听老臣之谏，执意要兴兵伐魏；如果老臣不肯收受魏王的璧、马而为魏国说情，即使魏王因此遣人刺杀老臣，其结果不都是一样吗？"

"怎么会一样呢？"齐宣王又厉声反驳道。

淳于髡并不慌张，仍不紧不慢地说道：

"臣以为，无论如何，伐魏都是无益于大王，也于齐国无补的。相反，如果大王确实认识到伐魏是弊多益少，就算魏王封臣高官厚爵，于大王又有何损，于齐国又有何害呢？"

齐宣王也不是个糊涂人，一听这话，就明白了淳于髡的意思。心想，淳于髡这话虽然说得比较绕，但确实是这个理。反正是不能伐魏，魏王的璧、马为什么不收？不收白不收，收了也是白收。好歹淳于髡是自己的臣子，收了魏王之礼，也是肥了齐国，何乐而不为？

想到此，宣王的怒气消了不少，脸绷得也不那么紧了。

淳于髡见此，续而说道：

"大王不伐魏，齐国没有无故杀伐盟邦之诽，魏国也免了国破家亡之危，齐、魏两国百姓都能安居乐业，免遭兵火战乱之灾。如此，老臣有璧、马之宝，于大王又有何碍呢？"

宣王一听，觉得有理，遂连忙对左右道：

"恭送淳于先生回府。"

第九章 "合纵"说齐王

1. 循循善诱说齐王

随着齐、楚徐州之战的结束和一触即发的齐、魏之战的成功化解，从五月初到七月中旬，一直动荡不安、险象环生的山东六国终于暂归平静。

因为风云突变，中断了原定计划的苏秦，至此已在魏都大梁滞留了近两个月的时间。不过，原定计划虽被打乱了，但是这两个月来，通过从各种渠道获得的情报分析，苏秦冷眼旁观山东六国的纷纷扰扰，倒是真真切切地看清了当今的天下时局，敏锐地感觉到：游说齐、楚二国之君的时机到了，特别是游说齐宣王，眼下可谓是最好不过的时机。因为齐国新败于楚，又接连经历了齐、燕"权之战"和齐、楚"徐州之役"两场大的战争，国力已经消耗得差不多了。这个时候去游说齐宣王，他应该听得进去了。而只要齐宣王被说服了，那么山东六国的"合纵"大计差不多也就定局了。

想到此，苏秦决定立即动身，前去游说齐宣王。

周显王三十六年（前333）七月十八，苏秦继续以赵王特使和赵国武安君的身份，带着他阵容庞大的使节车队，匆匆离开魏都大梁，向齐都临淄疾驶而去。

一路马不停蹄，遇山绕道，遇水渡河，八月初五，苏秦一行终于到达齐都临淄。

临淄，对于苏秦来说并不陌生，此时坐在高马轩车之上的武安君苏秦，望着临淄鳞次栉比的商肆，看着熙熙攘攘的人流，听着贩夫走卒引车卖浆的叫卖之声，情不自禁地想起了十几年前的往事：那时，他携秦三到此游说齐威王，结果被齐威王好一番奚落与冷落，最后只得灰溜溜、伤心沮丧地告别临淄而去。而今，眼前的临淄，还是那个十几年前的临淄，街市繁华也还是一如从前，但他这个苏秦，已非昔日之苏秦，他不再是当年那个落魄求售而屡屡不得的穷书生，而是大国赵国的武安君，是赵王的特命全权使节。当年是为个人前程而干谒王侯，而今他是为山东各国的安宁，为赵王实现"合纵"大计而奔波。

想到这，苏秦的心绪就像南傍临淄城滔滔流逝的淄水，怎么也不能平静下来。

正当他还沉浸于往事今景，感慨唏嘘不能自已之时，突然车夫"吁"的一声将马车停下了。

"武安君，到了。"

仪卫长赵德官首先跳下马车，向苏秦报告着。

"到了？到什么地方了？"

"是齐国王宫啊！"

"哦！"

苏秦这时才从回忆感慨中醒悟过来。

"武安君，现在是正午时分，要通报齐王晋见吗？"赵德官又问道。

"好！"

因为是赵王的特使，齐王的门禁官不敢怠慢。不到一顿饭的时间，就从齐王宫中传出了齐宣王的旨意：

"传赵王特使武安君苏秦觐见。"

伴随着这一声传唤，早已走上来二位宫使近前引导了。

攀上一百九十九级石阶，再穿过笔直、悠长的过廊，就看到了齐王的大殿。

当苏秦迈步跨过齐王大殿的门槛之时，齐宣王早已弹冠整装，正襟危坐在了王位之上。

"久闻大王贤能之名，今日得以亲瞻威仪，苏秦何其幸哉！"在距离齐宣王还有十步之遥时，苏秦便开始一边寒暄，一边躬身施礼。

齐宣王见此，也不好怠慢，连忙从王位上起身，作出相迎之状，并答礼如仪。

这时，宫使送来一个布团，放在距齐宣王坐席约有五步之处。

"武安君请！"齐宣王指了指那个摆好的布团道。

于是，双方再次施礼，然后各自落座。

苏秦抬起头，略略偷窥了一眼齐宣王。发现他有四十上下的年纪，虽然脸色有些憔悴，精神有些不振，但看仪态，仍不失有大国之君的威严。尤其是那个鼻子，高而直，还略带钩曲。眼睛不大，倒也炯炯有神，但眼神总有些飘忽不定。

苏秦一看，便知这是个比较阴鸷的角色。于是，心里就有些发怵，对今日能否游说成功有点信心不足了。

正当苏秦心神不定之时，齐宣王以主人的姿态开口了，语气中不乏谦恭之意：

"寡人之国新败于楚，赵王不弃寡人，武安君不远千里路遥，莅临寡人僻远小国，想必是有所赐教于寡人吧。"

苏秦见齐宣王先开了口，又主动说到齐国新败于楚国之事，还说"赐教于寡人"的话，心想，这不是游说齐宣王极好的机会与话头吗？于是，马上接口道：

"齐国乃天下大国，亦是天下强国，大王何必介怀于区区徐州之战？"

齐宣王点点头，大概是这话说到了他的心坎里，给了他不少安慰。

苏秦见此，遂又说道：

"胜败乃兵家常事，自古而今，天下何曾有百战百胜的将军？"

齐宣王一听这话更觉称意，遂不住地点头。

苏秦心知其意，乃进一步推阐其意道：

"臣以为，失败并不可怕！可怕的是，失败了却不知其因。若能败而寻其因，困而悟其失，则必能转败而为胜。"

齐宣王一听，觉得非常有理。于是，迫不及待地问道：

"以武安君之见，寡人之败，究竟原因何在？"

苏秦见齐宣王已然上钩，便不失时机地接口道：

"山东六国，本是兄弟之邦。兄弟，即手足也。手足相残，岂能不自伤其体？"

齐宣王一听，知道苏秦这话是在批评自己。于是，心里就有些不快了，眼光开始飘忽，不看苏秦。

苏秦一见齐宣王这个表情，就知道他心里在想什么，遂对症下药道：

"大王也许不能认可臣的手足之喻。其实，不仅是大王一时难以认可，恐怕山东各国之君都很难认可。也许在他们的内心深处，从来就有一种错觉，即认为山东六国互为矛盾不可调和的竞争者，彼强则我必弱，我强则彼必弱；彼此之间只有利益之争，而没有合作双赢的可能。正因为大家都这么想，所以山东六国之间才会尔虞我诈，征伐不断，不得安定。"

说到此，苏秦再次抬眼看了一下齐宣王，见他已然专注地看着自己，好像还听得很认真。于是，便进一步设喻启发道：

"臣以为，山东六国的关系，形象点说，就是唇与齿的关系。六国兴亡荣衰，乃是一体，相互依存。前人曾有'唇亡齿寒'之论，相信大王肯定有所耳闻。"

齐宣王没有回应，苏秦继续道：

"想当初，晋侯欲借道于虞国而伐虢国。虞、虢二国山水相邻，且都是小国。虞侯惧怕晋侯，又以为晋侯伐虢，与虞国利益无涉，遂答应借道于晋。虞国之臣宫之奇则不以为然，乃谏虞侯道：'虢国，犹如虞国之表；虢国若亡，则虞国必随其后，不能独存。'且引'辅车相依，唇亡齿寒'的俗谚，以喻虞、虢生死依存的关系。然虞侯不明其理，最终还是借道于晋侯。结果，大王也知道，晋侯借道于虞灭了虢国，班师途中又顺便灭了虞国。"

听苏秦讲完这个故事，齐宣王微微地点了点头。不过，他不明白苏秦跟他提起这个典故的用意何在。因为在他看来，这个典故是诸如虞、虢这样的小国应该汲取的教训，而像他治下的齐国，那是天下大国，是与南方的楚国、西方的秦国鼎足而立的大国，不存在虞国那种情况。因此，点头之后，他还是不解地看着苏秦。

苏秦见此，知道齐宣王最终还是没有明白自己提起"唇亡齿寒"典故的用意。于是，不得不进一步点明主旨，把话说得更加直接明白：

"大王之国，东濒渤海，北有燕国，西有中山、赵、韩、魏，南有楚、越。从地理形势上看，如果说齐国是齿，那么，赵、韩、魏、楚、燕、越、中山诸国就像是包护齐国之唇。今天下诸侯之强，无过于秦。大王也知道，秦乃虎狼之国，素有并吞宇内、席卷天下之心。因此，秦实乃天下之公敌。而今，大王之国北与燕战于权，南与楚战于徐州，而且往昔屡屡结怨于魏。如此这般作为，不是唇齿相残，又是什么呢？"

齐宣王一听，苏秦这个"唇齿"之喻，从地理位置上说清了山东六国之间的依存关系，非常有见解，有眼光。于是，情不自禁间便跪直了身子，显出肃然起敬之态。

苏秦善于察言观色，一看齐宣王专注的表情和延颈而听的姿态，知道他已然明白了自己"唇齿"新论的深刻性所在。于是，续加分析道：

"山东六国若不明此理，不知反省，仍然唇齿相残，长此以往，必将弄得各国民生凋敝，师弱民贫。如此，强秦则就有了可乘之机。"

齐宣王虽然仍然没有答话，但却深深地点了点头。

苏秦见此，觉得可以直接上题了，便及时将话题切入到"合纵"之策的游说上：

"山东六国唇齿相残有年，强秦又时以诡计从中挑之。今日合魏以攻韩，明日联赵以伐魏，长此以往，六国必为强秦各个击破，分而灭之。"

齐宣王觉得苏秦这个分析透彻、深刻，遂频频点头。

苏秦见此，乃直捣中心道：

"而今，山东六国都心存私念，想借强秦之力，彼此相残，以求割地于邻国。这种作为，虽然能够贪得一时之利，但是实质上是一种惑于眼前利益的短视行为，无异于慢性自杀。"

齐宣王一听，心里马上明白，苏秦这是明里泛泛批评山东诸国，实则是专有所指，即影射齐国在徐州之战失利后意欲联秦制楚之策，批评齐国不应该再想着在山东诸国之间相互争战。同时，他也知道，苏秦批评自己的目的，其意是在推售其"合纵"之策，帮赵王组织并实施"合纵"之计。

苏秦见齐宣王虽然不接腔，但还是非常专注地在听着，遂又说道：

"山东六国如果不反躬自省，改弦易辙，最终必为强秦一一击破，亡国丧邦之日指日可待。"

苏秦这话，表面上虽然仍在泛说六国，实则是专指齐国。更确切地说，是在说齐宣王本人。

齐宣王并不糊涂，一听就明白了。于是，便直截了当地问苏秦道：

"既然如此，那么，像寡人之国，又当如何自处于诸侯之间呢？"

苏秦见齐宣王问得如此直接、明白，知道可以正式上题了，是到了阐明自己"合纵"主张的火候了。但是，抬眼望了一下齐宣王，他又吞下了即将冲口而出的上题语，决定先缓一缓，不要急于一语上题，不妨对症下药，针对齐宣王的弱点，先从齐国的实力说起，先吹拍一番齐国与这个好大喜功的君王。

想到此，苏秦便从容不迫地说道：

"齐国作为一个诸侯国，南有太山，东有琅琊，西有清河，北有渤海。从地理上看，称之为'四塞之国'，那绝对是当之无愧的。"

齐宣王觉得苏秦这几句说得好，将齐国战略形势概括得简洁明了，可谓是对齐国知之甚深。遂不禁深深地点点头，拈须而笑。

苏秦见齐宣王被戴了高帽子后的得意形色，自己也不禁激动起来，为自己的吹拍之功而自豪。于是，继续吹拍道：

"齐国之地，方圆两千里，带甲雄兵数十万，粟谷之多积如丘山。齐国三军，精良可称天下无敌。五都重镇之兵，招之即来，挥之即去，动则如飞箭，战则如雷电，散则如风雨。齐国纵有战事，入侵之敌也未曾有越过太山，涉过清河，渡过渤海的。"

齐宣王听到此，不仅深深感佩苏秦对齐国国情的了如指掌，亦为自己国家的强大以及所占据的天然战略形势而自豪。这可是他治下的齐国得以傲视群雄的本钱啊。想到此，他不禁会心地笑了。

苏秦一看，知道自己对齐宣王的心理把握得很准，把话说到了他的心坎上了。看来，齐宣王确是个好听顺耳之言的国君。

想到此，苏秦决定，那就投其所好吧，继续吹吹他、拍拍他。于是，又吹上了：

"临淄作为齐国之都，其恢宏阔大的气势，堪称天下翘楚。临淄之民，计有七万余户，人口之众，诸侯各国没有可以望其项背的。臣曾私下估度了一下，临淄之民，即以下户言之，以平均一户三男丁计算，就是三七二十一万。天下若有事，齐国要征调兵卒，大王完全不必求之于远县，仅临淄一城，兵卒就有二十一万了。"

齐宣王一听，更高兴了。心想：是啊，人口多可是一大资本啊！齐国地大，只有人口多，才能地尽其用，创造出更多的财富。人多，创造的财富多，国家才会有更多的赋税，国力才能强大啊！还有，也只有人多，寡人的兵源才有保证，在群雄相搏中，齐国才有可能取胜，始终立于不败之地。苏秦特意提到寡人之国人口之众，这是有独特眼光的。看来，这个苏秦不简单！寡人得好好听听他下面还有什么高见。

苏秦见齐宣王兴高采烈的表情，知道拍到了地方。于是，继续煽情地吹拍道：

"至于临淄的富实，更是天下人人皆知。临淄之民，喜好吹竽、鼓瑟、擅长击筑、弹琴、热衷斗鸡、走犬，迷恋六博、蹹踘，天下何人不晓？临淄之途，车毂击，人摩肩，连衽成帷，举袂成幕，挥汗成雨，世人有目共睹；临淄之市，家家敦而富，人人志高扬，这也是尽人皆知的。"

齐宣王见苏秦如此盛赞齐都之富庶繁华，自然高兴，心想，苏秦作为外人对此都看得如此真切，这不都是因为俺领导有方，才有如此的气象吗？

苏秦见齐宣王已被自己吹得有些飘飘然了，于是突然话锋一转，道：

"以大王之贤，齐国之强，天下何人能够匹敌？然而，最近臣却听说，齐国之臣中主张与秦'连横'者大有人在。大王应该知道，齐与秦'连横'，那么就意味着齐要尊秦为盟主。以今日之大齐，自甘于人下，屈尊下气，西面而事秦，臣深为大王羞之。"

齐宣王一听这话，一下子犹如从九天跌入了九地，自尊心受到了极大的打击，脸上的笑容顿然消失，脸刷地一下就通红通红。

毕竟他是大国之主，自来心气高傲，一向都是听惯了顺耳颂拍之言，哪里听得到这种逆耳之言？虽然脸上有些挂不住，但他明白苏秦说的是事实，说得在理，况且说这种逆耳之言的苏秦不是他的臣下，而是大国赵国的武安君，是赵王的特使，他即使生气也不便于发作的。于是，只好隐忍着一言不发。

苏秦当然知道齐宣王此时的心理，他是有意先将齐宣王捧到天上，然后再摔下来的，目的就是要造成齐宣王的心理落差，让他从心理上受到极大的刺激，从而激发他的自尊心，打消与秦国"连横"、尊秦国为龙头的念头，实行与赵、魏、燕、韩、楚等山东五国的"合纵"之策。这是苏秦游说的激将策略，果然使齐宣王上了套。

苏秦看看齐宣王的脸色，知道火候到了，于是一鼓作气地说道：

"韩、魏畏秦，乃形势使之然，其情可鉴；齐国畏秦，于情不合，于理不通！"

齐宣王一听，心想：怪了，怎么韩、魏畏秦就可以原谅，而齐国畏秦就不应该呢？为什么要对寡人之国采用双重标准呢？寡人倒想听听理由了。

于是，他又跪直了身子，用体态暗示了苏秦：寡人想听听你的理由。

苏秦一看就明白，故意略作停顿。然后，不紧不慢地说道：

"韩、魏二国之所以畏秦，那是因为与强秦接界毗邻的缘故。大王也知道，秦与韩、魏相争，出师对垒，不至十日，胜败存亡便可见分晓。韩、魏与秦国相敌，即使侥幸能胜，也会兵将折半，四境不能守；韩、魏若是战而不胜，那么亡国灭种之日必至。这就是韩、魏二国之所以历来重视与秦作战，而不肯轻为秦臣之故，因为没有退路，不是你死，就是我亡。"

齐宣王点点头，觉得苏秦这种分析非常中肯，是这个理儿。

苏秦见此，续又说道：

"如果强秦攻齐，那么情况就完全不同了。秦若东向而伐齐，首先须要越过韩、魏之地。而越韩、魏之地，远与齐国交战，则秦必有腹背受敌之虞。而且从地利上看，秦国要东伐齐国，也有诸多不利。除了要越韩、魏之地外，秦国要真正与齐国交战，还得先过卫国的阳晋之道，次经齐国的亢父之隘。此二道，都是天下的险隘，车不得方轨，马不得并行，百人守险，虽千人而不能过。秦师即使能够深入齐境，也必如狼顾，唯恐韩、魏偷袭其后。因此，秦国对于齐国，只能恫疑威嚇，虚示壮勇而已，虽高跃张势，终则不敢东进。因此，臣以为，秦不能害于齐，其势昭然已揭。"

齐宣王听了苏秦这番分析，打心底感佩，真是透彻、精辟！于是，情不自禁地频频点头。

苏秦知道自己的一番话让齐宣王折服了，于是直接点题了：

"对于强秦无奈我何的情势，视而不见，习而不察，而一味妄自菲薄，畏首畏尾，一心想着苟且偷安，不惜让国君折节屈尊，臣事于他人，这都是大王群臣失计之过！"

齐宣王脸色终于恢复了正常，心也放下了。因为苏秦这一句说得好，这句话并不是直接指责他计短虑浅，而是说他的群臣计短误国。古话说："食君之禄，担君之忧。"如果说这些年来不断与山东诸国同室操戈，伤害了山东诸国，也削弱了自己的实力，那并非他的过错，而是齐国群臣没有远见，没有尽到为臣之职。

"大王也知道，昔日的魏国，曾是天下之霸，不可谓不强。然而，魏惠王计短虑浅，昧于天下大势，惑于目下之利，不远忧强秦崛起于河西，反而恃强逞勇于山东。先是图谋赵都邯郸，意欲并吞赵国，再谋齐、韩。结果，赵国危急，赵王求告于齐王，齐师一出，大败魏师于桂陵。”

齐宣王一听苏秦说到齐、魏桂陵大战，顿然喜形于色，兴奋异常。因为齐师大败天下强敌魏国的桂陵大战，那是二十多年前他爹威王手上的事儿，他至今还记得清清楚楚。

苏秦述及齐、魏桂陵大战，其意并不是为齐宣王之父齐威王歌功颂德，讨齐宣王的欢心，而是另有目的，他是要讲历史的教训：

“桂陵之战，魏师败绩，魏国元气大伤。然而，魏惠王不自省其过，痛定思痛，十四年后，南梁发难，再启战端，意欲并吞韩国之地，再霸天下。韩国战事急，韩王求救于大王，齐师再出，再败魏师，杀庞涓，擒太子，十万魏师尽覆于马陵之隘。魏国元气，至此尽伤，魏之为国，犹若西下之夕阳。”

齐宣王一听苏秦说到“马陵之战”，更是喜笑颜开了。因为那就是在他自己手上的事，而且就是八九年前的事儿。这一役，终使魏国这个天下独霸从此一蹶不振。加上秦国乘其国力沦丧之机，不断发起进攻，昔日雄霸不可一世的魏国，而今已是地削兵微，彻底失去了再度雄起的机会，早已沦为二流国家了。不仅如此，魏国连现在的生存问题都有了危机，所以这几年，魏惠王和魏襄王都不得不主动入齐，变服折节向他称臣。如今的国际政治版图与军事格局的巨大变化，都是因为他的功劳啊！想到此，齐宣王不禁面有得色。

苏秦见此，知道齐宣王这是在沉浸于“桂陵之战”与“马陵之战”齐国两败魏国的胜利喜悦之中呢。于是，突然向齐宣王提出了一个问题：

“魏之为国，何以盛极而衰，由强而弱？”

“武安君以为呢？”齐宣王终于接话了。

苏秦一听，非常高兴，立即回答道：

“实因魏惠王昧于天下情势，计短虑浅。假设当初魏惠王计长虑远，早与山东五国‘合纵’相亲，不与赵、韩、齐诸国干戈相向，自伤元气，那么强秦崛起之势必能有效得以遏制。而强秦崛起未成，则魏国的霸主之位，恐怕至今还是无以撼动的。”

齐宣王觉得苏秦的这个分析有理，遂情不自禁地点点头，表示赞同。

“那么今日天下情势，又是如何呢？”

没等齐宣王来得及思索一下，苏秦自己就自问自答道：

"今日天下，以肴山为界，东、西之分，其势已明。西面，秦国自为一方；东面，六国共为一方。六国'合纵'，相亲而为一体，则山东一方为攻势，强秦一方居守势，天下可致太平；反之，六国离心离德，则必中强秦'连横'之计，兵戈相向，自相残杀。若此，则强秦必能转守为攻，山东六国终必为其各个击破。忆往昔，魏国伐赵、伐韩，不仅不得人心，而且自伤元气，已是前车之鉴；现而今，齐师伐燕于权，楚军攻齐于徐州，同室操戈，自伤其体，岂不危哉？"

齐宣王心里明白，苏秦这是在批评自己，因为齐伐燕，齐、楚战徐州，齐国都是主角。

"今赵王审时度势，力主山东六国'合纵'为亲，结为一体，以西抗于强秦。燕王、韩王、魏王欣然以国相从，山东六国'合纵'之势已然成形。"苏秦终于点题了。

其实，齐宣王心里早就明白，苏秦此行目的就是为了说服齐国加入以赵国为轴心的"合纵"集团的。可是，听到苏秦批评自己竟然那样直言不讳，他心中颇为不悦。于是，便故意一言不发。

苏秦见此，心中已经明白，遂略作停顿，抬眼以坚定的眼神望了一下齐宣王，然后提高声调，续而说道：

"齐国，是天下大国，也是天下强国，更是山东六国的中流砥柱；大王，是天下贤君，也是当世明主，自然比臣更明白这样一个道理：齐与赵、魏、韩、燕、楚'合纵'为亲，则山东六国一体结成。如此，山东六国则无忧强秦，天下可致太平，百姓可免涂炭；从今而后，大王之国再无臣事强秦之名，而有强国大邦之实。今臣尊赵王之命，奉明约，效愚诚，敬达赵王之请于大王，望大王留意之，熟计之。"

齐宣王听到苏秦这番话，心里终于舒坦了。心想，既然苏秦已经明白无误地向自己传达了赵王请求齐国入盟山东六国"合纵"集团的意思，那么自己应该是到了表态并作出决定的时候了。再说，苏秦所说山东六国"合纵"相亲的道理也是对的，不然最后大家都要被秦国玩完，齐国自然也不会例外。还有一点，现在的齐国已非昔日两败当时天下之霸——魏国的齐国了。齐国现在已没有田忌、孙膑这样的将帅了，且刚刚被楚国败于徐州，也说明了齐国现在并不是天下无敌的。对付楚国尚不行，应付秦国恐怕更是力不从心了。既然六国已有四国入盟"合纵"集团，看来齐国入盟也是势在必行了。

想到此，齐宣王终于明确地回答道：

"寡人不敏，僻处荒远海隅之地，独守穷道东境之国，从未聆听过先生如此这般高策宏论。今先生以赵王之教廷诏于寡人，寡人愿敬奉社稷以相从。"

2. 燕文公之死

游说齐宣王成功，苏秦感到无比的兴奋，更有一种从未有过的成就感。因为齐国才是真正的大国，齐宣王才是真正的天下雄主，那与此前被说服的燕文公、赵肃侯，还有魏襄王、韩宣惠王，那完全不是一个等级的。

因为他非常清楚，齐国不仅是山东六国中的强国，更是一个地理位置优越的大国，完全没有韩、魏那样为强秦压迫甚急的处境。因此，要想说服齐国入盟不是一件容易的事。况且，齐宣王又是一个非常高傲自负的主子，是块难啃的硬骨头。可是，为了实现"合纵"之策，就一定要说服齐国入盟。没有齐国的入盟，"合纵"组织的力量就不够强大，就不足以遏制强秦。如此，"合纵"而安山东的目标就不能实现，自己要想永保个人的荣华富贵，那也就无从谈起了。

强抑着无比的欣喜与兴奋，苏秦从容告别了齐宣王，出了齐王宫，就急急催促仪卫长赵德官道：

"快快备马起驾，往南去楚国之都！"

赵德官不解地问道：

"武安君，怎么这么急？"

"上车，我跟你细说。"

"这合适吗？小人岂敢与武安君同车！"赵德官望着苏秦，受宠若惊地说道。

"别那么多客套了！"

于是，赵德官只好一边招呼仪卫车队启动，一边扶着苏秦一道登上了武安君的专车。

"武安君，齐王同意入盟了没有？"一上车，赵德官就急切地问道。

"齐王已经答应了。"

"噢？那么武安君现在急着去楚国之都，是要趁热打铁吧。"

"正是此意！"

"楚国路途遥遥，也不急着一日两日，今天时候不早了，现在出城，要是前不着店，后不挨村，那这大队人马如何食宿啊？"赵德官怯怯地问道。

苏秦一听，觉得也对，遂改口道：

"那今夜就先在临淄住一宿吧，明天一早就出发！"

"好！"

赵德官答应一声后，连忙探头向前面的车夫吩咐道：

"往驿馆就宿。"

车夫答应一声，甩了个响鞭，浩荡的车队便随着他的头驾往齐国驿馆逶迤而去。

"武安君，这齐王都同意入盟了，想必楚王也会同意吧。"过了片刻，赵德官见苏秦心事重重的样子，又打破沉寂道。

"难说啊！这就是我急着要往楚都赶的原因。"

"山东五国都入盟了，难道楚王胳膊扭得过大腿吗？"

"现在的问题是，我们在拉楚国，秦国也在拉楚国啊！如果楚国被秦国所拉拢，加入了秦国的'连横'集团，那我们赵王的'合纵'之盟就要破局。"

"为什么？"赵德官不解地问。

"当今的诸侯各国，能够颉颃相向的，能够称得上是棋逢对手的，实际上只有秦、齐、楚三雄。若秦、楚'连横'，则必演变成秦、楚二雄对齐一雄的局面，齐刚为楚所败，那么齐国势必会因惧怕楚、秦联合而退出我们的'合纵'集团。而一旦齐国退出，燕、韩、赵、魏四国势必也会因惧怕秦、楚联盟而作鸟兽散。这样，我们赵王的'合纵'大计不就化为泡影了吗？"

"噢，我明白了。武安君是怕秦国抢在我们前头把楚拉了去。"

"嗯。"苏秦答应了一声，又陷入了沉思之中。

一夜无话。

第二天一大早，齐都临淄城门刚开不久，苏秦便催动人马出发了。

可是，出城不到三十里，远远望见一骑迎面飞奔而来。仪卫长赵德官不知何事，苏秦当然也不知那人为何跑得那么慌张。

没到咽下一口饭的时间，那骑快马已经到了近前，而且就在苏秦的专车前停下了。苏秦不禁一惊。

"我是新燕王特使，奉命传报苏相。"那人翻身下马，立足未稳，就对车上探头而视的苏秦说道。

苏秦一听"新燕王"三个字，心情一惊，遂脱口而出道：

"燕国发生什么事了？"

"老燕王殡天了。"

苏秦一听，犹如五雷轰顶，脑袋"嗡"的一下，天旋地转，一下子就什么也不知道了。

"武安君，您怎么啦？"赵德官一边拍打着苏秦的后背，一边急切地呼唤着。

过了好一会儿，苏秦才慢慢地醒过来，对着呆立在车下的新燕王特使问道：

"老燕王是什么时候殡天的？"

"就在一月之前。"

苏秦一听，又陷入了沉思。

"苏相，新燕王新立，希望您回燕都一趟，协助处理国政。"跟着苏秦一起沉默了好一会儿，新燕王特使说道。

赵德官一听，立即反问苏秦道：

"武安君，那么赵王的'合纵'大计怎么办？"

苏秦一听，看看赵德官，又看看新燕王报丧的特使，一时内心无比矛盾：

从感情上说，燕文公过世，新燕王初立，自己回去到燕文公坟头磕个头，给新燕王筹划一下国政，这于情于理，都是应当的。想当初，如果没有燕文公老人家的首起支持，如果没有他老人家任自己为燕国之相和燕国特使，并资助金宝丝帛，自己如何能够到得了赵国，赵王又怎么能看重自己？自己又何来赵国之相与武安君的身份？说不定，自己现在仍是一个流浪汉，四处漂泊，甚至冻馁死于荒野呢。黔首布衣，贩夫走卒，尚知饮水思源，自己是知书达理的读书人，又自认是以天下为己任之士，现在兼领燕、赵二国之相，还是赵国一个堂堂正正的武安君，怎么能够忘恩忘本呢？自己能有今天，不都是源于燕文公他老人家吗？燕文公他老人家之于自己，那真可谓是恩比天高，情比海深啊！

但是，从理智上看，自己又不能这样做。因为眼下"合纵"大计正处于关键时刻，如果不抓住机会，说服楚王，完成"合纵"大计的最后一环，万一被秦国抢了先，这"合纵"大计不就功败垂成，前功尽弃了吗？如果这样，那就既对不起倾心支持自己的恩主赵肃侯，也对不起死去的燕文公了！要知道，这"合纵"大计燕文公可是首起支持者啊！如果就这样半途而废，他老人家九泉之下有知，会怎么想呢？还有更现实的一层，如果不能完成"合纵"大计，那么自己在赵国如何能够站得住脚跟？如何永保高官厚爵与富贵荣华呢？

唉，要是燕文公他老人家能够再坚持一下，等自己把楚王游说下来，完成"合纵"大计，那不就两全了吗？如此，自己不就上可以对得起燕文公和赵肃侯的知遇之恩，下可以对得起爹娘妻儿和自己了吗？

越想心里越乱，乱得就如一团纠结不清的麻。

沉思了好久，看着赵德官焦急的眼光，听着数百人马等着自己的喧嚣之声，望着仪仗车队飘扬翻飞的赵国旗帜，苏秦终于下定了决心：暂时克制自己的感情，继续执行既定计划，迅速前往楚国，游说楚王，完成"合纵"之策的最后一环，然后再回燕国告慰燕文公的在天之灵。

"赵德官，命令车驾继续南进。"嗫嚅了半天，苏秦终于憋出了这样一句。

"车马启动，往南去楚国之都。"赵德官兴奋地传达着苏秦的命令。

就当苏秦的车马就要启动之时，新燕王的特使突然问了一句：

"苏相，那么小人如何回去禀报新燕王呢？"

苏秦一听，顿时一愣。犹豫了片刻，他立即想到了这样一个现实问题：如果自己现在就这样走了，那以后如何再回燕国，如何向新燕王交代？虽然游说楚王重要，但是燕国本身不仅是这"合纵"之盟的一员，而且还是首起支持者。还有一层，这新燕王还是秦惠王的女婿。如果得罪了新燕王，他退出"合纵"阵营，转与秦国"连横"，那么即使楚王同意了加入"合纵"之盟，那自己的"合纵"之策还能不能最终成功，也是一个问题。

想到此，苏秦连忙让赵德官止住了车马。然后，让他上了自己的车，商量了半日。最后决定：车驾仪卫先随仪卫长赵德官回邯郸休整，苏秦自己带两位官差和秦三、游滑二位私仆，轻车简从，随新燕王特使回燕都奔丧，处理一下燕国国政。然后迅速返回赵都邯郸，向赵王汇报后再往楚都游说楚王。

再三交代、叮嘱好赵德官之后，苏秦换成轻便车马，告别赵德官等仪卫一行，昼夜兼程，迅即往北而去。

3. 燕都奔丧

行行重行行，每日黎明即起，日暮方息，快马加鞭，还嫌马儿跑得慢。

周显王三十六年（前 333）九月二十九，苏秦一行六人紧赶慢赶，才在日中时分望见了久别的燕都蓟城。

快接近城门时，苏秦回头问了新燕王的特使一句：

"你知道老燕王葬在何处？"

"知道，就在城外不远。"

"既然就在城外不远，那我们别忙着进城，你带我去老燕王墓前，我想先祭拜祭拜他老人家，然后再进城觐见新燕王。"

"苏相想得周到。那么，苏相就跟小人走吧。"特使说着，便调转了马头。

约一个时辰后，特使引着苏秦来到了一个小山坡前。山不高，但满山都是郁郁葱葱的林木，环境清幽静谧。苏秦吩咐两位随行的赵国官差和秦三、游滑二仆在山脚前驻车系马等候，自己则随新燕王特使沿着一条笔直的林间小道，攀上几十级石阶，来到了一片约有几十亩大的园子。

"苏相，这就是历代燕国之君的陵园。那个新墓，就是老燕王的陵寝了。"

新燕王的特使一边说着，一边顺手给苏秦指点着。

苏秦一见那座隆起的新坟，和坟前新树起的一座高大的墓碑，三步两步便抢到了近前，"扑通"一声，倒身便拜。

看着燕文公的墓碑，苏秦仿佛看见了燕文公那苍老而亲切和蔼的面容，眼前立即浮现出他老人家前后两次接见自己的情景，由此联想到自己的生平遭际，不禁悲从中来，泪如泉涌。

哭拜了约一个时辰，新燕王特使近前提醒道：

"苏相，时候不早了，咱们快进城吧，还要觐见新燕王呢。"

苏秦突然醒悟，自己因为感念燕文公知遇恩泽之情深切，回来后没有先去拜见燕国新君燕易王，而是直接到了燕文公的墓前祭拜，这可是犯了官场大忌啊！

想到此，苏秦忙随燕易王特使离开燕文公墓前，急急驱车进城，前往燕王宫，拜见新君燕易王。

约一个半时辰后，当残阳在山、红霞满天之时，苏秦这才随燕易王特使急急赶到了燕王宫。

未及通报，特使就带着苏秦直接入宫了。

此时燕易王一身孝服在身，悲伤之情还流露于眉宇之间。苏秦首先向燕易王恭恭敬敬地表达了哀悼慰问之意，接着又大大颂扬了一番燕文公的功德，同时也在燕易王面前情真意切地感念了一番燕文公对自己的知遇之恩。并顺带向燕易王说明了自己因为感念燕文公恩情心切，已经先到燕文公陵前拜祭过了。

燕易王听了，觉得苏秦真是一个有情有义的人，也是一个非常明白事理与规矩的人，因此，情不自禁地就对苏秦表露出亲切有加的情绪，不仅赐座进水，还与苏秦促膝长谈起来。

苏秦于是就将这些年来，受燕文公之托出使赵、韩、魏、齐，游说四国之君加入"合纵"之盟的情况一一仔细地向燕易王作了禀报。燕易王听到苏秦说得齐国已经答应入盟"合纵"集团的消息后，特别高兴。因为燕国南邻齐国，齐宣王一直野心勃勃，今年两次攻打燕之权，父王文公之死在很大程度上就是因为燕、齐交战，燕国危急，他老人家日夜忧心，派人四出求救，并在外交上与秦、赵、齐进行博弈，操劳过度，心力交瘁，才会这样快地离开了人世啊。如今，齐国同意入盟"合纵"集团，那么燕与齐就都是同一战壕的战友了，是手足兄弟了，燕国南境最强大的边患就可以解除了。

想到这儿，他真是高兴！同时，也不得不佩服苏秦的游说功夫，于是情不自禁地脱口夸奖道：

"先生'合纵'之计，可谓功在当代，利泽千秋！从今而后，山东诸国可保相安无事，天下黎民都将免于涂炭也！"

苏秦听了燕易王的夸奖，不仅非常高兴，同时也从心底感佩燕易王的贤明，他能看到"合纵"之计的深远意义，这不容易啊！

由此，苏秦与新主燕易王感情日深。君臣常常促膝长谈，有时甚至彻夜长谈，谈天下大势，谈燕国的未来，规划燕国的发展大计。越谈越倾心，越谈越觉得其乐融融，君臣感情与日俱增，以致苏秦计划中的离燕往楚日程一拖再拖。

　　然而，周显王三十六年（前333）十月二十九，意想不到的事情发生了。这一天，从辰时到未时，相继有十匹快骑相继飞奔进入燕都蓟城。

　　"禀大王，齐军占我武垣。"

　　"禀大王，齐军夺我阳城。"

　　"禀大王，齐军侵我曲逆。"

　　……

　　燕国南部边境十城相继被齐军夺占的急报还没报完，燕易王早已昏厥过去。

　　当苏秦从燕王的宫使那里获悉齐国军队突然于十月二十七、二十八两天之内以迅雷不及掩耳之势攻夺了燕国南部十座城池的消息，以及燕易王闻报昏厥过去的奏报时，他也差点当场昏厥过去。因为这太出乎他的意料了，他无论如何也想象不出会有这样的事情。开始他还不相信，因为他刚刚游说过齐宣王，齐宣王亲口答应"敬以敝国以相从"，同意入盟山东六国"合纵"集团。他是一个大国之君，怎么可能如此出尔反尔，言而无信呢？再说了，燕国现在还是处于国丧期间，再怎么不讲信义的国君，也不至于如此乘人之危，冒天下之大不韪啊！

　　想到此，苏秦急忙亲赴燕王宫，想一探究竟。

　　就当苏秦正要出门之时，燕王的宫使已经来传他了：

　　"苏相，大王传您宫中相见。"

　　"大王怎么样了？我正要去探视他呢。"苏秦真诚地说道。

　　"大王现在已经醒过来了，正等着您说话呢。"

　　苏秦一听这话，不禁呆住了，不知该如何面对燕易王。

　　"苏相，快走吧，大王正等得着急呢。"好久，见苏秦呆立不动，宫使不得不催促了。

　　约半个时辰后，苏秦懵懵懂懂地随宫使进了燕王大殿。远远的，他就看见了燕易王阴沉着脸，气哼哼的样子。

　　尽管心里慌乱不已，但苏秦仍然控制着情绪，保持着平静的态度。然而，就在他走到燕易王跟前，要行君臣大礼之时，燕易王已经气呼呼地开口了：

　　"往日先生贫困落魄，潦倒至燕，先王倾情相待先生，拜先生为燕相，委先生为燕使，资先生以金帛，车驾仪仗鲜明而见赵王，约六国以为'纵'。历数年，先王已逝，先生回禀寡人'合纵'将成，齐王也允诺'敬以社稷以相从'。而今言犹在耳，齐国就趁我国丧未除之际，袭夺我南境十城。而今，燕国与寡人都因为先生之故，而为天下笑；先王九泉之下，也要为此而蒙羞。请问先生，您现在还有什么话要跟寡人说呢?"

苏秦嗫嚅了半天，也没有说出一个字。

燕易王见此，以为是苏秦心虚，此前向自己禀报的不是事实，而是虚报其功。于是故意将了一军道：

"先生此前既有能耐，说得齐王'敬以社稷以相从'；而今，不知先生能否为寡人向齐王讨回被夺十城?"

苏秦一听燕易王这样说，便知道话里的意思了，如果不是自己在吹牛，真有一舌敌万师的本事，那么能够说得齐宣王加入六国"合纵"之盟，也就应当能说得齐宣王归还燕国被侵夺的南境十城。如果讨不回这十城，那么就证明他苏秦以前所说的一切都是假话，是欺世盗名的大话。

想着燕易王如此不信任自己，说出这等绝情的话来，苏秦不免心灰意冷，同时一股"士可杀，不可辱"的骨气喷然而出，一咬牙，直视燕易王，坚定地说道：

"既然大王这样说，那么臣请求再往齐国一趟，一定为大王讨回被夺的十城。"

说完了这句赌气的话，苏秦感到有一种从未有过的痛快。可是，未等踏出燕王大殿的门槛，他就有些后悔了。因为他明白，既然齐宣王能够在允诺入盟"合纵"集团之后不到三个月，就能背信弃义地做出夺燕十城的事情来，那么自己再到齐国以"合纵"盟约来说他，以"信义"二字来要他吐出已经吃进的燕国十城，这岂不是要从虎口里拔牙吗?

4. 一舌敌万师，为燕取十城

垂头丧气地走出了燕王大殿后，苏秦带着两位赵国官差和秦三、游滑两个随从，坐着两驾马车，又原路赶往齐国之都临淄。

从临淄到蓟，和从蓟往临淄，不仅是行进的方向有改变，而且季节也不同了，景色也大有改变，苏秦的心情更是大异。

从临淄到蓟，他是为燕文公奔丧。时当八月深秋，万物凋零，秋风萧瑟，想起燕文公的恩德，想到自己潦倒落魄的前半生，想到自己"合纵"大计行将成功之际，燕文公老人家却溘然长逝，不能亲见他的"合纵"之计成功后天下太平的景象，他的心情如远山近野之色一样灰暗，他的眼泪如秋风中飘舞的落叶一样哗哗直下。尽管马不停蹄，车轮飞转，昼夜兼程，但是想到燕文公，他还是嫌马儿跑得不欢，车轮转得太慢。他想早点回到蓟，去祭拜自己的知遇恩人燕文公。他还想禀告燕文公有关"合纵"计划的进展情况，以告慰他老人家的在天之灵。

从蓟往临淄，他是为燕易王去向齐宣王讨还被侵夺的南境十城。此时正当十月初冬，北国之燕已是大雪纷飞，到处都是冰天雪地，大地一片白茫茫。此时，他的心如冰一样冷，因为燕易王怀疑自己对燕的忠心，怀疑他是否真的已经说服了赵、韩、魏、齐四国之主入盟"合纵"集团，世上还有什么比不能被人信任更令人心冷的呢？还有，齐宣王作为一个堂堂大国之主，明明信誓旦旦地跟自己说过："敬以社稷以相从"，却在自己走后不到三个月，而且还在燕国国丧期间，就背信弃义地悍然对"合纵"盟国燕国发动了突然袭击，夺占燕之南境十城。一个有威望的齐国之君竟然做出这种不仁不义的事来，怎么不让他心冷？

坐在车中，望着车外白茫茫的一片大地，没有边，没有际，他觉得自己此行游说齐宣王归还燕国被侵十城的目标，正像这白茫茫的大地，望不到边际。虽然天冻地滑，马车已经跑得比回蓟时慢得多了，但他还是觉得太快，因为他一直还想不出一个见了齐宣王时如何有效说服他的方法。

周显王三十六年（前333）十二月十五，历经一个半月，苏秦终于到达齐都临淄。

尽管同样的路程，从蓟往临淄比上次从临淄回蓟多花了半个多月的时间，但这一个半月的漫漫旅途，苏秦终于在冥思苦想中想到了一个办法。他相信，他不仅可以说服齐宣王归还燕国被侵夺的十城，还能让齐国再次回归到六国"合纵"的阵营。

由于熟门熟路，下得车来，在门禁官的导引下，苏秦径直登堂入室，很快又见到了齐宣王。

齐宣王见苏秦又来了，知道他所来为何，更知道他将要说什么。顿时显得忸怩不安，神态极不自然。

苏秦一见，便知此时齐宣王的心理，他大概是怕自己要质问他为何背信弃义，为何同室操戈，为何乘人之危？

但是，苏秦却没有，而是先恭敬有加地向齐宣王跪行君臣大礼，然后满面春风地说道：

"臣今日一进临淄，就听人说大王最近有一件大喜事？"

"武安君听说了什么？"齐宣王故意装糊涂。

"臣听说大王新得燕国南境十城。"

齐宣王一听，心想，坏了，他还是提起了这事。要是他拿前次自己的盟约来质问自己，那自己还真的是理屈词穷，无言可以相对的。

"齐本是泱泱大国，而今大王又开疆拓土，新得燕之十城，真是可喜可贺！"正当齐宣王心中惴惴之时，苏秦突然说道。

齐宣王一听这话，先是错愕地看了看苏秦，然后默默地点了点头。心想，他还算是给自己面子，也算得是个识时务的人。如果他真敢拿什么信义跟寡人说理，那就大家脸上都不好看了。寡人既然已经做出来了，你又能拿寡人怎么样，拿齐国怎么样？要知道，这个世界从来都是信奉霸道的。什么仁义，什么道德，什么诚信，能够比拳头大，能够比刀剑管用？国家之间，从来就是只讲实力不讲是非的，有实力就有理，是也是，非也是，没有什么可讲的。这个道理，寡人比谁都明白。

"唉！"

正当齐宣王一扫原先的尴尬神情，一脸灿烂时，苏秦突然仰天长叹了一声。

齐宣王还没反应过来，连忙问道：

"武安君所叹何为？"

苏秦见齐宣王已然上钩了，先看了他一眼，然后语带悲怆地接口说道：

"臣叹齐国灭顶之祸已临，而大王尚不察知，故有此叹！"

齐宣王一听，顿时勃然大怒，按剑而起，逼向苏秦道：

"武安君何以一会儿庆贺寡人，一会儿又为寡人而叹？"

苏秦见齐宣王咄咄逼人之态，并不害怕。相反，他从齐宣王的这一失态行为，已然看出了他的外强中干。于是，心里更是镇定，有意摆出一副气定神闲的样子，从容不迫、不紧不慢地接着说道：

"一个人饿得奄奄一息，行将毙命，可就是不肯吞食乌喙，为什么?"

齐宣王一听苏秦突然问了这样一个问题，觉得莫名其妙。但情不自禁间，却停下了逼往苏秦的脚步。

苏秦见此，以为齐宣王不知道自己所说的"乌喙"是什么，遂问道：

"大王知道乌喙吗?"

"寡人怎么不知道乌喙呢? 不就是一种叫'乌头'，又叫'天雄'的植物吗?"

"那么大王见过吗?" 苏秦为了调动齐宣王的兴趣，故意引导地问道。

果然，齐宣王来劲了：

"寡人小时候每到秋天，就常随人到野外观赏。因为它的花瓣形状非常奇特，是呈盔状的。开出的花是青紫的，也极好看。还有，它的叶轮也有特色，呈五角形，三片全裂，侧裂片又两裂，各裂片再分裂，有粗锯齿。"

看到齐宣王说得津津有味、兴高采烈的样子，苏秦连忙恭维地说道：

"臣万万没想到，大王不仅雄才大略，而且还如此博闻强记，兴趣广泛，真是天下少见的英主!"

听到苏秦这样一恭维，齐宣王情不自禁地又退回到自己的座位上，并且显得神情慈祥多了。

苏秦见此，觉得火候差不多了。遂又回到先前的话题，说道：

"大王既然对乌喙如此了解，那么，自然知道人们不食乌喙的原因了。"

"寡人当然知道。乌喙只是一种可观可赏的植物，看着赏心悦目，但却万万吃不得。特别是它那硕大的侧根，称为'附子'，是毒性极大的。如果有人不知而误食了，立时三刻就会呜呼哀哉的。"齐宣王凿凿有据地说道。

"原来大王了解得这么深? 根据大王的说法，臣倒是悟到了一个道理。"

"什么道理?" 齐宣王问道。

"就是说，人饥饿之极也不肯吞食乌喙，乃因为吞食了乌喙，虽可苟且果腹，但实际上是与死同患的。"

"对，正是这个理，一点没错!" 齐宣王立即赞同道。

苏秦立即顺势说道：

"大王，那么齐国夺占燕国十城，是不是有点饿而食乌喙的意味呢？"

齐宣王一听，心里一沉，心想，怎么他又绕回来了？但是，他还是沉住了气，以问代答道：

"这和乌喙有什么关系？"

苏秦立即接口道：

"怎么没有关系？燕国虽然弱小，但是，当今的燕王却是强秦之王的少婿。大王得罪了燕王，不就等于得罪了秦王。得罪了强秦，其后果与吞食乌喙有什么两样？"

齐宣王一听这话，顿时一激灵，心里马上打起鼓来：寡人怎么把这码事给忘了呢？前几年，确是有人专门向寡人禀报过，秦惠王以其爱女远嫁燕文公之太子。而今这燕太子就是燕易王，秦惠王就是这燕易王的老丈人了。唉，失误！失误！寡人在决定突袭燕国南境十城时，怎么就把秦、燕这一层翁婿关系给忘了呢？唉，这下可捅了马蜂窝了。寡人之齐虽强虽大，但终究不是强秦之敌手。

想到此，齐宣王不免面露紧张之色。

齐宣王的这一神色之变，早被善于察言观色、长于分析他人心理的苏秦看得一清二楚。这是他在路上一个半月苦思冥想出来的说服策略，他就是要拿强秦来压齐宣王。因为他知道，也只有拿秦、燕的翁婿关系和秦国的强大武力，才有可能镇得住这个天不怕地不怕，敢于冒天下之大不韪，公然背约弃信，且不讲任何道义，在燕国国丧期间对弱小的盟国悍然偷袭，一口吞下燕国南部十城的家伙。

见到自己路上定下的说服策略已然奏效，苏秦遂不等齐宣王有喘息的机会，又继续恐吓道：

"而今，大王贪恋燕国十城，而与强秦结下深仇，得与失，孰多孰少？利与害，孰大孰小？还望大王三思！"

齐宣王虽然默然无语，但是苏秦心里明白，自己话说到这个份上，相信齐宣王一定会慎重考虑，并权衡利弊的。两害相权取其轻，两利相权取其大，这是做国君治国的不二法宝，他齐宣王作为大国之君，岂能不懂？

想到此，苏秦又抬头郑重地看了齐宣王一眼，然后穷寇紧追地说道：

"而今，齐国与强秦结下仇恨，秦王势必会高举匡义之大旗，广招天下之精兵，以燕国之师为雁行先锋，强秦大兵控压于其后，纠合其他诸侯之兵一起东进，与齐一决雌雄。大王之国虽强虽大，但在秦、燕等天下之师的共伐之下，恐怕也是危如累卵的。如此，大王夺燕十城而招来的灭顶之祸，与人饥而吞食乌喙的情况又有什么两样呢？"

苏秦把话说到底了，也说得明白、清楚，没有丝毫的含糊与婉约。这下，齐宣王更加紧张了，情不自禁地脱口而出道：

"事已至此，武安君以为该怎么办才好呢？"

苏秦一听，知道齐宣王已经彻底向自己屈服了。心想，既然他肯问计于自己，岂能放过这个绝佳的机会？遂立即装出热心、真诚的样子，连忙为他出谋划策道：

"大王，臣听说古人有这样一句话：'圣人之治事，善转祸而为福，因败而为功。'昔日齐桓公曾有辜负妇人的恶名，后来却益发地受到天下诸侯的尊崇；而晋国的韩厥呢，虽秉公执法得罪了恩公赵盾，但最后却二人相得，交情愈固。这是历史上非常有名的善于'转祸而为福、因败而为功'的典范，想必大王也是知道的。"

齐宣王一听，不住地点头称是。因为苏秦上面所说的两个典故，齐宣王都非常熟悉。

桓公负妇人的典故，说的是春秋霸主齐桓公的事，那可是齐宣王的祖先啊！齐宣王的这个先祖桓公，是个有名的酒徒色鬼，饮酒穷乐，食味方丈，好色无别。不仅宫中设七市，有女闾七百，淫乐无度，而且还常常披头散发为妇人驾车，日游于闹市，国人议论纷纷，批评之声不绝于街巷阡陌。周惠王二十年（齐桓公二十九年，即前657），桓公与夫人蔡姬戏于船中。蔡姬素习水性，摇荡其舟以逗桓公。桓公惧怕，连连制止。可是，蔡姬一时兴起，就是摇而不止。出得船来，桓公大怒，就将蔡姬逐回娘家。蔡姬归蔡，蔡侯大怒，立即赌气将蔡姬另嫁他国之主。为此，桓公冲冠一怒，就于次年春（前656）率诸侯之兵，共伐蔡国。蔡国是个小国，哪是齐桓公的对手。齐桓公大兵一到，蔡师一触即溃。于是，桓公又乘机伐楚，大败之。桓公因妇人之累而兴发的战争，最终却成就了他九合诸侯，一匡天下的霸业巨功。

韩厥开罪赵盾之典，说的也是春秋时代的往事。晋灵公初年，赵盾为执政。晋灵公六年（前615），西邻强秦起兵犯晋，攻占晋之羁马，情势非常危急。赵盾立即紧急组织动员晋国的军事力量，准备出师反击。但出师前，赵盾却找不到一个合适的掌军大夫——司马，这可难坏了他。因为他知道，此次与强秦一仗非同小可，它直接关系到晋国的生死存亡。因为秦国紧邻晋国，秦国日益坐大，秦、晋矛盾又日益加深，秦、晋较量乃至决战势不可免。此次秦国犯境，其势咄咄逼人，是向晋国发出的强烈挑战。因此，即将开始的这一仗，晋国只能赢不能输。但秦、晋势均力敌，晋国要赢秦国又谈何容易？因此，赵盾心里非常明白，为了保证此役取胜，物色到一个合适的掌军大夫，才是最为关键的。于是，赵盾就在朝中诸官中反复察考，最后他向晋灵公郑重推荐了韩厥为司马，执掌晋国的军政大权。但是，推荐韩厥后，赵盾还是放心不下，他怕看错了人，会造成对国家的致命伤害。如果自己推荐的司马人选失误了，不仅会直接影响到即将开始的秦、晋之战的结果，还会对今后晋国与秦国的实力对比的改变产生深远的影响。这可是关系到晋国生死存亡的大事。为此，赵盾坐立不安，心甚忧之。考虑再三，赵盾决定临阵再考察一下韩厥。于是，在晋军出师前，赵盾有意派人乘着自己的车驾干犯军列。没想到，韩厥毫不犹豫地将干犯军列者执而杀之。于是众人都议论道："韩厥必无善终！执政早上提拔他为司马，他晚上就拿执政的车驾开刀，这样的人，谁能容得下？"大家都以为，这下执政赵盾一定会罢免了韩厥的司马之职。没想到，赵盾宣召韩厥而礼遇有加，并劝慰道："我听说前人说过这样一句话：'事君者，比而不党。'讲'忠信'而行'义'，这就是'比'；为私利而举人，这就是'党'。军事上的事神圣不可干犯，但是犯了之后，要能坦荡不隐，这才叫'义'。我举荐你于晋君，怕的是你不能胜任其职。如果我所举之人不能胜任其职，那就是结党营私了。而天下之害，则无过于此。事君而结党，我何以执政？正因为有此考虑，所以我才故意设计考察你。希望你好自为之，自求多福！如果你真有才能，那么将来晋国监帅，也是非你莫属了。"然后，赵盾又遍告诸大夫道："诸位可以祝贺我了！我举荐韩厥，总算没有看错人。现在，我终于可以肯定地说，今后我将免于罪了。"结果，韩厥不负赵盾的殷切期许，与秦师战于河曲，一战而胜，秦师败绩而西遁。

苏秦见齐宣王点头，知道齐宣王知道自己上面所举的两个典故，并明白其寓意。于是，就直接点明主旨了：

"而今为齐国江山社稷考虑，臣以为，大王不如主动归还燕国十城，并遣使往咸阳，向秦王卑辞谢罪。那么，秦王一定会觉得很有面子，认为齐国归还燕国十城都是因为他的缘故。这样一来，秦王一定会感念大王、感念齐国，这不正是前人所说的'弃强仇而得石交'吗？而燕王无故而复得十城，也会感恩于齐国、戴德于大王，这岂不是前人所说的'捐前嫌而立厚交'吗？"

齐宣王听了，频频点头。

苏秦于是续又发挥道：

"秦、燕之王皆感恩戴德于大王，则燕、秦今后必臣事于齐。如此，大王若要号令天下，何人敢于不从？"

苏秦这两句，给齐宣王戴了一个"天下共主"的大帽子，使好大喜功的齐宣王大为高兴，不禁拈须而笑，频频点头。

苏秦已经跟这个齐宣王交手了三次，早已经摸透了他的心理。于是，决定索性再吹拍他几句，反正吹拍是自己的强项，又不费什么成本。遂续又说道：

"大王以虚辞附秦，而以十城取天下，这可算得上是霸王之大业啊！"

齐宣王听到此，情不自禁地拍案叫道：

"好！"

于是，立即颁令归还燕国十城。

至此，苏秦终于完成使命，为燕易王讨回了被袭夺的南境十城。于是，辞别齐宣王，登车起驾而出临淄城。

可是，刚出临淄城门，就见后面烟尘滚滚，苏秦不知发生了什么事。还未容他细想，一队队车马已然到达他的眼前。

苏秦只得叫停车驾，想看个究竟。这时，从中央一辆轩昂高车上走下了齐宣王。这可让苏秦大吃一惊，怎么齐宣王会亲自追出城门？这下，既让他惊奇不已，也使他更加糊涂了。

不等苏秦明白过来，齐宣王已经让人送上了黄金千斤。

接着，齐宣王又于道途之上向苏秦领首拜揖，口称：

"若蒙武安君不弃，寡人愿与武安君结为兄弟。"

此言一出，更让苏秦惊愕不已。苏秦连说：

"岂敢！岂敢！大王是何人，苏秦又是何人？"

但苏秦转思一想，觉得齐宣王又是送金，又是要结兄弟，如此做派，肯定是有事要求自己。于是，就对齐宣王道：

"大王有何见教，敬请吩咐，臣愿肝脑涂地，以效犬马之劳。"

果然不出苏秦所料，齐宣王确实是有求于苏秦的：

"寡人不敏，一时为臣下之言所蛊惑，有开罪于秦王与燕王的地方，烦请武安君代为周全。"

苏秦一听，心里不禁失笑，这齐宣王也真是有意思，想当初偷袭燕国十城时，怎么就没想到秦王的厉害呢？今天被俺一吓，就吓成这个样子，看来这齐宣王真是个不折不扣的外强中干的家伙。这下，苏秦对齐宣王的底细与心理就更吃透了。

尽管此时苏秦心里已经有些鄙视齐宣王了，但表面仍装得非常恭敬，连忙接口说：

"承蒙大王不弃，臣定当竭尽心力，敬请大王宽怀！不过，臣还有一言，敬请大王留意。"

齐宣王一听，连忙问道：

"武安君有何高论，敬请赐教！"

苏秦于是不紧不慢地说道：

"强秦固然不可轻忽，近邻则更不宜结怨。臣以为，山东六国相亲，才是齐国长治久安之长策。"

齐宣王一听便明白了，苏秦这是在委婉地提醒自己，不要再背弃此前的"合纵"之约，作出在六国之间相互残杀的事了。但是，苏秦的话说得婉转，给足了自己面子。于是，忙不迭地应道：

"武安君金玉之言，寡人自当铭刻在心。"

于是，宾主各做依依不舍状，然后分道扬镳。

第十章　楚山楚水一万重

1．邯郸述职

道别了齐宣王，苏秦又携二位官差及秦三、游滑二仆上路了。

走不多远，秦三突然说道：

"少爷，您现在帮燕王讨回了十城，这下他该高兴了，也会更敬佩少爷了！"

"那当然，这世上恐怕再也找不到第二个像少爷的人了，能够空口说白话，还能得到这么多黄金。"游滑接口道。

苏秦回头看了看二人，没有吱声。

行不多远，苏秦突然让车夫把车停住了。

"少爷，怎么不走了？"游滑问道。

"少爷，这寒冬腊月的，您还亲自回燕都复命吗？"秦三也问道。

"是啊，少爷，上次过易水，俺们差点没冻死。"游滑连忙提醒道。

一听这话，苏秦立即对游滑上下打量了一眼，见他现在衣冠整齐，面有得色，不禁感慨万千。

而游滑被苏秦这样看了一下，顿然浑身不自在起来，想起刚才的话，不禁惭愧地低下了头，不再说话了。

沉默了片刻，苏秦转过头来，问秦三道：

"你觉得我们现在该不该回燕都呢？"

"当然应该！只是这天寒地滑，少爷何必亲自跑一趟呢？"

苏秦一听，心中不禁一动，是啊，我何必自己亲自跑一趟呢？写封书信向燕易王禀报一下讨回十城的情况，不是也一样吗？当初从燕都出来时，燕易王对自己那样不信任，现在回去怎么见面啊？反正自己现在已经为燕易王讨回了失去的十城，这回去不回去又有什么差别呢？如果现在回去，不管怎么向燕易王禀报讨回十城的经过，都会使燕易王感到非常尴尬的。如果这样，那以后君臣怎么相处呢？相反，现在不回去，淡化这讨回十城的功劳，反而会使燕易王觉得惭愧，心中加倍感念自己的好处。俗话说："小别胜新婚。"夫妻之间的关系如此，君臣、宾主之间的关系何尝不是如此呢？

想到此，苏秦当机立断地说道：

"不回燕都了，我们先往前面走一程，找个大些的驿馆，我给燕王写封书信，就请二位赵国官差辛苦一趟，飞马直送燕都。然后，我们再继续南下，到楚国。"

"少爷的这个主意好！"秦三、游滑几乎异口同声地赞道。

一夜无话。

第二天一大早，苏秦将昨夜写好的帛书封好，对两位官差叮咛交代了一番后，也就登车出发了。

可是，走了一程之后，苏秦突然发觉，尽管自己的车上现在还插着赵王特使的旗号，但车前车后连一个官差也没了，跟随自己前后的，只是两驾马车、两个仆从、两个车夫而已。这样，哪里有一点官方的色彩？简直与当年东奔西颠，四处游说求售时的情景差不多了，人家哪里会想到自己就是燕、赵之相和赵国一人之下、万人之上的武安君呢？

想到此，苏秦顿感有些失落。

正在这时，突然听到游滑在后面轻声跟秦三说道：

"少爷就这样到楚国去见楚王，恐怕不行。"

苏秦一听，心想：这个奴才，现在比我还讲究，他大概已经习惯了随我一道前呼后拥、浩浩荡荡、人前人后风光的排场了。

苏秦正在这样想着的时候，又听秦三反问道：

"为什么不行？"

"你看，少爷的随从连一个官差也没有，就俺们两个仆人，还有两个驾车的车夫，就这两驾马车，人家楚王能相信你就是赵国的武安君？"

"武安君就是武安君，难道还假得了？"秦三不同意游滑势利的说法。

"嗨，"游滑先不以为然地"嗨"了一声，然后接着说道："你没听人说过这样的俗话，'人靠衣裳马靠鞍'吗？还有一句呢，叫做：'狗咬穿破衣。'这世道狗都势利，更何况是人呢？"

秦三一听，不吱声了。

而苏秦一听，则想了很多。是啊，就这两驾马车出使楚国，确实太显寒酸了。不仅往南迢迢万里的路上有些冷冷清清，而且到了楚都，没有气派、气势，这楚王是否能看重自己，甚或说相信不相信自己就是赵国之相与武安君，那都会有问题。游滑的话虽然有些势利、世俗，但也不无道理啊！

想到此，苏秦便有了再回赵都邯郸，重新搬回仪卫车驾的想法。

可是，当他看到两驾马车飞速前行，远比原来大队人马迂缓行动要快得多时，顿时又转念想到，还是秦三说得对，自己这个赵国之相与武安君，无论如何都是假不了的。既然如此，何必再讲什么排场呢？如果此时再折回赵都邯郸搬取车驾仪卫，所费时间就不是一天两天了。若是因此耽误了游说楚王的最佳时机，误了"合纵"大计，那就得不偿失了。这样想着，他又心安了。

十二月二十，车马行至齐国济水之北，正准备渡济水往南，前往齐国济水之南的历下休整。时近正午，突然迎面来了一队浩浩荡荡的车队仪仗。

"少爷，您看！"秦三、游滑几乎同时惊呼道。

正在沉思中的苏秦，不禁抬眼一望，看到车队打着魏国的旗号，知道是魏王派往齐国的使节车驾，那阵势，不仅威风，也很风光。

望着浩浩荡荡的魏国使节车队呼啸而过，苏秦先是一阵欣慰，后则一番沉思。

令他欣慰的是，这几年，魏国跟齐国套得很近乎，这符合自己要组织"合纵"的目标。因为只有"合纵"盟国之间相亲，才能保证"合纵"集团能够拧成一股绳，合成一股强大的抵抗强秦的力量，从而形成东西势均力敌的均衡之势，自己掌控"合纵"之盟，才能荣华富贵永固。

让他沉思的是，车驾仪卫与游说楚王的成功，到底有没有必然的联系。如果有联系，那么自己就应该折返赵都邯郸，搬取车驾仪卫，然后再加快速度，把耽搁的时间补回来。如果没有必然的联系，那也不必费事了。

沉思了片刻，望着魏国使节车队消失在远方的原野之上，苏秦突然醒悟：这车驾仪卫不是小问题，不可忽视！因为它不仅仅是一种排场，更是一种地位的象征。除此，作为国使的车驾仪卫，它还另有一种外交上的特殊意义，即象征着出使国的实力与威仪，也表达了一种对到访国的尊重含义。是啊，如果自己以这两驾马车，带着两名私仆，就轻率地到楚国去游说楚王，不仅让楚王觉得赵王不够尊重楚国，也会让楚国看轻了赵国。

正当苏秦这样想着的时候，车夫突然停下车子，回头问道：

"武安君，马上就到济水了。渡过济水，就是历下城。如果过了济水，就只能往南行，不能再回邯郸了。您看怎么走？"

"不是说过了吗？不回邯郸，往南直奔楚国之都。"苏秦不解车夫为什么突然这样问，所以又明确地说道。

"武安君，这个小人知道。小人是想，邯郸就在济水之北，离这儿也不远，反正往楚国之都还得往西走，然后再折向南。要是武安君愿意的话，不如索性再往西多走几步，就可以到赵国之都邯郸了。"

一听车夫这样说，苏秦这才想起车夫就是赵国人，经常为赵王出使各国的使节驾车，路线很熟。于是，不假思索地回答道：

"既然如此，那就先回邯郸一趟。不会耽搁太多时间吧。"

"放心，武安君！不会耽搁多少时间的，也就是多个十多天吧，以后能够找得回来的。"车夫胸有成竹地说道。

于是，两驾马车突然西折，不再南渡济水了，继续往西行进。到达齐、赵毗邻的赵国西部重镇博陵后，北渡河水，入赵国之境。然后，过武城，继续西进，经巨鹿，最后便到达了邯郸。

进入邯郸城的这一天，恰好是周显王三十七年（前332）的正月初一。

赵肃侯见到归来的武安君非常高兴，因为他早就从仪卫长赵德官那里了解到苏秦现在组织"合纵"的进展情况了。现在，不仅赵国在国际上的地位提高了，而且他本人也快成了山东六国的盟主了。

而苏秦见了赵肃侯，感到既亲切又感激。于是，仔仔细细、原原本本地向赵肃侯禀报了近两年来奉命组织"合纵"之盟的进展情况以及接下来的打算。

赵肃侯听后，对苏秦的努力及目前"合纵"之盟的进展情况表示满意与赞赏。君臣促膝长谈，相聚甚欢。

在邯郸停留了两天，苏秦便要向赵肃侯辞行道别。赵肃侯明白游说楚国入盟，事不宜迟，也就没有多留苏秦，仍旧拨付原来那个阵容豪华的车驾仪卫给苏秦，仍旧以赵德官为仪卫长，另有黄金丝帛之资。

2. 召陵怀古

与赵肃侯依依辞别之后，苏秦带着浩浩荡荡的车驾仪卫，从邯郸出发，先往东绕过赵国南部防御魏国的长城，进入魏国境内，到达魏国北部与赵毗邻的重镇肥。

然后折向东南，到达邺，再往南取道荡阴、朝歌、汲，再往西南，过少水，到达魏国南部重镇殷。又往南渡河水，进入韩国境内。先到广武，二月中旬至荥阳。

荥阳是韩国东部最重要的大城，繁华不下于韩都郑。于是，苏秦便决定在荥阳略作休整。

这时，秦三便向苏秦建议道：

"少爷，俺们可否绕道洛阳，回乡探望探望……"

没等秦三说完，苏秦就摇头否定了。游滑本来也想从旁撺掇几句，因为他也是思念洛阳心切的。

苏秦知道，秦三、游滑都是没有什么理想的小人物，他们就是平平常常的百姓，与其他人一样，都是只知道眷恋故乡，稍稍发达了点，就想在乡人面前显摆一下，出出风头，这是可以理解的。但是，他苏秦是做大事的人，就不能和他们一样儿女情长，更不应眷恋故乡。现在正是"合纵"大计进展到最关键的时刻，说不定秦惠王派出的"横人"也在马不停蹄地向着楚国进发，要去说服楚威王，劝楚国加入他们的"连横"集团呢！现在，是与时间赛跑的时候啊！虽然洛阳就近在咫尺，从荥阳往西，过了东周小朝廷巩，就到了周显王的地盘洛阳，快马加鞭，也就是几天的工夫，就可以见到自己日思夜想的爹娘与妻儿，看到魂牵梦萦的故乡洛阳。但是，现在不是时候啊！

秦三、游滑见苏秦摇头否定了他们的建议，又看到他那深沉忧虑的神色，知道苏秦考虑的是大事，不像他们这些下人想的都是小事，鼠目寸光。于是，他们只好深情地西望洛阳，摇摇头，跟着苏秦一行，继续南行。

出荥阳，再取道管、华阳，到达韩国之都郑。

到了郑，苏秦本来想顺道拜见一下韩宣惠王，向他禀报一下"合纵"的进展情况。但转思一想，觉得还是不见为好。如果见了韩宣惠王，不免又要虚与委蛇一番，费不少时间。再说，韩宣惠王不是"合纵"大计的主持人，不向他禀报也是可以的。如果拜见了韩宣惠王，那么也应该再到魏国之都大梁去一趟，也应该向魏襄王禀报一番的，因为大梁往东走，也是要不了几天时间就可以到达的。

想到此，苏秦吩咐车驾绕道郑城之外，往南速出韩国之境，复又进入魏国之境。

二月底，抵达魏国南部重镇岸门。

继续南进，三月初，抵达魏国最南部的另一大城郾。

过了郾，就进入了此行的目标国——楚国境内。

从魏城郾越境入楚，向东第一站就是楚国北部重镇召陵。

三月初九，车队在离召陵城还有十里时，经过的道旁有一个高高的土台。苏秦一见，连忙让车夫停车。然后，下车，慢慢地踱过去，再慢慢地登上那个土台。赵德官一见，连忙跟上。

登台极目远眺了一番，苏秦见赵德官也登上了土台，遂随口问道：

"你知道这个土台子是干什么的吗？"

"武安君，小人不知。"

"别看这是个普通的土台子，它可是三百多年前齐、楚二国会盟之所啊！"

"噢，原来如此！那么，武安君，齐、楚二国为什么在这里会盟呢？"赵德官问道。

"这个，说来就话长了。"

"小人无知，正好这一路也好跟武安君长长学识。"

苏秦又极目远眺了一眼周围广阔的原野，然后以深沉的语气，慢慢地说道：

"三百多年前，齐桓公休归夫人蔡姬，蔡侯冲冠一怒，一气之下，把蔡姬别嫁了他人。齐桓公闻知，立即勃然大怒。"

"他不是把蔡姬休了吗？还发什么怒？"赵德官不解地问道。

"齐桓公是当时的天下之霸，岂能容忍蔡侯别嫁女儿，岂能容忍别人染指他的女人？在他的心目中，再嫁、再娶蔡姬，都是存心冒犯他的天威。"

"这可真够霸道的！"赵德官情不自禁地评论道。

"蔡姬休归的第二年春天，齐桓公就纠合各诸侯国之师，大举伐蔡。"

"结果，怎么样？"赵德官着急地问道。

"你想，结果还能怎么样？蔡国是个小国，对付齐国根本别谈，更何况齐桓公率领的是诸侯各国之师。齐桓公率师一出，蔡国军队立即望风溃逃。"

"后来呢？"赵德官又问道。

苏秦又望了望远方，仿佛亲眼见到当年的情景似的，深沉地叙述道：

"齐桓公一举击溃蔡师后，乘机越过蔡国之境，进军楚国。"

"楚国又没惹他，他这不是师出无名吗？"赵德官也觉得齐桓公太过分了。

"是啊！当时的楚成王也是这么想的。闻听齐桓公率诸侯之师侵犯楚境，立即亲领大军迎敌。一见面，他就质问齐桓公道：'君居北海，寡人居南海，风马牛不相及，君为何无缘无故侵涉我楚国之地？'"

赵德官立即问道：

"齐桓公一定是被问得哑口无言了吧？"

"嗨，齐桓公根本不睬楚成王。只是齐相管仲答话道：'昔日周召康公命我先君太公道：五侯九伯，汝可征之，以夹辅周室。并赐我先君太公可以征伐的范围：东至海，西至河，南至穆陵，北至无棣。而今，楚国上贡周王的包茅很久都没见，周王连祭祀祖先的大礼都无法举行。因此，我们奉周王之命，前来责成此事。还有，当年昭王南巡楚国，一去而不复返，这件事也要问问清楚的。'"

"那楚成王一定气坏了吧。"赵德官又问道。

苏秦回答道：

"那当然。楚成王觉得，这真是欲加之罪，何患无辞。于是，就予以驳斥道：'楚国没有及时向周王上贡苞茅，这种事是偶尔有之的，这是寡人之罪。而今知道了，今后岂敢不贡？至于昭王出巡至楚而未归，您应当到汉水之滨去问河神！'"

"楚成王为什么要齐桓公去问河神呢？"赵德官又不解了。

"其实，周昭王南巡不归的事实真相，当时天下人皆知。并不是管仲所说的那样，是楚国人所加害。而是周昭王在渡汉水时，渡到江心，船突然解体，意外溺水而死。所以楚成王要管仲到汉水边去问河神。"

"噢，原来是这样！"赵德官恍然大悟道。

苏秦继续说道：

"其实，齐桓公和管仲并不想跟楚成王讲什么道理，他们只是想为进兵楚国寻找借口而已。于是，继续进兵，三天之内，就进抵楚国的泾。但是，楚国毕竟是大国，齐桓公虽然有备而来，但也一时打不败楚军。于是，两军从春相持到夏，就僵在那里。可是，齐桓公仍不退兵。楚成王没有办法，只得派楚将屈完率师，出奇兵绕道插入齐国境内。结果，逼迫齐师往北退扎到召陵。"

"就是现在的这个召陵，是吧。"

"对。齐桓公退兵到召陵后，还不死心。又以其所率诸侯之师人多势众，耀武扬威于楚国之师面前。于是屈完就对齐桓公说：'如果您讲道理，依道而行，我们可以商量；否则，楚国就以方城为城，以江水、汉水为护城河，您的诸侯之师能进得来吗？'"

"结果，怎么样？"赵德官急切地问道。

"屈完的话说得好，不卑不亢。齐桓公一听，知道没什么希望了。于是，只得与楚将屈完在召陵筑了这个土台子，两国约盟后，各自退兵而去。"

讲完后，苏秦又情不自禁地远眺了一眼召陵周围广阔的原野，在台上又徘徊了一会儿后，才在赵德官的催促下，走下了那个土台子。

下到最后一个土阶时，苏秦又情不自禁地叹了口气。

"武安君为什么这么伤感？那是齐桓公与楚成王的事，都几百年过去了。"赵德官自作聪明地劝慰苏秦道。

苏秦看看赵德官，摇摇头，道：

"齐桓公、楚成王，还有齐相管仲、楚将屈完，虽然都已经作古了，但是齐、楚二国都还在。而且这两个国家自来都是山东最强大的国家，也是互相不服气的国家，总是角力较量个没完没了。现在，不还是如此吗？去年的'徐州之役'，楚威王无故征伐齐宣王，不正是当初齐桓公无故兴师讨伐楚成王的翻版吗？"

赵德官一听，连忙惭愧地说道：

"还是武安君想得远！"

"好，快走吧。今天先进城，休整一下，明天早早出发。"

说着，苏秦大步流星地往自己的车驾走去。登上车后，又忍不住凭轼环顾了一眼召陵四周的城郭、村落与平畴沃野。

3. 山重水复到楚都

离开召陵后，苏秦一行先抵上蔡，再过汝水，继续南进。

三月中旬，抵达楚国重要的城池城阳。

由城阳再往南行，绕过桐柏山，就到了黾塞关。

黾塞关，位于由西北往东南绵延的桐柏山与大别山两大山系之间。整个黾塞关，呈东南走向，峡深道狭，两旁险岩壁立，阴森恐怖，确是一个雄关如铁的战略要塞，犹如秦国函谷关一般，也是一夫当关，万夫莫开的所在。

苏秦一行从此关隘通过时，都情不自禁地为大自然的鬼斧神工而感叹，也为楚国有此战略要塞而感叹。

过黾塞关，再往西南行进。三月底，苏秦一行到达楚国另一重要的城池随。

由随再折向西北，到达唐。

在唐西渡溠水，往西直行，西越汉水。

四月中旬，到达汉水西岸的重镇邓。

然后再往南，四月二十，抵鄢。

四月底，到蓝田。

邓、鄢、蓝田与邓北部的穰，几乎是在从北到南的一条直线上，在地理上构成了楚国之都郢的四道战略屏障。

穰位于楚北部长城——方城的最西端，汉水上游支流湍水的西南岸，是楚都郢的第一道战略屏障。如果秦兵出武关，向南入侵楚国，必然会向东南进军，首先抢占穰。然后，由穰再往南，就可以直捣楚都郢的第二道战略屏障邓。

邓的地理位置更为重要，它不仅是楚都郢的第二道战略屏障，也是楚国重要的粮仓。它位处汉水与湍水、泚水交汇处的弯谷，三江冲积而成的大小平原肥沃异常。

邓南部的鄢，则是穰、邓、鄢、蓝田、郢五点连线的中心点。因此，它在屏护楚都郢的战略上处于特别重要的意义。

蓝田在鄢之南，处于汉水往西大拐的一个弯道之外，是楚都郢的最后一道战略屏障。

苏秦一行，从邓到蓝田，沿着汉水由北向南，一路看到的，除了无尽的青山绿水，还有由汉水冲积而成的无数江中沙洲，汉水岸边沿着江岸往山脚绵延而上的层层梯田，以及江边、山脚下隐掩于绿树丛中的村落。一幢幢农家房舍，土坯墙，小青瓦，陡急的屋脊，与北方房舍较平缓的屋脊大不相同。

到了傍晚，远观江对岸的村落农舍，家家炊烟袅袅，直上蓝天；近看夕阳反射下的汉江，波光粼粼，红霞铺满江面。初夏的江风，习习吹拂在面庞之上，感觉既滋润又温柔，让苏秦感到有说不出的异国情调。

由蓝田再往南，就是此行的目的地——楚国都城郢。

行行重行行，越千山，涉万水，从冬走到春，从春行到夏，历经无数的艰难险阻，克服了由北到南气候变化与水土不服的无数困难，苏秦一行终于在周显王三十七年（前332）五月初八，顺利抵达南方大国楚国之都郢。

郢，东濒汉水与江水交汇所形成的云梦泽，南临江水，西有漳水、睢水、沱水交汇而流入江水，北倚著名的鱼米之乡——江汉平原。

苏秦此次虽是第二次来郢，但对郢的繁华富庶，仍然感受深刻。郢的人口之稠密，远远超过齐都临淄。如果说他游说齐宣王时说齐都临淄是"车毂击，人摩肩，连衽成帷，举袂成幕，挥汗成雨"是吹牛的话，那么，拿这话来形容楚都郢，那是一点也不虚。

郢的物产之丰富，更是其他诸侯国都城所无法比拟的。虽然他多少年来一直走南闯北，周游列国，见识不谓不广，但到了郢之市街，还是有很多物产是见也没有见过的，更不要说指出名字了。

郢的都市格局，也与北方各国之都大不相同，有着自己独特的风格。它的街道不像秦都咸阳、魏都大梁、齐都临淄那样宽广笔直，而是有些狭窄弯曲。但是，它的狭窄局促，反而造就了市井一种人头攒动、摩肩擦踵的繁华热闹氛围。它的弯曲走向，则给人一种绵延不尽的感觉。特别是有些街道，随着流过街市的小河的自然走向临水而建，更显得曲折有致。这种临水而建的街道，常常有隔水的两边建筑，一段便有一座小桥相连，在苏秦这些北国人来看，显得别有一番水乡与南国的风情。

秦三以前曾随苏秦来过郢都，并且为了求见楚宣王，在此逗留了相当长的一段时间，因此对楚都之繁华有了一个大致的印象。所以，这次进了郢都，虽然觉得亲切，也非常喜欢，但并不像游滑与苏秦随从的赵国仪卫差役们那样，觉得什么都新鲜，看个没完没了，这个东西也要伸头过去看看，那个房子也要进去瞧瞧。

苏秦见了他们这个样子，也觉得有趣，因为他理解他们的感受，他们都是第一次来南方，而且是第一次见识南国楚都迥然有别于北国都市的风情，自然凡事都觉得非常新鲜。

第十一章　"合纵"说楚王

1. 楚都冷遇

苏秦虽然非常欣赏楚都郢的市井风情，但他心里装着"合纵"大计，现在根本没有闲情逸致品味楚都之韵味。他要尽快拜见楚威王，游说他入伙"合纵"集团。于是，便命秦三引路，车驾直接驶抵楚王王宫。

可是，到了楚王宫，当仪卫长赵德官通报了身份，并请门禁官通报楚王时，却吃了闭门羹。门禁官不仅不为之通报，而且语气非常生硬：

"大王不见客。"

问其何故，则干脆不予理睬。

当赵德官硬着头皮，将情况报告了苏秦后，苏秦是又气又急。

气的是，自己是堂堂大国赵国之相，爵封武安君，现在是奉赵王之命出使楚国，楚威王怎么这个态度呢？对自己如此不礼貌，岂不就是对赵国不尊重，对赵王不礼貌尊重吗？因为自己代表的不是个人，而是赵国和赵王啊！

急的是，是不是楚威王已经知道了自己的来意，但又对是否要入盟山东六国的"合纵"集团没有拿定主意，故而想观望一阵，才有意避而不见呢？或是秦王已经抢在了自己的前头，已经拉拢楚国入伙了秦国的"连横"组织？如果是前者，那还有办法，还有希望；如果是后者，那么问题就严重了。不仅不能使楚国这个重要的国家加入"合纵"集团，而且自己千辛万苦已经说服的燕、韩、魏、齐四国，也可能因为楚国的关系，而惧秦退出"合纵"集团。若此，赵国一国何以成其"合纵"集团呢？这样，自己的"合纵"之计，岂不就被秦王的"连横"之策破了局吗？接下来山东六国不又要重新陷入相互残杀的混乱中，天下黎民百姓不又要遭殃了？更为现实的问题是，果真如此，那自己的赵相之位与武安君之爵也就难保了，重新沦为漂泊游士的日子也就不远了。

想到此，苏秦一时呆在了车中，不知如何是好？

过了好久，还是赵德官的一句话，既使他从失措的呆滞中清醒过来，又提醒了他解决问题的办法：

"武安君，今天我们不如先就馆下榻，容后再细细探问因由吧。"

苏秦一听，心想，有理！大师兄孙膑之祖孙武早就说过："知己知彼，百战不殆。"而今楚威王对我这个身为赵国之相和武安君的特殊使臣避而不见，其中必有缘故。天下没有这样不懂外交规矩的国家，况且楚国是天下有影响的大国，楚威王也不算昏庸之君。好，先住下来，然后好好打探打探消息，探得其中因由，然后对症下药，总有解决的办法。凭我苏秦的三寸不烂之舌，还怕说服不了你楚威王？只要你是人，不是神，就有人的弱点，君王的弱点，我苏秦就有突破口说服你入伙俺的"合纵"集团。

于是，苏秦重新振作起来，立即吩咐仪卫长赵德官道：

"传令起驾，就馆下榻。"

投宿下馆已定，苏秦又吩咐赵德官道：

"明日一早，你继续到楚王宫求楚王门禁官通报楚王，同时选派几个精明能干之人，深入郢都的市井、酒楼。"

赵德官立即问道：

"武安君，明天小人继续去求楚王门禁官通报，这没问题。但是，小人不明白，为什么要派人深入郢都的市井、酒楼？那样的地方，难道也能打探到有什么重要价值的消息？"

苏秦一听，不禁莞然一笑，道：

"这你就有所不知了。恰恰是这种地方，才是各种消息的渊薮。虽然这种地方的消息未必可靠，却能从中听出来自底层民众的心声，了解到一国的治乱，窥探出一国民众对其国君及其治国之策是否真心拥护的态度。由此，我们便可据此分析、判断一国的政治情况与治乱现状。"

"噢，原来是这样，都怪小人无知。好，请武安君放心，小人这就去挑选合适的人，明天一大早，就让他们分头到郢都的各大街巷与酒楼。"赵德官心领神会地答应道。

一夜无话。

第二天一大早，赵德官就前往楚王宫。与此同时，他选派的得力人员也分头前往郢都的大街小巷以及各大酒楼了。

日中时分，赵德官回来了。苏秦忙问：

"怎么样？楚王肯不肯相见？"

赵德官无奈地摇摇头。

"那么，不见的理由有没有说呢？"

赵德官还是无奈地摇摇头。

沉默了一会儿，苏秦说道：

"那好，明天继续去，直到楚王答应接见为止。老话说：'精诚所至，金石为开。'金石尚且能够感化，我就不相信，他楚王就能一直置起码的外交礼仪于不顾。"

赵德官见苏秦这样说，遂振作起精神，道：

"好！小人明天再去，直到楚王答应接见武安君为止。老话说：'水滴石穿'，小人就是一滴水，也要把楚王宫的大门滴穿。"

二人正在说着，早上派到郢都大街小巷与酒楼中打探消息的人也相继回来了。

苏秦连忙问他们情况，结果许多人回答听不懂楚国人说什么。

赵德官急了，问道：

"难道连一句也没听懂？"

其中的一个回答道：

"小人倒是有一个消息。"

"快说来听听。"苏秦与赵德官几乎异口同声地催促道。

那人一听武安君如此有兴趣，遂连忙回答道：

"小人在酒楼里跟许多南来北往的客人拉过话，其中也有郢都人。小人装作漫不经心的样子，问过他们最近有没有秦王的使臣来过，许多人都说没听说过，也没见过。"

"噢！"苏秦一听，立即神情松弛下来，默默地点点头。

第三天，第四天，一连七天，每天一大早，去大街小巷的人继续去大街小巷，到酒楼的人继续往酒楼。但到日暮归来，仍然没有什么有价值的消息。

而赵德官呢，也依然如故，每天早早出去，日中回来，但结果每天一样：门禁官还是不肯通报。

为此，苏秦只得无奈地空自叹息，如今他这个武安君，竟沦落在楚都，困守于旅舍，成了无人理睬的使臣，这像什么话！

越想越气，越气心里就越堵得慌。于是，接连几天，苏秦都是茶饭不思，坐立不安；到了晚上更是辗转反侧，难以成眠。以前，他也曾经忧思难眠，但那时作为一个漂泊求售的游士，每日忧思的是盘缠，是个人的生计，是个人的生存与温饱；而今，他贵为赵国之相，爵封武安君，奉赵王之命组织"合纵"之盟的执行人，忧思的是山东各国的安定与黎民的安危。为了这个目标，三年来，他不辞千辛万苦，不辞风刀霜剑，不避酷暑严寒，涉万水，跋千山，遍历山东五国，绞尽了脑汁，说破了嘴皮，才好歹把五国捏合到了一起，眼看"合纵"大计就要成功了，没想到在最后一关——楚国这里却卡住了。如果楚国不同意入盟"合纵"组织，那么这个"合纵"之盟最终还是不成。如果楚王久久不能决策，那结果也是一样，已经组织起来的五国"合纵"之盟，也会被瓦解的。因为只要秦国一发大兵攻打其中的一国，就会动摇其他四国之心，"合纵"之盟不攻自破。

想到此，他觉得肩上的担子有千斤之重，忧思更是无穷无尽。

2. 梅雨·小巷·栀子花

然而，忧也好，思也罢，终是不济事的。

想了几天，苏秦终于想通了，老话说："谋事在人，成事在天。"不如既来之，则安之，耐心等待一段时间，楚王总会对自己这个赵国之相、爵封武安君的赵国特使有个交代，只要见了面，一切都好办。

这样一想，苏秦终于放开了怀抱。

五月十二，楚国的梅雨天到了。这一天，从天不亮的后半夜开始，雨就淅淅沥沥地下起来。时小时大，时紧时慢，时而急雨敲窗，时而细如牛毛，但却无孔不入。

苏秦是北国之人，从来看惯的都是北国那种要么风骤雨急地狂泻一阵，要么云收雨散，碧空万里的天气，就像北国人的性格一样，要好就好，要坏就坏。他哪里见过这种南国之雨，不紧不慢、不死不活、没完没了地下法，就像这楚威王一样，到底是见，还是不见？见，又是在何时？不见又是为了什么，也不说清楚，就这样拖着，没完没了，不明不白。

待在馆舍本就乏味，由雨而想到楚威王，就更使苏秦感到郁闷了。到了下午，实在闷得不行了，心里堵得慌，于是他决定冒雨出去，到郢都小巷里走走。心想，说不定也有诸如韩都郑城杏花巷那样幽静之所。如果真有这种地方，何愁多少时光不能打发呢？

打定主意后，苏秦便去向店家借了一把油布伞，撑开就准备出门了。

店主一看，连忙制止道：

"客官，你脚下穿的是布鞋，这下雨天怎么行呢？"

说着，他便拿出了一双檋套，放在了苏秦的面前。

苏秦没见过这东西，遂连忙问道：

"老板，这是什么？派什么用处？"

店主淡然一笑，连忙打着楚国式的官话解释道：

"噢，这叫'檋套'，是南国人雨天出门所穿的雨具。穿袜不必换鞋，套着就可出门了，不湿袜，也不湿鞋，可方便了！"

苏秦一听，顿然好奇起来，连忙蹲下身子，仔细地观察起来。只见这个被店主称为"檋套"的东西，是由两块木板裁成左右脚的形状，然后在板的上面用牛皮或猪皮钉成一个半圆形，中间形成的空间，正好可以把脚伸进去。板的下面，则有前后两排齿状的高跟。

店主见苏秦是北国之人，又有兴趣，遂兴味盎然地跟他详细说起南国之人之所以制作檋套的原因，解释它有什么好处等。

苏秦听了，觉得南国之人真是聪明，真能想办法。有了檋套这样东西，下雨、下雪都不用发愁，而且穿上家里穿的布鞋，套上檋套就可以随时随地出门了，行动自由多了。

在店主的指导下，苏秦穿上檋套，谢过店家，就准备出门了。可是，还没走两步，就差点摔个人仰马翻。

店主一见，连忙叫住道：

"客官，这穿檋套有点像踩高跷，您是北国之人，不像我们南国之人从小就穿，看来您得练习一阵才能出门。来，我先来教教您吧。"

说着，店主就手扶苏秦，耐心地教了起来。练了好一会儿，他又拿来了一根棍子，让苏秦拄着自己练习。

大约练习了两顿饭时光，苏秦觉得差不多了，放下棍子也能平稳地走一段了。如果再带根棍子拄在手里，大概就没有问题了。

带着新鲜感，也带着成就感，苏秦这就一手撑着油布伞，一手拄棍，穿着檋套，就像踩高跷的架势一样，出门了。

开始是走在繁华的大街上，走得蛮稳，后来转到一个小巷，都是青石板铺就的路，年代久了，青石板走得非常光滑，天晴不注意也会打滑，更何况现在是下雨，简直就像在抹了油的石板上行走一样。苏秦个头又高大，穿着檋套，更觉重心不稳，于是只好一手牢牢地拄着棍子，同时眼睛紧盯着青石板路面，不敢有丝毫走神。

正在这时，突然有一位女子从身边飘然而过，身上还带着一股不知什么花的清香，苏秦情不自禁地驻足观看。

只见那女子，年约二十模样，穿着丝绸的袍装，头上盘着高高的发髻，足下也是穿着檋套，手上同样也是撑着一把油布伞，但颜色是红色的，不同于自己的伞是黄色的。苏秦看她撑伞、穿檋套走路的样子，扭着她那细仅盈握的楚腰，觉得有一种说不出的优雅，同时听着她穿檋套走在青石板路上，叩得青石板"噔噔"作响的节奏，更是为之陶醉不已。

就在苏秦带着无限欣赏的目光，专心致志地欣赏这位身边飘过的楚国女子的当儿，又有两位同样的女子从身旁擦肩而过。

苏秦不禁心中窃喜，想道：莫非又走到了一条如同郑城杏花巷的楚国小巷上来了。不然，怎么接二连三有这样的美女招摇过市，从自己身边走过呢？

想着，想着，苏秦的心就活动开了，脚也不自觉地迈开了，希望能够追上那三个女子，看看她们所住何在？可是，真的想追时，才知道自己在这种青石板路上穿檋套行走的水平，远远不及那三个女子的百分之一。自己还没走几步，那三个楚国女子早就转过一个弯儿没影儿了。

苏秦只好自恨自己穿檋套走路的水平太差，今天只能望美女兴叹了。于是，在心底暗下决心，回家一定好好练习穿檋套走路的本领，然后再来追美女吧。

这样想着，苏秦不自觉间就转过身来，拄着棍，撑着伞，慢慢地往回走，回到了下榻的馆舍。

回到馆舍后，苏秦不再感到闷得慌了，现在有事做了。于是，他给了客栈老板一点钱，让老板把这双檋套多借他几天。老板当然没问题，满口答应。因为这种檋套非常便宜，苏秦给的钱，不要说借，就是买也绰绰有余了。

苏秦得了檋套，就开始在馆舍里来来回回地练习。走了好长时间，秦三、游滑与许多随从都来看，觉得非常新鲜。今天因为下雨的缘故，刚才苏秦出门的时候，他们都不知道，一个个都在呼呼大睡呢。

秦三、游滑与其他官差随从人众，见主子苏秦在练习穿檋套行走，觉得有趣，心里也有想学的意思，但都不敢说出来。最后，还是游滑大胆提出来了。

苏秦一听，马上答应。心想，闲着也是闲着，不如让大家都找点事做做，学会了就可以让他们上街去玩了，免得被他们日夜紧盯着。

于是，苏秦给了店主一些钱，请他帮助买一些檋套与油布伞，因为听店主说过，这雨要下一个月呢，反正用得着。店主得钱，立即吩咐店里的三个伙计出去替苏秦买檋套与油布伞。他知道，回来苏秦少不了又有赏钱的。

第二天，早饭后，苏秦就悄悄地一个人出去了。那帮随从，或在聚乐消遣，或在练习穿檋套行走，谁也不去管主子到底要去干什么。苏秦还是一手撑伞，一手拄杖，着檋套，小心翼翼地走到昨天到过的那个铺着青石板的小巷。

可是，到了小巷，却一位美女也没有见到。正在郁闷不乐，突然身后传来"噔噔噔"的檋套叩石之声，苏秦急忙回首而望，果然来了一位女子。于是，苏秦伸长脖子，等着美女走近，今天要看个真切，昨天都只是看了个背影与大概轮廓，正面长得怎么样，一个也没看清。

近了，近了，越来越近，也是红布伞，也是着布襪，穿檋套，也是丝绸裙袍，走路的姿势也是那么优雅。

十步，九步，八步，苏秦屏息以待，憋了一口长长的气，就等着看一眼楚国美女的真面目。

三步，两步，一步，终于到眼前了。苏秦定眼一看，原来是一个年逾半百的老太婆，花白的头发，满脸的皱纹，黧黑的皮肤，双唇包不住牙，一口的大黄牙全然暴露在外。苏秦不看则已，一看都要昏过去了，不禁大失所望。

满怀期望，却大大地失望，苏秦终于没了情趣。

正准备往回走，突然，迎面来了一个撑着红色油布伞的女人。苏秦怕又要失望，就没怎么上心。不经意，走近一看，不禁让苏秦大吃一惊，惊若天人。因为是迎面走来，正面全看清楚了。

鉴于昨天的经验，苏秦立即清醒过来，也不细看了，一转身，就急急尾随上那女子。好在昨天回家练习了很久，这着檴套行走的技巧大见长进，加上手上还有一根柱仗之棍，所以，虽赶不上那女子行走得快，但也拉不下多少距离，总能若即若离，保持在视线之内。

急赶慢赶，前面突然望见有一个十字街，苏秦急了，怕那女子一转弯不见了，就再也追不上了。于是，也顾不得路人是否有怀疑的目光，急急地向前追赶。还好，终于看见了那女子是向右转进了另一条小巷。

于是，苏秦也尾随着进了那个小巷。他怕前面还会有歧道，更是追得急了。

追着，追着，终于看见那女子走进了小巷尽头的一个大院子里了。苏秦一见，心里的一块大石头终于落了地。心想，既然进了这个院子，想必飞不掉的，总会在这个院子里的。于是，紧赶几步，走上前去。一看，好大一座宅院！

但是，站在这座大宅院之前，苏秦心里翻腾开了：这是不是一个大户人家的私宅？如果是，那么刚才的那个女子就该是这户人家的千金了。人家都说："林中有好树，园中有好花，贵家有美女。"这女子这样美貌，非同一般，自然应该是贵人家的姑娘了。如果这样，那么自己还追什么呢？贵人家的千金，岂是像青青那样，可以随便用金钱能够买得到的？

想到此，苏秦就想抽身而退了，免得要闹出笑话。闹出笑话还在其次，如果这个宅第中的主人是个什么王侯或大官儿，那么，不仅自己此次来楚国游说楚王入盟"合纵"组织的大事要被耽误，说不定还会遭遇什么不测。

可是，刚刚往后走了几步，又心有不甘。于是，再次折转身来，装出一副走亲访友的模样，走到了这所大宅的门口。这时，他才看清了门楼上还有一个招牌呢，好像是块黑檀木做成的牌匾，上书三个金色大字："怡情楼"。

苏秦一看这三个字，不禁心中一喜。心想，这"怡情楼"三个字，不能说就是像郑城杏花巷的"醉春院"一样的场所，但起码可以证明不是人家的私宅。既然不是私宅，那么自己走进去，也就无大碍了。于是，他又从敞开的门里往里探了一眼。但是看不清，因为这门楼离那个大宅子，中间还有一个很深的庭院隔着，必须走过这个庭院才可能看清里面的情况。

虽然是这么想，但是，苏秦还是不敢贸然跨进门去。就这样，在门口呆立了好一会儿，想回去又放不下刚才的那个姑娘，不回去又不敢进去。

正在犹豫不决之时，看见不远处好像有一个撑着黄色油布伞的人，正向这边走过来。于是，他就远远地迎着，想问个明白，也好心中有数，进退自如了。

终于，那个人走过来了，而且还如他所预料的那样，是个男的。这两天，苏秦已经摸清楚了规律，凡是撑红色油布伞者，必定是女人。而撑黄色伞的，则一定是男人。

于是，苏秦迎上两步，先深深一揖，然后开口道：

"有劳大驾，俺想喝壶酒，请问这个怡情楼可以喝酒吗？"

那人掩耳、伸头，苏秦想，这是不是一个聋子？

于是，再试问了一遍。

只听那人叽里咕噜说了一大套，苏秦一点也听不懂。原来他说的是楚国话，不是官话雅语。

苏秦抓耳挠腮，没有办法。那个人也好像很急，不断比划。苏秦情急生智，于是，索性跟他来起手语，先指指"怡情楼"里面，接着以手作酒杯状，然后仰头而饮。那人终于明白了，点点头，还伸伸大拇指摇一摇。苏秦明白，他这是说：这里可以喝酒，很好！

苏秦于是向那人打躬作揖，表示感谢，那人也还礼如仪。

苏秦这下放心了，虽然更多的情况还不了解，但由那个楚人的比划，基本的情况总算清楚了，这就够了。

于是，苏秦就放心地迈进了"怡情楼"的门槛。穿过庭院中一段长长的条石小径，不一会儿就登堂入室了。

在堂口，有一个年过四旬，打扮得有些妖里妖气的中年妇人，正垂手而立。见苏秦到，连忙敛衽施礼。

苏秦怕她不懂北国官话雅语，只会作楚声，所以只简单地对她说了两个字：

"喝酒。"

一边说出这两个字，一边以手作杯状，仰脖而饮的样子。

没想到，这妇人一边递过一双精致的绣花布履，一边有板有眼地打着官话道：

"客官里厢请！"

苏秦一听，不禁心中大喜，这下不愁语言不通了。

于是，一边答礼，一边就立在堂口脱下襪套。接着，就准备再脱却布屦，换上妇人刚刚递上的那双绣花布屦。正当此时，只见那妇人眼疾手快，迅速跑过来搀扶，她怕苏秦单腿立地换鞋会跌倒。

苏秦脱屦换袜之时，不禁在心里感叹道：这南国与北国就是不同，南国之人比北国之人要心细得多，这欢娱之区的侍候细节也大不一样。

一边这样想着，一边又打量了一下这"怡情楼"的前堂。只见整个前堂的地上都是用巨大的条石砌成，平平整整。再仰头一看，只见屋顶很高，屋檐很低，屋坡很陡，与北国平缓的屋坡大不一样，大概是因为南国雨水较多，便于泄雨吧。

正在苏秦上下打量这"怡情楼"之时，只听那妇人用楚语叫了一声，立即又出来一位中年妇人。苏秦定眼一看，五十岁左右，但风韵非常之好，让苏秦看了也不觉有些动心。

那妇人一见苏秦，连忙裣衽施礼。接着，又对苏秦莞尔一笑，非常甜美，苏秦觉得骨头都有点酥麻了。

然后，她又细细打量了一下苏秦，用官话对苏秦道：

"客官是从北国来吧。"

苏秦点点头，心想，她恐怕就是老板娘了，她的官话说得不错，这下交流更没问题了。得好好与她热络热络，然后再把刚才看到的那个姑娘弄到手，俺这一趟也就无憾了。

苏秦这样想着的时候，已经随着老板娘来到了一间优雅的小室。走进一看，发现陈设布置也与北国不同。

只见地上铺的全是松木地板，还散发出一种松香之味，和在韩都郑城"醉春院"以草席铺地的情况大不一样。墙体都是木头构建，质朴而典雅。靠墙的几案上还有一个香炉，正在袅袅不绝地散发着一股股淡淡的清香。室内面积不大，中央放了一张小食案，食案周围放了几个布团坐垫。紧挨着食案，摆放了一张琴，这与在韩都"醉春院"看到的差不多。

但是，有一点特别引起了苏秦的注意，这就是小室是一种近于开放式的格局，整个采光的一面墙，都是由竹囊纸糊的木格窗组成。由半开的纸窗望出去，就能看见外面的一个相当规模的庭院，秀柏、矮松、小桥、流水、红花、绿叶，满园秀色，尽收眼底，看了不禁使人心旷神怡。

苏秦心想，在这种地方喝酒、听琴，眼里看着园中之美景，怀里搂着绝色之美人，怎么能不让人"怡情"呢？看来，这楼叫"怡情楼"实乃名副其实！

想着怀中搂着美人的事，苏秦突然想到刚才所追赶的那个美人。于是，就在老板娘为他奉酒之际，他又想到了在韩都"醉春院"对付老板娘的绝招：先出金帛以结其心。天下人心都一样，谁不见钱眼开？尤其做这种营生的老板娘，哪有不见钱酥了骨头的？

想到此，苏秦麻利地从怀中袖出一个小金锭，又拿出一纯齐国白帛，一并奉上。果然，老板娘一见苏秦出手如此大方，不仅那一个小金锭的价值让她乐翻了天，就是仅仅那一纯齐纨，也足够她心花怒放的，因为她识货，知道这是齐国的珍品，天下闻名。

她也不推让，满脸鲜花似的纳入袖中。接着，只听她作楚声，轻轻叫了一声，立即十几个花枝招展的姑娘应声而至。一下子，小屋子都快站不下了。

苏秦心里明白，这是老板娘让自己挑选呢。这可正中下怀，自己之所以刚才下大本钱，目的也正在此，要挑选自己刚刚在路上追踪的那个仙女。因为刚才在路上一眼，就看得印象非常深刻，所以只是眼角一扫，他就把刚才所追踪的那个女子认出来了。然后，对老板娘笑笑，指了指那姑娘。

老板娘一见苏秦所挑的姑娘，不禁会心一笑，连忙对苏秦竖起大拇指，道：

"客官真是眼光老辣，一眼就把小楼的绝色美人给挑中了。"

说着，挥了一下手，其他的姑娘都退出了，只剩下苏秦所指的那个姑娘留了下来。

接着，老板娘对着那姑娘道：

"楚楚，还不快快与客官见礼，过来侍候？可千万不能怠慢了老身今日的这位尊客，今日你什么也不必操心，管待好老身这位尊客，就是你的大功了。"

楚楚见老板娘这样说，知道眼前这位客人不简单，连忙裣衽拜礼，并立即手脚麻利地过来给苏秦又续上了一盏酒。

老板娘看看苏秦，又看看楚楚，咯咯而笑，然后站起身，边往门外退，边说道：

"客官请慢用，老身这就去备下酒小菜。"

老板娘退出，这时苏秦开始从容地打量起楚楚来。

只见她瓜子儿脸，面若粉白之桃花，白里略泛微红，是一种敷粉则显太白、施朱则嫌太红的绝佳肤色。如果比之于青青，青青肤色就略嫌太白了些；如果比之于香香，则香香就显太红了些。再看她眉毛，弯弯如一对新月，不浓不淡，恰到好处，清秀而尽显灵气。双眸盈盈，如蕴无尽之秋水，偶一抬眼，惊而一瞥，似含无限之深情。两颊的颧骨略略突出，更显整个脸庞棱角分明，活脱脱的是一个标准的美人脸型。鼻子不是太挺，但大小恰当，配在她的脸上，简直是无可移易的贴切。嘴巴略略有些大，不是那种标准的美人樱桃小嘴。但她的嘴角两边略略有些上翘，不笑之时也显得笑意写在脸上，别有一种可人的韵味。再看她的身材，也是标准的美人尺寸，个头高挑，但不像北国女人那种又高又大的样子，而是高而细长。但细长又不显得单薄，而是丰腴得当。胸围略略有些突出，腰腹则相当细平，双臀略略后翘，让男人一看就觉得女人的味道特别足，兴味也顿然倍增。

苏秦看个不停，越看越心醉，却没有丝毫的猥亵之意，他是把楚楚当成女神了，以一种崇敬的眼光来打量的。因为在他看来，这是一个绝世的美人，他要把她捧在手里，供在心里，好好欣赏，慢慢体味，不要那么早、那么快地就亵渎了这个神圣的女神。

正在苏秦痴痴呆呆地欣赏楚楚而没完没了之时，突然老板娘带着两个姑娘进来了。苏秦这时才从痴迷中清醒过来，一看原来是老板娘送来了酒菜。

楚楚见状，连忙接着，并摆放妥当。老板娘是个老精怪，那一双眼睛灵活得都会说话，刚才一推门的瞬间，就早已看清了苏秦对楚楚那种深情而痴迷的眼神，知道苏秦早已被楚楚迷得神魂颠倒了。心想，这就好，如此老身就又多了一棵摇钱树了。

想到此，老板娘对苏秦意味深长地笑了笑，就带着两个姑娘退出去了，临了还顺手带上了房门。

酒菜摆好，老板娘也出去了，楚楚开始给苏秦斟酒。

当楚楚伸出一双雪白的纤纤玉手，将酒盏高高举过眉上，请苏秦接盏而饮时，苏秦却两眼紧盯着楚楚的一双素手，久久忘了接盏。

最后，楚楚只得提醒道：

"客官请饮了此盏。"

听到楚楚官话打得字正腔圆，苏秦更是高兴了。心想，这下倒可以无障碍地与美人交流谈心了。于是，高兴地接盏在手，一饮而尽。

楚楚见苏秦好爽快，遂又满斟一盏，再次敬上。这次，苏秦没有一饮而尽，而是接盏在手，略略抿了一小口，然后就放下酒盏，再次细细地把楚楚从上到下地欣赏个没完没了。看着看着，突然情动于衷，终于忍不住了，便伸手抓起楚楚的那纤纤玉手。楚楚也并不退缩，只是红着脸，低着头，显得无比的羞涩难当。

苏秦见此，越发觉得可爱，于是就想就势将楚楚揽入怀中温存一下。没想到，楚楚立即缩手，道：

"客官请饮酒，小奴家给客官唱个小曲吧。"

说着，楚楚就跪移至琴前，轻拂香袖，出素手，抬玉腕，抚琴弦，作楚声，低低地唱道：

> 若有人兮山之阿，被薜荔兮带女萝。
> 既含睇兮又宜笑，子慕予兮善窈窕。
> 乘赤豹兮从文狸，辛夷车兮结桂旗。
> 被石兰兮带杜衡，折芳馨兮遗所思。
> 余处幽篁兮终不见天，路险难兮独后来。
> 表独立兮山之上，云容容兮而在下。
> 杳冥冥兮羌昼晦，东风飘兮神灵雨。
> 留灵修兮憺忘归，岁既晏兮孰华予？
> 采三秀兮于山间，石磊磊兮葛曼曼。
> 怨公子兮怅忘归，君思我兮不得闲。
> 山中人兮芳杜若，饮石泉兮荫松柏。
> 君思我兮然疑作。
> 雷填填兮雨冥冥，猨啾啾兮又夜鸣。
> 风飒飒兮木萧萧，思公子兮徒离忧。

苏秦虽然不甚明了曲词的深意，但楚楚婉转缠绵的歌声，却使他飘飘然如入九天之上，身心一阵畅快，连连拍案称妙。

楚楚看到苏秦那种如醉如痴的样子，觉得苏秦真正是个懂得音乐的人，是个有修养的雅士，不是那种只懂金钱与肉体的俗人。于是，在听了苏秦的称赞后，也感到非常高兴，遂又上前为苏秦再续上满满一盏。

苏秦是个最善于察言观色的人，也是最能窥探他人心理的老手。见楚楚听了自己的赞扬而面露悦色，就知道楚楚是个不同于凡俗的姑娘，得用真情打动她，切不可再贸贸然地就动手动脚了，得跟她调够了情，让她情动于衷，才可再深入一步。

想到此，苏秦放下酒盏，拿过酒壶，也满斟一盏，双手奉上，对楚楚道：

"姑娘也请满饮了此盏，容在下也为姑娘献上一曲俗调。"

说着，苏秦就径直走到琴前，坐定，抚琴而歌道：

蒹葭苍苍，白露为霜。所谓伊人，在水一方，溯洄从之，道阻且长。溯游从之，宛在水中央。

蒹葭萋萋，白露未晞。所谓伊人，在水之湄，溯洄从之，道阻且跻。溯游从之，宛在水中坻。

蒹葭采采，白露未已。所谓伊人，在水之涘，溯洄从之，道阻且右。溯游从之，宛在水中沚。

苏秦是以官话雅言唱出的，楚楚当然听得懂其中的意思。听苏秦那种深情而歌的低低男中音，再看他那种"思无邪"深情注目于自己的样子，她相信苏秦是一位多情的雅士，是真的有情于自己。

于是，她不禁为之心动，遂又上前抚琴而歌一曲道：

子之汤兮，宛丘之上兮。洵有情兮，而无望兮。

坎其击鼓，宛丘之下。无冬无夏，值其鹭羽。

坎其击缶，宛丘之道。无冬无夏，值其鹭翿。

这次楚楚还是以楚声而歌，苏秦虽然还是不太明白其意，但他听懂了一句："洵有情兮，而无望兮"。不禁在心中大为感叹，是啊，诚然是有情，那又怎么样呢？难道在这种场合相逢，还有希望结了夫妻不成？

一曲终了，二人都沉浸于无言的感慨之中。

好久，好久，谁都没说一句话。苏秦借着酒劲，一个劲儿地直勾勾地深情盯着楚楚看；而楚楚毕竟是个姑娘，她虽然对眼前这位高大英俊，而又风雅温情的男人心有好感，但只是在斟酒敬盏之际偶尔偷窥一眼。

苏秦虽然喝了不少酒，但他心里并不迷糊，从楚楚偶尔间的一瞥，他早已窥知了她的内心深处，她是爱自己的风雅有情。看来，要想打动她的心，要她动真情，还得用诚心，倾真情，下细功。

正当二人各自想着心思，室内非常沉寂之时，外面的雨下得越来越大了，下得天地一片迷茫，整个后园顿然云气氤氲，雨意迷离，显得空濛如梦境一般。再听雨点落在屋瓦之上，发出"嗒嗒"细脆的声音，仿佛是富于韵律的古老音乐。细密的雨点轻敲在鳞鳞千瓣的屋瓦之上，慢慢汇成一股股细流，顺着瓦槽与屋檐飞泻而下，犹如一道小小的瀑布展现在窗前。苏秦看了，觉得非常有诗意，遂脱口而出：

"南国好，雨亦奇。"

楚楚见苏秦这样欣赏下雨，非常不解，遂说道：

"客官有所不知，这叫'梅雨'，南国之人最怕这种'黄梅雨'。"

苏秦不解，忙问：

"梅雨？黄梅雨？"

楚楚见苏秦不明白，遂给他解释道：

"每年五六月，正是南国梅子变黄成熟之时，又是南国的雨季。这种雨下起来是霏霏不绝，朝夕不断，旬月绵延，从五月中旬一直下到六月，所以南国人把它叫做黄梅雨或梅雨。这雨才刚开始呢，会下个没完没了的，直下得天潮潮，地湿湿，家里的一切东西都要发霉，苔藓直长到家里。"

听楚楚这样一说，苏秦才知道，南国之人看这雨，并不像自己此时的心情，他们是要做活，过日子，不可能有如自己这样可以坐在屋里，以欣赏的心态听雨敲屋瓦之声，看雨泻檐下而成瀑布的景致。

过了好一会儿，雨越下越小，细如牛毛。再过一会儿，细雨渐歇。

楚楚建议道：

"客官，雨住了，此时不妨到园中一走。"

于是，苏秦就随楚楚步出小室，进入"怡情楼"的后园。

一入园内，但见树树润碧湿翠，园中小渠细流潺潺，走在林间曲曲折折的小径上，时感雨后寒气袭肘，更闻远处林中时有阵阵清香，裹风扑鼻而来，直沁入人的心肺之中，让人顿然有一种神清气爽之感。

苏秦不知道这是从哪里传来的花香，也不知道是何种花卉有如此异常之清香，感觉上就好像昨天在小巷中从一个年轻女人身上散发出来的那种清香。于是，他就好奇地问楚楚道：

"何处花香？是什么花如此清香异常？"

楚楚见问，扬手一指，道：

"喏，在那儿，一大片呢。叫栀子花，春夏开花，尤其雨后清香异常，南国女人常常以此花佩于衣襟之上，走到哪儿，香到哪儿。"

苏秦顺着楚楚手指的方向一看，果然见到不远处有一大片白色的花朵。遂连忙走了过去，只见约有半人高的碧绿丛树连成一片，叶子光滑碧绿，花儿洁白，或含苞未放，或花蕊全张。但是，苏秦觉得奇怪的是，走近了一闻，倒是没有刚才远远的闻着那么香味浓郁。于是，就问楚楚道：

"何以近闻并不如远闻清香？"

楚楚一愣，大概没有想过这个问题。过了一会儿，她突然说道：

"墙里开花墙外香。"

苏秦没想到楚楚会回答得如此巧妙，不禁在心底更加怜爱这个姑娘。又看她站在花丛之中，人映花，花映人，一时不知哪是花，哪是人？此时，他完全分不清在自己的心底，到底是栀子花美，还是楚楚美？到底是栀子花香，还是楚楚香？此情此景，此时此刻，与其说苏秦是被栀子花的香气陶醉了，还不如说是被楚楚陶醉了。

正如俗话所说："花为情之助，酒为色媒人。"立于花丛树下，苏秦与楚楚，你看我，我看你，不觉四目相对，情动于衷。尤其是苏秦，看着楚楚那立于花丛之中的妖媚之态，想着楚楚刚才那妙不可言的答语，愈益觉得她可爱至极，不禁情不可遏，一时热血沸腾，遂趁着繁花茂叶的掩护，一把将楚楚搂入怀中，并就着花丛下的一个湿淋淋的石桌成就了好事。

一阵狂风暴雨之后，花儿愈益艳，叶儿分外绿。归于平静后的苏秦与楚楚，由此更是深情不舍。

从此，朝朝欢饮，夜夜狂颠。不知不觉间，恼人的梅雨过了，转眼间时令就推移到了火热的盛夏。此时，苏秦与楚楚的欢爱，也臻于盛夏般的火热境界。

3. 楚王问计于子华

却说楚威王在苏秦到达楚都之后，之所以一直避而不见，是因为此时他派到诸侯各国探听消息的人，都还没有把消息反馈回来。他知道苏秦此次所来何为，但为了楚国的国家利益，在没有完全掌握天下大势的情况下，他是万万不可轻易作出决策的。于是，对于苏秦的求见，他就采取了"拖"的战术。

到了七月初，从各诸侯国反馈回来的消息都有了，但楚威王还是难以作出决定，毕竟这事儿太大。到底是与山东六国"合纵"有利呢，还是与秦国"连横"合算？左思右想，他始终拿不定主意。

时光荏苒，一转眼，就到七月中旬了。楚威王想，让苏秦在楚都等了快三个月了，这有些不妥，毕竟苏秦是赵国之相，而且还爵封武安君，现在又是赵王的特使，不可得罪得过甚，不然今后可能会有负面效果的。

七月十三，楚威王还是没有主意。中午时分，他突然想到老臣子华。心想，何不问问子华的意见？想到此，他立即令人去传召子华。

不一会儿，子华就到了。

子华，名章，是楚国的三朝重臣，也是位列三公的人物，官居莫敖。莫敖，这可是个非常重要的职位。在楚国，除了楚王，就是令尹，令尹就是秦、齐等国的国相，而莫敖与司马则并列而居其次。

子华在楚王之臣中，不仅官职高，而且声望也高，更有过人的见识。楚威王即位之初，就曾问计于他，这莫敖之职，也是楚威王所特封。

子华见楚威王特意召见，心里已经非常清楚，楚威王肯定是遇到了重大问题不能决断，需要问计于自己。于是，连忙随宫使进宫觐见楚威王。

楚威王见子华进来，君臣见礼毕，略作寒暄，楚威王就直接上题了：

"楚自立国以来，从先君文王到寡人本朝为止，到底有没有这样的社稷臣子，他既不为高爵，也不为厚禄，而是始终心系国家安危、人民疾苦？"

子华一听，觉得楚威王的这个问题问得奇怪，有点没头没脑，又有些莫名其妙，他不明白楚威王问这个问题的用意到底是什么，于是就推托道：

"像微臣之辈，对于这样的问题，哪有置喙的份儿？"

楚威王一听，以为子华这是在跟自己谦虚。于是，更加谦恭而诚恳地说道：

"如果连这个问题大夫都不肯明教于寡人，那么寡人今后就真的不知道如何治国为政了。"

子华见楚威王这样执着，于是，便直率地问楚威王道：

"不知大王所问的，到底是什么类型的大臣？"

楚威王见子华反问自己，到底要问哪种情况，他不禁为之一愣。

子华见楚威王正在发愣不解，于是便明确地提醒道：

"比方说，有爵高清廉，安贫乐道，而忧社稷国家者；有崇尚高爵，不拒厚禄，而忧社稷国家者；有断颈破腹，视死如归，而忧社稷国家者；有劳其筋骨，苦其心志，而忧社稷国家者；也有不为高爵，不为厚禄，而忧社稷国家者。"

楚威王一听，心想，真是不问不知道，原来心忧社稷国家之臣还分为这么多种类，怪不得子华要问寡人到底问的是哪种情况了。

这下，楚威王兴趣更浓了，他想知道子华所说的所有情况，于是，对子华道：

"大夫所说到的这些大臣，是否可以举些例子，为寡人一一说来？"

子华一听，明白了。于是，点点头，立即接口道：

"昔日令尹子文，每当朝觐楚王，或是问政于朝廷时，总是身着黑帛之服，衣冠楚楚；而散朝回家，或一人独处于室时，则只穿一件极其粗劣的鹿皮之裘。执掌楚国权柄几十年，始终如一，每天都是东方未明，就立于朝堂之上；日落时晦，方才归家就食。虽然身处高位，但却朝不谋夕，家中无一日之积。臣所谓'爵高清廉，安贫乐道，而忧社稷国家者'，令尹子文即为楷模。"

楚威王一听子华说到令尹子文，情不自禁地陷入沉思与回忆之中。

是啊，说到令尹子文，楚国君臣与百姓，谁人不知，谁人不晓，谁不敬佩怀念呢？西周共和时期，楚国有大夫名斗伯比。斗伯比的父亲，名叫若敖。若敖死后，斗伯比随母寄养于鄀子。斗伯比成人后，与鄅子之女私通，生下一子。鄅子夫人深以为耻，于是就令人将此私生之子弃于云梦泽畔。有一天，鄅子至云梦泽畔耕作，突见一母虎为一小儿哺乳。鄅子惊惧不已，急急归家，告其夫人。夫人大奇，遂令人抱回孩子，抚养而至成人。楚人言"乳"为"穀"，叫"虎"为"於菟"。于是，鄅子与夫人遂将此小儿命名为斗穀於菟，字子文。并正式将自己的女儿嫁给斗伯比，以使孩子有爹。这个名叫斗穀於菟的孩子，长大成人后，成了楚国的重要大臣，后事楚成王而为令尹。虽然子文贵为令尹，处一人之下，万人之上的高位，但却廉洁奉公，安于贫困。执政数十年，不仅家徒四壁，而且连一套像样的衣裳也没有。后来，楚国遭乱，子文又毁家以缓国难。因此，自古及今，在楚国人代代口耳相闻中，令尹子文一直被视为廉洁奉公、安贫乐道、心忧国家与人民的好官。

因此，当子华提起令尹子文的往事时，楚威王立即陷入了沉思与回忆之中。而当子华历举令尹子文的事迹，并称道令尹子文就是楚臣中"爵高清廉，安贫乐道，而忧社稷国家"的楷模时，楚威王则不住地点头。

子华见楚威王不住地点头，续又说道：

"昔日叶公子高，本为贫贱之身，寄居于蔡国。后白公作祸，楚国大乱，惠王蒙难，百姓涂炭，国家岌岌可危。当此之时，子高毅然返楚，率兵平叛，最终不仅安定了楚国之政，而且还恢宏了先君遗德，将楚国的声名播扬到了方城之外。从此，楚国国力日强，四境不侵，名不挫于诸侯。即使在楚国最为混乱的时候，天下诸侯之强者，也没有哪国胆敢举兵南向而伐楚。后来，惠王复位，封子高于叶，号为'叶公'，食田六百畛，而终有敌国之富。臣所谓'崇尚高爵，不拒厚禄，而忧社稷国家者'，叶公子高可谓典范。"

楚威王见子华又说起叶公子高，立即神情专注起来。因为叶公子高的典故，他是非常熟悉的。

叶公子高，即沈诸梁，字子高。后因功封于叶，故称叶公，又称叶公诸梁。叶公之为人，微小短瘠，行若将不胜其衣。但人不可貌相，就是这个其貌不扬，身体单薄的沈诸梁，后来却成了挽楚之大厦于将倾的千古功臣。楚惠王二年（前487），令尹子西从吴国召回已故楚平王太子建的儿子胜，任命他为巢大夫，号为白公。白公好兵而礼贤下士，欲为其父报仇。因为其父建，本是楚平王之太子，因受其太子少傅费无忌谗害，自城父逃亡到宋。后又因避宋国之乱而逃亡到郑，却被郑国所杀。其子胜幸得逃脱，亡奔吴国，以此白公胜怨郑甚深，时欲报复于郑。楚惠王六年，白公请兵于令尹子西，意欲西伐郑国，子西虽然答应，但最终没有发兵。楚惠王八年，晋伐郑，郑告急于楚，楚惠王派子西率师救郑，受郑人之贿而回。白公怨恨子西助郑，大怒，遂与勇力死士石乞等人袭杀令尹子西、司马子期于朝堂之上。并劫得楚惠王，置之楚王别馆——高府，意欲弑之。楚惠王有一个随侍，名叫屈固，乘白公不备，背负惠王亡奔到昭王夫人之宫。于是，白公乃自立为楚王。正当白公作乱自立为王时，原楚昭王司马沈尹戌之子子高，正在楚国方城之外的蔡国。方城之外的人都力劝子高回楚国平乱，子高开始有些犹豫。后来听说白公杀了楚国的贤大夫、管仲之七世孙管修，子高觉得白公不得人心，终将不能成事。于是，就急回楚国平叛。子高一回楚国，深受民众爱戴，楚人皆说："国人望君，如望慈父母"、"国人望君，如望丰年"。一个月后，在惠王之徒的协助下，子高一举平定了白公之乱，复立了楚惠王之位。从此，楚国又恢复了元气。而诸侯各国在楚国如此乱局之中，也未敢有趁火打劫，举兵向楚者，也是因为有子高的缘故。后来，楚惠王封子高于叶，并赐地六百畛，子高则坦然受之。

待到子华说完叶公子高的故事，并称说叶公子高虽然并不拒绝高官厚禄，但也是心忧社稷国家的好典范时，楚威王不仅频频点头称是，而且还由此改变了自己的看法，认识到自己以前的想法太偏狭了，并不是只有不追求官爵、不讲究厚禄的臣子，才是心忧社稷国家的好臣子。像叶公子高这样并不拒绝高官厚禄者，在关键时刻却能够挽救国家于危亡，不同样也是心忧社稷国家的好臣子吗？

子华见楚威王频频点头，知道威王认可了自己的观点，承认像子高这样"崇尚高爵，不拒厚禄"的臣子，同样也是"心忧社稷国家"的典范。于是，又说到另一种类型的"心忧社稷国家"之臣：

"昔日吴、楚交战，战于柏举，两军对垒，兵车交驰，士卒相搏。"

子华刚说到吴、楚的柏举之役一句，楚威王立即神色凝重，好像心情顿时为之沉重起来。子华知道，楚威王这肯定是由自己说到"柏举之役"而想起了比"白公之乱"更早一些的"昭王之变"。是啊，那是一段令所有楚国人都刻骨铭心、不堪回首的往事，更不要说楚威王了。

楚平王二年（前527），平王派费无忌到秦国，为太子建娶妇。无忌见秦女美而艳，遂撺掇平王自娶之。没想到，平王竟然听从了无忌的这个馊主意，果然夺其子之妇而自娶之，再为太子建另娶他妇。当时太子建有二傅，一为太傅伍奢，一为少傅无忌。无忌不得宠于太子，遂常常进谗言于平王，由此平王与太子建的关系便日益疏远。平王六年，平王使太子建居城父，戍守边疆。无忌又谗言于平王，说太子建怨恨平王夺了他的女人，居于城父，擅自拥兵，外与诸侯交结，意欲谋叛。平王遂传召太子太傅伍奢，大加斥责。伍奢知道这是无忌谗疏平王与太子间的关系，遂提醒平王道："大王为什么要因为小人的谗言，而疏离了骨肉之亲呢？"无忌则怂恿平王说："伍奢之辈，今日不制，后悔莫及。"平王于是将伍奢囚禁了起来，又令司马奋扬召太子建回朝，意欲诛之。太子建闻变，乃亡命逃奔至宋国。无忌又撺掇平王以释放其父为名，而诱捕伍奢二子伍尚、伍子胥，意欲斩草除根。结果，伍子胥察觉实情，潜逃至吴国，平王乃杀伍奢、伍尚父子二人。平王十年，吴王派公子光伐楚，败楚于陈、蔡，取太子建母而去。平王日夜不安，乃迁都至郢。平王十三年，平王卒，太子珍即位，是为昭王。昭王元年，楚人恨怨无忌谗害太子建，杀伍奢父子与郤宛，以此使郤宛的宗姓伯氏之子伯嚭及伍子胥皆亡奔于吴，吴兵遂屡屡侵楚。楚令尹子常察民情，顺民意，诛杀无忌以谢楚人，楚国民众这才平息了愤怒。昭王五年，吴伐取楚国六、潜二城。昭王七年，昭王派子常伐吴，吴则大败楚兵于豫章。昭王十年冬，吴王阖闾、伍奢之子伍子胥、郤宛宗姓伯氏之子伯嚭，与唐、蔡二国共伐楚，楚师大败，吴兵遂入楚国之都郢。昭王出奔，伍胥掘开平王之墓，鞭其尸三百而去。后幸得秦国出兵相助，楚国才得以复国。

子华见威王陷入沉思与回忆，遂止而不言。

良久，威王从沉思中醒悟过来，道：

"大夫为什么停下不说了？"

子华遂重拾刚才的话题，说道：

"昔日，吴、楚交战，战于柏举，两军对垒，兵车交驰，士卒相搏。莫敖大心抚摸着为他驾车的车夫之手，回首慨然而叹道：'唉！楚国的亡国之日就要到了！国难当头，我虽是文臣，也应该深入吴军，拼死一搏！如果我扑倒吴军一人，你就上前揪住他，以助我一臂之力。这样，也许楚国江山社稷还有一线希望！'臣所谓

'断颈破腹，视死如归，而忧社稷国家者'，莫敖大心就是榜样。"

威王听子华说到莫敖大心作为一个文臣，在国破城亡之时，视死如归，杀入敌阵的往事，深为楚国有此心忧社稷之臣而自豪，更为莫敖大心的决绝精神而深为感动，眼角之间早已挂满了泪花。

子华见威王如此动情，又继续说道：

"昔日，吴与楚战于柏举，楚师不利，吴人三战而入郢。当此之时，昭王出奔，大夫悉从，百姓离散。申包胥叹道：'我若披坚执锐，赴强敌之阵而死，虽不愧此生，但也仅比一卒。要是潜奔诸侯求救，讨得救兵，楚国或许还有一线希望。'于是，他便背着粮食，潜行出境，过崇山，逾深溪，履敝足穿，裳破膝暴，昼夜兼程，七个月才到达秦王之廷。可是，求告秦王又不得其门而入。无奈之下，他便一直守候在秦王宫门之外。双脚站累了，他就像野鹤一般，单脚轮流独立。就这样，立于秦王之宫，七天七夜，昼吟夜哭，水米不进，心结气郁，昏厥而死。至此，秦王才深受感动，冠带不及系，就急忙出宫相视，左奉其首，右濡其口，才将不省人事的申包胥救了过来。醒来后，秦王亲问道：'你是何人？'申包胥伏地回奏道：'臣非他人，乃是楚国罪臣申包胥。吴与楚战于柏举，楚人三战而入郢，寡君出奔，大夫悉从，百姓离散。臣见楚国亡国之日将至，不得已，才亡奔于秦，以求告大王。'秦王一听，沉吟再三，但仍不肯发兵相救。于是，申包胥就伏地不起。秦王回首喝令再三后，只得喟然慨叹道：'寡人以前听过一句话，叫做：万乘之君得罪于士，社稷其危。大概说的就是今天的事吧。'于是，传令出革车千乘，兵卒万人，遣秦公子子蒲、子虎为将，下武关之塞而东，与吴人战于浊水而大败之。臣所谓'劳其筋骨，苦其心志，而忧社稷国家者'，申包胥即为其人。"

威王不等子华说完申包胥哭于秦庭的往事，早已泪流满面。因为这段往事，楚国何人不知，何人又不为之感动呢？

子华续又说道：

"昔日，吴与楚战于柏举，楚师不利，吴人三战而入郢。昭王出奔，大夫悉从，百姓离散。当此之时，蒙穀正与吴人苦斗于宫唐之上。战到一半，蒙穀突然弃而不斗，急奔郢都，心想：'楚国若有遗孤，楚国社稷或许还有一线希望。'遂入楚王大宫，背负《离次之典》，浮江而下，逃于云梦之中。后来，昭王复国入郢，想要重整江山社稷，别有一番作为时，却因为国家典册皆毁于战火，百官执政无法可依、无典可据。于是，楚国上下再次一片混乱。就在此时，蒙穀背着《离次之典》回到了郢都，适时献于昭王。由此，百官得法，百姓安宁，国家大治。这就是蒙穀之功！它与保国、存国之功相同。为此，昭王封蒙穀以执圭之爵，赐田六百畛。可是，蒙穀却愤怒地说：'我并非追求爵禄的人臣，而是国家社稷之臣。如果楚国江山社稷在，楚国血脉不绝，我蒙穀何患无爵无禄？'于是，自隐于历山之中，至今无爵无位。臣所谓'不为高爵，不为厚禄，而忧社稷国家者'，蒙穀即为其人。"

威王听完子华述毕蒙穀献典而振兴楚国的往事，更为蒙穀那种不为爵、不为禄而心忧社稷国家的赤诚之情所深深感动，他再次为之泪流满面。

沉默良久，威王喟然长叹道：

"唉，大夫所说的这五位社稷之臣，可惜都是古人。今日人臣中，哪里还有呢？"

子华一听威王如此一叹，顿然知悉今日威王特意召见自己之意，原来他是为现在没有诸如令尹子文、叶公子高、莫敖大心以及申包胥、蒙穀这样心忧社稷国家的股肱之臣为国为君分忧而忧心。

于是，子华又续而说道：

"昔日，先君灵公喜好细腰，于是楚国之士都纷起节食，一时成为风尚。而节食时间一长，人自然就会变得体弱。到了最后，以致很多人都不能站立，起坐之间更要仰仗扶持。食，是人之大欲，然而为了细腰，只能忍而不食；死，是人之所恶，然而为了细腰，在所不避。臣闻之：'上有所好，下有所效。'又闻之：'其君好射，其臣爱弓。'今老臣唯恐大王无所好！臣以为，如果大王真有好贤之心，臣刚才所提到的五臣，其实都是可以立求即得的。"

楚威王一听，便明白了子华的意思，他这是在婉转地批评自己没有好贤礼贤之心，并非楚国没有诸如令尹子文、莫敖大心之类的贤臣。认为做君王的，如果确有所爱好，哪怕是不好的爱好，臣下都会群起而效之。如果自己确有好贤礼士之心，叶公子高、申包胥、蒙穀之类心忧社稷之臣，都会效死于前的。

于是，楚威王坚定地点点头，说道：

"寡人闻命！"

4. 知无不言：楚王群臣会

第二天，楚威王便大集群臣，广开言路，问计于群臣。他决定就强秦崛起于西北，赵、齐、魏、韩、燕五国结盟"合纵"于东北的既成现实，让群臣畅所欲言，充分发表自己的意见，寻求楚国将何以自处的良策，以资自己参考，最终决定楚国是加入山东"合纵"联盟，还是与秦国结成"连横"集团。因为赵王的特使苏秦已经在楚都郢等了三个月，不能老是避而不见，到底加入不加入"合纵"集团，总得要表个态，要有一个决断。不然，楚国将无法自处于列强之中，无法立国以图强。

群臣大集楚王之殿后，威王首先略略将今日集会的前因后果说了一遍，然后开诚布公地晓谕群臣道：

"今日之会，希望大家务必知无不言，言无不尽，各抒己见，以定楚之长策。"

群臣见威王今日如此大开言路，态度又是如此至诚，也就敞开心怀，抛弃了顾虑。于是，人人跃跃欲试。

楚威王话音刚落，大臣富挚抢先趋前一步道：

"臣以为，楚国应当联合山东五国，而为'合纵'之盟。"

楚威王立即问道：

"为什么？"

富挚接口道：

"楚居山东，联合五国而为'纵'亲，理所当然。"

楚威王不以为然地反问道：

"如果楚联合五国而为'纵'亲，那么势必就要结怨于强秦，强秦也必以我为敌。如此一来，秦国就有可能兵出武关，挥师东进，伐我于方城之内，那怎么办？"

"这种可能当然有，大王所虑也是有道理的。可是，大王您想想看，如果楚国不联合五国而为'纵'亲，那不是明示山东诸侯：楚国以五国为敌吗？如果这样，齐国势必会联合山东诸侯，借机南进，大举伐楚，以报去年'徐州之役'大败之仇。楚国虽强、虽大，届时恐怕也是好汉难敌众拳的。"

楚威王听富挚这样一说，觉得有理，遂点了点头。

富挚见此，遂续而说道：

"山东五国联合伐楚，楚国肯定不能支撑；楚国不能支撑，届时也就只能急而求救于秦。秦是虎狼之国，素有并吞诸侯、席卷天下之志，这是天下尽人皆知的，大王也是了然于胸的。楚国有难，而告急于秦，秦王必然口许而兵不发，作壁上观，以待楚国与五国战而俱疲，然后承其所敝，一路出函谷之关，一路出武关之塞。如果这样，到时候，楚国与山东五国都会为强秦所困，并被秦师一一击破的。"

楚威王听到此，虽然觉得富挚言之有理，但却没有直接肯定他的说法，而是突然提出了另一个问题：

"如果我大楚与秦联合，订立'连横'之约，那又怎么样呢？"

富挚听楚威王话外之音，意有与秦"连横"之想，遂立即指出"连横"之弊道：

"如果大王应诺秦王之请，结成'连横'之盟，那么势必秦为主，楚为从。秦、楚本来是势均力敌、旗鼓相当的大国，秦为主，楚为从，大王能够折节屈尊而受下人之辱吗？如果不能，那么秦、楚'连横'之盟必破，秦、楚兵戈相向势不可免。秦、楚都是天下大国、强国，二国一旦开战，必然如二虎相争，最终的结果无外乎是两败俱伤。如此一来，届时齐国就会有机可乘，承楚之敝，合山东五国之兵，南入于楚境。那样，楚国的江山社稷就要危如累卵了。大王肯定比臣更明白：为国之道，两害相权取其轻，两利相权取其大。因此，臣以为，为楚国江山社稷计，大王不如联合山东五国而为'纵'亲，这才是上策。"

富挚话音未落，大臣黄齐趋前一步，反驳道：

"臣以为不然。"

楚威王知道富挚与黄齐二人向来是政见不合，虽然在内心深处，他觉得富挚的见解与自己相合，但是今天的群臣会，本来就是要广开言路，要兼听各种意见。于是，当黄齐出来反对富挚的意见时，楚威王立即予以鼓励道：

"寡人愿闻其详。"

黄齐见楚威王话有鼓励之意，遂接口道：

"臣以为，秦国是天下强国，不可轻忽之，宜结其好，而不宜结其怨。而山东五国，则不足为虑。"

"此话怎讲？"楚威王不以为然，立即反问道：

"今山东诸侯，真正可以与楚国比肩而立、并驾齐驱的，也只有一个齐国而已。至于其余各国，则不足道也。除此，还有一点，大王也是知道的，就是燕、赵、韩三国在地缘上不能对楚国构成威胁，因为它们都不与楚国毗邻接壤，隔得远呢。"

楚威王点点头。

黄齐续而说道：

"今燕、赵、韩、魏、齐虽然联合而为'纵'亲，但是，由于五国之间积怨甚深，仇隙难弥，因此，目前山东五国的'合纵'之盟，其基础并不牢固。关于这一点，即以齐、魏二国来说，就可以一目了然。齐国一败魏于桂陵，二败魏于马陵，虏太子，杀庞涓，由此魏国这个昔日天下之霸，才会一蹶而不能振。大王想想看，有此背景，魏国能够忘恨于齐吗？齐、魏能够真正结为兄弟之盟吗？"

楚威王又点点头。

"齐国两次无故伐燕之权，又曾趁燕国国丧期间袭夺了燕国南境十城。大王想想看，有此背景，燕国会尽弃前嫌，真心实意与齐相亲吗？想当初，魏国强盛时，曾连续多年对赵国用兵，最后还攻拔了赵都邯郸，逼迫赵君盟于漳水之上。大王想想看，赵君纵然再健忘，再有度量，他能忘记这样的国耻吗？还有，魏国以前屡屡兴兵伐韩，想吞并其国，而且很多次，韩国差点就亡了国。大王想想看，韩国对于魏国这样的虎狼之邻，它能有亲近之感吗？"

这些事实，一桩桩，一件件，楚威王都是知道得清清楚楚的。黄齐一一列举出来，楚威王只得频频点头。

"五国仇隙不能消弭，怎么可能约'纵'而相亲呢？而今五国虽然勉强走到了一起，但是，臣相信：这样的苟合之盟必不能长久。今楚若合五国而为'纵'亲，则必结怨于强秦。秦、楚山川相邻，秦处西北形便之地。如果楚与秦反目，秦起大兵出武关之塞，入方城之内，夺穰，顺汉水而下，不出十日便可兵至楚都。如果郢都不能保，那么楚国也就不复为楚国了。"

楚威王听到此，面有紧张之色。

黄齐见此，遂收结强调其意道：

"因此，为楚国江山社稷计，臣以为，大王不如连秦以为'横'。楚、秦，乃天下之强。二强相合，天下莫能敌。如此，则秦、楚可共割山东五国之地。大王也知道，秦在西，楚在东，秦、楚共割五国之地，楚有地理上的便利，自然可以多割以自强。楚国强，则秦国越发不能奈何于楚。这样，待到时机成熟之时，楚国便可与秦一决高下，并吞天下而独霸。"

未等楚威王对黄齐的意见作出肯否之评判，楚国大将景舍早已趋前一步，向楚威王进谏道：

"臣以为富挚、黄齐之见皆不然。"

此言一出，不仅富挚、黄齐二人一震，而且楚威王也觉得意外。因为他想不到除了"合纵"、"连横"二途，楚国还有什么第三条道路可走。于是，兴趣盎然地直视着景舍道：

"将军可否为寡人详细说说？"

"遵命。"

说着，景舍看了看楚王殿上的其他楚国大臣，然后从容不迫地说道：

"秦国，是天下大国；楚国，也是天下大国。秦、楚相侔，旗鼓相当，如果楚与秦结为'连横'之盟，那么秦、楚谁为主，谁为从？"

楚威王点点头，觉得这个问题是绕不过去的，必须直面之。

景舍见之，遂续而说道：

"如果秦为主，楚为从，那么，大王肯定不能答应，楚国群臣也不会答应；如果楚为主，秦为从，秦王必不能允之。大王也知道，既为'连横'之盟，那么就得有盟主。天无二日，盟主也不可有二。盟主不能有二，秦、楚又不能相让，那么'连横'必不能成。'连横'不能成，则秦、楚必然会反目而为仇。"

楚威王点点头，富挚也赞同地点点头，因为在这一点上，景舍的意见与富挚的意见有交集之处。

"与其秦、楚'连横'不成而为仇，楚不如逍遥于秦与五国之外，自为一体。如此，则可左右逢源，游刃有余。待天下有变，见机而作，那么，对于楚国来说，那是利莫大焉！"

楚威王一听，心中一喜，没想到景舍这个武人还有这等骑墙的圆滑外交策略。于是，不自觉间便点了点头。

景舍见此，深受鼓舞，遂接着又说了下去：

"五国'合纵'而为亲，秦国必有猜忌之心。秦有猜忌之心，势必会先发制人，兵出于函谷关，而与五国相战。如果秦国果真与五国兵戈相向，那么，楚国就可以陈兵两路，一路驻于武关之下，一路驻于召陵，以作壁上观。待到秦国与五国力竭师疲之际，便可承其敝，而取其利。如此，则楚益强，秦益弱，山东五国也益弱。到那时，楚国的王霸之业便可水到渠成了。"

楚威王听到此，虽然没有点头表示肯定，却以眼神予以鼓励。

于是，景舍遂又说了下去：

"退一步说，即使大王没有谋霸天下之心，楚国自为一体，也不算是失策。"

"这话又是怎么讲？"楚威王问道。

"当今之世，楚国保持中立，不'连横'，不'合纵'，则山东五国为一方，秦国为一方，楚国也为一方，天下可成鼎立而三之势。如此，三者势均力敌，鼎立共存，天下可保永久太平，这不也是天下黎民百姓之福吗？"

楚威王听到此，又点点头。但是，他仍然没有表态。

楚王群臣见富挚、黄齐、景舍三人提出三种不同见解，楚威王都点头，但却没有明言到底是哪一种见解更好，知道楚威王还没有定见。于是，大家便又争先恐后地出来发表自己的看法。

争论了约有两个时辰，几乎所有在殿上的楚王群臣都就"合纵"与"连横"对楚国的利弊充分表达了自己的意见，而且各种不同见解之间的交锋还相当激烈。但是，交锋的结果，归纳起来仍然不出富挚、黄齐、景舍所阐明的三派意见。

楚威王听完群臣如此激烈的争锋，觉得其所形成的三派观点，各有道理，其对天下大势的分析都相当清晰，不禁心里窃喜：楚国不是没有人才，也不是没有心忧社稷国家之臣，如果他们不是心忧社稷之臣，那么何以为楚国想得那么长远，对天下大势那样了如指掌呢？看来，还是莫敖子华说得对啊，寡人如果真的有好贤之心，那么诸如令尹子文、叶公子高、莫敖大心以及申包胥、蒙穀这样的心忧社稷国家的贤士与良臣，都是可以立求即得的。这不，刚才群臣那样争先恐后地献计献策，不正是最好的证明吗？

想到此，楚威王心里安定多了，前几个月的焦虑也为之一扫而光。但是，威王欣慰之余，又不免犯了愁：这三派意见都各有其道理，都可算得上是虑之极深极远的真知灼见，那么到底听从哪一派意见好呢？虽然第一派意见占了上风，但第二派意见与第三派意见也是自有独到的见解，不能不仔细考量啊！

群臣散后，楚威王却独自愁上眉头，坐立不安起来。因为到底听从哪派意见并最终采纳之，还得由自己一人作决断。决断，决断，这决断谈何容易！

思前想后，最终楚威王还是觉得相对来说，第一派意见比较保险，最起码就目前情况来说是这样。而第二派、第三派意见，虽然也有道理，但风险比较大。

有了初步的倾向，楚威王决定可以接见赵王特使——武安君苏秦了，不妨再听听他怎么说。他来楚国，要拜见寡人，不正是要游说寡人，劝寡人入盟山东五国"合纵"集团吗？如果他说得有理，那么，寡人就可以作出决断了。

主意拿定，楚威王立即派人通知赵国特使，请他明日来见。

5. 言无不尽：利诱说楚王

周显王三十七年（前332）七月十五，苏秦奉命来见楚威王。

为了这一天，苏秦在楚都郢等了近三个月。在此，他度过了楚国早晚凉爽、还算舒服的初夏，熬过了闷热难当的梅雨季节，现在又迎来了酷热难当的盛夏。等得好不辛苦！

被楚王宫使导引着走进楚王大殿后，苏秦先给楚威王拜揖施礼，然后略作寒暄。楚威王连忙回应，还礼如仪。

待到礼毕，与楚威王分庭抗礼坐定后，苏秦首先向楚威王转达了赵王的问候，然后简要地向楚威王述说了自从奉赵王之命以来，自己这几年组织山东诸国"合纵"联盟的进展情况。

述及于此，苏秦突然就此打住，不再说什么了。

楚威王一见，不免心中疑惑起来：难道他千里迢迢，不辞山高水险，不畏严寒酷暑，又在楚都郢苦等了三个月，仅仅是为了向寡人转致一声赵王的问候，通报一下山东五国"合纵"的进展情况吗？难道他原本就没有要游说寡人入盟"合纵"联盟的打算？难道寡人和楚国所有大臣都判断错误了？

想到此，楚威王不禁抬头暗中偷窥了一下苏秦的神色。只见苏秦不仅神色自若，而且脸上还略带一丝不为人察知的微笑。顿时，楚威王心里开始打鼓了：难道苏秦到楚国来真的不是为了游说自己，要楚国入盟山东五国"合纵"集团？如果是这样，那么苏秦来此通报寡人"合纵"进展情况意欲何为呢？难道是来替齐国向寡人示威不成？或是别有其他用意？

正当楚威王低头沉思，在心里揣摩苏秦说话何以刚开了头却又突然煞了尾的原因时，苏秦已经一边作势起身，一边恭恭敬敬地说道：

"大王日理万机，今日能拨冗相见，使臣有幸能一睹大王威仪，臣已是心满意足了。而今，臣已将赵王的致意当面上达了大王，也算完成了使命。况且，臣在楚都已滞留了三个月，现在也该回去向赵王复命了。"

楚威王一见，来不及细想，立即强装笑容，恭敬有加地说道：

"寡人仰慕先生如同仰慕古人，日夜企踵盼望先生已经很久了。今先生不远千里，冲寒冒暑，辱临寡人之国，何以如此行色匆匆，不肯稍作逗留？其中的原因，不知先生能否跟寡人说说？"

苏秦一听，心想：可真会说话，也真会自己转弯。我是在跟你打心理战，在吊你的胃口，你晾了我三个月，难道我今天不玩玩你？古人说："有来无往非君子"嘛。你是楚国之王，俺可是赵国的武安君和国相，还是五国"合纵"的纵约长，你以为俺是谁？可以随便晾着，随便可以唤来唤去的吗？俺能玩赵、齐、魏、韩、燕五国之王于股掌之上，还玩不转你楚威王？笑话！但是，又一想，觉得不能玩过头了。自己还有正事呢，还得回到正题上，游说楚威王入伙"合纵"联盟。

想到这，苏秦连忙就坡下驴，接住威王的话岔，回应道：

"楚都的繁华，天下何人不知，何人不恋。只是楚国之食贵于玉，楚国之薪贵于桂，谒者难得一见如鬼神，大王难得一见如天帝。而今，让臣食玉炊桂，因鬼见帝，哪里还敢多逗留于楚呢？"

楚威王一听，马上明白了，苏秦这是在发牢骚，说我楚王不招待他住楚国的官方驿馆，而让他自己掏钱食宿，对他不礼遇。这个，倒也不怪他埋怨，寡人做得有些欠周到了。当初只是因为没有拿定主意，派往各国的谍报人员的情报也没有都反馈回来，所以寡人采取了以拖观变的策略，只知道等决策已定再召见他，未曾考虑到应该按外交规矩，先安排他住楚国的官方驿馆，好好招待他。至于他埋怨寡人的门禁官不肯通报寡人，那是错怪了这些谒者，他们还没有这个狗胆，是寡人知会他们不让通报的。

想到此，楚威王忙打哈哈道：

"寡人失礼了，请先生海涵！寡人一定马上安排先生入住官舍。"

苏秦一听，知道楚威王在婉约地认错，答应礼遇招待自己住楚国的官方驿馆了。自己倒不是没有钱，住不起酒肆客馆，而是争赵国的尊严与自己武安君的面子。于是，便又与楚威王分庭抗礼坐下。因为楚威王说过"寡人失礼了"，也得给他面子啊！再说自己的正事还没办，怎么能就这样走了呢？

楚威王也不是傻瓜，也知道苏秦是什么心思，只是双方各有需要，心照不宣而已。大家都得上正题，办大事。因为自己是主，苏秦是客，于是楚威王又主动开口道：

"先生乃天下贤士，寡人心仪已久，日夜盼先生如久旱之盼甘霖，暗夜之盼星月。而今，有幸亲见先生，若得先生耳提面命，不吝赐教，则不仅是寡人之幸，也是楚国万民之幸。"

苏秦一听，心想：还真会吹拍，差不多不输给自己了。不过，楚威王既然说请自己赐教，这倒是一个非常好的上题机会。于是，立即接口道：

"大王言之太过！微臣实在是不敢当！大王若有驱使，臣愿肝脑涂地，以效犬马之劳。"

楚威王见苏秦不绕弯子，自己也不想绕弯子了，大家心里都明白着呢，何必多费口舌呢？于是，非常直接地问道：

"先生为赵王合山东诸侯而为'纵'亲，善莫大焉！至于寡人之国，将何以自求其安？希望先生也能不吝赐教于寡人。"

苏秦见楚威王说得如此直接，真是让自己省了不少周折。于是，便自然而然地接上了楚威王的话柄，游说了起来：

"楚国，是天下强国；大王，是天下明君，天下何人不知？"

楚威王一听，就知道这是拍马屁的话。但是，他毕竟是人，就有人的共同弱点——喜欢听奉承的话，而且他是楚国之王，比常人更习惯于听吹拍的话。苏秦这两句吹拍的话，既吹拍了楚国，也奉承了他，因此，他听来就格外受用。

苏秦这些年来，从秦国吹到燕国，又从燕国吹到赵国，再到韩国、魏国、齐国，哪一个诸侯国之王没被他吹得入了套？他现在可以说已经完全掌握了所有国君的心理。因此，上面两句出口，他用不着再察看楚威王的表情，就知道楚威王会有什么表情，会有什么心理反应。

于是，他又继续吹拍道：

"大王之国，西有黔中、巫郡，东有夏州、海阳，南有洞庭、苍梧，北有汾泾、郇阳。地之方圆五千里，带甲雄兵过百万，战车千乘，骏骑万匹，粟支十年。若说楚是天下王霸之国，那绝对不是溢美之辞！"

楚威王一听，苏秦对楚国情况果然了如指掌，所说楚国之优势并不都是吹拍自己的话，基本上是属实的。于是，情不自禁地点点头。

苏秦见楚威王听了自己的几句吹拍，意有得色，遂又加了两句："以楚国之强，以大王之贤，天下诸侯，何人能当？"

这下，楚威王更得意了。虽然没点头，但从表情上可以看出，心里是乐开了花。

苏秦是什么人？他是最擅长察言观色，揣摩人心理的，他这些年通过反复揣摩师父鬼谷子的《摩》、《揣》二篇，结合自己这些年来游说各国诸侯王的成功与失败两个方面的实践经验，现在对揣摩他人心理特别是君王心理的水平，可谓是达到了炉火纯青的地步了。他看看楚威王已经被自己吹到了九天之云端了，心想，这下差不多了，得让他跌落到九地之下了。于是，话锋急转直下，道："可是，最近臣却听到诸侯之中流传着一种有关大王与楚国的负面说法。"

"什么说法？"楚威王迫不及待地问道。

"说大王而今正准备与秦'连横'，意欲屈尊折节，西面而事秦。如果真有此事，臣则深为大王羞之。"

楚威王一听，立即颜色陡变，脸上的得意之色顿消。因为他毕竟是人，而且是一个自认为是万万人之上的楚国之王，自尊心当然更强。于是，立即口气生硬地说道：

"听何人所说？"

苏秦知道楚威王会这么说，遂又顺着自己刚才的思路，补了一句道：

"如果大王折节推尊秦王，如果楚国西面而臣事于秦，那么，从此以后，山东诸侯必不会南面而朝大王于章台之下。"

楚威王听苏秦又说出这两句，立即从情感的漩涡中脱出，恢复了君王应有的理智。觉得苏秦这两句说得虽然直接，却一针见血，说到了问题的根本上。对啊，如果楚国与秦国"连横"，那么势必要折节屈尊，尊秦国为龙头老大。这一点，在昨天的群臣大会上就有许多人提到了，自己也曾想到过。楚若西面而事秦，即使自己屈得了尊，受得了委屈，堂堂楚国却受不了这个屈辱，楚国的列祖列宗也丢不起这个脸啊！而一旦楚国与秦国"连横"，屈尊而事秦，则山东诸侯各国则必不会南面而奉楚国为主，朝拜自己于章华台之下了。是屈尊事秦而朝秦王，还是让山东诸侯各国南面事楚而朝自己？这在心理上的感受可是决然不同的。

想到此，楚威王不禁一时陷入了沉思，良久无言。

苏秦一见，心中窃喜：中了！俺就是要你楚威王不得不在两难之中自己作出选择，让你知道"合纵"与"连横"对楚国，对你楚威王的利害关系。你不是好面子吗？俺就专门拣与你面子有关的难题说，让你自己在好面子的心理下不得不中了俺的套，作出入盟俺"合纵"集团的决策。不然，俺把"合纵"的好处说得再多，你也未必听得进去。

想到此，苏秦不免在心里非常得意。但是，他是一个做大事的人，是不会喜怒而形于色的。于是，他静静地看着楚威王，等着楚威王的反应。

过了好久，楚威王好像是在心里自己说服了自己，自顾自地在沉思中点点头。

苏秦察觉到楚威王这一细微的表情，由此洞悉了他刚才的心路历程。于是，立即抓住机会，又说道：

"天下诸侯之众，而秦国真正有所畏惧的，也只有一个楚国而已。楚国强，则秦国必弱；楚国弱，则秦国必强。这就好比一山而有二虎，其势不可两立。"

楚威王一听，觉得这个道理讲得透彻，秦、楚二国事实上就是苏秦所说的一山之二虎，无论如何，终究都是势不两立的，这是国家利益与利害关系决定的，没有别的理由。于是，楚威王情不自禁地点点头。

苏秦见此，知道楚威王已经完全明白了利害关系，于是就单刀直入，直奔主题了：

"因此，而今为楚国长远利益考虑，臣以为，大王不如允请赵王'合纵'之约，联合山东五国以孤立秦国。"

楚威王至此完全明白了，苏秦这次所来果然是为了游说自己入伙"合纵"之盟，要楚国与山东五国"合纵"相亲，预防楚国与秦国"连横"的。刚才他还急切地要告辞，原来那是作势装样的。想到此，他不免哑然失笑。

苏秦不知楚威王所笑为何，以为他是笑自己想撞骗他入伙"合纵"联盟的伎俩太幼稚了。如果是这样，那么这游说的目标就难以实现了。

想到此，苏秦倒有些急了。情急之中，便情不自禁地故伎重演，使出了以前对付其他五国之君的绝招，索性将利害关系说得明明白白道：

"如果大王自绝于山东诸侯，不与五国'合纵'相亲，那么，楚国今后势必就要陷于孤弱无援的困境。楚国孤立无援，那么强秦必起两军而伐楚。一军出武关，一军下黔中。如果这样，那么大王的鄢、郢二都就要危如累卵了。臣听说楚国先贤老子有言：'为之其未有，治之其未乱。'凡事要预先善自筹划，防患于未然，才能立于不败之地。如果祸患已至，而后忧之，那就为时已晚。因此，臣希望大王早作打算，为楚国江山社稷谋一个长治久安之计。"

楚威王虽然心里觉得苏秦说得非常有道理，但是，知道苏秦的底牌后，他倒不急了。于是，故意不接苏秦的话头，故作深沉，一言不发。

苏秦知道，楚威王这是在跟自己打心理战呢！心想，下面得再来一个绝招——诱之以利。因为这一招在他所游说的所有诸侯王中，都是百发百中，相信楚威王自然也不会例外。于是，接着说道：

"如果大王能够真心听取臣之愚计，臣可以保证，一旦六国'合纵'成，山东五国必奉四时之贡，以听大王之明诏；必委其社稷宗庙，练士厉兵，以为大王所用。"

楚威王一听苏秦说可以让山东诸侯各国都听从于自己，奉自己为主，于是虚荣心顿然膨胀起来，脸上的欣然之色不免泄露了他心中的秘密。

苏秦立即察知了楚威王的这一细微的心理变化，知道诱之以利的招数果然奏效了。于是，一鼓作气，进一步诱之以利道：

"大王要是真的能听从臣之愚计，那么，届时韩、魏、齐、燕、赵、卫诸国的妙音美人，一定会充溢于大王的后宫；赵、代二地的良马、骆驼，一定会挤满楚国的外厩。"

楚威王这时再也掩饰不住欣喜之情，不禁得意地拈须而笑。

苏秦一见这阵势，知道这下更中了楚威王的下怀。因为他知道，楚威王与其他君王一样，也是好色之徒，他的后宫虽有成百上千的南国细腰美姬，但韩、魏、齐、燕、赵、卫等北国能歌善舞的美人的风骚雅韵，他还没有领略过。至于赵、代的良马、骆驼，那更是他想得到的，因为要想在战场上争锋较量取得优势，骏马良驹和输送粮草的骆驼，都是非常重要的，是战争取胜的一个不可忽视的重要因素。楚威王既然想当老大，做天下之主，必然垂涎于赵、代的良马、骆驼。

苏秦见已经说动了楚威王之心，于是，趁热打铁道：

"因此，楚合山东诸侯而为'纵'，则楚为王；楚与强秦为'连横'，则秦为帝。而今，大王欲弃王霸之大业，而取折节屈人之丑名，臣私心所虑，深为大王所不取。"

楚威王一听，觉得有理，遂肯定地点点头。

苏秦见楚威王的态度至此终于明朗了，心里虽然轻松了许多，但并不敢有一丝放松。续又明确向楚威王申述"连横"之弊道：

"秦是虎狼之国，早有席卷天下之志，并吞八荒之心，这是天下人人尽知的。秦是天下的公敌，诸侯的仇寇，这也是大王所知道的。可是，那些力主与强秦'连横'的'横人'，则出于一己之私心，为谋一己之私利，全然不顾天下安危，不恤天下百姓疾苦，凭三寸不烂之舌，周游于天下诸侯之间，极力撺掇诸侯各国割地以事秦，以求一朝一夕之苟安。这岂不是养仇而奉寇、纵虎而为患吗？"

苏秦说到这里，突然顿住，用眼扫了一下楚王殿上的楚国群臣。又看了看楚威王，然后续又说了下去：

"为人之臣，不思报效其主，为其主开疆拓土，而只想着割其主之地，以外交虎狼之强秦，助强秦以侵天下，这是何居心？大王也知道，'横人'既是为了自谋其利，那么大王就别指望着他们在突然有秦患时能够挺身而出，为诸侯各国排忧解难。"

说完，苏秦再次扫视了一眼楚王殿上的楚臣，没有一个人出声，大殿上静得连大家彼此呼吸之声都能听得见。

苏秦又看看楚威王，见他神情非常专注，正襟危坐。遂又提高声调道：

"外挟强秦之威，而内劫其主，以求割地而效秦，大逆不忠，无过于此。"

苏秦这是敲山震虎，是以内奸不忠的大帽子，先把楚王朝中可能有的主张"连横"之臣压下去，因为他懂得每个为臣者都怕被君王怀疑是对自己、对国家不忠的内奸。见楚威王点头，又见楚国群臣三缄其口，鸦雀无声，知道这一震慑"连横"派的策略是非常有效的。于是，再接再厉地总结道：

"'纵'成，则山东诸侯割地以事楚；'横'成，则楚割地以事秦。是'合纵'，还是'连横'，这其间的利与弊，孰大孰小，大王想必是非常清楚的。而今之计，对于楚国来说，要么与山东五国'合纵'为亲，要么与强秦'连横'结盟。二者必居其一，除此，别无第三条道路可走。而今，臣奉敝邑赵王之命，效愚计，奉明约，明利害，敬请大王决断！"

楚威王见苏秦把话已经说到这个份上，只得表态了。同时，此时他也觉得可以作出决断并表态了。因为刚才苏秦所说，基本上吻合了自己心中的想法。再者，昨天的群臣大会上主张"合纵"者也是主流，看来与山东五国相亲"合纵"，应该算是比较明智之策。

想到此，楚威王终于明确地回复苏秦道：

"寡人之国，地狭民贫，又西与强秦为邻。秦夙有举巴、蜀，并汉中之心。秦为虎狼之国，不可亲近，寡人自然心知肚明。然而，寡人虽有联合韩、魏以制衡强秦之心，可是，由于韩、魏二国都迫于秦患，楚国也不敢与之深谋。原因非常简单，因为一旦楚国和韩、魏相与为谋，或有所动作，'横人'侦知而密告于秦，那么势必会有'谋未发而国已危'的后果。这一点，想必武安君也会想到的吧。"

楚威王说到这里，苏秦终于知道了楚威王真实的心理，了解到楚威王对加入山东诸国"合纵"联盟患得患失的原因，对他三个月不见自己的背景也予以了理解。是啊，他是一国之君，有自己的难处，他要为楚国谋取最大的国家利益，不得不慎重啊！

苏秦正在设身处地为楚威王作想时，楚威王又说道：

"寡人私下也曾反复想过，自以为，以楚国目前的实力来对抗强秦，未必能有胜算。在与群臣的谋划中，也再三作过权衡，觉得以一楚而抗强秦，还没有太大的把握。为此，寡人常常卧不安席，食不甘味，心摇摇如悬旌，而终无所托，策无所定。今主君欲定天下，安诸侯，存危国，寡人心意已决，若蒙赵王不弃，寡人敬奉敝邑社稷以相从。"

苏秦一听，一颗悬着的心终于放下了。至此，他的"合纵"之计终于完全成功了！他多少年为之奋斗的计划实现了！他的人生目标也实现了！此时此刻，他的心情是何等激动，那是任何人都无法体会得到的。

还未等苏秦从惊喜、激动、兴奋之中清醒过来，楚威王又比照赵王的规格，拜他为楚国之相，并饰车百乘，赐黄金千斤，楚玉百双，锦绣千纯，令其北报赵王。

第十二章　"合纵"成功日，北报赵君王

1．宝马雕车香满路

周显王三十七年（前 332）七月十六，身兼燕、赵、楚三国之相的武安君苏秦，打着楚、赵二国的旗子，率领二百乘车驾仪卫，浩浩荡荡地向北进发了。

坐在高马轩车之上，看着前不见头后不见尾的车驾仪卫，苏秦再次想到了自己当初游说诸侯各国未遇之时的狼狈落魄之相，想到了此前所遭遇到的无数世态炎凉，心里不免再次生发出无限的感慨！

然而，感慨了一番自己的人生际遇之后，苏秦突然又感到了巨大的压力向他倾顶而来。虽然而今前呼后拥，裘马扬扬，是无限的风光，但从今天开始，山东六国的安危就系于自己一身了，因为自己是山东六国"合纵"联盟的组织者与实施者——纵约长。有其名，就得担其责。同时，他心里也非常清楚，楚威王这次之所以拜自己为楚国之相，又比照赵王的规格，另给自己配备了与赵王所给的同样的车驾仪卫，这并不是为了让自己在世人面前显摆，出风头、露风光，而是别有用意的啊！这里既有笼络自己这个"纵约长"，为楚国在联盟中争取最大利益的意味，又有与"合纵"组织的发起人赵王互别苗头、争夺盟主地位的意向，更有借此浩大的车驾仪卫为楚国制造声势，昭告天下，特别是向秦国示威的意思。

虽然秦王看不到苏秦这威仪凛凛的车驾仪卫队伍，感受不到楚王在向自己示威的压力；但苏秦车驾所过之处的声势及其影响却真是很大，不仅令所过之处的民众为之侧目，疑为王者，而且从楚往北，行过的诸侯各国之王无不闻风而动，早早发使迎送奉赠。

九月初八，抵达韩都郑，韩宣惠王早早就发使出东门迎接苏秦。除了车马金帛之资外，韩宣惠王也依燕、赵、楚三王之例，纳韩之相印于苏秦。苏秦也乘机向韩宣惠王禀报了组织"合纵"的具

256

体过程及其细节。

九月十六，苏秦往东北折向魏都大梁，因为魏襄王之使早已经迎到了韩国都城郑。

苏秦见到魏襄王，见才分别一年多，四十岁不到的魏襄王就憔悴得如同一个小老头，早已经没有了去年五月接见自己时那个雄姿英发、血气方刚、慷慨激昂的样子了，苏秦不禁为之一惊。而魏襄王见了苏秦，则像鱼儿见了水，不仅连忙赐坐，而且嘘寒问暖，问短问长。

苏秦见魏襄公对自己如此亲切，在深切感动之余，就更加关切起魏襄王的身体状况了，便想问一问魏襄王何以如此憔悴。但慑懦了半天，又不好启齿，他怕魏襄王是因为好色纵欲才如此未老先衰。若果如此，那自己关切之问一旦出口，魏襄王回答不回答，大家都会非常尴尬。

就在苏秦犹豫之际，魏襄王已经开口了：

"自武安君别寡人而去，东游齐，南游楚，山东'合纵'之盟未成之际，去年末，秦王任魏人公孙衍为大良造，起兵又伐寡人之国。魏师败绩，河西震动，寡人自度不敌，只得献河西之地阴晋，以求息事宁人。"

说到这，魏襄王声音都有些哽咽了。

苏秦一听，不仅终于明白了魏襄王如此憔悴的原因，而且为此且愧且惭。是啊，自己虽然已经于去年就说服魏襄王入盟了自己主持的"合纵"联盟，但是魏国入盟后，并没有阻止强秦之侵犯，相反，却使秦国加紧了东伐魏国的步伐。这是不是都因为魏国入盟了自己的"合纵"联盟，刺激了秦国，秦国为了打破即将成局的"合纵"而故意拿毗邻的魏国出气呢？如果是，这就是自己"合纵"未成反而害了魏国。想到此，苏秦心里不免有些紧张，他怕魏襄王要为此责备自己。

不意，魏襄王不仅没有丝毫责备之意，反而说：

"而今，听说武安君已经说服了齐王、楚王，山东六国'合纵'之盟已成，从此以后，寡人无忧，魏国无忧，山东黎民百姓都可安居乐业了。"

苏秦见魏襄王如此信任自己，将魏国之安危都托付给了自己，心里真是感动莫名。不禁在心里暗暗发誓，无论今后还会出现多少困难，都要竭力维护已经成局的"合纵"联盟，不能再让强秦东逼魏国如此之甚了，不能再让山东六国再起内讧，相互残杀，自相削弱了。

想到此，苏秦趁便向魏襄王禀报了自去年五月离开大梁往东游说齐宣王、往南游说楚威王的详细经过，并毫不隐讳地述说了去年齐国入盟后背约侵燕之事，以及自己受燕王责备而入齐讨回燕国被夺占的十城，与齐王重申前盟的曲折经过。魏襄王听了，对苏秦的苦心更为理解，对他的信任更加坚定了。遂亦援引燕、赵、楚、韩之前例，拜苏秦为魏国之相，并资以金帛车骑，让他速速北上回报赵王。

可是，正当苏秦一行刚刚才出了大梁城，准备北往邯郸，归报赵王时，就见一队人马，带着滚滚烟尘，正迎面朝着大梁城急驰而来。苏秦不知发生了什么事，正在疑惑之际，这队人马已到近前。

苏秦抬眼一看，见是打的齐国的旗子，心想，这大概是齐王派人出使魏国的吧，上次自己离开齐国往楚时，看到了魏国使节出使齐国的浩荡车队，这次回来却又看到齐国使节出使魏国的车队，看来这齐、魏的关系还真热乎呢。

苏秦正在这样想着的时候，突然，齐国使节的车队在自己车队前停了下来。接着，从中间一驾马车上，下来一位峨冠博带的官人，手上好像捧着什么值钱的东西似的，小心翼翼地径直走到苏秦的车驾前停下，并轻声叫了一声：

"武安君！"

苏秦早已经在车中看清楚了这一切，此时他终于明白，这位齐王使臣原来不是来出使魏国的，而是冲着自己来的。

待到听齐王使者这样轻声喊了自己一声，他便立即翻身下车。

齐王使臣见苏秦下了车，连忙恭谨有加地趋前一步道：

"臣奉齐王之命，致送齐国相印，请武安君收纳。"

说着，就将用齐纨包裹得非常严整的齐国相印举过头顶。

苏秦见此，赶紧倒身接印。

接着，齐王使臣又从怀中袖出一个用黄绫封装得方方正正的东西，又恭谨地举过头顶道：

"这是齐王致武安君之书，敬请过目。"

苏秦再拜，接书在手，连忙小心翼翼地解开黄绫封装，取出齐王书信。

只见齐宣王书信写得很简单，但意思说得很明白：

"武安君合诸侯，安天下，顺天意，从人愿，寡人敬以敝国以相从。为遂山东之国'合纵'相亲之大计，寡人敬奉齐国相印以献，而今而后，齐之安危将托之于武安君矣。"

捧读已罢，苏秦心里想，肯定齐宣王是从秘密渠道获得了自己游说楚威王成功的消息，也知道了楚威王拜自己为楚国之相的事，他这才急急在半路就奉齐国相印于自己，他大概是怕落在别国之后吧。不过，现在他已经是最后一个了。唉，不管后不后，反正他知道现在是大势所趋就好，自己现在已经是六国共相就行了。这样，自己就好真正将山东六国的"合纵"之盟运作起来了。

想到此，苏秦打心眼里感谢楚威王，是他带了个好头，做了个好榜样！不然，连韩宣惠王、魏襄王也是舍不得拜授自己为相的。虽然燕文公与赵肃侯早就拜授自己为相，但说韩、说魏、说齐成功后，他们都没有仿燕国与赵国之例，主动拜授自己为相。这次，大家这么争先恐后，看来还是因为楚威王的力量，是被动而为。唉，这个世道真是太现实了！

苏秦在心里默默地感叹了一番后，立即上车，裂帛为书，向齐宣王表达了谢意与忠心。然后，交给齐宣王的使者，并让使者转告齐宣王，自己会专门到临淄向齐宣王复命。

2.　威加海内兮归故乡

打发了齐宣王的使者，收好了齐宣王的书信与齐国相印，苏秦命令车驾仪卫继续向北进发，目标赵都邯郸。

可是，走不多久，秦三、游滑不断地回首西顾，苏秦知道他们是什么意思，但是，不管他们怎么暗示他都装着不知道。

车行至济水南岸的黄池，正准备北渡济水之时，秦三、游滑终于憋不住了，直接向苏秦撺掇开了：

"少爷，俺们离开洛阳这么多年，洛阳就在眼前，咋就不能再往西多走几步，回家看看老爷、太太呢？"

苏秦想了想，觉得也对，这次也应该回家一趟了，反正"合纵"大计已经成功，归报赵王早一天晚一天，也没有那么紧急，不如顺道回洛阳一趟，探视一下父母，也是人之常情。算一算，此次离开家乡洛阳已八年有余了。

于是，苏秦断然地吩咐仪卫长赵德官道：

"车马西折，往洛阳。"

沿济水南岸往西，三百里路程，大队人马竟逶迤走了十天。

九月二十六，行进至东周小朝廷地界。东周君早就获得消息：苏秦已是六国之相，而今正要衣锦还乡。东周小朝廷就涵包在韩国之中，往后还不都在苏秦的掌握之下。而今苏秦到了他的地界，他哪里敢有丝毫怠慢？于是，早早就派朝臣迎劳苏秦于都城巩之郊外二十里。

九月二十八，苏秦一行浩浩荡荡，即将行进到洛阳。天下共王周显王闻报，惊惧不安，怕苏秦要跟自己计较以前冷淡于他的旧账，于是，想出一个将功折罪的办法，大发臣民，清宫除道，张乐设饮，命卿相大臣具朝服，严仪仗，奉劳郊迎苏秦于洛阳城郊三十里。

苏秦现在已是六国之相，哪里还计较周显王的老账，再说那也不是周显王的不对，而是他的那些狗眼看人低的佞臣不好。见周显王如此盛仪迎接自己，苏秦连忙下车拜礼答谢。毕竟周显王还是名义上的天下共王，是周之天子，自己虽然是挂六国相印的实力派人物，但对周天子的奉迎与礼遇可不能失了礼数。

结束周天子的欢迎仪式，再往前行，苏秦又见无数洛阳民众拥立道旁，企踵延颈而望。

苏秦一见，又连忙下车，这些都是洛阳的乡里乡亲，自己今日虽然发迹变泰，爵封武安君，兼领燕、赵、楚、韩、魏、齐六国之相，但不可在乡亲们面前摆谱儿、拿官架、打官腔。

于是，他笑容可掬，一路往前行，一路一一向乡亲们鞠躬作揖。

走着走着，苏秦突然发现自己的兄弟苏代、苏厉、苏辟、苏鹄，还有嫂嫂与几个弟媳，也在路旁欢迎的人群之中。他不禁感慨万千，心中是既欣慰，又感叹。

而当他再定睛细看时，竟然发现自己的妻子香香也在人群之中。此刻，她正低着头，毕恭毕敬，竟然侧目而不敢仰视自己。

苏秦见此，心中不免生发无限感慨。此时此刻，此情此景，不免令他百感交集，对香香是又怜，又疼，又愧。

怜的是，她毕竟是一个女人，没见过世面，虽然自己是她的丈夫，只因为今日做了大官儿，她就吓成这个样子，不敢正眼看自己，就像敬畏帝王一个样，夫妻之间，这又何必呢？为此，他感到有说不出的惆怅。

疼的是，这些年来自己一直在外奔波漂泊，她一个年轻女子独守空房，可以想见她凄苦寂寞的内心感受。而上次自己东游山东六国之王大困而归，一事无成，不名一文，像个叫花子一样回到洛阳时，她内心的绝望，特别是被别人嘲笑，被嫂嫂白眼闲话，她的心里有多苦，也是可想而知的。还有，这些年，自己从不回家，虎儿的抚育重任都落在她一人肩上，她的辛苦，也是可以想见的。因而，今天面对她可怜兮兮、蜷缩于人群中的样子，看着她那早已被生活的劳顿、思念的凄切而减却了的花容，他的心里是心疼不已。

愧的是，自己不应该在爵封武安君、职领燕、赵之相后，于出使韩国与楚国时饱暖思淫欲，勾引了青青与楚楚，做出了对香香不忠不贞的事情。如果香香知道这些，她还会像今天这样对自己不敢仰视、敬畏如神吗？

想到这些，在众目睽睽之下，苏秦竟情不自禁地从人群中一把拽出香香，将其紧紧地抱在怀里，全然不顾自己的身份，还有什么风俗、礼教、人言。因为只有这一抱，才能表达此时此刻他内心对香香且怜且爱且愧的复杂之情。

良久，苏秦突然清醒过来，放开了妻子香香，却又看见自己那个既势利，又刻薄尖酸、嘴巴从不饶人的大嫂。此时，她也在人群中毕恭毕敬地侧立低首，手里还托着食盘，正匍匐于地，以侍候自己取食。

苏秦一见大嫂，更是感慨万千，情不自禁地脱口而出道：

"嫂嫂为什么这样前倨而后恭？"

这话一出口，苏秦就觉得太过分了，这不仅会让嫂嫂以及哥哥在众人面前非常尴尬，脸面上会下不来；同时说出这种话，自己也失了身份。

没想到嫂嫂非常坦然，一点都不尴尬，蛇行匍匐而至苏秦脚下，以面掩地而谢道：

"见叔叔官高、金多。"

苏秦听嫂嫂这样说，想想前次嫂嫂对自己的态度，遂对世道人心更是洞若观火了。不禁喟然长叹，再次情不自禁地脱口发抒内心的感慨道：

"同样是一人之身，当他富贵腾达时，他的亲友都对他敬畏如神；而当他贫贱潦倒时，父母兄弟也都弃他如敝屣，视他如无物，更何况他人呢！唉，看来人生世上，这权位富贵，还是万万轻忽不得的！假设当初我不是一贫如洗、不名一文，而是拥有洛阳负郭近城沃润之田数顷的富翁，那么我苏秦哪里会有今天呢？又怎么可能佩六国相印？"

想到嫂嫂说到"位高金多"，想到世人尊崇"位"、"金"的心理，又想到今日之位，今日之金的由来，苏秦立即意识到，现在应该是自己当众散金以赐宗族朋友的时候了，一来可以向世人表明自己有恩必报的为人作风，二来也可以挥金一舒多年受制于少金而困窘的心中积郁之情。

于是，乃尽出车中之金帛，散之于宗族朋友。

其中，当初贷予百钱以资苏秦出游的堂叔，这次得到了苏秦百金之偿。另外，所有曾经有恩有德于苏秦的乡邻亲朋，都得到了苏秦多少不等的赏赐。众人得赏，一片欢呼。

秦三因为多少年来一直跟随苏秦鞍前马后，无论是顺境还是逆境，无论是贫困绝望之时，还是富贵傲人之时，都是一如既往，忠心耿耿，无怨无悔地默默追随。对此，苏秦尤其感动，所以这次也赏赐秦三以百金。

正当大家感恩戴德，千恩万谢地就要离去时，游滑再也忍不住了，当着众人之面，径直对苏秦抱怨道：

"少爷，大家都有赏，为什么就独独忘了小人呢？"

苏秦这时也忍不住了，直言道：

"其实，我并非忘了你。当初，我们在寒冬腊月最严寒的日子到达燕国，行至易水时，我们贫困潦倒，差不多到了绝境。当时我对你抱有厚望，希望你能与我同甘共苦，共渡难关。可是你呢，却在此时再三要离我于易水之上。这事，不知你还记得不？为此，今日之赏我要以你为后。但是，不用你提醒，今天你也会有所得的。"

遂赏游滑二十金，游滑且惭且愧地受金而去。

3. 挥手从兹去，萧萧班马鸣

众人散去，苏秦带着车驾仪卫，随着哥嫂、妻子回到阔别八载的苏家大院。

此时，苏大爹、苏大娘已经早早迎出，站在门前，正手搭凉棚，企踵而望。待苏秦及其车驾仪卫走近，看到从高马轩车上走下威风凛凛、仪态万方的儿子时，苏大爹、苏大娘再三揉着已经昏花的老眼，简直不敢相信眼前这位官爷就是自己的儿子。直到苏秦拉着他们的手，叫着：

"爹，娘，秦儿归来了！"

苏大爹这才如梦方醒，激动得不知如何表达。良久，才喃喃自语道：

"苏氏中兴，老夫与有荣焉！"

是啊，这怎么不让苏大爹高兴呢？他多少年来忍受着乡邻们的嘲笑，日夜在心中祈祷着苏家列祖列宗保佑，让自己的儿子能够达成自己的愿景，能够实现苏氏家族中兴的理想。而今，自己的儿子成功了，而且不是一般的出将入相，而是爵封武安君，官拜六国之相。苏家历史上何曾出过这样的人物，这世上又有哪朝哪代曾经出过这样的人物呢？想着想着，他激动得都有些颤抖了，差点要站立不稳了。还是大哥看得真切，体会他爹此时此刻的心情，忙将他扶到后堂休息去了。

苏大娘则拉着苏秦的手不放，眯着昏花的老眼，一个劲儿地把儿子左看右看，还要踮起脚尖，摸摸儿子的脸，她怕这是在梦里。

苏秦明白娘的心思，忙低下高大的身躯，让娘尽情地在自己的脸上摸个够，打十岁后，多少年娘都没有再这样看过自己，更没有摸过自己的脸了。苏秦一边让娘摸着自己的脸，一边仔细端详着娘，发现娘老多了，头发全白了，皱纹布满了额头，也辐辏到眼角与脸庞。

苏秦看着苍老的娘，不禁泪流满面，心里不断感叹：娘老得这样快，都是因为自己长年漂荡在外，她是日夜悬望惦记着他这个儿子，才会心劳神伤，老成这样的啊！想想自己到现在，也没有好好在家侍候侍候娘，为爹娘尽尽孝道。现在，虽然拜官封爵，贵极人臣，但看来还是不能实现这个最简单的愿望，因为他现在肩负着维系天下安宁的大任，为了尽忠于六国之王，为了天下黎民百姓能过个安安定定的日子，更为了自己的前程与苏氏的荣光，他必须马上离开家，再次告别爹和娘。这一别，不知又要到何年何月才能再见爹娘，还有妻儿，哥嫂兄弟们。

想到妻儿，苏秦这才记起虎儿。连忙问苏大娘道：

"虎儿呢？"

苏大娘忙拉过早就站在自己身后的虎儿，推到苏秦面前道：

"虎儿在这儿呢。"

苏秦看到已经长成大小伙的虎儿，简直不敢相信自己的眼睛了。第一次他东游六国时，他还在襁褓之中。第二次出游前，他才五岁，还正拖着鼻涕，整天不是哭就是闹的。而今站在自己面前的虎儿，个头已经逼近自己，俨然就是一个初长成的男子汉。但是仔细看，还是能发现，他显得相当稚嫩，表情也略显腼腆，看到自己都好像有点怕生的样子。是啊，他今年也才十三岁，又长期与自己不见面，没有交流，没有沟通，自己也从来没有尽到一个做爹的责任，既没教过他，也没陪过他，他怎么能不与自己生分呢？

看看日近正午，又看看庞大的车驾仪卫都还等着自己，苏秦只得忍情地进屋告别了爹娘，告别了妻子香香，道别了哥嫂与兄弟，摸摸虎儿的头，忍着泪，上了车，头也没回，就走了。

他这不是无情，而是没有勇气还回望一眼白发苍苍的爹娘，没有勇气再看一眼妻子香香那双深情与凄怨的眼，没有勇气再看一眼虎儿那陌生地看着自己的目光，还有哥嫂奉迎着的笑脸。他怕自己回首一顾，便再也没有勇气离开了。那么，这六国之相还做不做？这"合纵"大计还实施不实施？这天下黎民之安危还要不要关切？

"唉，难啊！为人难，为士难，为官何其难！"

他只得坐在车里，在心里如此感叹。

离开洛阳，告别爹娘、妻儿与家人，苏秦命令车驾仪卫加快速度，朝行夜宿，急急往北赶，他要早点归告赵王"合纵"成功的消息，不要让赵王悬望挂心。

于是，出洛阳，往东，复经东周小朝廷巩。

再往东北，道经韩之成皋、广武。

然后渡河而北，抵达魏境南部重镇殷。

略作停顿，再北渡少水，取道宁、汲、朝歌，再北渡淇水，经荡阴、安阳。然后，往西北，至伯阳，再北渡漳水，绕过赵长城西北端，至赵之重镇武安，然后折向东南。

九月二十九，终于抵达赵都邯郸。

见了赵肃侯，苏秦详细禀报了自去年底奉命使楚的曲折经过，以及游说楚威王成功后一路行来的反应，包括韩、魏、齐三王拜印封相于自己，周天子发使除道郊迎等情况。

赵王听完苏秦的详细禀报，知道"合纵"大计至此完全成功了，不禁喜上眉梢，不住地点头拈须。

接着，赵王立即以"合纵"发起人的名义正式委苏秦为"纵约长"，让他以六国之相与纵约长的双重身份，穿梭于山东六国之间，专力于维护六国的团结，调和六国之间可能出现的矛盾，合诸侯之力而西抗于强秦。又令苏秦起草"合纵"盟约，周知六国之王遵守。然后再派使节西入于秦，投"纵约书"于秦惠王。

第十三章　调和六国

1. 西北有浮云，豺虎方构患

却说周显王三十七年（前332）十二月，秦惠王接到赵王发使呈递的六国"合纵"的"纵约书"，立即愁上眉头，陷入了沉思。

因为秦惠王明白，这是山东六国正式、明白无误地向自己提出的严正警告。今后秦国若再向东而侵六国，则六国必联合而攻秦。如此，则六国居攻势，而秦则会长期处于守势，要想实现先蚕食魏、韩，次图赵、燕，最后再举兵攻伐齐、楚，实现秦国席卷天下、包举宇内、并吞八荒的长远计划，那就会遥遥无期了。如果不想办法拆解六国的这个"合纵"联盟，不仅秦国的长远计划无法实现，而且恐怕今后秦国的生存问题都会出现危机了。

想到此，秦惠王不胜其忧，不胜其烦。这时，他才开始后悔当初不应该放了苏秦，即使不立即采纳他的"连横"主张，也应该给他个一官半职，留住他，为秦所用。如果这样，现在也不至于有苏秦"合纵"六国，对付秦国的危局出现了。唉，都怪自己气量太小，当时明知他的"连横"之策是对的，却因为怨恨商鞅而仇视所有游说之士，以致失去理性地屏退了苏秦，使他负气离秦，东游于山东六国，改变策略，由主张"连横"到转而主张"合纵"，专门以秦为敌，以自己为敌。

叹息，后悔，后怕。

秦惠王于是开始焦虑、烦躁，坐立不安，不断地抓耳挠腮，在大殿上走来走去。

良久，秦惠王终于冷静下来。醒悟到，苏秦放都放走了，他的"合纵"之计现在也成局了，现在再后悔当初不听计于他的"连横"之策，又有何用呢？自己这样焦虑心烦，坐立不安又于事何补呢？眼前的当务之急，是要找到一个应对之策。治国安邦与做其他事情一样，总会出现这样那样的问题，关键是出了问题应该尽快找到一个解决问题的办法。是啊，是这个理！

想到此，秦惠王立即传召秦国大臣，大集于朝堂之上。而今，他要群臣给他出出主意，想想办法，他要集思广益，针对山东六国"合纵"的新形势，制定一个长远的应对之策。

众大臣闻召，立即明白，秦王这肯定是遇到了什么紧急情况，食君之禄，担君之忧，这是他们应尽的职分。

于是，大家应声而至，顷刻间就麇集于秦王大殿之上。

秦惠王见大臣们到齐，遂开门见山地向大家说明道：

"今有洛阳游士苏秦，北说燕、赵，西说韩、魏，东说齐，南说楚，联合山东六国诸侯而成'合纵'之盟，投'纵约书'于寡人，欲欺寡人之国。为今之计，我大秦将以何策应对才好？"

众臣一听，立即明白了秦王如此急召大家的原因，同时也知道了问题的严重性。大家都明白，这是山东六国向秦国发出的挑战，也是向秦国提出的严正警告。秦国虽然强大，但以一秦而敌山东六国，那是力有不支的。如果有一天，秦与六国中的一国发生冲突，那么六国势必就会一拥而上，叩函谷关而进。如此，秦则危矣。

于是，大家或低头沉思，或三三两两就在殿上交头接耳议论了起来。

良久，就在大家都无计可施，无策可献，谁也说不出什么道理之际，魏国客卿、大良造公孙衍趋前一步，向秦惠王进言道：

"大王，山东六国'合纵'为盟，不足为虑。"

秦惠王与秦国众臣一听，公孙衍竟然有这么大口气，于是都来了精神，大殿上顿然鸦雀无声，大家都屏息侧耳倾听。

公孙衍见此，先高高举起一手，伸直五指，再慢慢地屈曲而成拳，然后指着拇指与食指交合的空隙，不紧不慢地说道：

"大王，您看，五根手指屈曲起来，确实可以成为一个有力的拳头。但是，众指之间终究是有漏隙的。而今山东六国'合纵'为盟，也像这屈指而成拳的情形一样。秦国如果能够寻觅出其中的漏隙，巧为利用，那么这六国'合纵'之盟就必然会分崩离析的。"

秦惠王一听，觉得这个比方打得好，形象，贴切，六国"合纵"的关系不正像屈指成拳吗？如果能够觅得六国之隙，利用六国之间的矛盾，就能像从拇指与食指间的空隙伸入一指，立可使其所握之拳得而解之一样。把六国"合纵"联盟拆散，然后再各个击破，天下便可运于秦之股掌之上了。

想到此，秦惠王不禁连连点头称好，群臣亦颔首称是。

公孙衍见此，接着发挥道：

"六国'合纵'为盟，其中的漏隙究竟何在呢？臣以为，在魏。"

秦惠王与众臣一听，公孙衍说六国"合纵"可以钻的空子是魏国，更来了精神，因为大家都知道公孙衍是魏国阴晋人，他比谁都清楚魏国人的心理，还有魏国的国情及其弱点。

而秦惠王更是精神百倍，不禁为自己起用这个魏国客卿为秦国大良造的大手笔而自豪，心想自己真是知人善用的明主，外材秦用的贤君。这不，前几年，齐、楚徐州之战时，自己派公孙衍至魏，计赚魏襄王，拆散了齐、魏联盟，让魏襄王不出师相助盟邦齐国，而是坐山观虎斗，结果齐国大败。现在，公孙衍又给自己找到了六国"合纵"的薄弱点就在魏国，这真是应了一句老话，"以毒攻毒"，寡人就是要用魏人来收拾魏国。

正在秦惠王暗自得意时，公孙衍又分析道：

"魏与秦毗邻而居，地理上如此，不可移易。秦师出太华山之阴，北可击魏国河西；秦师出函谷关之塞，渡河而北，则可伐魏于河东。秦伐魏国河西，山东五国纵使派兵来救，恐怕也因路遥遥而无期，远水救不了近火。真的等得五国救兵到，河西之地早已入我大秦囊中。秦师出函谷关，与魏战于河东，纵使山东五国之兵来救，秦师渡河而南，引兵入据函谷关，凭险坚守，不与六国之师交战，难道山东诸侯还能奈何得了我大秦？如此，一而再，再而三，魏国屡败于秦，而五国终救之不得，那样魏国必然会反躬自省，权衡'合纵'的利害得失。明得失，知利害，魏国必退出六国'合纵'之盟；然后，主动投怀送抱，而与我大秦结成'连横'之盟。"

公孙衍说到这里，顿了顿，见秦惠王正延颈专注而听，又说道：

"如果魏与秦'连横'，那么我大秦就可随时渡河而东，东击韩、齐，北伐燕、赵，南攻大楚。如此，苏秦'合纵'之盟必散，我大秦'连横'必成，天下便可定矣。"

秦惠王听到这里，终于按捺不住，不禁击案叫道：

"好！"

群臣见秦惠王如此，亦是一片附和颂赞之声。

2. 天下枭雄，入吾彀中

正当秦惠王大集群臣，公孙衍献计之时，苏秦也没有闲着，他正日夜不息地在山东六国之间穿梭。

因为他深知，"纵约书"投献秦国后，秦惠王必然会想办法拆解自己的"合纵"联盟。同时，他心里也非常清楚，山东六国现在虽然被自己捏合在一起而为"合纵"联盟，但因为六国之间存在着太多的矛盾，各国都打着自己的小算盘，特别是齐、楚两个大国，动摇的可能性非常大，齐国已经有过一次动摇了。魏国因为西邻秦国，受到秦国的直接威胁。如果魏国在入盟"合纵"集团后，还是不能有效地阻止秦国的入侵，魏国最有可能为了生存，而首先退出"合纵"联盟。若此，则必然产生连锁反应，最终会导致"合纵"联盟分崩离析的局面。

为了巩固自己千辛万苦组织起来的"合纵"联盟，为了消弭六国之间可能产生的矛盾或不和谐的杂音，苏秦只得在六国之间周旋、调和，防患于未然。

还好，功夫不负苦心人，"合纵"成局后的第一年，即周显王三十八年（前331），天下出现了前所未有的太平景象。当此之时，天下之大，万民之众，王侯之威，谋臣之权，皆一决于苏秦之策。而诸侯各国之间，则是相亲相爱，贤于兄弟。各国诸侯不费斗粮，未烦一兵，未战一士，未绝一弦，未折一矢，就臻于社会经济繁荣、人民安居乐业的化境。

然而，好景不长。第二年（即周显王三十九年）三月，秦惠王开始实施大良造公孙衍前年所定下的先伐魏国，逼其退出"合纵"联盟之计，派公子卬率师东进，攻伐魏国河西上郡雕阴，虏魏国大将龙贾，斩魏师之首八万，使魏国防守上郡、河西郡的精锐主力全军覆灭。魏国上下为之震动，诸侯各国为之震动。

苏秦作为"纵约长"，更是为之卧不安席，食不甘味，日夜忧心不已。如果再这样下去，魏国必然在遭遇惨重打击下，为求生存而屈从于秦国的淫威，退出"合纵"联盟，转而与秦国"连横"。如此，自己的"合纵"之计一定会破局，天下就会再次陷入无休无止的相互混战之中，去年刚刚出现的天下太平的景象马上就会破灭，天下黎民百姓又要遭殃。更重要的是，自己的荣华富贵也将跟着化为泡影。

越想越急，越急越烦。最后，他突然想到一个人，就是他的师弟张仪。他相信，也只有他能够说服秦王，并最终为秦王所器重。

于是，他决定想办法找到张仪，并资助他入秦，厚结其心，使他在执掌秦国权柄后，与自己互相策应，使自己的"合纵"之局不被破解，那样，才能保证自己的地位永固，富贵长在。同时，也能让天下能够多安定些时日。

想到此，苏秦立即传召曾随自己出游楚国的赵国仪卫长赵德官，让他扮作行商之贩到魏国，想办法接近张仪，并暗中撺掇张仪到赵国邯郸来求自己。

赵德官为人稳重，也不失机灵伶俐。受命后，很快他就找到了魏国河东张城的张仪老家。

真是凑巧，此时，张仪正贫困潦倒地蛰伏于家。前些年，他虽然南游楚国，追从楚国之相混吃混喝了几年，但后因楚相亡失荆山之玉而被诬遭打，几乎送了性命。现在早已心灰意冷，不再干游说诸侯的营生了，在家种着几畛薄地，过着日出而作日落而息的农夫生活。可是，他自小读书，种地并不在行，所以日子过得远比一般的农夫要艰难得多。

赵德官了解到这些后，很快想办法接近了张仪。并在与张仪的闲聊中，故意装作漫不经心的样子，顺口说到了苏秦，并极口赞叹苏秦一个读书人，竟然凭一张嘴巴就发迹变泰起来，而今做了六国之相。言谈中，故意表露出无限的艳羡之情。

张仪果然动了心，说道：

"苏秦是我师兄，早年与我一起共拜齐人鬼谷先生为师，交情颇深。"

赵德官立即接口道：

"先生既然与苏秦有同门之谊，又交情颇深，如今苏秦已当道，先生何不往游邯郸，以求通先生之愿，或可得个一官半职，那岂不远胜于做农夫，面朝黄土背朝天，一世劳作于田垄之中？"

张仪沉默了一会儿，然后点点头。

果然，两个月后，在六月大暑这一天，张仪赶到了邯郸，并直奔相府，求见苏秦。

苏秦早已得知情况，遂暗嘱门下之人，不要为他通报，但也不能让他离去。如此数日，方才接见了张仪。

接见之时，苏秦故意摆足了官架子，拿足官腔，高坐堂上，让张仪坐于堂下。又当着张仪之面，赐仆、妾酒肉之食，而只给张仪一些粗粝之食。

食毕，苏秦又当众故意责备张仪道：

"以你的才能，而今却困辱至此，混成这副样子，真是令人吃惊！说句实话，我不是不能向赵王进一言，而使你富贵，而是觉得像你这种人实在是不成器，不堪重用。今天，我即使看在同门之谊的分上收了你，于你而言，可以勉强混口饭吃，而于我的事业而言，则是毫无助益的。"

张仪也是人，而且还是个读书人，是曾经与苏秦同窗共学的师兄弟。他本想，自己与苏秦有同窗之谊，早年还与苏秦关系非常好，现在自己贫困潦倒，厚着脸皮来求告于他，他竟然在故旧面前摆起了架子，不仅不肯相助帮忙，还如此当众侮辱自己。自己好歹也是一个士，怎么能受得了这等屈辱呢？

于是，张仪愤而出其相府，头也不回地就出了赵国之都邯郸。

出得城来，张仪怒气还未消，遂立志再度出山，游说诸侯王。但仔细一想，却又不知道自己现在到底应该去游说哪一国的诸侯。于是，一屁股坐倒在路边的土堆上。仰望天空，他感到无限的惆怅、茫然。

好久好久，正当他还在对着天空发呆时，突然有一只老鹰从他背后飞来，掠过他头顶，展翅向西飞去，越飞越高，越飞越远，直飞到他望不到的云霄天边。

张仪这时突然醒悟，而今天下诸侯皆不可事，山东六国苏秦当道，自己就没有余地了。唯独西边的秦国，那是一个足以苦赵，也可以苦天下所有诸侯国的大国，自己何不西投秦王，将来有出息了，也好一雪今日之耻。

却说苏秦气走了张仪，一边吩咐秦三立即紧紧尾随，一边急急召来谋士魏孟，道：

"张仪是当今天下贤士，就是我也自叹不如。而今，我虽侥幸捷足先登，得到了山东六国之主的信任，有了今日的荣华富贵；但是，这并不是长久之计。真正的长久之计，应该是在秦国。就我个人的观点来看，并以我对张仪的了解，觉得当今天下游士之中，真正能够说服秦王，并可最终操控秦国权柄的，恐怕独有张仪一人。

可是，张仪现在贫困潦倒，无由进身。我怕他贪图小利而失去大志，因此设计召他来邯郸，并故意当众羞辱他，目的是要激发他的上进之心。刚才的情形，你也看到了。我想，这一下他的自尊心应该受到了足够的刺激。现在，您不妨先收拾行装，扮作游士。待我先去说服赵王，发出车马金帛。然后，您尾张仪之后，伺其困窘之时，以金帛暗中接济，以助他到达秦都。"

说完，苏秦便急急拜见赵王去了。

不大一会儿，赵王就应允了苏秦之请，发出了车马金币。此时，魏孟早已经收拾停当，打扮成了游士模样。

苏秦一见，立即对魏孟道：

"谨记我刚才之言，快快出发吧。"

魏孟奉命，忙叫驭手驾车出城。不久，便在城外看到了尾随张仪的秦三。

魏孟跟秦三说明了情由，秦三便入城回府了，改由魏孟尾随张仪西进。

却说张仪见鹰而悟，立即从路旁土堆上站起，拍拍屁股上的灰土，正要举步往前时，突然一辆马车行到跟前，见了他立即停下。一个读书人模样的人从车里探出头来，向立在路旁的张仪说道：

"客人也是游学之士吧？"

张仪一听，这人这样问话，肯定自己就是个游学之士了。虽然他心里想，俺早就不再游学了，现在俺正想去游说秦王呢，但口里却顺其话答道：

"正是。"

那车里的读书人又问：

"那么，客人要往哪儿呢？"

张仪顺口答道：

"往秦都咸阳。"

那车里的读书人便说：

"哦？在下也是要往咸阳的，想见识一下西秦大国之都。客人要是不嫌弃的话，不妨与在下同车西驱，不知意下如何？"

张仪一听，不相信天下竟有这么好的事。但转而一想，管他呢，既然他愿意同载我到咸阳，这倒省了自己不少脚力，也快了不少，何乐不为？于是，也不客气，就上了车。

上得车来，张仪立即致谢道：

"素昧平生，承蒙先生慨然相助，还不知先生尊姓大名呢！"

"敝姓魏，名孟，是赵国邯郸人士。先生呢？"

"在下姓张，名仪，魏国张城人。"

互通了名姓后，二人就这样同车同伴了。

从此以后，张仪一路西行不仅有魏孟同车相载，朝夕相伴，而且食宿之费，也皆由魏孟为他支度。

开始几天，张仪觉得非常过意不去，也觉得这样不妥。可是，当他摸摸衣袋，也就只能厚厚脸皮，一而再，再而三地接受了魏孟的接济。是啊，自己不名一文，不接受魏孟的接济又能怎么办呢？姑且不说这一路车马住宿的巨大开支，就是粗茶淡饭，自己也是没法解决的。不要说想往咸阳说秦王，恐怕没到咸阳就早饿死了。

行行重行行，晓行夜宿，历经五个多月的舟车劳顿，周显王四十年（前329）一月初，张仪终于在魏孟的资助下，抵达了秦都咸阳。

由于秦惠王求才心切，又由于魏孟暗中用金钱贿通秦王的谒者，张仪一到咸阳，很快也很顺利地就见到了秦惠王。结果，一游说，就说得秦惠王大为赞赏。没过几天，秦惠王就传出旨意，任张仪为客卿。

魏孟见张仪已经成功，苏秦交付的任务已经完成，遂与张仪道别。

张仪见魏孟要离自己而去，非常伤感，遂对魏孟情真意切地说："弟张仪托赖先生之助，才有今日显贵。而今正想报答先生恩德，先生却要离我而去，不知何故？"

魏孟见时机已到，遂对张仪道出了真相：

"对先生有知遇之恩的，其实并不是小人，而是武安君苏秦。武安君日夜忧患强秦伐赵，败其'合纵'之约，认为当今天下之士，除了先生，没有人能够说服得了秦王，并能操纵秦国权柄。因此，他就设计召先生至邯郸，并故意当众羞辱先生，以激起先生奋发向上之志。当先生愤而离开武安君之府时，武安君考虑到先生当时贫窭的实际情形，怕先生无法到达秦都咸阳，又怕先生即使到了秦都，因无足够的资用打点，最终无由进身。于是他就一边派人尾随先生出城，一边急忙前去游说赵王，让赵王发出了车马金帛。最后又安排小人扮成游士模样，以车驾金帛尾随于先生之后，一路暗中接济先生，并嘱咐小人不让先生知道。而今，先生已为秦王重用，小人的任务已经完成；因此，小人也该回到邯郸，好向武安君作个交代了。"

张仪一听，这才如梦方醒，不由感慨地说：

"唉，想我张仪，自恃聪明，自以为高明，却坠入苏君圈套之中而不觉。如果不是今天先生说破真相，我恐怕是至死都不能醒悟过来的。由此可见，我比起苏君，实在是有天壤之别！我的智谋本不及苏君，加上又是刚在秦国用事，哪有能力去打赵国的主意呢？先生可以替我致谢苏君，并禀告苏君，请他放心：'只要有苏君在赵一日，我张仪决不会向秦王进一言，更不会主动伐赵，以破苏君合纵之局。'退一万步说，即使我有这个心，这个天下有苏君在，哪里会有我张仪可以施展拳脚的余地呢？"

魏孟得到张仪的允诺后，立即拜别张仪，急急赶回了邯郸。

苏秦得报，一颗悬着的心终于放下了。因为他知道，如今有张仪的保证，有张仪在秦呼应，自己在赵一日，六国"合纵"之盟能维持多久不敢说，但是至少赵国可保无忧，自己的赵相与武安君之爵亦可保无忧。

3. 山雨欲来风满楼

然而，不等苏秦心情放松几天，忧心的事便来了。

周显王四十年（前329）三月，苏秦获得消息，魏襄王已经发使正式向秦国献纳魏国河西之地。

苏秦马上就意识到，魏襄王这样做，可能是因为去年魏国被秦国攻占了河西重地雕阴，接着又被秦师围困了河南的曲沃和焦两个战略重镇。然而，就在河西之地失陷，河南之地告急，魏国的生死存亡面临着严峻考验的时刻，山东五国并没能及时救助魏国之难，所以魏襄王不再寄希望于与魏国"合纵"的山东五国，因而想出了一个自以为可以自救魏国的妙计——索性将已经被秦国占领的河西之地献给秦国，做个顺水人情，以缓秦师东进步伐，以解河南之围困。

但是，苏秦觉得魏襄王的这一"妙计"一点也不妙，秦国绝不会因此而停止进攻魏国的步伐，因为这是由秦国的本质决定的。秦要并吞天下，必然先从蚕食魏国开始，壮大实力后，再逐步扩展到东部其他诸侯国。所以，魏国与秦国结好也是亡，与秦国作对也是亡。而唯一能够救魏国的，其实只有"合纵"一途。虽然魏国在"合纵"初期，会因为紧邻秦国的地缘关系，处于被秦国进攻的最前线，会丢失一些土地。但是，秦国对魏国的用兵时间不敢维持太久，久则山东五国之兵就会掩至。因此，从长远的眼光看，魏国只有坚守"合纵"之盟，才能救自己于危境之中。可惜，魏襄王目光短浅，看不到这一点。

想到此，苏秦决定到魏国斡旋，向魏襄王说明这层利害关系。

可是，还没等苏秦起身往魏斡旋，已经传来了消息：秦国已经于四月底兵分两路，又向魏国发起了新一轮进攻。一路从去年已经攻占的魏国河西之地出发，渡河而东，很快就攻占了魏国河东两个重镇——汾阴、皮氏；另一路沿河往南推进，加紧进攻去年就已被围困的魏国河南重镇——曲沃、焦。结果，焦之守兵坚持不住，开城降秦。

苏秦一听，急得跳脚。心想，这下完了，魏襄王这次肯定又憋不住气了，也许就要倒戈而与秦国交好了。如此，山东六国"合纵"联盟就被秦国挖了一个墙角，山东六国"合纵"联盟的基础势必不稳。

果然，又不出苏秦所料，魏襄王在汾阴与皮氏失守后，立即发使向秦惠王求和。秦惠王见敲山震虎的计划已经达到，于是就答应了魏襄王的求和之请。

周显王四十年（前329）六月，秦惠王与魏襄王约盟于韩、魏交界的魏国南部重镇——应。

六月中旬，当消息传到邯郸时，苏秦一听，顿然瘫倒于坐席之上，半天也回不过神来。

因为这一次对他的打击太大了，魏襄王与秦惠王约盟，不仅山东六国"合纵"联盟损失了一支重要的抗秦力量，而且还因为秦、魏之盟结成后，东西对抗的力量对比发生了重大变化——原来是齐、楚、魏、韩、赵、燕六国对秦一国，而今是秦、魏二国对山东五国。再说，山东五国本来就存在着矛盾，有许多利害冲突，"合纵"基础并不稳固，而今又有魏国的叛离，这就势必会影响到其他五国的心理，动摇其坚守"合纵"联盟的决心。如果出现连锁反应，那么后果就不堪设想了。

真是应了"祸不单行"的那句老话，就在苏秦为"合纵"联盟遭遇到的外患而忧心叹息时，内忧又来了。

周显王四十年（前329）八月，楚威王忧虑魏与秦联合，势必会造成秦从西北，魏从正北包围楚国之势，威胁到楚国的安全。于是，就想趁魏国这几年接二连三丧师失地，国力虚弱之机，以讨伐魏国叛离"合纵"之盟为由，突然出兵北击魏国。

可是，楚威王的如意算盘打错了。他万万想不到，曾经游说楚国期间，被楚相屈打的魏人张仪刚刚到达秦国，就说服了秦惠王出兵帮助魏国，并以新得于魏国皮氏的降卒万人和战车百乘，支持魏师对楚作战。结果，在秦国的支持下，强大的楚国之师在楚、魏交界的颍水之南的陉山，被魏国军队大败。

苏秦获悉情报后，立即明白了楚威王击魏的动机，他是想借讨伐魏国叛离"合纵"联盟为由，在主持正义、张扬"合纵"联盟大旗的幌子下，使楚国抢得"合纵"联盟的实际领导权，同时可以乘机割得魏国之地，扩充自己的实力。可是，事实上楚威王想错了，也做错了。而今，不仅山东"合纵"联盟的主力楚国因为陉山之役而受到重大损失，自伤了元气，而且楚、魏之战也彻底将魏国推到了秦国一边，自己今后想到魏国进行斡旋，说服魏襄王看清长远的利害关系，重回山东六国"合纵"联盟，也非常困难了。想到此，苏秦只好空自叹息。

周显王四十一年（前328），又是一个多事之秋：

五月，魏国传来消息，秦惠王三月遣公子桑渡河而东，伐取魏国河东的北部重镇蒲阳，迫使魏国只得将河西上郡纳之于秦。

八月，楚国传来消息，楚威王驾崩，其子槐即位，号为怀王。

十月，宋国执政了四十一的宋国之君剔成归天，宋君偃即位。

不过，年底从秦国传来的消息，倒是使苏秦稍微松了一口气，张仪已经成为秦国之相，正式执掌秦国的权柄。

苏秦心里明白，这下，天下可以获致一段时间的平静。因张仪与他有个秘密约定，允诺有他在赵，将不会游说秦王"连横"，破他的"合纵"联盟之局。不过，这是他与张仪之间的秘密，只有他们二人心里有数。

4. 穿梭斡旋

果然，如苏秦所愿，也如苏秦所料。自张仪于周显王四十一年

（前328）执掌秦国相印之后，天下便开始太平起来。

周显王四十二年（前327），在张仪的主政下，义渠正式向秦称臣。

义渠，原为西戎的一支，分布于秦国西部的岐山、梁山、泾水、漆水之北地区。春秋时代，势力日益坐大，并自称为王，亦有城郭。因与秦国地近，一直与秦处于时战时和的状态，大为秦国之患。周显王三十八年（前331），义渠国内发生内乱，秦庶长操率兵平定之。义渠因为此次内乱，大伤了元气，势力有所削弱。与此同时，自秦惠王五年（前333）开始，随着秦国伐魏的频频得手，魏国河西郡、上郡之地先后归入秦国版图，秦国势力日益强大。义渠遂在张仪为秦相、魏纳河西上郡十五县于秦后，迫于秦国如日中天的强大武力，终于向秦俯首称臣。张仪促成义渠向秦称臣，秦国的后顾之忧，至此也就得以解除了。

也就在这一年，在张仪的推动下，秦惠王同意了将前些年夺占的魏国河南的两个重镇——曲沃、焦归还给魏国，以结魏国之心。这样，原本是秦国东部死敌的魏国，此时便成了秦国东部阻挡山东诸国的一道战略屏障。

周显王四十三年（前326），在张仪的筹备与主持下，秦国举行了历史上的首次"腊祭"（称之为"初腊"）。在腊祭仪式上，秦惠王不仅与民同乐，猎禽兽，祭先祖，拜鬼神，庆丰收，凝聚了秦国的民心，而且还成功地在龙门，与世处河源上游的戎狄诸部族首领举行了集会。

龙门，相传为夏禹治水时"导河积石"、凿山穿岩而成，两岸峭壁对峙，形如门阙，故而得名。它居于河之上游，原是河宗氏等部族游居之所，也是河之上游的神圣之地。

张仪之所以筹办此次"初腊"仪式，并促成秦惠王与戎狄部族首领的"龙门会"，其目的是为了加强秦国与周边游牧的戎狄诸部族的友好关系，同时也是为了巩固秦国对新得于魏国的河西郡与上郡的统治，为秦国稳定大后方，再为逐次东进的计划作准备。

正当张仪为秦国的未来大计而积极筹措运作之时，苏秦也没闲着，他正利用张仪为秦国内修政教、稳定后方的机会，在山东"合纵"五国间进行了密集的外交穿梭与斡旋工作，希望进一步巩固"合纵"联盟的基础。

因为而今的"合纵"联盟，由于魏国已被秦国先打后拉而分化了出去，联盟基础已被动摇，再加上剩下的齐、楚、赵、韩、燕五国"合纵"联盟的主力——楚国，新近力量有所削弱，先是被秦国支持的魏国战败于陉山，后又遭遇楚威王病逝的巨大变故，所以现在"合纵"联盟的形势更加严峻了。

苏秦心里明白，虽然现在有张仪在秦国为相，他也正在找事做，以此拖住秦惠王向东扩张进攻的步伐，但这种情况不可能维持很长时间，因为张仪并不能改变秦国东扩的根本国策，而只能阻缓其东伐六国的进程。因此，自己应该抓住这一机会，迅速稳定并巩固现有的山东五国"合纵"联盟，以应对不久的将来秦国更加严酷的东进攻伐形势。

于是，苏秦在周显王四十二年、四十三年两年间，一直马不停蹄地在五国间奔走斡旋，不厌其烦地向五国之王申述"合纵"与五国长远利益的关系。

周显王四十二年（前327）二月，苏秦告别赵王，离开邯郸，前往燕国。五月底，抵达燕都蓟。

见了燕易王，苏秦先详细地禀报了前此几年各国发生的重大情况及其人事变动，然后深刻分析了秦国近几年来之所以不断进攻魏国，意在分化山东六国、拆解"合纵"之盟，最后明确指出了山东诸国继续毫不动摇地坚持"合纵"国策，对维持东西平衡、天下安定，以及对"合纵"诸国自身的长治久安的重要性。

燕易王因为前次苏秦不用一兵一卒、不费一弓一矢，就为燕国讨回了被齐国攻占的南境十城，早已对苏秦感佩不已；再加上自从苏秦"合纵"成功后，燕国这么多年来确实没有受到来自齐、赵诸大国的攻伐，燕国的安全确实有了切切实实的保障，燕国国内人心稳定，生产发展，百姓生活大有好转。事实证明，"合纵"对燕国是获益甚大的。因此，而今燕易王对苏秦就格外敬重，可以说，是真正到了言听计从的地步。

刚才听苏秦一番话说得那么诚恳、透彻，燕易王更是为之感动，深刻领会到苏秦独力维持"合纵"联盟的苦心，所以他不仅听得仔细、认真，而且再次明确保证燕国决不背弃"合纵"之盟。苏秦见燕易王如此深明大义，又如此敬重自己，自然更是感动。

于是，君臣欢会，其乐融融，难舍难分。

但是，苏秦因为挂念着还要到齐、楚、韩诸国继续做说服工作，所以在燕国待了几天后，只得依依不舍地告别燕易王，前往齐国。

周显王四十二年（前327）七月，苏秦抵达齐国之都临淄。

见了齐宣王，苏秦觉得他这几年苍老多了许多。大概因为这个缘故，人也不像以前做事那么冲动了。自从上次偷袭了燕国南境十城，被自己用秦、燕翁婿关系吓唬了一顿而归还了燕国十城后，倒是乖了不少，一直未曾背弃"合纵"盟约。

想到此，苏秦决定继续承用此前的老办法，拿秦国的野心与强力来压这个垂垂老矣的齐宣王。

于是，他先历述了这几年秦国频频向魏国进攻，并贪得无厌地蚕食了魏国的大片土地的事实，接着一针见血地指出了秦国东伐魏国，意在进一步东扩、并吞山东各国的战略意图，最后坦诚地向齐宣王重申了坚定不移地恪守"合纵"联盟之约，对于齐国、对于山东诸国乃至天下的长治久安的重要性。

苏秦说得确凿有力，齐宣王听得认真仔细，并深为苏秦之说所折服，遂与苏秦再申前盟。

再次稳定了齐国后，苏秦又马不停蹄地直奔南方大国楚。

周显王四十二年（前327）十一月底，苏秦到达楚都郢。

楚国因为在陉山新败于秦、魏，接着楚威王又病逝，楚怀王新立不久，所以，苏秦到楚国后，自然很容易就说服了楚怀王，并与之重申了坚守"合纵"联盟之约。

稳定齐、楚两大国之后，苏秦心里踏实多了。但是，他还是不敢掉以轻心，还有韩国，也是必须继续做稳定其心的工作的。因为韩国近处魏国，秦国对魏国的咄咄进攻，对韩国形成巨大的心理压力，因此韩国作为山东六国"合纵"联盟中的一环，也是极容易被秦国瓦解分化的。于是，苏秦又急急北上往韩。

周显王四十三年（前326）二月底，苏秦抵达韩国之都郑。

韩宣惠王见了苏秦，就像见到大救星，他正急欲求计于苏秦。

因为这几年秦国频频进攻魏国，魏国丧师失地。如果这样继续下去，魏国势必就有亡国之虞。若魏国没了，则韩国西面的战略屏障就没了。如此，韩国就要处于直面强秦的最前线了。以魏国之强，尚不足以抵御强秦，更何况弱韩？

苏秦当然明白韩宣惠王的这些顾虑，所以他就耐心地跟韩宣惠王分析秦国之所以伐魏的深层原因，指出秦伐魏的真实用意，是要达到敲山震虎的效果，从魏国开始分化、瓦解山东六国"合纵"之盟，从而最终东进各个击破，并吞天下。由此，进一步强调了在此关键时刻，山东五国更要坚定地维护"合纵"之盟的重要性。

苏秦的一番分析与解剖，不仅解开了韩宣惠王的心结，也更坚定了他坚守"合纵"之盟的决心。

苏秦见燕、齐、楚、韩四国之君，经过自己一年多的斡旋游说，不仅已然明白了秦国伐魏以分化"合纵"之盟的用意，重新认识到目前形势下，山东五国坚定不移地坚守"合纵"之盟的意义，而且再次与自己明确地重申了坚守"合纵"之盟的誓言，不禁在心里暗自感慨：总算功夫不负苦心人，一年多的东奔西颠没有白费。虽然魏国被秦国分化，自己的"合纵"之盟被秦挖了一个墙角，但而今的五国"合纵"之盟的基础却比以前更加稳固了，东西平衡，天下安定的局面又得以维持了两年。虽然只有短短两年，但就是这两年的安定，天下又少了多少战争，黎民百姓又少了多少涂炭流离之苦啊！

想到此，苏秦心里感到快慰不少，决定立即北报赵王。

周显王四十三年（前326）三月初五，苏秦告别韩宣惠王，北上邯郸。

5. 排忧解难

离开韩都郑，苏秦取道华阳往北。

周显王四十三年（前326）三月十一，抵达荥阳。

到荥阳时，苏秦本想渡河而北，过境魏国，直奔赵都邯郸。但站在河岸，看着宽阔的河面，风平浪静，水波不兴，苏秦不禁思绪万千，感慨良深：河水静，天下平，这是多么令人向往的境界啊！然而，如今天下太平，家家安居，人人乐业，自己却无缘享受这一切。

望着缓缓东逝的河水，苏秦情不自禁地掉头西望，他想到了就住在洛阳城里、近在咫尺的年迈爹娘，想到了与自己多年来一直聚少离多、寂寞幽怨的妻子香香，想到对自己陌生的儿子虎儿，不禁在心中大为感叹：自己虽然贵为六国之相，却无法像正常人一样，不仅不能天天守候着爹娘、妻儿和家人，尽享天伦之乐，就是而今经过自己的努力，天下已现太平景象之时，走过家门口，也不能回家探望一下，情何以堪？

　　但是，转念一想，自己既然选择了做士，选择了贪图高官厚爵与荣华富贵，也就只能勉力维持山东"合纵"之盟，以山东各国的安定为念，尽量使山东各国黎庶免于战乱之苦。如果再心念自己的小家，儿女情长，如何做得了这"纵约长"，并身兼六国之相呢？

　　低首徘徊于河岸良久，苏秦最终还是没有克制住自己的情感，决定掉头西折，暂回洛阳一趟。他想，也就几天工夫，北上归报赵王，路上赶紧点，这点时间也是赶得回来的。

　　然而，没等他到洛阳，走到成皋时，东周之君已经发使迎过洛水，把苏秦接到了东周小朝廷巩。原来，东周与西周闹矛盾，东周君遇到了麻烦，他要苏秦帮他排忧解难。

　　周有东周与西周的矛盾，那是源于周考王。周考王时（前440—426），考王封其弟揭于王城，是为河南桓公。桓公之孙惠公又自封其少子班于巩，因在王城之东，故号为东周。而河南惠公本在王城，故号西周。也就是说，西周与东周两个小朝廷，本是父子关系，它们都是天下共王——周王的子孙，本来不应该有什么问题的。但是，到周显王二年（前367），赵国与韩国把周一分为二，即王城之西周与巩之东周。周显王虽是天下共王，但实际上已经被架空，仍然住在成周洛阳。这样，都城在河南的西周与都城在巩的东周，因为实际上成为了周王朝领地上的两个实体，于是便不免产生了矛盾。

　　苏秦此次回洛阳探亲路上，被东周君发使迎进东周城巩，就是因为东周与西周产生了矛盾。

　　东周与西周同在洛水流域，但是西周在洛水上游，东周在洛水下游。东周要种水稻，西周却截了洛水，不使洛水下流至东周，有意使东周的水稻种不成。东周君见西周君不下水，眼看今年的水稻就要种不成了，这不是要断东周之炊吗？于是，东周君就急了。

　　而今听说苏秦要经过巩回洛阳省亲，他便抓住了机会，把苏秦毕恭毕敬地迎进东周小朝廷，要苏秦给他想办法。因为他知道苏秦是山东六国之相，西周小朝廷虽然不属于他统领，但天下共王周显王见了苏秦还要郊迎三十里，那么西周君又何曾不敬畏于苏秦之权威呢？

　　苏秦在听完东周君的诉苦后，想了想，觉得东周与西周本是父子关系之邦，而今却闹成了这个样子，真是令人感叹。父子关系之邦尚且如此，更何况秦、齐、赵、魏、韩、燕、楚诸国之间，本不存在这样的关系，自然互相残杀也就必然了。

沉思良久，苏秦觉得东周与西周的矛盾，应该采取和平的方式解决，不能让东周之君借助于自己之力，而动用山东六国的武力解决问题，这不合适。但是，既然东周君求到自己，那么自己就应该帮他个忙。

于是，他就决定亲自到西周走一趟，居中调解斡旋，希望西周能下水，让东周能够及时种上水稻。

想到此，他对东周君说道：

"西周与东周，本是父子之邦，何必闹到这步田地呢？既然事情已经如此，那么这样吧，臣请求亲自往西周一趟，说说西周君，劝他给东周下水，怎么样？"

东周君见苏秦这么爽快，愿意到西周一趟，真是喜出望外，立即答道：

"这样，当然最好。如此，那就有劳主君大驾了！"

于是，东周君立即向苏秦奉上百金。

苏秦得金，也就欠了东周君的人情，只得立即启程，径直往西周之都河南去了。

路过洛阳时，苏秦望了望洛阳城，不禁感叹地摇摇头，本来自己西折绕道，是为了回洛阳探视爹娘与妻儿家人的，结果今天过洛阳而不得其门而入，竟然被东周君抓了差，当起了东周君的说客，调解起了周王室内部的矛盾。

周显王四十三年（前326）三月初八，苏秦抵达西周小朝廷河南。

西周君早就闻知苏秦被东周君奉迎入巩的消息，苏秦还未到西周地界，西周君已经发使来迎了。

见了西周之君，寒暄毕，苏秦就直奔主题，也不转弯，径直说道：

"臣听说东周要种水稻，而西周不肯下水，有没有此事？"

西周君见苏秦问得直接，就知道这是苏秦为东周君游说来了。心想，你问得直接，寡人也明人不做暗事，也明白地告诉你吧。

于是，西周君说道：

"有。"

苏秦一听，心想，西周君也是个爽快人，那就跟他直说吧。于是，他先是一笑，然后接着说：

"果有此事，那么您的计谋就失当了，不是什么上策！"

西周君一听，心想，苏秦怎么这样对寡人说话呢？于是，也没好气地说道：

"这话怎么说？"

苏秦一听，就知道西周君有些生气的意思了，他这是在抱怨自己不该直接批评他的计谋错了。于是，又是一笑，说道：

"而今西周壅塞洛水而不下，让东周种不上水稻，看上去好像是害了东周；其实恰恰相反，那是富了东周。"

西周君一听，觉得好生奇怪，这话怎么说呢？寡人壅塞洛水而不下，东周种不成水稻，何以能富东周呢？

苏秦见西周君好生纳闷的样子，故意顿而不言，他要吊足了西周君的胃口。

西周君哪里是苏秦的对手，山东六国之王都被苏秦玩弄于股掌之上，更何况他这个区区弹丸之地的小朝廷西周之君。

沉默了一会儿，西周君终于沉不住气了，遂再次反问苏秦道：

"寡人不下水于东周，东周怎么会富呢？"

苏秦又是一笑，说道：

"今西周不下水，东周不能种水稻，难道还不能改为种麦吗？不瞒您说，臣到东周时，东周之君早已颁令其民改为种麦了。"

西周君一听，这才如梦方醒。是啊，寡人不下水，东周种不成水稻，但可以种麦子啊！看来寡人没有农业常识，确是计谋失当了。

想到此，西周君只得转嗔为笑，忙对苏秦笑脸相向，道：

"如今之计，主君以为怎么办才好？"

苏秦见西周君上钩了，遂神秘地一笑，然后不紧不慢地说：

"您要想害东周，其实很容易。"

"怎么害？"西周君立即接口追问道。

"您要真的想害东周，不如现在就给东周下水，让东周刚种的麦子浸水，那东周所种的麦子还能指望丰收？"

西周君一听，心想，这虽然是一个非常恶毒的主意，但确实可以害惨东周君这个冤家对头。于是，不禁笑而点头。

苏秦见此，续又说道：

"还有，西周如果现在就下水，那么东周君肯定又命东周之民再改种水稻；而当东周真的改种了水稻后，西周不妨再断其水。如此一来，东周之民必仰西周而生，东周之君必听命于您！"

西周君一听，真是出乎意料，心想，苏秦怎么能够想出这样的主意呢？如此，西周凭水就可以卡住东周的脖子，令其不得不就范而听命于自己。

于是，西周君再也按捺不住心中的激动与兴奋，拍案大叫道：

"妙！妙！妙！"

遂立即颁令下水与东周，并敬奉百金以酬报苏秦。

于是，东周得水而种稻，苏秦则兼得东周与西周双份之酬金。

办妥了东周之君的下水事宜，苏秦就起身告辞，想回洛阳看望爹娘与妻儿，这才是此次西折弯路的主要目的。

可是，还不等苏秦起身，西周君又开口了：

"今寡人有一大患，不得除之而后快，望主君能为寡人谋一计。"

苏秦一听，又有生意了。西周君还有事要问计于自己，也好，说不定又可以弄他一笔金子呢。

于是，苏秦作毕恭毕敬状，说道：

"什么事？请君明言，只要臣能办到，臣自当肝脑涂地，以效犬马之劳。"

西周君乃诉苦道：

"寡人有一个不肖之臣，名叫宫他，亡奔东周，将我西周之情尽数泄露给东周，大为寡人之患。"

苏秦一听，心想，这能有多大的事，一个小小的西周之臣，逃亡到小小的东周朝廷，能兴什么风，作什么浪，何至于大为西周之患，你西周之君能有什么大不了的秘密？

想到此，苏秦不禁一笑，轻松地说道：

"臣能杀了他。"

西周君听苏秦说得那么轻松，以为他是在说笑，忙试探性地问道：

"主君真能杀了他？"

苏秦肯定地说：

"能。"

西周君见苏秦说得非常认真，也非常确定，乃进一步试探道：

"宫他在东周，主君怎么能得而杀之？"

苏秦遂和盘托出其计道：

"这很简单！您给我三十金，我派人拿着这三十金，并带着书信，秘密去东周找宫他。书信上这样写：'告宫他：事情若可为，望勉力成之；不可为，望急归。事久恐泄，勿自令身死。'与此同时，您秘密派人将此事泄露给东周之君，说：'今晚当有奸人潜入东周。'臣相信，届时东周君一定会严加防范，并能一举擒获那个秘密潜入东周的'奸人'。如此一来，东周君岂能不怀疑宫他而立即杀了他？"

西周君一听，心想，这不是借刀杀人的反间计吗？虽然险恶了点，不过，确是一个妙计。于是，不禁脱口而出道：

"妙极了！"

遂遣手下能臣冯且执行去了。

西周君大喜，又奉赠了苏秦百金。

苏秦解决了东周与西周的纷争，又得了一大笔金子，遂立即起驾回洛阳，探视爹娘与妻儿去了。

第十四章 "纵"破局乱

1. 风云起咸阳

周显王四十三年（前326）三月十三，苏秦再次告别爹娘、妻儿，从洛阳出发，往北直奔赵国之都邯郸。

周显王四十三年（前326）四月十五，苏秦回到赵都邯郸。

见了赵肃侯，苏秦详细地禀报了一年多以来，先后到燕、齐、楚、韩四国做说服斡旋工作的经过与结果。

赵王听了非常满意，觉得这两年由于苏秦的穿梭外交取得成功，稳定了山东五国"合纵"联盟的局势，天下又趋于太平。这里面自然有苏秦的功劳，但也有自己的一份。因为没有自己作为"合纵"之盟主，没有赵国作为"合纵"的发起国与轴心国，那么苏秦的"合纵"之策就无由实施。虽然这些年来自己没少为"合纵"费心，赵国也为此而付出了不少，但自己通过支持苏秦组织"合纵"，这些年来确实使赵国在国际上的地位得到了很大的提升，正如老话所说："一分耕耘，一分收获。"

想到此，赵肃侯还是感到颇有成就感，心里也很感安慰。由此，赵肃侯与苏秦的君臣关系也日益亲密。

正当苏秦留驻邯郸，协助赵肃侯处理赵国朝政，同时积极协调山东五国"合纵"事宜，忙得不亦乐乎之时，六月初，有消息传来：四月戊午（初四），秦惠王正式称王仪式已在秦都咸阳举行，而且仪式还参照周显王二十七年（前342）魏惠王"逢泽之会"和周显王三十五年（前334）齐宣王"徐州相王"的先例，不仅会集了许多诸侯小国之君，以及秦国周边的戎狄之君入朝称贺，而且也邀请了魏、韩二国之君入秦朝见，要求魏、韩二国之君比照"徐州相王"推尊齐宣王为王的先例，也推尊秦惠王为王，但秦也承认魏、韩二王的王号。又比照魏惠王"逢泽之会"称王时"乘夏车，称夏王"的排场，要魏、韩二王当场为秦惠王驾驭作为称王标志的车驾。

苏秦一听到张仪"咸阳相王"的消息，心里立即一阵紧张，接着又是一阵焦虑。

苏秦之所以感到紧张，是因为张仪此举不是那么简单，其意义之深远非同小可。这是张仪继前年成功地促成义渠向秦称臣、秦魏结好，去年又成功地举办了腊祭，使秦王与戎狄部族首领"会于龙门"之后，精心策划的又一重大举措，它的实质意义是借此组织以秦为轴心的东西"连横"之盟。虽然韩国目前还是山东五国"合纵"联盟的一员，没有像魏国那样完全从"合纵"联盟中分化出去，而且几个月前，韩宣惠王还曾信誓旦旦地跟自己重申了坚守"合纵"联盟之约。但是，韩国因为地理上被魏国三面包围，历来受制于魏国，所以此次韩宣惠王入秦，参加秦惠王的称王仪式，肯定是如前次韩昭侯参加齐宣王"徐州相王"仪式一样，也是被魏王裹胁而去的。但是，张仪让韩王入秦参加"咸阳相王"，明显地是有进一步拆解自己的"合纵"联盟的寓意。看来，张仪迟早要以"连横"之计来破自己组织的山东五国"合纵"联盟之局。因为秦国的既定国策就是要实行"连横"，实施对山东诸国"远交近攻"、"各个击破"的策略，张仪现在是秦国之相，在其位，就得谋其政，不可能永远不破自己的"合纵"之局，大家都是各为其主，也是正常的，完全可以理解。虽然当初张仪得到自己资助而入秦，曾许诺，有自己在赵一日，就不会伐赵。但不伐赵，并不是意味不伐"合纵"联盟中的其他各国。如果秦伐赵国之外的山东其他各国，势必就会危及整个"合纵"联盟。

苏秦之所以感到焦虑，是因为张仪"咸阳相王"的结果，即使最终不能实现以秦为轴心的"连横"局面的出现，但"咸阳相王"必然产生与"逢泽之会"、"徐州相王"类似的后果，那样同样会危及自己"合纵"之盟的稳定，同样会危及今天来之不易的天下太平的局面。因为"逢泽之会"与"徐州相王"事件后，天下都出现了大的动荡。

尤其是想到"逢泽之会"的结果，苏秦更是坐立不安，他的思绪一下便回到了二十多年以前：

秦孝公时代，由于孝公任用商鞅实行变法，原来弱小的秦国逐渐变得强大起来，并开始与当时的天下独霸魏国开始了一系列的较量。

周显王十五年（前354），为了与魏国争夺河西之地，秦孝公趁着魏国倾力攻打赵国之都邯郸，却又久战不下之机，倾起大兵，偷袭了魏国河西之地，与魏师战于元里，斩魏师之首七千，夺得魏国河西之地少梁。

周显王十六年（前353），齐威王派军师孙膑与大将田忌出兵救赵，采用"围魏救赵"之术，在桂陵大挫了魏师，生擒了魏将庞涓。与此同时，楚国也出兵救赵，楚国大将景舍趁齐师败魏师于桂陵之机，乘机攻取了魏国睢水、濊水之间的大片土地。但是，魏国最终扭转了战局，还是攻破了赵都邯郸。

周显王十七年（前352），魏惠王开始大举反攻，调动了韩国的军队，在襄陵打败了齐、宋、卫三国联军。齐威王不得已，请求楚国大将景舍出面，向魏国求和。而就在魏国军队与齐、宋、卫联军打得不可开交之时，秦孝公起用商鞅为大良造，率师渡河而东，偷袭魏国后方，并一度攻入魏都安邑。

周显王十八年（前351），秦孝公又遣商鞅领兵，围攻魏国固阳，降之。秦师由此得以越过洛水，收复了以前被魏国攻占的部分河西之地。也就在这一年，魏惠王鉴于此前四面树敌，与各国同时开战，而让秦国钻了空子的教训，在攻下了赵都邯郸之后，又主动将邯郸还给了赵国，并与赵成侯结盟于漳水之上。与齐国的关系，也通过楚国大将景舍的斡旋而恢复。

周显王十九年（前350），魏惠王稳定了与东部齐、赵两国的关系后，开始收拾秦国了。虽然这几年四面出击，使魏国的国力受到了不小削弱，但此时的魏国仍然是天下之霸。因此当魏师回头向西反攻，围秦师于上郡之定阳时，秦师终于不能抵敌，秦孝公只得向魏惠王求和。于是，两国之君相会于彤，结盟修好。

周显王二十一年（前348），赵国新君肃侯又远赴魏国西部的阴晋，与魏惠王相会修好。至此，魏国的国势又有所上升。

周显王二十五年（前344），魏惠王为了继续维持自己天下独霸的地位，防止因商鞅变法而日益富强起来的秦国势力坐大，又以朝周天子为名，召集了十二个诸侯小国会盟，企图谋算秦国。秦孝公惊恐万状，寝不安席，食不甘味。于是，他传令秦国全境，所有城堞都设战具，严加守备；又广招死士，选任骁将，以应付魏国随时可能发动的进攻。但是，商鞅觉得秦孝公此举不足以挫败魏国，乃向孝公献计道：

"魏是天下之霸，势强功大，令行于天下。而今，魏王挟十二诸侯而朝天子，想必依附者必多。因此，目前以一秦而敌大魏，恐怕有所不如。臣以为，为今之计，大王不如让臣往见魏王，说而败其谋，才是上策。"

秦孝公一听，觉得有理，便派商鞅到魏国游说，放弃了原来拼死抵抗魏国的计划。

商鞅至魏，游说魏惠王道：

"大王之功，举世无双；大王之令，行于天下。然而，大王现今所驱使的十二诸侯，不是宋、卫，就是邹、鲁、陈、蔡，皆为小国。这些小国虽易于驱使，但是，大王仅仅靠这些小国诸侯，还不足以经略王霸天下的大业。因此，臣以为，大王若想建不世之功，名传于万代，不如先北取弱燕，再乘胜东伐于齐。如此，必有敲山震虎之效，赵国虽强，也会不战而降。"

魏惠王一听，觉得有理，遂点点头。

于是商鞅续加发挥道：

"如果大王要先伐秦，再击楚，那么对于争取韩国，也能收'不战而屈人之国'的奇效。燕、韩二国一旦为大王所收，赵国一旦不战而降，那么天下诸侯的实力对比，就会明显地向魏国倾斜了。届时，大王再起大兵，东伐齐、南伐楚、西伐秦，顺天下之意，则王霸之业必成。为今之计，臣以为，大王不如先举行正式的称王仪式，以此号令天下大小诸侯，然后再图齐、楚，不就大功告成了吗？"

魏惠王一听，非常感兴趣，根本不知是计，遂听从了商鞅的话。

周显王二十七年（前342），魏惠王乃广宫室，制丹衣，建九旒之旌，从七星之旗，大会诸侯于逢泽，乘夏车，称夏王，俨然摆出了一副周天子的排场。结果，激怒了齐、楚。

周显王二十八年（前341），齐宣王命孙膑为军师、田忌为主将，出奇兵，用奇计，一举覆魏师于马陵，十万魏兵无一生还，魏将庞涓战败自杀，魏太子申被虏。

周显王二十九年（前340），齐、赵、秦联合伐魏。秦国派商鞅率师东进，大败魏师，并虏获魏公子卬。

从魏惠王"逢泽之会"导致齐、赵、魏、秦四国大战，天下动荡，百姓涂炭的惨痛历史回忆中清醒过来，苏秦不禁又想到了自己组织山东六国"合纵"联盟期间发生的"徐州相王"事件。那是他的亲身经历，所以感受更深。

由于魏惠王"逢泽之会"，导致了齐、赵、秦伐魏的结果，遂使魏国国力受到了极大的削弱。由此，魏国的天下独霸地位不再。相反，处于东有齐、赵，西有强秦的夹攻之下，魏国的生存出现了前所未有的危机。在此情况下，魏相惠施建议魏惠王，不如"折节变服而朝齐"，以此激怒楚国，让楚国怒而伐齐，从而实现报复齐国的目的。魏惠王无奈之下，只得听从于惠施之计，先后于周显王三十三（前336）、三十四年（前335）连续两年带同韩昭侯入齐，折节变服，着布冠，分别朝见齐宣王于阿、甄。周显王三十五年（前334），魏襄王即位，又带同韩昭侯等小国诸侯王入齐，朝见齐宣王于徐州，再次推尊齐宣王为王。同时，齐宣王也承认了魏襄王的王号，这就是被诸侯国称之为"徐州相王"的事件。

果然如惠施所料，齐、魏两大国"徐州相王"事件，终于激怒了楚威王，也激怒了齐、魏近邻的赵国之君赵肃侯。周显王三十六年（前333），赵肃侯发兵攻打魏国东部毗邻赵国南部的河北重镇黄城。为了保护赵都邯郸，阻御齐、魏两国的进攻，赵肃侯还专门在赵国毗邻魏国与齐国的南部边境的漳水与滏水之间修筑了长城。而楚威王则亲率大军深入到介于宋、鲁两国之间的齐国南部重镇徐州，以发泄对齐宣王"徐州相王"的不满。由于秦惠王派出了魏人公孙衍离间齐、魏同盟关系，让魏国按兵不动，结果楚威王所率之楚师，将齐国大将申缚所率的齐国大军打得落花流水。齐宣王失败后，非常愤怒，遂欲兴兵攻打魏国，问其按兵不动之罪。眼看一场大战又要爆发，幸得齐国重臣淳于髡及时谏止，不然，齐、魏两国百姓不知又要遭受多大的灾难。

苏秦思前想后，越想越觉得这次张仪"咸阳相王"的后果不堪设想，可能会造成比魏惠王"逢泽之会"、齐宣王"徐州相王"更严重的后果。因为魏、韩二国之君入咸阳推尊秦惠王为王，势必会引起齐宣王与楚怀王的不满。如果他们也各自拉拢一些诸侯小国，成立一个小集团，自立为王，那么就会爆发各个不同集团之间的混战。这样，即使师弟张仪不亲自组织"连横"来破自己的"合纵"之盟，自己千辛万苦组织起来的"合纵"联盟，也要断送在"咸阳相王"之举所引发的诸侯国裂变分化的连锁行动中。

想到此，苏秦闭上了眼睛，他不敢再往下想。

2. 祸起萧墙

然而，出乎苏秦意料，最终破他"合纵"之局的，不是他的师弟张仪，而是公孙衍。

公孙衍，何许人也？说来话长。

公孙衍，魏国阴晋人，与苏秦、张仪为一路人物，也是依靠嘴巴吃饭的游士。他早年曾在魏国为官，官至犀首（将军之类），故人称"犀首"。后来，到秦国游说秦惠王成功并得宠。

周显王三十六年（前333），正当苏秦组织山东六国"合纵"到关键时刻，秦惠王起用公孙衍为大良造。大良造是秦国非常高的爵位，历史上只有为秦国变法图强的卫国客卿商鞅被秦孝公封过这个爵位。公孙衍为大良造后，秦国便对魏国发动了一系列进攻。

周显王三十六年（前333），也就是在公孙衍被封大良造这一年，秦国军队对魏国河西之地的北部战略重镇雕阴发动了进攻，大败魏师。

第二年（周显王三十七年），魏国无奈，只好将河西之地的南部重镇阴晋献给秦国以求和，秦惠王改其名为宁秦。

第三年（周显王三十八年），秦国军队再次攻打魏国河西北部重镇雕阴，虏魏国大将龙贾，斩魏师之首八万。

第四年（周显王三十九年），秦师沿河南向东进攻，围困了魏国河南重镇焦、曲沃。魏无奈，乃纳河西之地少梁于秦。

第五年（周显王四十年），秦国之师又渡河而东，攻占了魏国河东之地的北部重镇汾阴、皮氏，又围魏国河南重镇焦，降之。魏王无奈，只得向秦求和，二国之君会于应。

至此，苏秦刚刚组织起来的山东六国"合纵"之盟，在秦国对魏国展开的接连不断的进攻下，受到了极大的挑战，最终魏国被秦国从六国"合纵"之盟中分化出去，使苏秦的"合纵"联盟之厦痛失了一个重要的基石。而这一切，包括魏国所有这一切的失败，都拜赐于公孙衍这个爵封秦国大良造的魏国阴晋人。

正是在此生死危急关头，苏秦才智激张仪入秦，以阻止公孙衍伐魏，并破其即将成局的"连横"组织。

周显王四十年（前329），就在魏国丧师失地，魏王向秦惠王屈膝求和之际，张仪得到苏秦的资助到达了咸阳，很快赢得了秦惠王的赏识与重任。

第二年（周显王四十一年），张仪就成为秦国之相。由此，公孙衍之宠被他的同乡张仪夺走，二人矛盾日益加剧。

在此情况下，原来主张"连横"，并事实上在实施其策的公孙衍，就不得不离开了秦国，重又回到他的故国魏国。

公孙衍回到魏国后，凭着一张嘴，又获得了魏襄王的信任，官任魏国之将。为了报复秦国，为了拆台张仪正在组织实施的"连横"之策，公孙衍一到魏国，就开始筹划实施以魏国为依托与轴心的新"合纵"组织。

但是，他心里非常清楚，而今的魏国已经不是早先的魏国，经过与齐国的"桂陵之役"、"马陵之役"，魏国的元气早已伤了一大半，加上前几年在自己主政秦国时，对魏国的一系列进攻，魏国失去了河西大片土地，如今已是兵寡地削，早已沦为二流或三流国家了。因此，要想组织以魏国为轴心的新的"合纵"联盟，以对抗张仪正在筹建的以秦国为龙头的"连横"集团，就要拆解苏秦所建立的旧的"合纵"之盟。而要拆解苏秦的"合纵"之盟，解决赵国是关键，因为赵国是苏秦据以组织山东六国"合纵"的轴心与依托。

但是，如何才能解决赵国问题呢？公孙衍思考再三，也没有找到好办法。虽然自己很会说，但是有苏秦在赵国为相，哪有他游说赵王的机会？再说，就是有机会游说赵王，自己也不是苏秦的对手。

正当公孙衍苦思冥想，为找不到解决赵国的办法而发愁时，正在赵都邯郸的苏秦更是忧心忡忡，他正在为张仪"咸阳相王"之举可能持续发酵的后果而担忧。

然而就在这时，即周显王四十四年（前325）七月，赵肃侯突然病故。

面对这突如其来的变故，苏秦几乎到了精神崩溃的地步。因为他非常明白赵肃侯突然过世的后果，一是对他所组织的"合纵"之盟的稳固会有重大影响，二是对他自己今后的前程也有影响。自己之所以能够组织起山东六国"合纵"联盟，天下之所以能够获得这么多年难得的太平，自己之所以能拥有现在的地位，这都全靠赵肃侯一人。当初如果没有赵肃侯的倾力支持，他何以能够说服山东其他五国入盟"合纵"。而今，赵肃侯没有了，新主赵武灵王是否也能对"合纵"的意义认识那么深刻，是否能够与自己思想契合，能否君臣默契地配合，都是未知数。加上，现在又有"咸阳相王"可能引致的天下形势变动，这山东五国的"合纵"之盟是否还能维持下去？

思前想后，苏秦不禁悲从中来，忧上心头。他悲赵肃侯之突然归天，悲赵国痛失了一位好君王；他忧"合纵"之盟的前途，忧天下黎民百姓之疾苦，更忧自己的前程与命运。

真如老话所说，这个世界的事情，从来都是有人欢喜有人愁。当赵肃侯突然病逝的消息，八月底传到魏国之都大梁时，可把本来一筹莫展的公孙衍乐坏了。

公孙衍打听证实了这个消息，顿然来了精神。眉头一皱，计上心来：何不趁着赵国国丧之际，向赵国发动突然袭击？赵国一败，这"合纵"的轴心没了，苏秦的旧"合纵"联盟不就自然解散了，自己不就可以重新建立一个以魏国为轴心的新"合纵"联盟，自己来当"纵约长"，兼挂"合纵"诸国之相吗？如此，一来可以报秦国之仇；二来可以报张仪与自己争宠，夺了自己饭碗之仇；三来自己也可以像苏秦现在这样，身兼六国之相，纵横天下，那多威风，那多风光！

想到此，公孙衍立即行动。他没有先找魏襄王，而是先到齐国。因为找魏襄王，请他直接发兵攻打赵国，魏襄王肯定不允，因为目前的魏国，还不是赵国的对手。

而到了齐国，公孙衍也没有直接找齐王游说，而是先找到齐国的名将田盼。

公孙衍之所以要找田盼，那是因为田盼曾是在齐、魏"马陵之战"中战败魏国的主将之一，与田忌齐名。田忌在"马陵之战"后因为功高，而与齐相邹忌有矛盾，于是出走楚国，楚国封之于江南。因此，现在齐国，田盼就是唯一的名将了。要打仗，自然要找田盼。田盼觉得能打，齐宣王肯定就打。不然，要齐宣王发兵，恐怕就难了。

田盼当然也知道公孙衍是何许人也，公孙衍做过秦国的大良造，这天下何人不知，何人不晓？他做秦国大良造时，打得魏国丧师失地，逼得魏王向秦王屈膝投降。而今他又做了魏王之将，自然是要为魏王着想，兴魏邦，振魏威。就他能文能武的能耐，他想干什么，什么不成？

所以田盼见公孙衍来见，自然不敢怠慢。

公孙衍知道，跟田盼不必转弯抹角，他是武将，不是文臣。再说，反正大家对彼此的底细都很清楚。

于是，公孙衍就直截了当地向田盼游说道：

"当今的天下诸侯，要说强者，不过秦、齐、楚、赵四国而已。秦国虽是天下之霸，但是无法对齐国构成威胁，这是地缘形势所决定的。楚国也算是天下之强，但是，目前它也不足以构患于齐，这也与地缘形势有关。"

田盼一听，这话没错，秦国再强，一时还不能威胁到齐国，因为秦、齐之间，西面隔着魏、韩二国，北边还有楼烦、赵、中山、燕作为屏障，秦国想打齐国，也没法交战，他够不着。楚国虽然东部与齐国南境接壤，但其间还夹着鲁、宋二国，楚国的战略中心在郢，楚国要与齐国开打，调动兵力也要费时很久，齐国以逸待劳，则必败楚师。所以，楚国要胜齐国，一时也还比较难。

想到此，田盼点点头，认可公孙衍的分析。

公孙衍见此，继续说道：

"而赵国的情况呢，那就完全不一样了。赵国在西，齐国在东，朝夕相处，大家都搬不了家。赵国强，则齐国必弱；齐国强，则赵国必弱。这就好比二虎之处一山，终究是不能相处而安的。齐是天下强国，齐王是天下明主，齐王早有创万世基业、立不世之功的雄心，这是天下人所共知的。但是，臣以为，齐国要想实现这个目标，赵国始终是个巨大的障碍。而今，赵肃侯新故，嗣主新立，正好给了齐国一个千载难逢的良机。主君为什么不乘机游说齐王，联魏而攻赵，一举攻下邯郸呢？如此，则必能彻底削弱赵国，壮大齐国，齐国的王霸之业也可指日而待。"

田盼一听，知道公孙衍这是要齐国与魏国联合，在赵国国丧期间进攻赵国。虽然田盼觉得这确是一个弱赵而强齐的好机会，但总觉得有点乘人之危的意味，有违常理。上次齐国已经干过这样的事了，就是趁燕文公过世，燕易王新立未稳之机，发动突然袭击，夺占了燕国南境十城。结果，齐王被苏秦说了一顿，又把十城还给了燕国，不然齐国就要与秦国交恶了，因为燕易王是秦惠王的女婿。那一次在燕国国丧期间偷袭燕国，对于齐王来说，真是"黄鼠狼没打到，空惹了一身骚"，在国际上造成了很坏的影响。因此，这次要齐王再故伎重演，齐王未必肯了。

公孙衍见田盼沉默不语，知道他在想什么，于是故作轻松地说道：

"主君不必多虑，只要齐国能出五万人马，不过五个月，我保证能够一举而破赵。"

田盼一听，马上反驳道：

"我听说有这样一句话：'轻用其兵者，其国易危；好用其计者，其身易穷。'而今公孙君轻言破赵之易，恐怕会有麻烦的。"

没想到，公孙衍听了，神秘地一笑，然后不紧不慢地道：

"主君怎么这样死脑筋呢？无缘无故举兵伐赵，齐、魏二主本来就不会愿意的。而今您又跟他们明说这伐赵的难处，您这不是要吓着他们了吗？如果这样，岂不是赵国未伐，而二士之谋已困？那我们还商量个什么？"

说到这里，公孙衍停了下来，望了望田盼，见他似乎有了兴趣的样子，遂又说了下去：

"相反，如果我们跟齐、魏二主说伐赵如何如何容易，那么二主必然允请而发兵。而一旦齐、魏二国之师出了国门，齐王、魏君必然会考虑此战是否可以全胜？只要二国之主有此考虑，届时还怕他们不主动临阵多拨些人马？"

田盼一听，情不自禁地拍案叫道：

"好计！"

于是，公孙衍躲在幕后，由田盼出面游说齐王与魏王之后，便借得了齐、魏二国十万之师。

周显王四十四年（前325）九底月，齐、魏联军兵分两路，开始了秘密的伐赵行动。一路由田盼统帅，从东面向西进发；一路由公孙衍自己率领，由西面往东挺进，分兵合击赵国。

果然如公孙衍所料，齐、魏两路大军尚未离境，齐、魏二王恐其战而不胜，悉起二国精锐之兵从之。结果，不到一个月，赵国军队在毫无戒备的情况下，被打得大败。公孙衍大败赵国名将赵护，而田盼则俘获了赵将韩举，并攻取了赵国北部治水北岸的新城与平邑两座重镇。

3. 东北望燕蓟，可怜无数山

赵武灵王即位不到两个月，就遭遇齐、魏两国的攻伐，而且败得那么惨，他心里有多窝火是可以想见的。

左思右想，他越想越生气，越想越愤恨。忍无可忍，他终于找来了苏秦，没好气地直言相责道：

"往日先生以'纵亲合，天下安'而说先王，先王任先生为赵国之相，封先生以武安君之爵，饰高马轩车百乘，资黄金千镒、白璧百双、锦绣千纯，尊先生之位，壮先生之行，以约于诸侯。而今六国'合纵'为盟，而齐、魏伐我，犀首败我赵护，田盼掳我韩举，又夺我新城、平邑。而今寡人之国不仅兵败地削，生灵涂炭，而且先王与寡人也因先生之故，大为天下耻笑，不知先生现在还有什么话好说？"

苏秦一听，真是且愧且惭！而今自己能说什么呢？是啊，赵武灵王说的这些都是事实啊，自己能作何解释呢？

沉默良久，想了很多，苏秦最后坚定地对赵武灵王道：

"臣请求出使燕国，誓破齐国，一雪国耻，以报答大王与先王！"

周显王四十四年（前325）十月底，苏秦黯然离开赵都邯郸。

时当北国初冬严寒时节，而他此行的目标，则是比赵国更远的极北之地燕都蓟。因此，出了邯郸城，越往北走，苏秦也就越来越觉得寒冷。北国凛冽的寒风，不仅吹得他浑身冰冷，也吹得他的心冰冷冰冷的。

蜷缩在车内，看着满眼的冰天雪地，听着车前马项下单调、孤零零的铃声，苏秦内心感到空前的寂寞与悲凉。想想以前每次从邯郸出发，都是车辚辚，马萧萧，前呼后拥，车轮滚滚，旌旗飘飘，那排场，那声势，是何等地令人感奋！而今，同样是从邯郸出发，同样也是以赵王使节的名分出使，眼下只有秦三一个私仆，一辆马车，孤孤单单地走在北国冰冷冰冷的路上。

抚今追昔，苏秦不禁抚膺长叹：

"此一时也，彼一时也。世事难料，人生无常！"

行行重行行，冲严寒，履冰霜，顶风冒雪，逢山绕道，遇水假舟，周显王四十五年（前324）一月底，苏秦终于到达了燕都蓟。

此时的北国，虽然还没有一丝一毫的春的消息，但苏秦进了燕都蓟城，却有一种枯木逢春之感，心中充满了无限的希望，因为这里曾是自己发迹的起点。当初自己正是在四处碰壁、走投无路的情况下，在此时来运转，被燕文公接纳，才实现了人生的转折。而今，"合纵"之盟已经被公孙衍打破，自己重又沦为往昔游士的尴尬处境。齐、魏、赵三国之相的身份自然不再，楚、韩二国恐怕现在也不会认他为相的老账了。眼下，唯一的希望就是燕王能够接纳自己，自己还能有个燕国之相的名分。如此，那么自己还有翻本的本钱，还有卧薪尝胆、东山再起的机会。

然而，当苏秦带着满心的希望求见燕易王时，不仅求见无门，而且燕易王竟然不予以馆宿招待。好在他现在还有积蓄，没到当初那样落魂潦倒之境，不然就要露宿街头，成了冻馁北国之孤鬼了。

苏秦越想越觉得蹊跷，自己这些年来组织"合纵"，应该说对燕国是助益多多的，自己也没有做过对不起燕国与燕易王的事，而且还在燕易王即位之初，为燕国讨回了被齐国夺占的十城，这是多大的功劳啊！燕易王此次不接见自己，不馆待自己，这不正常，一定是有人在背后说了自己什么坏话。

于是，苏秦决定先调查一下情况，然后再作决定。好在他挂了这么多年的燕国相印，朝中还是有人的。很快他便获悉了情况，原来是几个月前赵国被齐、魏攻伐，"合纵"之盟不复存在之后，燕易王的近侍向燕易王进了谗言：

"武安君是天下无信之人，左右卖国，反复无常。大王以万乘之尊，谦谦而下之，尊之于朝廷，此将内致祸乱，外示天下之人：大王与小人为伍。"

燕易王想想，也觉得有理。苏秦既然"合纵"山东六国为亲，挂六国相印，为"纵约长"，又以赵国为"合纵"的轴心国，怎么赵肃侯刚刚死，齐、魏就起兵攻伐赵国呢？而且还差点使赵国亡了国，这是怎么说呢？由此及彼，燕易王又联想到自己刚刚即位时，就被齐国夺占了南境十城，而苏秦在此之前，却跟自己说已经说服了齐宣王加入了山东六国"合纵"之盟。后来，在自己的责备下，他又非常轻易地为燕国讨回了十城。这到底是怎么回事呢？

这样，燕易王越想，就越觉得其中有鬼，心里就开始怀疑，苏秦是否真的是个左右卖国、反复无常的无信之人？因此，当苏秦此次从邯郸到达燕都蓟，急急求见时，他终于决定不见。

苏秦了解了事实真相后，觉得事情比较严重，无论如何，一定要见到燕易王，得当面跟燕易王讲明一切事实真相，为自己洗污辩冤。不然，自己从此就无法在燕国立足了。而不能在燕国立足，他就无路可走了。齐国的仇还没报得，他如何对得起死去的赵肃侯，对得起赵武灵王，对得起无辜死难的赵国将士与无数黎民百姓？

好在有人帮忙，跟燕易王作了疏通，周显王四十五年（前324）二月初五，燕易王终于接见了苏秦。

苏秦见了燕易王，开门见山道：

"臣本东周鄙人，一介书生，没有分寸之功，而先王亲拜之于庙，礼之于廷。"

燕易王一听，撇了撇嘴，在心里嘀咕道，那是先王老糊涂了，被你的花言巧语欺骗了。

苏秦见燕易王的表情，就知道他这是心有成见了，得好好说服他，要他知道自己对燕国的功劳是不可磨灭的。于是，就撇开先王燕文公时的老话不说，说起了燕易王当朝的近事：

"先王崩，大王立，齐师伐我，夺燕十城。臣奉大王之命，一车二仆往说齐王，大王不发一卒，不费一矢，不折一弓，齐王就归还了我燕国十城。"

说到这里，苏秦抬头看了看燕易王，见他一语不发，但是面有惭愧之色，遂又进一步自述其功劳道：

"臣奉先王之命，西说赵、韩、魏，东说齐，南说楚，东西奔波，南北颠沛，不避风霜之苦，不畏山高水险，历时三年，'合纵'成盟。由此，山东诸侯相亲，胜于兄弟。大王为政九年，不费斗粮，未烦一兵，未战一士，未绝一弦，未折一矢，而燕无纤毫之祸，百业皆兴，民乐其业，何故？"

听到这里，燕易王情不自禁地点了点头。因为这是事实，他也不能昧良心而泯了苏秦之功。

苏秦见燕易王在事实面前不得不点头承认，知道已经说动了燕易王。于是，径直上题道：

"今臣失意，自赵归燕，以情理论之，大王理应抚慰臣心，亲之任之。然而，今臣远道而归，大王不仅不任臣以官，不舍臣以馆，而且不肯听臣一言，不知何故？莫非大王听信了小人谗言，怀疑臣为不信之人，对燕国、对大王有所不忠？"

燕易王一听这话，立即明白：苏秦已经知道自己不复其官职，不予以馆宿招待，不予以接见的原因了。心想，知道原因就好。

于是，便看了看苏秦，想听他怎么解释。

苏秦见燕易王看了看自己，心里早就明白了什么意思。于是，继续说道：

"臣不能为大王所信任，这是大王之福，也是燕国之福。"

燕易王一听这话，觉得奇怪了，他不被寡人信任，怎么就成了寡人之福、燕国之福呢？这话从何讲起？于是，就瞪大了眼睛看着苏秦。

苏秦这是运用欲擒故纵的游说技巧，目的是要调动起燕易王的注意力。一见燕易王的表情，苏秦知道奏效了，于是马上接着说道：

"臣听说前贤说过这样一句话：'忠信者，所以自为也；进取者，所以为人也。'意思是说，嘴上讲'忠'、讲'信'的人，实际上是为了自己个人的名利；而一心为国为君谋划进取的人，才是为国、为君、为人，是真正的'忠信之人'。就拿臣的情况来说，假设臣当初对齐王讲'忠'、讲'信'，齐王肯归还我被夺的十城吗？假设臣当初游说齐、楚，对齐王、楚君讲'忠'、讲'信'，齐、楚二国肯与赵国'合纵'为盟吗？齐、楚不与赵'合纵'为盟，山东六国又怎么能'合纵'相亲、胜于兄弟呢？六国诸侯不相亲，天下又怎么能够得以安宁呢？燕国又怎能安乐无事这么多年呢？"

燕易王一听，心想，这话说得在理，也不能完全拘泥地说"忠"、"信"二字，"忠"、"信"还有一个对什么人的问题，还有一个效果问题。就苏秦而言，他周游诸侯各国，如果拘泥于"忠"、"信"二字，不说一句假话，那么山东六国的"合纵"之盟何以结成？天下太平何由致之？自己即位以来，燕国的太平盛世何由致之？

想到此，燕易王情不自禁地点点头。

苏秦见燕易王点点头，知道自己的解释已经改变了他的想法。于是，又追加阐述道：

"臣弃老母于成周，抛妻儿于洛阳，不避寒暑，履冰践霜，涉水跋山，北走燕，东游齐，西至赵、魏、韩，南达遥遥万里之大楚，殚精竭虑，唇劳舌敝以说诸侯，难道全是'自为'之举吗？"

苏秦说到此，顿了顿，望了望燕易王，然后自己答道：

"不！绝对不是这样！合诸侯，安天下，拯黎民于水火，免百姓于涂炭，这是为士者之大志。臣既折节读书，慨然为士，那么臣就要为天下而进取！"

苏秦的这番话，说得理直气壮，燕易王不得不承认也有道理。但是，燕易王没有吭声，也没有表态。

苏秦知道他的心理，于是继续说道：

"假设现在这世上有孝如曾参、廉如伯夷、信如尾生的三个人，臣推荐他们来辅佐大王，大王您觉得怎么样？"

曾参是孔子的学生，那是天下有名的大孝子，不仅躬行实践孝道，"吾日三省吾身"，而且还提出"慎终"、"追远"的主张，要求慎重地办理父母的丧事，虔诚地追念祖先，堪称世人行孝尽孝的楷模。伯夷，那也是世人敬仰的古之贤人，是世人中廉而有气节的榜样。他本是商朝末年孤竹国君的长子，孤竹君本以次子叔齐为继君。孤竹君死后，叔齐要让位于伯夷，伯夷不受。于是，兄弟二人弃国而投周文王。后周武王伐纣，伯夷与叔齐谏周武王不可以臣伐君。后武王灭商，伯夷乃与叔齐逃至首阳山，采薇而食，终不肯食周粟而死。尾生，鲁人，名高，传说他曾与一个女子相约于桥下，女子不来，水至而不去，最终抱梁柱而死。

燕易王一听苏秦要推荐孝如曾参、廉如伯夷、信如尾生的三个贤人来臣事于自己，于是毫不犹豫地回答道：

"寡人如果真能得到这样三个人为臣，那么寡人之愿足矣！"

燕易王话音未落，没想到苏秦兜头就给他泼了一盆冷水，道：

"果真有这样的三个人，他们也不会来辅佐大王，甘愿为大王之臣的！"

燕易王一听，有些生气了，心想，你瞧不起寡人？

于是，就质问苏秦道：

"为什么？"

苏秦见问，乃不慌不忙地答道：

"大王，您想想看，如果有一个人孝如曾参，那么根据孝道，他必须以尽孝父母为第一要义，时刻不离其亲，更不可能一夕宿于外。如此这般，大王又怎么可能指望他步行千里，忍抛双亲，来辅佐一个弱燕之危主呢？"

燕易王一听，觉得这话倒不假。于是，点点头。

苏秦见此，遂又说道：

"大王，您不妨再想想看，如果一个人廉如伯夷，既不肯做孤竹国之嗣主，又不肯为周武王之臣，受周王的封侯，甚至不食周粟，而宁愿饿死于首阳山中。那么，大王您还能指望他步行千里，而进取于齐吗？"

燕易王又点点头，觉得这话也不假。如果大家都那么清高，不屑于功名富贵，那么还会有谁来为国家效力呢？如果苏秦不看重燕国所封的相位，他肯远涉千里，殚精竭虑而到齐国，为寡人讨回十城？

苏秦见燕易王再次点头，于是更有信心了，续加说道：

"大王，您还可以想想看，如果有一个人信如尾生，与女子期于梁下，女子不来，水至不去，抱柱而死；那么，大王您还能指望他步行千里，扬燕、秦之威于齐廷之上，终而取得大功吗？"

燕易王见苏秦拿自己为燕讨回十城之功，来为自己"不信"辩护，就有点不高兴了，于是故意以势压人地说：

"先生之言，虽然于理不悖，但是寡人终究还是不喜欢欺诈之言的！"

苏秦见燕易王这样拘泥于所谓的"信"，而不知权变，且讲话蛮不讲理。虽然心里觉得很委屈，但又不便于对燕易王发作，因为现在还得有求于他。

略一沉思，苏秦有招了。遂对燕易王道：

"臣的故里周，自古以来便有一种贱视为媒者的风俗，认为为媒者，都是些两面说好话而根本无信义的人。到了男家，说：'女美。'到了女家，说：'男富。'等到男婚女嫁之时，双方这才知道，女不美，男也不富。然而，周的习俗，男女是不能自己擅谋婚嫁的。因此，如果没有媒妁之言，那么处女就会老而不得嫁，富男也会老而不得娶。如果有人舍弃媒妁之言，自己炫富炫色，那只能是落得个'困而不售'的结局。因此，在周，男婚女嫁能够'顺而无败，售而不困'的，只有为媒者可以做到。其实，如今的世事，大抵也是如此的。大王其实也知道，今日之世，为人处世如果不讲权变，结果必然不会太好；治国从政，如果不讲变通，不能因势利导，结果自然也是不妙的。因此，臣以为，这世上真正能使人坐受成事之利的，只有欺者能之。"

燕易王一听，不禁哑然失笑，心想，真会讲歪理！竟然说使人受成事之利者，唯有欺而无信。不过，又一想，苏秦这个比方还真不错，世上的许多事还真是这个理儿。于是，情不自禁间竟脱口而出道：

"妙！"

苏秦一听燕易王说"妙"，知道他终于明白了"信"的真谛。于是，回归正题，继续说道：

"如果一个人真的行孝、行廉、行信，那么，他的目的多半是为了自己的名声，而不是为了他人，是自护其名，安于现状，无所作为的表现，不是锐意进取之道。"

燕易王听至这里，终于明白了苏秦的意思，想了想，觉得这也说得有道理。于是，点点头，表示认可苏秦的观点。

苏秦见燕易王认可了自己的观点，遂又进一步阐发其理道：

"三王交替兴起，五霸迭相横行，天下人人尽知，这决不是'自守无为'的结果。在如今这个世道，大王还真的相信'自守无为'可以行得通吗？"

不等燕易王回答，苏秦又说道：

"大王是谨守'自守无为'信念之君，苏秦是崇尚'进取有为'信条之臣。臣有老母在周，不思孝敬，反而涉万水，跋千山，不远千里而事大王，这不正是臣不能恪守'自守无为'之道，而谋'进取有为'的表现吗？而这一点，却正好与大王的理念相左，犯了大王的忌讳。因此，臣见疑于大王，得罪于大王，不为大王所信用，不为大王所欢喜，没有别的原因，就是因为对大王太过'忠信'了！"

苏秦的话虽然说得有些绕，但燕易王并不糊涂，一听就明白其意：苏秦这是在说他自己不是没有忠信，而是因为太忠信于燕国才进取有为，说齐王，合诸侯，安天下，以致功高而受人谗言，诬为无忠信之人。认为他自己获罪的原因，不是无忠信，而是太讲忠信了。

燕易王不同意苏秦的这个话，于是立即予以反驳道：

"这话怎么讲？难道讲'忠信'还有罪吗？"

苏秦接口就道：

"一点不假，讲'忠信'，有时确实是有罪的！如果大王不信，臣这里倒有一个现成的故事。"

"什么故事？不妨讲来听听。"

苏秦见燕易王有兴趣，问得急促，遂立即说道：

"臣在周时，有一个邻家，因为要谋生计，遂远至异国他乡为吏，常常三年五载也不回来一次。时间一长，他的妻子有点耐不住寂寞，遂与其邻人私通。后来，她的丈夫寄书回来，说某年某月就能到家了。接到书信后，邻人的妻子反而不高兴了，因为她正与她的情夫交情方欢，其乐融融呢！而对那个与她私通的男子来说，这就不是什么不高兴的事了，而是感到了深深的忧虑，因为他怕事情败露后，会有家破人亡、妻离子散的悲惨结局。邻人之妻见此，遂宽慰情夫道：'您不必那么忧虑！妾早已准备好了药酒，正等着那个死鬼回来送死呢。'过了两天，邻人真的回来了。于是，邻人之妻就拿了一盏酒，让邻人之妾送给丈夫喝。邻人之妾知道这是药酒，如果让丈夫喝下去，那么丈夫就要死在自己手上。于是，邻人之妾就想将真相说出来，不让丈夫喝下这盏有毒的酒。可是，转而一想，如果自己跟丈夫说明这酒有毒，那么丈夫肯定要严惩其妻，并追究其中的原因；但是，如果不说出真相，那么丈夫就会喝下药酒而中毒身亡。左右为难之际，邻人之妾灵机一动，立即佯装摔倒，并把那盏药酒撒了一地。她的丈夫不明就里，不知她的苦心，于是便命人将她鞭笞了五十余下，直打得她皮开肉绽。虽然邻人之妾一摔而覆酒，身受鞭笞之苦，却因此而救了丈夫及主母的性命，同时也保全了主母的名声。尽管邻人之妾的这一行为是个'忠信'之举，可是却免不了要被丈夫毒打。由这个故事看来，我们能说'忠信'无罪吗？而今，臣的情况不幸与我的这位邻人之妾相类！"

燕易王一听，终于彻底明白了苏秦的委屈。

于是，深致歉意地道：

"寡人糊涂，先生还是官复原职吧。"

由此，苏秦又官复原职，继续为燕相。

而燕易王经过此次君臣交心，从此对苏秦更加信任，遇之益厚，朝政一任苏秦理之。

苏秦再任燕相后，内总朝政，外交诸侯。累日盈月，虽宾客辐辏，求诉百端，内外咨禀，盈阶满室，但事无巨细，皆决断如流，无有拥滞。不出三月，燕国大治。因为燕国太小，处理燕国之朝政，对于苏秦来说，那是杀鸡用了宰牛刀。

第十五章　在燕国的日子里

1. 今宵多珍重

却说燕太后，乃燕文公夫人、燕易王之母。虽长年深居后宫，却早已闻说了丞相苏秦大名，听说过他周游六国之主，合诸侯，安天下，自任纵约长，身兼六国之相的种种传奇故事。

而今，又听人说到苏秦回到燕国专任燕相后的种种风流：说他处理外交大事，举重若轻，往往在数客昵宾、言谈赏笑间，就将其处理得干净利落；至于处理内政事务，则是目览词讼，手答笺书，耳行听受，口并酬应，百事参涉，纤毫不乱。由此，燕国多年的积案累讼，顷刻间化解尽净，民心大顺，百业兴，万事举。

燕太后本是一个安静的女人，燕文公死了十多年，儿子燕易王执政十多年，燕国一直天下太平，所以她这么多年以来，从来都是不问朝政的。

可是，自从去年山东六国"合纵"破局，苏秦回到燕国为相后，她却不知为什么，渐渐关心起燕国的朝政来了。而当大家纷纷传说的苏秦处理朝政的风流轶事传到她的耳朵之后，她不禁起了好奇之心，心中陡生了一个念头，她倒想看看这个书生何以有如此的能耐。

于是，周显王四十五年（前324）四月十八，一个北国初夏宜人的日子，燕太后传召国相苏秦后宫来见。

苏秦闻说燕太后召见，是既惊，又喜，又怕。

惊的是，太后怎么会想到召见自己，她可是燕文公他老人家的夫人啊！她老人家深处内宫，还知道有俺这个苏秦，真是难得啊！

喜的是，燕文公虽然故去，但太后犹在。当初燕文公对自己的知遇之恩，自己一直未曾报答，自己内心的感激之情，也未及在燕文公他老人家生前表达一二。因此，多少年来一直在内心深处深抱愧歉之情。如今能够亲见太后天颜，太后是文公的遗孀，大可以在太后面前一抒这积郁于内心深处的感激之情，以减轻内心的巨大压力。

怕的是，是不是最近一年来，燕易王将朝政一委于自己，自己治朝理政有什么不妥；或是她听到燕国其他大臣有什么抱怨之声，怪燕易王太宠信自己，自己独断专行，这才由太后出来干预朝政？

带着复杂的心情，苏秦在宫人的导引下，来到了后宫便殿之中。燕太后早已等候在此多时了。

苏秦一见燕太后，连忙倒身跪下拜礼。

太后也略略欠身，裣衽而还半礼。然后，赐苏秦坐席，与苏秦略叙寒温。

寒暄之中，太后偷眼一看苏秦，只见他身长八尺，鬓发如点漆，鼻直口方，脸庞棱角分明。微微上翘的双眉之间，有一颗不大不小的黑痣，恰似二龙戏珠，给人一种硬朗之中不失温柔之感。再看他的双目，虽然不甚大，却炯炯有神，顾盼之间，不经意就流露出一种智慧的光芒。再看他刚才行走之态与现在跪坐之姿，都显得稳重大方，举手投足之间，虽然仍有士之温文尔雅之风，但不失伟丈夫气宇轩昂的风度。

燕太后看着看着，不禁在心里暗想，看来这苏秦不仅智谋过人，堪称士中之龙，而且看他这身段与长相，还是一个美男儿呢！于是，就在心底暗暗生出好感。

苏秦是何等机灵之人，就在燕太后偷眼看他之时，他也将燕太后的天颜给瞻仰了个够。只见她生得面红如二月桃花，肌嫩似带雨梨花；双眉如一弯新月，又恰似初舒杨柳；目若星朗，眼底秋波盈盈；朱唇轻启，恰若半吐樱桃；言谈轻柔，举止闲雅；窈窕风姿，恍如仙女下凡；兰室静坐，疑是仙姬临世。

苏秦看着，不禁在心中暗暗惊讶，没想到太后年近半百，尚有如此的风姿，自己今天得见如此天颜，也不枉此生。遂心生暗恋之情，大有相见恨晚之感。

寒暄已毕，太后乃开言道：

"老身久闻大名，然未得一睹丰颜。今日一见，始知苏卿果是人中之凤，士中之龙。"

苏秦一听太后如此夸奖，忙接口答道：

"太后过誉了！臣不过是个东周鄙人，一介书生而已。只是因为久闻先王的贤明，敬慕先王的高义，于是释鉏耨而干谒先王。虽然潦倒至燕，没有分寸之功，可是，承蒙先王不弃，器重有加，亲拜之于庙，而礼之于廷。不仅任臣以燕相，还委臣以使命，资助车马金帛，以游说山东六国，组织'合纵'之盟，由此才成就了臣的微功。然而，不幸的是，就在臣组织'合纵'之盟未成之际，先王却中道崩殂，离臣而去。为此，臣痛不欲生，深恨不能报先王大恩之万一，怅恨不已，至今难以释怀。而今，易王又一委燕国朝政于臣，这是臣何等之幸！臣虽万死，纵然有万身，恐怕今生也难以报答燕国两代之君的大恩深情了。"

燕太后见苏秦如此感戴燕文公与燕易王的知遇之恩，知道苏秦原来是这样一个有情有义之人。于是，心中又对苏秦多了一份好感，因为女人最容易为"情"、"义"二字所打动。

看到苏秦那种诚惶诚恐的样子，又见他说到合山东六国为"纵"亲之事，燕太后遂来了精神，她早就想详细了解一下，苏秦怎么凭一张嘴，就把山东六国之王都说服了；原来常常互相残杀的六国，怎么就被他捏合到了一起，天下也因此而安定了那么多年？

想到此，燕太后就对苏秦说道：

"苏卿合山东六国而为'纵'亲，息干戈，安天下，其功大矣！不知苏卿能否细细说来，老身愿闻其详。"

苏秦听到燕太后想听自己当初是如何捏合山东六国而为"合纵"之盟的往事，不禁非常感慨，但也非常兴奋，毕竟那是自己一生中最为辉煌的一段。

于是，苏秦就遵燕太后之请，将其游说六国之王的经过，原原本本地尽情述之。

苏秦讲得声情并茂、绘声绘色，燕太后听得如痴如醉，心中对苏秦是又敬又爱，百味杂陈。

不知不觉间，已由日中而至日夕。太后见此，立即传令道：

"举烛掌灯，赐酒赏宴。"

不大一会儿，一桌丰盛的酒宴便摆在了苏秦的眼前。

苏秦一见，不禁大为感动，面对太后，正不知如何感谢才好时，又听太后传令道：

"传红叶，抚琴助兴。"

太后话音未落，早已上来了一个袅袅婷婷、飘逸如仙女的女子。裣衽坐定后，那女子便伸出尖尖如葱白一般的十根细指，轻抚琴弦，微启朱唇，弦声配合着歌声，轻轻地弹唱开了。顷刻间，轻歌缦曲便回荡在太后的后宫之中：

呦呦鹿鸣，食野之苹。我有嘉宾，鼓瑟吹笙。吹笙鼓簧，承筐是将。人之好我，示我周行。

呦呦鹿鸣，食野之蒿。我有嘉宾，德音孔昭。视民不恌，君子是则是效。我有旨酒，嘉宾式燕以敖。

呦呦鹿鸣，食野之芩。我有嘉宾，鼓瑟鼓琴。鼓瑟鼓琴，和乐且湛。我有旨酒，以燕乐嘉宾之心。

苏秦一听，知道太后是视自己为嘉宾，心情更是说不出的激动。

伴着美妙的音乐，感受着从未体验过的恩宠，苏秦在太后的频频劝杯下，喝了一杯又一杯，直喝得神魂颠倒，兴致如云。

就在此时，只见太后对抚琴之女挥了一下手，少女便下去了。

接着，太后襝衽走过琴边，坐定后，也抚琴唱了一曲：

关关雎鸠，在河之洲。窈窕淑女，君子好逑。
参差荇菜，左右流之。窈窕淑女，寤寐求之。
求之不得，寤寐思服。悠哉悠哉，辗转反侧。
参差荇菜，左右采之。窈窕淑女，琴瑟友之。
参差荇菜，左右芼之。窈窕淑女，钟鼓乐之。

苏秦一听，不禁大吃一惊。一是，没想到太后还有如此的歌喉，又有如此娴熟的琴艺，真是世间难觅的色艺俱佳的绝妙美人。二是，这首小调是民间男求女的情歌，现在却被太后对自己深情唱出，这其间的意味，也就不言自明了。

苏秦不禁想入非非。于是，便于烛光灯影之下，借着酒劲，大着胆子，直勾勾地仔细端详起太后。

只见灯下酒后的太后别有一番风韵：面似芙蓉，双颊桃红，两汪秋波盈盈，风姿飘逸，媚态迎人，完全不是白天那个端严庄重的燕太后，而是一个活脱脱的温柔女子。

看着，看着，苏秦越发觉得自己与太后的心理距离近了，渐渐觉得眼前的太后庄重没了，威严没了，做作也没了，完全就是一个温柔可人的女人。

而此时的太后，也借着酒力，大起胆来，不时地抬起头来，侧目而视苏秦。

苏秦见此，更是表现出了男人的本性，不觉两眼放光地对太后直视而去，直看得太后羞涩地低下头去。

然而，就是燕太后这一低头的瞬间，苏秦更感觉到了她的妩媚，也看透了她的心理。此时他心里完全明白了，太后也是女人，她也是有感情的啊！想到此，苏秦的心里不免一阵骚动。

燕太后低了一回头，忍不住又抬起头来，侧目而窥苏秦，却正好与苏秦深情的目光相遇。于是，一股从未有过的少女般的冲动油然而生。四目相对之中，二人早已情动于衷。

为了抑制情感不让它决堤而出，二人遂又低下头来，各自埋头独自饮酒。岂知越是喝酒，就越壮人胆，越助情长。

沉默了好久好久，二人不觉间，早已各自虚前了半席。

又过了好久，太后身子一歪，突然就倒在了坐席之上。

苏秦一见，以为是太后醉酒所致，情急中遂赶忙趋前相搀。然而，就在苏秦伸手相搀的一瞬间，太后早已就势倒在了苏秦的怀抱之中。

苏秦此时心里算是彻底明白了，他看了看殿中，侍女早就不见踪影。遂趁着酒兴，将太后抱入寝宫，合户掩帐，宽衣解带。

一阵激情过后，苏秦再看玉绡帐中的太后，但见她娇喘吁吁，面沁微微细汗，酥胸半露，俏眼横斜，粉臂平拖。玉骨冰肌，挥云揭雪；花容月貌，倾国倾城。觉得即便是骊姬、息妫之容貌，妲己、夏姬之妖冶，亦不过如此。

看着燕太后的娇态，苏秦不禁感慨万千，这样一个如花似玉的美人，却独守了十多年的孤怨深闺。她虽贵为太后，但也是女人啊！人说女人三十如狼，四十如虎，燕太后三十多岁时，燕文公就离开了她，这对经过风情的女人来说，该是一种多么痛苦的情感折磨啊！

想到此，苏秦不禁情动于衷，顿然动了怜香惜玉之情。于是，他再次把燕太后紧紧地搂在怀中，百般温存。从今而后，他要使这个孤怨的美人不再孤怨，他要给她身心的快乐。

想着，看着，抚弄着太后，苏秦又情不可遏，遂又是一番激情。

良久，环在苏秦怀中的太后，突然泪光莹莹。

苏秦一惊，以为太后后悔了今宵之事，心中大为惶恐。惶恐中，苏秦首先想到的，不是燕易王可能知晓后的严重后果，而是想到了燕文公。如今自己躺的地方，可是燕文公当初与太后鸳鸯双栖之所，燕文公可是自己的知遇恩人，怎么可以大逆不道而与他的夫人同床共枕，这不是玷污了他老人家的声名，坏了太后的名节吗？如此，何以对得起燕文公他老人家的在天之灵，对得起自己这颗士之良心？

想到此，苏秦且愧且悔，遂立即放开太后，意欲抽身离去。岂知太后却环住了苏秦的脖颈，无限深情地看着苏秦，温柔地说道："蒙君不弃贱妾之情，下妾不知何以报君？"

苏秦一听太后说这话，一颗悬着的心终于放回了肚中，愧悔之情也顿消了许多。因为太后这话，意思表达得非常清楚。

也正因为有了太后的这句话，从此苏秦终于解开了愧对燕文公的心结，减轻了与太后不伦之情的罪恶感。

于是，在燕太后的不断周密安排下，苏秦隔三差五就能与燕太后相会于后宫。从此，放开心猿意马之怀，尽情拨动云情雨意，男欢女爱，其乐融融。

2. 谁知君王心

俗话说："世上没有不透风的墙。"

燕太后的后宫虽然深院高墙，但天长日久，太后与苏秦的事还是透出了风声，最后连燕易王也知晓了。

一天，朝罢回到后宫，燕易王久久呆立不语，就像一个木头人似的，面无表情，眼神呆滞。

良久，又在宫内走来走去，显得极为烦躁不安。

燕后一看燕易王今天神情如此反常，觉得他肯定有什么心事，或者遇到了什么难题。因为平时朝罢回到后宫，他都是非常高兴的，总是先跟自己亲热一番，然后夫妇把盏闲话，看着一双小儿女快乐地嬉游于眼前，其乐甚是融融。

燕易王对自己好，这倒不是因为自己是秦惠王的女儿，燕王敬畏秦王而装出来的感情，而是因为她自远嫁燕国以来，与燕易王的感情确实处得比较自然、融洽，是一种发乎情的男欢女爱。夫妇二人总是能够找到共同的话题，并聊到一起，所以虽是王者之姻，却能如平常夫妇一样，感情一直和谐，大有如胶似漆、鹣鲽情深之感。

而自从苏秦自赵归燕，燕易王将朝政一委于苏秦后，燕国大治，国泰民安，燕易王更是轻松了不少，闲暇的时间也多了，心情也比从前好多了。夫妇感情因为交流日多，益发有如新婚般的甜蜜。

看着不言不语，时而发呆，时而狂躁不安的燕易王，燕后遂轻轻地走上前去，先深施一礼，然后轻声细语地道：

"大王，今日的朝政处理得怎么样？"

燕易王一摆手，一甩袖，继续在宫内狂躁不安地走动起来。

燕后见此，就在原地立定，静静地看着燕易王不停地走来走去。

良久，燕易王突然停下来，看着燕后，叹了一口气。然后，又开始不停地走来走去。

走了一会儿，大概也走累了，燕易王终于坐了下来。

燕后见此，忙蹑手蹑脚地走过去，跪坐在燕易王之旁。

过了好久，只见燕易王突然以拳击案，愤恨地道：

"寡人一定要杀了这个负心汉！"

燕后忙接住话头，问：

"大王要杀谁？"

燕易王没好气地说：

"除了那个东周无信之人苏秦，还能有谁？"

燕后故作惊讶地问：

"大王无缘无故为什么要杀苏相呢？"

其实，燕后是知道原因的，太后与苏秦有情的事情，她在后宫早就闻知。只是因为太后是燕易王之母，是自己的婆婆，她不便于说什么，只好装聋作哑，全当不知道有这回事。

还有一层，她自己也是女人，她能理解太后的苦情。先王文公过世，太后才三十八岁。易王执政十年，赖苏秦"合纵"成功，天下太平，燕国太平，民众安居乐业，男欢女爱，唯独她这个燕国太后，却独守空闺，年复一年，过着死水无澜的生活。她是人，她是正值壮年的女人，她能毫无深闺之怨，能耐得住闺房寂寞吗？她叹羡苏秦以一介书生，而胸怀合诸侯、安天下大志的男儿豪情。她佩服苏秦一舌敌万师，不费燕国一兵一卒、一弓一矢而向强齐索回十城，合齐、楚、赵、魏、韩、燕六国而为"合纵"之盟，挂六国相印，号令诸侯，独力维持了天下那么多年的太平安定，这是何等的能耐啊！虽然自己并不赞成太后与苏秦的这种君臣不伦的感情，但从女人的角度，她予以深切理解，觉得如果此事能够不露出风声，让太后晚年也能过得安乐，也未尝不是好事。所以，她选择了沉默。可是，不幸的是，这事今天却被燕易王知道了，这如何是好？

燕后想到此，心里也非常焦急，感情上非常矛盾。

好久，她看着怒气不消的燕易王，突然心生一计。于是，不声不响地站起，转身进了内室，换了一套礼服而立于后庭。

燕易王一见燕后不声不响地转身离去，又突然见她稀奇古怪地穿上了只有行大典时才穿的礼服立于后庭，忙招呼她过来，怪而问之：

"寡人困辱如此，王后为什么还要穿着行大典的礼服，故意立于寡人之前呢？"

燕后深施一礼，从容不迫地说道：

"臣妾这是为了庆贺大王啊！"

"庆贺什么？"燕易王更加不解了。

"臣妾是庆贺大王得了一位死士！大王得死士，何忧燕国不治，何忧燕国不安？从此，燕国可以国泰民安，难道这还不值得臣妾向大王致贺吗？"

燕易王更不明白了。

燕后见燕易王一脸的茫然，于是莞尔一笑，轻启朱唇，细声细语地跟燕易王说起了自己先祖秦缪公的故事来：

"想当初，在秦国的岐山一带，生活着一帮游移不定的山野之人。一次，这些山野之人饿极穷困，就将臣妾先祖缪公专用马车的右骖给盗走了。先祖很爱这右骖之马，没了它，马车左骖之马就配合不好，马车驾驭起来就有问题。于是，先祖缪公就亲自出去寻觅。找了很长时间，突然在岐山之阳发现一帮山野之人正在大啖马肉。先祖此时已经明白，这些人所吃的正是自己的右骖之马。"

"那么，你先祖缪公怎么样？"燕易王急切地问道。

燕后见燕易王相问，知道他的神情已经缓下来了。于是，更加温柔地说道：

"先祖见了，不仅不生气，反而笑着对那帮野人道：'食骏马之肉，不饮酒，寡人恐怕会伤了诸位之身。'于是，解下鞍上之酒，遍赐野人。野人并不推让，于是便就着先祖所赐的酒，将全部的马肉吃了个精光，然后，抹了抹嘴，一哄而散。"

"后来呢？"燕易王又急切地问道。

"后来，秦国与晋国发生了战争，两国之兵战于韩原，打得难解难分。最后，秦国之师有所不敌，先祖的车驾也被晋国之师团团围住了，晋国大将梁靡还扣住了先祖的左骖，眼看马上就要生擒先祖于车中了。就在这千钧一发之时，当年啖食先祖骏马于岐山之阳的那帮野人突然出现，有三百多人，一拥而上，毕力合心，为先祖疾斗于车下，最终不仅助秦师大败了晋师，而且还将晋惠公也生擒而归。"

燕易王听完秦缪公的这个故事，将信将疑，于是便对燕后问了一句：

"果有此事？"

燕后明白，燕易王这是不相信还有这等事情，以为自己是在编造典故来诳他，遂忙回应道：

"臣妾岂敢欺大王？"

于是，燕易王点点头。

燕后见此，知道燕易王已经明白了她所说故事的意思。但转而一想，可能因为这个典故只有秦国人知道，在诸侯各国中流传还不广泛，所以燕易王才有点不相信地问自己"果有此事？"看来，得找一个众所周知的典故来说服他，不然他恐怕思想上还转不过弯子来。

于是，眉头一皱，燕后想到了一个更好、更有说服力的典故——楚庄王"绝缨尽欢"的故事。因为楚庄王是春秋"五霸"之一，他的知名度比自己的先祖秦缪公大多了，想必楚庄王的这个故事燕易王是肯定听说过的。

于是，燕后又细声细语地道：

"秦国是个偏僻荒远的小国，因此先祖的事，大王可能并不是太熟悉。这里，臣妾倒是想起了另一件有名的往事，说的是三百多年前'五霸'之一楚庄王的事。据说，当年有一次，楚庄王赐群臣酒宴，君臣相得，喝得尽兴，从日中喝到日暮，结果喝得楚庄王大为高兴，喝得群臣酣畅淋漓。然而，就在此时，楚王大殿之上突然刮进一阵阴风，殿上华烛为之全灭。于是，大殿之上一片漆黑。"

"怎么样？"燕易王突然插进来问道。

"这时，楚王群臣中有一位轻薄者，大概是酒多胆壮的缘故，遂趁着黑灯瞎火的混乱之机，顺手牵了一下楚王美人的衣裙。"

"那楚王美人会怎么样？"燕易王好像对这个问题很感兴趣，所以又突然岔断了燕后的话，问了这样一句。

"楚王美人大怒，立即挖断牵衣者的冠缨，并诉之于楚王道：'今烛灭，有轻薄者，牵妾衣裙，妾已挖断了他的冠缨，请求大王命人举火来照，就知究竟是何人所为了。'楚王左右刚想举火，楚王立即制止道：'别忙！这是寡人之过，与牵衣者不相干。如今寡人赐人酒醉，又要彰显自己妇人之节，这不是寡人赐宴的本意！'于是传令道：'今日诸位与寡人饮酒，如果有人不挖断自己的冠缨，那么就是表示他今天没有喝好，没有尽欢。'于是，群臣皆奉楚王之命，自己挖断了自己的冠缨。楚王美人见此，只得怏怏而罢，不能也不敢再追究谁是牵她衣裙的人了。接着，楚王又命人掌烛举火，再与群臣畅饮，直到尽兴而罢。"

"那么，这事就这么算了？楚王真是好雅量。"燕易王不禁又插了一句道。

燕后点点头，继续说道：

"后来，吴国兴兵伐楚，楚师屡战不利，楚王很是着急。就在此时，楚师之中，突然有一人飞身而出，冲向楚军之阵，一连战了五个会合，最终不仅使楚师转败为胜，而且还斩得了吴帅之首，献到了楚王的面前。楚王觉得奇怪，就问道：'寡人从未对将军有什么特别的恩宠，将军为什么这样不顾性命，替寡人陷阵却敌呢？'那人见问，连忙翻身倒地，跪谢其罪道：'臣非他人，就是当初那个在大殿之上酒醉而牵大王美人衣裙的罪人，当时就该肝脑涂地的！幸得大王旷古仁德，饶臣不死，臣这才侥幸活到了今日。久负大王不杀之恩，未有报效，今有幸为大王效力于疆场，陷阵破敌，臣才稍稍心有所安，负罪之感方略有减轻。"

燕后讲完这个故事，看到燕易王的表情比先前自然多了，眉宇间的愤怒与烦忧之色也为之消失了，遂进一步点明其意道：

"今苏秦负愧于大王，大王若待他恩宠不减从前，或者恩遇益厚，那么苏秦必然会像岐山的野人，感念先祖缪公赐酒啖马之恩而效死于车下那样，替大王出生入死；必然会像楚王的牵衣之臣，感念楚王不计小过之仁而效死敌阵那样，为燕国肝脑涂地，以尽其忠。如此，燕国何忧，大王何忧？"

燕易王听了燕后这番话，不禁凝视燕后良久，他没想到王后竟有如此的见识，真不愧为秦惠王的掌上明珠！心想，惭愧！惭愧！如果不是王后一语点醒，自己说不定就要杀了苏秦了。如果这样，那就既坏了母后的名声，也断送了燕国的前途啊！

3. 何日君再来

自从被燕后点拨之后，燕易王对苏秦恩遇益厚，不仅朝政一发放手委之于苏秦，而且在所有政事政见上，都对苏秦言听计从，态度之恭敬犹若事侍父辈。

而苏秦对燕易王如此恭谨有加，心里既感激莫名，又惭愧难当，同时又有一种惶恐不安之感。

令他感激莫名的是，燕文公他老人家首先支持了自己，使自己这个东周不名一文的落魄游士从此有了身份，并以此为起点，得以南游赵国，获得赵肃侯的赏识与重任，最终完成了山东六国"合纵"相亲的大计，从而一度实现了自己合诸侯、安天下的理想。同时，自己也由此得任纵约长，并身兼六国之相，爵拜武安君，实现了自己作为一个士的人生最高理想。虽然燕文公他老人家最终没有看到自己"合纵"成功的结果，没有亲见"合纵"成功后，四海清平，天下安定，诸侯相亲，贤于兄弟的景象，但这一切，归根结底，其实都是源于燕文公他老人家的首起支持。正是这首起支持的力量，才是自己最终得以成功的根和源啊！前年，就在公孙衍合齐、魏之兵而伐破赵国，"合纵"之盟已破，自己在赵国地位不保的艰难时刻，又是燕国接纳了自己，六国之中独有燕易王继续任自己为相，且一委朝政于自己，对自己言听计从，恩遇有加。燕文公、燕易王父子对自己这比山高、比海深的恩情，又岂是任何言语所能表达的呢？

令他惭愧难当的是，燕文公、燕易王父子对自己如此恩重如山，自己却因把持不住自己，千不该万不该地接受了燕太后的那份感情。虽然自己与燕太后的这段感情，正如俗话所说："世上只有藤缠树，林中没有树缠藤"，是太后缠上了自己，不是自己主动勾引她，但终究是因为自己没有正心自省，没有作出努力予以有效地抑制。不然，就不会有这段不应该发生的感情。燕太后，那是燕文公他老人家的夫人，是燕易王的母后啊！如果燕文公他老人家九泉之下有知，会作何感想呢？如果燕易王知道自己与他的母后有这段不正常的感情，那他又会有怎样的羞辱之感呢？自己现在与太后这段不清不白而又割舍不掉的感情，这种违背君臣之伦而又欲罢不能的苟合行为，难道符合燕文公他老人家当初支持自己的初衷吗？对得起敬事自己如父辈的燕易王吗？

令他惶恐不安的是，世上没有不透风的墙，再秘密的事情也不会一辈子都不泄露的。一旦自己与太后的这段感情暴露，不但会使燕文公他老人家九泉之下蒙辱，令燕易王在诸侯面前无法做人，让燕国遗羞于后世，而且自己的名位乃至生命都是难保的啊！

想到此，苏秦不禁不寒而栗，越想越觉得不对头，觉得燕易王这段时间对自己的态度有些过分敬慎，对自己的恩宠有些离谱，这是不是因为燕易王已经知道了内情了呢？如果是这样，那么燕易王这样对自己格外的恩宠，就有些异常了，会不会大祸马上就要来临了呢？

想来想去，苏秦觉得，无论是从感恩的角度，还是从负疚赎罪的角度，或者从自私的自保角度，自己都应该在这个时候，果断地从与燕太后的这段感情中抽身出来，离开燕国。如果这样，或许一切都没问题了。

经过一段时间的激烈的内心矛盾与情感折磨，周显王四十六年（前323）三月初一，苏秦终于打定了主意，决意离开燕国之都蓟，忍情挥别燕太后。

三月初二，一大早苏秦就急急入朝，秘密拜见燕易王，说道：

"燕国之南有赵、齐，都是天下强国，更是我们弱小之燕的心腹大患。而今，赵国为齐、魏所破，赵国短时间内不会恢复元气，成为燕国之患。但是，齐国对燕国的威胁，臣以为，无论是当今，还是今后，都是始终存在的，也是难以解除的。"

燕易王听到苏秦说了这番没头没脑的话，不知何意。于是，就问：

"苏相到底想说什么？"

苏秦见问，遂又说道：

"大王待臣，可谓恩重如山。可是，臣到现在还没有好好报答燕国、报答大王。臣考虑再三，觉得臣如果一直居燕为相，虽然可以替大王帮点小忙，却不能使燕国在天下诸侯中的地位有所提高，也不能有效地保证燕国的长治久安。如果大王让臣前往齐国，借重齐国的力量，那么必能使燕国名重于诸侯。不过，为了燕国的长久之计，不如这样：臣就假装得罪了大王，秘密亡奔到齐国，暗中为燕国行'用间'之计，从而设计谋弱强齐的力量。如果强齐的力量能被削弱，那么燕国的力量也就自然变强了。这样，燕国才能真正解除来自强齐的心腹大患，才有可能谋得长治久安。"

燕易王一听，马上明白，苏秦是想到齐国做间谍，以"用间"之计来谋弱齐国，从而削弱燕国强邻，保证燕国久安。但是，燕易王觉得，这一招太危险，如果被齐国识破，燕国恐怕会招来更大的灾难。

于是，他想否定苏秦的这一想法。但是，转而一想，苏秦与母后的事情，如果再这样下去，迟早要遗羞于天下的。倒不如同意苏秦的想法，让他一走了之，母后的事情自然而然就没了。再者，既然苏秦说是以得罪自己的方式离开燕国，那么，他在齐国所为，齐王即使发觉，也与燕国无关。如果苏秦真的能够有办法谋弱齐国，那么确实能够使燕国得以长治久安。因为燕国最大的威胁，主要来自南边的赵国与齐国，而今赵国已经被齐、魏联军伐破，赵武灵王新立，短期内赵国不可能复兴，对燕国也难以构成威胁。现在唯一成为燕国大患的，就是齐国。上次齐王竟敢冒天下之大不韪，悍然于燕国国丧期间，夺占燕之南境十城，难免以后他就不干此等之事。不如让苏秦到齐国行"用间"之计，即使不能谋弱齐国，至少也能保证齐国不对燕国用兵。苏秦此策，对燕国应该是利多弊少。

想到此，燕易王平静地对苏秦道：

"先生虑远谋深，那先生就自己看着办吧。"

苏秦一听燕易王同意，于是就与燕易王密约了一番，商定了如此如此。然后立即辞别燕易王出来，决定马上回家收拾，明天就上路往齐国之都临淄。

但是，走到一半，苏秦突然想到，从此就要与燕太后永远地分别了，因此无论是从冠冕堂皇的官场规矩来说，还是从自己与太后的这段感情来说，都是应该与太后道个别的。

想到此，他立即命驾回车，鼗进后宫，前去拜见太后。

这一次，他倒是可以坦然、自然，因为他是来与太后道别的，别人知道，那也是无可厚非的。

到了太后的后宫，宫人传报进去：

"苏相来向太后拜别。"

此时，正是北国仲春时节，太后正在后花园赏花呢。

太后一听苏相来见，非常意外，但也非常高兴，因为她正对花凝神，想着苏秦呢。不想，想情郎，情郎到，真是天从人愿。于是，忙不迭地对宫女道：

"快传苏相后园来见。"

苏秦奉命随宫女来至后花园中，只见好大一座王家花园，有乔松，有秀柏，更有各种各样的奇花异木，还有一些大石奇岩，又有一座小木桥横于一条小水渠之上，显得玲珑可爱。渠中细流潺潺，一直流向花木深处的一方池沼之中。

好一会儿，苏秦才在宫女的导引下，曲曲弯弯，走入了花园深处。约有五十步之遥，苏秦就看到了太后。此时，她正站在一株桃树之下，身穿一袭红裙，脸映粉色桃花，真是有一种人映花、花映人，花人融合，交相辉映，彼此增辉的感觉。

苏秦一见，顿然不能自已，他也不知道是因为春气动，人心动，还是见了太后楚楚动人的风韵而起了怜香惜玉之情，反正是心头痒痒，有一种说不出的情感骚动。

太后此时也远远就看见了苏秦，立即产生一种抑制不住、掩饰不了的喜悦之情，这些都被其满面的微笑泄露无余。

苏秦看到太后的微笑，觉得比盛开的桃花还要灿烂十倍，心头的骚动愈加强烈。好在他是个比较理智的人，今天他是要与太后道别的，目的就是要忍情与太后斩断情丝。所以，他在内心不断提醒自己，今天无论如何要冷静，冷静，再冷静，不然如何割舍得了与太后的这段感情？

于是，走近太后后，苏秦努力保持君臣相待的恭谨之态。但是太后并不知道此时苏秦的心理，她也没有发觉苏秦今天的表情有什么变化。

于是，她对宫女附耳密语了一番，就打发了她们。然后，对苏秦道：

"一年难得者，乃春天；人生难得者，乃知己。今日春光明媚，百花盛开，难得苏卿今日一游王宫后园，老身今日不妨替苏卿作个前导，怎么样？"

不等苏秦答话，太后就牵着苏秦的手，在花丛树下穿行起来，犹如穿花之蝶，款款而飞。太后一边牵引苏秦绕丛花，步小径，一边指引解说各种名花异草之名。苏秦以前哪里见过王家花园，哪里知道世上还有这么多的花木可以赏心悦目。走着走着，看着看着，便不自不觉忘记了今日所来为何，竟然忘情地与太后一样沉醉于百花园中，忘情于和太后牵手游园的喜悦之中。

毕竟这般如同少男少女偷情的事情，对于苏秦与太后来说，都是从未有过的体验，因而二人也就特别的激动。走至一个花木繁茂之所，突然有一小亭隐然其中，太后轻车熟路，遂牵苏秦步过一座小桥，走入亭中。

因为是王家花园，不要说是闲杂人等，就是宫女们也不得随意入园。因而，此时四周寂无人迹，只有午后和煦的春日，透过密密匝匝的新绿之叶，懒洋洋地洒在小亭的一张春凳上。

苏秦紧张地四周张了张，望了望。

太后则坦然自若，道：

"这是王宫后园。"

苏秦一听，明白是什么意思，太后这是让他放心，不会有人来的。

在太后的暗示下，苏秦的胆子遂大了起来。于是，就自然地偕太后坐于春凳之上。

然而，刚刚坐下，太后便倒身于苏秦怀中。苏秦本早已动了春情，如今太后已经主动投怀送抱，他是男人，怎么能不春心大动。于是，便抱紧了太后。摩挲、抚弄了一会儿，终于情不可遏，就在春凳上成了好事。

良久，二人方才醒悟，此乃后园春亭。遂急急整衣，步出小亭。仍旧由太后牵着苏秦之手，穿行于花丛树下。

二人一路行看无限春光，一路互相偷眼相窥。只见激情过后的太后，面似芙蓉，腮泛桃红；眉如初舒之柳，妆成如画春山；俏眼秋波，脉脉含情；鼻尖之上，略有细细香汗沁出，和着园中阵阵花香，更让苏秦如痴如狂。

走不多久，突然眼前豁然开朗，原来到了一片池沼之前。池沼不大，约有十亩之水面，虽没有碧波万顷的气势，却也清澈见底，波光粼粼，大约也是可以略略泛舟的。

正当苏秦看着园中这片难得而可爱的池沼，心想泛舟之趣时，太后突然扬手一指，苏秦朝着太后手指方向望去，只见早有一叶扁舟静候于岸边了。

苏秦此时方才醒悟，这一切肯定都是太后刚才与宫女耳语密语所设定的吧。

正在苏秦醒悟之时，太后已经拉着苏秦绕花穿树，来到了小舟之前。

只见小舟之上，已有一个着红裙如太后一般的女子，坐于船尾，执浆而待。苏秦略略瞥了一眼，就认出这红衣少女，就是第一次初见太后时为自己抚琴而歌，长得酷似太后，又深得太后宠爱的红叶。

上得船来，苏秦则看到，船中设有二座，其中一座前又有一琴陈设于前。至此，苏秦心中更是明白了一切，他不禁为太后的慧心与做事的细致而感动。

待苏秦与太后上了船后，那个坐于船尾的红衣少女将桂兰之浆轻轻一点，小舟就悠悠地荡向了池沼的中心。此时，坐在舟中的苏秦，望着池沼周遭的繁花绿树，看着眼前风韵动人的太后，心中不禁无限伤感。

然而，太后哪里知道苏秦此时复杂的心理，她望一眼苏秦，又看一遭池沼周围之景，纤手轻舒，玉腕徐展，轻抚琴弦，复启朱唇，低低唱道：

二子乘舟，泛泛其景。愿言思子，中心养养。
二子乘舟，泛泛其逝。愿言思子，不瑕有害？

苏秦听太后唱出这等情词，不免心中更是伤感。往后这样的日子再也不会有了，从此以后，是不是还能见到太后都不可知，又哪里再奢望有"二子乘舟"度春光这样的浪漫呢？看着太后那抚琴漫歌的陶醉之态，苏秦几次想在这湖心之舟上将辞别的话说出，可是，几次话到嘴边，又打消了念头，把即将冲口而出的话咽了回去，因为他不忍心此时此刻扫了太后的雅兴。

泛舟之后，太后携苏秦舍舟登岸，又在花园中徜徉了一阵。眼看就要夕阳西下了，苏秦想趁此急急地跟太后辞行，但辞别的话几次都没有说出，不是看着太后心太软而说不出，就是刚想开口，却被太后别的话所岔开。

正在非常苦恼之时，已经随太后到了后宫。

这下，苏秦更加犯难了。说不定太后又要邀自己对饮而度良宵，如果这样，这辞别之话何得出口。

还未等苏秦想完，太后早已经让宫女导引苏秦入宫。此时，后宫便殿上已经灯烛辉煌，水陆具陈。

"苏相请入席安坐吧。"

太后有命，苏秦只得奉命坐下，与太后对席饮了起来。

酒过数巡，苏秦终于借着酒力，将与太后辞别的真实原因一一向太后倾诉出来。太后一听，顿然如五雷轰顶，一下子就瘫倒在坐席之上。

苏秦一见，只得上前相扶太后。太后靠在苏秦的怀里，呆呆地看着苏秦，半天没有言语一声。这下可把苏秦吓坏了，心想，别弄出什么不测来，那就更对不起燕文公、燕易王，也对不起太后了。

于是，他想找一个宫女扶太后入寝宫休息。可是举眼一看，殿上早就一个人也没有了，宫女们早就知趣地全退光了。

苏秦无奈，只得自己将太后抱入寝宫，放于玉绡帐中，然后就准备抽身走开，因为该说的话已经跟太后都说出来了，就让太后冷静一夜吧，相信她总能想得通的。再说，这也是没有办法的事，相信太后也能理解自己的苦情，不会误解是自己薄情，谁叫他们一个是太后，一个是国相，一个是君，一个是臣呢？如果是一般的糟糠男女，就不必相爱得如此痛苦，总是躲着藏着，心里还时时承受着罪恶感了。

想到此，苏秦又深情地看了看躺在帐内的太后，不免长叹一声，摇摇头，转身就要离去。可是，未等苏秦举步离开，太后已经睁开双眼，并拉住了苏秦的衣襟。

苏秦低头一看，只见太后早已泪流满面，眼光中既充满了无限的深情，又夹杂着深深的无奈与乞求。苏秦一见，就知道太后此时的心理。于是，横下心来，今天就再伴太后一宵吧，这于太后，于自己都是应该的。以后就再也没有这样的日子了，就给太后，也给自己留一个永久的纪念吧。

这一夜，太后与苏秦都没有合过眼，二人有着说不尽的话。太后说一阵，饮泣一阵，苏秦则不断地安慰太后。也许是彼此都知道今后没有什么机会了，说不定这就是最后的欢乐良宵了，带着留念、珍惜的心理，这一夜二人的恩爱也来得格外的缠绵，两个年近半百的男女，竟然一宵春风三度，仿佛要耗尽各自全部的精力，才能表达对彼此的深情与不舍。

然而，美梦再好，也有梦破之时；良宵再乐，也有天亮之时；情深似海，终有忍别的时刻。

第十六章 "用间"于齐

1. 智说淳于髡

告别了燕易王，忍情挥泪斩断了与燕太后的情丝，苏秦于周显王四十六年（前323）三月初，悄悄地离开了燕国之都蓟。

行行重行行，历经两个月，五月初，苏秦带着秦三，一主一仆，一车一马，长途跋涉，终于到达了齐都临淄。

然而，刚到临淄，安顿未稳，就有一个惊人的消息传来：齐宣王已经驾崩了。

苏秦一听，顿时有点傻眼了。在燕国辞别燕易王时，他本是信心满满的，确信自己入齐后，一定能受宠于齐宣王而得势的，因为自己跟齐宣王打了很多年交道，而且因为"合纵"成功，而兼挂了齐国之相，齐宣王对自己是相当敬畏的。而今，人算不如天算，自己刚到齐都，正欲准备要面见齐宣王时，他老人家就这样走了，怎么就坚持不住而多活些日子呢？

困守在客栈中，看着临淄大街小巷满目白幡，情不自禁间，苏秦便油然想起了自己第二次出山，满怀希望地前往秦都咸阳，想游说秦孝公实现自己的理想，不料却适逢秦孝公病重不能相见，不久病逝，秦惠王即位，游说终不能如愿的往事。于是，心里不禁一阵发慌：是否此次又要重蹈前次说秦王的旧辙？如果是这样，那么自己连退路都没有了。

不过，慌了一阵之后，他突然又有了信心。因为现在毕竟不同于以前，资用是不用发愁的。他相信，在这个世上，只要有钱，事情总是好办的。至少，他现在等得起，没有生计之忧。这样一想，他终于静下心来，决定在齐都临淄住下，慢慢地思考对策，静观齐国政局的变动。

果然，等了近两个月，齐国政局便明朗了。七月初一，齐国新

321

君闵王正式即位执政。

苏秦听到消息后，不禁欢欣鼓舞。于是决定，立即前往拜见齐国新君齐闵王。

可是，刚刚出得客栈之门，想催秦三快快套马驱车时，他这才想到了一个现实问题：这就是自己的身份。因为要为燕国行"用间"之计，现在就不能再用燕王特使的身份了，更不可用燕国之相的身份。而除此，自己目前又没有其他别的身份可用。如果像从前一样，仅以一个游士的身份，要想见齐王，而且是见齐国新君，恐怕没有那么容易了，说不定要吃闭门羹。

想到此，苏秦一时愣在了客栈门口，好半天，脑子里都是一片空白。

"少爷，到底要去哪儿？"

秦三看着苏秦没头没脑地站在客栈门前好半天，也没交代要去哪儿，有些着急了。

"啊？"看了看秦三，又看了看已经套好的车马，苏秦这才清醒过来。于是，连忙一摆手，说道："哪儿也不去了。"

说着，转身便进了客栈。

这一回，轮到秦三发愣了。

"少爷，您看！"七月初五，日中时分，苏秦正在客栈之中发愣，秦三突然大呼小叫道。

顺着秦三手指的方向，苏秦看到三驾马车正呼啸着从客栈门前疾驰而过。于是，连忙问店主道：

"请问老板，这是什么人？怎么在国丧期间，还敢在大街上如此招摇过市？"

店主见苏秦那样吃惊的样子，淡淡一笑道：

"客官不必替他担心！这人不是别人，就是齐国三朝元老、天下名嘴淳于髡。"

"淳于髡？"苏秦不禁大吃一惊。

店主肯定地点点头，慢慢地走开了。

望着淳于髡远去的马车，苏秦顿时兴奋起来：我怎么没想到淳于髡呢？他可是齐国的重臣啊！

于是，原来听说过的有关淳于髡的传说，如"一日荐七士"、"璧马说齐王"等故事，立即浮上了心头。

想到"璧马说齐王"的事，苏秦突然灵机一动，立即有了主意：既然淳于髡喜爱财物，反正自己有的是金钱，骏马虽然没有，但黄金、白璧这些年倒是收了不少，何不送点给淳于髡，让他先替自己说说齐国新君，为自己美言一番，那样效果一定好多了。

想到此，苏秦决定立即行动。第二天，他便带着财物找到了淳于髡的府上。

淳于髡听说东周名嘴苏秦来找他，非常有兴趣。心想，今天太阳怎么打西边出来了？怎么天下第一嘴今天找到了俺这个齐国第一嘴了？这家伙本事可不小啊，俺可比不了！他自己号称"天下第一士"，虽然有点浮夸，但他凭着那张油嘴，摇唇鼓舌，周游列国，不仅说动了山东六国之君听从了他的"合纵"之计，而且身兼六国之相，爵封武安君，这不能不说是他的本事啊！虽然俺早就闻知他能说会道，但还没有跟他接谈过，还没有领教过他到底有多会说。

于是，令人大开府门，延请苏秦。

苏秦进府，一看，哇，好阔气的一座豪邸！心想，怪不得人家都说淳于髡好收人钱财，看来不假。俗话说得好："人无横财不发，马无夜草不肥。"如果淳于髡不收受人家的钱财，他作为一个齐国之臣，何以有如此阔绰的场面呢？

登堂入室后，苏秦见淳于髡早已坐于明堂之上，正襟危坐而待自己呢。苏秦忙拜揖致意，淳于髡也忙还礼表敬。

宾主施礼毕，便是一番寒暄。

淳于髡以主人身份，首先开口道：

"武安君合诸侯，安天下，四海之内，普天之下，人人得以安居乐业，天下多少生灵得以幸免于难，这是多大的功劳啊！老朽虽与武安君未谋一面，然武安君之名早已如雷贯耳，武安君的事功则更令老朽仰慕不已。当今天下之士，谁人不视武安君为人中之龙、士中之凤？谁人不仰望武安君如望日月？未曾料到，武安君今日能够莅临寒舍，这是老朽多大的福分啊！如果我淳于氏八代之祖九泉之下有知，恐怕也要与老朽一样感动，觉得这是无上的光荣。"

苏秦一听淳于髡这番咬文嚼字的客套，不禁为之绝倒。心想，怪不得人说淳于髡是齐国第一嘴，他这嘴巴之甜，不要说是好大喜功，又喜欢听顺耳之言的齐威王、齐宣王着了他的道，屡说而不爽，就是自己这个擅长吹拍的说客，也要受不了了。既然淳于髡吹抬了自己，老话说"有来无往非礼也"，况且今天是来求托他的，何不也顺势来吹拍吹拍他呢？这样，既可以讨他老人家欢心，又可以让他老人家见识见识，俺东周苏秦的嘴上功夫。

想到此，苏秦便还之以礼道：

"先生过誉之言，真是羞煞了东周鄙人苏秦。先生历辅三代齐君，一败强魏于桂陵，二胜魏师于马陵。由此，天下诸侯莫不望风而靡，争先恐后臣服于齐。徐州相王，诸侯折节来朝，可谓天下归心。今强赵又为齐师所破，齐国势大势盛，可谓如日中天。齐国能有今日之强，这可都要归功于先生啊！"

淳于髡听苏秦把齐国的强大都归功于自己，果然笑逐颜开。是啊，这世上有谁不喜欢听吹拍的话，况且淳于髡又是老人，自然最能听进这种吹拍顺耳之言。

淳于髡见苏秦如此推崇自己，高兴之余，就不自觉间拉近了与苏秦的心理距离，遂问道：

"武安君不远千里，自燕而来，不知燕王有何见教？"

苏秦见淳于髡这样直接地问自己的来意，大出意外，于是忙抓住机会，说道：

"苏秦因为得罪了燕王，在燕已无立足之地，所以今天特来投效齐王。不曾想，屋漏偏遭连夜雨，苏秦刚到临淄，就听宣王已经驾崩。而今的齐国新君闵王，苏秦未谋一面，未接一言，若想觐见，恐怕也是不得其门而入的。先生是齐国三朝元老，德高望重，故苏秦特意登门造访，以求先生明教。"

淳于髡听到这里，明白了苏秦突然来访的因由，原来苏秦已经不是燕国之相，也没有武安君之爵了，他这是来求托自己给他介绍齐国新君闵王，想到齐国来谋个一官半职。

于是，淳于髡沉吟良久，没有再接苏秦的话茬。心想，既然你苏秦现在不是燕国之相，也无武安君之爵，只是一个没有身份的游士，那么你来求俺，俺值不值得为你出力呢？

苏秦见淳于髡沉吟不语，就猜到他的心理，他这是因为俺如今没有身份啊！唉，这个世界上的人，真是太势利了！

苏秦没有犹豫，也没法犹豫了，只好抛出自己最后的利器——说之以利。心想，你淳于髡不是喜欢钱财吗？那好，俺没身份，但俺还有钱。给钱，你还不着了俺的道？

于是，又说道：

"苏秦以前到齐国时，曾听人说过这样一个故事。从前有个人，偶然得到一匹千里马，就牵到集市上，想卖个好价钱，指望着从此过上一个衣食无忧的好日子。可是，马牵到集市上，竟然三天无人问津，因为没有一个人知道它是匹千里马。这人便急了。想了几天，他突然想到一个人，这就是善于相马的神眼伯乐。见了伯乐，那人也不转弯，开门见山地说道：'小人有一匹千里马，想卖了变钱过活。可是，牵马立于马市多日，竟无人识货。不仅无人想买，甚至整个马市上连一个愿意跟我谈谈这匹马的人也没有。先生慧眼识骏马，可谓声名满天下。所以，小人希望先生到马市上走一趟，看一看小人的马，绕马转一圈，临走前再回头看一眼。如果先生肯赏脸，在下愿意献上马价一成之费。'伯乐一听，来了兴趣。于是，就随那人往马市去看他的马。结果，发现确是一匹千里马。于是，情不自禁地就绕着那匹马看了一圈，临走前又回头看了一眼。结果，那马一朝价增十倍。而今，我苏秦就像这匹千里马，可惜未遇慧眼之人，故不得见于齐王。先生为齐王之臣第一人，不知先生有没有充任苏秦之伯乐的雅意？如果有此雅意，苏秦愿意敬献白璧一双，黄金万镒，以作'马食'。"

淳于髡见苏秦以千里马自喻，希望自己作他的伯乐，向齐闵王推荐引导，话说得非常自然而巧妙。心想，这个苏秦真的非常会说话，怪不得他能说服山东六国之主，他的游说能力实在是无人可以比拟。看来，苏秦确实是个人物。既然他确是千里马，那么自己倒不妨作一回伯乐，到齐闵王那里走一遭，想必新主闵王还会卖给自己一个老面子。如果成功，自己不是在朝中又多了一个有力的盟友，还可以借此收得白璧一双，黄金万镒，这种一举两得，一箭双雕的生意何乐不为？

想到此，淳于髡毫不犹豫地回答苏秦道：

"好，老朽遵命。"

第二天，淳于髡就入见齐闵王而说之。

由于淳于髡在齐国的特殊地位，更由于淳于髡的善于言辞，加上苏秦曾"合纵"成功，身兼包括齐国在内的山东六国之相，爵封武安君，大名与事迹早已为齐闵王所熟悉，结果淳于髡不费吹灰之力，就说得齐闵王对苏秦大有好感，同意召见苏秦。

待齐闵王与苏秦接谈之后，不仅大为欣赏苏秦的见识，佩服他的雄辩与口才，而且觉得彼此非常投缘，大有相见恨晚之感，遂任之为齐国客卿。

2. "慎终追远"说闵王

却说苏秦到齐国为客卿时，正是齐宣王崩殂不久，齐闵王其时正在为齐宣王营建陵墓、陵园。

苏秦想，这倒是一个好机会，何不趁此游说齐闵王厚葬以明孝，大肆铺张，也好让齐国多劳民伤财一番，这不正是一个谋弱齐国的好办法吗？

想到此，苏秦就专门入朝游说齐闵王道：

"臣听说大王为先王举哀发葬，非常节俭。臣以为，这并非明智之策。"

齐闵王一听，好生奇怪，遂立即反问道：

"寡人节俭办丧事还有错吗？自古以来，都是君主喜欢厚殓侈葬先君，而大臣们多是抵死极谏，嚷着要君王俭约举哀。怎么先生今天要与古人唱反调？不妨说来让寡人听听。"

苏秦见齐闵王有倾听自己游说的意愿，心想，这就好，就怕你不让俺说，俺就没辙了。让俺说，俺就一定能说服你，让你着了俺的道儿。于是，接口就道：

"大凡为人之子，为父母举哀，都是为了'慎终追远'，以明孝道。今大王为先王举哀，应当也是这个目的吧。"

齐闵王一听，觉得这话说得没错，举凡为人之子，而为父母发丧举葬，确实是为了给父母在离开这个世界时有一个好的安排，以表达对父母的追思追念之情。苏秦所说的"慎终追远"，齐闵王知道那是天下著名的大孝子、鲁人孔丘的弟子曾参所提出的主张。所谓"慎终"，就是要为父母先人好好办丧事，不能马虎；"追远"，就是追思追念先人之恩。

曾参的主张，天下人人以为然，当然齐闵王也不会认为有错的。于是，齐闵王就点点头，表示认同苏秦的说法。

苏秦见齐闵王这么快就着了道儿，不禁心中窃喜，遂一鼓作气说道：

"记得鲁人仲尼说过：'夫孝，德之本也，教之所由生也。身体发肤，受之父母，不敢毁伤，孝之始也；立身行道，扬名于后世，以显父母，孝之终也。夫孝，始于事亲，中于事君，终于立身。'"

"什么意思？这鲁国人孔丘说话怎么这么难懂呢？"齐闵王问道。

"孔丘的这话，简而言之，就是强调'孝'在立德方面的首要地位，以及'孝'对臣民所具有的教化作用。同时，也清楚地指出了为人之子，有两种不同的尽孝境界：一是最基本的，就是要感戴父母的生身之恩，爱护自己的生命，包括身体发肤，也不敢有丝毫损毁。二是最高境界，认为为人要奋发有为，建功立德，扬名于后世，以彰显父母之名。"

经苏秦这么一解释，齐闵王就立即明白了，觉得这话好像小时候也听太傅、少傅说过，今天经苏秦一说起，倒是回忆起来了，觉得非常熟悉，也感到亲切。于是，便不断地点头会意。

苏秦一见，猜想齐闵王可能比较吃孔丘这一套，于是就又引孔丘之言道：

"仲尼还说过这样的话：'夫孝，天之经也，地之义也，民之行也。天地之经，而民是则之。则天之明，因地之利，以顺天下。是以其教不肃而自成，其政不严而治。先王见教之可以化民也，是故先之以博爱，而民莫遗其亲；陈之以德义，而民兴行。先之以敬让，而民不争；导之以礼乐，而民和睦；示之以好恶，而民知禁。'大王肯定知道，仲尼的这番话，其实是专门针对君王而说的，阐明的是'孝'之天经地义的正当性，以及'孝'对教化人民、端正民风、治政理乱等的特殊作用。"

苏秦特意引孔丘这番话而说服齐闵王，那是对症下药，所以齐闵王一听也就明白，于是再次点头表示认同。

苏秦见孔丘的话这样有效果，心想，看来齐闵王果真比较认同孔丘，何不再引一番孔丘的名言，让他印象更深，遂又引了一段孔丘的名言道：

"如果臣记得不错的话，仲尼好像还说过这样的话：'昔者，明王之孝治天下也，不敢遗小国之臣，而况于公、侯、伯、子、男乎？故得万国之欢心，以事其先王。治国者，不敢侮于鳏寡，而况于士民乎？故得百姓之欢心，以事其先君。治家者，不敢失于臣妾，而况于妻子乎？故得人之欢心，以事其亲。夫然，故生则亲安之，死则鬼享之。是以天下和平，灾害不生，祸乱不作。故明王之以孝治天下也如此。'这段话，想必大王比臣记得更清楚。因为它是强调为君之道的，认为无论是治天下，还是治（诸侯）国或是治家，都必须先修身行'孝'以结人心。而行'孝'的方法，就是'生则亲安之，死则鬼享之'。并强调明主贤君要使'天下和平，灾害不生，祸乱不作'，就要以'孝'治天下。"

由于苏秦所引的这番话是专门讲君王的，对齐闵王非常有针对性，因此齐闵王一听就明白其意之所指，遂会意地额首认同。

苏秦见此，引申发挥道：

"齐国是天下大国，大王是古今明主。大王志存高远，欲立万世不移之霸业，天下谁人不知，何人不晓？然而，今日大王为先王举丧，却如此薄而俭之，这如何能够向天下人展示大王的'明孝'之道？不能'明孝'，那么大王如何治平齐国呢？不能'明孝'，大王又如何化育齐国万民呢？不能'明孝'，大王又如何示教于天下百姓呢？不能治平齐国，不能化育齐民，不能示教于天下万民，那么齐国的王霸之业如何才能达成呢？如此，大王欲扬先王先祖之名于后世，则何由致之？"

苏秦的这几句话问得非常有力，也说得顺理成章，没有丝毫的牵强，齐闵王不禁为之折服。

于是他断然地对苏秦说：

"好！寡人明白了。"

果然，齐闵王确是明白了苏秦的意思。第二天，他就颁令扩大齐宣王的陵寝与陵园的营建规模，广征民役，大兴土木，高其墓，大其陵，以明尽孝于宣王之意。

3. 君子报仇，十年不晚

看着齐闵王着了自己的道儿，大兴土木，劳民伤财地为齐宣王营建高墓大陵，苏秦是心里乐开了花。

周显王四十六年（前323）八月初二，齐都临淄正是秋高气爽之时，这一天苏秦心情特别好，正欲携童带仆出城，到城外淄水边秋游赏景。还未出府，突然有自称是魏相田需之使者求见。

苏秦一听是魏相田需之使，急忙传进，并延之于明堂之上。

来使见礼毕，先献上白璧二双，黄金千镒，然后说明了来意与魏相之托。

原来，公孙衍为魏将，魏襄王任田需为相。公孙衍不服田需为相，欲取而代之。田需乃与周霄交善结盟，欲进言魏襄王而逐公孙衍。

公孙衍深以为患，于是便先发制人，向魏襄王进言道：

"臣尽力竭智，要为大王开疆拓土，建立不世之功，使大王得万世之尊名。可是，田需却为一己之私心，从中作梗，要败大王的大事。如今大王不仅不察知其险恶用心，反而为其所惑，听从他的谗言。以此之故，臣之大计至今难以成功。今臣与田需，义不两立。田需走，那么臣就继续侍从于大王；田需留，那么臣只好退避三舍，亡走于诸侯他国。"

魏襄王听公孙衍这么一说，感到非常为难，想了半天，终于想到了一个调和二虎的办法，道：

"田需是寡人的股肱之臣，佐寡人治国为政多年，没有功劳也有苦劳。而今，如果仅仅是因为将军的不便，寡人就杀了他，或是驱逐他，那么今后寡人将怎么对天下人交代呢？如果今天寡人不考虑将军的意见，而是继续对田需亲之、任之、宠信之，那又对魏国群臣不好交代！不如这样吧，而今寡人为将军之计，传令群臣：今后若有人谗言将军于寡人之前，寡人定当严惩不贷，就是杀了他，驱逐了他，寡人也在所不惜。这样，将军以为怎么样？"

公孙衍见魏襄王既不想得罪于自己，也不想得罪于田需，并为此想了这样一个和稀泥的办法，虽然心里不满意，但是也没有别的办法，于是只好点头同意。

但是，没等转身告别魏襄王，公孙衍就意识到，这个办法还是不行。如果田需继续为相，虽然说不了自己的坏话，但自己还捏在他的手心，仍然无所作为，得找一个人来撬掉田需。

略作沉思，公孙衍突然想到一个人，这就是齐国有名的公子孟尝君田文。心想，如果向魏王推荐田文来作魏国之相，问题不就解决了吗？这个理由还冠冕堂皇。如果能够成功，田文必因无故得到魏相之位而感念于自己。如此，自己就可以假田文之手而排挤掉田需与周霄，自己则到韩国为相，从而实现自己一人控制韩、魏二国之政的目的，这岂非上上之策？

想到此，公孙衍立即对魏襄王道：

"大王比臣清楚，魏国之所以由当初的天下之霸沦落到今天这个地步，都是拜齐国所赐。而今，对魏国来说，最大的威胁不是来自秦，也不是来自赵，而是仍然来自于齐。靖郭君田婴，是齐威王之少子，三代齐王都对他言听计从。而今，为魏国长远利益考虑，大王何不厚结齐王之心，召请靖郭君之子田文来魏为相呢？如果这样，那么田文必定心向大王。魏国借重齐国，又有田文从中以作策应，大王今后还有何忧呢？"

魏襄王一听，觉得有理，以田婴在齐国的威望，无论是已经死去了的齐威王与齐宣王，还是现在刚刚执政不久的齐闵王，都是尊而崇之的。若以其子田文为魏相，魏国必能操纵齐国之国政，如此对魏国将利莫大焉。

于是，魏襄王就接受了公孙衍的建议，立即遣使往齐，准备召田文至魏为相。

田需一听到这个消息，顿时感到紧张万分，急与周霄商议对策。周霄建议田需暗中遣使至齐，说服苏秦至魏游说襄王，破了公孙衍之局，方可保住自己的魏相之位。

田需一听，觉得有理，现在也只有苏秦能够游说得了魏襄王。还有一层，苏秦的"合纵"之局，人人皆知是公孙衍所破，想必苏秦对公孙衍也是恨之入骨的。于是，田需立即遣使昼夜不息地往齐国进发，并要赶在魏王的使臣请到田文之前请来苏秦。

果然不出周霄所料，苏秦一听田需之使说明了前因后果，立即兴趣盎然，精神百倍，因为他早就想报公孙衍破自己"合纵"之局的深仇大恨。正是因为公孙衍合齐、魏而攻赵，不仅打破了他千辛万苦组织起来的山东六国"合纵"之盟，使好不容易安定下来的天下又起纷争，天下黎民又遭涂炭，还使他苏秦从此失了功名利禄，现在只得为燕王来齐国做间谍，天天过着双面人的非正常生活。

于是，苏秦立即动身前往魏国之都大梁。

就在苏秦已经起身前往大梁的时候，魏襄王来请田文的使臣，还在往临淄的路上优哉游哉呢。因为他是魏王之使，是官差，要讲派头，论排场，所以不紧不慢，昼行官道，夜宿驿站，他哪里会想到，还有魏相田需的私人之使，在跟自己比赛赶时间呢？

周显王四十六年（前323）九月初五，苏秦早起晚宿，快马加鞭，一个月就赶到了魏都大梁，以齐闵王之使和齐国之卿的名分，急急求见魏襄王。

魏襄王一听齐闵王之使苏秦来见，岂敢怠慢。以前苏秦"合纵"时也曾兼挂过魏国之相，今日则专事齐王一主，他是代表齐王来见自己的。于是，立即升堂，正襟危坐而见苏秦。

苏秦进殿，与魏襄王见礼寒暄毕，就开门见山地问魏襄王道：

"臣听说大王要延请齐国公子田文为相，果有此事？"

魏襄王一听，心里咯噔一下，齐王怎么知道有这回事？现在都已经派苏秦来问这件事了，看来齐王是不乐意寡人延揽田文来魏国为相了，看来寡人错听了公孙衍的话，这件事做得有点冒失了。

当魏襄王还在心里猜想、自省，还没来得及明确答复苏秦，到底有没有这么回事时，苏秦又接着问道：

"大王，恕臣冒昧，臣想问大王这样一句话：如果田文为魏国之相，那么他谋事为政，是为魏国的利益考虑得多呢，还是会为齐国考虑得多？"

魏襄王一听，心想，田文是齐国的公子，自然是会多为齐国考虑了，这还用问？不过，既然苏秦问了这个问题，只得回答他。于是，顺口答道：

"肯定会为齐国考虑得多。"

苏秦于是再问：

"那么，臣再问一句话：如果魏国与韩国的利益发生冲突，就公孙衍的为人来说，他是会优先考虑魏国，还是会优先考虑韩国？"

苏秦问出这话，不免勾起了魏襄王的心病：公孙衍虽是魏国河西阴晋人，早年也曾在魏国为官，职任犀首。但秦惠王任他为大良造期间，他却策划了一次又一次的对魏战争，使魏国的河西上郡十五县尽失，河西郡及河南的部分战略要塞也一一丢失，从此魏国国力更加削弱。后来张仪入秦，公孙衍失宠于秦惠王，他不得已又回到了自己的故国魏国，自己看重他的才能，故不计前嫌，任之为魏将。可是，他又与魏相田需相争，搞得自己不得安宁。而且他一直把父母及家室放在韩国，大有身在魏，心在韩的意思。如今，连苏秦也知道公孙衍的为人了，看来问题比较严重了。

想到此，魏襄王也十分坦诚，且毫不忌讳地回答道：

"恐怕会多为韩国考虑。"

苏秦见魏襄王说出这个话，便知道他并不是糊涂人，于是继续对魏襄王分析道：

"而今，大王如果要任田文为魏国之相，田文无故谋得高位，必然心中感念公孙衍之恩；今后公孙衍对他若有所求，他也必然会言听计从。如果这样，那么公孙衍将右有韩而左有魏，田文则右有齐而左有魏。二人合计同谋，必然会利用大王之国，来谋取自己的最大私利。届时，大王想让这二人谋事中道，不损害魏国利益，恐怕是势所不能了。大王如果现在不考虑到这一点，将来魏国必然会有危险的。"

魏襄王一听，觉得苏秦的分析确实中肯，于是，非常诚恳地点头道：

"先生言之有理。"

苏秦见魏襄公已然其中的利害关系，于是自然地转入主题，道：

"而今，为大王考虑，臣以为，如果田文真的来了，大王不如继续践行诺言，任田文为魏国之相。不过，大王应该继续将田需留在左右，以稽考公孙衍、田文之所为。如果这样，公孙衍、田文二人谋事为政就必然会有所顾忌。因为田需非其同类，二人举事只要一有不利于魏的苗头，田需就可及时报告于大王，将其挫之于未发之时。如此，公孙衍、田文即使真的要留在魏国，也不敢有什么外心，只得忠心而为魏国了。总之，公孙衍、田文二人之所为，利于魏与不利于魏，只要留田需于左右稽而察之，大王就可放心了。对于此事，不知大王到底怎么想？臣这里只是尽忠而尽言罢了，说的对与不对，也只仅供大王参考而已。"

魏襄王一听，觉得苏秦的这个计策倒不失为一个万全之策。田文来了，寡人可以不失前言，继续兑现诺言，任之为魏相，公孙衍也继续让他为魏将，但是田需则留在寡人身边，以为稽考公孙衍与田文行事之有利与不利于魏。如果公孙衍与田文对寡人之国没有异心，则寡人就多了两个人才为己所用；如果二人有不良居心，有田需在旁为寡人稽考，谅他们也翻不了天，寡人自可早为之计而除之。

想到此，魏襄王道：

"好！"

于是，仍留田需在朝，只是让他将魏相之位让给田文而已。

苏秦说服了魏襄王，立即辞别回齐都临淄。

一路上，苏秦心里那个痛快啊，就甭提了。心想，公孙衍啊公孙衍，今朝俺总算报了一箭之仇。你当初破了俺的局，俺今日也破你一回局，让你在魏国老家也待不下去。

果然不出苏秦所料。公孙衍听说苏秦来游说过魏襄王，魏襄王虽然答应践行前约，任田文为魏相，但仍要留田需在身旁。公孙衍是个枭雄，他是多么聪明的人，一眼便看穿了魏襄王的用意，他这是要用田需来监视自己与田文。如此，自己与田文还能有什么作为呢？

于是，公孙衍立即向魏襄王告辞，要到韩国为相。魏襄王一听，心里顿然更加明白了：原来公孙衍果然有异心。于是，也不挽留，让他去了韩国。

后十日，齐公子田文来到大梁，见公孙衍自己倒先走了，想想这魏国之相也不能做了。于是，还没与魏襄王见面，就掉转车驾，策马北归于齐了。

这样，田需又自然而然地坐回到原先的魏相之位。

4. 调虎离山

周显王四十六年（前323）十月中旬，苏秦回到了齐都临淄。

还未入府，魏相田需之使又追到苏府。

苏秦一见，大吃一惊，以为出了什么意外。待到田需之使说明原委，苏秦这才如释重负。原来，自己游说魏襄王之后，公孙衍就离开了魏国，到韩国为相了。田文至魏，见公孙衍已离去，遂也掉转马头回齐了。

苏秦觉得，这可是一个新情况。于是，马不卸辕，立即入朝拜见齐闵王，将魏相田需相邀自己至魏的经过、原由，以及公孙衍计谋不成而离开魏国，到了韩国为相；还有田文到了魏国后，见公孙衍离去，又立即回到齐国等详细情况，一一向齐闵王作了汇报。

齐闵王一听，心里就起了疑心：为什么公孙衍要怂恿魏襄王密请靖郭君田婴之子田文到魏国为相，这里有没有什么阴谋？

为什么齐闵王要这样想呢？因为靖郭君田婴与齐闵王之父宣王辟疆，同是齐威王之子。田婴为少子，威王尤为宠爱，因而威王在世时，田婴即权倾朝野。威王崩，闵王之父辟疆即位，是为齐宣王。宣王崩，闵王即位。而今，靖郭君在闵王面前，已是叔父之尊，田文则是闵王的堂兄弟。从道理上说，叔父与堂兄弟，应该与闵王同心同德，共谋齐国长治久安之策才是，怎么要到魏国去为相呢？

苏秦知道自己报告了这个情况，会引起齐闵王这样想，这也正是他的目的所在。见齐闵王良久不言不语，于是乘机进言道：

"大王，靖郭君位高望隆，世人皆知；田文，是齐国的名公子，天下人也众所周知。齐国这么大，大王您为什么不裂土而分封他们父子，而要吝啬一块地呢？这样一来，总比他们跑到其他诸侯国要好吧。"

齐闵王一听苏秦这话，立即明白其意，苏秦这是教自己支开田婴父子，封块地方让他们父子困守于彼，免得他们父子在朝势力坐大，威胁到自己的地位，或是跑到其他诸侯国效力，威胁到齐国的安全。

想到此，齐闵王试探地问苏秦道：

"先生以为应该分封在何处为好呢？"

苏秦见齐闵王这样问，知道他已经同意了自己的建议。于是，想了想，回答道：

"封他们于薛，就可以了。"

齐闵王一听，觉得这个主意好，因为薛远离齐都临淄，地处齐国西南边境地区，夹在鲁、宋、楚三国之间，是个偏僻之处。这下，田婴父子就玩不转了。于是，脱口而出道：

"好！"

苏秦听齐闵王说"好"，差点也要说"好"了。不过，他的"好"与齐闵王不同。他建议齐闵王将田婴封于薛，有两个目的：一是可以将田婴父子支开，以便自己放手在朝中弄权，暗中整垮齐国，不受他人牵制；二是薛处鲁、宋、楚三国交界处，山高皇帝远，如果田婴父子不满齐闵王而造起反来，那也容易成事。如果能够成事，正好能够达到自己"谋弱齐国"的"用间"目标。他这样一个一箭双雕的妙计，齐闵王哪里知道？

然而，齐闵王封田婴于薛的决定才公布不久，田婴还未动身前往封地时，就从楚国传来消息，说楚怀王闻齐闵王封田婴于薛而大怒，要起兵攻伐齐国。

齐闵王知道自己不是楚国的对手，他爹宣王那么牛，还被楚怀王他爹楚威王打败于徐州，他自己恐怕也不是楚威王儿子的对手。于是，齐闵王就想收回分封田婴于薛的成命。

苏秦一听，可着急了。如果齐闵王因为惧楚而收回了成命，那么自己这个"一箭双雕"的妙计不就未施而先破了？不行，无论如何不能使自己的这个妙计破局。

于是，苏秦一面稳住齐闵王，让他先缓一缓再说，一面暗中派公孙闳快马加鞭往楚国游说楚怀王。

这个公孙闬可不简单，他以前是齐国名相邹忌的门客，邹忌能够在齐威王时代那样红极一时，也是与公孙闬的出谋划策有关。当苏秦找到他，说明了缘由后，公孙闬对苏秦直言道：

"田婴封薛，成与不成，其实不在齐而在楚。承蒙大人不弃，小人现在就可前往游说楚王，让他想分封田婴于薛的念头比齐王还要强。"

苏秦道：

"如此最好，希望托赖先生之力而成之。"

公孙闬奉苏秦之托，昼夜兼程，快马加鞭，很快到达楚都郢。

见到楚怀王，公孙闬也不转弯抹角，径直开门见山地游说楚怀王道：

"鲁、宋二国臣事于楚，而齐国则不臣服于楚，为什么？"

楚怀王见公孙闬一上来，就莫名其妙地提出了这样一个问题，还没来得及反应。

不等楚怀王反应，公孙闬早已自己先回答了：

"因为齐国大，而鲁、宋小。"

楚怀王一听，心想，不错，这还用说。

公孙闬接着又说道：

"大王为什么独独觉得鲁、宋二国小，就对楚国有利，而不觉得齐国大，而对楚国不利呢？"

楚怀王一听，搞糊涂了，这个公孙闬说话，怎么这样没头没脑呢？寡人怎么会只以鲁、宋之小而为利，而不以齐大而不利呢？寡人怕的就是齐国太大，对楚构成威胁。

没等楚怀王反应过来，公孙闬又来了：

"而今，齐王要裂土分封田婴，这是齐王自弱其国之举，大王为什么要反对齐王分封田婴，还扬言要攻伐齐国呢？"

楚怀王听到这里，这才明白是怎么回事。心想，公孙闬说得不错，是这个理，齐王封田婴于薛，只会自弱其国，不会构成对楚的威胁。齐王与田婴分权分地，这正是再好不过的事。如果将来田婴能够势力坐大，与齐王中央政权分庭抗礼，齐国由一分为二，那才更好呢？

想到此，楚怀王乃对公孙闬道：

"好！寡人明白了。"

公孙闬回来复命后，齐闵王终于下了决心。

一年后，在苏秦的促成下，齐闵王将靖郭君封为薛公，把他支出了齐都临淄。从此，齐闵王称心，苏秦更是高兴，因为这下他可以自由支配齐闵王了。

5."与民同乐"说闵王

周显王四十六年（前323）十月，说服了齐闵王下决心要撵走靖郭君田婴之后，苏秦心中正暗自得意，高兴着呢！

十月初七，子夜时分，齐都临淄突然全城骚动，人声喧哗，睡意朦胧中的苏秦以为出了什么非常之事，吓得一骨碌从席上爬将起来，慌不及履，忙不着袍，就跑出院中。出门一看，只见齐王宫殿方向火光冲天，原来是齐王宫失火了。此时正是初冬时分，北风劲吹，气候干燥，如何救得了火，齐王王宫已是一片火海。

苏秦一见是齐王宫失火，一颗紧张的心又放回了肚中。于是，忙回房睡觉。但是，躺在热烘烘的被窝里，他却怎么也睡不着了。

于是，他在席上不断地折腾，辗转反侧，最后却越想越兴奋，突然若有所悟，不禁心中大喜，自言自语道：

"好，真是天助我也！"

齐王宫失火，苏秦何以如此高兴，要说"好"呢？

原来，苏秦早就想怂恿齐闵王广建宫殿、大营苑囿，以让齐国国力多消耗一些。可是，因为眼下还是齐国国丧期间，齐宣王崩殂不久，齐闵王刚刚听从了他的建议，正在为宣王大规模营葬。如果此时再说齐闵王大兴土木，营建宫室、苑囿，就显得非常不妥了，因为时候不对。大举兴建宫室、苑囿，不同于为齐宣王大规模营葬，不是"明孝"之举。再说，如果频繁游说齐闵王大兴土木，必然会引起齐国其他大臣的反对，也会因此引起齐闵王的疑心，联想到自己的建议是否别有用心。没想到，如今齐王宫失火，真是天从人愿，天要谋弱齐国。此时，再游说齐闵王营建宫室、苑囿，就显得名正言顺了，恐怕任何人都不会有异议的。即使自己不游说齐闵王，别的齐国大臣也会游说的；即使大家都不说，齐闵王自己也会营建宫室、苑囿的，不然齐闵王住哪儿，在哪儿上朝理政，在哪儿接见诸侯之使，在哪儿发号施令？

想到此，苏秦终于平静下来，渐渐睡去，还做了一个高宫广苑的美梦，梦到了自己与齐闵王在新落成的大殿抵掌相谈，在马鹿成群的广苑大囿中漫步的情景。

第二天，苏秦一觉醒来，匆匆吃完早餐，就策马入朝面见齐闵王去了。

入宫一看，原来繁华的齐王宫殿，而今成了一片焦土，那很有年头、巍峨轩昂的木造正偏二殿，早已被焚为灰烬了。

费了好半天时间，苏秦才在一个狭小局促的便殿找到了齐闵王。只见齐闵王低垂着头，显得大为沮丧。苏秦一见齐闵王这副样子，心里也予以理解，想想看，他才即位不到一年，就遇到这么倒霉的事情，能不沮丧吗？再说，齐闵王和他爹一样，也是一个好大喜功的人，而今要他蜗居于这样一个狭小的便殿上理朝问政，接见诸侯之使，他能习惯吗？

于是，苏秦就先安慰了齐闵王一番，待齐闵王神情稍为振作时，这才慢慢地对齐闵王道：

"自古以来，帝王所居，都是时有兴废的；天道人事，虽也时有变易，但其理永存。而今，天道聪明，已有徵应，王宫旧殿既为天火所毁，大王何不别建宫苑，以顺天意人心呢？"

齐闵王没有吱声，苏秦遂又说道：

"始自三皇，迄于近世，诸侯宫苑，有一世而数建的，也有数代而不变的。但都是因时因势而异，不可一律而论。今之齐国，北至河水，西至武城，东临渤海，南达淮水，地方数千里，粟积如丘山。临淄之民，家家殷而富，户户敦而实。然而，齐国的宫殿，却是数代而不易；齐王的苑囿，也是累世而不营。齐是万乘之国，大王是万乘之主，万邦来朝，百国来使。如果齐国之王长此以往一直居于旧时的宫苑，在此朝诸侯，见使臣，难道不怕失了齐国的威仪，不怕灭了齐王的威风吗？"

齐闵王一听，觉得这话有理，以齐国之强大，齐都之富实，齐民之众多，自己大可扩建一下王宫与苑囿，因为齐国有这个国力。想想齐国已有三代君主都没有大规模修建过宫室苑囿，比比楚都、秦都，临淄虽不逊色，但若论起宫室之美，苑囿之大，那是连魏都、韩都不及的。再说，现在王宫失火，仅存少许便殿，不建王宫、苑囿，也势在不能了。

想到此，齐闵王似乎心有所动，但是他还是没有吭声，只是专注地看着苏秦。

苏秦向来是擅长察言观色、揣摩人心的。因此，他对于齐闵王此时的心理，已经把握得差不多了。于是，又说道：

"大王可能也听说过，秦王的宫室，渭北有连云之殿，渭南有离宫章台。理朝政、见大臣，则于咸阳之宫；会诸侯、受朝请，则在章台别馆。而楚王郢都之宫，则是丹楼绣幌，上巢飞燕；别馆章华之台，更是青阁文窗，鸦归燕语。齐与秦、楚，本是相侔比肩的大国，无论是国力财富，还是人力资源，都不相上下，为什么只有齐国的宫室如此陋窄寒酸呢？"

齐闵王一听，觉得这话说得一点都不假。秦王宫之巍峨气派，世人皆知；楚王宫室之美，天下闻名。秦王有离宫章台，楚王有别馆章华之台，都是会诸侯、受朝请的耸云之阙。齐国虽是与秦、楚并驾齐驱的大国，却并没有一处像样的高宫大殿，更没有会诸侯、受朝请的离宫别馆。如此，何以能显示出齐国王霸之国的威仪？

于是，齐闵王终于点点头。

苏秦见此，知道齐闵王已经被说动了心。便说道：

"昔日周文王有苑囿，方圆七十里，以民力筑台、开沼，民众不以为苦，反而欢欣雀跃。《诗》云：'经始灵台，经之营之。庶民攻之，不日成之。经始勿亟，庶民子来。王在灵囿，麀鹿攸伏，麀鹿濯濯，白鸟翯翯。王在灵沼，于牣鱼跃。'说的就是此事。再说当世之君梁惠王的苑囿，其广虽不及文王之苑，但也有方圆四十余里，不仅有鸿雁集于木端，有麋鹿逐于林间，有鱼游于池沼，而且还有很多奇葩异草。当今天下之人，谁人不知，何人不晓？对于梁王之苑，各国之君哪个不称而羡之，天下贤者哪个不顾而乐之？可是，反躬自省，看看我们齐国的王家圃苑，又怎么样呢？虽说规模不算太小，但实际上是名存实亡，早就荒芜不成其苑了。由此，大王不欢，齐民不乐，贤者不道，不是自然之理吗？"

齐闵王一听，心想，苏秦这话倒也有些道理。大凡有为的帝王，一定会有一个广苑大圃，与民同乐，才有王者风范，才显升平气象。于是，又点点头。

苏秦见说到这里，知道已经差不多了，遂总结道：

"大王是天下英主，天纵聪明。自即位以来，励精图治，勤政爱民，外剪群雄，内治升平，百官拥戴，万民称颂。大王又重视弘道设教，移风易俗，化育万民。由此，今之齐国，较之以前，更显强盛。而今，齐国人民富足，国家繁荣，为了展示我大齐的大国风范，为了彰显大王天下雄主的堂堂威仪，抚近怀远，以开辟齐国万世不移之霸业，臣以为，大王现在是到了谋龟问筮、瞻星定鼎、勘察福地而别建王宫苑囿的时候了。一来可以光宅区夏，顺天应人；二来可以垂无穷之业，永世长隆。"

苏秦的这番话，不仅将齐闵王捧得飘飘然，而且将大建王宫苑囿的道理，说得冠冕堂皇，由不得齐闵王不听。

至此，齐闵王心意已决，回答道：

"好！苏卿之言极是。"

遂立即颁令，别择善地，广建宫室苑囿。

第十七章　行到水穷处，坐看云起时

1. 陈轸妙喻说昭阳

就在苏秦怂恿齐闵王又是大兴土木，又是玩弄权术，明封田婴，暗削其权，内斗得不亦乐乎之时，周显王四十六年（前323）十一月，苏秦突然获得一个消息：十月初，楚、魏二国发生了"襄陵之战"，魏国大败。接着，楚师又欲乘机伐齐，正好被来齐国出使的秦王使节陈轸说止。

苏秦立即找人详细了解情况，终于知道了前因后果。

原来，就在苏秦与齐闵王定计要排挤靖郭君出都之时，楚怀王听说魏将公孙衍因为与魏相田需内斗失败而离开了魏国，觉得机会来了，遂陡起复仇之心，要为先王楚威王一雪"陉山之役"失利之耻。因为正是此役失利之后，先王威王才溘然长逝的。

于是，楚怀王遣大将昭阳统领大兵，向魏国发动了突然袭击。

昭阳可是个了不起的人物，他在楚国，是官拜上柱国、爵封上执珪的名将贵卿。果然，名不虚传，昭阳不负楚怀王的期许，一举攻入魏国南部重镇襄陵，覆军杀将，夺得魏国南境八城。

昭阳得意之余，遂萌发了一个念头，想乘机挥师东进，越过宋国，进军齐国。

然而，楚师尚未借道越过宋境，齐闵王早就得到了情报，急得如同热锅上的蚂蚁，不知如何是好。因为齐闵王心里非常清楚，齐国虽是大国，但实力既比不了西方之秦，也比不了南方之楚。上次楚怀王之父楚威王就曾打到齐国徐州，在齐国家里把齐国打得大败。他爹齐宣王也算得是一个很牛的人了，还不免败在楚威王手上，而且是在自己家里被楚国打败。而今，自己根本比不了先王宣王，如何对付得了楚国的上柱国昭阳率领的得胜之师。

正如俗话所说的那样，"天无绝人之路"。就在齐闵王一筹莫展之时，陈轸正为秦惠王出使齐国来了。

齐闵王早就听说了陈轸之名，他可是个了不得的人物，曾为秦国之臣，本身也是秦国人。后来张仪入秦为相，他被张仪所排挤，乃负气而至楚国。不过，他虽去了楚国，做了楚怀王之臣，但秦惠王仍然信任他，不管张仪如何进谗言，终是对陈轸尊敬有加。所以，陈轸常有双重身份，在秦、楚之间穿梭。此次来齐，他不是为楚怀王，而是奉秦惠王之命。

齐闵王想到，陈轸既然是楚臣，又与秦惠王有着特殊关系的背景，遂在情急之下，将楚将昭阳要越宋国之境，来伐齐国的情况向他说了出来：

"寡人刚刚接获消息，楚将昭阳伐魏于襄陵，覆军杀将，攻城略地，夺得魏国南境八城。而今，他正驱得胜之师，越宋境而欲伐寡人之国，寡人为此寝不安席，食不甘味，不知计从何出？"

陈轸见齐闵王急成这等样子，又说得如此可怜，对自己也似乎非常信任，肯把自己的无奈说给自己这个楚国之臣听，就动了恻隐之心，同时也有一种被信任的温暖感。于是，就对齐闵王莞尔一笑，非常轻松地说道：

"大王不必如此忧虑，臣愿意替大王前往游说昭阳，让他止戈罢兵。"

齐闵王一听陈轸说愿意往说昭阳，使其罢兵，不禁感激莫名。遂奉之以黄金万镒，白璧二双，骏马四匹，让他速速往说昭阳。

陈轸告别齐闵王，昼夜兼程，很快就到了齐、楚前线。这时，楚师还未完全越过宋境。

在前线，陈轸见到了昭阳。昭阳见是陈轸，哪敢怠慢，遂立即延入军中大帐。

寒暄毕，陈轸再拜，贺昭阳覆军杀将，得魏八城之功。昭阳见贺，大喜。

还未等昭阳乐个够，陈轸突然坐起身子，一本正经地问昭阳道：

"依据楚国的法律，覆军杀将，攻城略地，其功可拜何官，其劳可封何爵？"

这个，昭阳非常清楚，他自己身为楚国之将，对于楚国的封赏之法，岂有不清楚之理。于是脱口而出，答道：

"官拜上柱国，爵封上执珪。"

陈轸点点头，接着又问道：

"那么，楚国还有比这更高的官爵吗？"

昭阳见陈轸问这个问题，心里不禁好笑，这还要问，在楚国除了令尹，还有谁能比自己这个上柱国与上执珪更显贵呢？

于是，不假思索而又漫不经心地答道：

"除了令尹，别无其他官爵可比了。"

陈轸见昭阳漫不经心的样子，遂立即反问道：

"将军现在已经是官拜上柱国，爵封上执珪了，令尹虽然显贵，难道楚王还能再为将军设置一个令尹之位吗？"

昭阳一听这话，立即明白了陈轸的意思，是啊，令尹虽贵显于自己现在的上柱国与上执珪之位，但楚王不可能再添设一个令尹的位置啊，一国岂有二相之理？既然如此，自己何必再伐齐立功呢？

想到此，昭阳情不自禁地点点头。

陈轸见昭阳明白了自己话中之话了，本想就此戛然而止。但转而一想，既然受齐王之托，受人之赐，就应该终人之事，索性将话说得透彻些，免得有什么反复。

于是，陈轸又续加申述道：

"陈轸曾经听人说过这样一个有关楚国人的故事，不知将军今天有没有兴趣，听陈轸一叙？"

昭阳听陈轸说要给自己说一个楚国人的故事，顿然来了精神，忙接口道：

"先生请赐教于昭阳。"

陈轸见昭阳有兴趣，遂不慌不忙地开言道：

"从前有个楚国人，祭祖之后，就将其酒赏赐给下人们喝。其中的一个下人见酒太少，就跟同伴提议并约定说：'这酒如果大家分着喝，都会觉得不能尽欢。如果留给一个人，那就足可让他一醉似神仙。我想，不如这样，大家请画地为蛇，蛇先成者，这酒就归他了。'大家觉得这个主意好，纷纷表示赞同。于是，大家开始用树枝在地上画蛇。不久，一个人蛇先画成，于是，就将那酒拿到了手上。正要喝时，他突然又停住了，说：'我还可以给蛇画上脚呢。'于是，他就一手拿着酒，一手为蛇添画其脚。然而，就在他的蛇脚还未画成时，另一人的蛇已经画成了。于是，那人就夺下为蛇添脚者的酒，说：'蛇本来就没脚，你怎么可以给他添上脚呢？'说着，就将那酒一饮而尽。而那个为蛇添脚的人，最终失去了到口的酒，只得后悔顿足不已。"

陈轸说完这个故事，抬眼看了看昭阳，见他正凝神倾听，并若有所思地频频点头，遂进一步点明主旨道：

"将军奉楚王之命而伐魏，破军杀将得八城，已是功高至极。现在，将军又要移兵伐齐，齐王为之畏惧不已。陈轸以为，将军以此取名，已经够了！再说了，即使将军伐齐能够成功，难道将军还能官上加官不成？古人有言：'战无不胜，而不知止者，身将先死，而爵则后归。'今将军破敌立功，而不知进退，不知见好就收，这是不是有点类似于那个画蛇添足的楚国人呢？"

昭阳听到此，彻底明白了。心想，陈轸的话不错，算得上是逆耳忠言。伐魏是奉楚王之命，而伐齐则是自作主张。胜与不胜，都是陈轸所说的"画蛇添足"之举。胜则虽功高，但必遭他人之忌，必致楚王之疑；不胜，则自取其咎，前功尽弃。还是陈轸这种谋臣虑深谋远啊，自己终究不过是个有勇无谋的武夫罢了。

想到此，昭阳对陈轸深深地点了点头，道：

"昭阳愚昧，幸得先生耳提面命，提醒得及时，不然昭阳就要铸成大错了！"

于是，昭阳立即命令班师回楚。

2.　公孙衍"五国相王"

苏秦听说这场齐、楚之战，最终因为陈轸替齐闵王游说了昭阳而没有打起来，不禁为之可惜了很久。心想，要是陈轸不来齐国正好碰上这件事，要是陈轸碰上而不替齐闵王去游说，要是昭阳不听陈轸的游说，那么这场战争不就打起来了吗？如果真的打起来，对齐国的实力得有多大的消耗啊，远比自己辛辛苦苦，费尽心机劝说齐闵王大兴土木之举，对齐国国力的消耗来得大、来得快。这么好的一个最能谋弱齐国的天赐良机，却被那个自作聪明的陈轸给断送了，这个该死的陈轸！他斗不过张仪，却跑到齐国来逞能、显本事来了。

就在苏秦还在心底诅咒陈轸的时候，周显王四十六年（前323）十二月底，苏秦又获得了一个重大消息：公孙衍已经合魏、韩、赵、燕、中山五国而相互称王了。

那么，公孙衍何以要搞什么劳什子"五国相王"呢？原来是有原因的。

却说公孙衍九月离开魏国，至韩国为相后，忽然获悉一个重大消息：他的死对头张仪，在八月底，以秦国之相的身份，招齐、楚二国之相会于魏之籝齧桑。

公孙衍一听，马上意识到，张仪这是在拉拢齐、楚二大国，意欲行"连横"之策。如果让张仪成功，那么自己"合纵"之计就难以成局了。于是，他马上行动，要抢在张仪之前，组织一个"合纵"之盟。

思虑良久，他想到了一个"五国相王"的计谋。经过三个月马不停蹄的奔波，终于在十二月底之前，将魏、赵、韩、燕、中山五国之君聚合到一起，搞了一个"五国相王"，大家结盟，互相承认各自为王。

苏秦了解到这个前因后果，顿然来了精神。因为他深信，公孙衍搞的这个什么劳什子的"五国相王"，一定会激怒齐闵王。因为以前魏、韩二国之君，都是布衣布冠，折节而朝齐王的，现在他们撇开齐王，自己称起王来，这还了得。再说，凡是搞什么"相王"的，从来都是没有好结果的，必定要引起天下纷争的。想当初，魏惠王搞什么"逢泽之会"，会诸侯而称王，结果搞得群起而攻之，由此天下独霸的大魏不断丧师失地，最终沦落到主动向齐折节称臣的地步。齐宣王搞什么"徐州相王"，结果激怒楚威王，亲率大军打到了齐国的徐州，使齐国受到了重大损伤。张仪搞什么"咸阳相王"，结果也引起了山东诸国的恐慌，最后导致了公孙衍合齐、魏而破赵的惨祸。说不定，这次的"五国相王"也会弄出些什么事情来。

果然不出苏秦所料，事情真的来了。

周显王四十七年（前322）一月，齐闵王听说"五国相王"后大怒。但是，他又不便与魏、韩、赵、燕、中山五国同时为敌，只得先拿中山国出气，派使节到赵、魏两个大国，晓谕魏襄王与赵武灵王道：

"寡人羞于与中山国之君为伍，希望与大国联合讨伐，以废中山君的王号。"

魏襄王与赵武灵王当然不愿意与齐共伐中山国，他们知道这是齐闵王借口不愿与中山国为伍，并称为王，实际上也是告诫魏、赵二主，不要有与他齐王平起平坐的非分之想，知道齐闵王先拿中山国开刀，其意是杀鸡儆猴。

却说中山国之君听说齐闵王不愿与自己并称为王，要联合魏、赵讨伐中山，吓得如同筛糠。连忙找来中山国的能臣张登，告之道：

"寡人已然称王，而齐王却对赵、魏二王说，羞于与寡人为伍，并称为王，而且还要联合赵、魏二国起兵讨伐寡人之国。寡人反复考虑，觉得齐王的用意是要灭寡人之国，而不是在索回寡人的王号。而今，国家危在旦夕，除了您，没有人能够挽救这个危局了!"

张登见中山君要自己想办法救中山国，话也说得诚恳，于是，就直言道：

"大王不必那么忧虑，您不妨给臣多备些高车重币，臣请求往齐国，去见齐国的靖郭君田婴。"

此时，靖郭君田婴还在齐都临淄，因为齐闵王听说楚王反对齐封田婴于薛，而暂时搁浅了封他到薛的计划。

张登昼夜兼程，很快到了临淄，并找到了靖郭君田婴的府上，献上重礼后，就开门见山地游说起田婴道：

"臣听说齐王要废中山之王的王号，还准备联合赵、魏攻伐中山国，臣以为，这是大错特错了。"

田婴也知道，齐闵王这样做是错的，但毕竟齐闵王是齐国之君，也是自己的侄儿，尽管他们之间正在彼此猜忌，矛盾越来越大，但在张登这个外人面前，他也不便附和张登的说法。

于是，田婴对张登劈头而来的批评，既不驳斥，也不表态附和，只是一声不吭，但眼神专注地看着张登。

张登从田婴的眼神中了解到他的心理，这是鼓励他继续说下去。遂接着分析道：

"中山国乃弹丸小国，怎么抵挡得了齐、赵、魏三大国的攻伐呢? 不要说齐王要求中山君取消王号，就是提出再过分的要求，中山君恐怕也会惧而从之。不过，齐王也应该考虑到这样一个后果，那就是齐国逼迫太甚，中山国势必就要依附于赵、魏。如果齐王真的要伐中山，那齐国就无异于在为赵、魏驱羊，让本是中立的中山之国投到了赵、魏二国的怀抱，这恐怕不是齐国之福吧。臣以为，为齐国利益考虑，齐王不如让中山君自废王号，然后再臣事于齐，岂不是对齐国更有利、对中山国也有利吗? 最起码两国百姓因此而免了兵戈相向的灾难。"

田婴一听，觉得张登的这个分析不无道理，想了想，便默默地点了点头，表示认可张登的分析。但是，紧接着又问了一句：

"先生说得虽然在理，但是具体说来，到底该怎么办才好呢？"

张登见田婴问到具体的策略，知道已经说动了他。于是，立即将自己的想法向田婴和盘托出：

"为今之计，臣以为，如果靖郭君肯召见中山之君，与他相会，并且答应给他王号，那么中山君肯定大喜，立即就会断绝与赵、魏二国之交。如此一来，势必就会激怒赵、魏二国，二国之王必然会倾起大兵而攻伐中山。二国攻伐急，中山君必然惧怕，自然会听从齐王之命，自废其王。如果真能如此，一方面，齐国因为靖郭君您的缘故，免了大动干戈的风险，就轻易达成了齐王要废中山国王号的心愿；另一方面，齐国也因为靖郭君您的缘故，而巧妙地争取了中山国这个盟友，这岂不远比为赵、魏驱羊好得多？"

靖郭君田婴一听，觉得这个主意不错，如果照此行事，则齐国不必大动干戈，就可以使中山君废王号且臣事于齐。如此，自己不就为齐国又立了大功，今后在齐国的地位还有谁能撼动？

想到此，靖郭君田婴果断地回复张登道：

"好！"

张登走后，田婴的门客张丑听说了此事，认为田婴此举会触犯齐闵王的大忌，而且对齐国也不利。于是，便劝谏靖郭君田婴道：

"靖郭君，您不可听信张登之言。臣听说有这样一句俗谚：'同欲者相憎，同忧者相亲。'而今，五国相与结盟，大家称王，而独独把齐国排除在外。五国称王之愿都已满足，而只有齐国为此而忧虑。现在，您听信张登之言，要召见中山国之君，与之相会，还要答应给他王号，这不明显触犯了魏、赵、韩、燕四国的利益吗？还有一层，您如今要独召中山国之君而见之，这不是明显要让齐国自绝于魏、赵、韩、燕四国，而又令魏、赵、韩、燕四国为之寒心吗？因此，臣以为，您若一定要先许诺中山君以王号，并且与之亲近，那么势必就有让齐国得了中山小国，而失了魏、赵、韩、燕四大国之交。是利大，还是害多，您要有个权衡。再说了，张登的为人，也不值得您轻信。据臣所知，张登在中山国，向来是善以阴计进献于中山君闻名的，天下何人不知，谁人不晓？您若是轻信其言，而欲收中山国之利，到头来恐怕是竹篮打水一场空的。"

田婴因贪张登之财贿，又立功争权心切，加之张丑的谏言说得不够委婉，抚了他的逆麟，最终他还是背着齐闵王，以靖郭君的名义召见了中山国之君，约遇于齐、赵之境，并私相许之以王号。

张登见田婴已入套，遂立即赶往赵、魏，分别游说二国之主道：

"齐国马上就要兴师而来，攻伐赵、魏于漳水之东。臣是怎么知道的呢？因为齐王羞于与中山国并列为王，其念已甚，这是天下人所共知的。然而，现在却听说齐国要召中山国之君秘密相会，并且许之以王号，这不是齐国要用中山国之兵，联合中山攻伐赵、魏的信号吗？因此，臣以为，为赵、魏利益考虑，不如赵、魏二国先予中山君以王号，以此阻止中山国与齐国结盟！"

赵、魏怕齐合中山而伐己，遂听从张登之计，先承认了中山君的王号，又与之相亲。中山国有了赵、魏二大国为依靠，遂与齐国断绝了关系，齐国也因之闭关不通中山之使。

俗话说得好，"世上没有不透风的墙"。张登与田婴都自以为行事秘密，可以瞒得过世上所有人，却不知早有人洞悉此情，将此消息报告了齐闵王。这个人不是别人，就是齐闵王的客卿苏秦。

苏秦之所以要密报张登与田婴的所作所为，目的就在于挑拨齐闵王与靖郭君的关系，促成齐闵王早日把靖郭君田婴父子赶出齐都临淄，这样他才能方便地为燕王行使"用间"弱齐之计。

果然不出苏秦所料，齐闵王一听说田婴竟然倚老卖老，自说自话，背着自己与中山君相会，且许之以王号，不仅根本不把他这个齐王当回事，还存心要跟他这个齐王作对，于是勃然大怒。盛怒之下，立即决定解除靖郭君的齐相之位，封之为薛公，明升暗降，让他滚出齐都。

打发了靖郭君田婴，齐闵王还不解气，于是，越发赌气要讨伐中山国。

可是，由于中山国在赵国包围之中，只与赵、燕接壤，而不与齐为邻，所以要讨伐中山国还无从下手。于是，齐闵王决定不惜割齐国邻近赵国的平邑以贿燕、赵，出兵借道共伐中山。

哪知，齐闵王这个动作太大，早已被中山国所侦知。中山国之相蓝诸君（即司马熹）闻之，急得如热油浇心，坐立不安，不知如何是好。

就在蓝诸君一筹莫展之时，张登也已闻知齐国的变故，急急来见蓝诸君。蓝诸君遂与张登说明了齐闵王欲割地联合赵、燕，共伐中山的消息，张登听了轻松一笑，道：

"您怕齐国什么呢？"

蓝诸君不假思索地说：

"齐国是万乘之国，而中山只是千乘之国，怎么比？而今，齐王恃强凌弱，声称耻于同中山并列为王，为此不惜割地以厚贿燕、赵，以谋共同出兵攻伐中山。燕、赵二王好名而贪地，恐怕很容易就为齐王所拉拢，而不会帮助中山的。如此一来，中山国就会大者危国，次者废王。我是一国之相，您说我能不忧虑吗？"

张登见蓝诸君如此说，遂回答道：

"您先别急！我可以让燕、赵二国坚定信念，辅佐中山君为王。这事一定能成的，您相信不？"

蓝诸君见张登说可以说服燕、赵二国坚定不移地支持中山国称王，可以将齐伐中山的事搞定，自然求之不得，于是迫不及待地回答道：

"如此，那就是我们中山国最大的心愿了。"

蓝诸君转而一想，没那么简单吧，遂又问了一句：

"那么，您怎么游说燕、赵二王呢？"

张登一笑，道：

"我不游说燕、赵二王，我去齐都临淄游说齐王，不就一切都结了？"

蓝诸君一听，更糊涂了，又问道：

"您直接去游说齐王？能行吗？"

"当然行。"张登信心满满地回答道。

蓝诸君又问：

"那么，您怎么游说齐王呢？"

张登神秘地一笑，道：

"这个，您就不必问了，我自有说辞。"

蓝诸君见张登这样说，也就不再追问他到底怎么说了，反正他相信张登确实是有这个能耐的。于是，对张登道：

"如此甚好，那么您就别耽搁了，快快上路去说齐王吧！"

中山之都顾，与齐都临淄距离不远，张登很快就赶到了齐都临淄，并很快见到了齐闵王。

见礼毕，张登直接上题道：

"臣听说大王要割平邑以贿燕、赵，合兵以伐中山，真有这样的事吗？"

齐闵王一听，心想，消息好灵通啊，不知是什么人走漏了风声。但转而一想，既然自己遣使游说燕、赵，哪有不漏风声的？既然你知道了有这回事，那又怎么样？于是，索性肯定地回答道：

"有。"

张登见齐闵王并不回避，也一针见血地说道：

"如果这样，那么大王您就错了。"

齐闵王一听，这个小小的中山国之使，竟然直言不讳地批评自己的决策错了，不禁又生气又好奇。于是，对张登道：

"寡人倒想听听，你说寡人到底错在哪里？"

张登一听，心想，这就好，只要你让俺把话说完就成。于是，立即接口说道：

"大王，如果臣没猜错的话，您之所以不惜割地以贿燕、赵，出兵以伐中山，不就是要废中山国的王号吗？"

齐闵王见张登一语中的，一句话就说到了问题的实质上，也坦然承认道：

"是啊。"

张登又说道：

"不知大王想过没有，您这样做，是不是太过破费了，而且还有很大风险呢？"

齐闵王一听，不以为然，心想，这样做，破费是破费了点，但危险，对齐国来说谈不上。

张登看了看齐闵王，由他的表情就知道他的心理，于是继续说道：

"割地以贿燕、赵，这不是资助强敌吗？出兵以伐中山，这不是首发其难吗？"

齐闵王一听，又摆出一副不以为然的样子。心想，燕、赵跟齐国比，那还算不了强敌，再割几个地方，他们也强不过齐国。至于出兵伐中山，是首先发难，那又怎么样？谁能追究得了寡人的责任？这个世界就是强权、实力说话，其他什么正义、公理，都是说说的，没人会相信那一套的。

张登见齐闵王还是那副不以为然的傲慢模样，心想，得把话说得重点。于是，提高调门道：

"大王如果真的这样做，不仅伐不了中山国，而且连中山君的王号也废不了。相反，如果大王能用臣之道，听臣之计，则既不必割地，也不必用兵，就能使中山君自废王号。"

齐闵王一听张登这样说，立即来了兴趣，不禁脱口而出，问道："你有什么妙计？不妨说来听听。"

张登一听，知道齐闵王已然上钩了。于是，他故意顿了顿，吊了吊齐闵王的胃口。然后，从容不迫地说道：

"臣以为，大王不必大动干戈，只要派遣一个得力的使者，晓谕中山君道：'寡人之所以要闭关不通中山之使，只是因为中山君只与燕、赵结盟，而不让寡人之国也参与其间。如果中山君肯举玉趾，劳大驾，亲见寡人，那么寡人也会佐君而称王。'中山君原本只是惧怕燕、赵二国不肯相助，才有亲近依附燕、赵之意。而今，有大齐愿意相佐，中山君一定会回避燕、赵，而与大王相见的。而一旦中山君来朝见大王，燕、赵二王就会怒绝与中山国的外交。届时，大王也继燕、赵之后，断绝与中山国的来往。这样，中山国就自然陷入孤立无援的境地了。到那时，中山君还能贪图其王号，而不自废其王，以求保国安民吗？"

齐闵王一听，觉得这倒是个好主意，既然能够不动干戈就能解决问题，自然是上策了。于是，就依张登之言，发使至中山，召中山国之君来见。

然而，就当齐闵王的使者刚刚传话而去，张登就遣人至燕、赵，将齐王之使的话尽数传布于燕、赵二王道：

"而今，齐王遣重使至中山，告我中山之主道：'寡人之所以要闭关不通中山之使，只是因为中山君只与燕、赵结盟，而不让寡人之国也参与其间。如果中山君肯举玉趾，劳大驾，亲见寡人，那么寡人也会佐君而称王。'"

结果，燕、赵二王都认为，齐闵王原来说要割平邑以贿自己，并不是真的要废中山国的王号，而是想借此离间燕、赵与中山国的关系，然后自己与中山国亲近结盟。这样一想，燕、赵二王都起了疑心，以为齐闵王要联合中山国夹击自己。因为中山国处于燕、赵之间，其地理位置在那里假不了，齐联合中山，既可以北向而夹攻燕国，又可以西向夹击赵国。

于是，燕、赵二国拒绝了齐闵王割平邑而共伐中山的建议。相反，与中山国的关系更好了。结果，齐闵王不仅没有废掉中山国王号，反而使燕、赵、中山结成了更加亲密的联盟关系。

周显王四十七年（前322）三月，当苏秦称病三月复出时，突然听说中山国的张登，用计破解了齐闵王共伐中山的计划，不禁大叫失策，深恨自己小瞧了中山国，没想到中山国还有张登这样的奇才。他原来知道齐闵王要伐中山的计划后，之所以要称病不朝，就是不想管这个事，由齐闵王去玩。因为他料定，不管玩得好不好，自己都是唯一的赢家。如果齐国打赢了，必然使公孙衍苦心组织的"五国相王"的"合纵"之局被打破，可以替自己报得当初公孙衍合齐、魏伐赵，破了自己山东六国"合纵"成局的深仇大恨；打不赢，则可以消耗齐国的一些国力，正可以达到自己"弱齐"的目标。

而今，人算不如天算，怎么不叫精明一世的他跳脚而大悔呢！

3．干戈化玉帛：楚魏和亲

周显王四十七年（前322）四月，就在苏秦还在自悔自怨的时候，突然传来一个消息：秦惠王免除了张仪的秦相之位，而今张仪已经到魏国为相了。

苏秦一听这个消息，立即明白其中的缘故，秦惠王与张仪这是在实质性地实施"连横"之策了。

周显王四十七年（前322）五月，又传来一个消息：韩宣惠王与赵武灵王相会于区鼠。

苏秦一听这个消息，也明白了其中的缘由，这是韩国之相公孙衍反制张仪的一个策略。因为秦惠王免张仪秦相之职，那是掩人耳目之举，天下人都知道，张仪实际是身兼秦、魏二国之相的。他来魏国为相，目的就是要坐在魏国，就近拉拢近邻赵国加入以秦为首的"连横"组织。而公孙衍的智力也不输给张仪，所以张仪一来魏国，他就马上行动，拉住赵国，不让张仪"连横"赵国成功。

接连获悉的这两个消息，让苏秦有一种预感：张仪与公孙衍之争，已经由原来在秦国时的钩心斗角的权力之争，演变成了两种主导今后天下大势的策略之争。到底是张仪的"连横"之策将会胜出，还是公孙衍的"合纵"之计将会成功，就得耐心、静心地拭目以待了。

周显王四十七年（前322）六月，就在苏秦耐心、静心地拭目以待张仪与公孙衍斗法时，楚国使臣昭鱼来访，他是奉楚怀王之命出使齐、魏的。

苏秦心想，这下，天下会更热闹了。楚怀王看来也有自己的打算，他此次派昭鱼出使齐、魏两大国，也是有要搞自己一个小集团的意思。

昭鱼是楚怀王之相，此次北上，先到魏国，目的是与魏国讲和。周显王四十年（前329），魏败楚于陉山；周显王四十六年（前323），楚败魏于襄陵。如此一来一往，楚、魏算是打了一个平手。楚怀王觉得，在楚国新胜的时候，主动与魏讲和，没有面子上的过不去问题。而在此时，楚怀王之所以要与魏国修好，还有一个重要原因，那就是现在秦相张仪身兼魏国之相，秦、魏结盟，必然要对付楚国。上次的陉山之役，楚国之所以大败，就是因为秦国支持了魏国。

魏襄王见楚怀王派令尹昭鱼来魏国修好，遂也有见好就收的意思。于是，在听说了楚怀王的王后新亡的消息后，立即决定致送楚怀王一个美人。

昭鱼办完了魏国的外交，又到齐都临淄，目的也是修好。因为上次楚威王伐齐宣王于徐州，齐国大败，齐、楚之间的芥蒂，到现在为止也没有解开。为此，昭鱼此次专程至齐，以楚国之相的身份，来拜见齐闵王，一来是为了与齐国消弭往日旧隙，二来也是应对秦国可能对齐国的拉拢。如果齐、楚旧隙不予以消弭，如果秦、齐结盟，那么对楚国将构成巨大的威胁。

昭鱼是很有外交才能的，与齐国的外交很快也办妥了。

临走前，他特意拜访了苏秦，因为苏秦以前任"纵约长"时，楚威王曾拜授他为楚国之相，好歹也算是同僚了。同时，他也知道苏秦足智多谋，与他相见一面，必然收获不少的。

与苏秦见面后，昭鱼除了跟苏秦略述了此行的任务外，还顺嘴说出了楚怀王王后新亡的事。

苏秦见昭鱼说到楚怀王王后新亡的事，便顺嘴跟昭鱼提了一句："那么昭公为什么不向楚王进言，请求别立新后呢？"

昭鱼一听，立即现出无可奈何的神情，道：

"其实，谏说楚王别立新后，昭鱼也曾这样想过。只是昭鱼总有一种顾虑……"

"什么顾虑？"未等昭鱼说完，苏秦就急切地问道。

"如果昭鱼向楚王正式推荐了新的王后，楚王听从，那就好；要是不听，而又另有所选，那么日后新王后岂不要对昭鱼恨之入骨吗？如果这样，昭鱼今后将何以取信于楚王？再做楚国之相呢？"

苏秦一听，呵呵一笑，原来是这么回事。昭鱼是怕自己推荐请立的人选，万一不被楚怀王接受，新立的王后怨恨于他，他就楚相之位不保了。

苏秦一想，觉得这也可以理解。因为楚国之相，那是人人想做的位置，昭鱼好不容易在楚王之朝熬了那么多年头，如今终于做上了楚怀王之相，他能不珍惜这个权倾朝野的位置吗？楚怀王新丧了王后，虽然他这个楚国之相也应该关心，但是，却不能在此问题上有所失策，以致得罪于未来的新王后。如果他推荐的人选被楚怀王认同，那么将来新王后必然交善于他昭鱼，他这个楚相也就做得稳。如果推荐的人选不被楚怀王认同，楚怀王又另立了新王后，那么新王后必定恨怨他昭鱼多事，将来必与他昭鱼交恶，那么今后他昭鱼要做稳楚相就难了。试想，天下哪个君王不听从王后的枕边之风？

想到此，苏秦突然灵机一动，对昭鱼说道：

"今苏秦倒有一计，不知昭公以为可行不可行？"

昭鱼一听苏秦有一计，连忙问道：

"苏公既有良策，为什么还不明教于昭鱼呢？"

苏秦见昭鱼急切求教的态度，故意顿而不言。沉默了一会儿，这才不紧不慢地说道：

"昭公为什么不去买五双玉珥呢？"

"买玉珥干什么？"昭鱼不解地问道。

"您去买五双玉珥，其中一双是上品，然后找个合适的机会进献给楚王。第二天，您再去调查一下，看楚王到底将那双上品的玉珥给了哪位美人？弄清楚后，您就向楚王进谏，立那位得到上品玉珥的美人为新王后。昭公，您想，这样一来，您能不一荐一个准吗？"

昭鱼一听，不禁拍案叫绝道：

"妙！妙！真是妙计！"

说着，昭鱼便向苏秦奉上了百金，然后立即告辞而去。

归楚之后，昭鱼立即密令干练之人，前往珠玉之市，购置了四双普通玉珥与一双珍稀之珥。然后，择日献给了楚怀王，怀王笑而纳之。

过了三日，昭鱼请托宫人，询问得到上品玉珥的美人。获知那个美人的确切姓名后，昭鱼立即具文奏请楚怀王册立那位美人为新王后。结果，楚怀王欣然听从昭鱼所请。

后来，新立的王后得知昭鱼荐己之恩，遂深感昭鱼之情。而昭鱼心里明白，这一切都全是苏秦之计。

就在昭鱼册立新后成功不久，楚怀王之宠妃郑袖突然找到令尹昭鱼，厚奉珠玉，以求计于昭鱼，原来她是为了与楚王新近宠幸的美人争宠之事。

这个新近被楚怀王宠幸的美人，不是别人，就是昭鱼不久前出使魏国修和后，魏王为了回应楚国的善意，而特意致送给楚怀王之礼——一位倾城倾国的魏国美人。

魏美人乃北国佳丽，一颦一笑，一言一语，都与南国美人风韵大异，装扮、言动举止也别有一番风致。楚怀王一见倾心，大为欢悦，宠幸个没完没了。这下，原来非常受宠的楚妃郑袖，心中感到非常不是滋味，失落、寂寞、惆怅、怨恨，百感交集。可是，她只不过是楚怀王宫中成百上千美人中的一员罢了，在楚怀王眼中又能算得了什么呢？楚怀王能管你是什么感受不成？他是大王，自己快乐就好了。至于宠幸谁，那得看他的心情了。

郑袖虽终日凝神苦思对策，可是，她毕竟是个女流之辈，终究无计挽回楚怀王之情。百思之下，她突然想到了令尹昭鱼。因为论地位，昭鱼是楚国之相，位居一人之下，万人之上；论说话的分量，昭鱼最重，前不久新王后的册立，楚王就是依的昭鱼之请。于是，郑袖密托可信之人，求到昭鱼府上。

昭鱼见是郑袖之托，也不敢掉以轻心，因为他知道郑袖在魏美人未到之前的特殊地位。心想，楚王对魏美人的新鲜劲儿一过去，说不定将来又要宠幸郑袖了。于是，昭鱼决定不得罪郑袖。既然她求计于自己，何不顺水推舟，帮她一下，说不定将来有用得到她的地方。

问明了前因后果，昭鱼遂密授了一个锦囊妙计于郑袖所遣之人，教郑袖如此如此，依计做去，必能邀回楚怀王之宠。

却说郑袖得昭鱼密授之计，立即心领神会。从此，她对魏美人殷勤有加，百般奉承巴结，其对魏美人的喜爱，甚至让楚怀王觉得也望尘莫及。不仅衣服玩好，择其所喜而奉之，而且宫室卧具，亦择其善者而供之。楚怀王见之大悦，于是，专门为此召集宫中所有美人，晓谕大家道：

"作为一个妇人，能讨得丈夫欢心的，也只有一个'色'字。而妇人好妒，乃是其本性，不足为怪。而今，郑袖知道寡人喜欢魏美人，她不但不妒忌，反而爱之又甚于寡人，这正是孝子尽孝、忠臣尽忠的表现！是值得大家视为典范与楷模的！"

郑袖见楚怀王已为自己的表面文章所迷惑，并且把自己树为妇人不妒和事君事亲的榜样，觉得时机已经到了。于是，乘机对魏美人说：

"大王非常喜爱您的美色，觉得您什么都好，怎么看怎么顺眼！不过，有一点，却是郑袖不能不提醒您的，就是大王不喜欢您的鼻子。郑袖倒是有一个愚见，今后您见了大王，不妨将您的鼻子遮掩一下。如此一来，相信大王会永远宠幸于您，对您的感情也能长久不衰的。"

魏美人是个新到宫中的新人，她哪里知道宫中的诸多钩心斗角之事，又哪里了解人心的险恶，以为郑袖是善意的提醒，于是每每见到楚怀王就必掩其鼻。

时间一长，楚怀王就有些不解，遂问郑袖道：

"最近一段时间，魏美人只要一见寡人，就连忙手掩其鼻，不知什么原因？"

郑袖马上回答说：

"臣妾知道。"

然而，当楚怀王要她说出来时，她却故意欲言又止，装着不便言说的样子。

于是，楚怀王益发想知道因由，穷追不舍地逼郑袖说出其中的缘故：

"你尽管说，即使再难听的话，今天你也一定要说出来。"

郑袖见楚怀王这样说，于是便假作扭扭捏捏的样子，终于说出了原因：

"魏美人是嫌恶大王身上的气味有些不好闻。"

楚怀王一听，顿然火冒三丈，道：

"这个贱妇！"

于是，盛怒之下，立即令人处魏美人以劓刑，还不许别人说情劝阻。

这之后，被割了鼻子的魏美人自然失宠了，而郑袖则又得宠了。

第十八章　最后的辉煌

1．为燕说齐王

周慎靓王元年（前320）二月，在张仪的促成下，齐、秦结为姻亲之好，齐闵王迎娶了秦惠王之女。

四月，燕易王卒，燕王哙即位。

五月，齐闵王决定趁燕王哙即位未稳之机，向燕国发动突然袭击。

齐闵王之所以有这样的念头，一是因为上次自己要割平邑以邀燕、赵共伐中山，燕易王不肯，结果他想迫使中山国之君放弃王号的计划没有实现，所以有个心结未解；二是燕易王是秦惠王的女婿，原来要考虑秦国强大的武力，现在燕易王已经作古，秦、燕之间的这层翁婿关系也不复存在了。相反，自己现在倒是跟秦惠王攀上了翁婿关系。

苏秦听说齐闵王要趁燕易王新亡，燕王哙立足未稳之机，对燕国发动突然袭击，立即意识到问题的严重性。心想，这齐闵王怎么和他爹宣王是一路货色，总是喜欢在燕国国丧期间偷袭呢？当初，齐宣王趁燕文公新卒，燕易王初立，突袭燕之南境，夺得燕国之城十座。结果自己被燕易王好一顿奚落，好在最后自己凭嘴上功夫，使齐宣王吐出了这吃进去的燕国十城，这样，才重新获得了燕易王的信任。而今，自己处身于齐，是与燕易王有约在先的，是来齐国卧底，行"用间"之计来谋弱齐国的。如果在齐国期间，没有阻止齐闵王伐燕，那谈什么到齐国行"用间"之计呢？现在，不能谋弱齐国，最起码也要保证燕国不受齐国的攻伐啊！

想到此，苏秦决定立即入朝，一定要劝止齐闵王伐燕的计划，即使是暴露目标，也要阻止这场对燕国有致命伤害的战争。否则，就对不起刚刚死去的燕易王，也对不起燕易王之母燕太后对自己的那段感情啊!

好在靖郭君田婴的齐相之职已经被免除,而且还被齐闵王打发到遥远的薛地了,现在朝中已经没有什么有力的人可以左右齐闵王了。所以,齐闵王可以自作主张,要趁燕国国丧期间伐燕。但是,苏秦自信自己可以左右齐闵王。

于是,见了齐闵王,他就直接上题了:

"臣听说,大王想趁燕国国丧无备之时,举兵伐燕,莫非真有此事?"

齐闵王见是苏秦来问,心想,这就不必隐瞒了,因为现在朝中他最信任的人也就是苏秦了。于是,坦然地回答道:

"有。苏卿以为不可吗?"

苏秦见齐闵王这样问,遂立即接过话茬道:

"臣以为不可。"

齐闵王见苏秦说得这样直接而肯定,遂反问道:

"为什么?"

苏秦遂分析道:

"昔日先王袭取燕国南境十城,之所以成功,那是掩其不备,得之偶然罢了!那时,燕、赵、魏、韩、齐五国'合纵'之盟初成,燕文公新卒,燕易王初立,根本想不到齐国会出其不意,对燕国发动袭击。而今,形势已经完全不同了。齐、燕二国现在既然没有'合纵'为亲的盟约在,那大王又怎么可以指望燕国对齐国解除警惕呢?再说了,齐国已有掩燕国不备而袭城的先例在,如今的燕国新主岂能不加意戒备?"

苏秦见齐闵王不吱声,于是,续而说道:

"俗话说:'事可一,不可再。'臣曾经听过这样一个故事,从前有一个宋国人,本来是个非常勤恳朴实的农夫,春耕夏耘,秋收冬藏,虽然辛苦点,却也一家温饱,衣食无忧。然而,突然有一天,他在田里耕作时,发现一只兔子被什么追赶得甚急,一头撞死在他田中的一棵大树上,折颈而死。这个农夫一见,非常高兴,立即上前捡起这个死兔回家了。饱餐了一顿后,这个农夫突发奇想,说:'我何必这样辛苦地耕作呢?不如就舒舒服服地坐在这棵田间大树下,每天守着大树捡一只死兔回家,不是比什么都强吗?'于是,他便从此放下犁耒,而专守在那棵大树之下,一心想着再捡只死兔回家。然而,守了一年,却再也没有捡到第二只死兔。最后,因为田不耕而无获，身冻馁而死，终为宋国人所耻笑。而今，大王欲蹈袭先王旧辙，掩燕丧无备而伐之，这是不是有点类似于那个'守株待兔'的宋国农夫呢？臣所说的'不可'，这是其一。"

齐闵王听了苏秦的上述一番分析，虽然觉得有道理，但听到苏秦把自己比作那个"守株待兔"的宋国农夫，心里还是有点不高兴，于是就不吭气。

苏秦见自己道理讲得这么清楚、浅显，齐闵王竟然不为所动，只好又进一步分析，道出了第二个认为"不可"的理由：

"乘人之危，黎民百姓尚且不肯为之，何况齐是万乘之国，大王是万乘之主呢？臣听说有古训道：'师出必有名。'又听说有这样的话：'得道多助，失道寡助。'今大王举兵向燕，师出无名，不得其道，何能理直而气壮，鼓勇而胜敌呢？臣所说的'不可'这是其二。"

齐闵王一听这话，觉得倒是说得有理，但是他还是忍住没有表态。

苏秦见说到这个地步，齐闵王还没反应，就有些急了。情急之下，遂设譬作比道："记得是去年夏天的一个早上，其时天气大热，臣早起而至后园。园中有大树，郁郁葱葱，感觉甚是清凉。正当臣低首徘徊园中，悠然自得之时，忽听有'吱吱'之声从头顶而下。臣于是急忙循声望去，只见有一只金蝉正昂居高枝茂叶之间，餐风饮露之余，不禁得意地放歌高鸣。臣觉得有趣，遂盯着那蝉看了一会儿。不久，就当臣准备离去之时，忽见有一只螳螂攀枝援叶，已悄无声息地靠近了那蝉，正委身曲附要向那蝉扑去。臣一看，大急，恨不得爬上树去，救下那蝉。然而，还未等臣多想，却又惊奇地发现，就在此时，螳螂的身后早有一只黄雀静候其旁了，它正脖子伸得老长，要去啄那螳螂呢。可是，还未等黄雀张嘴去啄螳螂，耳边就听一声响。臣急忙循声去看，原来不远的树下早有一个少年手持弹弓应声而射出了一粒弹丸。"

齐闵王听到这里，终于点了点头，似乎若有所悟。

苏秦见此，趁热打铁，点明主旨道：

"想当初，吴国恃强凌弱，攻伐齐国，结果被仇敌越国钻了空子，最后强大的吴国反而被原本弱小的越国所灭，由此意外的成就了越王勾践的王霸之业；而今，齐国无故举兵伐燕，大王难道就不怕强秦袭齐于西、大楚击齐于南吗？如果这样，那么齐国岂不重蹈了当年强吴的覆辙，而使秦、楚坐收了渔人之利了吗？这一点，希望大王好好考虑考虑。"

齐闵王一听，觉得这话不假，既然自己可以乘燕之危，那么秦、楚同样可以趁齐、燕生死相搏之时，出兵偷袭齐国。早先吴国伐齐，而弱小的越国乘机伐吴，一举而称霸的历史教训不能不记取啊！

想到此，齐闵王不禁脱口而出：

"好！寡人明白了。"

遂打消了伐燕的念头。

2. 君泪盈，妾泪盈，罗带同心结未成

俗话说："无事光阴速，有事度日难。"

苏秦说服了齐闵王取消了伐燕的计划后，不仅燕国避免了一场灾难，齐国也太平，天下也太平，周慎靓王元年（前320）转眼间就过去了。

周慎靓王二年（前319）二月初，齐都临淄早已呈现出一元复始，万象更新的早春景象。

十五望日，苏秦带着秦三，来到临淄城外的淄水边游春。

望着缓缓向北流去的一江春水，苏秦不禁遥望北方，在心中默默念叨着去年已经死去的燕易王，感念着易王对他的信任与恩遇。此时，他多想回到燕国，祭拜祭拜易王啊！然而，现在不行。因为他与易王生前有个秘密约定，为了燕国的长治久安，他必须装出对燕国绝情的样子，以继续留在齐国行"用间"之计。

看着淄水边的青青垂柳，与岸边无际的嫩绿新草，苏秦不禁遥想到燕都，仿佛看到了蓟城外治水之畔的北国春光。他在内心深处衷心祝福着新主燕王哙，希望哙王继承易王遗志，励精图治，使燕之国祚能够犹若这垂柳、绿草，生生不息，绵绵不绝。

感念燕易王与祝福燕王哙之余，苏秦又情不自禁间想到了燕太后。他想到了与燕太后初会的欢乐良宵，想到了与燕太后忍情诀别的伤感时分；想到了离别四年来，太后青灯孤影、深闺独处的凄清；想到了春光明媚时节，太后园中对花凝神、无限伤感的楚楚怜人之态；想到了秋风起、落叶飘时，太后望落叶而叹韶华易逝的悲

苦之情。

忆往事，历历在目，记忆犹新；叹今朝，天各一方，遥不可及。抚今追昔，苏秦不胜唏嘘、感慨。

人们都说，春天是最易引动男女情怀的时节。的确，自从淄水边游春回来后，苏秦不知为何，总是想到燕太后，而且一想到燕太后，就会有一种情不可遏的冲动，不是陷入沉思，就是显得躁动不安。

就在苏秦沉溺于与燕太后的往日之情的漩涡而不能自拔之时，周慎靓王二年（前319）三月暮春时节，苏秦突然收到了燕使秘密捎来的燕太后的书信。

五年了，已经离别太后五年了。虽然日夜悬想着太后，但为了报答燕文公对他的知遇之恩，为了报答燕易王宽厚待他的特殊之情，也为了燕国、燕王以及燕太后自己的名声，苏秦以极大的隐忍之力，斩断了与燕太后的情思。五年来，他没有给太后捎过一句问候，以表示关切，更没有起念给太后写一封书信，以抒发内心的相思之情。没想到，五年后，太后却专门遣密使给他捎来了书信。这怎能不让他激动呢？

带着急切之情，也带着对燕太后刻骨的相思之念，苏秦迫不及待地阖户垂帻，展读太后之书：

> 下妾不幸，垂髫而孤。及长，幸得燕侯宠爱，进之为后。然天不佑人，燕侯中道而崩。自尔，下妾独守于深宫，凝思于兰殿，玉鉴尘生，凤奁香殄，懒梳蝉鬓，无心缕衣，视春华如不见，聆钟鼓若无闻。自春至夏，由秋到冬，日复一日，年复一年，十载无复欢笑，虽生犹死。

> 自君归燕，下妾幸得一拜清光，自尔死水而起微澜。蒙君不弃，遂得荐梦于兰殿，承欢于秋帐。自尔，长门为君开，柳叶为君画，春燕同宿于画簷，鸳鸯双飞于兰浦。

> 然一旦梦破，劳燕分飞。君走于齐，妾蛰于燕。阴老春回，坐移岁月。倏尔而逝，五载已去。羽伏鳞潜，音问两绝。首春乍寒乍热，切宜保爱。逆旅临淄大都，所见所闻甚多。然幽远之人，摇心左右，企望回辕，度日如岁。感时伤怀，因成小诗，以寄所思。兹外千万珍重。

> 其诗曰：

溪梅坠玉，槛杏吐红。
旧燕初归，暖莺已啭。
对物如旧，感事伤怀。
残花巷陌，犹见双燕。
浓情蜜意，翠羽空传。
风前月下，洒泪何言。
郁郁之意，不能自己。

　　苏秦未及读完燕太后的书信，早已泪流满面，没想到太后对他还是如此痴情，真是难得啊！

　　于是，往事今情一起涌上心头，益发情不可遏，遂遥望北方，裂帛为书，如泣如诉道：

　　臣苏秦拜上太后：臣，乃东周之鄙人也。习‘纵横’术而干诸侯，负书担橐，赢縢履蹻，遍游天下，尽说天下之君，历十余载，黑貂之裘弊，黄金百斤尽，资用乏绝，大困而至燕。无有分寸之功，而先王亲拜之于庙，而礼之于廷也。授臣以燕相，命之为燕使，资以金帛，饰以车驾。游说三载，始得合山东六国而为纵亲。俟‘纵’破约散，臣困而至燕，易王亦委臣以重任，恩遇之厚，无以复加。

　　臣追念先王之深恩，久思报之于易王而不得，又深荷太后之深情。太后，何人也？臣，何人也？太后之深情，臣何德以受之？由是感激，夙夜不安，遂许易王以驱驰，忍情辞太后，潜出燕之都，用间于齐，欲为燕之久安而筹谋。受命五载，臣日夜忧思，恐托付不效，有伤易王之明，以负先王之恩。故虽无时不念太后之情，终不敢函候而致书。

　　自燕至齐，倏忽五载。虽日日轻车骄马，夜夜褖饮笙歌，然旧赏人非，即佳时美景，亦乐少愁多。每至新晴丽天，遥望北国，凭空意远，抚今追昔，不觉黯然自伤。及至清风明月之夜，则移玉柱而伤怀，揽秋帐而寄恨。由是，人怀憔悴，宽却衣罗。

　　岂意太后，忽贻好音。发华缄而思飞，讽丽句而目断。所恨易水波隔，宫闱院深。连梦不及于燕蓟，荐梦尚遥于燕然。然丈夫之志，女子之情，心契魂魄交，视远如近矣。

　　时至暮春，残花深院，最易伤情。伏惟太后无以贱臣为念，对时善育，强自珍摄。犹望天从人愿，神假微机，他日尚可一拜天颜，以慰鄙怀也。

含泪深情抒发了对燕太后的刻骨相思之情后，苏秦仍沉浸于往事的回忆之中，久久不能自已。

良久，他突然醒悟，燕太后的信使还等在堂上呢，遂立即收帛纳于匣中，交与燕太后信使，又予金帛相资，打发他速速往北而报太后。

3．治水长，燕山青，谁知孤臣心

送走了致燕太后的书信，苏秦虽然因抒发了积压内心深处的情愫，而一时心情畅快了不少，但不久，他就发现，燕太后的影子，总是在念中梦中挥之不去，往事旧情总是时时浮现于眼前，萦绕于心间，心情也从此再也无法平静下来，更无法定下心、静下气，以谋长远之计。为此，苏秦陷入了情感与理智的矛盾与折磨之中。

正当苏秦处于情感与理智的矛盾、折磨之中，而倍感痛苦之时，周慎靓王二年（前319）五月初，燕太后的秘密信使又悄然而至。

苏秦一见，以为燕太后这回肯定又是致书，向自己倾诉相思之情的，一时思想更加矛盾，心情更加复杂起来。可是，待他拆书读毕，发现燕太后此书并无一字儿女情长之言，只是告知他燕国最近发生的情况，提醒他注意防备。

于是，苏秦又陷入深深的忧虑之中，他为燕王哙的幼稚而忧，为燕国的前途而虑。

原来，自燕易王过世，燕王哙即位后，田伐、参去疾二人逐渐得宠。这两位在燕易王之时，都是不见宠于燕易王的，因此，他们对于燕易王独宠苏秦早就心怀不满，意有所妒。而今，燕易王已经归天，燕王哙才二十多岁，苏秦又远在齐国，因此，田、参二人遂百般挑拨离间，谗言苏秦。不仅如此，田、参二人还无知地怂恿燕王哙，要苏秦为内应，准备攻伐齐国，以报燕文公时齐国伐权之难、燕易王初立时齐宣王袭取燕国南境十城之仇。他们以为，有苏秦在齐都临淄卧底策应，燕国伐齐是易如反掌之事。

当苏秦从燕太后的书信中，了解到这些背景之后，不禁急得跳脚，连声哀叹。心想，燕王哙怎么这么幼稚、这么糊涂呢？如果燕王哙不信任自己，那么自己为燕国行"用间"之计，就没有人密切配合了。如此，不仅使自己在齐国的"用间"之计容易被齐王识破，自己有生命之忧；而且自己与燕易王约定的谋弱齐国、确保燕国长治久安的长久目标，就不可能实现。如果燕王哙不信任他，而是听信于田、参二人之言，燕国不知天高地厚，贸贸然攻伐齐国，那么无异于以卵击石，最终只能是自取灭亡。

想到此，苏秦只能在心里无奈地感叹着：要是燕文公他老人家在，或是燕易王还在，自己现在就用不着这么烦忧了，大可一心一意在齐行"用间"之计，左右齐闵王，最终实现谋弱齐国的目标。而今，有了田伐、参去疾这两个小人在朝，燕王哙又是如此糊涂，这燕国的前途如何是好？

从堂上走到堂下，从院内走到园中，苏秦越想越烦，越想越觉得这样下去，后果将是不堪设想。抓耳挠腮间，他又瞥见燕太后的书信还在案上，立即来了灵感：何不给燕王哙写封书信？

以前他是从不给燕易王写信的，因为这容易泄露天机。再说，他与燕易王的那种心灵契合，也不必再用言语或文字来表现。但是，而今与燕王哙之间不存在这种默契的心心相印的感情，自己不可能亲自回到燕国向燕王哙解释什么，所以现在只能出此下策，向燕王哙献书陈情了。

想到此，苏秦立即裂帛为书，向燕王哙陈情道：

臣苏秦谨拜上大王：臣闻大王不信于臣，且欲伐齐。

刚写了这一句，苏秦觉得不行，不能这样写。这样，不就等于告诉燕王哙，已经有人告诉了自己有关燕国朝中的情况吗？这样，更加使燕王哙不信于自己，认为自己人在齐国，名义上为燕国行"用间"之计，实则在燕国朝中安插内线，监视燕国朝中的一举一动。如果引起燕王哙这种错觉，那么问题就严重了。即使燕王哙不会想到这些，他也可能会联想到是燕太后为自己通的风，报的信，这样也不好。说不定，他没有燕易王那种明主的容人与遇人的雅量，反而更会反感太后多事，反感自己与太后的这种违反君臣伦常的私情关系，那样问题更复杂了。

想到此，苏秦不禁为如何写这封信而发愁，因为这开头一句就极其难写。

还好，他毕竟是靠嘴巴吃饭的，无论怎么难说的话，他往往总能找到最适当的表达方法。寻思有顷，文思就来了。遂再裂新帛，重书道：

臣苏秦谨拜上大王：自臣与先王有约，潜而出蓟，离燕至齐，倏忽五载。受命以来，感先王之深恩，日夜思欲报之于燕。不幸先王中道而崩，壮志未酬，臣益悲且愧也。所幸大王既立，燕政平治，民乐其业，臣闻而为燕喜，遂食甘其味，寝安其席矣。

然臣离燕日久，无由时时进忠于大王之侧，故亦常怀其忧。犹忆臣离燕往齐之日，亦怀其忧，乃献御书于先王，然后乃行。书曰："臣贵于齐，燕大夫将不信臣；臣贱于齐，燕大夫将轻臣；臣用于齐，燕将多望于臣；齐有不善于燕者，燕将归罪于臣；天下不攻齐，将谓臣善为齐谋；天下攻齐，将与天下共卖臣。臣之所处，乃如累卵也。"先王谓臣曰："吾必不听众口与谗言，吾信君也。君可自为之，上可以得用于齐，次可以得信于齐王，下可以存而活之，终必有所为也。偕妻孥以取信于齐，可也；言于齐王曰'逃燕而之齐'，可也；甚者言'与齐谋燕'，亦可也。期于成事而已。"由是，臣释然而至齐。

臣受命而任齐，夙夜思谋弱齐之计。宣王卒，臣说闵王厚葬以明孝；期年，又说闵王高宫室、大苑囿以明得意，此乃臣破敝强齐而为燕也！逐靖郭君至薛，而专宠于闵王，此亦臣自谋而为燕也！齐、赵之交，或合或离，或美或恶，此亦臣之所为燕也！大王新立，闵王欲袭燕，臣百计谋之而说止，此亦臣之所为燕也！臣居齐及五载，齐兵数出，未尝谋燕。此则臣可以告慰于先王，报之于大王者也。

信而不疑，此先王所以委臣以大事也；忠而不渝，此臣所以忘身于外也。亲贤臣，远小人，此所以恢宏志士之气，成王霸大业之至道也；亲小人，远贤臣，此所以塞忠谏之路，取亡国丧邦之渊源也。

弱齐强燕，保国兴邦，此臣所以报先王，而忠大王之职分也。"期于成事"，乃臣与先王之坚约者也；忠信无疑，乃臣深望于大王者也。大业未成，齐燕路遥，臣不得归燕而拜大王，遥望燕蓟，不胜感伤。裂帛为书，不知所云。

写完给燕王哙的书信，苏秦立即密遣信使，纳书于怀，潜出临淄，急往燕国之都蓟城而去。

4. 再挫公孙衍

就当苏秦在齐、燕之间内外招架，左支右突，日夜忧心之时，周慎靓王三年（前318）三月，公孙衍已经游说了楚、赵、魏、韩、燕五国之王，说服他们重新"合纵"而西抗强秦。

四月初，公孙衍悄然而至临淄，游说齐闵王加入他的"合纵"之盟，共同伐秦。

公孙衍乃枭雄，其游说水平不在苏秦、张仪之下。他当初能做到秦惠王的大良造，打得魏国连连丧师失地；离秦至魏，又游说得魏襄王的信用，任之为魏将；甫任魏将，便说服了齐国名将田盼，骗得齐、魏二国之师，伐破赵国，破了苏秦的山东六国"合纵"之盟；后来因与魏相田需内斗，离魏至韩而为相；接着，他又策划了一个"五国相王"事件，将赵、魏、韩、燕、中山五国拉拢到一起，组成了一个新"合纵"联盟。而今，他竟然又说得楚、赵、魏、韩、燕五国之王，要对秦国发动先发制人的进攻。为了保证西伐秦国有绝对优势，他又来游说齐闵王，要齐国也出兵参与，共击秦之函谷关。虽然齐闵王刚与秦惠王结为姻亲之好，但经不住公孙衍软硬兼施、名诱利惑的游说，结果也答应了参与攻秦。

四月初五，午后苏秦正在府中坐地饮酒，听乐士吹竽。忽然门客公孙闬急急来报，说公孙衍已经来游说了齐闵王，齐闵王也已经答应了公孙衍，齐国准备派兵参与楚、赵、魏、韩、燕等国共同伐秦、叩打函谷关的行动。

苏秦一听，不禁惊翻了酒盏，忙罢乐而起。忙不及履，冠不及正，就欲起身而入朝。幸得公孙闬提醒，苏秦才想起，应该衣冠整齐，才能入朝面王。

苏秦为什么一听公孙衍说服了齐闵王，答应与其他五国共同伐秦而感到如此紧张呢？这并不是因为苏秦对秦国有感情，当初自己组织山东六国"合纵"，对付的就是秦国。而今，他之所以反对齐国参与山东五国共同伐秦的行动，自有自己的小九九和不可告人的目的。

一来从感情上说，他不愿意公孙衍合六国伐秦的计划成功。因为正是公孙衍当初破了自己千辛万苦组织起来的山东六国"合纵"之盟，使自己"合诸侯，安天下"的理想破灭，打破了东西平衡、天下安定的难得局面，使诸侯各国重新回复到了从前互相攻伐的混乱局面之中，天下黎庶又遭涂炭。不仅如此，也因为自己的"合纵"之盟被公孙衍所破，从此自己六国之相也没得做了。如果不是幸得燕易王收留，恐怕自己的生存也成了问题。因此，于公，于私，他在感情上都不能容忍公孙衍组织山东六国"合纵"伐秦成功。

二来从自己目前的任务来说，也不允许公孙衍的伐秦计划成功。自己来齐国的目的是行"用间"之计，要谋弱齐国以强燕，保证燕国的长治久安。如果齐国参与了公孙衍的合山东六国共同伐秦的计划，成功的机会很大。如果成功了，秦国就弱了，齐、楚就变成了天下最强的二国。而齐国强，则必然要称霸。燕为齐邻，齐又有屡次伐燕的历史，这必然使燕之处境危如累卵。而齐国不参加公孙衍组织的山东各国共同击秦的计划，伐秦取胜的机会就很小。这样，齐国就会因为秦国的继续强大，而不得称霸于天下，对燕国就不能构成更大的威胁。

苏秦怀着自己的目的，入朝而见齐闵王，但齐闵王并不知道苏秦心里的小九九。

齐闵王见苏秦突然来见，觉得有些意外，因为此时并不是上朝理政之时。于是，就先开口问道：

"苏卿为什么现在来见寡人？"

苏秦见问，也不想转弯抹角了，遂答道：

"臣听说，大王要听魏人犀首之计，合五国而共叩函谷关，不知是真是假？"

齐闵王见苏秦问得如此直接，便也非常直接地回答说：

"一点不假。"

苏秦见齐闵王并不想对自己有所隐瞒，倒有真诚相待之意。遂直接上题道：

"臣以为，大王的这个决策并不恰当。"

齐闵王一听苏秦说得如此直接，批评得如此直言不讳，不仅不生气，反而更有兴趣。因为他相信苏秦的智慧与见识，遂诚恳地说：
"不妨细细说来，寡人愿闻其详。"

苏秦见齐闵王有兴趣听自己解释原因，遂接口便道：

"臣听说先贤有这样的话：'用兵而喜为天下之先，则其国必忧；约盟而喜招天下之怨，则其国必孤。'臣以为，知权变，善藉力，然后而动，则必能后发制人；审其时，度其势，然后而起，则必能远仇避怨。自古及今，凡是圣主贤君，其处事为政，多能知变藉力，乘时而起。历史的事实证明，只有知权善藉，才能最终成就大事；只有审时度势，才能建万世不移之功。相反，不知权藉，昧于时势，那是很少能成事的！"

齐闵王一听，立即明白苏秦这话的意思，他是说齐国不要先挑起战端，对秦国宣战，更不要因为与山东五国结盟而构怨于秦。齐国大可先坐观五国与秦国之战，然后审时度势，借力使力，根据变化的形势再出手，从而达到后发制人的目的。于是，齐闵王会心地点点头。

苏秦见齐闵王点头，知道他明白了自己所说的意思。于是，进一步阐发道：

"干将、莫邪，虽是天下名剑，如果不借之于人力，那是连割布刺地也不能；少府、时力，虽是坚箭利矢，如果不借弦机之助，那是连燕雀也是射不到的。因此，剑是否利剑，矢是否好矢，其实不在剑矢本身，而在是否有'权藉'。"

顿了顿，苏秦又举例道：

"为什么这么说呢？想当初，赵国奔袭卫国，车不停，人不休，长驱直入，逼于卫都之门，并筑城于刚平。当其时，卫都有十门，八门为赵师所塞，二门为赵师所堕，卫国可谓是到了亡国的边缘。卫君无奈，蓬头垢面，跣足而逃，急急求告于魏王。魏王闻之，不禁义愤填膺，遂亲自披甲砺剑，挑赵索战。为此，赵都邯郸为之震动，河、关之间为之大乱。卫国得此'权藉'，也乘机收拾余甲败兵，向北对赵国发起了反攻，最终不仅攻破了赵师驻扎的刚平之城，还堕了赵国的中牟之郭。卫国并不强于赵国，为什么最后却能战胜强大的赵国呢？没有别的原因，主要是卫国善于借魏国之力，审时度势，适时而起。如果我们打个比方，那么卫国就好比是矢，而魏国则好比是弦机。卫国是因为知魏、赵之战之'变'，并巧妙地借力于魏，才最终有了河东之地。"

这段历史，齐闵王知道，听苏秦说到此，便点头表示赞同。

"赵国大败，赵王遂告急于楚。楚人救赵而伐魏，兵出于梁门，军舍于林中，马饮于大河，与魏师战于州城之西。赵国得此'权藉'，遂收拾残兵剩勇，挥师西进，奔袭魏国河北，最终烧棘蒲，隳黄城，打得魏国丧师失地，一败涂地。"

这段历史，齐闵王也清楚，于是，他又点点头。

苏秦见此，遂总结说：

"刚平之残，中牟之陷，黄城之隳，棘蒲之烧，都不是赵、魏二国所愿意看到的局面。然而，赵、魏当时却全力而为，这是为什么呢？没有别的原因，那是二国不知'权藉'，昧于时势的缘故。卫、赵二国初时处于劣势，后来却能转败为胜，这又是为什么呢？没有别的原因，那是因为卫君、赵王明察时势，善为'权藉'的结果。而今，诸侯各国之君治国为政，则不然。"

"那么，依苏卿之见，当今天下之君治国为政，究竟都有哪些弊端呢？"

苏秦见齐闵王相问，遂自然而然地接口道：

"兵弱而好敌强，国疲而好众怨，事败而不自省；兵弱而憎下人，地狭而好敌大，事败而好多诈，这就是当今诸侯之君治国为政最大的六个弊端。有此六者，还想谋求王霸之业，岂不是如同痴人说梦？"

齐闵王听到此，点了点头，说道：

"寡人明白了。"

因为苏秦上面所的这些历史典故，就是周安王十九年（前383）和二十一年（前381）的事情，都不过是六十多年前的事罢了。

苏秦见齐闵王又是点头，又明确告诉自己上面所说的，他都知道。于是，就引申发挥道：

"臣听说前贤有言：'善为国者，顺民之意，而料兵之所能，然后纵横于天下。'当今之世，天下纷争不已，诸侯之间结盟战伐，都是正常之事。不过，臣以为，这其间应该坚持一个基本的原则，那就是：'结盟不为人主怨，战伐不为人挫强。'"

"这话怎么讲？"齐闵王问道。

"这话的意思，说得直接点，就是与他国结盟联合不妨，但不要做盟主，充当冤大头；与他国战伐也免不了，但千万别替别人打先锋，为他人去挫强敌之锐气。"

"这话说得有理！"齐闵王不禁脱口而出。

"只有这样，才能兵不费，威不轻，地可广，欲可成，永远立于常胜不败之地。"

至此，齐闵王终于彻底明白了，苏秦这是在教他不必强出头，不必与山东五国结盟，而构怨于强秦，也不必出兵为他人先挫其强敌，大可坐观他人之斗，待其两弊之时而收其两利。心想，苏秦真不愧是"天下第一士"也！

正当齐闵王在心底感佩苏秦的谋略时，苏秦又说道：

"对于强大者来说，其祸常起于横行霸道，一切都想凌驾于他人之上；对于弱小者来说，其祸则常起于贪图小利，一切都局限于眼前而不顾长远。如此这般，其结果必然是大国危，小国灭。臣以为，像齐国这样的天下大国，为了长远之计，不如韬光养晦，暂时按兵不动，静观天下之变，然后再审时度势，乘机而起。如此，则必能后发制人，一举而成王霸之业。"

听到此，齐闵王立即反问道：

"为什么不能先发制人，而一定要后发制人呢？"

"大王有所不知，当今天下之争，诸侯各国的目的其实非常明确，就是为了多割他国之地。但是，自古以来，战伐之事都是要重视'师出有名'的。如果'师出无名'，那就是违反了天道人心，被人视为'不义之战'。而'不义之战'，那就必然'失道寡助'，最终是要失败的。相反，如果对于天下纷争，齐国采取静观其变的策略，等到大家打得精疲力竭、两败俱伤的时候，齐国再以讨伐'不义'为号召，审时度势，乘势而起，来个后发制人，那么必然能够争取到更多的盟国，合众强而敌诸弱，战无不胜。如此，最终必能不塞天下之心，不违诸侯之意，就可名号不攘而至，王霸之业不求而自成。"

"有道理！"齐闵王情不自禁地点头称赞道。

苏秦见此，又说了下去：

"至于小国，臣以为，最现实可靠的策略，不如清静无为，慎约诸侯。为什么这么说呢？因为'清静无为'，他国四邻不会感到不安，自然也就不会惹祸上身，国内也就能安定；'慎约诸侯'，就是不与他国结盟，参与天下纷争。能够置身事外，与他国没有利害冲突，自然不为天下诸侯所出卖。外不为他人所卖，内不为民众所怨，自然也就无祸而平安了。这样，即使是弱小如鲁、卫等国，即使是无为而治之君，也是完全有可能使国家达到'粟积朽腐，而用之不竭；币帛朽蠹，而服之不尽'的境界。如果小国之君能够明白臣的这层意思，那么必然是福不祷而自至，富不求而自来。"

虽然齐闵王不是小国之君，但对苏秦的这番话仍然非常赞同。于是，深深地点了点头。

苏秦见了，心里非常高兴，顿了顿，遂又接着道：

"先贤有言：'行仁者王，立义者霸，用兵穷武者亡。'臣以为，这是千古不易的良言。为什么这么说呢？我们不妨回顾一下历史。想当初，吴国可算得上是天下之霸了，吴王夫差更是自况为天下雄主。然而，吴王夫差不思'行仁'、'立义'，却自恃强大，以'用兵穷武'而为天下先，袭楚伐越，身率诸侯之君，不可一世。但是，最后又怎么样呢？不还是身死国亡，而为天下人所耻笑吗？吴国吴王有如此的结局，原因何在呢？臣以为，没有别的原因，就是因为吴王恃强而谋霸，'强大而喜为天下先'惹的祸！"

齐闵王听了，又深深地点了点头。

于是苏秦又说了下去：

"想当初，莱、莒、陈、蔡，都是弹丸小国，可是这四国之君却不是好谋，就是好诈，不知'清静无为，慎约诸侯'的道理，结果莒自恃有晋而灭，蔡结盟于越而亡。为什么会有这种结果呢？这都是因为内尚谋诈、外信诸侯之祸，是'约盟而喜招天下之怨'所结的恶果。由此可见，一个国家的强与弱、大与小，不是兴亡的主要因素，而是在于为政治国者是否善于'行仁'、'立义'，尽力避免'用兵穷武'之祸。这一点，在臣上面所说的历史事实中都有彰显。"

因为苏秦所说的这些典故，都是一二百年前的事，齐闵王多所熟悉，故而苏秦重提旧事，齐闵王也就特别能听得进去。于是，再次频频点头表示认同。

苏秦深受鼓舞，又说道：

"记得齐国有这样一句俗谚：'麒骥之衰也，驽马先之；孟贲之倦也，女子胜之。'大王也知道，驽马的筋力不会胜过麒骥，女子的骨劲不会超过孟贲。可是，有时候，驽马却跑到了麒骥的前面，弱女子也会摔倒大力士孟贲。这又是为什么呢？没有别的原因，那是因为'后起之藉'的缘故。"

齐闵王一听苏秦所引述的这句俗语，不仅觉得非常耳熟，而且听来亲切。心想，确是这个理儿！即使是日行千里的骏马，也有精力疲衰之时，如果驽马此时起而与之并驱，则必超越千里马；勇力过人，即如古之孟贲其人者，也有精疲力竭之时，如果弱女子此时起而与之相搏，即使是孟贲，亦可胜之。至于苏秦由这个引语引申而出的"后起之藉"论，齐闵王更是打心眼里佩服其精辟、深刻，遂不禁三额其首。

苏秦见齐闵王频频点头，知道他已赞同自己的"后起之藉"论，认同他所提出的后发制人的观点。于是，又进一步予以发挥道：

"今天下诸侯相攻，必然有胜有负，不会一战而同归于尽，有亡者，亦有存者。臣以为，在此天下纷争不已之时，如果有大国明君沉着冷静，先按兵不动，等到各国互相混战，两败俱伤之时，乘机而起，借力于人，以'诛不正'相号召，隐其用兵之情，托以天下大义，后发制人，那么他的王霸之业必指日可成。处当今之世，只要明察诸侯之事，善用地形之利，即使是不立誓结盟，不交互质子，其同盟关系也能坚不可摧；只要'行仁'、'立义'，顺天应人，即使不动一兵一卒，也能众国相事，而无反复，割地效实，而不相憎。大王也知道，而今是周天子式微，诸侯列强尾大不掉的时代，因此各个诸侯国为了自身的利益，'合纵'、'连横'而行战伐之事，不可避免。但是，我们齐国要想在此列强争雄的时代立于不败之地，臣以为，应该坚持这样两个原则：一是'约于同形'，二是'审时后起'。"

"那么，为什么要坚持这两个原则呢？"齐闵王立即接口问道。

"'约于同形'，才能利长利远；'审时后起'，才能积蓄力量，后发制人，使天下诸侯为我所驱使。"

齐闵王一听，心想，苏秦这两个原则概括得真好，国家之间只有形势上共遭忧患，用兵利害关系一致时，才能不约盟、不质子，而其盟自坚。与形势和利益关系一致的诸侯国结盟，审时度势而后发制人，才能使诸侯归附，为我所用。

于是，齐闵王不禁脱口而出：

"苏卿之论，可谓精辟之至！"

苏秦见齐闵王这样说，深受鼓舞，又说道：

"自古及今，凡是贤主明君，大多明白这样一个道理：要想成王霸之业，切不可以战攻为先。为什么呢？因为战伐之事一起，必然会伤国劳民，必然会耗折都、县之财。而伤国、劳民、耗财，则必激起民怨，国内就难以安定。如此，还想称霸天下、臣服诸侯，恐怕是难于上天吧。还有一层，大王也是可以想到的，这就是战伐之害。一旦战伐起，为了应付战争之需，士民都要捐出私财以供军事，老少妇幼都要节制饮食以待死士，大夫折其辕而为战时之炊，农夫杀其牛而为士卒觞，如此等等，岂非劳民伤国之极？战伐之前，通都、小县乃至有市之邑，都要停下工商农耕之事，而为战伐之事准备。如此作为，岂非掏虚国家之举？战伐之后，纵然取胜有功，但是将帅半折，战死之卒尸积如山，死者家属哭泣之声震天，难道做国主的就不伤心吗？还有，一战下来，对于国家来说，国库之财常常为之耗尽。如此，做国君的难道就不为国家今后的发展而忧虑吗？而对于家中有子参战的民众来说，如果儿子战死了，他们必须破家而葬；如果儿子受伤了，他们就要空财而供药。由此可见，战攻之事，纵然取胜有功，不论是就国家财力所费而言，还是就将士的死伤来看，都是得不偿失的。"

听到苏秦说到战争之费，齐闵王立即想起以前齐将孙武曾有言道："凡兴师十万，出征千里，百姓之费，公家之奉，日费千金。内外骚动，怠于道路，不得操事者七十万家。"于是，会心地频频点头。

苏秦抬眼看了看齐闵王，见其点头赞同，遂再申其言道：

"其实，做国君的，如果不是视而不见，充耳不闻，那么他一定会算这样的一笔战争之账：千乘之国之间，如果发生一场战争，那么国之所费，常常是老百姓十年田耕也不能抵偿的。至于军需上的损耗，如矛戟之折，镮弦之绝，弓弩之失，战车之损，骏马之伤，箭矢之损，那就更是不计其数了。这些折损的甲兵之具，或者是官家所出，或者是士大夫所藏，或者是厮徒杂役所有，其价值如果要折算起来，恐怕也不是老百姓十年田耕所能抵偿的。一国有此两笔巨大的费用开支，却还想着要称霸天下、臣服诸侯，大王您想想看，这有可能吗？"

顿了顿，苏秦又说道：

"上面臣说的，还是指短期之战。如果是旷日持久的长期战争，那么对国力的消耗，更是可想而知了。比方说，为了应付长期战争，保证军需之用，蔽甲之缮理，戈矛之锻造，战马之饲养，不仅要动员全国的人力，还要耗尽全国的财力。如果是穿穴攻城之战，不仅穿穴之士要为之精疲力竭，国家为此耗费的财力就更为惊人了。为什么呢？因为破人之国、毁人之城，那是战争中最残酷的阶段，敌方必定是要抵死相拼的。正因为如此，即使是将不解甲，士不卸鞍，一年之内能够拔城破敌的，那也是很难得的了。此外，还有一层，也是不可回避的，这就是围攻敌国之城时间一久，将帅必然倦于管教士卒，而士卒必然由此变得骄横急躁。试想，以这样的将帅与士卒，以这样的士气，要想连拔敌国三城，最终克敌制胜，恐怕不那么容易吧。因此，古人有言：'战攻者，非贤主明君之所先也。'"

齐闵王听到此，又点点头。

苏秦又接着道：

"为什么这样说呢？我们不妨再回顾一下历史。昔日智伯瑶攻范、中行氏，杀其君，灭其国，吞并二国后还觉得不满足，于是又西围赵国晋阳，这在历史上也可算得上是'用兵之盛'了。但是，后来怎么样呢？智伯瑶不还是落得个身死国亡，而为天下笑的结局吗？这又是为什么呢？臣以为，没有别的原因，都是因为智伯瑶穷兵先战，伐灭范、中行之祸。还有昔日的中山国之君，也是如此。想当初，他倾起国中之兵，迎战燕、赵之师，南战于房子而败赵氏，北战于中山而克燕军，屠城杀将，不可一世。中山国只是一个千乘之国，却能一举而胜燕、赵两个万乘之国，而且是两战两胜，这在古今军事史上算得上是'用兵之上节'了吧。可是，结果又怎么样呢？中山君最终不还是落得个国破家亡，折节屈尊，反做了齐王之臣吗？这又是为什么呢？臣以为，这也没有别的原因，都是缘于中山君事先没有对战攻之祸有足够的认识。因此，由历史的经验来看，战攻实乃破国亡国的根源所在；轻启战端，必然会恶果自食。"

顿了顿，苏秦见齐闵王专注地倾听着，于是，再申述其言道：

"当今之世，诸侯各国中所谓的善于用兵者，其实不过是些穷兵黩武、赌命比胜之徒。他们以为，守护城池，能够抵死相拼，使敌人不能攻拔，使一国得以保全，就是天下最好的了。其实，这并非国家之利、人民之福。为什么这么说呢？臣听前贤说过这样的话：'战大胜者，其士多死，而兵益弱；守而不可拔者，其百姓疲，而城郭坏。士死于外，民残于内，而城郭坏于境，则非王之乐也。'也就是说，死战死守，最后只能是鱼死网破，大家同归于尽，对于战争的双方都没有任何好处。这个道理虽然简单，但是今世之人，却很少有人明白。相反，当今天下诸侯，无论大国小国，许多做国君的都是喜欢舞刀弄剑、弯弓而射，自以为尚武可以强国，征战可以兴邦。其实，这是大错特错！因为这样既不是国家之幸，也不是万民之福。如果大家始终不能认识到'穷兵黩武、赌命比胜'的弊端，那么诸侯各国只能永远是互相为仇，天下将永远不得安宁。"

齐闵王见苏秦雄辩滔滔如此，不禁为之折服。于是，一边听苏秦说，一边点头。

苏秦见此，深受鼓舞，遂又继续道：

"劳顿士卒，困乏国家，而广与诸侯各国结怨为仇，这是贤主所不取的；自恃强大，不恤民生疾苦，用兵不知节制，终使师弱民贫，这是明君所不为的。臣以为，如果真是贤主明君，他治国为政，肯定能够体恤民情，轻徭薄赋，节用而爱人；如果真是贤主明君，即使他按兵不动，天下诸侯也会望风而从；如果真是贤主明君，即使他甲兵不出、戈矛不施，也能不战而屈人之国，不伐而降人边城，士民不知而霸业自成。"

苏秦再抬眼看看齐闵王，见其不断颔首拈须，遂作最后的总结：

"臣记得古之圣贤有言：'攻战之道，非兵者。敌有百万之军，我谋之于堂，彼自败也；敌有阖闾、吴起之将，我谋之于堂，彼亦必为我所擒也。'因此，自古以来，真正善于攻战的，往往是千丈之城，拔之于樽俎之间；万丈之塞，破之于衽席之上。如此，则钟、鼓、竽、瑟之音不绝，而地可广，欲可成；和乐、倡优、侏儒之笑不乏，而诸侯万国来朝。因此，真正的明主贤君都会明白这样一个道理：'名配天地不为尊，利擅海内不为厚。'善于为王者，他能劳天下而自逸，乱天下而自安。逸治在我，劳乱在天下，这才是王者之道。若敌有锐兵来，则以将拒之；天下祸患至，则巧为转移之；诸侯算计于我，则以奇谋以破之。如此，国家何来之忧？"

齐闵王听到此，彻底明白了苏秦的意思，并打心眼里佩服苏秦所说的"劳天下而自逸，乱天下而自安"之谋，遂断然地说：

"好！寡人明白了。"

于是，齐闵王立即决定，取消参加公孙衍所组织的六国共同伐秦的计划，按兵不动，坐观五国与强秦相搏，待其两败俱伤时，趁之而后起，一举收拾天下残局。

5. 遗计擒真凶

周慎靓王三年（前318）八月中旬，正是秋高马肥之时，也是用兵作战的最佳时机。

按照公孙衍事先与山东六国之王的约定，楚国之兵已陈于秦、楚交界的东南重要关隘——武关之下，魏、赵、韩、燕四国之兵，也陆续按约如期到达秦、魏交界的险隘——函谷关前，可是左等右等，就是不见重要的盟国齐国军队的出现。

不久，公孙衍就获悉齐闵王已经变卦，不参加五国伐秦的行动了。公孙衍以为，可能是因为秦、齐刚刚结姻亲之好之故。其实，他哪里知道，根本不是这么回事。真正的原因是苏秦以"后起之藉"与"劳天下而自逸，乱天下而自安"之说，游说了齐闵王，齐闵王才改变了主意。齐闵王是大国之王，他才不会把与秦惠王结为翁婿关系当回事呢！众所周知，诸侯之间联姻，都是一种外交上的权宜之计，根本没有什么真正的亲情可言。国家利益至上，这是任何做君王的都知道的，齐闵王当然更是明白此理的。

公孙衍见齐闵王已经变卦，没了齐国这支最为重要的力量，心里就有些打鼓了。但是，此时魏、赵、韩、燕四国大兵已到，他也是骑虎难下了。于是，只好按原计划向秦国发动了进攻。

因为魏国与秦国交界，如果伐秦成功，魏国将可以趁此收复河西失地，得益将是最大。因此，魏国就担任了此次伐秦的先锋，与秦师的作战也是最勇敢、积极的。很快，四国之师就攻到了秦国的函谷关，秦都咸阳为之震动。可是，四国之兵到了函谷关下，由于秦师的拼死抵抗，终而久久不能攻入关内。于是，四国之师只好与秦师相持于函谷关前，战争毫无进展。

到了十一月底，由于攻秦三月而无功，加上天气转冷，集结于函谷关之下的四国之师，军心开始动摇。尤其是赵、韩、燕三国军队，更有撤退之意。因为这三国都有一种共同的想法，就是认为此次伐秦，对自己国家并无多少好处，如果成功，他们并不能割地于秦。正因为四国各打自己的主意，不能同心同德，一心一意，再加上担任"纵约长"的楚国，其军队在武关之下根本是按兵不动。这样，秦国就趁机利用了五国之间的矛盾，于十一月底开始，抽调主力之师，出函谷关而向四国之师发起了反攻。结果，赵、韩、燕之师都退却，不肯死战，只有魏师拼死相争。最后，魏师深受重创。

魏襄王见此，知道情况不妙了，这样下去魏国要被灭亡的。于是，在战争还在进行之时，就急急派惠施至楚，请求"纵约长"楚怀王同意与秦媾和。

楚怀王本来就不怎么想与秦对抗，只是因为被公孙衍撺掇，又让自己当上了"纵约长"，所以只好参与伐秦。但是，他心里觉得不踏实，怕得罪秦国，最后楚国吃亏。因为楚国与秦交界，秦师出武关而下，就对楚国有很大的威胁。所以，楚怀王虽然出兵，虽然亲任五国伐秦的"纵约长"，却陈兵于武关之前而不动，坐观魏、赵、韩、燕四国之师在函谷关下与秦师搏杀。现在，看见四国已经不敌秦师，魏国危急了，担心接下来秦师就要出武关对付自己了，于是，就同意媾和，准备派大将军昭阳护送惠施至秦讲和。

就在这时，楚臣杜赫闻知，忙向楚国上柱国、上执珪、大将军昭阳进谏道：

"率领诸侯各国伐秦的是楚国，如今惠施以魏王之使的名分而来，将军您护送他到秦讲和，这不是明明白白地告诉秦国：率诸侯伐秦的是楚国，而息兵与秦媾和的是魏国吗？杜赫以为，为楚国的利益考虑，将军不如不听惠施之求，自己暗中遣使至秦请和。这样，秦国一定会感恩戴德于楚，岂不是上策？"

昭阳一听，觉得有理，是啊，如果自己派人护送惠施至秦讲和，结果就造成了秦惠王一个错觉，以为伐秦是楚之意，和秦是魏之意，这不是让魏国做了好人，而楚国做了恶人了吗？

于是，昭阳就托辞对惠施说：

"此次率领诸侯各国之师攻秦，并出力最多的，是魏国。而今，您以楚国的名义入秦讲和，这不是让楚得其利，而魏受其怨吗？昭阳以为，不如您先回去，楚国派人以魏王的名义去跟秦国讲和，这样可能对魏国更有利。"

惠施见昭阳这样说，觉得也有道理。于是，惠施就急急赶回了魏国。这时，已经是十二月中旬，因为天寒之故，战争已经自然结束了。

惠施回到大梁，禀报了入楚要求媾和的情况，襄王大为不悦。认为楚国不讲信义，自己为"纵约长"，却陈兵于武关不动。如果楚国之师在武关向秦师发动进攻，就能极大地牵制秦师，魏国就可以率赵、韩、燕三国之师，打败函谷关下的秦师，并攻入关中。如今只有魏国军队拼死对抗秦师，受损最大，楚王既不援魏而与秦作战，又不让自己与秦媾和，这不是要魏国灭亡吗？于是，就想报复楚国，准备与秦、齐"连横"，对付楚国。

楚怀王没想到魏襄王会来这一招，急得如同热锅上的蚂蚁一样团团转。

这时，原来出主意的杜赫也有些慌了，遂又想出了另一个主意，急忙向楚怀王献计道：

"五国共约伐秦，魏为楚冲锋陷阵在前，损兵折将，国家危在旦夕，而今告困于楚，而楚不听；想要媾和于秦，而楚又不准。为此，魏王心有怨恨，这也是其情可鉴。听说魏王现在准备折节而朝齐、秦，如果这样，那么楚国就危险了。因为楚东有越国之累，北结魏国之怨，而与齐、秦二国之交又未定，看来楚国已到孤立无援的境地。因此，臣以为，大王不如速允魏王之请，与秦国媾和吧。"

楚怀王觉得事到如今，也只有这样了，因为确实是自己理亏。于是，立即派人火速赶到魏都大梁，安慰魏襄王，同意与秦媾和。

这样，从八月到十二月中旬，楚、魏、赵、韩、燕五国共同伐秦，忙乎了近五个月，结果无功而散，魏国还因此而大受损失。最终以五国集团向秦讲和而收场，公孙衍搞得灰头土脸，五国搞得劳民伤财，师疲马倦，国力大衰，百姓怨声载道。

而这一切，却让坐观一旁的苏秦与齐闵王，看得心里乐开了花。但是，苏秦与齐闵王之乐，那是不相同的。苏秦乐的是，破了公孙衍的"合纵"伐秦之局，报了以前他破了自己六国"合纵"而安天下的和平之局的深仇大恨，同时能借此让齐闵王更信任自己。齐闵王乐的是，幸亏听了苏秦的建议，齐国没有一兵一卒之折，一分一毫之费，而楚、魏、韩、赵、燕五国，却都因伐秦或大败，或大困。如今这结局，不正是如苏秦当初所说的那样："劳天下而自逸，乱天下而自安"吗？

由此，齐闵王更是打心眼里佩服苏秦的先见之明。于是，对苏秦更是宠信有加，常常是入则同朝，出则同车，就差一点没同榻共妻了。

俗话说，妒忌之心，人皆有之。苏秦如此被齐闵王所宠信，自然引起了一些齐国大臣的不满。其中，有田楚者，乃齐王宗室之亲，前此与靖郭君田婴交好，也是齐威王时的红人与宠臣。到齐宣王当政时，宣王与靖郭君不善，田婴虽不那么受宠，但仍是齐国之相，所以田楚还是朝中要人。可是，自从齐闵王即位以后，特别是闵王封靖郭君田婴为薛公，靖郭君田婴、田文父子均被排挤出都后，苏秦就逐渐一人专宠了，而田楚就更没有在朝中的立足之地了。

看着苏秦被诸侯各国视为"天下无信人"，却以一个客卿身份得到齐闵王如此重用、宠信，在朝中呼风唤雨，田楚不禁由妒而恨。苦思很久，终究也寻思不出一个好办法赶走苏秦，从而取而代之。

十二月二十一日，田楚独自处室，坐地愁闷独酌。突然，他的一个门客赵铗来见。

田楚见赵铗来见，遂邀他同饮，以借酒浇愁。杯来盏去之间，田楚情不自禁地向赵铗说出了自己心中的苦闷。

赵铗一听，微微一笑，道：

"这等小事，大人何用这样愁眉不展，郁郁不欢？"

田楚一听赵铗说这是小事，遂忙问道：

"难道您有什么妙计良策吗？"

赵铗见问，遂附耳而向田楚道：

"何不招死士以刺之？这样，岂不一了百了了吗？"

田楚一听，顿时茅塞顿开。心想，这倒是一个干净利落的办法。于是，立即决定由赵铗负责此事。

赵铗本来就是一个从小浪荡江湖的混混，狐朋狗友，打铁的，屠狗的，卖拳的，偷鸡摸狗的，三教九流，什么人都有。他之所以要攀上田楚，而为其门客，就是要寄食于田府，白吃白喝。受命于田楚后，赵铗立即找到三个死士，交代了如何如何之后，就准备行动了。

十二月二十五，苏秦在朝中与齐闵王相与盘桓了一日。日暮时分，方策马往归府第。赵铗指派的刺客，已经秘密跟踪苏秦好几天了，苦于找不到下手的机会。今天见苏秦日暮方回，正是下手的好机会。于是，三个死士一拥而上，飞身上了苏秦急驶的马车，苏秦还没反应过来，早已被其刺了八刀，倒在了血泊之中。好在这八刀虽然刺得很深，却没有触及心脏，因此苏秦没有当场死亡。

车夫先是一惊一愣，接着立即快马加鞭，将苏秦载回了府中。

苏秦回府，一面派人急报齐王，一面派人请来各路医者，止血上药。

　　却说齐闵王晚上闻知苏秦被人刺杀，立即连夜传令全城搜讨刺客。一夜之间，悬赏通缉之令，就悬满大街小巷，以及城门、关卡要道。

　　可是三天过去了，没有任何刺客的踪迹。到了十二月二十九，苏秦熬过三天，眼看快不行了，连忙派人通知齐闵王。齐闵王一听，立即起驾而至苏秦府上，亲探苏秦。

　　齐闵王看着奄奄一息、命悬一丝的苏秦，不禁悲从中来，两滴热泪就滚落到了腮边。

　　苏秦见此，忙握住齐闵王的手道：

　　"臣有今日的荣宠地位，都是托赖大王的信任与深恩。大王于臣，可谓恩比天高，情比海深！可惜臣命薄福浅，遭此不测，将不久于人世，无法报大王厚恩之万一。臣死后，恳请大王车裂臣尸，并遍告于国中之人说：'苏秦为燕作乱于齐'。如此，那个刺臣之贼一定能够不求自出，刺臣的真相也能大白于天下。"

　　说完，苏秦就合上了眼睛，再也没有能够回看一眼齐闵王了。

　　齐闵王悲伤了一会儿，回宫后，立即遵苏秦之言，将苏秦之尸车裂于市，并示众说："苏秦为燕作乱于齐，有如苏秦者必如此。"

　　却说田楚听说苏秦被齐闵王车裂于市，并悬尸示众，这才知道，原来苏秦是个卧底于齐的燕国奸细。心想，如此，则自己派人刺杀苏秦，就不是有罪的问题，而是有功于齐了，说不定齐闵王马上就可以重任于自己了。

　　于是，田楚立即入朝觐见齐闵王，自报其功，细述了自己如何策划刺杀苏秦的经过。

　　齐闵王一听，果如苏秦所言，不禁从心底更是佩服苏秦的智慧了，遂拘杀田楚及赵铗等刺客主从人犯。

尾 声

周慎靓王四年（前317）一月二十五，燕王哙正处理完朝政要回后宫休息，突然有一人慌慌张张地闯入燕王大殿，门禁官挡都挡不住。

"你是何人，怎敢擅闯王宫？"燕王哙看着被门禁官追着而来的那人厉声呵斥道。

"大王，臣是先王派往齐国的密使啊！"那人上气不接下气地回答着，同时还急忙从怀中掏出了燕易王的令信牌。

燕王哙一见，这才如梦方醒。于是，连忙挥退门禁官，对那密使问道：

"你为什么跑得这么急？是不是有什么重要情报？"

"大王说得对，正是。"

"什么情报？"

"苏秦苏相死了。"

"怎么死的？"燕王哙不禁吃惊得瞪大了眼睛。

"是被齐王之臣派人刺杀的。"

"为什么？"

"都是因为苏相太得宠于齐王了，齐王之臣田楚由妒而恨，遂收买死士刺杀了苏相。"

"那么，齐王怎么发落田楚呢？"

"开始齐王并不知道是田楚指使人干的。是苏相临死前给齐王设了一计，才使刺客身份浮出了水面，并由此知道了事情的真相。"

"苏相为齐王设了什么计呢？"燕王哙又急切地问道。

"苏相被刺身亡前，齐王亲自到苏府探视，苏相就跟齐王说：'臣死后，请求大王车裂臣的尸体，并遍告国中之人说：苏秦为燕作乱于齐。那个刺客就会不求而自出了。'"

"结果怎么样？"

"果然如苏相所料，齐王依计而行后，田楚立即主动向齐王禀告了事情的经过，以向齐王邀功。结果，齐王将他连同其所指派的三个死士一网打尽，为苏相报了仇。"

听完了密使的禀报，燕王哙一句话也没有说，只是长长地叹了一口气。顿了顿，压低声音说：

"此事到此为止，你知，我知，不必再跟其他人提起。你还是继续回齐都，有消息及时禀告寡人。"

说着，叫过宫人，拿了一些金帛给密使以为赏赐和路资。

密使谢赏而退，又急急南下了。

正如俗话所说："世上没有不透风的墙。"苏秦天下有名，他的死讯即使要瞒，也只能瞒得了一天，瞒不了一世的。其实，不要说瞒一世，就是连一年半载也是瞒不到的。终于，到周慎靓王四年（前317）三月初，关于苏秦的死讯，早已在燕国传得人人皆知了。更有甚者，竟然街头巷尾还有人这样议论：

"太好了！齐王终于为苏相报仇了！"

燕王哙听到燕国百姓这样的议论，真是急得跳脚，心想，这要传到齐国，那齐王能不知道苏秦的身份吗？那样，齐国岂不要对燕国恨之入骨，从此要成生死对头啊？

正在燕国百姓议论纷纷，而燕王哙为此心里着急不已之时，深宫后院中的燕太后终于也听到了风声。

周慎靓王四年（前317）三月初九，北国初春和煦的阳光不紧不慢地暖暖地照着，燕太后今天兴致特别好，带了一大帮宫女侍婢在满眼葱绿、繁花似锦、飞蝶款款的花园中徜徉。一会儿看看开得正盛的杏花，一会儿看看正欲开放的桃花蓓蕾，一会儿又摸摸沿路小径上嫩绿的新叶，一会儿又俯下身来看看一些破土而出的不知名的小草。侍女们看见太后今天这般爱花怜草，也就故意放慢了脚步，跟太后保持一定距离，免得惊动她，扫了她的雅兴。

转了一会儿，突然转到了园中的那潭约有十亩水面的池沼边上。望着池沼边绿油油的新草，看着池沼边随着微风婆娑起舞的垂柳的枝条轻拂水面，惹得水光潋滟的一池春水不时荡起一波波涟漪，燕太后突然在一株垂柳前止住了脚步，手执垂下的柳条，时而远观池沼中心那个葱绿青翠、宛如从水中浮出的小小沙洲，时而俯视池中自己孤独的倒影，一时陷入了遥远而深沉的梦境。也许，她是在回忆当年在此与苏秦"二子泛舟"的往事吧。

然而，就在燕太后倚柳对景凝神之时，突然听到身后的两个宫女在窃窃私语，好像是在说苏秦苏相的事。

燕太后一听，立即从梦境中清醒过来，忙叫过那两个侍女：

"你们俩刚才鬼鬼祟祟，神神秘秘地在说什么呢？"

"太后，我们没说什么呀？"

燕太后不禁把脸一沉道：

"你们以为我人老了，耳朵也聋了？"

"太后，奴婢们不敢！"

"既然不敢，那还不跟老身说说，你们刚刚背着老身到底在说些什么呀？"

"这个，这个……"两个宫女你看看我，我看看你，嘴巴好像被什么粘住了似的，半天也说不出什么。

燕太后一看他们那种为难的样子，就知道这其中必有蹊跷。不然，她们在自己面前能有什么难言之隐呢？想到此，她就越发地想知道个究竟了。于是，她便摆出太后的尊严，厉声命令道：

"今天你们到底说不说？不说，我看你们明天也就别指望着再见到老身了。"

两个宫女立即慌了神，太后这话什么意思？是要撵她们出宫，还是要杀她们？不管是哪一种，都是让她们不敢想象的。

顿了顿，两个侍女几乎是同时脱口而出道：

"我说，不过太后您得挺住。"

"什么事，老身会受不了？难道是天塌了不成？"

"苏相没了。"高个子侍女道。

"听说是被齐王之臣找刺客暗杀的。"矮个子侍女补充道。

"真的？"燕太后一听顿时既惊骇又失望地脱口问道，那神情再也掩饰不住她内心深处的秘密了。

"是去年腊月二十九过世的，死后尸体还被齐王给车裂示众……"

未等高个子侍女说完，燕太后早已经闭上了眼睛，随即身子一歪，差一点就一头栽倒在地上。

矮个子侍女眼疾手快，一手扶住了燕太后，另一只手则推了高个子侍女一下，道：

"你说这个干吗？看……"

被扶回后宫寝殿的燕太后，虽然被宫内郎中忙了半天救醒过来，可是苏醒过来后，却目光呆滞，不言不语。就是孙儿燕王哙来探视，她也没有一句话，只是呆呆地低着头，像个羞涩的少女一般摆弄着自己的衣襟。

宫女、侍婢们不敢道出真情，郎中也诊断不出什么病因，燕王哙也只能束手无策，每天探视一次后，都怅然若失地离去。

就这样，过了五天，情况一仍如旧。

到了三月十五，快到黄昏举烛掌灯时分，一直僵躺在榻上的燕太后突然开口说话了：

"红叶，快过来！"

宫女们听见太后突然说话，并指名道姓地叫她最宠爱的侍女红叶近前，不禁喜出望外。

红叶闻声立即趋前，跪倒在燕太后的榻前，带着哭腔道：

"太后有什么吩咐？奴婢在此。"

燕太后看看红叶，半天才温柔地说道：

"人家都说你长得像老身，也有老身的风韵，相信你也最能体会老身的心意。老身今天觉得好累，你快把玉绡帐给放下来，让老身今夜好好睡一个安稳觉吧。"

红叶一听这话，觉得莫名其妙，不理解。不过，她还是遵照太后的意思去做了。

"你们都退下吧。"

听到燕太后这一声吩咐，红叶偕众宫女只得喏喏退出太后的寝宫。

午夜时分，当一轮圆月斜照进燕太后的寝宫，洒进燕太后睡着的玉绡帐内时，燕太后突然惊叫了一声：

"苏卿！"

这一声虽然不甚高，但在这清风明月之夜，在这空旷的燕王后宫，却是显得格外的清晰，吓得此时正在燕太后寝宫外侍候的红叶与众宫女一骨碌从瞌睡中惊醒。

可是，等到红叶与众宫女举烛进去，撩开玉绡帐细看时，燕太后已经安祥的去了，脸上似乎还荡漾着笑意。红叶一见，这才理解了在这之前太后要她放下玉绡帐的用意，太后这是在月圆之夜，在此玉绡帐中见到了她的苏秦苏相了吧。

参考文献

一、原著类

1. 司马迁：《史记》
2. 刘向：《战国策》
3. 司马光：《资治通鉴》
4. 刘安：《淮南子》
5. 刘向：《说苑》
6. 韩婴：《韩诗外传》
7. 《晏子春秋》
8. 吕不韦：《吕氏春秋》
9. 董仲舒：《春秋繁露》
10. 《老子》
11. 《论语》
12. 《孟子》
13. 《孔子家语》
14. 《诗经》
15. 《楚辞》
16. 《鬼谷子》
17. 赵蕤：《长短经》
18. 《太公阴符》

二、注疏考证类

1. ［日］泷川资言：《史记会注考证》，北京：文学古籍刊行社
1955 版。
2. ［日］泷川龟太郎，水泽利忠：《史记会注考证》，东京：史

记会注考证校补刊行会 1956 版。

3. 何建章：《战国策注释》，北京：中华书局 1990 版。

4. ［日］关脩龄：《战国策高注补正》，东京：东京书肆 1798 版。

5. 巴黎大学北平汉学研究所：《战国策通检》，巴黎：巴黎大学北平汉学研究所 1948 版。

6. 刘殿爵、陈方正：《战国策逐字索引》，台北：台湾商务印书馆 1992 版。

7. 吴师道：《战国策校注》，北京：中华书局 1991 版。

8. 陈梦家：《六国纪年》，上海：上海人民出版社 1956 版。

9. 董说：《七国考》，北京：中华书局 1956 版。

10. 董说、缪文远：《七国考订补》，上海：上海古籍出版社 1987 版。

11. 魏源：《老子本义》，上海：上海书店 1987 版。

12. 陈鼓应：《老子今注今译及评价》，台北：台湾商务印书馆 1978 版。

13. 马叙伦：《老子校诂》，北京：中华书局 1974 版。

14. 朱熹：《楚辞集注》，扬州：江苏广陵古籍刻印社 1990 版。

15. 陈子展：《楚辞直解》，南京：江苏古籍出版社 1988 版。

16. 戴震：《孟子字义疏证》，北京：中华书局 1982 版。

17. 焦循：《孟子正义》，石家庄：河北人民出版社 1988 版。

18. 朱熹：《孟子集注》，上海：上海古籍出版社 1987 版。

19. 杜预、孔颖达、黄侃：《春秋左传正义》，上海：上海古籍出版社 1990 版。

20. 赖炎元：《韩诗外传今注今译》，台北：台湾商务印书馆 1972 版。

21. 陈奇猷：《吕氏春秋校释》，北京：学林出版社 1984 版。

22. 许维遹：《吕氏春秋集释》，北京：中国书店 1985 版。

23. 卢元俊：《说苑今注今译》，台北：台湾商务印书馆 1979 版。

24. 杨树达：《淮南子证闻》，北京：中国科学院 1953 版。

25. 阮元：《十三经注疏》（附校勘记），台北：台湾新文丰出版公司 1978 版。

26. 国家文物局古文献研究室：《马王堆汉墓帛书》，北京：文物出版社 1980 版。

三、学术著作、工具书类

1. 杨宽：《战国史》，上海：上海人民出版社 2003 版。

2. 谭其骧主编：《中国历史地图集》（第一册，原始社会、夏、商、西周、春秋、战国时期），北京：中国地图出版社 1982 版。

后　记

记得读中学时，就喜欢读《史记》中的《项羽本纪》、《苏秦列传》、《张仪列传》等生动的史传篇章，对项羽、苏秦、张仪等人物感佩得不得了。

不过，那时只是喜欢而已，心里老是惦记着这几个人物的命运，怀想着他们的事功与传奇的人生经历而已，并没有想着日后要写他们。因为那时要考大学，那是人生的大事。如果不能跨入高等学府的门槛，一切人生的理想都免谈。虽然那时年纪不大，这些道理却明白得很。

那时不仅想着上大学，还想着当教授呢！这事，连我刚刚过五岁生日的儿子吴括宇也知道。前天晚上，他跟我通过 MSN 网络视频对话时，就调侃我说："爸爸，我知道你从小就有一个梦想。"我听了吓一跳，忙问："爸爸从小的梦想，你也知道？"他说："当然知道啰，就是当教授。你的梦想早就实现了，可是我的梦想还没实现，还早得很。"我问他："你的梦想是什么？"他说："当解放军。"大概我在此前的一些学术著作的后记中提过我小时的梦想，我的太太蒙益看到了，就跟儿子说了，所以儿子就调侃我了。其实，我儿子还不知道我还有另一个梦想，就是当作家。不然，他又要调侃我了："怎么还没当上？都四十岁了。"。

其实，我小时候的最早梦想并不是要当教授与作家，而是如我儿子一样，是想当将军的，这一点，可能与所有的男孩子一样。后来，之所以立志要当作家与教授，那是因为看了家里的一本旧书，书名好像叫《批判个人主义》，是"文革"期间的作品，都是一篇篇的自我批判的文章，全是北京大学等高校知名学者批判自己个人主义、"成名成家"思想的"个人检讨"，是反面教材。没想到，其中有两篇却歪打正着，对我影响很大，甚至可以说影响了我的人生轨迹，确定了我的人生坐标。

一篇是批判自己想当作家的。这个作者说，他自己在读大学时代就有成名成家思想，幻想着当作家，还写了一首诗说："诗歌一发表，展翅飞上天。金钱花不完，美女任我选。"作者将此心里秘密说出，意在深挖自己思想"不对头"的根源，以便"灵魂深处闹革命"。这个想法，在今天的我看来，倒觉得不是什么"对头不对头"，而是觉得太幼稚可笑了，因为作家在任何时代都不是什么显达的人物，相反却是穷愁潦倒的一群。可是，20世纪70年代后期，我还是一个才十多岁的孩子，所以当时读了这首诗歌，艳羡得不得了。于是，就在小小的心灵里幻想着今后也要当个作家。而且后来也一直有这样的自信，因为从小学到中学，我的作文都是班上第一名，每一篇都是被老师用红毛笔圈了很多圈，被张贴于墙壁上当范文的，而且作文还上了安徽省安庆地区的作文选，一直被小同伴们奉为楷模的。后来上大学后，第一天就开始写小说，写了什么，我现在也不知道了，投了多少稿，投到何处，我也不知道了。大学一学期后，作家梦就打消了。开始第二个梦想的努力，那就是考研究生，当大学助教，最后是教授。

另一篇对我影响至深的文章，是一个作者批判自己想当教授的思想，说自己读完大学，就考上了研究生，然后当了大学助教，最终的目标是教授。他还说到胡适等大学者上课时的风采，上课铃声响后才进教室，下课铃响就出门，睬都不睬学生。他是批判，我当时就接受并认可，还以此作为楷模。后来，我当了大学教师，即使是做一个小小的助教（当时读此书时，还有一个幼稚可笑的想法，以为大学的等级是先做讲师，再作助教，再做教授）的时候，我照样是如那位批判者所说的那样，如胡适等大学者一般无二，上课铃响进教室，下课铃响出教室，从不与学生多啰唆，更不知教过的学生姓张还是姓李。这个习惯，直到如今，依然如故，不管在中国做教授，还是在日本做教授，我仍然"一以贯之"，从未改变，而且相信以后也不太可能会改变。但是，课堂里，我绝对不马虎，一定讲最新的知识与学术前沿的东西给学生，更多时间是讲自己的研究心得，从不使用别人的教材。这一点，我对得起学生，所以学生对我还是比较尊重的，有一次还评我做"最受欢迎的老师"。可见，我的"做派"尽管不为大多数教师所认可，但学生听完课还是知道好歹的。

由于自己立志较早，又因为自己从大学一年级下学期就开始努力不懈，结果，我顺利地从大学生变成了硕士研究生。毕业后，又顺利地留校在复旦做了一个小助教。由于努力，学术研究颇有成

就，结果，我 29 岁通过"打擂台"的方式破格晋升为副教授；36
岁又破格晋升为教授。当年复旦大学全校获得破格晋升为教授的只
有 4 人，一个是医学院（即原上海医科大学）一人，理工科几十个
院系一人，文科几十个院系研究所二人。层层过关斩将获得通过
后，还得张榜公布于全校，如果有异议，那还不行。可见，要在 40
岁以下做一个复旦大学教授是多么不易，但又有多么光荣。

我这个人不是"知足常乐"的那种，而是非常要求上进的人。
小时候的第一个梦想，在我儿子出生后就实现了。于是，另外一个
梦想便顺理成章地跃上了心头。虽然做教授有很多压力，有做不完
的研究课题，还有写不完的学术论文与学术著作，出版社的约稿与
各种会议也推辞不了，忙得一天从无五小时睡眠时间，但当作家的
梦想还是挥之不去，就像钱钟书先生小说《围城》中所说的一句妙
语一样："要想打消已起的念头，比打胎还要难。"

于是，当上教授后不久，我一边将手头未完的研究加快进程早
日完工，一边开始筹划写小说当作家的事了。第一本想写的就是中
学时代就记挂在心的苏秦与张仪这二位千古说客名嘴，我想他们二
人绝对不是清人黄景仁所说的"百无一用是书生"的那种，而是能
够以智慧与嘴巴玩转一个时代的风云人物，他们的能耐绝对不是当
时的诸侯王可比的，而且他们所处的时代绝对是非常充满魅力的时
代，也是对比今日世界而令人回味无穷的时代。因为人物本身有魅
力，时代有魅力，所以我决定第一本书就写他们二人。于是，一边
做我的专业研究，一边利用业余时间做苏秦、张仪二人的历史长
编，将《史记》各列传中、各国世家中以及《秦本纪》中有关苏
秦、张仪二人的史料整理出来，另外研究《战国策》各家之注，考
订《战国策》中各故事的时代顺序。这样，就大致做成了二人的史
料长编，并编写了二人行事的大事记。这样，写作所需的史料就算
初具规模了。至于故事的框架，则在十几年前就构拟好了。

经过近五年断断续续的史料工作的准备，以及十多年的故事与
情节构思的酝酿，于是我就下定了决心，无论如何，也要了却少年
时代的心愿，从历史小说《苏秦》、《张仪》开始，学习写作小说，
并最终实现当一个作家的梦想。

以上便是我之所以要写这本小说的历史渊源，也就是远因。

至于近因，则有如下两个：

一是 2005 年 4 月初，我刚到日本就任日本京都外国语大学教

授，台湾远流出版社的编辑傅郁萍小姐就转托复旦大学中文系找到了我，告知我十多年前所著的那本《假如我是楚霸王：评点项羽》马上就要出版了，要我写一个简介与《后记》。这时，突然让我有一种时光倒流的感觉，想到了十多年前刚刚研究生毕业留校后做的第一件事，就是要写小说，而且要写项羽。那种冲动，就像刚上大学后的第一天就开始写小说的情形一样。当时，说写也就写完了，然后投寄台湾最有名望的远流出版社。我知道那是给胡适出过全集的，也给李敖出过书系的出版社。当时虽然是一个不名一文，也是名不见经传的小助教，但是颇有些"野望"（日本语，可以译成"雄心"，也可以译成"野心"），也想与胡适一样，来一个书系，写一套书，而且当时拟了个书系的名字，叫做"假如当时是我"，准备写诸如楚汉称霸未成的项羽、玩女人昏了头的唐明皇李隆基、"直捣黄龙府，与诸君痛饮"而未成的岳飞岳武穆、有重振大明雄风之心且也聪明睿智的明崇祯皇帝朱由检、"百日维新"而未成的清光绪皇帝载湉等有历史遗憾的历史人物。这种假设历史的荒唐想法，那个时候幼稚而天真的我还真想得出，而且还真敢下笔。结果，就拟了个提纲寄往台湾远流出版社。没想到，主编游奇惠小姐（我是十多年后才知道她是小姐，以前我一直称她先生）竟然同意了我的荒唐计划。于是，我两个月就将第一本《假如我是楚霸王：评点项羽》写完了。然后，没留底稿（我写作不打草稿，一部书都是从头到尾一气下来的）就将稿件寄到台湾了。然后，台湾远流出版社收下，告诉我将此稿买下，至于何时出版，由出版社根据情况决定。至于其他几本的计划，则暂时搁下。然后，我就开始做学问了。后来，也渐渐忘了这件事了。到2005年4月，远流出版社通知我此书终于要出版了，我看了出版社用电子邮件邮发的电子版，不禁感慨万千，遂写了一个非常感慨的《后记》。6月份，书就寄到日本了。我看了装帧精美的书，又看了远流出版社网站上的广告，将我的这本小书与日本"国民作家"司马辽太郎的《项羽对刘邦》、台湾作家陈文德的《刘邦大传》做成了一个"套书"，作为畅销书在推广。没有几天，北京中华书局的一个编辑，千方百计打听到我的电子邮件，要看我的这本书，准备引进大陆。（当然后来没有成功，因为这套书中的另一作者司马辽太郎是日本右翼，有政治问题）于是，我就更有信心了。虽然这本小书并不是严格意义上的历史小说，而是一个既非"历史"亦非"小说"的东西。每写到重大抉择关头就偏离历史事实进行假设虚构，而虚构完了又予以历史评论，引经据典地讨论。所以，它到底是个什么"东西"，我自己也不知道。不过，知道它有那么好的反响，我还是非常受鼓舞的。加上书出版后，远流主编游奇惠小姐给我来信说，称我是"一个充满期待的作家"。于是，我终于放弃了原来到日本一年的既定研究任务，临时决定先利用这一年在日本的机会，切断与国内一切人的联系，将筹划十余年的有关苏秦、张仪的历史小说写出来。至于学术研究任务，回家再做不晚，因为身处日本这样"与世隔绝"的机会不是轻易得到的。这样想着，我终于又拿出了早年"初生牛犊不怕虎"的幼稚劲儿，于 6 月正式开笔。

第二个近因是，身处日本，看日本政客钩心斗角，看日本大选，看美英在伊拉克的武力统治，看美、中、俄、英、法五大联合国常任理事国的外交博弈，看日本、印度、德国、巴西四国为争取联合国常任理事国的外交与政治动作，不禁让我情不自禁地梦回中国战国时代，觉得今日的世界与我们中国战国时代的情形何其相似乃尔！如果以苏秦、张仪为中心，将此段历史写出来，对于今日世界的认识，相信是可以有由此及彼的联想意义的，也有促人思考、反省的意义的。

由于有上述诸多原因的促成，加上所需历史资料又都已经备在了笔记本电脑中，且带到了日本。还有，我所在的日本京都外国语大学有一个专门的亚洲图书馆，中文资料不少，为我的写作提供了必要的条件。另有值得一提的是，京都外大竹内诚教授是研究中国古典小说的专家，与我算是同行。我们还有很多年的友情，1999 年我来京都外大做客员教授时，我们就建立了相当深厚的情谊。所以，这次我再来京都外大做教授，友情益笃。他有丰富的藏书，整个研究室满满当当，从地上堆到了屋顶，人快让位于书了。他所藏的中国古典典籍与资料，相当齐全。所以，诸如《战国策》的各种版本及其注本，还有谭其骧先生主编的《中国历史地图集》等所需史料、工具书等，都一应俱全。当我说要这些方面的书时，他悉数借给我。这样近一年时间，他的许多藏书便都在我的研究室与卧室了，真是为我不分昼夜的写作提供了极大的便利。

因为我是第二次来京都外大做教授，所以各方面都事先为我提供了极大的便利。每周"授业"时间安排在星期一到星期三，上午的课从上午九点一刻开始，下午的课从三点开始。星期二半天与星期四、五、六及星期日，一周四天半毫无干扰地归我写作。这样，我常常晚上工作到三点，早上七点起床，中午睡半小时或一小时，每天都能保证工作十五小时以上。至于吃饭时间，那是简而又简。而与国内朋友的联系也完全切断，寒暑假与过年时，都在全身心地写作。这样，终于在排除了一切干扰，以"一年等于二十年"的效率，在九个月的时间内，完成了两本筹划已久的历史小说《书生之雄：苏秦》、《书生之枭：张仪》，共计60万字。至此，我的一大宿愿终于得以了却矣。

虽然心愿是了却了，而且用了文言词"矣"，但是，还有几个问题却是不能不予以说明的。

因为这是我真正意义上的第一本历史小说，写得并不能如自己所愿。当然，更不能如他人所愿了。这本名曰《书生之雄：苏秦》的历史小说，虽然前后写了三稿，但到今日的定稿，我仍然不能满意。其中，最大的问题是语言问题。

第一稿时，我开始时是用白话写人物对话，写到中间，写苏秦游说六国之王，却又用了文言。因为如果将苏秦的游说辞改成白话，那就失却了游说时那种气势，文言与白话在营构游说的那种气势方面，简直不可同日而语。这样，第一稿就一边写一边矛盾。因为这样会造成事实上的文体矛盾，小说中的人物怎么一会儿说现代汉语，一会儿又说古代汉语了呢？这样，肯定不行。

写完第一稿后，我自己对语言问题非常矛盾。于是，就请同在京都外大做教授的北京师范大学教授王向远博士读了一部分。他是研究比较文学的学者，对日本历史小说与时代小说有非常高的造诣。他读了一部分后，觉得史料运用的功夫比较好，故事情节与篇章结构、衔接、过渡等技巧也好，就是语言问题，不能有白话与文言的分裂。他认为历史小说也是小说，应该让大众看得懂，用文言写人物对话，对大众阅读有障碍。

我当然认同他的观点，于是，考虑修改，将所有人物对话都变成白话。但是，想了很久，又非常矛盾。因为我上网读别人的历史小说，见大家都是用白话写历史人物对话，感觉没有"历史味"，觉得让古人说现代汉语甚至现代流行语，有点滑稽。如果这样，那么历史小说的创作比一般的小说写作还要差一等了。因为历史小说多少有一定的历史故事在那里，在想象力方面不能与普通的小说相比。而语言又不能胜过普通小说，又不能凸显出历史小说作者在运用古文方面的功底，不能创造出一种有别于普通小说的那种具有历史韵味的优雅、典雅的语言风格，那么历史小说创作就很难有什么建树了。

正是带着这个偏见，我又在矛盾的心态中回到了原来的理念上，即历史小说创作，在语言上应该达到《三国演义》那种"文不甚深，语不甚俗"的风格，才是有品位的。于是，我决定统一语言风格，让所有人物对话都用文言。

可是，这样语言风格是统一了，但另一个担心又来了，就是这样读者有没有阅读的障碍？如果有障碍，读不懂，那么自己的理念就得让位于现实。尽管我在用文言写人物对话时，尽量化解了文言中许多不易为今天普通读者了解的句式，选词用字尽量用今人能明白的文言词，如《战国策》中有"不如"与"莫如"两词，意思一样，"不如"我们今天也在说，所以我就选择"不如"，而不用"莫如"。这样，既不会有碍于文言表达，又给今天的读者阅读扫清了障碍。有时，在人物对话过后，我又利用人物心理独白的方式，将人物对话的文言化解成白话，这样，读者没有完全读懂人物的对话，但在看了对话之后的人物心里活动，也就明白了上述对话的意思。尽管想了很多办法，但是，我还是怕读者读不懂，有障碍。

想了很久，我决定请那些只有高中程度中文水平的人来读。如果这些不是中文系出身的人能够读懂小说中人物的文言对话，而且觉得用文言写对话更好，那么我就最终全部用文言写人物对话。

打定主意后，我就一边写第二本《书生之枭：张仪》，一边请了几位朋友帮我读第一本。这些朋友都是一些在日本的留学生，或是来日本进修的日本语教师。我请他（她）们感受一下，到底哪一种人物对话更有韵味。征求他（她）们对人物对话语言的认同度，主要是用文言写的人物对话，在阅读中有没有障碍？他们都不是中文系毕业的，也就是说，他们的中文程度也就是原来的高中程度。如果他们读这些文言的人物对话没有障碍，相信将来的读者，只要有高中文化程度，也就没有理解小说中人物对话的语言障碍问题了。另外，我还有意识地请了一位在台湾中央大学留学过的日本四年级学生读了一部分，她觉得可以读懂，比朱自清的《荷塘月色》和鲁迅的《祝福》（这个学期我正好给她们上过这两篇）要好懂些。而中国朋友阅读的结果，认为文言对话好过白话，有韵味，且没有大的语言障碍。

这样，在第二本全部写完后，我就将第一稿全部的人物对话改成了文言，不过，又在"易懂性"上下了一番功夫，力求做到既是文言，又不艰涩难懂。同时，又专门做了一个"常用文言词释义"的东西附于小说前面，数量不多，诸如"吾"、"汝"、"尔"、"乎"、"哉"之类的文言虚词。因为虚词不能更换，实词可以寻找易懂的同义词来代替。如此这般，我相信，一个合格的中学生，也就没有什么阅读的障碍了。如果他还有障碍，那么他实际上是不适宜看历史小说了。因为历史小说的阅读比现代通俗小说的读者要少，既要对历史感兴趣，又要有一定的文化水平。小说创作本就应该分层次的，雅俗分流。我也不希望我的小说被所有人看懂，那样倒不符合我写作的初衷了。我是学者，我有自己的坚持，有自己的理念。就像《围城》并不是所有人都能读懂一样，就像《尤里西斯》并非所有人都能读懂一样，就像鲁迅《阿Q正传》出版之初有人为之作笺一样。如果真的写得好，也就不必担心读者读不懂了。如果他不懂，他可以查字典。因为我在日本电车上就看见有人带着国语辞典看小说，如果到了这个地步，那小说的魅力，也就不必再说什么了。

首先有一点，应该说明的是，为了突出小说的"历史味"，我在"虚实"的安排方面坚持了自己的理念。我觉得《三国演义》那种"七实三虚"的分寸掌握得比较好，所以尽量规摹之。不过，实际上，我这本小说中"实"的部分更多，"虚"的部分只有数得过来的几处。一是游说韩王后，有一段时间空白点，就安排了苏秦在韩都郑有一次风流的经历，还有在游说楚王时，因为要等三个月才能见到，所以也安排了一次苏秦在楚都的风流韵事。这两个"虚"的部分，并不违背人物性格，因为《史记》的《苏秦列传》中明记苏秦与燕太后私通之事，这就可以与之衔接一致起来。而在写苏秦的三次风流故事时，我都插入了《诗经》与《楚辞》中的内容，让其时的人物唱当时的诗、辞，这也是符合"历史的真实"的，在增加可读性的同时，也增加了小说的"历史感"。其他小的"虚"写部分，分别是少数无主事迹适当"移花接木"到苏秦身上，以突出人物的智慧形象。还有史传中没有出现人名的，为了叙事的方便，给他们取了名字。另外，生活细节的描写，则多属"虚"写部分。还有，就是除了《史记》与《战国策》中所记的苏秦说六国之王与说秦王的游说辞有所据外，更多的人物对话是我根据情节发展的需要自行构拟的，典型的如"贤燕后劝夫"、"说闵王厚葬明孝"、"说闵王高宫大苑"、"回书燕太后"、"致书燕王哙"等节的说辞与书信，都是"无复傍依"的"虚构"部分，但全以文言表达，可见我的文言写作的功力与想象力。除此，全部内容都依《史记》所载与《战国策》所录，依《史记》中《六国年表》的时代顺序进行写作。之所以没有根据《辞海》的历史系年，那是因为若依《辞海》的历史年表，魏惠王、齐宣王等人的执政时间都对不上《史记》所记的史实，也对应不上《战国策》中的历史史实。因为战国史本就有争议，既然大家都没有定论，我不如相信古人。即使有错，因为我这是小说，也能说得过去。也就是说，不合历史，你就当小说读。与历史相一致，你就当历史读。这就是"历史小说"的真义所在吧。

第二点，也应该说明。我在小说中所用的地名，全是历史地名，即战国时代的地名。小说中人物出行的路线，也是根据谭其骧先生主编的《中国历史地图集》第一册中所标地名，并根据比例尺来确定人物从一地往另一地行进的日程，从而增加小说的"历史感"。不同于现在许多历史小说，连历史地名都没弄清，战国时代两地或两国相距几百里甚至上千里，就让人物几天就到达了。要知道那时没有高速公路，也没有汽车，只有马车，只有步行，必须根据历史条件写历史，否则就不是历史小说了，那是神话小说了，或说是荒唐小说了。这大概也是我个人的坚持，因为我是学者，因为我喜欢地理，我懂得历史，我写历史小说必须严格尊重历史。

第三点，也要说明一下。苏秦的生卒年，学术界有很大分歧。《史记》中明记是死于公元前318年。但是有些学者根据后来出土的马王堆楚简的帛书，断定苏秦死于公元前284年。苏秦说六国的时间，在《史记》六国年表中有记录，如果活到公元前284年，那么就要超过80多岁了。而80多岁的人还能在诸侯各国间活跃？有点悬。另外，活到公元前284年，那比张仪死于公元前309年还晚了很多，难道司马迁距战国时代甚近，还能连苏秦与张仪谁先死也不知道吗？所以，我在考虑写苏秦写到何时结束的问题时，曾经感到非常矛盾。一边写一边矛盾，不知什么时候应该让苏秦死。最后，我决定相信司马迁，相信古人说古事，总比相信今人说古事，来得可靠。这一点，希望所谓的历史学家们不要见怪。如果觉得我说的不对，因为我写的是小说，苏秦哪年死，我有决定权，因为他只是我小说中的主人公，我这个"万能的上帝"既然能知道小说中人物的一切，也就有权根据故事情节决定主人公的生死。不知读者以为然否？

第四点，也不妨说明一下。苏秦历来被人说成是一个"天下无信人"，是一个反复无常的小人，也就是说是个反面人物。在我的小说中，我没有简单化地处理这个问题，我觉得他对燕王是忠心的，不能算是"无信"的小人。如果一个人对所有的人都"无信"，那就是真小人了。我在小说中主要突出了苏秦智慧、多情两个方面的形象，基本上是以正面形象处理苏秦的，这也与历史上对苏秦的看法不同。如果大家不认同，也可以当小说来看待，不必费辞纠缠于此吧。

第五点，说一下我写第一本小说，要从历史小说写起的缘由。这一点，其实是与我个人所处的地位有关。我想，如果写现实题材的小说，我们做学者的，大多生活不够丰富多彩，生活经历有所局限，肯定写不好。而写历史小说，则正可以扬才避短。因为写历史小说，首先得懂历史，对历史应该有一定的研究。尤其是写上古史如战国时代，最起码要能读懂历史文献。而这一点，一般作者不可企及。我是学古代汉语出身，又有着研究中国古典小说与古代修辞学的学术背景与专业背景，选择写历史小说，应该是比较适合我自己的。另外，我自己对中国历史的兴趣一直非常浓厚，而且也自以为历史学得比较好，记得中学时代，连历史教科书的注解都能背得出。还有，我的古文基础非常好，上大学时背过北京大学王力先生主编的四大册《古代汉语》教材与北大中文系编的《古汉语词典》。至于《说文段注》、《尔雅义疏》之类的名著，我是有所研究的，曾著有《中国语言哲学史》，在台湾商务印书馆出版。这些个人独特的条件，都为我写历史小说提供了好的基础。

因为是学者，因为写的是历史小说，所以，我在书后还附了参考文献，这大概是学者的职业病，读者可能不习惯。希望读者能够原谅我这个习惯！

如果读者诸君认为我这本小说写得实在太差，敬请原谅。毕竟我也是普通的人，我不是天才，更不是圣人。学者可能有学问，但未必写小说超过普通人，这也是事实。希望大家给我一点鼓励，好让我继续努力，从而实现我少年时代所作的作家梦，别让我儿子调侃我有把柄。

吴礼权

2006 年 3 月 5 日凌晨三点

于日本京都市右京区山ノ内池尻町 6 番地京都四条グランドハ
イツ1120 号室寓所

又　记

　　《远水孤云：说客苏秦》和《冷月飘风：策士张仪》，是我2005 年到 2006 年在日本做客座教授期间完成的两部长篇历史小说，原名分别是《书生之雄：苏秦》、《书生之枭：张仪》。

　　这两部历史小说虽然于五年前就已完成，但始终不能让我满意。所以，初稿在日本杀青后，历经五年，六易其稿，至今我仍有很多纠结，不能释然。这其中，主要是语言问题。因为这两部小说的主人公都是说客，他们的不世之功就是靠其嘴巴游说诸侯而建立的。那么，如何生动地再现这两个在中国历史上家喻户晓的说客形象，凸显其口若悬河、雄辩滔滔的纵横家本色？这就必须通过他们游说诸侯的说辞来表现。汉人司马迁《史记》中的《苏秦列传》与《张仪列传》已经生动地展现了其风貌，但是如何通过小说的形式更加生动地塑造出其纵横家栩栩如生的形象，这就不能不在人物对话的语言上有所突破。如果照搬《史记》与《战国策》中所记载的二人说辞，一来太过简单，不足以再现两个说客的语言智慧，使其形象鲜活地树立起来；二来太过艰涩，对于今天的读者阅读起来会有障碍。因此，如何通过语言这一有力的手段来确立起两个说客的形象，就显得非常艰难了。小说写完后，我广泛征求包括学界朋友、普通朋友、老朋友、小朋友的意见，请他们阅读，提出意见，并吸收各方意见，特别是根据在人物对话语言方面的意见作了四次修改，但仍然不满意。

　　2009 年 2 月我应邀来台湾东吴大学做客座教授，又有一次沉淀心情和发千古之幽思的机会，终于下定决心，对小说稿作最后一次大的修改。东吴大学是百年名校，在台北有两个校区，一是城中校区，就在"总统府"旁边，是最繁华的地段，是东吴商学院与法学院所在；二是外双溪校区，隔一条小小的外双溪与台北故宫遥相对应，周围都是青山，真是台北难得的清幽之地。客座教授的住所就在半山之上，每天清晨起来，推开窗户或打开房门，就能看到小溪对面的台北故宫与历史文献博物院金黄色的琉璃瓦在阳光下闪耀着光芒，故宫背倚着的阳明山则烟树朦胧，云蒸霞蔚。我的办公室就在住所下方隔着一条斜坡的路旁，办公室再下方就是史学大家钱穆先生的故居，故居下方则是日夜潺潺的外双溪。而我授业的教学大楼，则傍溪而建，我可以一边听溪流潺潺、风声入耳，一边跟学生坐而论道、谈古说今。坐拥如此优美的环境，与近在咫尺的钱穆故居与隔溪遥对的阳明山上的林语堂故居为邻，那是何等的福分啊！除了自然环境影响心境外，大学方面的课程安排更是让我心境大好。东吴大学中文系给我安排的都是硕士班课程，且在晚上授业，所授课程分别是《中国笔记小说史》、《汉语词汇学》、《修辞学》，都是我的本行，备课的压力很小，倒是上课讨论的学生（多是在职）常给我很多启发与灵感遐思。有如此的自然环境与人文环境，加上充裕的时间，让我情不自禁又涌起了创作的冲动。本来，是想将手头未写完的一部学术著作杀青。但是，天天看着远近满目的好山好水，夜夜听着鸟啭虫鸣的天籁之声，实在是静不下心来写枯燥的学术著作。于是，权衡再三，决定将在日本杀青，而且已经修改了四遍的这两部历史小说拿出来重新大改一次。就这样，在一周七天的时间保证下，有东吴外双溪校区独特的山居环境，终于将二稿作了一次伤筋动骨的彻底修改。特别是在人物对话的语言问题上，我终于找到了感觉，因为台湾的文化环境与师生日常语言的遣词造句特点让我感知到汉语发展传承的脉络，古今汉语的分际究竟在哪里，历史小说如何处理人物对话语言才能古今兼顾。这是我此次台湾客座期间最大的收获。

过几天，我就要完成在东吴的客座教授任期回到上海了。回望山居的屋舍草木，远眺阳明山的烟树云影，突然想起徐志摩的《再别康桥》：

> 轻轻的我走了，
> 正如我轻轻的来；
> 我轻轻的招手，
> 作别西天的云彩。
>
> ……
>
> 悄悄的我走了，

正如我悄悄的来；
我挥一挥衣袖，
不带走一片云彩。

虽然不带走（其实是带不走）任何一片云彩，但我将永忆这段山居的岁月，永忆这山居岁月里梦回千古的日日夜夜。

吴礼权
2009 年 6 月 20 日于台北东吴大学半山寓所

再 记

这两部历史小说从酝酿构思，再到做史料长编，前后达十余年之久，2006 年最终在日本写成后，又过了五年，几易其稿，至今才出版，原因主要有两个。一是小说何时出版对我没有什么紧迫感，更无什么直接的压力。因为我是学者，以教学、做学问为本业，我的学术著作数量已经在同辈学者中遥遥领先了，我出版小说对我在学术界行走、在大学混饭，没有任何加分效果。所以，将之付梓出版的紧迫感不强。二是我个人完美主义的癖好。我是研究古典小说的，后来又主攻修辞学，对文字的讲求比较高。所以，这两部历史小说虽然五年前就已杀青成稿，但修改却是一遍又一遍，五年间已经六易其稿了。

本来，2009 年在台湾东吴大学做客座教授时已经大改一次，决定不再修改了，可是，回到上海不久，却在征求许多朋友包括台湾朋友的意见后，又起念要改。结果，一改就是两年。今年 4 月至 5 月，因参加在台湾举办的一个古典文学国际学术会议及相关学术活动，再次到东吴大学，遇到了看过我两部小说稿的学界朋友，问起何时才能面世。这才让我觉得，这两部小说的出版真的不能再拖了，因为事实上满意的修改永远都是没有的。看过我修改稿的台湾朋友，还将部分稿子推荐给相关影视公司，他们觉得不错，有将之改编为电视剧或动漫剧的打算。但这涉及版权问题，我必须先找一家出版社将书稿出版了，然后再将改编权授予台湾相关公司。这样一想，我觉得还是先出版小说稿。

从台湾回来后，我与原云南师范大学校长、也是我多年亦师亦友的同行骆小所教授说了情况。他看过我的初稿与几个修改稿，一直主张我赶紧出版。骆教授是国内研究文学语言最权威最有成就的学者，他的鼓励让我充满信心。这样，就在骆教授的推荐下，与云南人民出版社签订了出版意向书。由闵艳平小姐担任这两部小说的责任编辑。闵小姐文学功底非常好，又很有感悟力，她对文稿的加工润色费心费力甚多，这里对她的创造性劳动，表示衷心感谢！

云南人民出版社是国内知名的大社，出了很多有影响的滇版图书。几年前，我所著的学术著作《修辞心理学》也是由云南人民出版社出版。出版后，得到学界认可，并有加印。所以，至今我还非常感念。这里，再次感谢云南人民出版社及其领导对我个人学术研究与文学创作的双重支持！趁此机会，我也向曾经读过这两部历史小说初稿或修改稿的许多国内外学术界朋友以及提供过意见的老少朋友表示衷心感谢！最后，也感谢读我这两部小书的所有读者！

吴礼权

2011 年 6 月 18 日于上海

再版后记

这部长篇历史小说 2011 年 9 月由云南人民出版社出版了简体字版，在大陆发行；2012 年 6 月由台湾商务印书馆出版繁体字版，在台湾、香港、澳门及海外发行。在海内外学术界与读书界都有不小的影响与反响，海峡两岸各大媒体均有报道。如大陆著名报系《文汇报》、《解放日报》、《新民晚报》、《新闻晨报》、《新闻晚报》、《南方日报》、《中国新闻出版报》等均有大幅报道。新浪网、搜狐网、人民网、凤凰网、海峡论坛等各大门户网站也有广泛报道。

这部小书在海内外有如此热烈的反响，是出乎我意料的。这次又有了一次出乎意料的机会，就是暨南大学出版社提出要再版我这部小书，与《冷月飘风：策士张仪》、《镜花水月：游士孔子》、《易水悲风：刺客荆轲》等三部组成一个书系，以简体版在大陆出版发行。这是一个非常难得的机会。

这次再版，对全书文字没有作更大的改动，只是修改了其中一些明显的文字错误。在此特别说明。

最后，衷心感谢暨南大学出版社破例为我再版这部长篇历史小说，并且是与其他三部组成一个书系的形式出版，真是让我感动莫名！感谢暨南大学出版社领导与人文编辑室杜小陆主任的大力支持！感谢本书的责任编辑郝文，张婧与校对史阳创造性的修改润色与一丝不苟的校对工作！感谢许多学界前辈与时贤多年以来对我创作历史小说的关注与支持！感谢在此之前读过我的历史小说或其他学术著作的广大读者多年来的厚爱与鼓励！感谢我的太太蒙益给予的支持，她是世界五百强的一家德国公司中国区的财务老总，日忙夜忙，却还承担起儿子课业的辅导任务，这样我才能有足够的时间在学术研究与历史小说创作两条战线上左右开弓！感谢我的岳父蒙进才先生与岳母唐翠芳女士，他们从高级工程师与国有大企业领导岗位上退休下来后，十多年来一直帮助我们，替我承担了全部的家务劳动，这样我才能过着衣来伸手、饭来张口的生活，安心地坐在书斋中做学问和写作。

吴礼权

2013 年 2 月 18 日于复旦大学